紅樓夢古抄本叢刊【己卯本】

脂硯齋重評石頭記

上

上海古籍出版社

又在《題玉壺山人瓊樓三艷圖》第三首《枕霞閣》詩末自注云：『末聯據原本紅樓夢。』這裏雖然前後兩次提到《石頭記》或《紅樓夢》，但顯然還不是這部己卯本。我認爲這時他還没有收藏這部己卯本，如果已經收藏了，他就會同時提到了〔四〕。

這部己卯本後來歸了陶洙，陶洙何時收到此書的，我們也不得而知，但他在己卯本上有兩段署年的題記，一題『丁亥春』，即一九四七年，另一題『己丑人日』，即一九四九年。或許他收到此書就是在一九四七年春天也未可知，因爲董授經恰於前一年死去。陶洙收到此書時，已殘缺得很厲害，據他的記載，此抄本殘存一至二十回、三十一回至四十回、六十一回至七十回，内六十四、六十七回原缺，已由武裕庵抄補。武裕庵大概是嘉、道時人〔五〕。這就是説，陶洙收藏此書時，實際上此書已殘存三十八回，其中首回還殘三頁半，第十回還殘一頁半，加上武裕庵抄配的兩回，也只有四十回。

陶洙在收到此書後，就進行了校録補抄，一是補足了首回和第十回的殘頁，二是據庚辰本抄補了二十一回至三十回，三是用藍筆過録了甲戌本的全部批語和凡例，用朱筆過録了庚辰本的全部批語，并用甲戌、庚辰兩本校改了己卯本。陶洙進行這項工作，其目的當然是爲了使這部殘缺的書得以抄補齊全；但他没有想到，這樣一來，就把己卯本的原貌全部破壞了。尤其是他用朱筆校改己卯本的墨抄正文部分，與己卯本上原有朱筆旁改的文字很難悉數區别，這樣就給這部書的研究工作帶來了很大的困難，這當然是他始料不及的。現在的這個影印本，我們爲了恢復己卯本的原貌，已把陶洙過録上去的甲戌、庚辰兩本的脂硯齋批語，包括眉批和行間批，全部清除。對於他用朱筆在正文上旁改的文字，凡是能確定是他的筆迹的，也一律予以清除；凡是遇到難於辨别是己卯本上原有的朱筆旁改文字還是後來陶洙校改上去的文字的地方，則一律予以保留，以備研究者們的研究；凡是屬於可以確認是己卯本上的原有的朱筆旁改文字，則全部保留，以存此抄本的原始面貌。

這項細緻而煩難的清除工作是由魏同賢同志負責進行的，魏同賢同志清理出初稿後，再與我商酌校定。由於陶録陶改部分文字複雜，特别是朱筆旁改文字由於朱色受潮退減，原有朱筆旁改文字和陶洙的朱筆旁改文字從朱色上一時很難區别；筆迹上絶大部分是可以區别的，但也有少數單個旁改字或幾個一起的旁改字一時很難區别，凡屬這種情况，我們都予保留，未加清除。

對於這個珍貴抄本，長期以來，學術界一直没有對它進行深入的研究。一九六三年陳仲竾同志在《文物》上發表了《談己卯本脂硯齋重評石頭記》一文，打破了這種沉寂，引起了人們對此抄本的注意，但這個研究并没有繼續深入下去，因而也没有探索到這個抄本的真正重要的方面。

一九七五年歷史博物館王宏鈞同志將他早些年前爲該館收藏的三回又兩個半回的《石頭記》抄本送給吴恩裕同志鑒定，經他研究，認爲有可能是己卯本散失的部分，他還發現了此殘抄本上有避諱的『𣉮』字，因而懷疑這個缺筆的『𣉮』字有可能是避怡親王弘曉的諱。他將這個想法告訴了我，并約我去北京圖書館查核原藏己卯本。在查核過程中，我們又發現了多處『祥』字的避諱字『祥』字。後來又借到了原抄本的《怡府書目》即怡親王府的藏書書目，上面鈐有『怡親王寶』『訥齋珍賞』『怡王訥齋覽書畫印記』等圖章。在這個抄本書目裏，同樣有避諱的『曉』字和『祥』字。之後，吴恩裕同志又發現了在三回又兩個半回的殘抄本裏，也有避諱的『祥』字，這樣，我們纔確定這個三回又兩個半回的《石頭記》殘抄本，確是己卯本的散失部分，而且還進一步確定這個己卯本是怡親王府的抄本，主持抄藏此書的人當是怡親王弘曉。

這是《紅樓夢》版本史上的一次重要發現，這個發現的首創者是吴恩裕同志〔六〕。由於發現了己卯本是怡親王府抄本，這就給我們提出了一個新的問題，同時也帶來了解決這個問題的可能性。這就是怡府過録己卯本時所用底本的來源問題。要探討這個問題，首先要弄清楚怡親王允祥與曹家的關係。關於這方面的史料還很少，但雍正二年曹頫請安摺上雍正的朱批，是一件十分重要的文獻資料，朱批的全文説：

朕安。你是奉旨交與怡親王傳奏你的事的。諸事聽王子教導而行。你若自己不爲非，諸事王子照看得你來；你若作不法，憑誰不能與你作福。不要亂跑門路，瞎費心思力量買禍受。除怡王之外，竟可不用再求一人託累自己。爲什么不揀省事有益的做，做費事有害的事？因你們向來混賬風俗貫（慣）了，恐人指稱朕意撞你，若不懂不解，錯會朕意，故特諭你。若有人恐嚇詐你，不妨你就求問怡親王，况王子甚疼憐你，所以朕將你交與王子。主意要拿定，少亂一點。壞朕聲名，朕就要重重處分，王子也救你不下了。特諭。〔七〕

這段雍正朱批，從字面上來看，帶有很明顯的感情色彩。從内容上説，它反映了：一、怡親王允祥與曹頫的關係是比較密切的，『諸事聽王子教導而行』，『諸事王子照看得你來』，

『除怡王之外，竟可不用再求一人託累自己』，『若有人恐嚇詐你，不妨你就求問怡親王，況王子甚疼憐你，所以朕將你交與王子』等等這些話，不能把它看作全是官樣文章；如是官樣文章，只需蜻蜓點水，點到就算了，何必翻來覆去説那麽多，反復交待怡親王對他的關切？二、雍正對曹頫似乎也還略存照顧之意，没有做得太絶。這方面，只要看隋赫德在奉旨抄了曹頫的家以後的奏摺説：『曹頫所有田産房屋人口等項，奴才荷蒙皇上浩蕩天恩特加賞賚，寵榮已極。曹頫家屬蒙恩諭少留房屋以資養贍，今其家不久回京，奴才應將在京房屋人口酌量撥給。』〔八〕曹頫在抄家以後，還『蒙恩諭少留房屋以資養贍』，可見他還没有弄到家破人亡。同樣的事情，在李煦被抄後，却是將他們的家屬及家僕等共『二百餘名口，在蘇州變賣』。在蘇州賣不出去，還將他們『記檔』，解送到北京，『交崇文門監督五十一等變價』〔九〕。對待李煦本人，在查出『李煦買蘇州女子送給阿其那』以後，即『依例將奸黨李煦議以斬監候，秋後斬决』。雍正則批示：『李煦着寬免處斬，發往打牲烏拉。』〔十〕於是七十三歲的李煦，還要充軍到打牲烏拉，終於死在那裏；但同樣曹頫私藏塞思黑（雍正之弟胤禟，康熙第九子）鍍金獅子的事被查出告發以後，雍正却不予理睬，未作任何處理〔十一〕。那末，雍正爲什麽對曹頫會獨留青眼呢？我看并不在於雍正對曹頫有什麽好感，而是爲了照顧怡親王的情面。這固然是猜測之辭，但却不是毫無依據的，前面提到的雍正朱批，就是這種猜想的依據之一。何況曹寅是康熙的奶兄弟，允祥是康熙的第十三子，康熙南巡時以曹寅的江寧織造署爲行宮，還稱曹寅的母親孫氏爲『此吾家老人也』〔十二〕，而曹頫則『自幼蒙故父曹寅帶在江南撫養長大』〔十三〕，由於康熙與曹寅的這種特殊的親密關係，那末康熙之子允祥與曹寅這一家，與曹頫，有較爲密切的關係也是情理中的事。基於以上種種背景，怡親王弘曉（允祥之子）直接從曹家借到己卯本的原稿本來組織人力進行過録，確實是有這種可能性的。何况弘曉與曹雪芹的好友敦誠也有較深的交往，這種關係反映在弘曉的《明善堂詩集》和敦誠的《四松堂集》裏，從這方面來看，弘曉也有可能借到己卯本的原稿來進行過録。這樣看來，這個己卯本的過録本，完全有可能是己卯原本的直接過録本，抄寫的款式是完全按照己卯原本的款式，因此我們還可從現在的過録己卯本推知己卯本原稿的面貌〔十四〕。從這一點來看，這個抄本，確是更值得珍視了。借用一句鑒定書畫的話來説，也可以稱作是『下真迹一等』的珍品了。

既然大量的無可辯駁的事實證明現存的這個過録己卯本，確是怡親王府的抄本，那末，這個抄本上所寫的『己卯冬月定本』的題句，自然不可能是商人隨便加的而是完全真實可靠的了。同樣，這個本子的抄藏者既然確定是怡親王弘曉，其底本來源又有很大的可能直接來自曹家，那末，這個抄本上題的『脂硯齋凡四閲評過』自然也不可能是商人隨意加的了；何况我們按脂硯齋評閲的年份挨次排列，到己卯年又恰好是第四次評閲〔十五〕，可見這個『四閲評過』的題句，是脂硯齋評閲《石頭記》的一個確切的記録和極爲重要的證據，連同上述這條『己卯冬月定本』的題記，形成了此本區别於其他早期抄本的一個顯著的特徵，因此對這兩條題字决不能隨便加以否定。

在研究己卯本的過程中，另一個重大的突破和收穫是發現了現存庚辰本是據現存的怡府過録己卯本抄的，而且其抄寫款式，與過録己卯本一模一樣，連過録己卯本上的錯字，空行，附記等等，也完全一樣，甚至在庚辰本第七十八回，還保留了一個與己卯本完全一樣的避諱的『祥』字，這就有力地證明了現存庚辰本確實是據現存己卯本抄的。前面已經説過，怡府過録的己卯本目前只剩四十一回又兩個半回，其餘部分已不可見。現在既然大量的事實證明，現存庚辰本是據怡府過録己卯本抄的，其款式也完全一樣，因此我們從庚辰本，就可以看到已丢失的己卯本的全部面貌。其中稍有差别的是，在怡府過録己卯本上爲朱筆旁添或旁改的文字，在庚辰本上已悉數轉化爲墨抄正文了，除了這一點點的差異外，其餘完全一樣。當然庚辰本上大量的朱筆批語，在己卯本上是一條也没有的，我們説的兩本一樣，是指它的墨抄部分，不包括朱筆批語〔十六〕。但是現存庚辰本上二十四條署明己卯年的脂硯齋批語，毫無疑問應是己卯原本上的批語，怡府過録時因迫於時間，僅過録了墨抄部分，未及過録原本上的這些脂批，因此我們要探索己卯原本的面貌，應該把過録己卯本和過録庚辰本聯繫起來一起進行探討，而不應該把它們孤立起來，因爲這兩個本子本來就有這樣不可分割的血緣關係，如果把它們孤立起來研究，我們也就探索不到它們的歷史面貌了。

在《紅樓夢》的版本研究史上，對己卯本和庚辰本的原始面貌的認識，是一個重大進展。由於這一進展，我們纔能正確認識己卯本的重大學術價值，我們也纔能正確認識庚辰本與己卯本的血緣關係和可以互爲補充的這種特殊依存情況，纔能正確認識庚辰本的重大的學術價值。現在可以這樣説，在目前的《石頭記》早期抄本中，己卯本是過録得最早的一個本子，也是最接近原稿面貌的一個本子，其殘缺部分的情形，可以從庚辰本得到認識，庚辰本幾乎就是一部完整的己卯本。因此，現存的己卯本和庚辰本，可以毫不誇張地説，是《石頭記》乾隆抄本中的一雙拱璧。

一九七九年六月四日凌晨七時半序於寬堂

〔一〕現在國内所藏的脂評系統的早期抄本，計有：《脂硯齋重評石頭記》（己卯冬月定本）、《脂硯齋重評石頭記》（庚辰秋月定本）、《脂硯齋重評石頭記》（甲戌本）、《乾隆抄百廿回紅樓夢稿本》、《蒙古王府本》、《戚蓼生序本石頭記》、《戚蓼生序南京圖書館藏本》、《夢覺主人序本》、《舒元煒序本》、《鄭振鐸藏本》。

〔二〕現存己卯本、庚辰本等《石頭記》早期抄本，都是過録本，本文所用己卯本、庚辰本等名稱，也都是指現存的過録本，爲省簡故以下不再加『過録』兩字，本文凡提到己卯本、庚辰本的原本時，即稱己卯原本、庚辰原本，以示區别。

〔三〕詳見拙著《論庚辰本》，上海文藝出版社出版。這裏説的抄主，不是指抄寫者，而是指主持抄寫此書及書成後此書的所有者。吴恩裕同志認爲怡親王弘曉本人也參與了此書的抄寫，此説可參考。見其所著《己卯本石頭記初探》，載《紅樓夢版本論叢》，南京師範學院中文系資料室編。

〔四〕今年二月，接到日本友人《紅樓夢》翻譯家、研究專家松枝茂夫先生來信説：『橋川時雄先生曾對我説，他在北京董康先生（已故）家裏看過一部古抄本《石頭記》，一卷厚大本，不分回的。』這部古抄本《石頭記》，我們至今還未見到，但這也不可能是己卯本，因己卯本是分册裝的，不是『一卷厚大本』，而且己卯本是分回的，不分回的《石頭記》至今還未見過。

〔五〕在六十七回末尾有『石頭記第六十七回終，按乾隆年間抄本，武裕庵補抄』一行字，從『按乾隆年間抄本』這句話的語氣看，武裕庵不可能是乾隆時期人，當是嘉慶道光時人。

〔六〕詳見吴恩裕、馮其庸：《己卯本『石頭記』散失部分的發現及其意義》，載一九七五年三月二十四日《光明日報》。

〔七〕原件存故宫博物院明清檔案部。

〔八〕《江寧織造隋赫德奏細查曹頫房地産及家人情形摺》，見《關於江寧織造曹家檔案史料》第一八八頁，中華書局一九七五年三月版。

〔九〕雍正二年十月十六日，《内務府總管允禄等奏李煦家人擬交崇文門监督變價摺》，同上書，第二〇八頁。

〔十〕雍正五年二月二十三日，《内務府總管允禄奏刑部議李煦爲胤禩買女子罪名摺》，同上書，第二一三—二一四頁。

〔十一〕雍正六年七月初三日，《江寧織造隋赫德奏查織造衙門左側廟内寄頓鍍金獅子情形摺》，同上書，第一八八頁。

〔十二〕馮景《解春集文鈔》卷四頁一：《御書萱瑞堂記》。

〔十三〕康熙五十四年七月十六日《江寧織造曹頫覆奏家務家産摺》，見《關於江寧織造曹家檔案史料》第一三二頁。

〔十四〕參見拙著《論庚辰本》第二九頁注〔二〕，上海文藝出版社出版。

〔十五〕參見拙著《論庚辰本》第一八頁：『脂硯齋評閲《石頭記》的紀年表。』

〔十六〕參閲拙著《論庚辰本》。

目録

護官符下小註

賈不假白玉為堂金作馬 寧國榮國二公之後共二十房分除寧榮親派八房在都外現原籍住着十二房

阿房宮三百里住不下金陵一個史 保齡侯尚書令史公之後房分共十八房都中現住十房原籍現居八房

東海缺少白玉床龍王來請金陵王 都太尉統制縣伯王公之後共十二房都中兩房餘皆在籍

豐年好大雪珍珠如土金如鐵 紫微舍人薛公之後現領内司帑項行商共八房

昌明隆盛之邦（毗）伏長安大都

只以観花修竹酌酒吟詩為樂到是神仙一流人品只是一件不足如今年已半百膝下無兒只有一女乳名英菊年方三歲一日炎夏永晝士隐于書房閑坐至倦时攏書伏几少憩不覺朦朧睡去夢至一處不辨是何地方忽見那廂來了一僧一道且行且談只听道人问道你携了這蠢物意欲何往那僧笑道你放心如今現有一段風流公案正該了結這一干風流冤家尚未投入人世趂此机会就將此蠢物夾帶於中使他去經歷〻〻那道人道原來近日風流冤孽又將造劫歷世去不成但不知落於何方何處那僧笑道此事說來好笑竟是千古未闻的罕事只因西方灵河岸上三生石畔有絳珠草一株時有赤瑕宮神瑛侍者日以甘露灌溉這絳珠草始得久延歲月後來既受天地精華復得雨露滋養遂得脫却草胎木質得換人形僅修成个女体終日遊於離恨天

外飢則食蜜青菓為膳渴則飲灌愁海水為湯只因未酬报灌溉之德故甚至
五内便鬱結着一段纏綿不盡之意恰近日這神瑛侍者凡心偶熾乘此昌明
太平盛世意欲下凡造歷幻縁已在警幻仙子案前掛了號警幻亦曾问及灌
溉之情未償趁此到可了結那絳珠仙子道他是甘露之恵我並無此水可还
他既下世為人我也去下世為人但把我一生所有的眼淚还他也償还得過
他了因此一事就勾出多少風流寃家賠他们去了结此案那道人道果是罕
闻實未闻有还眼淚之説想來這一段故事比歷來風月故事更加瑣碎細膩
了那僧道歷來几个風流人物不過傳其大槩以及詩詞編章而已至家庭闺
阁中一飲一食揔未述記再者大半風月故事不過偷香窃玉暗約私奔而已
並不曾将兒女之真情發洩一二想這一干人入世其情痴色鬼賢愚不肖者

悉與前人傳述不同矣那道人道趣此何不你我也去下世度脫几个豈不是一場功德那僧道正合吾意你且同我到警幻仙子宫中將這蠢物交割清楚待這一干凨流孽鬼下世已完你我再去如今虽已有一半落塵然犹未全集道人道既如此便隨你去來却說甄士隱俱听明白但不知所云蠢物係何東西遂近前施礼笑問道二仙師請了那僧道也荅礼相问士隱因說道適聞仙師所談因果人世罕聞者但弟子愚濁不能洞悉明白若蒙大開痴頑備細一聞則洗耳諦听稍能警省亦可免沉淪之苦二仙笑道此乃玄机不可預洩者到那時只不要忘了我二人便可跳出火坑矣士隱听了不便再问因笑道玄机不可預洩但適云蠢物不知為何物或可一見否那道人道若问此物到有一面之緣說着取出遞与士隱〻〻接了看時原來是塊鮮明美玉上面

字跡分明鐫着通靈寶玉四字後面還有几行小字正欲細看時那僧便說已到幻境便強從手中奪了去與道人竟過一大石牌坊那牌坊上大書四字乃是太虛幻境兩邊又有一付對聯道

假作真時真作假　無為有處有還無

士隱意欲也跟了過去方舉步時忽听一聲霹靂有若山崩地陷士隱大叫一聲定睛一看只見烈日炎炎芭蕉冉冉夢中之事便忘了大半又見奶母正抱了英菊走来士隱見女兒越發生得粉粧玉琢甚覺可喜便伸手接来抱在懷内鬪他頑耍一回又代至街前看那過會的熱鬧方欲進来時只見從那邊来了一僧一道那僧則癩頭跣足那道則跛足蓬頭瘋瘋顛顛揮霍談笑而至及到了他門前看見士隱抱着英菊那僧便大哭起来又向士隱道施主你把這

有命無運累及爹娘之物抱在懷内作甚士隱听了知是瘋話也不去採他那
僧還説捨我罷〻〻〻士隱不奈煩便抱女兒撒身進去那僧乃指着他大笑口
内念了四句言辞道

慣養嬌生咲你痴　菱花空對雪澌〻
好防佳節元宵後　便是烟消火滅時

士隱聽得明白心下犹豫意欲問他們来歷只听道人説道你我不必同往就
此分手各幹營生去罷三刼後我在北邙山等你會齊了同往太虚幻境消號
那僧道最妙〻〻〻説畢二人已去再不見个踪影了士隱心中此時自忖這兩
个人必有来歷該試問一番如今悔之晚矣這士隱正痴想忽見隔壁葫芦庙
内寄居的一个窮儒走了出来這人姓賈名化字時飛别號雨村者原係湖州

人氏原係詩書仕宦之族因他生於末世父母祖宗根基已盡人口衰喪只剩
得他一身一口在家鄉無益因進京求取功名再整基業自前歲来此又淹蹇
住了暫居廟中安身每日賣字作文為生故士隱常與他交接當下雨村見了
士隱忙施禮陪笑道老先生倚門佇望敢是街市上有甚新文否士隱笑道非
也適因小女啼哭引他出来作耍正是無聊之甚兄来得正妙請入小齋一談
彼此皆可消此永晝說着便令人送女兒進去自攜了雨村来至書房中小童
獻茶方談得三五句話忽家人飛報嚴老爺来拜士隱慌的忙起身謝罪道恕
誑駕之罪畧坐弟即来陪雨村忙起身亦讓道老先生請便晚生乃常造之客
稍候何妨說着士隱已出前廳去了這里雨村且翻弄書籍解悶忽听得窗外
有女子嗽聲雨村遂起身往窗外一看原来是个丫嬛在那里掐花生得儀容

不俗眉目清明雖無十分姿色却也有動人之處雨村不覺看得呆了那甄家丫鬟擷了花方欲走時猛抬頭見窓内有人敝巾旧服雖是貧窘然生得腰圓膀厚面闊口方更兼劍眉星眼直鼻權腮這丫鬟忙轉身回避心下乃想這人生得這樣雄壯却又這樣襤褸想他定是我家主人常說的什庅賈雨村了每有意帮助周濟只是沒甚机會我家並無這樣貧窮親友想來定是此人無疑了怪道又說他必非久困之人如此想來不免又回頭兩次雨村見他回了頭便自為這女子心中有意于他便狂喜不禁自為此女子必是个巨眼英豪風塵中之知己也一時小童進來雨村打听得前面留飯不可久待遂從夾道中自便出門去了士隱待客既散知雨村自便也不去再邀一日早又中秋佳節士隱家宴已畢乃另具一席于書房中却自己步月至廟中來邀雨村原來雨

村自那日見了甄家之婢曾回顧他兩次自為是个知己便時刻放在心上今又正值中秋不免對月有懷因而口占五言一律云

未卜三生願　頻添一段愁　悶來時斂額　行去幾回頭
自顧風前影　誰堪月下儔　蟾光如有意　先上玉人樓

雨村吟罷因又思及平生抱負苦未逢時乃又搔首對天長嘆復高吟一聯云

玉在匵中求善價　釵于奩內待時飛

恰被士隱走來听見笑道雨村兄真抱負不淺也雨村忙咲道豈敢不過偶吟前人之句何敢狂誕至此因问老先生何興至此士隱笑道今夜中秋俗謂團圓之節想尊兄旅寄僧房不無寂寥之感故特具小酌邀兄到敝齋一飲不知可納芹意否雨村听了並不推辭便笑道既蒙謬愛何敢拂此盛情說着便同

了士隱過這邊書院中来湏臾茶畢早已設下盃盤那美酒佳餚自不必說二人歸坐先是款斟漫飲次漸談至興濃不覺飛觥限斝起来當時街房上家々簫管戶々歌絃當頭一輪明月飛彩凝輝二人愈添豪興酒到盃乾雨村此時已有七八分酒意狂興不禁乃對月寓懷口號一絶云

時逢三五便團圓　滿地晴光護玉欄
天上一輪纔捧出　人間萬姓仰頭看

士隱听了大叫妙哉吾每謂兄必非久居人下者今所吟之句飛騰之兆已見不日可接履于雲霓之上矣可賀々々乃親斟一斗為賀雨村因乾過嘆道非晚生酒後狂言若論舉業之學晚生也或可去充數沽名只是目今行囊路費一槩無措神京路遠非賴賣字撰文即能到者士隱不待說完便道兄何不早

言愚每有此意但每遇兄時兄並未談及愚故未敢唐突今既及此愚雖不才義利二字却还識得且喜明歲正当大比兄宜作速入都春闈一戰方不負兄之所斈也其盤費餘事弟自代為處置亦不枉兄之謬識矣当下即命小童進去速封五十两白銀並两套冬衣又云十九日乃黄道之期兄可即買舟西上待雄飛高舉明冬再晤豈非大快之事也雨村收了銀衣不過畧謝一語並不介意仍是吃酒談笑那天已交三鼓二人方散士隱送雨村去後回房一覺直至紅日三竿方醒因思昨夜之事意欲寫两封荐書与雨村帯至神都使雨村投謁个仕宦之家為寄足之地因使人過去請時那家人去了回來說和尚說賈爷今日五鼓已進京去了也曾留下話与和尚轉達老爷說讀書人不在黄道黑道總以事理為要不及面辭了士隱听了也只得罢了真是閒處光陰易

過倏忽又是元宵佳節矣因士隱命家人霍啟抱了英菊去看社火花灯半夜中霍啟因要小觧便将英菊放在一家门檻上坐着待他小觧完了來抱時那有英菊的踪影急得霍啟直尋了半夜至天明不見那霍啟也就不敢回來見主人便逃往他鄉去了那士隱見女兒一夜不歸便知有些不妥再使几个人去尋找回來皆云連音響皆無夫妻二人半世只生此女一旦失落豈不思想因此晝夜啼哭几乎不曾尋死看〻一月士隱先得了一病当時封氏孺人也因思女構疾日〻請醫療治不料這日三月十五葫芦庙中炸供那些〻和尚不加小心致使油煱火逸便燒着窓紙此方人家多用竹籬木壁者甚多大抵也因劫數于是接二連三牽五掛四将一條街燒得如火焰山一般彼時虽有軍民來救那火已成了勢如何救得下直燒了一夜漸〻的熄下去也不知燒了

几家只可憐甄家在隔壁燒成一片瓦礫塲了只有他夫妻並几个家人的性命不曾傷了急得士隱惟跌足長嘆而已只得與妻子商議且到田庄上去安身偏值近年水旱不收鼠盜蜂起無非搶田奪地鼠竊狗偷民不安生因此官兵勦捕难以安身只得将田庄都折変了便携了妻子與兩个丫嬛投他岳丈家去他岳丈名喚封肅本貫大如州人氏雖是務農家中都还殷實今見女婿這等狼狽而来心中便有些不樂幸而士隱还有折変地的銀子未曾用完拿出来托他隨分就價薄置些須房地為後日衣食之計那封肅便半哄半賺些須与他些薄田朽屋士隱乃讀書之人不慣生理稼穡等事免強支持了一二年越發窮了下去封肅每見面時便說些現成話且人前人後又怨他們不善過活只一味好吃懶動等語士隱知投人不着心中未免悔恨再兼上年驚唬

急忿怨痛已傷暮年人貧病交攻竟漸漸的露出那下世的光景来可巧這日拄了拐杖掙挫到街前散散心時忽見那邊来了一个跛足道人瘋顛落脱蔴屣鶉衣口内念着几句言詞道是

世人只曉神仙好惟有功名忘不了古今将相在何方荒塚一堆草沒了

世人都曉神仙好只有金銀忘不了終朝只恨聚無多即至多時眼閉了

世人都曉神仙好只有姣妻忘不了君在日日說恩情君死又隨人去了

世人都曉神仙好只有兒孫忘不了痴心父母古来多孝順兒孫誰見了

士隱聽了便迎上来道你滿口說些甚広只听見好了好了那道人笑道你果然听見好了二字还筭你明白可知世人萬般好便是了了便是好若不了便不好若要好須是了我這歌兒便名好了歌士隱本是有宿慧的一聞此言心中

早已徹悟因笑道且住待我将你這好了歌解註出来如何道人笑道你解你

解士隱乃説道

陋室空堂當年笏滿床衰草枯楊曽為歌舞場蛛絲兒結滿雕梁緑紗今

又糊在蓬窻上説甚脂正濃粉正香如何兩鬢又成霜昨日黄土隴頭

送白骨今宵紅燈帳底臥鴛鴦金滿箱銀滿箱展眼乞丐人皆謗正嘆他

人命不長那知自已歸来喪保不定日後作強梁擇膏梁誰承望流落在

烟花巷因嫌紗帽小致使鎖枷扛昨憐破襖寒今嫌紫蟒長乱烘烘你方

唱罷我登場反認他鄉是故鄉甚荒唐到頭来都是為他人作嫁衣裳

那瘋跛道人听了拍手笑道解得切切士隱便説一声走罷将道人肩上搭

褳搶了過来背着竟不回家同了瘋道人飄飄而去當下烘動街坊衆人當作

新文傳說封氏聞得此信哭个死去活来只得与父親商議遣人各處訪尋那討音信無奈何少不得靠着他父母度日幸而身边还有两个旧日丫环扶侍主僕三人日夜作些針線發賣帮着父親用度那封肅雖然日夜抱怨也無可奈何了這日那甄家的大丫环在門前買線忽听街上喝道之声衆人都說新太爺到任了丫环于是隱在門内看時只見那軍牢快手一對一對的過去俄而大轎内抬着一个烏紗猩袍的官府過去了丫环到發了怔自思這官好面善到像在那里見過的于是進入房中也就丢過不在心上至晚間正待歇息之時忽听一片声打的门响許多人乱嚷說本府太爺的差人来傳人問話封肅听了唬得目瞪口呆不知有何禍事

此回亦非正文正詩云一節是標子須抵二格寫

脂硯齋重評石頭記卷之

第二回

賈夫人仙逝楊州城　冷子興演説榮國府

此回亦非正文本旨只在冷子興一人即俗謂冷中出熱無中生有也其演説榮府一篇者盖因族大人多若從作者筆下一一叙出盡一二回不能得明白則成何文字故借用冷字一人略出其文半使閲者心中已有一榮府隱隱在心然後用黛玉宝釵等兩三次皴染則耀然於心中眼中矣此即画家三染法未寫榮府正人先寫外戚是由近（遠）及遠（近）由小至大也若使先叙出榮府然後一一叙及外戚又一一至朋友至奴僕其死（板）後拮据之筆豈作十二釵人手中之物也今先寫外戚者正是寫榮國一府也故又怕閒文賸懶開筆即寫賈夫人

已死是特使黛玉入榮府之速也通灵宝玉于士隱夢中一出今又于子興口中一出閱者已洞然矣然後于黛玉宝釵二人目中極精極細一描則是文章鎖合處蓋不肯下筆直下有若放閘之水燃信之爆竹使其精華一洩而無餘也究竟此玉原應出自釵黛目中方有照應今預從子興口中說出寔雖寫而却未寫觀其後文可知此一回則是虛敲傍擊之文筆則是反送隱曲之筆詩云

一局輸贏料不真　香銷茶盡尚逡巡
欲知目下興衰兆　須问傍观冷眼人

却說封肅因听見公差傳喚忙出来陪笑啓问那些人只嚷快請出甄爺来封肅忙陪笑道小人姓封並不姓甄只有当日小婿姓甄今已出家一二年了不知可是问他庅那些公人道我们也不知什庅真假因奉太爺之命来问他既

是你女婿便帶了你去親見太爺面稟省得亂跑說着不容封肅多言大家推擁他去了家人各〻驚慌不知何兆那天約二更時只見封肅方回來欢天喜地衆人忙问端的他乃說道原來本府新陞太爺姓賈名化本胡州人氏曽与女婿旧日相交方纔在偺门前过去因看見嬌杏那丫頭買綫所以他只当女婿移住於此我一〻將原故回明那太爺到傷感嘆息了一回又问外孫女兒我說看灯丢了太爺說不妨我自使番役務必採訪回來說了一回話臨走到送我二两良子甄家娘子听了不免心中傷感一宿無話至次日早有雨村遣人送了两封良子四疋錦緞答谢甄家娘子又寄一封密書与封肅轉托他向甄家娘子要那嬌杏作二房封肅喜的屁滚尿流巴不得去奉承便在女兒前一力攛掇成了乘夜只用一乘小轎便把姣杏送進去了雨村欢喜自不必說

乃封百金贈封肅外又謝甄家娘子許多物事令其好生養贍以待尋訪女
兒下落封肅回家無話却說姣杏這丫嬛便是那年回顧雨村者因偶然一顧
便弄出這段事來亦是自己意料不到之奇緣誰想他命運兩濟不承望到雨
村身边只一年便生了一子又半載雨村嫡妻忽染疾棄世雨村便將他扶
冊作正室夫人了正是　偶因一着錯　便為人上人原來雨村因那年士隱
贈銀之後他于十六日便起身入都到大比之期不料他十分得意已會了進
士選入外班今已陞了本府知府虽才幹優長未免有些貪酷之弊且又恃才
侮上那些官員皆側目而視不上一年便被上司尋了一个空隙作成一本叅
他情性狡滑擅纂礼儀且沽清正之名而暗結虎狼之屬致使地方多事民命
不堪等語龍顏大怒即批革職該部文書一到本府官員無不喜悅那雨村

心中虽十分惭恨却面上全無一点怨色仍是喜咲自若交代過公事將歷年作官積下資本並家小人属送至原籍安揷妥協却是自己担風袖月游覧天下勝跡那日偶又遊至維揚地面因聞得今歲塩政点的是林如海这林如海姓林名海表字如海乃是前科的探花今已陞至蘭台寺大夫本貫姑蘇人氏今欽点出為巡塩御史到任方一月有餘原来这林如海之祖曾襲過列侯今到如海業经五世起初时只封襲三世因当今隆恩盛德遠邁前代額外加恩至如海之父又襲了一代至如海便從科第出身虽係鐘鼎之家却亦是書香之族只可惜这林家枝庶不盛子孫有限虽有几门却与如海俱是堂族而已沒甚親近嫡派今如海年已四十只有一个三歲之子偏又於去歲死了虽有几房姬妾奈命中無子亦無可如何之事今只有嫡妻賈氏生得一女名黛

玉年方五歲夫妻無子故愛女如珍且又見他聦明清秀便也使他讀書識
字不過假充養子之意聊解膝下荒凉之嘆且說雨村正值偶感風寒病在旅
店將一月光景方漸愈一因身体勞倦二因盤費不繼也正欲尋个合式之處
暫且歇下幸有兩个旧友亦在此境居住因聞得鹽政欲聘一西賓雨村便相
托友力謀了進去且作安身之計妙在只一个女學生並兩个伴讀丫嬛這女
學生年又極小身体又極怯弱工課不限多寡故十分省力堪堪又是一載的
光陰誰知女學生之母賈氏夫人一疾而終女學生侍湯奉藥守喪盡哀遂又
將要辭館別圖林如海意欲令女守制讀書故又將他留下只因女學生哀痛
過傷本自怯弱多病的觸犯旧症遂連日不曾上學雨村閑居無聊每當風日
晴和飯後便出來閑步這日偶至郭外意欲賞鑒那村野風光忽信步至一

山環水繞茂林深竹之處隱〻的有座廟宇門巷傾頹墻垣朽敗門前有額題着智通寺三字門傍又有一付破旧的对聯是 身後有餘忘縮手 眼前無路想回頭 雨村看了因想道这兩句話文雖淺近其意則深我也曾遊過些名山大刹到不曾見過这話頭其中想來必有个翻過筋斗來的也未可知何不進去試〻想着走入看時只有一个聾腫老僧在那里煮粥雨村見了便不在意及至問他兩句話那老僧既聾且昏齒落舌鈍所答非所問雨村不耐煩便仍出來意欲到那边村肆中沽飲三杯以助野趣于是欵步行來方入肆門只見座上吃酒之客有一人起身大笑接了出來口內說奇遇〻〻雨村忙看時此人是都中古懂行中貿易的号冷子興旧日在都中相識雨村最讚这冷子興是个有作爲大本領的人这子興又借雨村斯文之名故二人說話最相契

合雨村忙亦笑問道老兄何日到此弟竟不知今日偶遇真奇緣也子興道去年歲底到家今因还要入都從此順路找个敝友說一句話承他之情留我多住兩日我也無甚緊事且盤桓兩日待月半時也就起身了今日敝友有事我因閑步至此且歇歇脚不期這樣巧遇一面說一面讓雨村同席坐了另整上酒餚來二人閑談漫飲叙些別後之事雨村因問近日都中可有新聞沒有子興道到沒有什庅新聞到是老先生你貴同宗家出了一件小小的異事雨村笑道弟族中無人在都何談及此子興笑道你們同姓定非同宗一族雨村問是誰家子興道榮國府賈府中可也不玷辱了先生的門楣雨村笑道原來是他家若論起來寒族人丁却不少自東漢賈復以來支派繁盛各省皆有誰能逐細考查若論榮國一枝却是同譜但他那等榮耀我們不便去攀扯

至今故越發生疏難認了子興嘆道老先生休如此說如今的這榮國府兩門也都蕭疏了不比先時的光景雨村道當日寧榮兩宅的人口也極多如何就蕭疏了子興道正是說來也話長雨村道去歲我到金陵地界因遊覽六朝遺跡那日進了石頭城從他老宅門前經過街東是寧國府街西是榮國府二宅相連竟將大半條街占了大門前雖冷落無人隔着圍墻一望裡面厛殿樓閣也還都崢嶸軒峻就是後一帶花園子裡樹木山石也都還有蓊蔚洇潤之氣那里像個衰敗之家子興笑道虧你是進士出身原來不通古人有云百足之蟲死而不僵如今雖說不似先年那樣興盛較之平常仕宦之家到底氣象不同如今生齒日繁事務日盛主僕上下安富尊榮者盡多運籌謀畫者無一其日用排場又不能將就省儉如今外面架子雖未甚倒內囊却也盡上來了這

还是小事更有一件大事谁知鐘鳴鼎食之家翰墨詩書之族如今的兒孫竟
一代不如一代了雨村听説也罕道这様詩礼之家豈有不善教育之理别门
不知只説这寧荣兩宅是最教子有方的子興嘆道正説的是这兩门呢待我
告訴你当日寧國公与荣國公是一母同胞的弟兄兩个寧公居長生了四个
兒子寧公死後長子賈代化襲了官也養了兩个兒子長名賈敷至八九歲上
便死了只剩了次子賈敬襲了官如今一味好道只愛燒丹煉汞餘者一概不
在心上幸而早年留下一子名喚賈珍因他父親一心想作神仙把官到讓他
襲了他父親又不肯回原籍来只在都中城外和道士们胡羼这位珍爺也到
生了一个兒子今年纔十六歲名叫賈蓉如今敬老爹一槩不管这珍爺那裡
肯讀書只一味高樂把寧國府竟翻過来也没有敢来管他的再説荣府你听

方終所說異事就出在這里自榮公死後長子賈代善襲了官娶的是金陵世勲史侯家的小姐為妻生了兩个兒子長名賈赦次名賈政如今代善早已去世太夫人尚在長子賈赦襲着官次子賈政自幼酷喜讀書祖父最疼原要以科甲出身的不料代善臨終時遺本一上皇上因恤先臣即時令長子襲官又問還有几子立刻引見遂特恩賜了這政老爺一个主事之職令其入部習學如今現已陞員外郎了這政老爺的夫人王氏頭胎生的公子名喚賈珠十四歲進學不到二十歲就娶了妻生了子一病死了第二胎生了一位小姐生在大年初一這就奇了不想次年又生了一位公子說來更奇一落胎胞嘴里便啣一塊五彩晶瑩的玉來上面還有許多字跡就取名叫作寶玉你道是新奇異事不是雨村笑道果然奇異怕這人來歷不小子興冷笑道万人皆如此說因

而他祖母便愛如珍宝那年週歲时政老爺便要試他將來志向便將那世上所有之物擺了無数与他抓取誰知他一概不取伸手只把些脂粉釵環抓來政老爺便大怒了說將來酒色之徒耳因此便大不喜悅独那史老太君还是命根一樣說來又奇了如今長了七八歲雖然淘氣異常但其聰明乖覺處百个不及他一个說起孩子話來也奇怪他說女兒是水作的骨肉男人是泥作的骨肉我見了女兒我便清爽見了男子便覺濁臭逼人你到好咲不好咲將來色鬼無疑了雨村罕然厲色忙止道非也可惜你們不知道这人來歷大約政老爺前輩也錯以淫魔色鬼看待了若非多讀書識事加以致知格物之功悟道參玄之力者不能知也子興見他說得这樣重大忙請教其端雨村道天地生人除大仁大惡兩種餘者皆無大異若大仁者則應運而生大惡者則

應劫而生運生世治劫生世厄堯舜禹湯文武周公孔孟董韓周程朱張皆應

運而生者蚩尤共工桀紂始皇王莽曹操桓温安禄山秦檜等皆應劫而生者

大仁者修治天下大惡者撓乱天下清明灵秀天地之正氣仁者之所秉也殘

忍乖僻天地之邪氣惡者之所秉也今当運隆祚永之朝太平無為之世清明

灵秀之氣所秉者上至朝廷下及草野比〻皆是所餘之秀氣漫無所歸遂為

和風洽然溉及四海彼殘忍乖僻之邪氣不能蕩溢于光天化日之中遂凝結

充塞于深溝大壑之内偶因風蕩忽被雲推略有摇動感發之意一絲半縷悮

而洩出者偶值灵秀之氣適過正不容邪邪〻復妬正兩不相下亦如風水雷電

地中既遇既不能消又不能讓必致搏擊掀發後始盡固其氣亦必賦人發

洩一盡始散使男女偶秉此氣而生者上則不能成仁人君子下則亦不能為

大凶大惡置之于萬〻人之中其聰明(俊)灵秀之氣則在万〻人之上其乖僻邪謬不近人情之態又在万〻人之下若生於公侯富貴之家則為情痴情種若生於詩書清貧之族則為逸士高人縱再(然)偶生於薄祚寒门斷不能為走卒健僕甘遭庸人驅制駕馭必為奇優名妓(娼)如前代之许由陶潛阮籍嵇康刘伶王謝二族(顧虎頭)陳後主唐明皇宋徽宗刘庭芝温飛卿米南宫石曼卿柳耆卿秦少遊(游)近日之倪雲林唐伯虎祝枝山再如李龜年黄旛綽敬新磨卓文君紅拂薛濤崔鶯〻朝雲之流此皆易(異)地則同之人也子興道依你説成則(王)公侯敗則賊了雨村道正是这意你还不知道我自革職以来这兩年遍遊名省也曾遇見兩个異樣孩子所以你方纔一説这宝玉我就猜着了八九亦是这一派人物不用遠處(説)只这金陵城内欽差金陵省体仁院總裁甄家你可知道庅子興道

誰人不知這甄府和賈府是老親又係世交兩家來往極其親熱便在下也和他家來往非止一日了雨村咲道去歲我在金陵也曾有人荐我到甄府處館我進去看其光景誰知他家那等顯貴却是個富有好礼之家到是個难得之館但這一个學生雖是啓蒙却比一个舉業的學生还勞神說起來更可咲他說必得兩个女兒伴我讀書我方能認得字心里也明白不然我心里胡塗又常对跟他的小廝們說這女兒兩个字極尊貴極清淨的比那阿弥陀佛元始天尊的兩个宝號还更尊荣無对呢你們這濁口臭舌萬不可唐突了這兩个字要緊的狠呢但凡要說時必須先用清水香茶漱了口纔可說若失錯便要鑿牙穿腮等事其暴虐浮躁頑劣憨痴種種異常只一放了學進去見了那些女兒們其温厚和平聰敏文雅竟又變了一个人了因此他令尊也曾下死笞

楚儿次無奈竟不能改每打的吃疼不過时他便姐〻妹〻的乱叫起來後來听得里面女兒們拿他取咲曰何打急了只管叫姐妹作甚莫不是求姐妹去讨饒你豈不羞些他回答的㝡妙他說疼急之时只叫姐〻妹〻字樣或可解疼也未可知曰叫了一声便果竟不疼遂得了秘诀每疼痛之極便連叫姊妹起來你說可咲不可咲也曰他祖母溺愛不明每曰孫辱師責子曰此我就辞了館如今在廵塩林家坐了館你說这等子弟必不能守祖父之根基從師友之規諫只可惜他家几个好姊妹都自 少有的子興道便是賈府中現在三个亦不錯政老爺之長女名元春現曰賢孝才德選入宮中作女史去了二小姐乃赦老爺之女政老爺養為己女名迎春三小姐乃政老爺之庶出名探春四小姐乃寧府珍爺之胞妹名喚惜春曰史老太夫人極爱孫女都跟在祖母这

边一處讀書所得个〻不錯雨村道更妙在甄家風俗女兒之名亦皆從男子之名命字不似別家外用些春紅香玉等艷字何得賈府亦落此俗套子興道不然只因現今大小姐是正月初一所生故名元春餘者方從了春字上一輩的却也是從弟兄而來現有对証目今你貴東家林公之夫人即榮府中赦政二公之胞妹在家时名喚賈敏不信时你回去細訪便知雨村拍案笑道怪道这女學生讀書凡有敏字他皆念作蜜字每〻如是寫字若遇着敏字又減一二筆我心中就有些疑惑今听你說是為此無疑了怪道我这女學生言語舉止另是一様不与近日女子相同度其母必不凡方生此女今知為榮府之外孫又不足罕矣可傷上月竟亡故了子興嘆道老姊妹四个这一个是極小的又沒了長一輩的姊妹一个也沒了只看着少一輩的將來之東床如何呢雨

村道正是方纔說这政公已有了一个啣玉之兒又有長子所遺一个弱孫这赦老竟無一个不成子興道政公既有玉兒之後其妾後又生了一个到不知其好歹只眼前現有二子一孫却不知將來如何若問那赦公也有二子長子名賈璉今已廿來往了親上作親娶的就是政老爺夫人王氏之內姪女今已娶了二年这位璉爺身上現捐的是个同知也是不愛讀書于世路好机變言談去得所以如今只在奶叔政老爺家住着幫着料理些家務誰知自娶了他令夫人之後到上下無一人不稱頌他夫人璉爺到退了一射之地說模樣又極標緻言談又爽利心机又極深細竟是男人萬不及一的一个人兩村听了咲道可知我前言不謬你我方纔所說的這几个人只怕是那正邪兩賦而來一路之人未可知也子興道邪也罷正也罷只顧算別人家的賬你也吃一杯

酒緩好雨村道正是只顧說話竟多吃了几杯子興咲道說着別人家的閒話正好下酒就多吃几杯何妨雨村向窗外看道天也晚了仔細閉了城我們慢々進城再談未為不可于是二人起身算還酒賬方欲走時只聽得後面有人叫道雨村兄恭喜了特來報喜信兒雨村忙回頭看時（語言太煩令人不耐古人云惜墨如金省此視墨如土矣雖演至千萬回亦可也）

脂硯齋重評石頭記卷之

第三回

賈雨村夤緣復旧職　林代玉抛父進京都

却說雨村忙回頭看時不是別人乃是當日同僚一案叅革的號張如圭者他本係此地人革職後家居今打聽得都中奏准起復旧員之信便四下尋(里)情找門路忽遇見雨村(故此道喜二人見了礼張如圭便將此信告訴雨村)雨村自是歡喜忙忙的叙了兩句遂作別各自回家冷子興聽得此言便忙獻計令雨村央煩林如海轉向都中去央煩賈政雨村領其意作別回至(去)舘中尋邸報看真確了次日面(当)謀之如海如海道天緣湊巧因賤荊去世都中家岳母念及小女無人依傍教育前已遣了男女船支来接因小女未曾大痊故未及行此刻正思向蒙訓教之恩未曾(經)酬報遇此機會豈有不盡

心圖報之禮但請放心弟已預為籌畫至此已修下荐書一封轉托內兄務為週全協佐方可稍盡弟之鄙誠即有所費用之例弟於內家信中已註明白亦不勞尊兄多慮矣雨村一面打恭謝不釋口一面又問不知令親大人現居何職只怕晚生草率不敢驟然入都干瀆如海笑道若論舍親與尊兄猶係同譜乃榮公之孫大內兄現襲一等將軍之職名赦字恩侯二內兄名政字存周現任工部員外郎其為人謙恭厚道有祖父遺風非膏粱輕薄仕宦故弟方致書煩托否則不但有污尊兄之清操即弟已不屑為矣雨村听了心下方信昨日子興之言于是又謝了如海〃〃乃說已擇了出月初二日小女入都尊兄即同路而往豈不兩便雨村唯〃听命心中十分得意如海遂打點禮物並餞行之事雨村一〃領了那女學生黛玉身体又愈原不忍棄父而往無奈他外祖

母致意務必去且兼如海說汝父年將半百再無續室之意且汝多病年又極小上無親母教養下無姊妹兄弟扶持今依傍外祖母及舅氏姊妹去者正好減我顧盼之憂何反云不往黛玉听了方洒泪拜別隨了奶娘及榮府中几个老婦人登舟而去雨村另有一支船帶了兩个小童依附黛玉而行那日到了都中進入神京雨村先整了衣冠帶了小童拿着宗姪的名帖至榮府門前投了彼時賈政已看了妹丈之書即忙請入相見雨村相貌魁偉言談不俗且這賈政最喜讀書人禮賢下士拯溺濟危大有祖風況又係妹丈致意因此優待雨村更又不同便竭力內中協助題奏之日輕〻謀了个復職候缺不上兩个月金陵應天府缺出便謀補了此缺拜辭了賈政擇日到任去了此是後話且說黛玉自那日棄舟登岸時便有榮國府打發了轎子並拉行理的車輛候着

代玉送林代玉常听得母親說過他外祖母家與别家不同他近日所見的这几个三等的僕婦吃穿用度已是不凡了何况今至其家因此步〻留心時〻在意不肯輕易多說一句話多行一步路生恐被人恥笑了他去自上了轎進入城中從紗窗外瞧了一瞧其街市之繁華人烟之阜盛自與别處不同又行了半日忽見街北蹲着两个大石獅子三间獸頭大门〻前列坐着十来个華冠麗服之人正门却不開只有两角门有人出入正门之上有一匾〻上大書勅建寧國府五个大字代玉想到這是外祖之長房了想着又往西行不多遠照樣也是三间大门方是榮國府却也不進正门只進了西边角门那轎夫抬進去走了一射之地將轉灣時便歇下退出去了後面婆子們已都下了轎赶上前来另換了三四个衣帽周全十七八歲的小廝上來復抬起轎子衆婆子

步下圍随至一垂花门前落下衆小厮退出衆婆子上来打起轎簾扶代玉下轎林代玉扶着婆子的手進了垂花门兩边是超手遊廊堂中是穿堂當地放着个紫檀架子大理石的大揷屏轉過揷屏小〻三间所〻後就是後面的正房大院正面五间大房皆是雕梁画棟兩边穿山遊廊廂房掛着各色英鵡画眉等鳥雀台堦之上坐着几个穿紅着綠的丫頭一見他們来了便忙都咲迎上来說纔剛老太〻還念呢可巧就来了于是三四个争着打起簾子一面听得人回說林姑娘到了代玉方進入房時只見兩个人攙着一位鬓髮如霜的老母迎上来代玉便知是他外祖母方欲拜見時早被他外祖母一把摟入怀中心肝兒肉兒叫着大哭起来当下地下侍立之人無不掩面涕泣代玉也哭个不住一時衆人慢〻解劝住了代玉方拜見了外祖母此即冷子興所云史氏

太君賈赦賈政之母也當下賈母一〻指與代玉這是你大旧母這是你二旧母這是你先珠大哥的媳婦珠大嫂代玉一〻的拜見過了賈母又說請姑娘們来今日遠客纔来可以不必上李去了衆人荅應了一声便去了兩个不一時只見三个奶娘並五六个丫頭撮擁着三个姊妹来了第一个肌膚微豊合中身材腮凝新荔鼻膩鵝脂溫柔沉默覌之可親第二个削肩細腰長挑身材鴨蛋臉面俊眼修眉顧盼神飛文彩精華見之忘俗第三个身量未足形容尚小其釵環裙襖三人皆是一様的粧飾代玉忙起身迎上来見礼互相厮認過大家歸了坐了妳們斟上茶来不过說些代玉之母如何得病如何請医服藥如何送死發喪不免賈母又傷感起来因說我這些兒女所疼者獨有你母親今日一但捨我而去連面不能見今見了你我怎不傷心說着摟了代玉在懷

又咽嗚起来衆人忙都寬慰解釋方略〻止住衆人見代玉年貌雖小其舉止言談不俗身体面龎雖怯弱不勝却有一段自然風流体度便知他有不足之症因問常服何藥如何不急為療治代玉咲道我自来是如此從會吃飲食時便吃藥到今未斷請了多少名医修方配藥皆不見效那一年我纔三歲時听得說来了一个癩頭和尚說要化我去出家我父母固是不從他又說既捨不得只怕他的病一生也不能好的若要好時若要好時除非從此以後揔不許見哭声除父母之外姓親友一槩不見方可平安了此一世瘋〻顛〻說了这些無稽之談也沒人理他如今还是吃人参養荣丸賈母道这正好我这裡正配丸藥呢叫他們多配一料就是了一語未了只听得後院中有人咲声說我来遲了不曾迎接遠客代玉納罕这里人〻皆斂声屏氣恭肅嚴整如此想来是誰这樣放誕無礼心下正想

時只見一群媳婦丫頭圍擁着一个人從後房進来这个人打扮與衆姑娘
不同彩繡輝煌恍若神妃仙子頭上代着金絲八宝攢珠髻綰着朝陽五鳳
挂珠釵項上代着赤金盤螭瓔珞圈裙边繫着豆緑宮絛双衡比目玫瑰珮身
上穿着縷金百蝶穿花大紅萍緞窄裉袄外罩五彩刻絲石青銀鼠褂下着翡
翠撒花洋縐裙一雙丹鳳眼兩弯柳葉眉身量苗條体格風騷粉面含春威不
露丹唇未啟咲先聞代玉連忙起身接見賈毋咲道你不認得他是我們这里
有名的一个潑皮破落户兒南省俗謂作辣子你只教他鳳辣子就是了代玉
正不知以何称呼只見衆姊妹都忙告訴他道這是璉嫂子代玉雖不識也曾
听見毋親説過大旧賈赦之子賈璉娶的是二旧毋王氏之内姪女自幼假充
男兒養着李名王熙鳳代玉忙陪咲見礼以嫂呼之這熙鳳攜着代玉的手上

下細〻的打量了一回便仍送至賈母身边坐下因笑道天下真有这樣標致
人物我今纔算見了况且这通身的氣派竟不象老祖宗的外孫女兒竟是个
嫡親的孫女怨不得老祖宗天〻口頭心頭一時不忘只可怜我这妹〻这樣
命苦怎庅姑〻偏就去世了說着便用手帕拭淚賈母笑道我纔好了你又来
招我你妹〻遠路纔来身子又弱也纔劝住了快再休題起前話这熙鳳听了
忙轉悲為喜道正是呢我一見了妹〻一心都在他身上又是欢喜又是傷心
竟忘了老祖宗該打〻〻又忙携代玉之手问妹〻几歲了代玉答道十三歲
了又问道可也上過学現吃什庅藥代玉一〻回答又說道在这里不要想家
想什庅吃的什庅頑的只管告訴我丫頭老婆們不好了也只管告訴我一面
又问婆子們林姑娘的行李東西可搬進来了帶了几个人来你們赶早打掃

两间下房讓他們去歇〻說話之间已擺了茶菓上来熈鳳親為捧茶捧菓又見二旧毋问他月錢放完了不曾熈鳳道月錢也放完了纔剛代着人到後楼上找緞子找了这半日也沒有見昨日太〻說的那樣真想是太〻記錯了王夫人道有沒有什庅要緊因又說道該随手拿出两个来給你這妹〻去裁衣裳等晚上想着叫人再去拿罷可别忘了熈鳳道这到是我先料着了知道妹妹不過这两日到我已預備下了等太〻回去過了目好送来王夫人一咲点〻頭不語當下茶菓已撤賈毋命两个老嫫〻代了代玉去見两个毋旧時賈赦之妻邢氏忙亦起身咲回道我代了外甥女過去到也便冝賈毋咲道正是呢你也去罷不必過来了邢夫人荅應了一个是字遂代了代玉與王夫人作辞大家送至穿堂前出了垂花门早有衆小厮們拉過一輛翠幄青紬車来邢

夫人携了代玉坐上車婆子們放下車簾方命小厮們抬起拉至寬處方駕上馴騾亦出了西角門往東過榮府正門便入黑油大門中至儀門前方下來車小厮退出方打起車簾邢夫人挽了代玉的手進入院中代玉度其房屋院宇必是榮府中之花園隔斷過來的進入三層儀門果見正房廂廡遊廊悉皆小巧别致不似方纔那軒峻壯麗且院中隨處之樹木山石皆在一時進入內室早有許多盛粧麗服之姬妾丫環迎着邢夫人讓代玉坐了一面命人到外面書房中請賈赦一時人來回話老爺說了連日身上不好見了姑娘彼此到傷心暫且不忍相見勸姑娘不要傷心想家跟着老太太和舅母是同家里一樣姊妹們雖拙大家一處伴着亦可以觧些煩悶或有委曲之處只管說得不要外道纔是代玉忙站起來一一听了再坐一刻便告辞邢夫人苦留吃過晚飯

去代玉咲回道舅母愛恤賜飯原不應辭只是還要拜見二旧〻恐領賜了飯去不恭異日再領亦未為不可望旧母容量邢夫人听説咲道這才是遂命三个嫫〻用方纔的車好生送了姑娘過去于是代玉告辭邢夫人送至儀门前眼看着車去了方回来一時代玉入榮府下了車車嫫〻引着便望東轉灣穿過一个東西的穿堂向南大庭之後儀门内大院落上面五間大正房兩边廂房鹿頂耳房鑽山四通八達軒昂壯麗比賈母處不同代玉便知這方是正緊正内室一條大甬路直接出大门進入堂屋抬頭迎面先看見一个赤金九龍青地大匾上寫着斗大的三个字是榮禧堂後有一行小字某年月日書賜榮國公賈源又有萬几宸翰之宝大紫檀雕螭案上設着三尺来高青緑古鼎懸着待漏隨朝墨龍大畫一边是金蜼彝一边是玻璃盒地下兩溜十六張紫檀

交椅又有一付對聯乃烏木聯牌廂首鏨銀的字跡道是　座上珠璣昭日月
堂前黼黻焕烟霞　下面一行小字道是同鄉世教弟勳襲人東安郡王穆
蒔拜手書原来王夫人時常居坐宴息亦不在这正室只在這正室東边的三
間耳房内于是老嬷〻引代玉進東房门来臨窓大炕上猩红洋毯正面設着
大红金錢蟒的靠背石青金錢蟒的引枕秋香色金錢蟒的大條褥兩边設一
對梅花式洋漆小几右边几上文王鼎匙箸香盒左边几上汝窰美人觚内插
着時鮮花卉並茗盌痰盒等物地下面西一溜四張椅上都搭着銀紅撒花椅
搭底下四副脚踏椅之兩边也有一對高几〻上茗碗瓶花俱備其餘陳設自
不必细說老嬷〻們讓黛玉炕上坐炕沿上却也是兩个錦褥对設着代玉度
其坐次便不上炕只向東边椅上坐了本房内的丫环們忙捧上茶来代玉一

面吃茶一面打量这些丫环們粧飾衣裙舉止行動亦与别家不同茶未吃了只見一个穿红綾襖青緞掐牙背心的丫环走来笑說道太ゝ說請姑娘到那边坐罢老嬷ゝ听了于是又引代玉出来到了東廊三間小正房内正面炕上横設一張炕桌ゝ上磊着書籍茶具靠東壁面西設着半旧的青緞靠背引枕王夫人却坐在西边下首亦是半旧青緞靠背坐褥見代玉来了便往東讓代玉ゝ心中料定这是賈政之位因見挨炕一溜三張椅子代玉便向椅上坐了王夫人再四携他上炕他方挨王夫人坐了王夫人因說你舅ゝ今日齋戒去了再見罢只是有一句話囑咐你ゝ三个姊妹到都極好以後一處念書認字學針線或是偶一頑笑都有儘讓的但我不放心的最是一件我有一个孽根禍胎是这家里的混世魔王今日因廟里還愿去了尚未回来晚间你看見便知

了你只以後不要採他你這些姊妹都不敢沾惹他的黛玉亦常听見母親說
過二舅母生的有个表兄乃啣玉而誕頑劣異常極惡讀書最喜在內幃厮混
外祖母又極溺愛無人敢管今見王夫人如此說便知說的是這表兄了因陪
咲道舅母說的可是啣玉所生的這位哥哥在家時亦曾听見母親常說這位
哥哥比我大一歲小名叫宝玉雖極憨頑說在姊妹情中極好的况我来了自
然只和姊妹同處兄弟們自是別院另室的豈得去沾惹之理王夫人咲道你
不知道原故他與別人不同自幼因老太太疼愛原係同姊妹們一處嬌養慣
了的若姊妹們有日不理他他還安靜些縱然他沒趣不過出了二门背地里
拿着他的兩三个小么兒們出氣咕唧一會子就完了若這一日姊妹們和他
多說一句話他心里一樂便生出多少事来所以囑咐別採他他嘴里一時甜

言蜜語一時有天無日一時瘋〻傻〻只休信他林黛玉一〻的都荅應着只見一个了環来回説老太〻那里傳晚飯了王夫人忙携了代玉從後房门由後廊往西出了角门是一條南北寬夾道南边是到坐三間小〻抱厦厛北边立着一个粉油大影壁後有一半大门児小〻一所房屋王夫人笑指向代玉道這是你鳳姐〻的屋子回来你好往這里来找他来少什麽東西你只管和他說就是了這院门上也有四五个纔總角的小厮都垂手侍立王夫人遂携代玉穿過一个東西穿堂便是賈母的後院了于是進入後房门已有多少人在此伺候見王夫人来了方安設棹椅賈珠之妻李氏捧飯熙鳳安筯王夫人進羮賈母正面榻上獨坐两傍四張空椅熙鳳忙拉了代玉在左边第一張椅子上坐了代玉十分推讓賈母咲道你舅母和你嫂子们不在這里吃飯你是

客原應如此坐的代玉方告了座坐了賈毋命王夫人坐了迎春姊妹三个告了坐迎春便坐了右手第一探春左边第二惜春右边第二傍边丫环執着拂塵漱盂巾帕李鳳二人立于案傍佈讓外间伺候之媳婦丫环雖多却連一声咳嗽不闻寂然飯畢各有丫环用小茶盤捧上茶来當日林如海教女以惜福養身云飯後務待飯粒嚥盡過一時再吃茶方不傷脾胃今代玉見了這里許多事情不合家中之式不得不隨少不得一一改過来因而接了茶早見人又捧過漱盂来代玉也照樣漱了口然後盥手畢又捧上茶来这方是吃的茶賈毋便說你們去罷讓我們自在說話兒王夫人听了忙起身又說了几句閑話引李鳳二人去了賈毋因问代玉念何書代玉道只剛念了四書代玉又问姊妹們讀何書賈毋道讀的是什麼書不過是認得几个字不是睁眼的瞎子就

罷了一語未了只听院外一陣脚步响丫嬛進来咲道宝玉来了代玉心中正疑惑着這个宝玉怎生个憊懶人物懞懂頑童到不見那蠢物也罷了心下正想着忽見丫嬛話未報完已進来了一个軽年公子頭上代着束髮嵌寶紫金冠齊眉勒着二龍搶珠金抹額穿一件二色金百蝶穿花大紅箭袖束着五彩絲攢花結長穗宮縧外罩石青起花八團倭緞排穗褂登着青緞粉底小朝靴面若中秋之月色如春暁之花鬓若刀裁眉如墨畫眼若桃瓣睛若秋波雖怒時而若咲即嗔視而有情項上金螭瓔珞又有一根五色絲縧繫着一塊美玉代玉一見便吃了一大驚心下想道好生奇怪到像在那里見過的一般何等眼熟到如此只見這宝玉向賈母請了安賈母便命去見你娘来宝玉即轉身去了一時回来再看已換了冠帶頭上週圍一轉的短髮都結成小辮紅絲

結束共攢至頂中胎髮揔編一根大辮黑亮如漆從頂至稍一串四顆大珠用金八宝墜角身上穿着銀紅撒花半旧大袄仍代着項圈宝玉寄名鎻護身符等物下面半露松花綠撒花綾褲腿錦边弹墨襪厚底大紅鞋越顯得面如團粉唇若施脂轉盻多情言語常咲天然一段風騷全在眉稍平生萬種情思悉堆眼角看其外貌最是極好却难知其底細後人有西江月詞批这宝玉極恰其詞云

無故尋愁覔恨有時似傻如狂縱然生得好皮囊腹內原來草莾潦倒不通世務愚頑怕讀文章

行動偏僻性乖張那管世人誹謗富貴不知樂業貧窮难耐凄凉可憐辜負好韶光於国於家無望天下無能第一古今不肖無双寄言紈褲與膏梁莫效此兒形狀

賈毋因咲道外客未見就脫了衣裳还不去見你妹〻宝玉早已看見多了一

丁姊妹便料定是林姑毋之女忙来作揖厮見畢歸坐細看形容与衆各别両湾似蹙非蹙罥烟眉一双似目態生両靨之愁嬌襲一身之病淚光點々嬌喘微々閑静時如嬌花照水行動似弱柳扶風心較比干多一竅病如西子勝三分宝玉看罷因笑道這个妹々我曽見過的賈毋笑道可又是胡説你又何曽見過他宝玉咲道雖然未曽見過他然我看有面善心里就算是旧相認識的今日只作遠别重逢未為不可賈毋笑道更好々々若如此更相和睦了宝玉便走近代玉身边坐下又細々打諒一番因向妹々可曽讀書代玉道不曽讀只上了一年斈些須認得几个字宝玉又道妹々尊名是那両个字代玉便説了名宝玉又问表字代玉道無有表字宝玉咲道我送妹々一妙字莫若顰々二字極妙探春便问何出宝玉道古今人物通考上説西方有石名黛可代

畫眉之墨况這林妹〻眉尖若蹙用取這兩个字豈不兩妙探春咲道只恐又
是你的杜撰宝玉咲道除四書外杜撰的甚多偏只我是杜撰不成又问代玉
可也有玉沒有衆人不解其語代玉便忖度着因他有玉故问我有沒有因荅
道我沒有那个想来那玉亦是一件罕物豈能人〻有的宝玉听了登時發作
起痴狂病来摘下那玉就恨命摔去罵道什庅罕物連人之高低不擇还説通
灵不通灵呢我也不要這劳子東西嚇的地下衆人一擁争去拾玉賈母急的
摟了宝玉道孽障你生氣要打罵人容易何苦摔那命根子宝玉滿眼泪痕泣
道家里姐〻妹〻都沒有单我有我説沒趣如今来了這庅一个神仙似的妹
妹也沒有可知這不是个好東西賈母忙哄他道你这妹〻原有这个来着因
你姑媽去世時捨不得你妹〻無法可處遂將他的玉帶了去了一則全殉葬

之理進你妹〻之孝心二則你姑媽之靈亦可權作見了女兒之意因此他只說沒有这个不便自己誇張之意你如今怎比得他还不好生慎重代上仔细你娘知道了說省便向丫环手中接来親與他代上宝玉听如此說想了一想竟大有情理也就不生别論了当下奶娘来问代玉之房賈母便說今将宝玉挪出来同在套间煖阁兒里把林姑娘暫安置碧纱厨里等過了殘冬春天再與他們收什房屋另作一番安置罢宝玉道好祖宗我就在碧纱厨外的床上狠妥當何必又出来闹的老祖宗不得安静賈母想了一想說也罢了每人一个奶媽一个丫頭照管餘者在外间上夜听唤一面早有凞鳳命人送了一頂藕合色花帳並几件錦被緞褥之類代玉只帶了两个人来一个是自幼奶娘王嬤〻一个是十歲的小丫頭亦是自幼隨身的名唤雪鴈賈母見雪鴈甚小一

團孩氣王嬤〻又極老料代玉皆不遂心便將自己身边一个二頭了頭名喚鸚哥者与了代玉外亦如迎春等例每人除自幼奶媽外另有四个教引嬤〻除貼身掌管釵釧盥沐两个丫環外另有五六个洒掃房屋来往使役的小丫頭當下王嬤〻與鸚哥陪侍代玉在碧紗㡡內寶玉之乳母李嬤〻並大丫環名喚襲人者陪侍在外面大床上原来這襲人亦是賈母之婢本名珍珠賈母因溺愛宝玉生恐宝玉之婢無竭力盡心之人素喜襲人心地纯良克尽职任遂与了宝玉〻〻因他本姓花又曾見旧人詩句上有花氣襲人之句遂回明賈母即更名襲人這襲人亦有些痴処伏侍賈母時心中眼中只有个賈母今與了宝玉心中眼中只有个宝玉只因宝玉性情乖僻每〻規諫宝玉不听心中着实憂鬱是晚宝玉李嬤〻都睡了他見裡面代玉和鸚哥犹未安歇他自

卸了粧悄〻的進來笑向姑娘怎庅还不安歇代玉忙笑讓姐〻請坐襲人在炕沿上坐了鸚哥咲道林姑娘正在這里傷心自己淌眼抹淚的說今兒才來了就惹出你家哥兒的狂病倘若摔坏了那玉豈不是因我之過因此便傷心起來我好容易劝好了襲人道姑娘快休如此将來只怕比這个更奇怪的笑話兒还有呢若為他這種行止你多心傷感只怕你傷感不了呢快別多心代玉道姐〻们說的我記着就是了究竟不知那玉是怎庅个來歷上頭还有字跡襲人道連一家子也不知來歷听得說落草時從他口里掏出來的上面現成的穿眼讓我拿來你看便知代玉忙止道罢了此刻夜深了明日再看不遲大家又叙了一回方才安歇次日起來省過賈母因往王夫人處來正值王夫人與熙鳳在一處拆金陵來的書信看又有王夫人之兄嫂處遣了两个媳婦

來說話的代玉虽不知原委探春等却都曉得是議論金陵城中所居的薛姨
母之子姨表兄薛蟠倚財仗勢打死人命現在應天府案下審理如今母舅王
子騰得了信息故遣人來告訴這边意欲喚取進京之意

脂硯齋重評石頭記卷之

第四回

薄命女偏逢薄命郎　葫芦僧乱判葫芦案

却説代玉同姊妹们至王夫人處見王夫人与兄嫂處的来使計議家務又説姨母家遭人命官司等語因見王夫人事情冗雜姊妹们遂出来至寡嫂李氏房中来了原来这李氏即賈珠之妻賈珠雖亡幸存一子取名賈蘭今方五歲已入学攻書这李氏亦係金陵名宦之女父名李守中曾為国子監祭酒族中男女無有不誦詩讀書者至李守中承继以来便説女子無才便有德故生李氏時便不十分令其讀書只不过将此女四書烈女傳賢媛集等三四種書使他認得几个字記得前朝这几个賢女便罢了却只以紡績井臼為業因取名

李紈字宮裁因此这李紈雖青春喪偶且居処於膏梁錦繡之境如槁木死灰一般一槩無見無聞惟知侍親養子外則陪侍小姑等針黹誦詩而已今代玉雖洴寄于斯日有这般姑嫂相伴除老父外餘者也就無慮及了如今且說賈雨村因補授了應天府一下馬就有一件人命官司詳至案下乃是兩家爭買一婢各不相讓以致毆傷人命彼時雨村即问原告之人来審那原告道被毆死者乃小人之主人因那日買了一个丫頭不想係拐子所拐来賣的这拐子先已得了我家銀子我家小爺原說第三日方是好日子再接入门这拐子便又悄悄的賣与了薛家被我们知道了去找那賣主奪取丫頭無奈薛家原係金陵一霸倚財仗勢衆豪奴將我小主人竟打死了凶身主僕已皆逃走無影無踪只剩了几个局外之人小人告了一年的狀竟無作主望大老爺拘拿

凶犯剪恶除凶以救孤寡死者感戴天恩不尽雨村听了大怒道岂有这樣放屁的事打死人命就白：走了再拿不来的因發籤差公人立刻将凶犯族中人拿来拷问令他们實供藏在何處一面再動海捕文書未發籤時只見案傍立的一个门子使眼色不令他發籤之意雨村心下甚為疑怪只得停了手即時退堂至密室使從皆退去只留门子一人伏侍这门子忙上来请安笑问老爷一向加官進禄八九年来就忘了我了雨村道却十分面善得紧只是一時想不起来那门子笑道老爷真是貴人多忘事把出身之地竟忘了不记当年葫芦庙里之事了雨村听了如雷震一驚方想起往事原来这门子本是葫芦庙内一个小沙弥因彼火之後無處安身欲投别庙去修行又耐不得清凉景况因想这个生意到还轻省熱闹遂趁年纪蓄了髮充了门子雨村那里想到

是他便忙携手咲道原来是故人又讓坐了好談这门子不敢坐雨村咲道貧
賤之交不可忘你我故人也二則此係私室既欲長談豈有不坐之理这门子
听说方告了坐斜簽着坐了雨村因问方纔何故不令發簽之故这门子道老
爷既荣任到这一省难道就無有抄一張本省的護官符来不成雨村忙问何
為護官符我竟不知门子道这还了得連这不知怎能作得常远如今凡作地
方官者皆有一个私单上面寫的是本省最有權有勢極富極貴的大鄉紳名
姓各省皆然倘若不知一時觸犯了这樣的人家不但官爵只怕連命还保不
成呢所以綽号叫作護官符方纔所说的这薛家老爷如何惹得他〻这一件
官司並無难斷之處皆因都礙着情分臉面所以如此一面说一面從順袋中
取出一張抄寫的護官符来遞与雨村看時上面皆是本地大族名官之家的

諺俗口碑其口碑排寫得明白下面皆註着始祖官爵並房次石頭亦曾照樣

抄寫一張今拠石上所抄云

賈不假 白玉為堂金作馬 阿房宮三百里 住不下金陵一个史

東海缺少白玉床 龍王来請金陵王 豐年好大雪 珍珠如土金如鉄

雨村犹未看完忽聞傳点人報王老爷来拜雨村听說忙具衣冠出去迎接有頓飯工夫方回来细问这门子这几家皆連都是親戚一損皆損一荣俱荣扶持遮飾皆有照應的今告打死人之薛就係豐年大雪之薛也不单靠着三家他的世交親友在都在外者本亦不少老爷如今拿谁去雨村听了便咲问门子道如你这樣說来却怎麽了结此案你大约也深知这凶犯躲的方向了门子咲道不瞞老爷說不但这凶犯躲的方向我知道一併这拐賣之人我也知

道死鬼買主也深知道待我細說与老爺听这个被打之死鬼乃是本地一个小鄉宦之子名喚馮淵自幼父母早亡又無兄弟只他一个人守着些薄產过日長到十八九歲上酷愛男風最厭女子这也是前生的冤孽可巧遇見这拐子賣了頭他便一眼看上了这了頭立意買来作妾立誓再不交接男子也不再娶第二个了所以三日後纔过门誰脖这拐子又偷賣与了薛家他意欲要捲了兩家的銀子再逃往他省誰知又不曾走脫兩家拿住打了个臭死都不肯收銀只要領人那薛公子豈是讓人的便喝着手下人一打將馮公子打了个稀爛抬回家去三日死了这薛公子原是早以擇定日子上京去的頭起身兩日前就偶然遇見这了頭意欲買了就進京的誰知鬧出这事来既打了馮公子奪了了頭他便沒事人一般只管代了家眷走他的路他这里自有弟兄

奴僕在此料理也並不為此些須小事值得他一逃走的这且别说老爷你当
被賣了頭是誰雨村道我如何得知门子冷笑道这人筭来还是老爷的大恩
人呢他就是葫芦庙傍住的甄老爷的女兒小名英菊的雨村罕然道原来就
是他闻得養到五歲被人拐去却如今綫来賣门子道这一種拐子单旹偷五
六歲的兒女養在一个僻静之處到十二三歲時度其容貌代至他鄉轉賣当日
这英菊我们天天哄他頑耍雖隔了七八年如今十二三歲的光景其模樣雖
然出脱得齐整好些然大槩相貌自是不改熟人易認况且他眉心中原有粒
大小的一点胭脂痦從胎里代来的所以我却認得偏生这拐子又租了我的
房舍居住那日拐子不在家我也曾问他他是被拐子打怕了的萬不教说只
说拐子係親爹因無錢償債故賣他我又哄之再四他又哭了只说我原不記

得小時之事这可無疑了那日馮公子相看了兑了銀子拐子醉了他自嘆道我今日罪孽可满了後又听見馮公子三日後绕令过门他又轉有憂愁之態我又不忍其形等拐子出去又命内人去解釋他这馮公子必待好日期来接可知必不以了妳相看况他是个绝風流人品家里頗过得素習最又厭悪堂客今竟破價買你後事不言可知只耐得三两日何必憂悶他听如此說方绕略解憂悶自為從此得所誰料天下竟有这等不如意的事第二日他偏又賣與了薛家若賣與第二个人还好这薛公子的混名獃霸王最是天下第一个弄性尚氣的而且使錢如土遂打了个落花流水生拖死拽把个英菊拖去如今也不知死活这馮公子空喜一場一念未遂反花了錢送了命豈不可嘆雨村听了亦嘆道这也是他們的孽障遭遇亦非偶然不然这馮淵如何偏只看

準了这英菊这英菊受了拐子的这儿年折磨纔得了个頭路且又是个多情
的若能聚合了到是件美事偏又生出这段事来这薛家縱比馮家富貴想其
為人自然姬妾衆多淫佚無度必及馮淵定情一人者这正是夢幻情缘恰遇
見一对命薄兒女且不要議論他人只目今这官司如何剖断纔好门子咲道
老爺当年何其明决今日何反成个没住意的人了小的聞得老爺補陞此任
亦係賈府王府之力此薛蟠即賈府之親老爺何不順水行舟作个整人情將
此案了结日後也好去見賈王二公的面雨村道你説何嘗不是但事関人命
蒙皇上隆恩起復委用寔是重生再造正当殚心竭力圖報之時豈可因私而
廢法是我寔不忍為者门子听了冷咲道老爺説的何嘗不是大道理但只是
如今世上是行不去的豈不聞古人有云大丈夫相時而動又曰趨吉避凶者

為君子依老爷这一说不但不能報効朝廷亦且自身不保还要三思為妥雨村低了半日頭方说道依你怎庅樣门子道小人已想了一个極好的主意在此老爷明日坐堂只管虚張声势動文書發簽拿人原凶自然是拿不来的原告固是定要自然将薛家族中及奴僕人等拿几个来拷问小的在暗中調停令他們报个暴病身亡合族中及地方上共遞一張保呈老爷只说善能扶鸾請仙堂上設了乩壇令軍民人等只管来看老爷就说乩仙批了死者馮渊与薛蟠原因夙孽相逢今狭路既遇原应了结薛蟠今已得無名之病被馮魂追索已死其衬皆由拐子某人而起拐之人原係某鄉某姓人氏按法処治餘不畧及等语小人暗中嘱托拐子令其寔招众人見乩仙批语与拐子相符餘者自然也都不虚了薛家有的是錢老爷断一千可也使得伍百也可與馮家作

烧埋之費那馮家也無甚要緊的人不过為的是錢見有了这个銀子想也就無話說了老爷细想此計如何雨村咲道不妥〃〃等我再斟酌〃〃或可壓伏口声二人计議天色已晚别無话说至次日坐堂勾取一应有名人犯雨村详加審问果見馮家人口稀踈不过賴此欲多得些烧埋之費薛家仗勢倚情偏不相讓故致顛倒未决雨村便狥情罔法胡乱判断了此案馮家得了許多烧埋銀子也就無甚話说了雨村断了此案急忙作書信二封与賈政並京营節度使王子騰不过说令甥之事已完不必过慮等语此事皆由葫芦庙内之沙弥新门子所出雨村又恐他对人说出当日貧賤時的事来因此心中大不樂業後来到底尋了个不是遠〃的充發了纔罷当下言不省雨村且说那買了英蓮打死馮渊的那薛公子亦係金陵人氏本是書香継世之家只是如今这薛

公子幼年丧父寡母又憐他是丁独根孤種未免溺愛縱容些遂致老大無成且家中有百萬之富現領着内帑錢粮採辦雜料這薛公子学名薛蟠表字文起五歳上就情性奢侈言語傲慢雖也上過学不過畧識几字終日惟有鬬雞走馬遊山玩景而已雖是皇商一應經紀世事全然不知不過頼祖父旧日的情分户部掛虚名支領錢粮其餘事体自有夥計老家人等措办寡母王氏乃現任京営節度王子騰之妹与栄国府賈政的夫人王氏是一母所生的姊妹今年方四十上下年紀只有薛蟠一子还有一女比薛蟠小両歳乳名宝釵生得肌骨瑩潤奉止嫻雅当日有他父親在日酷愛此女令其讀書識字較之乃兄竟高过十倍自他父親死後見哥々不能依貼母懐他便不以書字為事只留心針指家計等事好為母親分憂解勞近因今上崇詩尚礼徵採才能降不

世出之隆恩除聘選妃嬪外在世宦名家之女皆親名達部以備選擇為宮主郡主入學陪侍充為才人贊善之職二則自薛蟠父親死後各省中所有的買賣承局總管夥計人等見薛蟠年輕不諳世事便趁時拐騙起来京都中幾處生意漸亦銷耗薛蟠素聞得都中乃第一繁華之地正思一遊便趁此機會一為送妹待選二為望親三因親自入都銷算旧賬再計新枝其實則為遊覽上国之意因此已打点下行裝細軟以及饋送親友各色土物人情等類正擇日已定起身不想偏遇見了那拐子重賣英菊薛蟠見英菊生得不俗立意買了又遇馮家来奪人因持強喝令家下豪奴將馮渊打死他便將家中事務一一囑托了族中人並几丁老家人他便帶了母妹竟自起身長行去了人命官司一事他却視為兒戲自為花上几丁臭錢沒有不了的事在路不把其日那日

已將入都時却又聞得母舅王子騰陞了九省統制奉旨出都查边薛蟠心中暗喜道我正愁進京去有个嫡親的母舅管轄不能任意揮霍〻〻偏如今又陞出去了可知天從人愿因和母親商議道僣們京中雖有几處房舍只是这十来年没人進京居住那看守的人未免偷着租賃與人須得先着几个人去打掃収什纔好他母親道何必如此招揺僣們这一進京原是先拜望親友或是在你舅〻家或是你姨爹家他两家的房舍極是便宜的僣們先能着住下再慢〻的着人去収什豈不消停些薛蟠道如今舅〻正陞了外省去家里自然忙乱起身僣們这工夫反一窩一拖的奔了去豈不没眼色些他母親道你舅〻家雖陞了去还有你姨爹家况这几年来你舅〻姨娘两處每〻带信稍書接僣們来如今既来了你舅〻雖忙着起身你賈家的姨娘未必不苦留我

们偺们且忙〻收拾房屋豈不使人見怪你的意思我却知道守着旧〻姨爹
住着未免拘紧了你不如你各自住着好任意施為的你既如此你自去挑所
宅子去住我和你姨娘姊妹們别了这几年却要厮守几日我代了你妹子去
投你姨娘家去你道好不好薛蟠見母親如此説情知扭不过的只得吩咐人
夫一路奔栄国府来那時王夫人已知薛蟠官司事虧賈雨村就中維持了結
纔放下了心又見哥〻陞了边缺正愁又少了娘家的親戚来往畧加寂寞过
了几日忽家人傳報姨太〻代了哥兒姐兒合家進京正在門外下車喜的王
夫人忙代了女媳人等接出大厛將薛姨媽等接了進来姊妹们暮年相見自
不必説悲喜交集泣咲叙濶一番忙又引了拜見賈母將人情土物各種酬獻
了合家俱厮見过忙又治席接風薛蟠也拜見过賈政賈璉又引着拜見了賈

赦賈珍等賈政便使人上来对王夫人說姨太〻已有了春秋外甥年輕不知世路在外住着恐有人生事咱們東北角上梨香院一所十来間白空閒着叫人打掃乾净請姨太〻和哥兒姐兒住了甚好王夫人未及留賈母也就遣人来說請姨太〻就在这里住下大家親密些等語薛姨媽正欲同一處住着方可拘緊些兒子若另住在外又恐縱性惹禍遂忙道謝應允又私與王夫人說明一應日費供給一概免却方是處長之法王夫人知道他家不难於此遂亦從其意從此後薛家母子就在梨香院中住了原来梨香院乃當日榮公暮年養静之所小〻巧〻約有十餘間房舍前庭後舍俱全另有一門通街薛蟠家人就走此門出入西南有一角門通一夹道便是王夫人正房的東院门了每日或飯後或晚間薛姨媽便過来或與賈母閒談或王夫人相叙宝釵日與代

玉迎春姊妹等一處或看書下棋或做針指到也十分樂業只是薛蟠起初之心原不欲在賈宅居住者生恐姨父管約拘禁料必不自在的無奈母親執意在此且賈宅中又十分殷勤苦留只得暫且住下一面使人打掃出自家的房屋再移居过去的誰知自在此間住了不上一月的光景賈宅族中凡有的子姪俱已認熟了一半凡是那些紈袴氣習者莫不喜與他来往今日會酒明日观花甚至聚賭嫖娼漸〻無所不至引誘的薛蟠比当日更壞了十倍雖說賈政訓子有方治家有法一則族大人多照管不到这些二則現任族長乃是賈珍彼乃寧府長孫又現襲職凡族中事自有他掌管三則公私冗雜且素性瀟洒不以俗務為要每公暇之時不過看書着棋而已餘事多不介意況且这梨香院相隔兩層房舍又有衘門別開任意可以出入所以这些子弟們竟可以

放意暢懷的鬧曰此遂將移居之念漸漸的打滅了

五回題云

春困葳蕤擁繡衾
問誰幻入華胥境

恍誰[隨]仙子別紅塵
千古風流造業人

脂硯齋重評石頭記卷之

第五回

遊幻境指迷十二釵　飲仙醪曲演紅樓夢

第四回中既將薛家母子在榮府內寄居等事畧已表明此回則暫不能寫矣

如今且説林黛玉自在榮府一来賈母萬般憐愛寢食起居一如宝玉迎春探春惜春三個親孫女到且靠後就是宝玉和代玉二人之親密友愛處亦自較别個不同日則同行同坐夜則同息同止真是言和意順略無參商不想如今忽然来了個薛宝釵歲數虽大不多然品格端方容貌豐美人多謂代玉之所不及而且宝釵行為豁達随分從時不比代玉孤高自許目無下塵故比代玉大得下人之心便是那些小丫頭們亦多喜與宝釵去頑㗛因此代玉心中便有些悒欝不忿之意宝釵却渾然不覺那宝玉亦在孩提之間况自天性所禀

来的一片愚拙偏僻視姊妹弟兄皆出一意並無親踈遠近之别其中因與代玉同随賈母一處坐卧故略與别個姊妹熟慣些既熟慣則更覺親密既親密則不免一時有求全之毁不虞之隙这日不知為何他二人言語有些不合起来黛玉又氣的獨在房中垂淚宝玉又自悔言語冒撞前去俯就那代玉方漸〻的迴轉来因東邊寧府中花園内梅花盛開賈珍之妻尤氏乃治酒請賈母邢夫人王夫人等賞花是日先携了賈蓉夫妻二人来面請賈母等于早飯後過来就在會芳園遊玩先茶後酒不過皆是寧荣二府女眷家宴小集並無别樣新文趣事可記忽一時宝玉困倦欲睡中覺賈母命人好生哄自歇息一回再来賈蓉之妻秦氏便忙咲回道我们这里有給宝叔収什下的屋子老祖宗放心只管交与我就是了又向宝玉的奶娘丫嬛等道嬷〻姐〻们請宝叔随

我這里来賈母素知秦氏是个極妥當的人而且又生得嫋娜纖巧行事又温柔和乃重孫媳中第一个得意之人見他去安置宝玉自是安穩的当下秦氏引了一簇人来至上房内間宝玉抬頭先見一付画貼在上面画的人物固好其故事乃是燃藜圖也不見係何人所画心中便有些不快又有一付对聯寫的是　世事洞明皆學問　人情練達即文章　宝玉看了這兩句對聯縱然室宇精美鋪陳華麗亦斷斷不肯在這里了忙說快出去快出去秦氏听了咲道這里還不好可往那里去呢不然往我屋里去罷宝玉点頭微咲有一嬤嬤說道那有个叔叔往姪兒房裡睡覺的礼秦氏咲道噯喲喲不怕他惱他能多大了就忌諱這些个上月你沒看見我那个兄弟来了雖然与宝叔同年兩个人若站在一處只怕那个還高些呢宝玉道我怎麽沒見过你帶他来我瞧瞧衆人咲

道隔着二三十里〔往〕那里帶去見的日子有呢說着大家來至秦氏房中剛到房门便有一股細細的甜香襲人而來〔到〕宝玉便愈覺得眼餳骨軟連說好香進入房向壁上看時有唐伯虎画的海棠春睡圖兩边有宋學士秦太虛寫的一付對聯是

嫩寒鎖夢因春冷
芳氣籠人是酒香

〔案上設着武則天當日鏡室中設的寶鏡〕一边擺着飛燕立着舞過的金盤、內盛着安祿山擲〔過〕傷了太真乳的木瓜上面設着壽昌公主于含章殿下臥的榻懸的是同昌公主製的連珠帳宝玉含笑連說這里好秦氏笑道我這屋子大約神仙也可以住得了說着親自展開了西子浣過的紗衾移了紅娘抱過的鴛枕於是衆奶姆伏侍宝玉臥好款款的散去只畱下襲人媚人晴雯麝月四個丫嬛為伴秦氏便吩咐小丫嬛們好生在廊簷下看着猫兒狗兒打架那宝玉剛合上眼便惚惚睡去猶似秦氏在前遂悠悠蕩蕩隨了秦氏至一所里但見朱欄白石緑樹清溪真是人跡希逢飛塵不到之處宝玉在夢中欢喜想道這個去處有趣我就在这里過一生雖然失了家也愿意的强如天天被父母師傅打去呢正胡思之間忽听山後有人作歌曰

春夢随雲散　飛花逐水流　寄言衆兒女　何必覔閑愁

宝玉听了是个女子声音正待尋覔早見那边走出一个人来蹁躚嫋娜端的與人不同有賦為証

方離柳塢乍出花房但行処鳥驚庭樹将到時影度廻廊仙袂乍飄兮聞麝蘭之馥郁荷衣欲動兮听环珮之鏗鏘靨笑春桃兮雲堆翠髻唇綻櫻顆兮

榴齒含香纖腰之楚〻兮若迴風舞雪珠翠之輝〻兮滿額鵝黄出没花間
兮宜嗔宜喜排徊池上兮若飛若揚蛾眉顰咲兮將言面未語蓮步乍移兮
欲止而欲行羨彼之良質兮氷清玉潤慕彼之華服兮爛灼文章愛彼之貌
容兮香培玉琢美彼之態度兮凤翥龍翔其素若何春梅綻雪其潔若何秋
蘭披霜其靜若何松生空谷其艷若何霞暎澄塘其文若何龍遊曲沼其神
若何月射寒江應慚西子實愧王嬙奇矣哉生于熟地来自何方信矣乎瑶
池不二紫府無双果何人哉如斯之美也

宝玉見是一個仙姑喜的忙〻来作揖咲問道神仙姐〻不知從那里来如今
要往那里去我也不知这里何處望乞携帶〻〻仙姑咲道吾居離恨天之上
灌愁海之中乃放春山还香洞太虚幻境警幻仙姑是也司人間之風情月債

素練魔

掌塵世之女怨男癡因近来風流冤孽纒綿於此處是以前来訪察机會佈散想思今忽與尔相逢亦非偶然此離吾境不遠別無他物僅有自採仙茗一盞親釀美酒一甕素纁魔舞歌姬数人新填紅樓夢曲十二支試隨吾一遊否宝玉听了喜躍非常便忘了秦氏在何處了竟隨了仙姑至一所在有石碑横建上書太虛幻境四个大字両边一付对聯乃是

假作真時真亦假　無為有處有还無

轉过牌坊便是一座宮門上横書四个大字道是孽海情天又有一付对聯大書云

厚地高天堪嘆古今情不盡　痴男怨女可憐風月債难償

宝玉看了心下自思道原来如此但不知何為古今之情又何為風月之債從今到要領畧〻宝玉只顧如此一想不料早把那些〻邪魔招入膏肓了當下隨

了仙姑進入二層門内只見兩边配殿皆有匾額对聯一時看不尽許多惟見有処寫着的是痴情司結怨司朝啼司夜怨司春感司宝玉看了因向仙姑道敢煩仙姑引我到那各司中遊玩〻不知可使得否仙姑道此各司中皆貯的是普天之下所有的女子過去未来的簿冊尔凡眼塵軀未便先知的宝玉听了那里肯依復央之再四仙姑無奈説也罢就在此司内畧随喜〻罢了宝玉喜不自勝抬頭看这司的匾上乃是薄命司三字兩边对聯寫道是

春恨秋悲皆自惹　花容月貌為誰妍

宝玉看了便知感嘆進入門来只見有十数个大厨皆用封條封着看那封條上皆是各省地名宝玉一心只揀自己的家鄉的封條看遂無心看别省的了只見那边厨上封條上大書七字云金陵十二釵正冊宝玉因問何為金陵十

二釵正冊警幻道即貴省中十二冠首女子之冊故為正冊宝玉道常听人説
金陵極大的地方怎広只十二个女子如今单我们家里上上下下就有几百
女孩兒（子）呢警幻冷笑道諸省女子故多不過擇其緊要者録之下边二厨則又
次之餘者庸常之輩則無冊可録矣宝玉听説再看下二（首）厨上果然一个寫着
金陵十二釵副冊又一个寫着金陵十二釵又副冊宝玉便伸手先将又副冊
厨門開了拿出一本冊来揭開一看只見这首頁上画着一副画又非人物亦（也）
無山水不過是水墨滃染的滿紙烏雲（濁）霧而已後有几行字跡寫（的）道是

霽月难逢　彩雲易散　心比天高　身為下賤　風流霊巧招（搖）人怨　壽
夭多因誹（毀）謗生　多情公子空牵念

宝玉看了又見後面（画）着一簇鮮花一床破蓆也有几句言詞寫道是

枉自温柔和順　空云似桂如蘭　堪羨優伶有福　誰知公子無緣

寶玉看了不解遂擲下這个又開了副冊廚門拿起一本冊來揭開看時只見画着一株桂花下面有一池沼其中水涸泥乾蓮枯藕敗後面書云

根並荷花一莖青　平生遭際實堪傷　自從兩地生孤木　致使香魂返故鄉

寶玉看了仍不解他又擲了再去取正冊看只見頭上一頁便画着兩株枯木木上懸着一圍玉帶又有一堆雪雪下一股金簪有四句言詞道

可嘆停機德　堪憐咏絮才　玉帶林中挂　金簪雪裡埋

寶玉看了仍不解待要問時情知他必不肯洩漏待要丟下又不捨遂又往後看時只見画着一張弓弓上挂着一香櫞也有一首歌詞云

二十年來辨是誰　榴花開處照宮闈　三春爭及初春景　虎兕相逢大夢歸

後面又畫有兩人放風箏一片大海一支大船，中有一女子掩面泣涕之狀也有四句寫云　才自精明志自高　生於末世運偏消　清明涕送江边望千里東風一夢遥

後面又畫幾縷飛雲一湾逝水其詞曰　富貴又何為　襁褓之間父母違展眼弔斜暉　湘江水逝楚雲飛

後面又畫有一塊美玉落在泥垢之中其斷語云　欲潔何曾潔　云空未必空　可怜金玉質　落陷污泥中

後面忽畫一悪狼追撲一美女欲啖之意其詞云　子係中山狼　得志更猖狂　金貴花柳質　一載赴黃粱

後面便一所古廟里面有一美人在内看經獨坐其判云　勘破三春景不長

緇衣頓改昔年粧　可憐繡户侯门女　獨卧青燈古佛傍
後面便是一片氷山有一隻雌鳳其判曰　凡鳥偏從末世来　都知愛慕此
生才　一從二令三人木　哭向金陵事更哀
後面又是一座荒村野店有一美人在那里紡績其判云　勢敗休云貴　家
亡莫論親　偶因濟劉氏　巧得遇恩人
詩後又畫一盆茂蘭傍有一鳳冠霞帔的美人也有判云　桃李春風結子完
到頭誰似一盆蘭　如氷水好空相妒　枉与他人作話談
後面又畫着高楼大廈有一美人懸樑自縊其判云　情天情海幻情身　情
既相逢必主淫　謾言不肖皆榮出　造釁開端實在寧
宝玉還欲看時那仙姑知他天分高明性情頴慧恐他把仙机泄漏遂掩了巻

冊咲向宝玉道且随我去遊玩〻奇景何必在此打这悶葫芦宝玉恍〻惚〻
不覺棄了卷冊随着仙姑来至一所在但見珠簾綉幙画棟雕簷説不盡那光
揺朱户金鋪地雪照瓊窓玉作宫更見仙花馥郁異草芬芳真是好一個所在
宝玉正在观之不盡忽所警幻咲呼道你們快出来迎接貴客一語未了只見
房中又走出几个仙子来皆是荷袂蹁躚羽衣飄舞姣若春花媚如秋月一見
了宝玉都怨謗警幻道我们不知係何貴客忙的接了出来姐〻曽説今日今
時必有絳珠妹子的生魂前来遊玩旧景故我等久待何故反引这濁物来污
染这清净女兒之境宝玉听如此説便嚇得欲退不能退果覺自形污穢不堪
警幻忙携住宝玉手向衆姉妹咲道你等不知原委今日原欲往荣府去接绛
珠適從寧府所過偶遇荣寧二公之靈嘱吾云吾家自国朝定鼎以来功名奕世

富貴傳流雖歷百年奈運終數盡不可挽回者故近之子孫雖多竟無一个可以継業其中惟嫡孫宝玉一人禀性乖張性情怪譎雖聡靈慧略可望成無奈吾家運數合終恐無人規引入正幸仙姑偶来可望乞先以情欲声色等事警其癡頑或能使彼跳出迷人圈子然後入于正路亦吾弟兄之幸矣如此囑吾故發慈心引彼至此先以彼家上中下三等女子之終身冊籍令彼熟玩尚未覺悟故引彼再到此處令其再歷飲饌声色之幻或冀將来一悟亦未可知說畢携了宝玉入室但聞一縷幽香竟不知所焚何物宝玉遂不禁相問警幻冷笑道此香塵世中既無尔何能知此香乃係諸名山勝境内初生異卉之精合各種宝林珠樹之油所製名為羣芳髓宝玉听了自是羨慕而已大家入座小鬟捧上茶来宝玉自覺清香異味純美非常因又問何名警幻道此茶出在放

春山遣香洞又以仙花靈葉上所帶宿露而烹此茶名曰千紅一窟宝玉听了
点頭称賞因看房内瑶琴宝鼎古画新詩無所不有更喜窗下亦有唾絨奩間
時漬粉污壁上亦有一付对聯書云　幽微靈秀地　無可奈何天
宝玉看畢無不羡慕因又請問衆仙姑姓名一名痴夢仙姑一名鍾情大士一
名引愁金女一名度恨菩提各〻道号不一少刻有小丫来調桌安椅設擺酒
饌真是瓊漿滿泛玻璃盞玉液濃斟琥珀杯更不用再說那餚饌之盛宝玉因
聞得此酒清香甘冽異乎尋常又不禁相問警幻道此酒乃以百花之蕊萬木之汁
加以麟髓之醅凤乳之麴釀成因名為萬艷同林宝玉称賞不迭飲酒之間又
有十二个舞女上来請問演何詞曲警幻道就將新製紅樓夢十二支演上来
舞女們答應了便輕敲檀板款按良箏听他歌道是　開闢鴻蒙　方歌了一

句警幻便說此曲不比塵世中所填傳奇之曲必有生旦淨末之則又有南北九宮之限此或咏嘆一人或感懷一事偶成一曲即可譜入管弦若非個中人不知其中之妙料尒亦未必深明此調若不先閱其稿後听其歌翻成嚼蠟矣説畢回頭命小嬛取了紅樓夢原稿來遞與宝玉〻〻接來一面目視其文一面耳聆其歌曰

〔紅樓夢引子〕開闢鴻濛　誰為情種　都只為風月情濃　奈何天　傷懷日　寂寥時　試遣愚衷　因此上演出這懷金悼玉的紅樓夢

〔終身悞〕都道是金玉良姻　俺只念木石前盟　空对着山中高士晶瑩雪　終不忘世外仙姝寂寞林　嘆人間美中不足今方信　縱然是齊眉舉案到底意难平

〔枉凝眉〕一個是閬苑仙葩 一个是美玉無瑕 若說沒奇緣 今生偏又遇着他 若說有奇緣 如何心事終虛化 一个枉自嗟呀 一个空勞牽挂 一个是水中月 一个是鏡中花 想眼中能有多少淚珠兒怎經得秋流到冬盡春流到夏

宝玉听了此曲散漫無稽不見有甚好處但其声韻悽惋竟能銷魂醉魄因此也不察其原委問其来歷就暫以此釋悶而已因又听下面唱道

〔恨無常〕喜榮華正好 恨無常又到 眼睜睜把万事全拋 蕩悠悠芳魂消耗 望家鄉路遠山高 故向爹娘夢裡相尋告 兒命已入黃泉 須要退步抽身早

〔分骨肉〕一帆風雨路三千 把骨肉家園齊來拋閃 恐哭損殘年 告爹

娘休把兒懸念　自古窮通皆有定　離合豈無緣　從今分兩地　各自
保平安　奴去也　莫牽連

〔樂中悲〕襁褓中父母嘆双亡　縱居那綺羅叢誰知嬌養　幸生英豪濶大寬宏量　從未將兒女私情略縈心上　好一似霽月光風耀玉堂　廝配得才貌仙郎　博得个地久天長　準折得幼年時坎坷形狀　終久是雲散高唐　水涸湘江　这是塵寰中消長数應當　何必枉悲傷

〔世难容〕氣質美如蘭　才華馥比仙　天生成孤癖人皆罕　你道是　啖肉食腥羶　視綺羅俗厭　却不知太高人愈妒　过潔世同嫌　可嘆这青灯古殿人將老　辜負了紅粉朱樓春色闌　到頭來依旧是風塵骯髒違心愿　好一似無瑕美玉遭泥陷　又何須王孫公子嘆無緣

〔喜冤家〕中山狼　無情獸　全不念當日根由　一味的驕奢淫蕩貪還構　覷着那侯門艷質同蒲柳　作踐的公府千金似下流　嘆芳魂艷魄　一載蕩悠〻

〔虛花悟〕將那三春看破　桃紅柳綠待如何　把這韶華打滅　不見那清淡天和　說什広天上夭桃盛　雪中杏蕊多　到頭来誰見把秋捱過　則看那白楊村里人嗚咽　青楓林下鬼吟哦　更兼着連天衰艸遮墳墓　這就是昨貧今富人勞碌　春榮秋謝花折磨　似這般生関死劫誰能躲　聞道說　西方寶樹喚婆娑　上結着長生果

〔聰明累〕機関筭盡太聰明　反筭了鄉〻性命　生前心已碎　死後性靈空　家富人寧　終有个家亡人散　多奔騰　枉費了意懸〻生世心

好一似蕩悠〻三更夢　忽喇〻似大廈傾　昏慘〻似灯将盡呀一場欢
喜忽悲辛　嘆人世終难定
〔留餘慶〕留餘慶〻〻〻　忽遇恩人　幸娘親〻〻〻積得陰功　勸人生濟困
扶窮　休似俺那艮錢上忘骨肉的狠舅奸兄　正是承除加減　上有蒼
穹
〔晚韶華〕鏡裡恩情　更那堪夢裡功名　那美韶華云〻何迅　綉帳鴛衾
只这帶珠冠披鳯袄　也抵不了無常性命　雖說是人生莫受老來貧
也須要陰隲積兒孫　氣昂〻頭帶簪瑛　光燦〻胸懸金印　威赫〻
爵祿高登　昏慘〻黃泉路近　問古來将相可还存　也只是虛名兒
與後人欽敬

〔好事終〕画梁春盡落香塵　擅風情　秉月貌　便是敗家的根本　箕裘頹墮皆荣王　家事消亡首罪寧　宿孽總因情

〔飛鳥各投林〕為官的家業凋零　富貴的金銀散盡　有恩的死裡逃生　無情的分明照應　欠命的命已还　欠淚的淚已盡　冤冤相報豈非輕　分離合聚皆前定　欲知命短問前生　老來富貴也真僥倖　看破的遁入空門　痴迷的枉送了性命　好一似食盡鳥投林　落了片白茫茫大地真乾净

歌畢还又歌别曲警幻見宝玉甚無趣味因嘆道痴兒竟尚未悟那宝玉忙止歌姬不必再唱自覺朦朧恍惚告醉求臥警幻便命撤去残席送宝玉至一香閨綉阁之中其間鋪陳之盛乃素所未見之物更可駭者早有一位女子在内

其鮮艷嫵媚有似乎寶釵風流裊娜則又如黛玉正不知何意忽警幻道塵世中多少富(貴)之家那些綠窗風月繡閣烟霞皆被淫污紈袴與那些流蕩女子悉皆玷辱更可恨者自古來多少輕薄浪子皆以好色不淫為飾(事)又以情而不淫作(為)案此皆飾非掩醜之語也好色即淫知情更淫是以巫山之會雲雨之歡皆由既悅其色復戀其情所致也我所愛汝者乃天下古今第一淫人也寶玉听了唬的忙答道仙姑差了我因懶于讀書家父母尚每垂訓飭豈敢(故)再冒淫字況且年紀尚小不知淫字為何物警幻道非也淫雖一理意則有別如世之好淫者不過悅容貌喜歌舞調笑無厭雲雨無時恨不能盡天下之美女供我片時之趣興此皆皮膚濫淫之蠢物耳如尔則天分中生成一段痴情吾輩推之為意淫惟意淫二字惟心會而不可(言)傳可神通而不能語達汝今獨得此二

字在閨閣中固可為良友然於世道中未免迂闊詭怪百口嘲謗萬目睚眦今既遇令祖寧荣二公剖腹深囑吾不忍君独為我閨閣增光見棄于世道故特引前来醉以良酒沁以仙茗警以妙曲再将吾妹一人乳名兼美字可卿者許配與汝今夕良時即可成姻不过令汝領略此仙閨幻境之風光尚然如此何況塵境之情哉而今後萬〻解釋改悟前情留意于孔孟之间委身于經済之道說畢便秘授以雲雨之事推宝玉入房将门掩上自去那宝玉恍〻惚〻依警幻所囑之言未免有兒女之事难以尽述至次日便柔情繾綣軟語温存與可卿难解难分因二人携手出去遊玩之時忽至一个所在但見荊榛遍地狼虎同羣迎面一道黑溪阻路並無桥梁可通正在猶豫之间忽見警幻從後追来告道快休前進作速回頭要緊宝玉忙止步问道此係何處警幻道此即迷

津也深有萬丈遥亘千里中無舟楫可通只有一个木筏乃木居士掌拕灰侍者撑篙不受金銀之謝但遇有緣者渡之尔今偶遊至此設如墮落其中則深負我從前諄諄警戒之語矣話猶未了只听迷津内水响如雷竟有許多夜义海鬼將宝玉拖將下去嚇得宝玉汗下如雨一面失声喊叫可卿救我嚇得襲人輩衆丫嬛忙上来摟住叫宝玉別怕我在这里却說秦氏正在房外囑咐小丫頭們好生看着猫兒狗兒打架忽聞宝玉在夢中喚他的小名因納悶道我的小名这里從無人知道的他如何知道在夢里叫出来正是

夢同誰訴離愁恨　千古情人獨我知

六回題云

朝叩富兒門

雖無千金酬

富兒猶未足

嗟彼勝骨肉

脂硯齋重評石頭記卷之

第六回

賈宝玉初試雨雲情　刘姥〻一進崇國府

却説秦氏因听見宝玉從夢中喚他的乳名心中自是納悶又不好細問彼時宝玉迷〻惑〻若有所失衆人忙端上桂圓湯来呷了兩口遂起身整衣襲人伸手與他繋褲帶時不覺伸手至大腿處只覺氷涼一片沾濕唬的忙退出手来問是怎庅了宝玉紅漲了臉把他的手一捻襲人本是个聰明女子年紀本又比宝玉大兩歳近来也漸通人事今見宝玉如此光景心中便覺察一半了不覺也羞的紅漲了臉面不敢再問仍旧理好衣裳随至賈毋處来胡乱吃畢晚飯過這邊来襲人忙趂衆奶娘了环不在傍時另取出一件中衣来与宝玉

換上宝玉含羞央告道好姐〻千萬别告訴人襲人亦含羞笑問道你夢見什広故事了是那里流出来的那些臟東西宝玉道一言难盡説着便把夢中之事細説与襲人听了然後説至警幻所授雲雨之情羞的襲人掩面伏身而笑宝玉亦素喜襲人柔媚嬌俏遂強襲人同領警幻所訓雲雨之事襲人素知賈母已將自己与了宝玉的今便如此亦不為越理遂和宝玉偷試一番幸得無人撞見自此宝玉視襲人更与别個不同襲人待宝玉更為盡心暫且别無話説按榮府中一宅人合算起来人口雖不多從上至下也有三四百丁雖事不多一天也有一二十件竟如乱麻一般並無个頭緒可作綱領正尋思從那一件事自一個人寫起方妙恰好忽從千里之外芥荳之微小〻一个人家因与榮府略有些瓜葛這日正往榮府中来因此便就此一家説来到還是頭緒你道這

一家姓甚名誰又与栄府有甚瓜葛且听細講方才所説的這小〻之家乃本地人氏姓王祖上曽作過小〻的一個京官昔年与凤姐之祖王夫人之父認識因貪王家的势利便連了宗認作姪兒那時只有王夫人之大兄鳳姐之父与王夫人随在京中的知有此一門連宗之族餘者皆不認識自今其祖已故只有一個兒子名喚王成因家業消條仍搬出城外原鄉中住去了王成新近亦因病故只有其子小名狗兒〻〻亦生一子小名板兒嫡妻刘氏又生一女名喚青兒一家四口仍以務農為業因狗兒白日間又作些生計刘氏又操井臼等事青板姊妹兩个無人看管狗兒遂将岳母刘姥〻接来一處過活這刘姥〻乃是个積年的老寡婦膝下又無兒女只靠兩畝薄田度日如今女壻接来養活豈不愿意遂一心一計幫趁着女兒女壻過活起来因這年秋尽冬初天

與賈雨村遥〻相對

氣冷将上来家中冬事未辦狗兒未免心中煩慮吃了幾杯悶酒在家間尋氣恼刘氏也不敢頂撞因此刘姥〻看不過乃劝道姑爺你别嗔肴我多嘴偺们村庄人那一个不是老〻誠〻的守多大碗兒吃多大的飯你皆因年小的時候托肴你那老家的福吃喝慣了如今所以把持不住有了錢就顧頭不顧尾没了錢就瞎生氣成了什庅男子汗大丈夫呢如今偺们雖離城住肴終是天子脚下這長安城中遍地都是錢只可惜没人會拿去罢了在家跳蹋會子也不中用狗兒听説便急道你老只會炕頭兒上混説难道叫我打刼偷去不成刘姥〻道谁叫你偷去呢也到底想法兒大家裁度不然那银子錢自已跑到偺家来不成狗兒冷笑道有法兒还等到這會子呢我又没有个守税的親戚又無作官的朋友有什庅法子可想的便有也只怕他们未必来理我們呢刘姥〻

為紈褲下針却先從此等小處寫来

道这到不然謀事在人成事在天咱们謀到了靠菩薩的保佑有些機會也未可知我到替你们想出一个机會来當日你们原是和金陵王家連過宗的二十年前他们看承你们還好如今自然是你们拉硬屎不肯去親近他故疎遠起来想當初我和女儿还去過一遭他家的二小姐着實响快會待人到不拿大如今現是榮國府賈二老爺的夫人听得說如今上了年紀越發憐貧恤老最愛齋僧敬道捨米捨錢的如今王府雖陞了边任只怕這二姑太太还認得咱们你何不去走動走動或者他念旧有些好處也未可知只要他發一点好心拔一根寒毛比咱们的腰还粗呢刘氏一傍接口道你老雖說的是但只你我这樣个嘴臉怎庅好到他門上去的先不先他们那些門上的人也未必肯去通信沒的去打嘴現世誰知狗儿利名心最重听見此一說心下便有活動起

又听他妻子这番說便咲接道姥〻既如此說況且當年你又見過这姑太〻
一次何不你老人家明日就走一淌先試〻風頭再說刘姥〻道噯哟〻可是
說的侯门深似海我是ケ什庅東西他家人又不認得我〻去了也是白去的
狗兒咲道不妨我教你老人家一ケ法子你竟代了外孫子小板兒先去找陪
房周瑞若見了他就有些意思了這周瑞先時曾合我父親交過一件事我們
極好的刘姥〻道我也知道他的只是許多時不走知道他如今是怎樣這也
說不得了你又是個男人又這樣ケ嘴臉自然去不得我們姑娘年軽媳婦子
也难賣頭賣脚的到還是捨肖我這付老臉去碰一碰果然有些好處大家都
有益便是沒銀子来我也到那公府侯門見一見世面也不枉我一生說畢大
家笑了一回當晚計議一定次日天未明刘老〻便起来梳洗了又将板兒教

訓了几句那板兒才五六歲的孩子一無所知听見代他進城曠[逛]去便喜的無不應承于是刘姥〻代他進城找至寧荣街来至荣府大門石獅子前只見簇簇的轎馬刘姥〻便不敢過去且彈〻[撣][撣了撣]衣服又教了板兒幾句話然後縝[走]到角門前只見几个挺胸疊肚指手画脚的人坐在大檔上說東談西呢刘老〻只得蹭上来問太爺們納福衆人打諒了他一會便問那里来的刘姥〻陪笑道我找太〻的陪房周大爺的煩那位太爺替我請他老出来那些人听了都不揪採半日方說道你遠〻的那[在]墻角下等着一會子他們家有人就出来的内中有一老年人說道不要悮他的事何苦耍他因向刘老〻道那周大爺已往南边去了他在後一代[帶]住着他娘子却在家你要找時從這边繞到後街上後門上去問就是了刘老〻听了謝過遂携[带]了板兒繞到後門上只見門前歇着

些生意擠子也有賣吃的也有賣頑耍物件的鬧吵〻三二十个小孩子在那
里廝鬧刘姥〻便拉住一个道我問哥兒一声有个周大娘可在家庅孩子們
道那个周大娘我們這里周大娘有三個呢还有兩个周奶〻不知是那一行
當的刘老〻道是太〻的陪房周瑞孩子道這个容易你跟我来説有跳蹿〻
引肴刘老〻進了後門至一院墻边指与刘老〻道就是他家又叫道周大娘
有個老奶〻来找你呢我代了来了周瑞家的在内听说忙迎了出来問是那
位刘老〻忙迎上来問道好呀周嫂子周瑞家的認了半日方笑道刘老〻你好
呀你说〻能几年我就忘了請家裡来坐罢刘老〻一壁里走肴一壁笑说道
你老是貴人多忘事那里还記得我們了说肴来至房中周瑞家
的命僱的小了頭到上茶来吃着周瑞家的又問板兒道你都長這庅大

了又问些别後闲话再问刘姥〻今日还是路过还是特来的刘姥〻便说原是特来瞧〻嫂子你二则也请〻姑太〻的安若可以领我見一見更好若不能便借重嫂子轉致意罢了周瑞家的听了便已猜着几分来意只因昔年他丈夫周瑞争買田地一事其中多得狗兒之力今見刘姥〻如此而来心中难却其意二則也要現美自己的体面听如此说便笑说道姥〻你放心大遠的誠心誠意来了豈有个不叫你見个真佛去的呢論理人来客至回話却不与我相干我们这里各占一様兒我们男的只管春秋兩季的地租子閒時只代着小爺们出門子就完了我只管跟太〻奶〻们出门的事皆因你原是太〻的親戚又拿我當个人投奔了我来我竟破个例给你通个信去但只一件姥〻有所不知我们这里又不比五年前了如今太〻竟不大管事都是璉二奶

奶管家了你道这璉二奶ゝ是誰就是太ゝ的内姪女當日大舅老爺的女兒小名鳳哥的刘姥ゝ听了罕问道原来是他怪道呢我当日就说他不錯呢这等说来我今兒还淂見他了周瑞家的道这个自然的如今太ゝ事多心煩有客来了畧可推得去的也就推过去了都是鳳姑娘周旋迎代今兒寧可不會太ゝ到要見他一面纔不枉这里来一遭刘姥ゝ道阿弥陀佛全仗嫂子方便了周瑞家的道说那里話俗语说的與人方便自已方便不过用我说一句話罢了害着我什庅说着便吽小丫頭子到倒所上悄ゝ的打听打听老太ゝ屋里擺了飯了没有小丫頭去了这里二人又说些閒话刘姥ゝ因说这鳳姑娘今年大不过二十歲罢了就这等有本事當这様的家可是难淂的周瑞家的听了道我的姥ゝ告訴不淂你呢这位鳳姑娘年紀虽少行事却比世人都大

呢如今出挑的美人一様的模樣兒少説些有一万个心眼子再要賭口齒十个会説話的男人也説他不过回来你見了就信了就只一件待下人未免大嚴了些説着只見小丫頭回来説老太〻屋里已擺完了飯二奶〻在太〻屋裡呢周瑞家的听了連忙起身催着刘姥〻説快走〻〻这一下来他吃飯是一个空子咱們先等着去若遲一步回事的人也多了难説話再歇了中覺越發没了时候了説着一齊下了炕打掃〻〻衣服又教了板兒几句话随着周瑞家的逶迤往賈璉的住処来先到了倒厛周瑞家的將刘姥〻安插在那里畧等一等自己先過了影壁進了院门知鳳姐未出来先找着鳳姐的一个心腹通房大丫頭名喚平兒周瑞家的先將刘姥〻起初来歴説明又説今日大遠的特来請安当日太〻是長会的今兒不可不見所以我代了他進来了等奶

奶下来我細〻回明奶〻想也不責備我莽撞的平兒听了便作了主意叫他們進來先在这里坐着就是了周瑞家的听了方出去領他兩个進入院来上了正房台矶小〻頭子打起了狸紅毡簾才入堂屋只聞一陣香撲了臉来竟不辯是何氣味身子如在雲端里一般滿屋中之物都是耀眼争光使人頭懸目眩刘姥〻此时惟点頭咂嘴念佛而已于是来至東边这間屋内乃是賈璉的女兒大姐兒睡覔之所平兒跕在炕沿边打量了刘姥〻兩眼只得问个好讓坐刘姥〻見平兒遍身綾羅揷金代艮花容玉貌的便当是凤姐兒了才要称姑奶〻忽見周瑞家的称他是平姑娘又見平兒赶自周瑞家的称周大娘方知不過是个有些体面的〻頭子于是讓刘姥〻和板兒上了炕平兒和周瑞家的对面坐在炕沿上小〻頭子們斟了茶来吃茶刘姥〻只听見咯噹〻〻

的响声大有似乎打羅櫃篩麵的一般不免東瞧西望的忽見堂屋中柱子上掛着一ケ匣子底下又墜着一ケ秤它般一物却不住的乱幌刘姥ゝ心中想着这是ケ什庅爱物兒有煞用呢正獃时只听得噹的一声又若金鐘銅磬一般不防到唬的一展眼接着又是一連八九下方欲问时只見小丫頭們一斉乱跑説奶ゝ下来了平兒周瑞家的忙起身命刘姥ゝ只管坐着等是时候我們来請你説着都迎出去了刘姥ゝ只屏声側耳默候只听遠ゝ有人咲声約有一二十婦人都捧着大漆捧盒進这边来等候听得那边説了声擺飯漸ゝ的人才散出只有伺候端菜几ケ人半日鴉雀不聞之後忽見兩人抬了一張炕桌来放在这边炕上桌上碗盤森列仍是満ゝ的魚肉在内不過畧動了几樣板兒一見了便吵着要肉吃刘姥ゝ一把掌打了他去忽見周瑞家的咲嘻

〻走过来招手兒吽他刘姥〻会意于是携了板兒下炕至堂屋中周瑞家的又和他唧咕了一会方过這边屋里来只見门外鏨銅勾上懸着大紅撒花軟簾南窓下是炕〻上大紅毡條靠東边板壁立着一个鎖子錦靠背與一个引枕鋪着金心閃緞大坐褥旁边有雕漆痰盆那鳳姐兒家常代着秋板貂鼠昭君套圍着攢珠勒子穿着桃紅撒花襖石青刻絲灰鼠披鳳大紅洋縐艮鼠皮裙粉光脂艷端〻正〻坐在那里手内拿着小銅火炷兒撥手炉内的灰平兒站在炕沿边捧着小〻的一个塡漆茶盤〻内一个小蓋鍾凤姐也不接茶也不抬頭只管撥手炉内的灰漫〻的问道怎庅还不請進来一面说一面抬身要茶时只見周瑞家的已代了兩个人在地下站着呢这才忙欲起身犹未起身时滿面春風的问好又嗔着周瑞家的怎庅不早说刘姥〻在地下已是拜了

数拜問姑奶〻安鳳姐忙説周姐〻快攙起来别拜罷請坐我年輕不大認得可也不知是什庅輩数不敢称呼周瑞家的忙回道這就是我纔回的那姥〻了鳳姐點頭刘姥〻已在炕沿上坐了板兒便躲在背後百般的哄他出来作揖他死也不肯鳳姐兒咲道親戚們不大走動都疎遠了知道的呢説你們弃厭我們不肯常来不知道的那起小人还只當我們眼里没人是的刘姥〻忙念佛道我們家道艱难走不起来了这里没的給姑奶〻打嘴就是管家爺們看着也不像鳳姐兒笑道这話没的叫人恶心不過借賴着祖父虚名作了窮官兒誰家有什庅不過是个旧日的空架子俗語説朝廷还有三门子窮親戚呢何况你我説着又問周瑞家的回了太〻了没有周瑞家的道如今等奶〻的示下鳳姐道你去瞧〻要是有人有事就罷得閑呢就回看怎庅説周瑞家

的答應着去了這里鳳姐叫人抓些菓子與板兒吃剛問些閑話時就有家下許多媳婦管事的来回話平兒回了鳳姐道我這里陪客呢晚上再来回若有狠要緊的你就代進来現辦平兒出去了一会進来說我都問了沒甚麼緊事我就叫他們散了鳳姐點頭只見周瑞家的回来向鳳姐道太太說了今日不得閑二奶奶陪着便是一樣多謝費心想着白来瞧瞧呢便罷若有甚說的只管告訴二奶奶都是一樣劉姥姥道也沒甚說的不過是来瞧瞧姑太太姑奶奶也是親戚們的情分周瑞家的道沒甚說的便罷若有話只管回二奶奶是和太太一樣的一面說一面遞眼色與劉姥姥劉姥姥会意未語先飛紅的臉欲待不說今日又所為何来只得忍恥說道論理今兒初次見姑奶奶却不該說只是大遠的奔了你老這里来也少不的說了剛說道這里只听二門上小廝們回

説東府里的小大爷進来了凤姐忙止刘姥〻不必说了一面便问你蓉大爷
在那里呢只听一路靴子脚响進来了一个十七八歳的少年面目清秀身材
俊俏軽裘宝带美服華冠刘姥〻此時坐不是立不是藏没處藏凤姐笑道你
只管坐着这是我姪兒刘姥〻方扭〻捏〻在炕沿上坐了賈蓉笑道我父亲
打發了我来求嬸子说上回老旧太〻給嬸子的那架玻璃炕屏明日請一个
要緊的客借了略擺一擺就送过来凤姐道説遲了一日昨兒已经給了人了
賈蓉听説嘻〻笑着在炕沿上半跪道嬸子若不借又说我不会説話了又挨
一頓好打呢嬸子只当可怜姪兒罢凤姐笑道也没見你们王家的東西都是
好的不成你们那里放着那些好東西只是看不見偏我的就是好的賈蓉笑
道那里有这个好呢只求開恩罢鳳姐道要碰一点兒你可仔細你的皮因命

平兒拿了樓房鑰匙傳几个妥当人抬去賈蓉喜的眉開眼咲説我親自代了人拿去別由他們乱碰説着便起身出去了这里凤姐忽又想起一事來便向窗外叫蓉哥回來外面几个人接声説蓉大爺快回来賈蓉忙復身轉來垂手侍立听阿凤指示那凤姐只管慢〻的吃茶出了半日的神又咲道罢了你且去罷晚飯後你來再説罷这会子有人我也沒精神了賈蓉應了一声方慢〻的退去这里刘姥〻心身方安才又説道今日我代了你侄兒来也不為別的只因他老子娘在家里連吃的都沒有如今天又冷了越想沒个派頭兒只得代了你侄兒奔了你老来説着又推板兒道你那爹在家怎麼教你來打發偺們作煞事來只顧吃菓子咧凤姐早已明白了听他不会説話因咲止道不必説了我知道了因問周瑞家的这姥〻不知可用了早飯沒有刘姥〻忙説道

一早就往这里赶咧那里还有吃飯的工夫咧风姐听说忙命快傳飯来一時周瑞家的傳了一㨾客飯来擺在東边屋内过来代了刘姥ゝ和板兒過去吃飯鳳姐説道周姐ゝ好生讓着些兒我不能陪了于是過東边房里來又叫道周瑞家的去向他總回了太ゝゝ说了些什庅周瑞家的道太ゝ説他們家原不是一家子不過囘出一姓当年又与太老爷在一处作官偶然連了宗的这几年来也不大走動当时他們来一遭却也沒空了他們今兒既来了瞧ゝ我們是他的好意思也不可簡慢了他便是有什庅説的叫奶ゝ裁奪着就是了风姐听了説道我説呢既是一家子我如何連影兒也不知道说话时刘姥ゝ已吃畢了飯拉了板兒過来餂舌囃嘴的道謝风姐笑道且請坐下听我告訴你老人家方才的意思我已知道了若論亲戚之间原該不待上门来就該有照

應才是但如今家里雜事太煩太〻漸上了年紀一時想不到也是有的況是我近來接着管些事都不大知道這些親戚們二則外頭看着這員是烈〻轟〻的殊不知大有大的艱難去處說与人也未必信罷今兒你既老遠的來了又是頭一次見我張口怎好叫你空回去呢可巧昨兒太〻給我的丫頭們作衣裳的二十兩艮子我还沒動呢你們不嫌少就暫且先拿了去罷那刘姥〻先听見告艱難只当是沒有心里便突〻的後来听見給他二十兩喜的又渾身發癢起來說道噯我也是知道艱難的但俗語說的瘦死的駱駝比馬大憑他怎樣你老拔根毛比我們的腰还粗呢周瑞家的見他說的粗鄙只管使眼色止他风姐看見咲而不採只命平兒把昨兒那包艮子拿来再拿一吊錢來都送到刘姥〻的根前风姐乃道這是二十兩艮子暫且給這孩子作件冬衣罷

若不拿着可真是怪我了这钱雇車坐罢改日無事只管来逛逛方是親戚们的意思天也晚了也不虚留你们了到家里该问好的问个好児罢一面說一面就站了起来刘姥姥只管千恩万谢的拿了艮子钱随周瑞家的来至外頭周瑞家的道我的娘你見了他怎庅到不会說了開口就是你侄児我說句不怕你恼的話便是亲侄児也要說和軟些蓉大爺纔是他的正经侄児呢他怎庅又跑出这庅个侄児来了刘姥姥笑道我的嫂子我見了他心眼里爱还不爱不過来那里还說的上話来二人說着又到周瑞家坐了片時刘姥姥便要留下一塊艮子与周瑞家孩子们買果子吃周瑞家的如何放在眼里執意不肯刘姥姥感谢不盡仍從後门去了正是

得意濃時易接濟　受恩深處勝亲朋

脂硯齋重評石頭記卷之

第七回

送宮花賈璉戲熙鳳　宴寧府宝玉会秦鐘

話說周瑞家的送了刘姥〻去後便上来回王夫人話誰知王夫人不在上房問丫環們時方知往薛姨媽那边說閒話去了周瑞家的听說便轉出東角门至東院往梨香院来剛至院门前只見王夫人的丫环名金釧兒和一个緫留了頭的小女孩兒站在台階坡兒上頑見周瑞家的来了便知有話回因向内努嘴兒周瑞家的輕〻掀簾進去只見王夫人和薛姨媽長篇大套的説些家務人情等语周瑞家的不敢驚動遂進里間来只見薛宝釵穿着家常的衣服頭上只散挽着鬢兒坐在炕里边伏在小炕桌上同丫妚鶯兒正描花樣子呢見他進

来宝釵纔放下筆轉過身来満面堆咲讓周姐〻坐着周瑞家的也忙陪咲問
姑娘好一面炕沿边坐了回說这有兩三天也没見姑娘到那边俇〻去只怕
是你宝玉兄弟冲撞了你不成宝釵咲道那里的話只因我那種病又發了所
以这兩天没出屋子周瑞家的道正是呢姑娘到底有什庅病根兒也該趁早
兒請个大夫来好生開个方子認真吃几劑藥一勢兒除了根纔是小〻的年紀
到作下个病根兒也不是頑的宝釵聞听便咲道再不要提吃藥爲这病請大
夫吃藥也不知白花了多少銀子錢呢憑你什庅名医仙藥從不見一點兒效
後来还虧了一个秃頭和尚說專治無名之症回請他看了他說我这是從胎
里代来的一股热毒幸而先天壯还不相干若吃尋常藥是不中用的他就說
了一个海上方又給了一包藥末子作引子異香異氣的不知是那里弄了

来的他說發了時吃一丸就好到也奇怪吃他的藥到効驗些周瑞家的因問不知是个什庅海上方兒姑娘說了我们也記着說与人知道倘遇見这樣病也是行好的事宝釵見问乃咲道不用这方兒还好若用了这藥方兒的病症真々把人瑣碎死東西藥料一槩都有現只難得可巧要春天開的白牡丹花蕋十二兩夏天開的白荷花蕋心十二兩秋天的白芙蓉蕋十二兩冬天的白梅花蕊十二兩將这们四樣花蕋于次年春分这日晒乾和在藥末子一処一齊研好又要雨水这日的雨水十二錢周瑞家的忙道噯喲这樣說来这就得三年的工夫倘或雨水这日竟不下雨可又怎処呢宝釵咲道所以說那里有这樣可巧的雨便沒雨也只好再等罢了白露这日的露水十二錢霜降着日霜十二錢小雪这日的雪十二錢把这樣水調匀和了丸藥再加十二錢蜂蜜十二錢白糖

丸了龍眼大的丸子盛在旧磁罈内埋在花根底下若發了病時拿出来吃一丸用十二分黄栢煎湯送下周瑞家的听了咲道阿弥陀佛真坑死人的事兒等十年未必都这樣巧呢宝釵道竟好自他说了去後一二年间可巧都得了好容易配成一料如今從南带至北現在就埋在梨花樹底下呢周瑞家的又问道这藥可有名子沒有呢宝釵道有这也是那癩頭和尚说下的呌作冷香丸周瑞家的听了點頭兒因又说这病發了時到底覺怎么着宝釵道也不覺甚怎么着只不過喘嗽些吃一丸下去也就好些了周瑞家的还欲說話時忽听王夫人问谁在房里呢周瑞家的忙出去荅應了趂便回了刘姥〻之事略待半刻見王夫人無语方欲退出薛姨媽忽又咲道你且站住我有一宗東西你带了去罢说着便呌香菱只听簾櫳响处方纔和金釧兒頑的

那个小丫頭進来了问奶〻叫我做什庅薛姨媽道把那匣子里的花兒拿来香菱荅應了向那边捧了个小錦匣来薛姨媽乃道这是宫裡頭作的新鮮様法堆紗的花兒十二枝昨兒我想起来白放着可惜了兒的何不給他们姊妹们带去昨兒要送去偏又忘了你今兒来的乃就代了去罢你家的三位姑娘每人一对剩下六枝送林姑娘两枝那四枝給了鳳哥罢王夫人道留着給宝丫頭带罢又想着他们薛姨媽道姨娘不知道宝丫頭古怪着呢他從来不愛这些花兒粉兒的説着周瑞家的拿了匣子走出房门見金釧兒仍在那里晒日陽兒周瑞家的因问他道那香菱小丫頭子可就是常説臨上京时買的為他打人命官司的那个小丫頭子金釧道可不就是他正説着只見香菱咲嘻〻的走来周瑞家的便拉了他的手細〻的看了一回因向金釧兒咲道到好个模様

兒竟有些像偺們東府里蓉大奶〻的品格兒金釧笑道我也是这庅说呢周瑞家的又问香菱你几歲投身到这里又问你父母今在何处今年十几歲了本处是那里人香菱听问都摇頭说不記得了周瑞家的和金釧兒听了到反為嘆息傷感一回一時周瑞家的携花至王夫人正房後頭来原来近日賈母说孫女兒们太多了一处擠着到不方便只留宝玉代玉二人这边解悶却将迎惜探三人移到王夫人这边房後三間小抱厦内居住令李紈陪伴照管如今周瑞家的故順路先往这里来只見几个小丫頭子都在抱厦内听呼唤呢只見迎春的丫环司棊与探春的丫环待書二人正掀簾子出来手里都捧着茶鍾周瑞家的便知他们姊妹在一处坐着呢遂進入内房只見迎春探春二人正在窓下圍棋周瑞家的将花送上说明原故二人忙住了棋都欠身道谢命丫

嬛們收了周瑞家的荅應了回說四姑娘不在房里只怕在老太〻那边呢丫
頭們道那屋里不是四姑娘周瑞家听了便往这边屋里來只見惜春正同
（水）月菴的小姑子智能兒一处頑耍呢見周瑞家進來惜春便問他何事周瑞家
的便將花匣打開說明原故惜春咲道我这里正和智能兒說我明兒也剃了
頭同他作姑子去呢可巧又送了花兒來若剃了頭可把这花兒帶（戴）在那里呢
說着大家取咲一回惜春命丫嬛（入畫來收了）放在匣子裡周瑞家的因問智能兒你是什
庅時候來的你師父那禿歪剌往那里去了智能兒道我們一早就來了我師
父見了太〻就往于老爺府（内）里去了叫我在这里等他呢周瑞家的又道十五
的月例香供銀子可曾得了沒有智能兒搖頭兒說我不知道惜春听了便問
周瑞家的如今各庙月例銀子是誰管着周瑞家的道是蔡（姓）信管着惜春听了

咲道这就是了他師父一来蔡信（姓的女人）就赶上来和他師父咕唧了半日想是就為
这事了那周瑞家的又和智能兒劳叨了一回便往鳳姐兒処来穿夹道（彼时）從李
紈後窓下过隔着玻璃窓戶見李紈在炕上歪着睡覺呢遂越過西苑（花）墙出西
角门進入鳳姐院中走至堂屋只見小丫頭豐兒坐在鳳姐房中门檻上見周
瑞家的来了連忙擺手兒叫他往東屋里去周瑞家的會意忙攝手攝足往東
边房里来只見奶子正拍着大姐兒睡覺呢周瑞家的悄问奶子道姐兒睡中
覺呢也該請醒了奶子揺頭兒正説着只听那边一陣咲声却有賈璉的声音
接着房门响処平兒拿着大銅盆出来叫豐兒舀水進去平兒便道（進）这便来一
見了周瑞家的便问你老人家又跑了来作什広周瑞家的忙起身拿匣子与
他説送花兒一事平兒听了便打開匣子拿了四枝轉身去了半刻工夫手里拿

出兩枝来先叫彩明吩咐道送到那边府里給小蓉大奶〻帶去次後方命周瑞家的回去道謝周瑞家的這才往賈母這边来穿過了穿堂抬頭忽見他女兒打扮着才從他婆家来周瑞家的忙问你這会跑来作什庅他女兒咲道媽一向身上好我在家里等了这半日媽竟不出去什庅事情這樣忙的不回家我等煩了自己先到了老太〻跟前請了安了這会子請太〻的安去媽还有什庅不了的差事手里是什庅東西周瑞家咲道噯今兒偏〻的来了个刘姥〻我自己多事為他跑了半日这会子又被姨太〻看見了送這几枝花兒与姑娘奶〻們这会子还沒送清楚呢你这会子跑来一定有什庅事情他女兒咲道你老人家到会猜寔对你老人家说你女婿前兒因多吃了兩杯酒和人分争不知怎的被人放了一把邪火说他來歷不明告到衙门里

要觧他还鄉所以我来和你老人家商議〻〻這个情分求那一个可了事
呢周瑞家的听了道我就知道呢這有什庅大不了的事你且家去等我〻
給林姑娘送了花兒去就回家去此時太〻二奶〻都不得閑兒你回去等
我这有什庅忙的如此女兒听説便回去了还説媽好歹快来周瑞家的道
是了小人家没经过什庅事就急得你这樣了説着便道代玉房中去了誰
知此時代玉不在自己房中都在宝玉房中大家觧九蓮环頑呢周瑞家的
進来咲道林姑娘姨太〻着我送花兒与姑娘帯宝玉听説便先説什庅花兒
拿来給我一面早伸手接过来了開匣看時原來是宮製堆紗新巧的假花兒代
玉只就在宝玉手中看了一看便問道还是单送我一人的还是别的姑娘們
都有周瑞家的道各位都有了這兩枝是姑娘的了代玉冷笑道我就知道

别人不挑剩下的也不給我周瑞家的听了一声兒不言語宝玉便问道周姐
〻你作什庅到那边去了周瑞家的因说太〻在那里因回話去了姨太〻就
順便叫我带来了宝玉道宝姐〻在家作什庅呢怎庅这几日也不過這边来
周瑞家的道身上不大好呢宝玉听了便和了頭们说誰去瞧〻就説我和林
姑娘打發来請姨太〻姐〻安问姐〻是什庅病現吃什庅藥論理我该親自
来的就説纔從学里回来也着了些凉異日再親自来看罷说着茜雪便荅應
去了周瑞家的自去無話原来这周瑞的女婿便是雨村的好友冷子興近因
賣古董和人打官司故教女人来討情分周瑞家的仗着主子的勢利把這些〻
事也不放在心上晚间只求〻鳳姐兒便完了至掌灯時分鳳姐已卸了粧来
見王夫人回话今兒甄家送了来的東西我已收了偺们送他的趂着他家有

年下送鲜的船去一併都交给他们带了去罢王夫人点頭鳳姐又道臨安伯老太太生日的礼已经打点了派谁送去呢王夫人道你瞧谁闲着就叫他们去四个女人就是了又来當什麽正经事问我鳳姐又笑道今日珎大嫂子来請我明日過去曠曠明日到没有什麽事情王夫人道有事没事都害不着什麽每常他来请有我们你自然不便意他既不请我们单请你可知是他诚心叫你散淡散淡别辜負了他的心便有事也该過去纔是鳳姐答應了當下李纨迎探等姊妹们亦来定省畢各自歸房無話次日鳳姐梳洗了先回王夫人畢方来辞賈母宝玉听了也要跟了曠去鳳姐只得答應立等着换了衣服姐兒两个坐了車一時進入寧府早有賈珎之妻尤氏与賈蓉之妻秦氏婆媳两个引了多少姬妾丫环媳婦等接出儀门那尤氏一見了鳳姐必先嘲笑一陣

一手携了宝玉同入上房来帰坐秦氏献茶毕凤姐因说你们請我来作什庅
有什庅好東西孝敬我就快献上来我还有事呢尤氏秦氏未及荅話地下几
个姬妾先就笑说二奶奶今儿不来就罢既来了就依不得二奶奶了正说着
只見賈蓉進來請安宝玉因问大哥哥今日不在家尤氏道出城請老爺安去
了又得可是你怪闷的也坐在这里作什庅何不去瞧瞧秦氏笑道今儿巧上
回宝叔立刻要見的我那兄弟他今儿也在這里想在書房里呢宝叔何不去瞧
一瞧宝玉听了即便下炕要走尤氏凤姐都忙説好生着忙什庅一面便吩咐
人好生小心跟着他别委曲着他到比不得跟了老太太过来就罢了凤姐说
道既這庅着何不請進這秦小爷来我也瞧一瞧难到我見不得他不成尤氏
笑道罢罢可以不必見他比不得偺们家的孩子们胡打海摔的慣了人家的

孩子都是斯〻文〻慣了的乍見了你這破落戶還被人咲話死了呢鳳姐笑道普天下的人我不笑話就罷了竟叫這小孩子咲話我不成賈蓉咲道不是這話他生的腼腆没見過大陣張兒嬸子見了没的生氣鳳姐道憑他是什庅樣兒的我也要見一見別放你娘的屁了再不帶来看給你一頓好嘴巴子賈蓉咲嘻〻的説我不敢扭着就帶他来説着果然出去帶進一个小後生来較宝玉略瘦些眉清目秀粉面朱唇身材俊俏舉止風流似在宝玉之上只是怯〻羞〻有女兒之態腼腆含糊慢向鳳姐作揖問好鳳姐喜的先推宝玉笑道比下去了便探身一把携了這孩子的手就命他身傍坐了慢〻的向他几歲了讀什庅書弟兄几个李名喚什庅秦鐘一〻答應了早有鳳姐的了环媳婦們見鳳姐初会秦鐘並未備得表礼来遂忙過那边去告訴平兒平兒知道鳳

姐与秦氏厚密虽是小後生家亦不可太儉遂自作主意拿了一疋尺頭兩个狀元及第的小金錁子交付与来人送過去鳳姐猶咲説太簡薄等語秦氏等謝畢一時吃過飯尤氏鳳姐秦氏等抹骨牌不在話下那宝玉自見了秦鐘的人品出衆心中便有所失痴了半日自己心中又起了獃意乃自思道天下竟有這等的人物如今看来我竟成了泥猪癩狗了可恨我為什麼生在這侯门公府之家若也生在寒儒薄宦之家早得与他交接也不枉生了一世我虽如此比他尊貴可知錦綉紗羅也不過裹了我這根死木頭美酒羊羔也不過填了我這糞窟泥溝富貴二字不料遭我荼毒了秦鐘自見了宝玉形容出衆舉止不凡更兼金冠綉服驕婢侈童秦鐘心中亦自思道果然這宝玉怨不得人溺愛他可恨我偏生于清寒之家不能與他耳鬢交接可知貧窶二字陷人亦

世间之大不快事二人一樣的胡思乱想忽然宝玉问他讀什麽書秦鐘見问便因實而荅（而荅以实語）二人你言我語十来句後越覺親密起来一時擺上茶菓吃茶宝玉便說我们两个又不吃酒把菓子擺在里间小炕上我们那里坐去省得闹你们于是二人進里间来吃茶秦氏一面張羅与鳳姐擺酒菓一面忙進来囑宝玉道宝叔你侄兒倘或言語不妨頭你千万看着我不要理他〻雖腼腆却性子左强不大随和此是有的宝玉笑道你去罢我知道了秦氏又囑了他兄弟一回方去陪鳳姐一時鳳姐尤氏又打發人来问宝玉要吃什麽外面有只管要去宝玉只答應着也無心在飯食上只问秦鐘近日家務等事秦鐘因說業師于去年病故家父又年紀老邁殘疾在身公務繁冗因此尚未講及延師一事目下不過在家温習旧課而已再讀書一事必須有一二知己為伴時常大家

討論纔能進益宝玉不待説完便荅道正是呢我們却有个家塾合族中有不能延師的便可入塾讀書子弟們中亦有親戚在内可以附讀我因業師上年回家去了也現荒廢着呢家父之意亦欲暫送我去且温習旧書待明年業師上来再各自在家里讀家祖母因説一則家学里子弟太多生恐大家淘氣反不好二則也因我病了几天遂暫且担擱着如此説来尊翁如今也為此事懸心今日回去何不稟明就往我們敝塾中来我亦相伴彼此有益豈不是好事秦鐘咲道家父前日在家提起延師一事也曽提起這里的義学到好原要来和這里的親翁商議引薦因这里又事忙不為这点小事来聒絮的宝叔果然度小姪或可磨墨滌硯何不速〻的作成又彼此不致荒廢又可以常相談聚又可以慰父母之心又可以淂朋友之樂豈不是美事宝玉道放心〻〻偺們

回來先告訴你姐夫姐〻和璉二嫂子你今日回家就稟明令尊我回去再稟明祖母再無不速成之理二人計議一定那天氣已是掌灯時候出来又看他们領了一回脾笑賬時却有是秦氏尤氏二人輸了戲酒的東道言定後日吃這東道一面就叫送飯吃畢晚飯因天黑了尤氏因說先派两个小子送了這秦相公家去媳婦们傳出去半日秦鐘告辭起身尤氏问派了谁送去媳婦们回说外頭派了焦大誰知焦大醉了又罵呢尤氏秦氏都說道偏又派他作什放着這些小子们那一个派不得偏要惹他去鳳姐道我成日家說你太軟弱了縱的家里人這樣还了得了尤氏嘆道你难道不知這焦大的連老卩都不理他的你珍大哥〻也不理他只因他從小兒跟着太爷们出过三四回兵從死人堆裏把太爷背了出来得了命自已挨着餓却偷了東西来給主

子吃兩日沒得水得了半碗水給主子吃他自己喝馬溺不过仗着这些功劳情分有祖宗時都另眼相待如今誰肯难為他去他自己又老了又不顧体面一味吃酒吃醉了無人不罵我常說給管事的不要派他差事全當一个死的就完了今兒又派了他凤姐道我何常不知这焦大到是你们沒主意有这樣的何不打發他遠遠的庄子上去就完了說着因問我们的車可齊備了地下衆人都應道伺候齊了凤姐起身告辭和宝玉携手同行尤氏等送至大厛只見灯燭輝煌衆小厮都在丹墀侍立那焦大又恃賈珍不在家即在家亦不好怎樣他更可以姿意洒落洒落因趁着酒興先罵大總管賴二說他不公道欺軟怕硬有了好差事就派别人像这樣黑更半夜送人的事就派我沒良心的王八羔子瞎充管家你也不想想焦大太爺蹺蹺脚比你頭还高呢二十年

頭里的焦大太爺眼里有誰別說你們这一起子雜種王八羔子們正罵的興
頭上賈蓉送凤姐的車出去衆人喝他不听賈蓉忍不得便罵了他兩句使人
綑起来等明日酒醒了問他还尋死不尋死了那焦大那里把賈蓉放在眼里
反大叫起来赶着賈蓉叫蓉哥兒你別在焦大跟前使主子性兒別說你这樣
兒的就是你爹你爺〻也不敢和焦大挺腰子不是焦大一个人你們作官兒
享榮華受富貴你祖宗九死一生掙下这个家業到如今不报我的恩反和我
充起主子来了不和我說別的还可若再說別的偺們紅刀子進去白刀子出
来凤姐在車上說与賈蓉說以後还不早打發了这沒王法的東西留在这里
豈不是禍害倘或親友知道了豈不笑話偺們这樣的人家連个王法規矩都
沒有賈蓉答應是衆小廝見他太撒野了只得上来几个揪番綑倒拖往馬圈

里去焦大越發連賈珍都說出来亂嚷亂叫說我要往祠堂里哭太爺去那里承望到如今生下这些畜牲来每日家偷狗戲雞爬灰的爬灰養小叔子養小叔子我什庅不知道俗們胳膊折了往袖子里藏衆小厮听他說出这些沒天日的話来唬的魂飛魄散也不顧别的了便把他捆起来用土和馬糞滿〃的填了他一嘴鳳姐和賈蓉等也遥〃的聞得便都粧作不听見宝玉在車上見这般醉鬧到也有趣因問凤姐道姐〃你听他說爬灰的爬灰什庅是爬灰凤姐听了連忙立眉嗔目断喝道少胡說那是醉漢嘴里混唚你是什庅樣的人不說不听見还到細問等我回去回了太〃仔細搥你不搥你嚇的宝玉忙央告道好姐〃我再不敢了凤姐道这才是呢等俗們到了家回了老太〃打發你同你秦家姪兒学里念書去要緊說着自回荣府而来正是

脂硯齋重評石頭記卷之

第八回

比通靈金鶯微露意　探宝釵黛玉半含酸

話說鳳姐和宝玉便回明賈母秦鐘要上家塾之事自己也有了个伴讀的朋友正好發奮又着實的稱賛秦鐘的人品行事冣使人怜愛凤姐又在一傍帮着說过日他还来拜老祖宗等语說的賈母喜悅起来凤姐又趂势請賈母後日过去看戲賈母虽年高却極有興頭至後日又有尤氏来請遂了王夫人林代玉宝玉等过去看戲至晌午賈母便歇息了王夫人本是好清净的見賈母回来也就回来了然後凤姐坐了首席盡欢至晚無話却說宝玉回送賈母回来待賈母歇了中覔意欲还去看戲取樂又恐擾的秦氏等人不便因想起近日薛宝釵在家養病未去親候意欲去望他一望若從上房後角门过去又恐遇見别事纏繞再或可巧

遇見他父親更為不安寧可遠遠路罢了当下衆嫆〻丫嬛伺候他换衣服見他不换仍出二门去了衆嫆〻丫嬛只得跟随出来还只当他去那府中看戲誰知到穿堂便向東向北遶厛後而去偏頂頭遇見了门下清客相公詹光单聘仁二人走来一見了宝玉便都咲着赶上来一个抱住腰一个携着手都道我的菩薩哥兒我説作了好夢呢好容易得遇見了你説着請了安又问好劳叨半日方纔走開老嫆〻叫住问你二位爷是從老爷跟前来的不是他二人点頭道老爷在夢坡齋小書房里歇中覺呢不妨事的一面説一面走了説的宝玉也咲了于是轉湾向北奔梨花香院来可巧管銀庫房的總領名唤吳新登与倉上的頭目名戴良还有几个管事的頭目共有七个人從賬房里出来一見了宝玉赶来都一齊垂手站住獨有一个買辦名唤錢華因他多日未見宝玉忙上来打千兒請安宝玉忙含咲携他起来衆人都咲説前兒在一処看見二爷寫的斗方兒字法越発好了多早晚賞我們

几張貼〻宝玉咲道在那里看見了衆人道好几處都有都称的了不得还和
我们尋呢宝玉笑道不值什庅你們説給我的小厶兒們就是了一面説一面
前走衆人待他过去方都各自散了閑言少述且説宝玉来至梨香院中先
入薛姨媽室中来正見薛姨媽打點針黹与丫嬛們呢宝玉忙請了安薛姨媽
忙一把拉了他抱入怀内笑説这庅冷天我的兒难為你想着来快上炕来坐
着罷命人到滚〻的茶来宝玉因问哥〻不在家薛姨媽嘆到他是沒籠頭
的馬天〻徃不了那里肯在家一日宝玉道姐〻可大安了薛姨媽道可是呢你前
兒又想着打發人来瞧他他在里间不是你去瞧他里間比这里暖和那里坐着
我収什収什就進来和你説話兒宝玉听説忙下了炕来至里间门前只見吊着
半旧的紅紬軟簾宝玉掀簾一邁步進去先就看見薛宝釵坐在炕上作

針線頭上挽着漆黑的油光鬢兒蜜合色綿袄玫瑰紫二色金銀鼠比肩褂葱黄綾綿裙一色半新不旧看去不覺奢華唇不點而紅眉不画而翠臉若銀盆眼如水杏罕言寡語人謂藏愚安分隨時自云守拙宝玉一面看一面口内問姐姐可大愈了宝釵抬頭只見宝玉進来連忙起身含笑荅說已經大好了到多謝記掛着說着讓他在炕沿上坐了即命鶯兒斟茶来一面又問老太太姨娘安別的姊妹們都好一面看宝玉頭上戴着纍系嵌玉紫金冠額上勒着二龍搶珠金抹額身上穿着秋香色立蟒白腋箭袖繫着五色蝴蝶鸞縧項上掛着長命鎖記名符另外有一塊落草時啣下来的宝玉宝釵因笑說道成日家說你的這玉究竟未曾細細的賞鑒我今兒到要瞧瞧說着便挪進前来宝玉亦湊了上去從項上摘了下来遞在宝釵手内宝釵托於掌上只見大如雀卵燦若明霞瑩潤如酥五色花紋纏護這就是大荒山中青埂峰下

的那塊頑石的幻相後人曾有詩嘲云

女媧煉石已荒唐　又向荒唐演大荒　失去幽靈真境界　幻來親就臭皮囊

好知運敗金無彩　堪嘆時乖玉不光　白骨如山忘姓氏　無非公子與紅粧

那頑石亦曾記下他这幻相並癩僧所鐫的篆文今亦按圖画于後但其真体最小方能從胎中小兒口中啣下今若按其体画恐字跡过于微細使觀者大廢眼光亦非暢事故今只按其形式無非畧展放些規矩使觀者便于灯下醉中可閱今註明此故方無胎中之兒口有多大怎得啣此狼犺蠢大之物等語之謗

通靈寶玉正面圖式

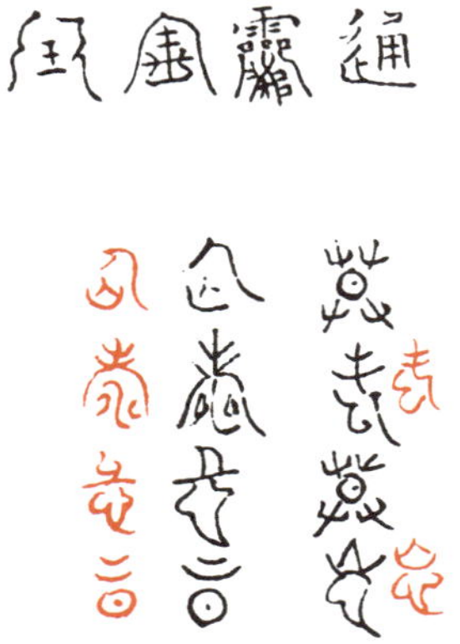

註云　莫失莫忘　仙寿恒昌

通靈玉反面圖式

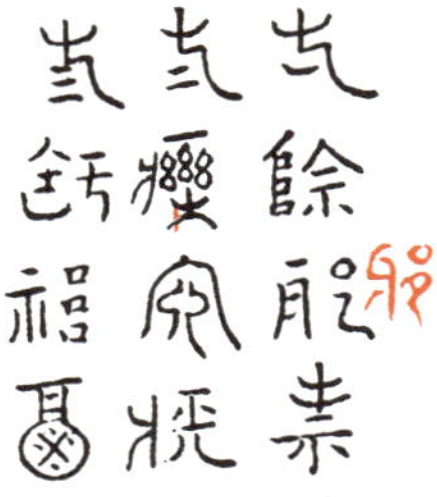

註云　一除邪祟　二療冤疾　三知禍福

宝釵看畢又從翻过正面来細看口内念道莫失莫忘仙壽恒昌念了两遍乃回頭向鶯兒咲道你不去到茶也在這里發獃作什庅鶯兒嘻嘻笑道我听这两句話到像和姑娘的項圈上的两句話是一对兒宝玉听了忙咲道原来姐姐那項圈上也有八个字我也賞鑒賞鑒宝釵道你别听他的话没有什庅字宝玉笑央好姐姐你怎庅瞧我的了呢宝釵被纏不过因說道也是个人給了两句吉利話兒所以鏨上了呌天天代着不然沉甸甸的有什庅趣兒一面說一面觧了排扣從里面大紅袄上将那珠宝晶瑩黄金燦爛的瓔珞掏将出来宝玉忙托了鎖看時果然一面有四个篆字两面八个共成两句吉讖以曽按式画下形相

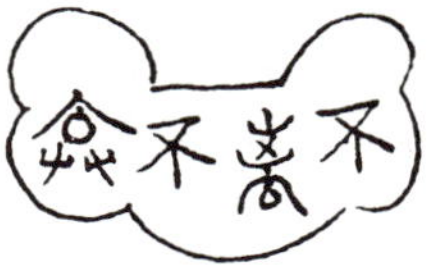

音註云

不離不棄

不離不棄與莫失莫忘相对所謂愈出愈奇

音註云

芳齡永繼

芳齡永繼又與仙寿恒昌一對請合两讀之問諸公歷来小說中可有如此可巧奇妙之文以换新眼目

宝玉看了也念两遍又念自己的两遍因笑問姐〻这八个字到真与我的是

一對鶯兒笑道是个痴頭和尚送的他說必須鏨在金器上宝釵不

待說完便嗔他不去倒茶一面又問宝玉從那里来宝玉此時与宝釵就近只

聞一陣〻涼森〻甜系〻的幽香竟不知係何香氣遂問姐〻燻的是什麼香

我竟從来聞見過這味兒宝釵笑道我最怕燻香好〻的衣服燻的烟燎火氣

的宝玉道既如此這是什麼香宝釵想了一想咲道是了是我早起吃了丸藥

的香氣宝玉笑道什麼丸藥这麼好聞好姐〻給我一丸嚐〻宝釵笑道又混

鬧了一个藥也是混吃的一語未了忽听外面人說林姑娘来了話犹未了林

代玉已摇〻的走了進来一見了宝玉便笑道噯喲我来的不巧了宝玉等忙

起身笑讓坐宝釵因笑道這話怎麼說代玉笑道早知他來我就不来了宝釵

道我更不解這意代玉咲道要来時一群都来要不来一个也不来今兒他来了
明兒我再来如此間錯開了来着豈不天天有人来了也不至于太冷落也不
至于太熱鬧了姐姐如何反不解这意思宝玉因見他外面罩着大紅羽緞对
衿褂子因问下雪了庅地下婆娘们道下了這半日雪珠兒了宝玉道取了我
的斗蓬来不曾代玉便道是不是我来了他就該去了宝玉笑道我多早晚說
要去了不過拿来預備着宝玉的奶嬷李嬤嬤因說道天又下雪也好早晚的
了就在這里同姐姐妹妹一處頑頑罢姨媽那里擺茶菓子呢我叫了頭去取
了斗蓬来說给小么兒们散了罢宝玉應允李嬷嬷出去命小厮们都各散去
不提这里薛姨媽已擺了几樣細巧茶果留他们吃茶宝玉因誇前日在那府
里珍大嫂子的好鵞掌鴨信薛姨媽听了忙也罢自己的糟的取了些来與他

嚐宝玉笑道这个須得就酒纔好薛姨媽便命人去灌了最上等的酒来李嬷〻
便上来道姨太〻酒到罢了宝玉央道媽〻我只吃一鍾李嬷〻道不中用當
着老太〻太〻那怕你吃一罈呢想那日我眼錯不見一會不知是那一个没
有調教的只圖討你的好兒不管别人死活給了你一口酒吃葬送的我挨了
兩日罵姨太〻不知道他性子又可惡吃了酒更弄性有一日老太〻高興了
又儘着他吃什庅日子又不許他吃何苦我白陪在里面薛姨媽笑道老貨你
只放心吃你的去我也不許他吃多了便是老太〻問有我呢一面命小丫嬛
來讓你奶〻們去也吃盃搪〻雪氣那李嬷〻听如此説只得和衆人且去吃
些酒水這里宝玉又説不必温煖了我只要噯吃冷的薛姨媽忙道這有使不得
吃了冷酒寫字手打颭兒宝釵笑道宝玉兄弟虧你每日家雜学傍収的難到

就不知道酒性最熱若熱吃下去發散的就快若冷吃下去便凝結在内以五臟去煖他豈不受害從此還不快不要吃那冷的了宝玉听這話有情理便放下冷酒命人煖来方飲代玉磕着瓜子兒只抿着嘴笑可巧代玉的小丫环雪鴈走来與代玉送小手炉代玉因含笑问他誰叫你送来的難為他費心那里就冷死了我雪鴈道紫鵑姐〻怕姑娘冷使我送来的代玉一面接了抱在懷中笑道也虧你到听他的話我平日和你說的全當耳傍風怎広他說了你就依比聖旨還快些宝玉听這話知是代玉借此奚落他也無回復之詞只嘻〻的笑两陣罷了宝釵素知代玉是如此慣了的也不去採他薛姨媽因道你素日身子弱禁不得冷的他們記掛着你到不好代玉笑道姨媽不知道幸虧是姨媽這里倘或在别人家人家豈不惱好說就看的人家連個手炉也沒有爬〻

的從家里是個来不說了頭們太小心過於逐只當我素日是這等狂慣了呢
薛姨媽道你這個多心的有這樣想我就沒這心了說話時宝玉已是三杯過
去李嬷〻又上来攔阻宝玉正在心甜意洽之時和宝代姊妹說〻咲〻的那
肯不吃宝玉只得屈意央告好媽〻我再吃兩鍾就不吃了李嬷〻道你可仔
細老爺今兒在家隄防問你的書宝玉听了這話便心中大不自在慢〻的放
了酒盃了頭代玉先忙的說别掃大家的興舅〻若叫你只說姨媽留着呢這
個媽〻他吃了酒又拿我們来醒脾了一面悄推宝玉使他賭氣一面悄〻的
咕噥說别理那老貨偺們只管樂偺們的那李嬷不知代玉的意因說道林姐
兒你不要助着他了你到劝〻他只怕他还听些林代玉冷咲道我為什庅助
他我也不犯着劝他你這媽〻太小心了往常老太〻又給他酒吃如今在姨

媽這里多吃一口料也不妨事必定姨媽這里是外人不當在這里的也未可知李嬷〻听了又是急又是咲說道真〻這林姐兒說出一句話来比刀子还尖你這筭了什麽宝釵也忍不住咲着把黛玉腮上一擰說道真〻這個顰丫頭的一張嘴叫人恨又不是喜欢又不是薛姨媽一面又說別怕別怕我的兒来了這里沒好的你吃别把這點子東西嚇的存在心里到叫我不安只管放心吃都有我呢越發吃了晚飯去便醉了便跟着我睡罢因命再盪熱酒来姨媽陪你吃两杯可就吃飯罢宝玉听了方又鼓起興来李嬷〻因吩咐小丫頭子們你們在這里小心着我家去換了衣服就来悄〻的回姨太〻别由他性多给他吃說着便家去了這里雖还有三两個婆子都是不関痛癢的見李嬷〻走了也都悄〻去尋方便去了只剩了两个小丫頭子樂得討宝玉的欢

喜幸而薛姨媽千哄万哄的只容他吃了几杯就忙收過了作了酸笋鸡皮湯宝玉痛喝了两碗吃了半碗飯碧粳粥一时薛林二人也吃完了飯又釅釅的滗上茶来大家吃了薛姨媽方放了心雪雁等三四个丫頭已吃了飯進来伺候代玉因问宝玉道你走不走宝玉乜斜倦眼道你要走我和你一同走代玉听説遂起身道偺们来了這一日也該回去了还不知那边怎么找偺们呢説着二人便告辞小丫頭忙捧过斗笠来宝玉便把頭略低一低命他带上那丫頭便将這大红猩毡斗笠一抖纔往宝玉頭上一合宝玉便説罢罢好蠢東西你也輕些兒难到没見过别人带过的讓我自己带罢代玉站在炕沿上道啰唆什么过来我瞧瞧罢宝玉忙就近前来代玉用手整理輕輕笼住束髮冠将笠沿掖在抹額之上将那一棵核桃大的絳絨簪纓扶起顫巍巍露于

笠外整理已畢端像了端像說道好了披上斗篷罷宝玉听了方接了斗篷披
上薛姨媽忙道跟你們的媽〻都还沒来呢且略等〻不遲宝玉道我們到去
等他們有了頭們跟着也句了薛姨媽不放心足的命兩个婦女跟隨他兄
妹方罢他二人道了擾一逕回至賈母房中賈母尚未用晚飯知是薛姨媽处
来更加欢喜因見宝玉吃了酒遂命他自回房去歇着不許再出来了因命人好
生看待着忽想起跟宝玉的人来遂问眾人李奶子怎么不見眾人不敢
直說家去了只說纔進来的想有事纔去了宝玉跟蹌回顧道他比老太〻还
受用呢问他作什么沒有他只怕我还多活兩日一面說一面来至自已的臥
室只見筆墨在案晴雯先接出来咲說到好〻要我研了那些墨早起高興只寫了
三个字丢下筆就走了哄的我們等了一日快来給我寫完这些墨纔罢宝玉忽然想

起早起的事来因咲道我寫的那三个字那里呢晴雯咲道這个人可醉了你頭里过那府里去囑咐我貼在這門斗上這會子又這庅問我生怕別人貼坏了我親自爬高上梯的貼上這會子还凍的手僵冷的呢宝玉听了咲道我忘了你的手冷我替你握着說着便伸手携了晴雯的手同仰首看門斗上新書的三个字一時代玉来了宝玉便咲道好妹〻你別撒謊你看這三个字那一个好代玉仰頭看里間門斗上新貼了三个字寫着絳雲軒代玉笑道个〻都好怎庅寫的这們好了明兒也替我寫一个匾宝玉嘻〻的笑道又哄我呢說着又問襲人姐〻 呢晴雯向裡間炕上掀嘴宝玉一看只見襲人合衣睡着在那里宝玉笑道好大渥早了些因又問晴雯道今兒我那府里吃早飯有一碟子豆腐皮的包子我想着你愛吃合珍大奶〻說了只說我留着晚上吃叫人

送過来的你可吃了晴雯道快别提一送了来我知道是我的偏我纔吃了飯就擱那里後来李奶ゝ来了看見説宝玉未必吃了拿来給我孫子去罷他就叫人拿了家去了接着茜雪捧上茶来宝玉因讓林妹ゝ吃茶衆人笑説林妹ゝ早走了还讓呢宝玉吃了半碗茶忽又想起早起的茶来因問茜雪早起潗了一碗楓露茶我説過那茶是三四次後纔出色的這會子怎広又潗了这个来茜雪道我原是畱着的那會子李奶ゝ来了他要嘗ゝ就給他吃了宝玉听了將手中的茶杯只順手往地下一擲豁瑯一声打了个韲粉潑了茜雪一裙子的茶又跳起来問着茜雪道他是你那一門子的奶ゝ你们这広孝敬他不過是仗着我小時候吃過他几日奶罷了如今逞的他比祖宗还大了如今我又吃不着奶了白ゝ的養着祖宗作什広攆了出去大家干淨説着便要去立刻回賈

母攆他乳母原来襲人実未睡着不過故意粧睡引宝玉来慪他頑耍先聞得
說字问包子等事也還可不必起来後来摔了茶鍾動了氣遂連忙起来觧釋
勸阻早有賈母遣人来问是怎麽了襲人忙道我纔到茶来被雪滑倒了失手
砸了鍾子一面又安慰宝玉道你立意要攆他也好我们也都愿意出去不如
趂勢連我们一齊攆了我们也好你也不愁再有好的来伏侍你宝玉听了這
話方無了言語被襲人等扶至炕上脱換了衣服不知宝玉口内還說些什庅
只覺口齒綿纏眼眉愈加餳澁忙扶侍他睡下襲人伸手從他項上摘下那通
灵玉来用自己的手帕包好㩳在褥下次日帶時便氷不着脖子那宝玉就枕
就睡着了彼時李嬷嬷等已進来了听見醉了不敢前来再加觸犯只悄悄的
打听睡了方放心散去次日醒来就有人回那边小蓉大爺帶了秦相公来拜

宝玉忙接了出去領了拜見賈母賈母見秦鍾形容標緻舉止温柔堪陪宝玉讀書心中十分欢喜便留茶留飯又命人帶去見王夫人等衆人因素愛秦氏今見了秦鍾是这般人品也都欢喜臨去時都有表礼賈母又与了一个荷包並一个金魁星文星和合之意又囑咐他道你家住的近或有一時寒热飢飽不便只管住在这里不必限定了只和你宝叔在一處别跟着那些不長進的東西們学秦鍾一一的答應回去禀知他父母秦業現任營繕郎年近七十夫人早亡因当年無兒女便向養生堂抱了一个兒子並一个女兒誰知兒子又死了只剩女兒小名喚可兒長大時生得形容嫋娜性格風流因素与賈家有些瓜葛故結了親許与賈蓉為妻那秦業五旬之上方得了秦鍾因去歲業師亡故未暇延請高明之士只暫在家温習旧課正思要和親家去商議送往他

家塾中去暫且不致荒廢可巧遇見了宝玉這个机会又知賈家塾中現今司塾的是賈代儒乃当今之老儒秦鐘此去学業料必進益成名可望因此十分喜悦只是宦囊羞澁那賈家上〻下〻都是一双富貴眼睛容易拿不出来兒子的終身大事說不得東併西湊的恭〻敬〻封了二十四两贄見礼親自帶了秦鐘来代儒家拜見了然後宝玉上学之日好一同入塾正是

早知日後閑争氣　豈肯今朝錯讀書

脂硯齋重評石頭記卷之

第九回

戀風流情友入家塾　　起嫌疑頑童鬧學堂

話說秦業父子專候賈家的人来送上學擇日之信原来宝玉急于要和秦鐘相遇却顧不得别的遂擇了後日一定上學後日一早請秦相公到我這里会齊了一同前去打發了人送了信至日一早宝玉起来时襲人早已把書筆文物包好收什得停〻妥〻坐在床沿上發悶見宝玉醒来只得伏侍他梳洗宝玉見他悶〻的因笑問道好姐〻你怎庅又不自在了难道怪我上学去丢的你們冷清了不成襲人咲道这是那里話讀書是極好的事不然就潦倒一輩子終久怎庅樣呢但只一件只是念書的時節想着書不念的時節想着家些

別和他們一處頑鬧碰見老爺不是頑的雖說是奮志要強那工課寧可少些一則貪多嚼不爛二則身子也要保重這就是我的意思你可要体量襲人說一句宝玉應一句襲人又道大毛衣服我也包好了交出給小子們去了學里冷好歹想着添換比不得家里有人照顧脚炉手炉的炭也交出去了你可着他們添那一起懶賊你不說他們樂得不動白凍坏了你宝玉道你放心出外頭我自己都會調停的你們也別悶死在這屋里長和林妹妹一處去頑笑纔好說着俱已穿帶齊備襲人催他去見賈母賈政王夫人等宝玉且又囑咐了晴雯麝月等人几句方出来見賈母賈母也未免有几句囑咐的話然後去見王夫人又出来書房中見賈政偏生這日賈政回家的早正在書房中与相公清客們閑話忽見宝玉進来請安回說上學里去賈政冷笑道你如果再提上學

倆个字連我也羞死了依我的話你竟頑你的去是正理仔細站臟了我這地靠臟了我的门衆清客相公們都早起身咲道老世翁何必又如此今日世兄一去三二年就可显身成名的了断不似往年仍作小兒之態了天也將飯時世兄竟快請罷説着便有兩个年老的攜了宝玉出去賈政因问跟宝玉的是誰只听外面荅應了兩声早進来三四个大漢打千兒請安賈政看時認得是宝玉的奶姆之子名喚李貴因向他道你們成日家跟他上學他倒底念了些什麽書到念了些流言混語在肚子里學了些精緻的淘氣等我閒一閒先揭了你的皮再和那不長進的算賬嚇的李貴忙雙膝跪下摘了帽子磞頭有声連連荅應是又回説哥兒已念到第三本詩經什麽呦呦鹿鳴荷葉浮萍小的不敢撒謊説的滿座閧然大笑起来賈政也掌不住咲了因説道那怕再念三

十本詩經也都是掩耳偷鈴哄人而已你去請學里太爺的安就說我說了什麽詩經古文一槩不用虛應故事只是先把四書一齊講明背熟是最要緊的李貴忙答應是見賈政無話方退了出去此時寶玉獨站在院外屏声靜候待他們出来便忙忙的走了李貴等一面撣衣服一面說道哥兒可听見了不曾先要揭我們的皮呢人家的奴才跟主子賺些好体面我們这等奴才白賠着挨打受罵的從此後也可憐見些纔好寶玉笑道好哥哥你別委曲我明兒請你李貴道小祖宗誰敢望你請只求听一句半句話就有了說着又至賈母这邊秦鐘已早来等候了賈母正和他說話兒呢于是二人見過辭了賈母寶玉忽想起未辭黛玉因又忙至黛玉房中来作辭彼時代玉纔在窓下对鏡理粧听寶玉說上學去因笑道好这一去可定是要蟾宮折桂了我不能送你了寶玉道

好妹〻等我下了學再吃晚飯和胭脂膏子也等肴我来再製劳叨了半日方
撤身去了代玉忙又叫住问道你怎庅不去辞〻你宝姐〻来宝玉咲而不荅
一逕同秦鐘上斈去了原来这賈家之義斈離此也不甚遠不过一里之遥原
係始祖所立恐族中子弟有貧窮不能請師者即入此中肄業凡族中有官爵
之人皆有供給銀两按俸之多寡帮助為斈中之費特共舉年高有德之人
為塾堂專為訓課子弟如今宝秦二人来了一一的都互相伊見过讀起書来
自此後二人同来同往同坐同起愈加親密又兼賈母愛惜也時常的留下秦
鐘住上三天五日和自己的重孫一般疼愛因見秦鐘家中不甚寬裕更又助些
衣履等事不上一月之工秦鐘在栄府便熟了宝玉終是不安本分之人一
味的随心所欲因此又發了癖性又特向秦鐘悄説道偺們两个人一様的

年紀況又是同窓以後不必論叔姪只論弟兄朋友就是了先是秦鐘不肯當不得宝玉不依只叫他兄弟或叫他的表字鯨卿秦鐘也得混着乱叫起来原来这斈中雖都是本族人丁與些親戚的子弟俗語説的好一龍九種〻〻各別未免人多了就有龍蛇混雜下流人物在内自宝秦二人来了都生的花朵兒一般的模樣又見秦鐘腼腆溫柔未語面先紅怯〻羞〻有女兒之風宝玉又是天生成慣能作小服低賠身下氣性情体貼話語綿纏因此二人更加親厚也怨不得那起同窓人起了疑背地里你言我語詬誶淫議佈滿書房内外原来薛蟠自来王夫人処住後便知有一家斈〻中廣有青年子弟不免偶動了龍陽之興因此也假来上斈讀書不過是三日打魚兩日晒網白送些束修礼物與賈代儒却不曾有一些兒進益只圖結交些契弟誰想这斈内就有好

几个小斈生圖了薛蟠的銀钱吃穿被他哄上手的也不消多記更又有两个多情的小斈生亦不知是那一房的親眷亦未考真名姓只因生得嫵媚風流滿斈中都送了他两个外号一号香憐一号玉爱虽都有窃慕之意将不利於孺子之心只是都惧薛蟠的威勢不敢来沾惹如今宝秦二人一来了見了他两个也不免綣繾羡慕亦因知係薛蟠相知故未敢輕斈妄動香玉二人心中也一般的畄情与宝秦因此四人心中虽有情意只未發跡每日一入斈中四処各坐却八目勾畄或設言托意或咏桑寓柳遥以心照却外面自為避人眼目不意偏又有几个滑賊看出形景来都背後擠眉弄眼或咳嗽揚声这也非止一日可巧这日代儒有事早已回家去了又畄下一句七言对聯命斈生对了明日再来上書将斈中之事又命賈瑞暫且管理妙在薛蟠如今不大来斈

中應外了因此秦鍾趂此和香憐擠眉弄眼遞暗号兒二人假粧出小恭走至後院說梯己話秦鍾先问他家里的大人可管你交朋友不管一語未了只听背後咳嗽了一声二人唬的忙回頭看時原来是窓友名金荣者香憐本有些性急羞怒相激问他道你咳嗽什庅难道不許我们說話不成金荣咲道你们說話难道不許我咳嗽不成我只问你们有話不明說許你们這樣鬼ゝ祟祟的幹什庅故事我可也拿住了还賴什庅先得讓我抽个頭兒偺们一声兒不言語不然大家就嚷起来秦香二人急得飛紅的臉便问道你拿住什庅了金荣咲道我現拿住了是真的說着又拍着手咲嚷道貼的好燒餅你们都不買一个吃去秦鍾香憐二人又氣又急忙進去向賈瑞前告金荣說金荣無故欺負他兩个原来這賈瑞最是个圖便宜沒行止的人每在學中以公报私勒

索子弟們請他後又附助着薛蟠圖些銀錢酒肉一任薛蟠横行霸道他不但不去管約反助紂為虐討好兒偏那薛蟠本是浮萍心性今日愛東明日愛西近来又有了新朋友把香玉二人又丢開一边就連金榮亦是當日的好朋友自有了香玉二人見棄於金榮近日連香玉亦已見棄故賈瑞也無了提携帮襯之人不説薛蟠得新棄旧只怨香玉二人不在薛蟠前提携帮補他因此賈瑞金榮等一干人也正在醋妬他两个今見秦香二人来告金榮賈瑞心中便更不自在起来雖不好呵叱秦鐘却拿着香怜作法反説他多事着寔搶白了几句香怜反討了没趣連秦鐘也訕訕的各归坐位去了金荣越發得了意摇頭咂嘴的口内还説許多閑話玉愛偏又听了不忿两个人隔座咕咕唧唧的角起口来金荣只一口咬定説方纔明明的撞見他两个在後院子里親嘴摸

屁股兩个商議定了一对一夥𢪉草棍兒抽長短誰長誰先幹金栄只顧得意乱说却不防还有别人誰知早又觸怒了一个你道这个是誰原来这一个名喚賈薔亦係寧府中之正派玄孫父母早亡從小兒跟着賈珍过活如今長了十六歲比賈蓉生的还風流俊俏他弟兄二人最相親厚常相共処寧府人多口雜那些不得志的奴僕們尚能造言誹謗主人因此不知又有了什麽小人詬誶謡諑之詞賈珍想亦風聞得些口声不大好自己也要避些嫌疑如今竟分與房舎命賈薔搬出寧府自去立门戸过活去了這賈薔外相既美内性又聪明雖然應名来上學亦不过虚掩眼目而已仍是鬪鷄走狗賞花玩柳從事上有賈珍溺愛下有賈蓉匡助因此族中人誰敢觸逆于他他既和賈蓉最好今見有人欺負秦鐘如何肯依如今自己要挺身出来报不平心中且忖度一番

想道金榮賈瑞一干人都是薛大叔的相知向日我又與薛大叔相好倘或我一出頭他们告訴了老薛我们豈不傷和氣待要不管如此謡言说的大家沒趣如今何不用計制伏又止息口聲又不傷了臉面想畢也粧作出小恭出至外面悄〻的把跟宝玉的書童名喚茗烟者喚到身边如此這般調撥他幾句這茗烟乃是宝玉第一个得用的且又年輕不諳世事如今听賈薔說金榮如此欺負秦鍾連他的爺宝玉都干連在内不給他个利害下次越發狂縱難制了這茗烟無故就要欺壓人的如今得了這个信又有賈薔助着便一頭進来找金榮也不叫金相公了只說姓金的你是什么東西賈薔遂跺一跺靴子故意整〻衣服看〻日影兒说是時候了遂先向賈瑞说有事要早走一步賈瑞不敢強他只得随他去了這里茗烟先一把揪住金榮問道我们肏屁股不肏

管你毴耙相干横竖没肏你爹去就罢了你是好小子出来動一動你若大爷唬的满屋中子弟都怔怔的痴望賈瑞忙吆喝茗烟不得撒野金荣氣黄了臉説反了奴才小子都敢如此我只和你主子説便奪手要去抓打宝玉秦鐘二人去尚未去時從腦後嗖的一聲早見一方硯瓦飛来並不知係何人打来的幸未打着却又打了傍人的座上這座上乃是賈蘭賈菌這賈菌亦係荣國府近派的重孫其母亦少寡独守着賈菌這賈菌与賈蘭最好所以二人同桌而座誰知賈菌年纪雖小志氣最大極是淘氣不怕人的他在座上冷眼看見金荣的朋友暗助金荣飛硯来打茗烟偏没打着茗烟便落在他座上正打在面前將一个磁硯水壷打了个粉碎濺了一書黑水賈菌如何依得便罵好囚攮的們這不都動了手了麽罵着也便抓起硯磚来要打回去賈蘭是个

省事的怕按住砚極口劝道好兄弟不与偺们相干賈菌如何忍得住便两手
抱起書匣子来照那边掄了去終是身小力薄却掄不到那里剛到宝玉秦鐘
桌案上就落了下来只听豁啷丶一声砸在桌上書本紙片筆砚等物撒了一
至于筆砚之
桌又把宝玉的一碗茶也砸得碗碎茶流賈菌便跳出来要揪打那一个飛砚
的金榮此時随手抓了一根毛竹大板在手地狭人多那里经得舞動長板茗
烟早吃了一下乱嚷你们还不来動手宝玉还有三个小厮一名 鋤藥一名掃
红一名墨雨这三个豈有不淘氣的一齐乱嚷小婦養的動了兵器了墨雨遂
掇起一根门闩掃红鋤藥手中都是馬鞭子蜂擁而上賈瑞急的攔一回這个
劝一回那个谁听他的話肆行大鬧眾頑童也有趂勢帮着打太平拳助樂的
也有胆小藏在一边的也有直立在桌上拍着手兒乱笑喝着声兒叫打的登

時間嚷沸起来外边李貴等几个大僕人听見裡边作反起来忙都進来一齊喝住问是何故(原)衆声不一這一个如此説那一个又如彼説李貴且喝罵了茗烟四个一頓攆了出去秦鐘的頭上早撞在金荣的板上打起一層油皮宝玉正拿褂襟子替他揉呢見喝住了衆人便命李貴收書拉馬来我去回太爷去我们被人欺負了不敢説别的守礼来告訴瑞大爷瑞大爷反派(倒)我们的不是听着人(太)家罵我们还调唆他们打我们茗烟見人欺負我他豈有不為我的他们反打夥兒打了茗烟連秦鐘的頭也打破這还在这里念什麽書(茗烟他也是為有人欺負我的不如散了罢)李貴劝道哥兒不要性急太爷既有事回家去了這会子為这点子事去聒噪他老人家倒显的偺们没礼(理)依我的主意那里的事情那里了结(姑)何必驚動老人家这都是瑞大爷的不是太爷不在这里你老人家就是這学里的頭脑了衆人看你

行事众人有了不是该打的打该罰的罰如何等鬧到这步田地还不管賈瑞道我吆喝着都不听李貴咲道不怕你老人家惱我素日你老人家到底有些不正经所以这些兄弟才不听就鬧到太爷跟前去連你老人家也脱不過的还不快作主意撕羅開了罢宝玉道撕羅什么我必是回去的秦鐘哭道有金荣我是不在这里念書的宝玉道這是為什么难道有人家来的偺們到来不得我必回明白众人攆了金荣去又问李貴金荣是那一房的親戚李貴想一想道也不用问了若说起那一房的亲戚更傷了弟兄們的和氣茗烟在窓外道他是東胡同子里璜大奶奶的侄兒那是什么硬正仗腰子的也来嚇我們璜大奶奶是他姑娘你那姑媽只会打旋磨子給我們璉二奶奶跪着借当頭我眼里就看不起他那樣的主子奶奶李貴忙断喝不止說偏你这小合的知道有

這些蛆嚼宝玉冷笑道我只当是誰的亲戚原来是璜嫂子的侄兒我就去问问他来说着便要走叫茗烟進来包書茗烟包着書又得意道爺也不用自已去見等我到他家就说老太〻有話說的问他呢雇上一輛車拉進去当着老太〻问他豈不省事李貴忙喝道你要死仔细回去我好不好先捶了你然後再回老卩太〻就說宝玉全是你調唆的我这里好容易劝哄的好了一半你又来生个新法子你闹了这学堂不说变法兒壓息了才是到要往大里闹茗烟方不敢作声兒了此时賈瑞也怕闹大了自已也不乾净只得委屈着来央告秦鐘又央告宝玉先是他二人不肯後来宝玉說不回去也罢了只叫金荣賠不是便罢金荣先是不肯後来禁不得賈瑞也来逼他去賠不是李貴等只得好劝金荣说原是你起的端你不这樣怎得了局金荣強不得只得与秦鐘作了揖

宝玉还不依偏定要磕頭賈瑞只要暫息此事又悄、的劝金荣说俗语说的好杀人不過頭点地你既惹出事来少不得下点氣兒磕个頭就完事了金荣無奈只得進前来与宝玉磕頭且听下回分解

脂硯齋重評石頭記卷之

第十回

金寡婦貪利權受辱　張太醫論病細窮源

話說金榮因人多勢衆又兼賈瑞勒令陪了不是給秦鐘磕了頭寶玉方才不吵鬧了大家散了學金榮回到家中越想越氣說秦鐘不過是賈蓉的小舅子又不是賈家的子孫附學讀書也不過和我一樣他因仗着寶玉和他好他就目中無人他既是這樣就該行些正經事人也沒的說他素日又和寶玉鬼鬼祟祟的只當人都是瞎子看不見今日他又去勾搭人偏偏的撞在我眼睛裡就是鬧出事來我還怕什麽不成他母親胡氏听見他咕咕嘟嘟的說因問道你又要增什麽閑事好容易我望你姑媽說了你姑媽又千方百計的向他們

西府里的璉二奶〻跟前説了你才滑了這个念書的地方若不是仗着人家偺們家里還有力量請的起先生况且人家學里茶也是現成的飯也是現成的你這二年在那里念書家里也省好大的嚼用呢省出来的你又愛穿件鮮明衣服再者不是因你在那里念書你就認滑什麽薛大爺了那薛大爺一年不給不給這二年也帮了偺們有七八（因何無故給許多銀子金母亦當細思之）十両銀子你如今要闹出了這个學房再要找這麽一个地方我告訴你説罷比登天的（如此弄良若有金榮在亦可得）還難呢你給我老〻寔〻的頑一回子睡你的覺去好多着呢于是金榮忍氣吞声不多一時他自去睡了次日仍就上學去了不在話下且説他姑娘原聘給的是賈家玉字輩的嫡派名唤賈璜但其族人那里皆能像寧榮二府的富勢原不用細説這賈璜夫妻守着些〻小〻的産業又時常到寧榮二府里去請〻安又會奉承鳳姐兒并尤氏

所以鳳姐兒尤氏也時常資助〻〻他方能如此度日今日正遇天氣晴明又
值家中無事遂帶了一個婆子坐上車来家里走〻瞧〻寡嫂並侄兒闲話之
間金荣的母親偏提起昨日賈家斈房里的那事從頭至尾一五一十都向他
小姑子說了这璜大奶〻不听則已听了一時怒從心上起說道这秦鐘小崽子
是賈门的親戚难道荣兒不是賈門的親戚（这賈門的親戚比那賈門的親戚）人都别特势利了况且都做的是
什庅有臉的好事就是宝玉也不犯向着他到这个田地等我去到東府瞧〻（未必能如此說）
我们珍大奶〻再向秦鐘他姐〻說〻叫他評〻这個理这金荣的母親
听了这話急的了不得忙說道这都是我的嘴快告訴了姑奶〻求姑奶〻
快别去說去别管他们誰是誰非（不論誰是誰非有錢就可矣）倘或鬧起来怎庅在那里站得住若是站不
住家里不但不能請先生反倒在他身上添出許多嚼用来呢璜大奶〻听了說道

那里管得許多你等我説了看是怎么樣也不容他嫂子劝一面叫老婆子瞧了車就坐上望寧府里來到了寧府進了車門到了東边小角門前下了車進去見了賈珍的妻尤氏也未敢氣高殷殷勤勤叙過寒温説了些閑話方問道今日怎么沒見蓉大奶奶（何不叫秦鐘的姐姐）尤氏説道他这些日子不知是怎么自經期有兩个多月沒來叫大夫瞧了又説并不是喜那兩日到了下半天就懶待動話也懶待説眼神也發眩我説他你且不必拘礼早晚不必照例上來你竟好生養養罷就是有親戚一家兒來有我呢就有長輩們怪你等我替你告訴連蓉哥我都嘱咐了我説你不許累掯他不許招他生氣叫他靜靜的養養就好了他要想什么吃只管到我这里取來倘或我这里沒有只管望你璉二嬸子那里要去倘或他有个好合歹你再要娶这么一個媳婦这么個模樣兒这么個情性的人兒（還有这么个好小男子）打着灯籠也沒地方找去他这為人行事

那個親戚那个一家的長輩不喜歡他所以我這兩日好不煩心焦的我了不得偏〻今兒早晨他兄弟来瞧他誰知那小孩子家不知好歹看見他姐〻身上不大爽快就有事也不當告訴他別說是這麼一點子小事就是你受了一萬分的委曲也不該向他說總是誰知他們昨兒學房里打架不知是那里附學来的一個人欺負了他了（眼前竟像不知者）里頭還有些不乾不净的話都告訴了他姐〻嬸子你是知道那媳婦的雖則見了人有說有笑會行事兒他可心細心又重不拘听見个什麼話兒都要度量个三日五夜總罢這病就是打這个秉性上頭思慮出来的今兒听見有人欺負了他兄弟又是惱又是氣惱的事那群混賬狐朋狗友的調三惑四那些个氣的是他兄弟不斈好不上心讀書以致如此斈里吵鬧他听了這事今日所性連早飯也沒吃我听見了我方到他那边安

慰了他一會子又勸解了他兄弟一會子我叫他兄弟到那邊府里找宝玉去了我緫瞧着他吃了半盞燕窩湯我緫過来了嬸子你說我心焦不心焦況且如今又沒个好大夫我想到他病上我心到像針扎是的你们知道有什麽好大夫沒有金氏听了這半日話把方才在他嫂子家的那一團要向秦氏理論的盛氣早嚇的丟在爪窪國去了（又何必用金母着急）听見尤氏問他有知道的好大夫的話連忙答應道我們這庅听着寔在也沒听見人說有個好大夫如今听起大奶奶這个来定不得還是喜呢嫂子到别教人混治倘或認錯了這可是了不得的尤氏道可不是呢正說話之間賈珍從外進来見了金氏便向尤氏問道這不是璜大奶奶麽金氏向前給賈珍請了安賈珍向尤氏說道讓這大妹妹吃了飯去賈珍說着話就過那屋里去了金氏此来原要向秦氏說說秦鍾

欺負了他兄弟的事听見秦氏病不但不能説亦且不敢提了况且賈珍尤氏又待的狠好反轉怒為喜的又説了一会子話兒方家去了金氏去後賈珍方过来坐下问尤氏道今日他来有什么说的事情么尤氏答道到沒説什么一進来的時候臉上到像有些着恼的氣色似的及至説了半天話又提起媳婦这病他到漸漸的氣色平靜了你又叫讓他吃飯他听見媳婦这么病也不好意思只管坐着又説了几句閒話兒就去了到沒有求什么事如今且説媳婦这病你到那里尋一个好大夫来給他瞧瞧要緊可別躭悮了現今偺们家走的这群大夫那里要得一个都是听着人的口氣兒人怎么说他也添几句文話兒説一遍可到殷勤的狠三四个人一日輪流着到有四五遍来看脉他们大家商量着立个方子吃了也不見効到弄得一日換四五遍衣裳坐起

来見大夫其寔于病人無益賈珍説道可是这孩子也糊塗何必脱々換々的
倘或又着了凉更添一層病那还了得衣裳任憑是什庅好的可又值
什庅呢孩子的身子要緊就是一天穿一套新的也不值什庅我正進来要
告訴你方才馮紫英来看我他見我有些抑欝之色向我是怎庅了我才告
訴他説媳婦忽然身子有好大的不爽快因為不得个好太醫斷不透是喜是
病又不知有妨礙無妨礙所以我这两日心里着寔着急馮紫英因説起他
有一个幼時從學的先生姓張名友士學問最淵博的更兼醫理極深且能
斷人的（為必能如此）生死今年是上京給他兒子来捐官現在他家住着呢这庅看来竟
是合該媳婦的病在他手里除災亦未可知我即刻差人拿我的名帖請去了今日倘或天晚
了不能来明日想来一定来況且馮紫英又即刻回家親自去求他務必叫他来瞧々等这

個張先生来瞧了再說罷尤氏听了心中甚喜回說道後日是太爺的寿日到
底怎庅辦賈珍說道我方才到了太爺那里去請安兼請太爺来家来受一受
一家子的礼太爺回說道我是清淨慣了的我不愿意望你們那是非塲中去
閙去你們必定說是我的生日叫我去受衆人些頭莫过你把我從前註的陰
隲文你給我叫人好〻的寫出来刻了比叫我無故受衆人的頭还強百倍呢
倘或後日这兩日一家子要来你就在家里好〻的欵待他們就是了也不必
給我送什庅東西来連你後日也不必来你要心中不安你今日就給我磕了
頭去倘或後日你要来又跟隨多少人来閙我〻必和你不依如此說了又說
後日我是再不敢去的了且叫来昇来吩咐他預備兩日的筵席尤氏回叫人
叫了賈蓉来吩咐来昇照旧例預備兩日的筵席要豐〻富〻的你再親自到

西府里去請老太〻大太〻二太〻和你璉二嬸子来狂〻你父親今日又听見一个好大夫業已打發人請去了想必明日必来你可將他這些日子的病症細〻的告訴他賈蓉一〻的答應着出去了正遇着方才去馮紫英家請那先生的小子回来了囙回道奴才方才到了馮大爺家拿了老爺的名帖請那先生說道方才这里大爺也向我說了但是今日拜了一天的客才回到家此時精神實在不能支持就是去到府上也不能看脉他說等調息一夜明日務必到府他又說他醫學浅薄本不敢當此重荐因我們馮大爺合府上的大人既已如此說了又不得不去你先代我回明大人就是了大人的名帖着實不敢當仍叫奴才拿回来了哥兒替奴才回一聲兒罷賈蓉復轉身進去回了賈珍尤氏的話方出来叫了来昇来吩咐他預備兩日的筵席的話来昇听畢自

去照例料理不在話下且説次日午間人回道請的那張先生来了賈珍遂延入大厛坐下茶畢方開言道昨承馮大爺示知老先生人品學問又兼深通醫學之至小弟不甚欽仰張先生道晚生粗鄙下士本知見淺陋昨因馮大爺示知大人家第謙恭下士又承呼喚敢不奉命但毫無實學倍增顔汗賈珍道先生何必过謙就請先生進去看看兒婦仰仗高明以釋下怀于是賈蓉同了進去到了賈蓉居室見了秦氏向賈蓉説道这就是尊夫人了賈蓉道正是請先生坐下讓我把賤内的病症説一説再看脉如何那先生道依小弟的意思竟先看过脉再説的為是我是初造尊府的本也不曉得什麽但是我們馮大爺務必叫小弟过来看看小弟所以不得不来如今看了脉息看小弟説的是不是再將这些日子的病势講一講大家斟酌一个方可用不可用那時大

爺再定奪賈蓉道先生實在高明如今恨相見之晚就請先生看一看脉息可治不可治以便使家父母放心于是家下媳婦们捧过大迎枕來一面給秦氏拉着袖口露出脉来先生方伸手按在右手脉上调息了至数寧神细胗了有半刻的工夫方換过左手亦復如是胗畢脉息说道我们外边坐罢賈蓉于是同先生到外间房里床上坐下一个婆子端了茶來賈蓉道先生請茶於是陪先生吃了茶遂问道先生看這脉息还治得治不得先生道看得尊夫人这脉息左寸沉数左関沉伏右寸細而無力右関需而無神其左寸沉数者乃肝家氣滞血虧右寸細而無力者乃肺經氣分太虚右関需而無神者乃脾土被肝木尅制心氣虚而生火者應現經期不調夜間不寐肝家血虧氣滞者必然脇下疼脹月信过期心中發熱肺经氣分太虚者

石頭記

第十一回　至二十回

脂硯齋凡四閱評過

慶壽辰寧府排家宴　見熙鳳賈瑞起滛心
王熙鳳毒設相思局　賈天祥正照風月鑑
秦可卿死封龍禁尉　王熙鳳協理寧國府
林儒海捐館楊州城　賈寶玉路謁北静王
王鳳姐弄權鉄檻寺　秦鯨卿得趣饅頭庵
賈元春才選鳳藻宮　秦鯨卿夭逝黄泉路
大觀園試才題對額　榮國府歸省慶元宵
王熙鳳正言彈妬意　林代玉俏語謔嬌音

脂硯齋重評石頭記卷之

第十一回

慶壽辰寧府排家宴　見熙鳳賈瑞起淫心

話説是日賈敬的壽辰賈珍先將上等可吃的東西稀奇些的果品裝了十六大捧盒着賈蓉帶領家下人等与賈敬送去向賈蓉説道你留神看太爺喜歡不喜歡你就行了礼来你説我父親遵太爺的話未敢来在家里率領合家都朝上行了礼了賈蓉听罢即率領家人去了這里漸漸的就有人来了先是賈璉賈薔到来先看了各処的座位并問有什麽頑意兒沒有家人答道我們爺原筭計請太爺今日来家来所以並未敢預備頑意兒前日听見太爺又不来了現叫奴才們找了一班小戲兒並一檔子打十番的都在園子里戲台上預

偹着呢次後邢夫人王夫人鳳姐兒宝玉都来了賈珍並尤氏接了進去尤氏的母親已先在這里呢大家見过了彼此讓了坐賈珍尤氏二人親自遞了茶因咲說道老太〻原是老祖宗我父親又是姪兒这樣日子原不敢請他老人家但是这个時候天氣正凉爽滿園的菊花又盛開請老祖宗过来散〻悶看着衆兒孫熱鬧〻〻是這个意思誰知老祖宗又不肯賞臉鳳姐兒未等王夫人開口先說道老太〻昨日还說要来着呢因為晚上看着宝兄弟他们吃桃兒老人家又嘴饞吃了有大半个五更天的时候就一連起来了兩次今日早辰略覺身子倦些因呌我回大爺今日斷不能来了說有好吃的要几樣还要狠爛的賈珍听了咲道我說老祖宗是愛熱闹的今日不来必定有个原故若是这庅着就是了王夫人道前日听見你大妹〻說蓉哥兒媳婦身上有些不

大好到底是怎庅樣尤氏道他這個病的也奇上月中秋还跟着老太〻太〻
們頑了半夜回家来好〻的到了二十後一日比一日覺懶也懶待吃東西這
將近有半個多月了經期又有兩個月沒来邢夫人接着說道别是喜罷正說
着外頭人回道大老爺二老爺並一家子的爺們都来了在厛上呢賈珍連忙
出去了這里尤氏方說道從前大夫也有說是喜的昨日馮紫英荐了他從學
過的一个先生醫道狠好瞧了說不是喜竟是狠大的一个症候昨日開了方
子吃了一劑藥今日頭暈的畧好些别的仍不見怎庅樣大見効鳳姐兒道我
說他不是十分支持不住今日這樣的日子再也不肯不扎掙着上来尤氏道
你是初三日在這里見他的他強扎掙了半天也是因你們娘兒兩个好的上
頭他才恋〻的捨不得去鳳姐兒听了眼圈兒紅了半日半天方說道真是天

有不測風雲人有旦夕禍福這个年紀倘或就因這个病上怎麽樣了人还活着有甚麽趣兒正說話間賈蓉進来給邢夫人王夫人鳳姐兒前都請了安方回尤氏道方才我去給太爺送吃食去並回說我父親在家中伺候老爺們款待一家子的爺們遵太爺的話并未敢来太爺听了甚喜歡說這才是叫告訴父親母親好生伺候太爺太ゝ們叫我好生伺候叔ゝ嬸子并哥ゝ們还說那陰隲文叫急ゝ的刻出来印一萬張散人我將此話都回了我父親了我這會子得快出去打發太爺們并合家爺們吃飯鳳姐兒說蓉哥兒你且站住你媳婦今日到底是怎麽着賈蓉皺ゝ眉說道不好麽嬸子回来瞧ゝ去就知道了于是賈蓉出去了這里尤氏向邢夫人王夫人道太ゝ們在這里吃飯阿還是在園子里吃去好小戲兒現預備在園子里呢王夫人向邢夫人道我

們索性吃了飯再過去罷也省好些事邢夫人道狠好于是尤氏就吩咐媳婦婆子們快送飯来門外一齊荅應了一声都各人端各人的去了不多一時擺上了飯尤氏讓邢夫人王夫人並他母親都上了坐他与风姐兒宝玉側席坐了邢夫人王夫人道我們来原為給大老爺拜壽這不竟是我們来過生日来了麽风姐兒說道大老爺原是好養靜的已經修煉成了也筭得是神仙了太太們這麽一說這就叫作心到神知了一句話說的滿屋裡的人都笑起来了于是尤氏的母親並邢夫人王夫人风姐兒都吃畢飯漱了口淨了手纔說要往園子里去賈蓉進来向尤氏說道老爺們並眾位叔〻哥〻兄弟們也都吃了飯了大老爺說家里有事二老爺是不愛听戲又怕人鬧的慌都纔去了别的一家子爺們都被璉二叔並薔兄弟都讓過去听戲去了方纔南安郡王東

平郡王西寧郡王北静郡王四家王爺並鎮国公牛府等六家中靖侯史府等八家都差人持了名帖送壽礼来俱回了我父親先叔在賬房里了礼单都上上檔子了老爺的領謝的名帖都交給各来人了各来人也都照旧例賞了衆来人都讓吃了飯纔去了母親該請二位太〻老娘嬸子都過园子里坐着去罷尤氏道也是纔吃完了飯就要過去了风姐兒説我回太〻我先瞧〻蓉哥兒媳婦我再過去王夫人道狠是我們都要去瞧〻他到怕他嫌鬧的慌説我們問他好罷尤氏道好妹〻媳婦听你的話你去開導〻〻他我也放心你就快些過园子里来宝玉也要跟了风姐兒去瞧秦氏去王夫人道你看〻就過去罷那是姪兒媳婦于是尤氏請了邢夫人王夫人並他母親都過会芳园去了风姐兒宝玉方合賈蓉到秦氏这边来了進了房门悄〻的走到裡間房门口

秦氏見了就要站起来鳳姐兒說快別起来看起猛了頭暈於是鳳姐兒就緊走了兩步拉住秦氏的手說道我的奶ゝ怎庅几日不見就瘦的這庅着了于是就坐在秦氏坐的褥子上寶玉也問了好坐在对面椅子上賈蓉叫快到茶来嬸子和二叔在上房还未喝茶呢秦氏拉着鳳姐兒的手强笑道這都是我沒福這樣人家公ゝ婆ゝ當自己的女孩兒似的待嬸娘的侄兒雖說年輕却是他敬我ゝ敬他從来沒有紅過臉兒就是一家子的長輩同輩之中除了嬸子到不用說了別人也從無不疼我的也無不合我好的這如今得了這個病把我那要強的心一分也沒了公婆跟前未得孝順一天就是嬸娘這樣疼我我就有十分孝順的心如今也不能彀了我自想着未必熬的过年去呢寶玉正眼瞧着那海棠春睡圖并那秦太虛寫的嫩寒鎖夢因春冷芳氣籠人是酒

香的对聯不覺想起在這里睡晌覺梦到太虛幻境的事来正自出神听得秦氏說了這些話如萬箭攢心那眼泪不知不覺就流下来了鳳姐兒心中雖十分难过但恐怕病人見了衆人這个樣兒反添心酸倒不是来開導劝解的意思了見寶玉這个樣子因說道寶兄弟你特婆婆媽媽的了他病人不過是這庅說那里就到得這个田地了况且能多大年紀的人畧病一病兒就這庅想那庅想的這不是自己到給自己添病了庅賈蓉道他這病也不用别的只是吃得些飲食就不怕了鳳姐兒道宝兄弟太太叫你快过去呢你别在这里只管这庅着到招的媳婦也心裡不好太太那里又掂着你曰向賈蓉說道你先同你宝叔過去罢我还畧坐一坐兒賈蓉听說即同寶玉過会芳园来了這里鳳姐兒又劝觧了秦氏一番又低低的說了許多衷腸話兒尤氏打發人請了

两三遍鳳姐兒才向秦氏说道你好生養着罢我再来看你合该你这病要好所以前日就有人荐了这个好大夫来再也是不怕的了秦氏笑道任凴是神仙也罢治得病治不得命婶子我知道我这病不过是挨日子鳳姐兒说道你只管这么想着病那里能好呢搃要想開了才是况且听得大夫说若是不治怕的是春天不好呢偺们若是不能吃人参的人家这也难说了你公〻婆〻听見治得好你别说一日二錢人参就是二斤也能彀吃的起好生養着罢我过園子里去了秦氏又道婶子恕我不能跟过去了閑了时候还求婶子常过来瞧〻我偺们娘兒们坐〻多说几遭话兒鳳姐兒听了不覺得又眼圈兒一紅遂说道我得了閑兒必常来看你于是鳳姐兒帶領跟来的婆子丫頭並寧府的媳婦婆子们從裡頭繞進園子的便门来但只見

黃花滿地白柳橫坡小橋通若耶之溪曲徑接天台之路石中清流激湍籬落飄香樹頭紅葉翩翻踈林如画西風乍緊初罷鶯啼暖日當暄又添蛩語遥望東南建几處依山之榭縱觀西北結三間臨水之軒笙簧盈耳別有幽情羅綺穿林倍添韵致

鳳姐兒正自看园中的景致一步〻行来讚賞猛然從假山石後走过一个人来向前对鳳姐兒説道請嫂子安鳳姐兒猛然見了將身子望後一退説道这是瑞大爺不是賈瑞説道嫂子連我也不認得了不是我是誰鳳姐兒道不是不認得猛然一見不想倒是大爺到这里来賈瑞道也是合該我与嫂子有緣我方才偷出了席在这个清淨地方略散一散不想就遇見嫂子也從这里来

这不是有緣麽一面說着一面拿眼睛不住的覷着风姐兒、、是個聰明人見他這个光景如何不猜透八九分呢因向賈瑞假意含笑說道怨不得你哥〻常提你說你狠好今日見了听你說这几句話兒就知道你是个聰明和氣的人了这會子我要到太〻們那里去不得合你說話兒等閒了偺們再說話兒罷賈瑞道我要到嫂子家里去請安又恐怕嫂子年輕不肯輕易見人鳳姐兒假意笑道一家子骨肉說什麽年青不年輕的話賈瑞听了这話再不想到今日得这個奇遇那情光景亦發不堪难看了风姐兒說道你快去入席去罢看他們拿住罰你酒賈瑞听了身上已木了半边慢〻的一面走自一面回過頭来看风姐兒故意的把脚步放遲了些兒見他去遠了心里暗忖道这才是知人知面不知心呢那里有这樣禽獸樣的人呢他如果如此几時叫他死在

我手里他才知道我的手段于是风姐兒方移步前来将轉過一重山坡見
兩三个婆子慌〻張〻的走来見了风姐兒咲説道我们奶〻見二奶〻只是
不来急的了不淂叫奴才们又来請奶〻来了鳳姐兒説道你们奶〻就是这
広急脚兒是的风姐兒慢〻的走着問戲唱了有几出了那婆子回道有八九
出了説話之间已到了天香楼的後门見宝玉和一羣丫頭子们那里頑呢风
姐兒説道宝兄弟别特淘氣了一個丫頭説道太〻们都在楼上坐着呢請奶
〻就従这边上去罢风姐兒听了款步提衣上了楼見尤氏已在楼梯口等着
呢尤氏咲説道你们娘兒兩个特好了見了面揔捨不得来了你明日搬来合
他住着罢你坐下我先敬你一鍾于是风姐兒在邢王二夫人前告了坐尤氏
的母親前周旋了一遍仍同尤氏坐在一桌上吃酒听戲尤氏叫拿戲单来讓风

姐兒点戲鳳姐兒說道太〻們在这里我如何敢点邢夫人王夫人說道我們
合親家太〻都点了好几出了你点兩出好的我們听凤姐兒立起身来答應
了一声方接過了戲单從頭一看点了一出还魂一出談詞遞過戲单去說現
在唱的這雙官誥唱完了再唱这兩出也就是時候了王夫人道可不是呢也
該趁早叫你哥〻嫂子歇〻他們又心里不靜尤氏說道太〻們又不常过来
娘兒們多坐一會子去才有趣兒天还早着呢鳳姐兒立起身来望楼下一看
說爺們都往那去了傍边一个婆子道爺們才到凝曦軒代了打十番的那里
吃酒去了鳳姐兒說道在这里不便易背地里又不知幹什庅去了尤氏笑道
那里都像你这庅正經人呢于是說〻笑〻点的戲都唱完了方才撤下酒席
擺上飯来吃畢大家才出園子来到上房坐下吃了茶方才叫預備車向尤氏

的母親告了辭尤氏率同衆姬妾並家下婆子媳婦們方送出来賈珍率領衆子侄都在車傍侍立等候着呢見了邢王二夫人說道二位嬸子明日还过来瞧〻王夫人道罷了我們今日整坐了一日也乏了明日歇〻罢于是都上了車去了賈瑞猶不時拿眼覷着凤姐兒賈珍等進去後李貴才拿过馬来宝玉騎上随了王夫人去了这里賈珍同一家子的弟兄子侄吃过晚飯方大家散了次日仍是衆族人等閙了一日不必细说此後凤姐兒不時親自来看秦氏秦氏也有几日好些也有几日仍是那樣賈珍尤氏賈蓉好不焦心且說賈瑞到榮府来了几次偏都遇見凤姐兒往寧府那边去了这年正是十一月卅日冬至到交節的那几日賈母王夫人凤姐兒日〻差人去看秦氏回来的人都說这几日也未見添病也不見甚好王夫人向賈母說这个症候遇着这樣大節不

添病就有好大的指望了賈母說可是呢好个孩子要是有些原故可不叫人疼死說着一陣心酸叫鳳姐兒說道你們娘兒兩个也好了一塲明日大初一过了明日你後日再去看〻他去你細〻的瞧〻他那光景倘或好些兒你回来告訴我〻也喜欢〻〻那孩子素日愛吃的你也常叫人做些給他送过去鳳姐兒一〻的答應了到了初二日吃了早飯来到寧府看見秦氏的光景雖未甚添病但是那臉上身上的肉全瘦干了于是合秦氏坐了半日說了些閒話兒又將這病無妨的話開導了一番秦氏說道好不好春天就知道了如今現过了冬至又沒怎庅樣或者好的了也未可知嬸子回老太〻太〻放心罢昨日老太〻賞的那枣泥餡的山藥糕我到吃了兩塊到像尅化的動似的鳳姐兒說道明日再給你送来我到你婆〻那里瞧〻就要赶着回去回老太〻

的話去秦氏道嬸子替我請老太々太々的安罢鳳姐兒答應着就出来了到了尤氏上房坐下尤氏道你冷眼瞧媳婦是怎么樣鳳姐兒低了半日頭说道这寔在沒法兒了你也該將一應的後事用的東西也該料理々々冲一冲也好尤氏道我也暗々的叫人預備了就是那件東西不得好木頭暫且慢々的辦罢于是鳳姐兒吃了茶说了一会子話兒说道我要快回去回老太々的話去呢尤氏道你可緩々的说别唬着老人家鳳姐兒道我知道于是鳳姐兒就回来了到了家中見了賈母说蓉哥兒媳婦請老太々安給老太々磕頭说他好些了求老祖宗放心罢他再略好些还要給老祖宗磕頭請安来呢賈母道你看他是怎么樣鳳姐兒说暫且無妨精神还好呢賈母听了沉吟了半日因向鳳姐兒说你換々衣服歇々去罢鳳姐兒答應着出来見过了王夫人到了

家中平兒將烘的家常的衣服給鳳姐兒換了鳳姐兒方坐下问道家里没有什庅事庅平兒方端了茶来遞了过去说道没有什庅事就是那三百艮子的利艮旺兒媳婦送進来我收了再有瑞大爺使人来打听奶〻在家没有他要来请安说話鳳姐兒听了嗐了一声说道这畜生合該作死看他来了怎庅樣平兒回问道这瑞大爺是回為什庅只管来鳳姐兒遂將九月裡在寧府園子裡遇見他的光景他说的話都告訴了平兒〻〻说道癞蝦蟆想天鵝肉吃没人倫的混賬東西起这个念頭叫他不得好死鳳姐兒道等他来了我自有道理不知賈瑞来时作何光景且听下回分解

脂硯齋重評石頭記

第十二回

王熙鳳毒設相思局　賈天祥正照風月鑑

話說鳳姐正與平兒說話只見有人回說瑞大爺来了鳳姐急命快請進賈瑞見往裡讓心中喜出望外急忙進来見了鳳姐滿面陪笑連連問好鳳姐兒也假意殷勤讓茶讓坐賈瑞見鳳姐如此打扮亦發酥倒因餳了眼問道二哥哥怎庅還不回来鳳姐道不知什庅原故賈瑞笑道別是在路上有人絆住了脚捨不得回来也未可知鳳姐道也未可知男人家見一個愛一個也是有的賈瑞笑道（如聞其聲）嫂子這話說錯了我就不這樣（漸漸入港）鳳姐笑道像你這樣的人能有几個呢十個里也挑不出一個来賈瑞聽了喜的抓耳撓腮又道嫂嫂天天

也悶的狠鳳姐道正是呢只盼個人来說話解〻悶兒賈瑞笑道我到天〻閑着天〻過来替嫂子解〻悶〻可好不好鳳姐笑道你哄我呢你那里肯往我這里来賈瑞道我在嫂子跟前若有一點謊話天打雷劈只因素日聞得人說嫂子是個利害人在你跟前一點也錯不得所以唬住了我如今見嫂子最是有說有笑極疼人的奇妙我怎庅不来死了也愿意鳳姐笑道果然你是個明白人比賈蓉兩個強遠了我看他那樣清秀只當他們心里明白誰知竟是兩個胡塗虫一点不知人心賈瑞聽了這話越發撞在心坎上兒由不得又往前湊了一湊覷着眼看鳳姐帶着的荷包然後又問帶着什庅戒指鳳姐悄〻道放尊重着別叫丫頭們看了見笑話賈瑞如聽綸音佛語一般忙往後退鳳姐笑道你該去走了（叫去正是叫来也）賈瑞道我再坐一坐兒好狠心的嫂子鳳姐又悄〻的道大天

白日人来人往你就在這里也不方便你且去等看晚上起了更你来悄〻的
在西邉穿堂兒等我賈瑞聽了如得珍宝忙問道你别哄我但只那里人過的
多怎麽好躲的鳳姐道你只放心我把上夜的小廝們都放了假兩边門一関
再没别人了賈瑞聽了喜之不禁忙〻的告辭而去心内已為得手盼到晚上
果然黑地里摸入荣府趂掩門時鑽入穿堂果見漆黑無一人往賈母那边去
的門户已鎖倒只有向東的門未関賈瑞側耳聽着半日不見人来忽聽咯噔
一声東边的門也到関賈瑞急的也不敢則声只得悄〻出来将門撼了撼関
的鉄桶一般此時要求出去亦不能勾南北皆是大房墻要跳亦無攀援這屋
内又是過門風空落〻現是臘月天氣夜又長朔風凛〻侵肌裂骨一夜幾乎
不曾凍死好容易盼到早辰只見一個老婆子先将東門開了進来去叫西門

賈瑞聽的背着臉一溜烟抱着肩跑了出来幸而天氣尚早人都未起從後門一逕跑回家去原来賈瑞父母早亡只有他祖父代儒教養那代儒素日教訓最嚴不許賈瑞多走一步生怕他在外吃酒賭錢有悮學業今忽見他一夜不歸只料定他在外非飲即賭嫖娼宿妓那里想到這斷公案因此氣了一夜賈瑞也捻着一把汗少不得回来撒謊只說往舅舅家去了天黑了留我住了一夜代儒道自来出門非稟我不敢擅出如何昨日私自去了據此亦該打何況是撒謊因此發恨到底打了三四十板還不許吃飯令他跪在院内讀文章定要補出十天的工課来方罷賈瑞直凍了一夜今又遭了苦打且餓着肚子跪在風地里讀文章其苦萬狀（禍福無門惟人自招）此時賈瑞前心猶未改再想不到是鳳姐捉弄他過後兩日得了空便仍来抓尋鳳姐鳳姐故意抱怨他失信賈瑞急

的賭身發誓鳳姐因見他自投羅網少不得再尋別計令他知改故又約他道
今日晚上你別在那里了你在我這房後小過道子里那間空屋里等我可別
冒撞了（伏的妙）賈瑞道果真鳳姐道誰可哄你你不信就別來賈瑞道來〻〻死
也要來（不差）鳳姐道這會子你先去罷賈瑞料定晚間必妥此時先去了鳳姐
在這里便點兵派將設下圈套那賈瑞只盼不到晚上偏生家里親戚又來了
（專能忙中寫閑狡猾之甚）直吃了晚飯纔去那天已有掌燈時分又等他祖父安歇了方溜
進榮府直往那夾道中屋子里來等着熱鍋上螞蟻一般只是干轉左等不見
人影又聞也沒有聲响心下自思道別是又不來了又凍我一夜不成正自胡
猜只見黑魆〻的來了一個人賈瑞便意定是鳳姐不管皂白餓虎一般等那
人剛至門前便如猫捕鼠的一般抱住叫道親嫂子等死我了說着抱到屋里

炕上就親嘴扯褲子滿口里親娘親爹的乱叫起来那人只不作声賈瑞扯了自己褲子硬帮帮就想頂入忽見燈光一閃只見賈薔舉着個拈子照道誰在屋里只見炕上那人笑道瑞大叔要臊我呢賈瑞一見却是賈容奇絶真臊的無地可入不知要怎庅樣才好回身就要跑被賈薔一把揪住道别走如今璉二嬸已經告道太太跟前說你無故調戲他他暫用了個脱身計哄你在那边等着太太氣死過去因此叫我来拿你剛才你又攔住他沒的說跟我去見太太賈瑞聽了魂不附體只說好姪兒只說沒有見我明日我重重的謝你賈薔道你若謝我放你不值什庅只不知你謝我多少況且口說無憑寫一文契来賈瑞道這如何落紙呢賈薔道這也不妨寫一個賭錢輸了外人賬目借頭家銀若干兩便罷賈瑞道這也容易只是此時無紙筆賈薔道這也容易說罷翻身

出来紙筆現成拿来命賈瑞寫他兩作好作歹只寫了五十兩然後画了押賈薔收起来然後撕邏賈蓉〻〻先咬定牙不依只説明日告訴族中的人評〻理賈瑞急的至於叩頭賈薔作好作歹的也寫了一張五十兩欠契纔罷賈薔又道如今要放你我就擔着不是（又生波瀾）老太〻那邊的门早已関了老爺正在所上看南京的東西那一條路定难过去如今只好走後门若这一走倘或遇見了人連我也完了等我们先去哨探〻再来領你这屋你还藏不得少时就来堆東西等我尋个地方説畢拉着賈瑞仍息了灯（細）出至院外摸着大台磯底下説道这窩兒里好你只蹲着别哼一声我们来再動説畢二人去了賈瑞此时身不由已只得蹲在那里心下正盤筭只听頭頂上一声响唏拉〻一净桶尿糞從上面直潑下来可巧澆了他一身一頭賈瑞掌不住噯喲了一声忙

又掩住口（更奇）不敢声張満頭満臉渾身皆是尿屎氷冷打战只見賈薔跑来叫快走快走賈瑞如得了命三步兩步從後门跑到家里天已三更只得叫门開门人見他這般景况問是怎的少不得扯謊説黑了失脚掉在茅厠里了一面到了自己房中更衣洗濯心下方想到是鳳姐頑他因此發一回恨再想〻鳳姐的模樣兒又恨不得一时摟在懐内一夜竟不曾合眼自此満心想鳳姐只〻不敢往榮府去了賈蓉兩常〻的来索艮子他又怕祖父知道正是相思难禁更又添了債務日间工課又緊他二十来歲人尚未娶親邇来想着鳳姐未免有那指頭告了消乏等事更兼兩回凍惱奔波（寫得歷〻病源如何不死）因此三五下里夹攻不覺就得了一病心内發膨脹口中無滋味脚下如綿眼中似醋黑夜作焼白晝常倦下溺連精嗽痰帶血諸如此症不上一年都添全了于是不能支持

一頭失倒合上眼还只夢魂顛倒滿口乱說胡話驚怖異常百般請醫療治諸如肉桂附子鱉甲麥冬玉竹等藥吃了有几十斤下去也不見個動靜（說得有趣）倏又臘盡春回这病更又沉重代儒也着了忙各處請医療治皆不見效因後来吃獨參湯代儒如何有这力量只得往荣府来尋王夫人命风姐秤二两給他（王夫人之慈若是）风姐回說前兒新近都替老太太配了藥那整的太太又說留着送楊提督的太太配藥偏生昨兒我已送了去了王夫人道就是咱們這边沒了你打發个人往你婆婆那边問問或是你珍大哥哥那府里再尋些来湊着給人家吃好了救人一命也是你的好處（夾寫王夫人）风姐听了也不遣人去尋只得将些渣末泡鬚湊了几錢命人送去只說太太送来的再也沒了然後回王夫人只說都尋了来共湊了有二两送去（然便有二两獨參湯賈瑞固亦不能好但风姐之毒何如是耶終是瑞之自失也）

又岂能望好

那賈瑞此时要命心甚無藥不吃只是白花錢不見效忽然这日有个跛足道人（自甄士隐随君去别来無恙否）来化斋口称専治寃業之症賈瑞偏生在内就听見了直着声叫喊（如闻其声吾不忍听也）说快請進那位菩薩来救我一面叫一面在枕上叩首（如見其形吾不忍看也）眾人只得帶了那道士進来賈瑞一把拉住連叫菩薩救我（人之将死其言也哀作者如何下筆）那道士嘆道你这病非藥可醫我有个宝貝与你天天看时此命可保矣說畢從搭連中（妙極此搭連猶是士隐所搶背者乎）取出一面鏡子来（凡看書者從此細心体貼方許你看否則此書哭矣）兩面皆可照人（此書表裡皆有喻也）鏡把上面鏨着風月宝鑑四字（明點）遞与賈瑞道这物出自太虛玄境宝灵殿上警幻仙子所製（言此書原係空虛幻設）專治邪思妄動之症（畢真）有濟世保生之功（畢真）所以代他到世上單與那些聰明傑俊風雅王孫等看照（所謂無能紈袴是也）千萬不可照正面（觀者記之不要看这書正面方是會看）只照他的背面記之

要緊要緊三日後吾来収取管叫你好了說畢佯長而去衆人苦留不住賈瑞収了鏡子想道這道士到有意思我何不照一照試〻想畢拿起風月鑑来向反面一照只見一个骷髏立在裡面所謂好知青塚骷髏骨就是紅樓掩面人是也作者好苦心思唬得賈瑞連忙掩了罵道士混賬如何嚇我〻到再照〻正面是什麽想着又將正面一照只見鳳姐站在裡面招手叫他奇絶賈瑞心中一喜蕩悠〻的覺得進了鏡子寫得奇峭真好筆墨与鳳姐雲雨一番鳳姐仍送他出来到了床上嗳喲了一声一睜眼鏡子從手裡吊過来仍是反着立着一个骷髏賈瑞自覺汗津〻的底下已遺了一灘精心中到底不足又翻過正面来只見鳳姐還招手叫他〻又進去如此三四次到了這次剛要出鏡子来只見兩个人走來拿鉄鎖把他套住拉了就走所謂醉生夢死也賈瑞叫道讓我拿了鏡子再走可憐大衆齊来看此只說這句就再不

能説話了傍边伏侍賈瑞的車人只見他先还拿着鏡子照落下来仍睁開眼
拾在手内末後鏡子落下来便不動了車人上來看〻已沒了氣身子底下冰
漬遢一大滩精這才忙着穿衣抬床代儒夫婦哭的死去活来大駡道士是何
妖鏡此書不免腐儒一謗若不早燬此物凡野史俱可燬独此書不可燬遺害于世不小腐儒遂命駕火来
燒只听鏡内哭道谁叫你们瞧正面了你们自已以假為真何苦来燒我觀者記之
正哭着只見那跛足道人從外面跑來喊道誰毁風月鑑吾来救也说着直入
中堂搶入手内飄然去了當下代儒料理丧事各処去报丧三日起经七日發
引寄灵于鉄檻寺所谓鉄门限是也先安一開路道之人以倫秦氏仙柩有方也月後帯回原藉當下賈家中
人齊来弔问荣国府賈赦贈艮二十两賈政亦是二十两寧国府賈珍亦有二
十两别者族中貧富不等或三两五两不可勝数另有各同窓家分資也凑了

二三十两代儒家道虽然淡薄到也豊豊富富完了此事谁知這年冬底林儒

海的書信寄来却為身染重疾寫書特来接林代玉回去賈母听了未免又加

憂悶只得忙忙的打点代玉起身宝玉大不自在争柰父女之情也不好攔劝

于是賈母定要賈璉送他去仍叫代带回来一應土儀盤纏不消煩說自然要妥

貼作速择了日期賈璉与林代玉辞别了同人帶領僕從登舟往揚州去了要

知端的且听下回分解

脂硯齋重評石頭記卷之

第十三回

秦可卿死封龍禁尉　王熙鳳協理寧国府

話説鳳姐兒自賈璉送代玉往揚州去後心中實在無趣每到晚间不過和平兒説笑一回就胡乱睡了（胡乱二字奇）這日夜间正和平兒灯下擁炉倦綉早命濃薰綉被二人睡下屈指筭行程該到何處（所謂計程今日到梁州是也）不知不覺已交三鼓平兒已睡熟了鳳姐方覺星眼微朦恍惚只見秦氏從外走來含笑説道嬸〻好睡我今日回去你也不送我一程因娘兒們素日相好我〔捨〕不得嬸〻故來別你一別还有一件心愿未了非告訴嬸〻別人未必中用（一語貶尽賈家一族空頂冠束带者）鳳姐听了恍惚问道有何心愿你只管託我就是了秦氏道嬸〻你是个脂粉隊

里的英雄連那些束帶頂冠的男子也不能過你〻如何連兩句俗語也不曉得常言月滿則虧水滿則溢又道是登高必跌重如今我們家赫〻揚〻已將百載一日倘或樂極悲生若應了那句樹倒猢猻散的俗語豈不虛稱了一世的詩書旧族了鳳姐听了此話心胸大快十分敬畏忙問道這話慮的極是但有何法可以永保無虞秦氏冷笑道嬸〻好癡也否極泰來榮辱自古週而復始豈人力能可保常的但于今能于榮時籌畫下將來衰時的世業亦可謂常保永全了即如今日諸事都妥只有兩件未妥若把此事如此一行則後日可保永全了鳳姐便問何事秦氏道目今祖塋雖四時祭祀只是無一定的錢粮第二家塾雖立無一定的供給依我想來如今盛時固不缺祭祀供給但將來敗落之時此二項有何出處莫若依我定見趁今日富貴將祖塋附近多置田

庄房舍地畝以備祭祀供給之費皆出自此處將家塾亦設于此合同族中長
幼大家定了則例日後按房掌管這一年的地畝錢粮祭祀供給之事如此週（一所出專辯言之）
流又無爭競亦不有典賣諸敝（辯）便是有了罪凡物可入官這祭祀産業連官也
不入的便敗落下来子孫回家讀書務農也有個退步祭祀又可永（人）祭若目今
以為榮華不絕不思後日終非長策眼見不日又有一件非常喜事真是烈火
烹油鮮花着錦之盛要知道也不過是瞬息的繁華一時的歡樂万不可忘了
那盛筵不散的俗語此時若不早為後慮臨期只恐后悔無益了鳳姐忙問有
何喜事秦氏道天機不可洩漏（妙）（伏的）只是我与嬸々好了一塲臨別贈你兩句
話須要記着因念道三春去後諸芳尽各自須尋各自門鳳姐還欲問時只听
二門上傳事雲板連叩四下將鳳姐驚醒人回東府蓉大奶々沒了鳳姐聞听

嚇了一身冷汗出了一回神只得忙忙的穿衣往王夫人處來彼時合家皆知無不納罕都有些疑心那長一輩的想他素日孝順平一輩的想他素日和睦親密下一輩的想他素日慈愛以及家中僕從老小想他素日憐貧惜賤慈老愛幼之恩莫不悲嚎痛哭者闲言少叙却說宝玉因近日林代玉回去剩得自已孤恓也不和人頑耍（方风姐反对淡淡寫來方是二人自幼氣味相投可知後文皆非哭然文字）每到晚间便索然睡了如今從夢中听見說秦氏死了連忙翻身爬起來只覺心中似戳了一刀的不忍哇的一声直奔出一口血來襲人等慌慌忙忙上來搊扶问是怎庅樣又要回賈母來請大夫宝玉笑道不用忙不相干這是急火攻心血不歸经说着便爬起來要衣服換了來見賈母即時要過去襲人見他如此心中雖不下又不敢攔只是由他罷了賈母見他要去因說才嚥氣的人那里不干淨二

則夜里鳳大等明早再去不遲宝玉那里肯依賈母命人備車多派跟隨人役擁護前來一直到了寧国府前只見府門洞開両边灯籠照如白晝乱烘烘人来人往里面哭声揺山振岳〔寫大族之喪如此起緒〕宝玉下了車忙忙奔至挺灵之室痛哭一番然後見過尤氏誰知尤氏正犯了胃疼旧疾睡在床上〔妙非此何以出阿鳳〕然後又出来見賈珍彼時賈代儒代修賈敕賈效賈敦賈赦賈政賈琮賈㻞賈珩賈珖賈琛賈瓆賈璘賈薔賈菖賈菱賈芸賈芹賈蓁賈萍賈藻賈衡賈芬賈芳賈蘭賈菌賈芝等都来了賈珍哭的淚人一般正和賈代儒等説道合家大小遠近親友誰不知我這媳婦比兒子还强十倍如今伸腿去了可見這長房内绝滅無人了説着又哭起来衆人忙劝人已辞世哭也無益且商議如何料理要緊賈珍拍手道如何料理不過儘我所有罢了正説着只見秦業秦鐘並尤氏

的几个眷属（伏後文）尤氏姊妹也都来了賈珍便命賈瓊賈琛賈璘賈薔四个人去陪客一面分付去請欽天監陰陽司来擇日擇準挺〔停〕灵七七四十九日三日後開喪送訃聞這四十九日单請一百单八众禪僧在大廳上拜大悲懺超度前亡後化諸魂以免亡者之罪另設一壇于天香楼上是九十九位全真道士打四十九日解冤洗業醮然後挺〔停〕灵于〔在〕会芳園中灵前另外〔請〕五十众高僧五十众高道对壇按七作好事那賈敬聞得長孫媳死了因自為早晚就要飛昇如何肯又回家染了紅塵将前功尽棄呢因此並不在意只凭賈珍料理賈珍見父親不管亦發姿意奢華看板時几副杉木板皆不中用可巧薛蟠来弔问因見賈珍尋好板便說道我们木店里有一副板叫作什庅檣木（檣者舟具也所謂人生若泛舟而已寧不可嘆）出在潢海鉄網山上（所謂迷津易墮塵網难逃也）作了棺材万年不坏這还是当年

先父带来原係義忠親王老千歲要的　曰他壞了事就不曾拿去現在还封在店内也沒有人出價敢買你若要就抬来便罷賈珍听說喜之不尽即命人抬来大家看时只見帮底皆厚八寸紋若檳榔味若檀麝以手扣之打珰如金玉大家都竒異称賛賈珍㖆问價值幾何薛蟠㖆道拿一千两銀子来只怕也沒處買去什庅價不價賞他們几两工錢就是了賈珍听說忙謝不尽即命解鋸糊漆賈政曰勸道此物恐非常人可享者殮以上等杉木也就是了夾写賈政此时賈珍恨不能代秦氏之死這話如何肯听曰忽听得秦氏之丫环名唤瑞珠者見秦氏死了他也觸柱而亡此事可罕合族人也称嘆賈珍遂以孫女之理殮殯一並停灵于會芳園中之登仙閣小丫环名宝珠者因見秦氏身無所出乃甘心愿為義女誓任摔喪駕灵之任賈珍喜之不尽即时傳下從此皆呼

宝珠為小姐那宝珠按未嫁女之丧在灵前哀〻欲絶于是合族人丁並家下

諸人都各遵旧制行事自不得紊乱 两句冩尽大家 賈珍因想着賈蓉不過是個黌門

監〔生〕灵旛経榜上冩時不好看便是執事也不多因此心下甚不自在 善起波瀾 可巧

這日正是首七第四日早有大明宫掌宫内相戴權 妙大權也 先備了祭礼遣人来

次後坐了大轎打傘鳴鑼親来上祭賈珍忙接着讓至逗蜂軒 軒名可思 献茶賈珍

心中打算定了主意因而趂便就説要与賈蓉蠲个前程的話戴權會意因咲

道想是為丧礼上風光些賈珍忙咲道老内相所見不差戴權道事到湊巧正

有個美缺如今三百員龍禁尉短了两員昨兒襄陽侯的兄弟老三来求我現

拿了一千五百两艮子送到我家里你知道偺們都是老相遇〔與〕不拘怎麼樣看

着他爺〻的分上胡乱應了 忙中冩閑 还剩了一個缺誰知永〔安〕節度使馮胖子来求

要与他孩子蠲我就沒工夫應他既是偺們的孩子要蠲（奇談畫尽閹官口吻）快寫個履歷来賈珍听說忙吩咐快命書房里人恭敬寫了大爺的履歷来小廝不敢怠慢去了一刻便拿了一張紅紙来与賈珍賈珍看了忙送与戴權戴權看时上面寫道江寧江寧府江寧縣監生賈蓉年二十歲曾祖原任京營節度使世襲一等神威將軍賈代化祖乙卯科進士賈敬父世襲三品爵威烈將軍賈珍戴權看了回手便遞与一個貼身的小廝收了說道回来送与戶部堂官老趙說我拜上他起一張龍禁尉的票再給個執照就把這履歷填上明兒我来兌銀子送去小廝答應了戴權也就告辭了賈珍十分款留不住只得送去府门臨上轎賈珍因问艮子还是我到部兑还是一並送入老相府中戴權道若到部里你又吃虧了不如平准一千二百艮子送到我家就完了賈珍感謝不盡只

說待服滿後親代小犬到府叩謝于是作别接着便又听喝道之声原来是忠靖侯史鼎的夫人来了（伏史湘雲）王夫人邢夫人鳳姐等剛迎入上房又見錦鄉侯川寧侯壽山伯三家祭礼擺在灵前少時三人下轎賈政等忙接上大厛如此亲朋你来我去也不能勝数只这四十九日寧国府街上一條白漫〻人来人往【是有服亲朋並家下人丁之盛】花簇〻官去官来【是来往祭弔之盛】賈珍命賈蓉次日換了吉服領憑回来灵前供用執事等物俱按五品職例灵牌疏上皆寫天朝誥授賈門秦氏恭人之灵位會芳園臨街大门洞開旋在兩边起了鼓樂厛兩班青衣按时奏樂一对〻執事擺的刀斬斧齊更有兩面硃紅銷金大字牌竪在门外上面大書

對面高起着宣壇僧道對壇榜文榜上大書世襲寧

防護
内庭紫禁道
御前侍衛龍禁尉

國公家孫婦防護内庭御前侍衛龍禁尉賈門秦氏恭人之喪四大部州至中之地奉天永建太平之國總理虛無寂靜教門僧錄司正堂萬虛總理元始三一教门道録司正堂葉生等敬謹修齋朝天叩佛以及恭請諸伽藍揭諦功曹等神聖恩普錫神遠鎮四十九日消災洗業平安永陸道場等語亦不消煩記只是賈珍雖然此時心意满足但里面尤氏又犯了旧疾不能料理事務惟恐各誥命来往虧了礼数怕人咲話因此心中不自在当下正憂慮时因宝玉在

側問道事〻都筭安貼〔妥當〕了大哥〻还愁什広賈珍見問便將里面無人的話説了出来宝玉听説笑道这有何难我薦一個人與你權理这一個月的事管必妥当賈珍忙問是誰宝玉見坐間还有許多親友不便明言走至賈珍耳边説了兩句賈珍听了喜不自禁連忙起身咲道果然安貼〔妥當〕如今就去説着拉了宝玉辞了衆人便往上房里来可巧这日非正經日期親友来的少里面不過几位近親堂客邢夫人王夫人鳳姐並合族中的内眷陪坐聞人報大爺進来了唬的衆婆娘唿的一声往後藏之不迭獨鳳姐款〻站了起来賈珍此时也有些病症在身二則過于悲痛了因拄個拐踱了進来邢夫人等因説道你身上不好又連日事多該歇〻纔是又進来做什広賈珍一面扶拐扎挣着要蹲身跪下請安道乏邢夫人等忙叫宝玉搀住命人挪椅子来与他坐賈珍斷不肯

坐因兒強陪笑道姪兒進來有一件事要求二位嬸〻并大妹〻邢夫人等忙
问什庅事賈珍忙咲道嬸〻自然知道如今孫子媳婦沒了姪兒媳婦偏又病
倒我看里頭着實不成個体統怎庅屈尊大妹〻一個月在這里料里〻〻我
就放心了邢夫人咲道原來為這个你大妹〻現在你二嬸〻家只和你二嬸
〻說就是了王夫人忙道他一個小孩子家何曾经過这些事倘或料理不清
反叫人咲話到是再煩別人好賈珍咲道嬸〻的意思姪兒猜着了是怕大妹
〻劳苦了若說料理不開我包管必料理的開便是錯一点兒別人看着还是
不錯的從小兒大妹〻頑咲着就有殺法決斷如今出了閣又在那府里辦事
越發歷練老成了我想了这几日除了大妹〻再無人了嬸〻不看姪兒〻〻
媳婦的分上只看死了的分上罢說着滚下淚來王夫人心中怕的是鳳姐兒

未經過喪事怕他料理不清惹人耻笑今見賈珍苦〻的說到這步田地心中
已活了几分卻又眼看着鳳姐出神那鳳姐素日最喜攬事辦好賣弄才幹雖
然当家妥当也因未辦過婚喪大事恐人还不伏巴不得遇見這事今見賈珍如此
一來他心中早已欢喜先見王夫人不允後見賈珍說的情真王夫人有活動
之意便向王夫人道大哥〻說的這庅懇切太〻就依了罢王夫人悄〻的道
你可能庅鳳姐道有什庅不能的外面的大事已經大哥〻料理清了不過是
里頭照着管〻〻便是我有不知道的問〻太〻就是了王夫人見說的有理便不
作声賈珍見鳳姐允了又陪笑道也管不得許多了橫豎要求大妹〻辛苦辛
苦我這里先与妹〻行礼等事完了我再到那府里去謝說着就作揖下去鳳
姐兒还礼不迭賈珍便忙向袖中取了寧国府對牌出來命宝玉送与鳳姐又

說妹〻愛怎樣就怎樣要什庅只管拿这个取去也不必问我只求别存心替我省錢只要好看為上二則也要同那府里一様待人纔好不要存心怕人抱怨只这两件外我再沒不放心的了鳳姐不敢就接牌只看着王夫人王夫人道你哥〻既这庅說你就照看〻〻罷了只是别自作主意有了事打發人问你哥〻嫂子要緊宝玉早向賈珍手里接過对牌来強遞與鳳姐了又问妹〻住了这里还是天〻来呢若是天〻来越發辛苦了不如我这里赶着收拾出一個院落来妹〻住過這几日到安穩鳳姐笑道不用二字有神那边也離不得我到是天〻来的好賈珍听說只得罷了然後又說了一回閑話方纔出去一時女眷散後王夫人因问鳳姐你今兒怎庅樣鳳姐兒道太〻只管請回去我須得先理出一個頭緒来纔回去得呢王夫人听說便先同邢夫人等回去不

在話下這里鳳姐兒來至三間一所抱厦内坐了因想頭一件是人口混雜遺失東西第二件事無專執臨期推委第三件需用過費濫支冒領第四件任無大小苦樂不均第五件家人豪縱有臉者不服鈐束無臉者不能上進此五件實是寧國府中風俗不知鳳姐如何處治且听下回分解

正是　金紫萬千誰治國　裙釵一二可齊家

脂硯齋重評石頭記卷之

第十四回

林儒海捐館揚州城　賈寶玉路謁北静王

話說寧國府中都総管来昇聞得裡面委請了鳳姐因傳齊同事人等說道如今請了西府里璉二奶々管理内事倘或他来支取東西或是說話我們須要比往日小心些々每日大家早来晚散寧可辛苦這一個月過後再歇着不要把老臉面丟了那是個有名的烈貨臉酸心硬一時惱了不認人的衆人都道有理又有一個笑道論理我們裡面也須得他来整治々々都特不像了正說着只見来旺媳婦拿了對牌来領取呈文京榜紙劄票上批着数目衆人連忙讓坐倒茶一面命人按数取紙来抱着同来旺媳婦一路行来至儀門口方交與

来旺媳婦自己抱進去了鳳姐即命彩明定〔釘〕造簿冊即時傳来昇媳婦兼要家口花名冊来查看又限于明日一早傳齊家人媳婦進来聽差等語大槩點了一點數目單冊問了来昇媳婦几句話便坐車回家一宿無話至次日卯正二刻便過来了那寧國府中婆娘媳婦聞得到齊只見鳳姐正與来昇媳婦分派衆人不敢擅入只在窓外聽覷只聽鳳姐與来昇媳婦道既託了我〻就說不得要討你們嫌了我可比不得你們奶〻好性兒由着你們去再不要說你們這府里原是這樣的話如今可要依着我行錯我半點兒管不得誰是有臉的誰是没臉的一例現清白處治說着便吩咐彩明念花名冊按名一個〻〻的喚進来看視一時看完便又吩咐道這二十個分作兩班一班十個每日在裡頭單管人客来往倒茶別的事不用他們管這二十個也分作兩班每日單管

本家親戚茶飯別的事也不用他們管這四十個人也分作兩班单在灵前上香添油挂幔守灵供飯供茶隨起擧哀別的事也不與他們相干這四個人单在内茶房收管盃碟茶器若少一件便叫他四個描賠這四個人单管酒飯器皿少一件也是他四個描賠這八個单管監收祭禮這八個单管各處燈油蠟燭紙劄我總支了来交與你八個然後按我的定数再往各處去分派這三十個每日輪流各處上夜照管門戶監察火燭打掃地方這下剩的按着房屋分開某人守某處某處所有傢俱古董起至於痰盒撣帚一草一苗或丢或壞就和守這處的人筭賬描賠来昇家的每日攬總查看或有偷懶的賭錢吃酒的打架辦嘴的立刻来回我你有狥情經我查出三四輩子的老臉就顧不成了如今都有定規以後那一行亂了只和那一行說話素日跟我的人隨身自有

鐘表不論大小事我是皆有一定的時辰橫竪你們上房里也有時辰鐘卯正二刻我来點卯巳正吃早飯凡有領牌回事的只在午初刻戌初燒過黄昏紙我親到各處查一遍回来上夜的交明鑰匙第二日仍是卯正二刻過来說不得偺們大家辛苦這几日罷事完了你們家大爺自然賞你們說罷又吩咐按數發與茶葉油燭鷄毛撢子笤箒等物一面又搬取傢伙桌圍椅搭坐褥毡蓆痰盒脚踏之類一面交發一面提筆登記某人管某處某人領某物開得十分清楚衆人領了去也都有了投奔不似先時只揀便宜的做剩下的苦差沒個招攬各房中也不能趁亂失迷東西便是人来客往也都安靜了不比先前一個正擺茶又去端飯正陪舉哀又顧接客如這些無頭緒荒乱推托偷閑竊取等敝次日一槩獨蠲了鳳姐兒見自已威重令行心中十分得意因見尤氏犯病

賈珍又过于悲哀不大進飲食自已每日從那府中煎了各樣細粥精緻小菜
命人送来劝食賈珍也另外吩咐每日送上等菜到抱厦内单与凤姐那鳳姐
不畏勤劳天天于卯正二刻就过来點卯理事獨在抱厦内起坐不与衆妯娌
合群便有堂客来往也不迎會这日乃五七正五日上那应佛僧正開方破獄
傳燈照亡參閻君拘都鬼筵請地藏王開金桥引幢幡那道士们正伏章申表
朝三清叩玉帝禅僧们行香放燄口拜水懺又有十三衆尼僧搭繡衣靸紅鞋
在靈前默诵接引諸咒十分热闹那凤姐必知今日人客不少在家中歇宿一
夜至寅正平兒便請起来梳洗及收拾完备更衣盥手吃了两口奶子糖粳米
粥漱口已畢已是卯正二刻了来旺媳婦率領諸人伺候已久凤姐出至厅前
上了車前面打了一对明角灯大書榮国府三個大字款款来至寧府大门上

門灯朗掛両边一色戳灯照如白晝白汪〻穿孝僕從両边侍立請車至正门上小廝等退去衆媳婦上来撇起車簾风姐下了車一手扶着豐兒両個媳婦執着手把灯罩撮擁着风姐進来寧府諸媳婦迎来請安接待风姐緩〻走入會芳園中登仙阁靈前一見了棺材那眼淚恰似斷線之珠滚將下来院中許多小廝垂手伺候燒紙风姐吩咐得一声供茶燒紙只听一棒鑼鳴諸樂齐奏早有人端过一張大圈椅来放在靈前风姐坐了放声大哭于是裡外男女上下見风姐出声都忙〻接声嚎哭一時賈珍尤氏遣人来劝风姐方纔止住来旺媳婦獻茶漱口畢风姐方起身别过族中諸人自入抱厦内来按名查點各項人数都已到齊只有迎送親客上的一人未到即命傳到那人已張慌愧懼风姐泠笑道（凡风姐惱時偏〻用笑字是章法）我说是誰悮了原来是你〻原比他们有體面

所以繞不听我的話那人道小的天〻都来的早只有今兒醒了竟得早些回又睡迷了来遲了一步求奶〻饒过这次正説着只見榮国府中的王興媳婦来了在前探頭（慣起波瀾慣能忙中寫閑又慣用曲筆又慣綜錯真妙）凤姐且不發放这人却先问王興媳婦作什広王興媳婦爬不得先问他完了事連忙進去説領牌取線打車轎網絡説着将個帖兒遞上去凤姐命彩明念道大轎兩頂小轎四頂車四輛共用大小絡子若干根用珠兒線若干斤凤姐听了数目相合便命彩明登記取榮国府对牌擲下王興家的去了凤姐方欲説話時只見榮国府的四個執事人進来都是要全支取東西領牌来的凤姐命他们要了帖念过听了一共四件指兩件説道这兩件開銷錯了再算清了来取説着擲下帖子来那二人掃興而去凤姐因見張材家的在傍因问你有什広張材家的忙取帖兒回説就

是方総車轎圍作成領取裁縫工銀若干兩风姐听了便收了帖子命彩明登記待王興交过牌得了買辦的回押相符然後方与張材家的去領一面又命念那一個是為宝玉外書房完竣支買紙料糊裱风姐听了即命収帖兒登記待張材的繳清又發与这人去了风姐便说道明兒他也睡迷了後兒我也睡迷了将来都没有人了本来要饒你只是我頭一次寬了下次人就难管不如開發的好登時放下臉来喝命帶出打二十板子一面又擲下寧国府对牌出去说与来昇革他一月銀米衆人听说又見风姐眉立知是惱了不敢怠慢拖人的出去拖人執牌傳諭的忙去傳諭那人身不由已已拖出去挨了二十大板还要進来叩謝风姐道明日再有悞的打四十後日的六十有挨打的只管悞说有吩咐散了罢窓外衆人听说方各自執事去了彼時寧国栄国兩處執

事領牌交牌的人来人往不絕那抱愧被打之人含羞去了又伏下文非獨為阿凤之威勢費此一段筆墨这綫知道凤姐利害衆人不敢偷自此兢兢業業執事保全不在話下如今且說宝玉因見今日人衆恐秦鐘受了委曲因默与他商議要同他往凤姐處来坐秦鐘道他的事多况且不喜人去俗們去了他豈不煩膩純是體貼人情宝玉道他怎好膩我们不相干只管跟我来說着便拉了秦鐘直至抱廈凤姐綫吃飯見他们来了便笑道好長腿子快上来罷宝玉道我们偏了凤姐道在这边外頭吃的还是那边吃的宝玉道这边同那些渾人吃什麽哥稱試問誰是清人原是那边我们兩個同老太太吃了来的一面歸坐凤姐吃畢飯就有寧国府中的一個媳婦来領牌為支取香灯事凤姐笑道我筭着你们今兒該来支取總不見来想是忘了这會子到底来取要忘了自然是你们包出来都便宜了我那媳婦

婦笑道何嘗不是忘了方纔想起來再遲一步也領不成了說罢領牌而去一時登記交牌秦鐘因笑道你們兩府里都是這牌倘或別人私弄一個支了銀子跑了怎様凤姐笑道依你說都没王法了宝玉因道怎麽咱們家没人領牌子做東西凤姐道人家来領的時候你还做夢呢我且問你你們這夜書多早晚纔念呢宝玉道巴不得這如今就念纔好他們只是不快收拾出書房来這也無法凤姐笑道你請我一請包管就快了宝玉道你要快也不中用他們該作到那里的自然就有了凤姐笑道便是他們作也得要東西擱不住我不給对牌是难的宝玉听說便猴向凤姐身上要牌立刻說好姐姐給出牌子来叫他們要東西去凤姐道我乏的身子上生疼还擱的住揉搓你放心罢今兒纔領了紙裱糊去了他們该要的还等叫去呢可不傻了宝玉不信凤姐便叫彩

明查冊子与宝玉看了正閙着人回蘇州去的人昭兒來了接得 好鳳姐急命喚
進來昭兒打千兒請安鳳姐便問回來做什庅的昭兒道二爺打發回來的林
姑老爺是九月初三巳时没的二爺帶了林姑娘同送林姑老爺靈到蘇州大
約赶年底就回來二爺打發小的來報个信請安討老太〻示下还瞧〻奶〻
家里好叫把大毛衣服帶几件去鳳姐道你見过別人了没有昭兒道都見過
了說畢連忙退去鳳姐向宝玉笑道你林妹〻可在偺們家住長了宝玉道了
不淂想來这几日他不知哭的怎樣呢說着蹙眉長嘆鳳姐見昭兒回來因当
着人未及細問賈璉心中自是记掛待要回去爭奈事情繁一时去了恐有延
失悞惹人笑話少不淂奈耐到晚上回來復令昭兒進來細問一路平安信息連
夜打点大毛衣服和平兒親自檢点包裹再細〻追想所需何物一並包藏交

付昭兒又细〻吩咐昭兒在外好生小心伏侍不要惹你二爺生氣时〻劝他少吃酒别勾他認得混賬老婆回来打折你的腿此一句寂要緊等語赶乱完了天已四更將盡總睡下又走了困不竟又是天明雞唱忙梳洗过寧府中来那賈珍因見發引日近親自坐車帶了陰陽司吏往鉄檻寺来踏看寄灵所在又一〻囑咐住持色空好生預備新鮮陳設多請名僧以備接靈使用色空忙看晚齋賈珍也無心茶飯因天晚不得進城淨在淨室胡乱歇了一夜次日早便進城来料理出殯之事一面又派先往鉄檻寺連夜另外修飾停灵之處並厨茶等項接灵人口里面鳳姐見日期有限也預先逐细分派料理一面又派栄府中車轎人從跟王夫人送殯又顧自己送殯去占下處目今正值繕國公誥命亡故王邢二夫人又去打祭送殯西安郡王妃華誕送壽礼鎮國公誥命生了

長男預備賀礼又有胞兄王仁連家眷回南一面寫家信禀叩父母並帶往之物又有迎春染病每日請醫服藥看醫生啟帖症源藥按等事亦难盡述又兼發引在迩因此忙的鳳姐茶飯也沒工夫吃得坐卧不能清淨剛到了荣府寧府的人又跟到寧府既回到荣府寧府的人又找到荣府鳳姐見如此心中到十分欢喜並不偷安推托恐落人褒貶因此日夜不暇籌畫得十分的整肅于是合族上下無不稱嘆者这日伴宿之夕裡面兩班小戲並耍百戲的与親朋堂客伴宿尤氏猶卧于内室一應張羅款待獨是鳳姐一人週全承應合族中雖有許多妯娌但或有羞口的或有羞脚的或有不慣見人的或有懼貴怯官的種〻之類俱不及鳳姐舉止舒徐言语慷慨珍貴寛大因此也不把衆人放在眼里揮霍指示任其所為目若無人寫秦氏之喪却只為鳳姐一人一夜中燈明火彩客

送官迎那百般熱鬧自不用說的至天明吉時已到一般六十四名青衣請靈
前面銘旌上大書奉天洪建兆年不易之朝誥封一等寧國公冢孫婦防護
内庭紫禁道
御
前侍衛龍禁尉享強壽賈门秦氏恭人之靈位一應執事陳設皆係現赶着新
做出来的一色光艷奪目宝珠自行未嫁女之礼外摔丧駕靈十分哀苦那时
官客送殯的有鎮國公牛清之孫現襲一等伯牛継宗理國公柳彪之孫現襲
一等子柳芳齊國公陳翼之孫世襲三品威鎮將軍陳瑞文治國公馬魁之孫
世襲三品威遠將軍馬尚修國公侯曉明之孫世襲一等子侯孝康繕國公誥
命亡故故其孫石光珠守孝不曾来得这六家与寧荣二家当日所称八公的
便是餘者更有南安郡王之孫西寧郡王之孫忠靖侯史鼎平原侯之孫世襲二

等男蔣子寧定城侯之孫世襲二等男兼京營游擊謝鯨襄陽侯之孫世襲二
等男戚建輝景田侯之孫五城兵馬司裘良餘者錦鄉伯公子韓奇神武將軍
公子馮紫英陳也俊衛若蘭等諸王孫公子不可枚數堂客筭来亦有十来頂
大轎三四十頂小轎連家下大小轎車輛不下百餘十乘連前面各色執事陳
設百耍浩浩蕩蕩一帶擺三四里遠走不多時路傍彩棚高搭設席張筵和音
奏樂俱是各家路祭第一座是東平王府祭棚第二座是南安郡王祭棚第三
座是西寧郡王第四座是北靜郡王的原来這四王當日惟北靜王功高及今
子孫猶襲王爵現今北靜王水溶年未弱冠生得形容秀美情性謙和近聞寧國
公家孫婦告殂因想當日彼此祖父相与之情同難同榮未以異性〔姓〕相視因此
不以王位自居上日也曾探喪上祭如今又設路奠命麾下各官在此伺候自

已五更入朝公事以畢便換了素服坐大轎鳴鑼張傘而來至棚前落轎手下各官兩傍擁侍軍民人衆不得往还一时只見寧府大殯浩〻蕩〻壓地銀山一般從北而至早有寧府開路傳事人看見連忙回去报与賈珍〻〻急命前面駐扎同賈赦賈政三人連忙迎来以國礼相見水溶在轎内欠身含笑答礼仍以世交称呼接待並不妄自尊大賈珍道犬婦之喪累蒙郡駕下臨廕生輩何以克当水溶笑道世交之誼何出此言遂回頭命長府官主祭代奠賈赦等一傍还礼畢復身又来謝恩水溶十分謙遜因问賈政道那一位是啣寶而誕者几次要見一見都為雜冗所阻想今日是来的何不請来一會賈政听說忙回去急命宝玉脫去孝服領他前来那宝玉素日就曾听得父兄親友人等說閑話时讚水溶是个賢王且生得才貌双全風流潇洒每不以官俗國体所縛每

思相會只是父親拘束嚴密無由淂會今見反來叫他自是歡喜一面走一面早偺見那水溶坐在轎内好个儀表人材不知近看時又是怎樣且听下回分解

脂硯齋重評石頭記卷之

第十五回

王鳳姐弄權鉄檻寺　秦鯨卿得趣饅頭庵

話說宝玉舉目見北靜王水溶頭上帶着潔白簪纓銀翅王帽穿着江牙海水五爪坐龍白蟒袍繫着碧玉紅鞓帶面如美玉目似明星真好秀麗人物宝玉忙搶上來參見水溶連忙從轎內伸出手來挽住見宝玉帶着束髮銀冠勒着双龍出海抹額穿着白蟒箭袖圍着攢珠銀帶面若春花目如點漆又換此一句如此其形水溶笑道名不虛傳果然如宝似玉因问啣的那宝貝在那里宝玉見问連忙從衣內取了遞与过去水溶細細的看了又念了那上頭的字因问果靈驗否賈政忙道雖如此說只是未曾試过水溶一面極口称奇道異一面理好綵

縧親自与宝玉带上鍾愛之至又携手问宝玉几歲讀何書宝玉一ゝ的荅應水溶見他語言清楚談吐有致一面又向賈政笑道令郎真乃龍駒鳳雛非小王在世翁前唐突將来雛鳳清于老鳳声未可諒也妙極開口便是西崑体宝玉聞之寕不刮目哉賈政忙陪笑道犬子豈敢謬承金奬賴藩郡餘貞果如是言亦瘡生輩之幸矣水溶又道只是一件令郎如是資致想老太夫人夫人輩自然鍾愛極矣但吾輩後生甚不宜鍾溺ゝゝ則未免荒失學業昔小王曾蹈此轍想令郎亦未必不如是也若令郎在家难以用功不妨常到寒第小王虽不才却多蒙海上衆名士凡至都者未有不另垂青目是以寒第高人頗聚令郎常去談會ゝゝ則學問可以日進矣賈政忙躬身荅應水溶又將腕上一串念珠卸了下来遞与宝玉道今日初會倉促竟無敬賀之物此係前日聖上親賜鶺鴒香念珠一串權為賀

敬之礼宝玉連忙接了回身奉與賈政、、與宝玉一齊謝過于是賈赦賈珍等一齊上来請回輿水溶道逝者已登仙界非碌、、你我塵寰中之人也小王雖上叨天恩虛邀郡襲豈可越仙輀而進也賈赦等見執意不從只得告辭謝恩回来命手下掩樂停音滔、、然将殯過完方讓水溶回輿去了不在話下且說寧府送殯一路熱鬧非常剛至城門前又有賈赦賈政賈珍等諸同僚屬下各家祭棚接祭一、的謝過然後出城竟奔鉄檻寺大路行来彼時賈珍帶賈蓉来到諸長輩前讓坐轎上馬因而賈赦一輩的各自上了車轎賈珍一輩的也將要上馬鳳姐兒因記掛着宝玉怕他在郊外縱性逞强不服家人的話賈政管不着這些小事惟恐有個失閃難見賈母因此便命小廝来喚他宝玉只得来到他車前鳳姐笑道好兄弟你是個尊貴人女孩兒一樣的人品非此一句宝玉

必不依阿鳳
真好才情
别學他們猴在馬上下来偺們姐兒兩個坐車豈不好宝玉听說忙下了馬爬入鳳姐車上二人說笑前来不一時只見從那邉兩騎馬壓地飛来離鳳姐車不遠一齊蹿下来扶車回說這里有下處奶〻請歇更衣鳳姐急命請邢夫人王夫人的示下那人回来說太〻們說不用歇了叫奶〻自便罷鳳姐听了便命歇了再走衆小廝听了一帶轅馬岔出人群往北飛走寶玉在車内急命請秦相公那時秦鐘正騎馬隨着他父親的轎忽見宝玉的小廝跑来請他去打尖秦鐘看時只見鳳姐兒的車往北而去後面拉着宝玉的馬搭着鞍籠便知宝玉同鳳姐坐車自己也便帶馬赶上来同入一庄門内早有家人將衆庄漢攆盡那時庄人家無多房舍婆娘們無處廻避只得由他們去了那些〻村姑庄婦見了鳳姐宝玉秦鐘的人品衣服礼数欵段豈有不愛看的一

喝

時鳳姐進入茅堂因命宝玉等先出去頑〻宝玉等會意因同秦鐘出来帶着小厮們各處遊玩凡庄農動用之物皆不曽見過宝玉一見了鍬钁鋤犂等物皆以為奇不知何向所使其名為何（凡膏粱子弟齐来着眼）小厮在傍一〻的告訴了名色說明原委宝玉聽了（也盖因未見之故也）因點頭嘆道怪道古人詩上說誰知盤中餐粒粒皆辛苦正為此也（聰明人自是一喝即悟）一面說一面又至一間房前只見炕上有個紡車宝玉又問小厮們這又是什庅小厮們又告訴他原委宝玉聽說便上来摔轉作耍自為有趣只見一個約有十七八歲的村庄了頭跑了来乱嚷別動壞了衆小厮忙斷喝攔阻宝玉忙去開手陪笑說道我因為沒見個這個所以試他一試那了頭道你們那里會弄這個站開了我紡與你瞧〻秦鐘暗拉宝玉笑道此卿大有意趣宝玉一把推開笑道該死的再胡說我就打了說着只見

那丫頭紡起線来宝玉正要説話時只聽那邊老婆子叫道二丫頭快過来那丫頭聽見丢下紡車一逕去了宝玉悵然無趣（處丶点情又伏下一段後文）只見鳳姐兒打發人来叫他两個進去鳳姐洗了手換衣服抖灰問他們換不換宝玉不換只得罷了家下僕婦們将帶着行路的茶壺茶盃十錦屉盒各樣小食端来鳳姐等吃過茶待他們收什完備便起身上車外面旺兒預備下賞封賞了本村主人庄婦等来叩賞鳳姐並不在意宝玉却留心看時内中並無二丫頭一時上了車出来走不多遠只見迎頭二丫頭怀里抱着他小兄弟同着几个小女孩子説笑而来宝玉恨不得下車跟了他去料是衆人不依的少不得以目相送争奈車輕馬快（四字有文章人生难聚亦未嘗不如此也）一時展眼無踪走不多時仍又跟上大殯了早又前面法鼓金鐃幢幡宝蓋鉄檻寺接灵衆僧齊至少時到入寺中另

演佛事重設香壇安靈于内殿偏室之中宝珠安理寢室相伴外面賈珍款待
一應親友也有擾飯的也有不吃飯而辭的一應謝過乏從公侯伯子男一起
一起的散去至未末時分方纔散盡了裡面的堂客皆鳳姐張羅接待先從顯
官誥命散起也到晌午大錯時方散盡了只有几个親戚是至近的等做過三
日安靈道場方去那時邢王二夫人知鳳姐必不能來家也便宜要進城王夫
人要帶宝玉去宝玉乍到郊外那里肯回去只要跟鳳姐住着王夫人無法只
得交與鳳姐便回來了原來這鉄檻寺原是寧榮二公當日修造現今還是有
香火地畝布施以備京中老了人口在此便宜寄放其中陰陽兩宅俱已預備
妥貼大凡創業之人無有不為子孫深謀至細柰後輩伏一時之榮顯犹為不足另生枝葉雖華麗過先柰不常保亦足可嘆争及先人之常保其朴哉
近世浮華子弟斉來着眼好為送靈人口寄居祖宗為子孫之心細到如此不想如今後輩人口繁盛其

中貧富不一或性情參商（所謂源遠水則濁枝繁果則稀余為天下痴心祖宗為子孫謀千年業者痛哭）有那家業艱难安分的（妙在艱难就安分富貴則不安分矣）便住在這里了有那尚排場有錢勢的只說這里不方便一定另外或村庄或尼庵尋个下處為事畢宴退之所（真真辜負祖宗體貼子孫之心）即今秦氏之喪族中諸人皆權在鉄檻寺下塌獨有鳳姐嫌不方便（不用說阿鳳自然不肯將就一刻的）因而早遣人来和饅頭庵的姑子淨虛說了騰出兩間房子来作下處原来這饅頭庵就是水月寺〔庵〕因他庙里做的饅頭好就起了这个渾號離鉄檻寺不遠（前人詩云縱有千年鉄門限終須一个土饅頭是此意故不遠二字有文章）當下和尚工課已完奠過晚茶賈珍便命賈蓉請鳳姐歇息鳳姐見還有几个妯娌陪着女親自已便辭了衆人帶了宝玉秦鐘往水月庵来秦業年邁多病〔華〕伏不能在此只命秦鐘等待安靈罷了那秦鐘便只跟着鳳姐宝玉一時到了水月庵淨虛帶領智

善智能兩个徒弟出来迎接大家見過鳳姐等来至淨室更衣淨手畢因見智能兒越發長高了模樣兒越發出息了因說道你們師徒怎么這些日子也不往我們那里去淨虛道可是這几天都沒工夫因胡老爺府里産了公子太〻送了十兩銀子来這里叫請几位師父念三日血盆經忙的沒個空兒就沒来請奶〻的安虛陪一個胡姓妙言是胡塗人之所為也不言老尼陪着鳳姐且說秦鍾宝玉二人正在殿上頑耍因見智能過来宝玉笑道能兒来了秦鍾道理那東西作什么宝玉笑道你別弄鬼那一日在老太〻屋里一个人沒有你摟着他作什么這会子還哄我補出前文未到処細思秦鍾近日在荣府所為可知矣秦鍾笑道這可是沒有的話宝玉笑道有沒有也不管你〻只叫住他倒碗茶来我吃就丢開手秦鍾笑道這又奇了你叫他倒去還怕他不倒何必要我說呢宝玉道我叫他倒是無情意的不及

你叫他到的是有情意的總作如是等奇語秦鐘只得說道能兒到碗茶来給我那智能兒自幼在榮府走動無人不識因常与宝玉秦鐘頑笑他如今大了漸知風月便看上了秦鐘人物風流那秦鐘也極愛他妍媚二人雖未上手却已情投意合了不愛宝玉却愛秦鐘亦是各有情孽今智能見了秦鐘心眼俱開走去到了茶来秦鐘笑說給我如聞其声宝玉叫給我智能兒抿嘴笑道一碗茶也争我难道手里有蜜一語畢肖如聞其語觀者已自酥倒不知作者從何省想宝玉先搶得了吃着方要問話只見智善来叫智能去擺茶碟子一時来請他兩個去吃茶菓點他兩個那里吃這些東西坐一坐仍出来頑耍鳳姐也畧坐片時便回至淨室歇息老尼相送此時衆婆娘媳婦見無事都陸續散了自去歇息跟前不過几个心服常侍小禅老尼便趂機說道我正有一事要到府里求太太先請奶奶一個示下鳳姐因問何事老尼

道阿弥陀佛（開口稱佛畢 可嘆可笑）有只曰當日我先在長安縣內善才庵（才字妙）內出家、的時節那時有個施主姓張是大財主他有個女兒小名金哥（俱從財一字上發出）那年都往我庙里来進香不想遇見了長安府〻太爺的小旧子李衙內那李衙內一心看上要娶金哥打發人來求親不想金哥已受了原任長安守備的公子的聘定張家若退親又怕守備不依曰此說已有了人家誰知李公子致意不依定要娶他女兒張家正無計策兩處為难不想守備家听了此信也不管清紅皂白便来作賤辱罵說一个女兒許几家偏不許退定礼就打官司告狀起来守備一闻便问断無此理此必是張家俱府尹之勢必先退定礼守備方（不從、或有之此時老尼只欲与張家完事故將此言遮飾以便退親受張家之賄也）那張家急了（如何便急了話無頭緒可知張家礼缺此係作者巧摹老尼 無頭緒之語莫認作者無頭緒正是神處奇處摹一人一人）必到府上活見只得着人上京来尋门路賭氣偏要退定礼（如何的是張家要与府尹攀亲）我想如今長安節度雲老爺與府上最契可以求太〻與老爺說声打發一封書去求雲老爺和那守備說一声不怕那守備不依若是肯行張家連傾家孝順也都情願（壞極妙極若与府尹攀了亲何惜張財不能再得　小人之心如此良民遭害如此）鳳姐听了笑道這事到不大只是太〻再不管這樣的事老尼道太〻不管奶〻也可以主張了鳳姐听說笑道我也不等銀子使也不做這樣的事淨虛听了打去妄想半晌嘆道雖如此說張家已知我来求府里如今不管這事張家不知道沒工夫管這事不希罕他的謝礼到像府里連這点子手段也沒有的一般鳳姐听了這話便發了興頭說道你是素日知道我的從来不信什庅是陰司地獄報應的憑是什庅事我說要行就行你叫他拿三千銀子来我就替他出這口氣老尼听說喜不自禁忙說有〻這个不难鳳姐又道我比不得他們扯篷拉牽的圖銀子這

三千銀子不過是給打發說去的小厮做盤纏使他賺几個辛苦錢我一個錢也不要他的便是三萬兩我此刻也拿的出来（阿鳳欺人如此）老尼連忙答應又說道既如此奶〻明日就開恩也罷了鳳姐道你瞧〻我忙的那一處少了我既應了你自然快〻的了結老尼道這點子事在别人的跟前就忙的不知怎広樣若是奶〻的跟前再添上些也不勾奶〻一發揮的只是俗語說的能者多勞太〻因大小事見奶〻妥貼越性都推給奶〻了奶〻也要保重金體纔是一路話奉承的鳳姐越發受用也不顧勞乏更攀談起来（總寫阿鳳聰明中的痴人）誰想秦鐘趂黑無人来尋智能剛至後面房中只見智能獨在房中洗茶碗秦鐘跑来便摟着親嘴智能急的跺脚說着這算什広再這広我就叫喚秦鐘求道好人我已急死了你今兒再不依我就死在這里智能道你想怎樣除非等我出了這

牢坑離了這些人纔依你秦鐘道这也容易只是遠水救不得近渴説着一口
吹了燈滿屋漆黑将智能抱到炕上就雲雨起來那智能百般的掙挫不起又
不好叫的少不得依他了正在得趣只見一人進來将他二人按住也不則声
二人不知是誰唬的不敢動一動只听那人嗤的一声掌不住笑了二人聽聲
方知是宝玉秦鐘連忙起來抱怨道這筭什麽宝玉笑道你到不依偺們就叫喊
起來羞的智能趁黑地跑了宝玉拉了秦鐘出來道你可还和我強秦鐘笑道
好人你只别嚷的衆人知道你要怎樣我都依你宝玉笑道这會子也不用説
等一會睡下再細細的筭賬一時寬衣安歇的時節鳳姐在里間秦鐘宝玉在
外間滿地下皆是家下婆子打鋪坐更鳳姐因怕通靈玉失落便等宝玉睡下
命人拿來塞在自己枕邊宝玉不知與秦鐘筭何賬目未見真切未曾記得此

係疑案不敢纂創忽又作如此評斷似自相矛盾却是最妙之文若不如此隱去則又有何妙文可寫哉這方是世人意料不到之大奇筆
若通部中萬〻件細微之事俱備石頭記真亦覺太死板矣故特因此二三件
隱事借名之未見真切淡〻隱去越竟得雲烟渺茫之中無限丘壑在焉
一宿無話至次日一早便有賈母王夫人打發了人來看宝玉又命多穿兩件
衣服無事寧可回去宝玉那里肯回去又有秦鐘恋着智能調唆宝玉求鳳姐
再住一天鳳姐想了一想一想便有許多的好處真好阿鳳凡喪儀大事雖妥还有一半點小
事未曾安揷可以指此再住一日豈不又在賈珍跟前送了滿情二則又可以
完淨虛那事三則順了宝玉的心賈母听見豈不欢喜因有此三益世人只云一牵兩得
独阿鳳一牵更添一便向宝玉道我的事都完了你要在這里瞎少不得越性辛苦一日
罷了明兒可是定要走的了宝玉听說千姐〻萬姐〻的央求只住一日明兒
必回去的于是又住了一夜鳳姐便命悄〻將昨日老尼之事說与來旺兒來

旺兒心中俱已明白急忙進城找着主文的相公假托賈璉所囑修書一封不細
連夜往長安縣来不過百里路程兩日工夫俱已妥協那節度使名喚雲光久
見賈府之情這一點小事豈有不允之理給了回書旺兒回来且不在話下一語
過下却說鳳姐等又過了一日次日方別了老尼着他三日後往府里去討信過至
下回下那秦鐘與智能百般不忍分離背地里多少幽期密約俱不用細述只得含
恨而別鳳姐又到鐵檻寺中照望一番寶玉致意不肯回家賈珍只得派婦女
相伴後回再見

脂硯齋重評石頭記

第十六回

賈元春才選鳳藻宮　秦鯨卿夭逝黄泉路

却説宝玉見収拾了外書房约定与秦鍾讀夜書偏那秦鐘秉賦最弱因在郊外受了些風霜又與智能兒偷期綣繾未免失于調養回来時便咳嗽傷風懶進飲食大有不勝之態遂不敢出门只在家中養息為下文伏線宝玉便掃了興頭只得付于無可奈何且自靜候大愈時再约所謂好事多磨也脂研那鳳姐兒已是得了雲光的回信俱已妥協老尼達知張家果然那守備忍氣吞声的受了前聘之物誰知那張家父母如此愛勢貪財却養了一個知義多情的女兒聞得父母退了前夫他便一條麻繩悄悄的自縊了那守備之子聞得金哥自縊他也

是個極多情的遂也投河而死不負妻義張李兩家沒趣真是人財兩空這里鳳姐却坐享了三千兩王夫人等連一点消息也不知道自此鳳姐胆識愈壯以後有了這樣的事便姿意的作為起来也不消多記（一段収拾過阿鳳心機胆量真與雨村是一对乱世之奸雄後文不必细寫其事則知其平生之作為回首时無怪乎其慘痛之態使天下痴心人同来一警或萬期共入于恬然自得之鄉矣脂研）

一日正是賈政的生辰寧榮二處人丁都齊集慶賀鬧熱非常忽有門吏忙〻進来至席前報說有六宮都 太監夏老爺来降旨唬的賈赦賈政等一干人不知是何消息忙止了戲文撤去酒席擺了香案啓中門跪接早見六宮都太監夏守忠乘馬而至前後左右又有頂多内監跟從那夏守忠也並不曾負詔捧勅至簷下馬滿面笑容走至廳上南面而立口内說特旨立刻宣賈政入朝在臨敬殿陛見說畢也不及吃茶便乘馬去了賈赦等不知是何兆頭只得即忙更

衣入朝賈母等合家人等心中皆惶〻不定不住的使人飛馬來往报信有两个時辰工夫忽見賴大等三四个管家喘吁〻跑進儀門报喜又説奉老爺命速請老太〻帶領太〻等進朝謝恩等語那時賈母正心神不定在大堂廊下佇立邢夫人王夫人尤氏李紈鳳姐迎春姊妹以及薛姨媽等皆在一處听如此信至賈母便喚進賴大來细问端的賴大禀道小弟們只在臨敬门外伺候里頭的信息一槩不能得知後來还是夏太監出來道喜説偺們家大小姐晋封為鳳藻宫尚書加封賢德妃後來老爺出來亦如此吩咐小的如今老爺又往東宫去了速請老太〻領着太〻們去謝恩賈母等听了方心神安定不免又都洋〻喜氣盈腮于是都按品大粧起來了賈母帶領邢夫人王夫人尤氏一共四乘大轎入朝賈赦賈珍亦換了朝服帶領賈蓉賈薔奉侍賈母大轎前往

于是寧荣両處上下裡外莫不欣然踴躍个〻面上皆有得意之状言笑鼎沸不绝谁知近日水月菴的智能私逃進城找至秦鐘家下看視秦鐘不意被秦業知覺将智能逐出将秦鐘打了一頓自己氣的老病發作三五日光景嗚呼死了秦鐘本自怯弱又帶病未愈受了笞杖今見老父氣死此時悔痛無及更又添了許多症候因此宝玉心中悵然如有所失雖聞得元春晋封之事亦未解得愁悶眼前多少熱閙文字不寫却從万人意外撰出一段悲傷是别人不屑寫者亦别人之不能處　賈母等如何謝恩如何回家親朋如何来慶賀寧荣両處近日如何熱閙衆人如何得意独他一个皆視有如無毫不曾介意因此衆人嘲他越發獃了大奇至妙之文却用宝玉一人連用五為何如隱過多少繁華勢利等文試思若不如此必至種〻寫到其死板拮据瑣碎雜乱何可勝哉故只借宝玉一人如此一寫省却多少閑文却有無限烟波

且喜賈璉与代玉回来先遣人来报信明日就可到家宝玉听了方略有些喜

喜意（不如此後文秦鐘死去將何以慰宝玉）细问原由方知賈雨村亦進京陛見皆由王子騰累上保本此来後補京缺与賈璉是同宗弟兄又与代玉有師徒之誼故同路作伴而来林如海已葬入祖坟了諸事停妥賈璉方進京的本該出月到家因聞得元春喜信遂晝夜兼程而進一路俱各平安宝玉只問得代玉平安二字餘者也就不在意了（又從天外寫出一段離合来總為掩過寧榮两処許多瑣細閑筆処々交代清楚方好敵大觀园也）好容易盼至明日午錯果報璉二爺和林姑娘進府了見面时彼此悲喜交接未免又大哭一陣後又致喜慶之詞（世界上亦如此不讀書中瞬息觀此便可省悟）宝玉心中品度代玉越發出落的超逸了代玉又帶了許多書籍来忙着打掃卧室安插器具又將些紙筆等物分送宝釵迎春宝玉等人宝玉又將北静王所贈鶺鴒香串珍重取出来轉贈代玉々々說什麽臭男人拿过的我不要他遂擲而不取宝

玉只得收回暫且無話（略一点代玉情性赶忙收住正留為後文地步）且說賈璉自回家参見过
衆人回至房中正值凤姐近日多事之時無片刻閒暇之工（補阿凤二句最不可少）見賈
璉遠路歸来少不得撥冗接待房内無外人便笑道国旧老爺大喜国旧老爺
一路風塵辛苦小的听見昨日的頭起报馬来报說今日大駕歸府略預偹了
一杯水酒撣塵不知賜光謬領否賈璉笑道豈敢々々多承々々一面平兒与
衆丫環参拜畢献茶賈璉遂问别後家中的诸事又謝凤姐的操持勞碌凤姐
道我那里照管得這些事見識又淺口角又笨心腸又直率人家給个棒槌我
就認作真臉又軟擱不住人給兩句好話心里就慈悲了况且又沒經歷過大
事胆子又小太々略有些不自在就嚇的我連覺也睡不着了我苦辭了几回
太々又不容辭倒反說我圖受用不肯習學了除不知我是捻着一把汗兒呢

一句也不敢多説一步也不敢多走你是知道的偺們家所有的这些管家奶々們那一位是好纏的（独这一句不假脂研）錯一点兒他們就笑話打趣偏一点兒他們就指桑説槐的報怨坐山觀虎鬬借劍殺人引風吹火站干岸兒推倒油瓶不扶都是全掛子的武藝况且我年纪輕頭等不壓衆怨不得不放我在眼里更可笑那府里忽然蓉兒媳婦死珍大哥又再三再四的在太々跟前跪着討情只要請我幫他几日我是再四推辞太々断不依只得從命依旧被我闹了个馬仰人番更不成个体統至今珍大哥々还報怨後悔呢你这一來了明兒你見了他好歹描補々々就説我年紀小原沒見過世面誰叫大爺錯委他的正説着（又用断法方妙盖此等文断不可無亦不可太多）只听外间有人説話凤姐便問是誰平兒進來回道姨太々打發了香菱妹子來問我一句話我已經説了打發他回去了賈璉笑道

正是呢方才我見姨媽去不妨和一个年輕的小媳婦子撞了个对面生的好齊整模樣我疑惑咱家並無此人説話时因问姨媽谁知就是上京來買的那小丫頭名叫香菱的竟与薛大傻子作了房里人開了臉越發出挑的標致了那薛大傻子真玷辱了他垂涎如見試問兄寧不有玷平兒手[猪手]脂研鳳姐道噯往蘇杭走了一淌回來也該見些世面了这世面二字单指女色也还是这么眼饞肚飽的你要愛他不値什么我去拿平兒換了他來如何奇談是阿凤口中方有此等語句那薛老大又一樣稱呼各得神理也是吃着碗里看着鍋的這一年來的光景他為要香菱不能到手補前文之未到且並將香菱身分寫出脂研和姨媽打了多少飢荒也因姨媽看着香菱模樣兒好还是末則其為人行事却又比别的女孩子不问温柔安净差不多的主子姑娘也跟他不上呢何曾不是主子姑娘盖卿不知来歷也作者必用阿凤一讚方知蓮卿尊重不虐故此擺酒

請客的𡰱事明堂正道的与他作親过了半月也看的馬棚風一般了說到心
里可惜了的（一段納寵之文偏于阿鳳口中補出亦尖㨗幼妙之至）一語未了二门上小厮
傳报老爺在大書房等二爷呢賈璉听了忙〻整衣出去这里凤姐乃問平兒
方才姨媽有什庅事巴〻的打發了香菱来（必有此一問）平兒笑道那里來的香菱
是我借他暫撒个謊奶〻說〻旺兒嫂子越發連個承奠也沒了說着又走至
鳳姐身边悄〻的说道奶〻的那利錢艮子遲不送来早不送来這会子二爷
在家他且送这个来了幸虧我在堂屋里撞見不然时走了来回奶〻二爺倘
或问奶〻是什庅利錢奶〻自然不肯瞞二爷的少不得照實告訴二爺我们
二爷那脾氣油鍋裡的钱还要找出来花呢听見奶〻有了这个梯希他还不
放心的花了呢所以我赶着接了過来叫我说了他两句誰知奶〻偏听見了

问我就撒謊說香菱了一段平兒見識作用不枉阿凤平日刮目又伏下多少後文補尽前文未到凤姐听了笑道我說你姨媽知道你二爺來了忽喇巴的反打發個房里人來了原來你這蹄子肏鬼說話時賈璉已進來鳳姐便命擺上酒饌來夫妻对坐凤姐虽善飲却不敢任興百忙中又点出大家規範所謂無不周詳無不貼切只陪侍着賈璉一对時賈璉的乳母趙嬷嬷走來賈璉凤姐忙讓吃酒令其上炕去趙嬷嬷致意不肯平兒等早于炕沿下設下一杌又有一小脚踏趙嬷嬷在脚踏上坐了賈璉向棹上揀兩盤餚饌与他放在杌上自吃鳳姐又道媽媽狠嚼不動那个到没有矼了他的牙因向平兒道早起我說那一碗火腿頓肘子狠爛正好給媽媽吃你怎庅不拿了去赶着叫他們熱來又道媽媽你嚐一嚐你兒子代來的惠泉酒趙嬷嬷道我喝呢奶奶也喝一鍾怕什庅只不要過多了就是了宝玉之李嬷嬷此处偏又

寫趙嫗時犯不犯先有梨香院一回两〻遥对却無一筆相重一事合掌我這会子跑了来到也不為飲酒到有一件正緊事奶〻好歹記在心里疼顧我些罢我们這爺只是嘴里說的好到了跟前就忘了我们幸虧我從小兒奶了你這庅大我也老了有的是那两个兒子你就另眼照看他们些别人也不敢呲牙兒的我还再四的求了你几遍你答應的倒好到如今还是燥屎這如今又從天上跑出這一件大喜事来那里用不着人所以到是来和奶〻来说是正緊靠着我们爺只怕我还餓死了呢鳳姐笑道媽〻你放心两個奶哥〻都教給我你從小兒奶的兒子你还有什庅不知他那脾氣的拿着皮肉到往那不相干的外人身上貼可是現放着奶哥〻那一个不比人強你疼顧照看他们誰敢說个不字兒沒的白便宜了外人我這話也說錯了我们看着是外人你却是看着內人一樣呢說的滿

屋里人都笑了趙嫫〻也笑個不住又念佛道可是屋子里跑出青天来了若説内人外人這些混賬原故我们是没有不過是臉軟心慈擱不住人求两句罷了鳳㚻笑道可不是呢有内人的他才慈軟呢他在偺们娘兒们跟前才是剛硬呢趙嫫〻笑道奶〻説的太尽情了我也樂了再吃一杯好酒從此我们奶〻作了主我就没的愁了賈璉此時没好意思只是赸笑吃酒説胡説二字快盛飯来吃碗子还要往珍大爺那边去商議事呢鳳姐道可是别悮了正事纔剛老爺叫你作什厶 一段趙嫗討情閒文却引出道部脉絡所謂由小及大譬如登高必自卑之意細思大观園一事若從如何奉旨起造又如何分派衆人從頭細〻直寫將来几千樣细事如何能順筆一氣寫清又將落于死板拮据之鄉故只用璉鳳夫妻二人一问一答上用趙嫗討情作引下用蓉薔来説事作收餘者随筆順筆〔寫〕略一点染則耀然洞徹矣此是避难法

賈璉道就為省親 二字醒眼之極却只如此寫来

鳳姐忙问道 忙字最要緊特于鳳姐口中出此字可知事関鉅要是書中正眼矣

省親的事竟准了不成問得珍重可知是外方人意外之事脂研賈璉笑道虽不十分准也有八分准了如此故頓一筆更妙見得事関重大非一語可了者亦是大篇文章抑揚頓挫之致鳳姐笑道可見当今的龍恩歷来听書看戲古時從来未有的于閨閣中作此語直与擊壤同声脂研趙嬷〻又接口道可是呢我也老胡塗了我听見上〻下〻吵嚷了这些日子什庅省親不省親我也不理論他去如今又說省親到底是怎庅个原故補近日之事啓下回之文賈璉道如今当今貼体萬人之心世上至大莫如孝字想来父母兒女之性皆是一理不是貴賤上分別的当今自為日夜侍奉太上皇〻太后尚不能略盡孝意因見宮里嬪妃才人等皆是入宮多年抛离父母音容豈有不思想之理在兒女思想父母是分所應当想父母在家若只管思念兒女竟不能見倘因此成疾致病甚至死亡皆由朕躬禁錮不能使其遂天倫之愿亦

大傷天和之事故啓奏上皇太后每月逢二六日期准其椒房眷屬入宮請候看視于是太上皇皇太后大喜深讚当今至孝純仁体天格物因此二位老聖人又下旨意说椒房眷屬入宮未免有國体儀制母女尚不能愜怀竟大開方便之恩特降諭諸椒房貴戚除二六日入宮之恩外凡有重宇別院之家可以駐蹕関防之処不防啓請内廷鑾輿入其私第庶可略盡骨肉私情天倫中之至性此旨一下誰不踴躍感戴現今周貴人的父親已在家里動了工了修蓋省親別院呢又有吳貴妃的父親吳天祐家也往城外踏看地方去了（又一樣佈置）这豈不有八九分了趙嬷嬷道阿弥陀佛原来如此这樣说偺們家也要預備接偺們大小姐了賈璉道这何用说呢不然这會子忙的是什麼（一段闲談中補明多少文章真是費長房壺中天地也）鳳姐笑道若果如此我可也見个大世面了可恨我小幾歲年

紀若早生二三十年如今这些老人家也不薄我没見世面了（忽接入此句不知何意似属無味）說起当年太祖皇帝仿舜廵的故事比一部書还热闹我偏没造化赶上老趙嬷〻道嗳喲〻那可是千載希逢的那时候我纔記事兒咱们賈府正在姑蘇揚州一帶監造海舫修理海塘只預備接駕一次把艮子都花的淌海水似的說起来鳳姐忙接道（正傳神處）（忙字妙上文說起来必未（完）想看去則說疑闕殊不知）我们王府也預備过一次那时我爺〻单管各國進貢朝賀的事凡有的外國人来都是我们家養活（点出阿鳳所有外國奇玩等物）粵閩滇浙所有的洋船貨物都是我们家的趙嬷〻道那是誰不知道的如今还有个口号兒呢說東海少了白玉床龍王来請江南王这說的就是奶〻府上了还有如今現在江南的甄家（甄家正是大関鍵大節目勿作泛〻口頭語看）嗳喲〻好勢派獨他家接駕四次若不是我们親眼看見告訴誰〻也

不信的別將（講）艮子成了土泥憑是世上所有的沒有不是堆山塞海的罪过可惜四个字竟顧不得了鳳姐道我常听見我們太爺們也这樣説豈有不信的只納罕他家怎庅就这庅富貴呢趙嬤嬤道告訴奶奶一句話也不过是拿着皇帝家的艮子往皇帝身上使罷了誰家有那些錢買这个虛热鬧去最要緊語人苦不自知能作是語者吾未嘗見正説的热鬧王夫人又打發人來瞧鳳姐吃了飯不曾鳳姐便知有事等忙忙的吃了半碗飯漱口要走又有二门上小厮們回東府裡蓉薔二位哥兒來了賈璉纔漱了口平兒捧着盆盥手見他二人來了便问什庅話快説鳳姐且止步稍候听他二人回纔什庅賈蓉先回説我父親打發我來回叔叔老爺們已经議定了從東边一帶借着東府里花園起轉至北边一共丈量準了三里半大可以蓋造省別院了已經傳人画圖樣去了明日

就淂叔〻纔回家未免劳乏不用过我们那边去有話明日一早再請过去面議賈璉咲着忙説多謝大爺費心体諒我就不过去了正緊是这个主意纔省事盖的也容易若採置别处地方去那更費事且到不成体统你回去説这様狠好若老爺们再要改时全仗大爺諫阻万不可另尋地方明日一早我给大爺去請安去再議細話再賈蓉忙應几个是賈薔又近前回説下姑蘇合割聘教習採買女孩子置辦樂器行頭等事大爺派了姪兒帶領着来管家兒子兩个还有單聘仁卜固修兩个清客相公一同前往所以命我来見叔〻賈璉听了将賈薔打諒了打諒笑道你能在这一行么这个是虽不算甚大裡頭大有藏掖的賈薔咲道只好學習着辦罷了賈蓉在身傍灯影下悄拉鳳姐的衣襟鳳姐會意因笑道你也太操心了难道大爺比偺们还不會用人偏你又怕他不在行了

誰都是在行的孩子们已長的这庅大了沒吃过猪肉也看見过猪跑大爺派他去原不过是个坐纛旂兒难道認真的叫他去講價錢會经纪去呢依我說就狠好賈璉道自然是这樣並不是我駁回少不得替他籌算〻〻因問这一項艮子動那一处的賈薔道纔也議到这里賴爺〻說不用從京里帶下去江南甄家还収着我们五万艮子明日寫一封書信會票我们帶去先支三万下剩二万存着等置辦花燭綵灯並各色簾櫳帳幔的使費賈璉点頭道这个主意好鳳姐忙向賈薔道再不略讓一步正是阿鳳一生斷处脂硯既这樣我有兩个在行妥当人你就帶他们去辦这个便宜了你呢賈薔忙陪咲說正要和嬸〻討兩个人呢寫賈薔乖处脂研这可巧了因問名子鳳姐便問趙嬤〻彼时趙嬤〻已听獃了話平兒忙笑推他〻纔醒悟过来忙說一个叫趙天樑一个叫趙天棟鳳姐道可別忘

了我可幹我的去了説着便出去了賈蓉忙送出来又悄〻的向鳳姐道嬸〻要什麽東西吩咐我開个賬給薔兄弟帶了去叫他按賬置辦了来鳳姐咲道別放你娘的屁我的東西还沒処撂呢希罕你们鬼〻祟〻的説着一逕去了

阿鳳欺人処如此。忽又寫到利弊真令人一嘆 脂硯

这里賈薔也悄問賈璉要什麽東西順便織来孝敬賈璉笑道你別興頭纔学着辦事到先学会了这把戲我短了什麽少不得寫信来告訴你且不要論到这里説畢打發他二人去了接着回事的人来不止三四次賈璉害乏便傳与二门上一應不許傳報俱等明日料理鳳姐至三更时分方下来安歇一宿無話次早賈璉起来見过賈赦賈政便往寧府中来合同老管事的人等並几位世交门下清客相公審察兩府地方繕画省親殿宇一面察度辦理人丁自此後各行匠役齊集金銀銅錫以及土木磚瓦

之物搬運移送不歇先令匠人拆寧府会芳園墻垣樓閣直接入栄府東大院中栄府東边所有下人一帶群房盡已拆去当日寧栄二宅虽有一小巷界断不道然这小巷亦係私地並非官道故可以連属会芳園本是從此扎角墻下引来一段活水今亦無煩再引其山石樹木虽不敷用賈赦住的乃是栄府日園其中竹樹山石以及亭榭欄杆等物皆可挪就前来如此両処又甚近湊来一処省得許多財力縱亦不敷所添亦有限全虧一个老明公号山子野者妙号随事生名一、籌画起造賈政不慣于俗務只憑賈赦賈珍賈璉賴大来昇林之孝吴新登詹光程日興等世人安揷擺佈凡堆山鑿池起楼豎閣種竹栽花一應点景等事又有山子野制度下朝閒暇不过各処看望、、最要緊処和賈赦等商議、、便罷了賈赦只在家高卧有芥荳之事賈珍等或自去回明或寫略節或有話說便傳呼賈璉賴大等領命賈蓉單管打造金銀器皿賈薔已起身往姑蘇去了賈珍賴大等又点人丁開冊籍監工等事一筆不能寫到不过是喧阗热闹非常而已暫且無話且説宝玉近因家中有这等大事賈政不來问他的書心中是件暢事無奈秦鐘之病日重一日也着實懸心不能樂業（天下本無事庸人自擾之世上人个〻如此又非此情鐘意切）这日一早起來纔梳洗完畢意欲回了賈母去望候秦鐘忽見茗烟在二门前照壁前探頭縮脑宝玉忙出來问他作什庅茗烟道秦相公不中用了（從茗烟口中寫出省却多少閒文）宝玉听説嚇了一跳忙问道我昨兒纔瞧了他來还明〻白〻怎庅就不中用了茗烟道我也不知道纔剛是他家的老頭子來特告訴我的宝玉听了忙轉身回明賈母〻〻吩咐好生派妥当人跟去到那里盡一盡同窓之情就回來不許多躭擱了宝

玉听了忙〻的更衣出来車猶未備（頓一筆方不板）急的滿所亂轉一時催促的車到忙上了車李景茗烟等跟隨来至秦鐘門首悄無一人（目覩蕭條景況）遂蜂擁至門内室唬的秦鐘的兩个遠房嬸母並几个弟兄都藏之不迭（妙这嬸母弟兄是特来等分絕戶家私的不表可知）此時秦鐘已發过兩三次昏了移床易簀多時矣（余亦欲泣）宝玉一見便不禁失声李景忙劝道不可〻〻秦相公是弱症未免炕上挺扛的骨頭不受用所以暫且挪下来鬆散些哥兒如此豈不反添了他的病宝玉听了方忍住近前見秦鐘面如白臘合目呼吸于枕上宝玉忙叫道鯨兄宝玉来了連叫兩三声秦鐘不採宝玉又道宝玉来了那秦鐘早已魂魄离身只剩得一口悠〻餘声氣在胸正見許多鬼判持牌提索来捉他（看至此一句令人失望再看至後面數語方知作者故意借世俗愚談愚論設譬喝醒天下迷人翻成千古未見之奇文奇筆）那秦鐘魂魄那里肯就去又記念着

家中無人掌管家務（扯淡之極今人發一大咲余謂諸公莫咲且請再思）又記掛着父親还有留積下的三四千兩艮子（更屬可笑更可痛哭）又記掛着智能尚無下落（忽從死人心中補出活人原由更奇〻〻）因此百般求告鬼判無奈这些鬼判都不肯徇私反叱咤秦鐘道亏你还是讀過書的人豈不知俗语説的閻王叫你三更死誰敢留人到五更我們陰间上下都是鉄面無私的不比你們阳间瞻情顧意［義］有許多的関碍處正鬧着那秦鐘魂魄忽听見宝玉来了四字便忙又央求道列位神差略發慈悲讓我回去和这一个好朋友説一句话就来的衆鬼道又是什麽好朋友秦鐘道不瞞列位就是荣国公［的］孫子小名宝玉的都判官听了先就唬慌起来忙喝罵鬼使道我説你們放了他回去走〻罷你們断不依我的話如今只等他請出个運旺時盛的人来纔罷（如闻其声試問誰曾見都判來覌此則又見一都判跳出来調侃世情固深然游戲筆墨一至于此真可壓倒古今小説　这纔筭是小説）

卒鬼見都判如此也都忙了手脚一面又報抱怨道你老人家先是那等雷霆電雹原來見不得宝玉二字 調侃宝玉二字妙極脂研 依我們愚見他是阳我們是阴怕他們也無益于我們 神鬼也講有益無益 都判道放屁俗語說的好天下官管天下陰陽並無二理 更妙愈不通愈妙愈錯會意愈奇脂硯 別管他陰也沒有錯了的衆鬼听說只得將秦魂放囬嘷了一声微開双目見宝玉在側乃免強嘆道怎庅不肯早來再遲一步也不能見了宝玉忙携手垂泪道有什庅話留下兩句 只此句便足矣 秦鐘道並無別話以前你我見識自為高過世人我今日纔知自悞了 誰不悔遲 以後还該立志功名以荣耀顯達為是說畢便長嘆一声蕭然長逝了 若是細述一番則不成石頭記之文矣

此回宜分二回方妥

宝玉係諸艷之貫故大观園對額必淂玉兄題跋且暫題燈匾聯上
再請賜題此千妥萬當之章法

詩　豪華雖足羡　離別却難堪　愽淂虛名在　誰人識
曰　苦甘　好詩全是諷刺　近之諺云又要馬兒好又要馬兒不吃草真罵盡無厭
貪痴之輩

脂硯齋重評石頭記

第十七回至十八回

大觀園試才題對額　榮國府歸省慶元宵

話説秦鍾既死宝玉痛哭不已李貴等好容易劝解半日方住歸時犹是悽惻哀痛賈母帮了几十两銀子外又另備奠儀宝玉去吊紙七日後便送殯掩埋了别無述記只有宝玉日〻思慕感悼然亦無可如何了（每於此等文後便用此語作結是板定大章法亦是此書大旨）又不知歷幾何時（年表如此寫亦妙）这日賈珍等来回賈政園内工程俱已告竣大老爷瞧〻了或有不妥之処再行改造好題匾額對聯的賈政听了沉思一回説道这匾額对联到是一件难事論理該請貴妃賜題纔是然貴妃若不親覩其景大約亦必不肯妄擬若直待貴妃遊幸過再請題偌大景致若干亭榭無字

標題也覺寥落無趣任有花柳山水也斷不能生色衆清客在傍笑答道老世翁所見極是如今我們有個愚見各処匾額對聯斷不可少亦斷不可定名如今且按其景致或兩字三字四字虛合其意擬了出来暫且做燈匾時懸了待貴妃游幸時再請定名豈不兩全賈政等听了都道所見不差我們今日且看〻去只管題了若妥當便用不妥時然後將雨村請来令他再擬（点雨村照應前文）衆人笑道老爺今日一擬定佳何必又待雨村賈政笑道你們不知我自幼于花鳥山水題咏上就平〻如今上了年紀且案牘勞煩于这怡情悅性文章上更生疎了縱擬了出来不免迂腐古板反不能使花柳園亭生色似不妥協反沒意思衆清客笑道这也無妨我們大家看了公擬各舉其長優則存之劣則删之未為不可賈政道此論極是且喜今日天氣和暖大家去逛〻（音光字去声出俗字箋）

說着起身引衆人前往賈珍先去園中知会衆人可巧近日宝玉因思念秦鐘憂戚不盡、賈母長命人帶他到園中来戲耍此時亦纔、進去忽見賈珍走来向他笑道你还不出去老爷一会就来了宝玉听了帶着奶娘小廝们一溜烟就出园来方轉过湾頂頭賈政引衆客来了躲之不及只得一边占了賈政近日聞淂塾掌稱讚宝玉耑能对〻聯虽不喜讀書偏到有些歪才情似的今日偶然撞見这機會便命他跟来（如此偶然方妙若特〻喚来題額真不成文矣）宝玉只淂随往尚不知何意賈政剛至園門前只見賈珍帶領許多執事人来一傍侍立賈政道你且把園門都関上我們先瞧了外面再進去賈珍听說命人將門関了賈政先秉正看門只見正門五間上面桶瓦泥鰍脊那門欄窓隔皆是細雕新鮮花樣並無硃粉塗飾一色水磨羣墻（门雅墻雅不落俗套）下面白石臺磯鑿成西番草花樣左右

此

一望皆雪白粉墻下面虎皮石随势砌去果然不落富麗俗套自是欢喜遂命開門只見迎面一帶翠嶂擋在前面（掩隠的好）衆清客都道好山〻〻賈政道非此一山一進来園中所有之景悉入目中則有何趣衆人道極是非胸中大有邱壑焉想及此説畢往前一望見白石崚嶒（想入其中一时难變方向用前後这边那边等字正是不辨東西）或如鬼怪或如猛獸縱横拱立上面苔蘚成斑藤蘿掩映（曾用两処旧有之园所改故如此寫方可細極）其中微露羊腸小逕（好景界山子野精於此技。此是小逕非行車輦道今賈政原欲遊覧其景故將此等処寫之想其通路大道自是堂〻冠冕氣象無庸細寫者也後于省亲之則已得知矣）賈政道我們就從此小径遊去回来由那一边出去方可遍覧説畢命賈珍前引導自已扶了宝玉逶迤進入山口（此回乃一部之綱緒不得不細寫尤不可不細批註蓋後文十二釵書出入来往之境方不能錯乱覌者亦如身臨足對矣今賈政雖進的是正门却行的是僻路按此一大园羊腸鳥道不止几百十條穿東度西臨山过水萬勿以今日賈政所行之逕考其方向基址故正殿反於末後寫之足見未由大道而往乃逶迤轉折而经也）

抬頭忽見山上有鏡面白石一塊正是迎面留題処（留題処便精不必限定鑿金鏤銀一色惡俗賴及東梨之力）賈政回頭笑道諸公請看此処題以何名方妙衆人听說也有說該題疊翠二字也有說該題錦嶂的又有說賽香炉的又有說小終南的種々名色不止几十个原来衆客心中早知賈政要試宝玉的功業進益如何只將些々俗套来敷演宝玉亦料定此意（補明好）賈政听了便回頭命宝玉擬来宝玉道嘗聞古人有云編新不如述旧刻古終勝調今（未聞古人說此兩句却又似有者）況此処並非主山正景原無可題之処不過是探景一進步耳（此論却是）莫若直書曲逕通幽処這句旧詩在上到还大方氣派衆人听了都讚道是極二世兄天分高才情遠不似我們讀腐了書的賈政笑道不謬奬他年小不过以一知充十用取笑罢了再俟選擬說着進入石洞来只見佳木蘢葱奇花熌灼一帶清流從花木深處曲折瀉于

石隙之下這水是人力引来再進数步漸向北边
細極後文所以云進賈母卧房後之角門是諸釵日相来往之境也後文又云諸釵所居之処只在西北一帶最近賈母卧室之後皆從此北字而来
平坦寛豁両边飛楼插空雕甍繡檻皆隠于山坳樹杪之間俯而視之則清溪瀉雪石磴穿雲
前已寫山至寛処此則由低処至高処各景皆遍
白石為欄環抱池沼石橋三港獣面啣吐橋上有亭
前已寫山寫石今則寫池寫楼各景皆遍
賈政与諸人上了亭子倚欄坐了
此亭大抵四通八達為諸小逕之咽喉要路
因问諸公以何題此諸人都道當日欧陽公醉翁亭記有云有亭翼然就名翼然賈政笑道翼然虽佳但此亭壓水而成还須偏于水題方称依我拙裁欧陽公之瀉出于両峰之间竟用他这一个瀉字有一客道是極〻〻竟是瀉玉二字妙賈政拈鬚尋思因抬頭見宝玉侍側便笑命他也擬一个来宝玉听説連忙回道老爷方纔所議已是但是如今追究了去似乎當日欧陽公題醸泉用一瀉字則妥今日

此泉若亦用瀉字則覔不妥況此處虽云省親駐蹕別墅亦當入于應制之例用此等字眼亦覔粗陋不雅求再擬較此蘊藉含蓄者賈政笑道諸公听此論若何方纔眾人編新你又說不如述古如今我們述古你又說粗陋不妥你且說你的來我听宝玉道有用瀉玉二字則莫若沁芳二字（果然）豈不新雅賈政拈髯點頭不語眾人都忙迎合贊宝玉才情不凡賈政道匾上二字容易再作一付七言對聯來宝玉听說立于亭上四顧一望便機上心來乃念道

繞堤柳借三篙翠（要緊貼切水字）

隔岸花分一脉香（恰極工極綺靡秀媚香奩正体）

賈政听了點頭微笑眾人先称贊不已于是出亭過池一山一石一花一木莫不着意觀覽（渾寫兩句已見往行処愈遠更至北一路矣）忽擡頭看見前面一帶粉垣里面數楹修舍有千百竿翠竹遮映眾人都道好個所在于是大家進入只見入門便

是曲折游廊（不犯超手游廊）堦下石子漫成甬路上面小小二三间房舍一明兩暗里面都是合着地步打就的床几椅案從里间房内又得一小门出去則是後院有大茉梨花兼着芭蕉又有兩间小小退步後院墻下忽開一隙得泉一派開溝僅尺許灌入墻内繞堦缘屋至前院盤旋竹下而出賈政笑道这还罢了若能月夜坐此窻下讀書不枉虚生一世説畢看着宝玉唬的宝玉忙垂了頭（点一筆）衆客忙用話開釋（客不可不有）又説道此処的匾該題四个字賈政咲问那四字一个道是淇水遺風賈政道俗（余亦如此）又一个是睢園雅跡賈政道也俗賈珍咲道还是宝兄弟擬一个来賈政道他未曾作先要議論人家的好歹可見就是个輕薄人衆客道議論的極是其奈他何賈政忙道休如此縱了他因命他道今日任你狂為乱道先設議論来然後方許你作（又一格式不然独死板且亦大失嚴父素体）

方绝众人可有使得的宝玉見问答道都似不妥 明知是故意要他搬（盤）駁議論落得肆行施展

賈政冷笑道怎庅不妥宝玉道這是第一处行幸之处必須頌聖方可若用四

字的匾又有古人現成的何必再作賈政道難道淇水睢園不是古人的宝玉道

這太板腐了莫若有鳳来儀四字 果然妙在双関暗合 众人都閧然叫妙賈政點頭道

畜生〻〻可謂管窺蠡測矣因命再題一聯来宝玉便念道

宝鼎茶閑烟尚緑 尚字妙極不必說竹然恰〻是竹中精舍 幽窗棋罷指猶涼 猶字妙尚緑猶涼四字不板便如置身于森〻萬竿之中

賈政揺頭說道也未見長說畢引人出来方欲走時忽又想起一事来因問賈

珍道這些院落房宇（屋宇）並几案棹椅都筭有了還有那些帳幔簾子並陳設玩器

古董可也都是一处〻〻合式配就的 大篇長文不如此頓則成何话說 賈珍回道那陳設

的東西早已添了許多自然臨期合式陳設帳幔簾子昨日听見璉兄弟說还

不全那原是一起工程之时就画了各処的圖樣量准尺寸就打發人辦去的想必昨日得了一半補出近日忙冗千頭萬绪景況賈政听了便知此事不是賈珍的首尾便命人去喚賈璉一時賈璉赶来寫出忙冗景況賈政問他共有几種現今得了几種尚欠几種賈璉見問忙向靴桶内取靴掖内装的一个紙摺略節来細極從頭至尾誓不作一筆逸安苟且之筆看了一看回道粧一字一句蟒繡堆刻絲彈墨二字一句並各色紬綾大小幔子一百二十架昨日得了八十架下欠四十架簾子二百掛昨日俱得了外有猩〻氈簾二百掛金絲藤紅漆竹簾二百掛墨漆竹簾二百掛五彩線絡盤花簾二百掛每樣得了一半也不過秋天都全了椅搭桌圍床裙桌套每分一千二百件也有了一面走一面說是極倏爾青山斜阻斜字細不必拘定方向諸釵所居之処若稻香村瀟湘館怡紅院秋爽斋蘅蕪苑等都相隔不遠究竟只在一隅然處置得巧妙使人見其千邱萬壑恍然不知所窮所謂會心処不在乎遠大一山一水一木一石全在人之穿插佈置耳

棲

轉过山怀中隱〻露出一带黄泥築就矮墙〻頭皆用稻莖掩獲配的好有几百
株杏花如噴火蒸霞一般裡面数楹茅屋外面却是桑榆槿柘各色樹稚新條
随其曲折編就兩溜青籬〻外山坡之下有一土井傍有桔槔轆轤之属下面
分畦列畝佳蔬菜花漫然無際閱至此又笑别部小説中一萬个花園中皆是牡丹亭芍藥圃雕欄画棟瓊榭硃楼略不差别
賈政笑道到是此处有些道理固然係人力穿鑿此時一見未免勾引起我帰
農之意極熱中偏以冷筆點之所以為妙我们且進去歇息〻〻説畢方欲進籬门去忽見
路傍有一石碣亦為留題之備更恰当若有懸額之処或再用鏡面石豈復成文哉忽想到石碣二字又托出許多郊野氣色来一度皮千秋萬壑只
在这石碣上衆人笑道更妙〻〻此处若懸匾待題則田舍佳風一洗盡矣立此
一碣又覚生色許多非范石湖田家之咏不足以盡其妙客不可不養賈政道諸公
請題衆人道方纔世兄有云新編不如述旧此処古人已道盡矣莫若直書杏

花村妙極賈政听了笑向賈珍道正亏提醒了我此処都妙極只是还少一个
酒幌明日竟作一个不必華麗就依外面村庄的式樣作来用竹竿挑在樹梢
賈珍荅應了又回道此処竟还不可養别的雀鳥只是買些鵝鴨雞類纔都相
称了賈政与衆人都道更妙賈政又向衆人道杏花村固佳只是犯了正名村名直
待請名方可衆客都道是呀如今虚的便是什麽字樣好大家想自宝玉却等
不得了又換一格方不也不等賈政的命忘情有趣便說道旧詩有云紅杏梢頭掛酒
旗如今莫若杏帘在望妙在一在望字四字衆人都道好个在望又暗合杏花村意宝
玉冷笑道忘情最妙村名若用杏花二字則俗陋不堪了又有古人詩云柴门臨
水稲花香何不就用稲香村的妙衆人听了亦発鬨声拍手道妙賈政一声断
喝無知的業障你能知记得知道几个古人能记得几首熟詩也敢在老先生

前賣弄你方纔那些胡說的不過是試你的清濁取笑而已你就認真了說着引人步入茆堂里面紙窗木榻富貴氣象一洗皆盡賈政心中自是欢喜却瞅宝玉道此處如何衆人見问都忙悄悄的推宝玉教他說好宝玉不听人言便應声道不及有凤来儀多矣（公然自定名　妙）賈政听了道無知的蠢物你只知朱楼画棟悪賴富麗為佳那里知道這清幽氣象終是不讀書之過宝玉忙荅道老爺教訓的固是但古人長云天然二字不知何意衆人見宝玉都怪他獃痴不改今見問天然二字衆人忙道别的都明白為何連天然不知天然者天之自然而有非人力之所成也宝玉道却又來此処置一田庄分明見淂人力穿鑿扭捏而成遠無鄰村近不負郭背山山無脉臨水水無源高無隠寺之塔下無通市之橋峭然孤出似非大观争似先処有自然之理淂自然之氣雖種竹引泉亦

不傷于穿鑿古人云天然圖画四字正謂非其地而強為地非其山而強為山虽百般精而终不相宜未及説完賈政氣的喝命又出去剛出去又喝命回来命再題一聯若不通一併打嘴宝玉只得念道

新漲緑添澣葛處　好雲香護采芹人

賈政听了摇頭説更不好一面引人出来轉过山坡穿花度柳撫石依泉过了荼蘼架再入木香棚越牡丹亭度芍藥圃入薔薇院出芭蕉塢盤旋曲折

略用套語一束

与前頌破格不板

忽闻水声潺湲瀉出石洞上則蘿薜倒垂下則落花浮蕩

仍是沁芳溪矣究意基址不大全是曲折掩隐之巧可知

衆人都道好景〃〃賈政道諸公題以何名衆人道再不必擬了恰〃乎是武陵源三个字賈政笑道又落實了而且陳旧衆人笑道不然就用秦人旧舍四字也罢了宝玉道这越發过露了秦人旧舍説避乱之意如何

使得莫若蓼汀花溆四字賈政听了更批胡說于是要進港洞時又想起有船無船賈珍道採蓮船共四支座船一支如今尚未造成賈政笑道可惜不得入了賈珍道從上盤道亦可以進去說畢在前導引大家攀藤撫樹過去只見水上落花愈多其水愈清溶、蕩、曲折縈紆池邊兩行垂柳雜着桃杏遮天蔽日真無一些塵土忽見柳陰中又露出一個折帶朱欄板橋来 此處纔見一朱粉字樣綠柳紅橋此等点綴亦不可少後又寫𦶜雪广則曰蜂腰板橋都施之得宜非一幅死稿也 度過橋去諸路可通 補四字細極不然後文宝釵来往則將日、爬山越嶺矣記請此處則知後文宝玉所行常徑非此處也 便見一所清涼瓦舍一色水磨磚牆清瓦花堵那大主山所分之脈 两見大主山稻香村又云怀中不寫主山而主山處、暎帶連絡不斷可知矣 皆穿牆而過 好想 賈政道此處這所房子無味的狠 先故頓此一筆使後文愈覺生色未揚先抑之法盖釵顰对峙有甚难寫者 因而步入門時忽迎面突出插天的大玲瓏山石来四面群繞各式石塊竟把

里面所有房屋悉皆遮住且一株花木也無更奇妙側只見許異草或有牽藤
的或有引蔓的或垂山巔或穿石隙甚至垂簷繞柱縈砌盤堦更妙或如翠帶
飄颻或如金繩盤屈或實若丹砂或花如金桂味芬氣馥非花香之可比前三處皆
還在人意之中此一處則今古書中未見之工程也○連用几或字是從昌黎南山詩中學得
賈政不禁道有趣前有無味二字及云有趣二字更貪生色更竟重大
只是不大認識有的說是薜荔藤蘿賈政道薜
荔藤蘿不得如此異香寶玉道果然不是這些之中也有藤蘿薜荔那香的是
杜若蘅蕪那一種大約是茝蘭這一種大約是清葛那一種是金簦草这一種
是玉蕗藤紅的自然是紫芸綠的定是青芷金簦艸見字彙玉蕗見楚辭茝蕗雜於蘼蕪茝葛芸芷皆不必註見者太多此書中異物太多有人生之未聞未見者然實係所有之物或名差理同者亦有之
想來離騷文選等書上所有的那
些異草也有叫作什庅藿納薑蕁的也有叫作什庅綸組紫絳的还有石帆水

松扶留等樣（左太冲吳都賦）又有叫什庅綠荑的还有什庅丹椒蘪蕪風連（以上蜀都賦）如今年深歲改人不能識故皆像形奪名漸ゝ的喚差了也是有的（自宜汪一筆妙）未及說完賈政喝道誰問你來（又一樣止法）唬的宝玉到退不敢再說賈政因見兩边俱是超手游廊便順着游廊步入只見上面五间清厦着捲棚四面出廊綠窓油壁更比前几處清雅不同賈政嘆道此軒中煮茶操琴亦不必再焚名香矣（前二處一曰月下讀書一曰勾引起帰農之意此則操琴煮茶斷語皆妙）此造已出意外諸公必有佳作新題以顏其額方不負此衆人笑道再莫若蘭風蕙露貼切了賈政道也只好用這四字其聯若何一人道我到想了一对大家批削改正念道是

麝蘭芳靄斜陽院　杜若香飄明月洲

衆人道妙則妙矣只是斜陽二字不妥那人道古人詩云蘪蕪滿手泣斜暉衆人

道顏喪〻〻又一人道我也有一聯諸公評閱〻〻曰念道

三逕香風飄玉蕙　一庭明月照金蘭　此二聯皆不過為釣宝玉之餌不必認真批評

賈政拈髯沉吟意欲也題一聯忽抬頭見宝玉在傍不敢則声因喝道怎応你應説話時又不說了还要等人請教你不成宝玉听說便回道此處並沒有什広蘭麝明月洲渚之類若要這樣着跡說起来就題二百聯也不能完賈政道誰按着你的頭叫你必定說这些字樣呢宝玉道如此說匾上則莫若蘅芷清芬四字对聯則是

吟成荳蔻才猶艷　睡足酴醾夢也香　賓住

賈政笑道這是套的書成蕉葉文猶緑不足為奇衆客道李太白鳳凰台之作全套黄鶴楼只要套得妙如今細評起来方纔这一聯竟比書成蕉葉猶覺幽

嫺活潑視書成之句竟似套此而来賈政笑說豈有此理說着大家出来行不多遠則見崇閣巍峨層楼高起面〻琳宫合抱迢〻複道縈紆青松拂簷玉欄繞砌金輝獸面彩焕螭頭賈政道這是正殿了想来此殿在園之正中按園不是殿方之基西北一帶通賈母卧室後可知西北一帶是多寬出一帶来的諸釵始便于行也只是太富麗了些衆人都道要如此方是雖然貴妃崇節尚儉天性惡繁悦樸然今日之尊礼儀如此不為過也一面說一面走只見正面正面細現出一座玉石牌坊来上面龍蟠螭護玲瓏鑿就賈政道此處書以何文衆人道必是蓬莱仙境方妙賈政搖頭不語宝玉見了這個所在心中忽有所動尋思起来倒像那裡曾見過的一般却一時想不起那年月日的事了仍帰于葫蘆一夢之太虚玄境賈政又命他作題宝玉只催细思前景全無心于此了衆人不知其意只當他受了這半日的折磨精神耗散才盡詞窮了再要考难逼迫着

了急或生出事来到不便遂忙都劝賈政罷〻明日再題罷了賈政心中也怕賈母不放心一筆不漏遂冷笑道你這畜生也竟有不能之時了也罷限你一日明日若再不能我定不饒這是要緊一處更要好生作来說着引人出来再一觀望原来自進門起所行至此纔游了十之五六總住妙伏下後文所補等處若都入此回寫完不獨太繁使後文冷落亦且非石頭記之筆又值人来回有雨村處遣人回話又一緊故不能終局也〇此處漸〻寫雨村親切正爲後文地步伏脉千里橫雲断嶺法賈政笑道此數〔處〕不能遊也雖如此到底從那一边出去縱不能细观也可稍覽說着引客行来至一大橋前見水如晶簾一般奔入原来這橋便是通外河之閘引泉而入者寫出水源要緊之極近之画家着意于山若不講水又造園圃者惟知其蒼態頑石壁怖塚輒謂之景皆不知水為先着此園大槩一描處〻未嘗离水盖又未寫明水之從来今終補出精細之至賈政曰問此閘何名宝玉道此乃沁芳泉之正源就名沁芳閘究竟只一脉賴人力引導之功園不易造景非泛寫賈政道胡說偏不用沁芳二字

此以下皆係文終之餘波狀的方不突

于是一路行来或清堂茅舍或堆石為垣或編花為牖或山下得幽尼佛寺或林中藏女道丹房或長廊曲洞或方廈圓亭賈政皆不及進去（伏下櫳翠菴芦雪广凸碧山庄凹晶溪館暖香塢等諸處於後文一斷〃〃補之方得雲龍作雨之勢）因說半日腿酸未嘗歇息忽又見前面又露出一所院落了来賈政笑道到此可要進去歇息〃〃了說着一逕引人遶着碧桃花（怡紅院如此寫来用無意之筆却是極精細文字）穿過一層竹籬花障編就的月洞門（未寫其居先寫其境）俄見粉墻環護綠柳週垂（與萬竿修竹遥映）賈政與衆人進去一入門兩边都是游廊相接院中点襯几塊山石一邊種着数本芭蕉那一邊乃是一顆西府海棠其勢若傘絲垂翠縷葩吐丹砂衆人讃道好花〃〃從来也見過許多海棠那里有這樣妙的賈政道這叫作女兒棠（妙名）乃是外國之種俗傳係出女兒國中云彼國此種最盛亦荒

唐不經之說罷了衆人笑道然雖不經如何此名傳久了宝玉道大約騷人咏士以此花之色紅暈若施脂輕弱似扶病（体貼的切故形容的妙）大近乎閨閣風度所以以女兒命名想因被世間俗惡听了他便以野史纂入為証以俗傳俗以訛傳訛都認真了（不獨此花近之謬傳者不少不能悉道只借此花數語駁盡）衆人都探身讚妙一面說話一面都在廊外抱廈下打就的榻上坐了（至堦又至簷不肯輕易寫過）賈政因問想几個什広新鮮字来題此一客道蕉鶴二字最妙又一个道崇光泛彩方妙賈政與衆人都道好個崇光泛彩宝玉也道妙極又嘆只是可惜了衆人問如何可惜宝玉道此處蕉棠兩植其意暗蓄紅綠二字在内若只說蕉則棠無着落若只說棠蕉亦無着落固有蕉無棠不可有棠無蕉更不可賈政道依你如何宝玉道依我題紅香綠玉四字方兩全其妙賈政搖頭道不好〻　說着引人進入

房内只見這几間房内收拾的與别處不同竟分不出間隔来的新奇希見之式原来四面皆是雕空玲瓏木板或流雲百蝠或歳寒三友或山水人物或翎毛花卉或集錦或博古花樣週全之極然必用下文者正是作者無聊換出新異筆墨使觀者眼目一新所謂集小説之大成遊戲筆墨雕虫之技無所不備可謂善戲者矣又供諸人同同一戲妙極或卍回卍壽前金玉篆文是可考正篆今則從俗花樣真是醒睡魔其中詩詞雅謎以及各種風俗字文一槩不必究只據此等處便是一絶各種花樣皆是名手雕鏤五彩銷金嵌宝的至此方見一朱彩之處亦必如此式方可〻箋近之国庭行動便以粉油從事一槅一槅或有貯書處或有設鼎處或安置筆硯處或供花設瓶安放盆景處其隔各式各樣或天圓地方或葵花蕉葉或連环半壁真是花團錦簇剔透玲瓏倏尔五色紗糊就竟係小窻倏尔彩綾輕覆竟係幽戶精工之極且滿墻滿壁皆係隨依古董玩器之形摳成的槽子諸如琴劍懸瓶懸于壁上之瓶也桌屏之類虽懸于壁却都是與壁相平的皆係人意想不到目所未見之文若云擬編虛想出来焉能如此〇一段極清極細後文仛央瓶紫瑪瑙碟西洋酒令自行船等文不必細表

山坳

衆人都讚好精緻想頭难為怎庅想来誰不如此讚原来賈政等走了進来未進两層便都迷了旧路左瞧也有門可通右瞧又有窗暫隔及到了跟前又被一架書撹住回頭再走又有窗紗明透門径可行及至門前忽見迎面也進来了一群人都與自己形相一樣却是玻璃大鏡相照及轉過鏡去一發見門子多了賈珍笑道老爺隨我来從這门出去便是後院從後院出去到比先近了說着又轉了两層紗厨錦槅果得一門出去 院中满架薔薇宝相轉过花障則見青溪前阻又寫水衆人咤異這股水又是從何而来賈珍遥指道原從那閘起流至那洞口從東北山坳里引到那村庄里又開一道岔口引到西南上共総流到這里仍旧合在一處從那墻下出去衆人听了都道神妙之極說着忽見大山阻路衆人都道迷了路了賈珍笑道隨我来乃在前導引衆人隨他直由山腳 邊忽

一轉便是平坦寬潤大路豁然大門前見可見前進来是小路曲吆云忽一轉便是平坦寬潤之正角路也細極衆人都道有趣〻〻真搜神奪巧至于是大家出来那宝玉一心只記掛着里邊又不見賈政吩咐少不得跟到書房賈政忽想起他来方喝道你还不去难道还𨓐不足也不想𨓐了這半日老太〻必懸掛着快進去疼你也白疼了如此去法大家嚴父風範無家法者不知宝玉听說方退了出来至院外就有跟賈政的几個小厮上来攔腰抱住都說今兒虧我們老爺纔喜歡老太〻打發人出来問了几遍都弓我們回說喜歡不然若老太〻叫你進去就不得展才了人〻都說你纔那些詩比世人的都強今兒得了這樣的彩頭該賞我們了宝玉笑道每人一吊錢衆人道誰沒見那一吊錢把這荷苞賞了罢說着一個上来解荷包那一個就解扇囊不容分說將宝玉所佩之物盡行解去又道好生送上去罷一

個抱了起来几個圍繞送至賈母二门前那時賈母已命人看了几次衆奶娘丫嬛跟上見过賈母知不曾难為着他心中自是欢喜少時襲人到了茶来欠身邊佩物一件無存因笑道帶的東西又是那起没臉的東西們解了去了林代玉听説走来瞧々果然一件無存因向宝玉道我給的那個荷包也給他們丫了你明兒再想我的東西可不能句了説畢賭氣回房將前日宝玉所煩他作的那個香袋兒纔做了一半賭氣拿过来就鉸宝玉見他生氣便知不妥忙赶过来早剪破了宝玉已見过這香囊雖尚未完却十分精巧費了許多工夫今見無故剪〻却也可氣因忙把衣領解了從裡紅襖襟上將代玉所給的那荷包解了下来遞與代玉瞧道你瞧々這是什庅我那一回把你的東西給人了林代玉見他如此珍重帶在里面按理論之則是天下本無事庸人自擾之若以兒女子之情論之則事必有之事必有之理又係今古小説中不能寫

到寫得談情者亦不能說出講出情痴之至文也可知是怕人拿去之意因此又自悔莽撞未見皂白就剪了香袋 情痴之至若無此悔便是一庸俗小性之女子矣 因此又愧又氣低頭一言不發宝玉道你也不用剪我知道你是懶待給我東西我連這荷包奉还何如說着擲向他懷中便走 這却难性 代玉見如此越發氣起來声咽氣堵又汪〻的滚下泪来 怒之極正是情之極 拿起荷包來又剪宝玉見他如此忙回身搶住笑道好妹妹饒了他罷 這方是宝玉 代玉將剪子一摔拭泪說道你不用同我好一陣歹一陣的要恼就撂開手這當了什庅說着賭氣上床面向里倒下拭泪禁不住宝玉上來妹〻長妹〻短賠不是前面賈母一片声找宝玉衆奶娘丫环們忙回說在林姑娘房里呢賈母听說道好〻〻讓他姊妹們一處頑〻罷纔他老子拘了他這半天讓他開心一會子罷只别叫他們辯嘴不許牛扭了他衆人荅應着

代玉被宝玉纏不過只得起来道你的意思不叫我安生我就离了你説着往外就走宝玉笑道你到那里我跟到那里一面仍拿起荷包来代上代玉伸手搶道你説不要了這會子又帶上我也替你怪燥的説着嗤的一声又笑了宝玉道好妹〻明兒另替我作個香袋兒罷代玉道那也只瞧我高興罷了一面説一面二人出房到王夫人上房中去了一段点过日二玉公案断不可少可巧宝釵亦在那里此時王夫人那边鬧熱非常四字特補近日千忙万冗多少花團錦簇文字原来賈薔已從姑蘇採買了十二個女孩子並聘了教習以及行頭等事来了那時薛姨媽另遷于東北上一所幽淨房舍居住將梨香院早已騰挪出来另行修理了就令教習在此教演女戲又另派家中旧有曾演学过歌唱的女人們如今皆已皤然老嫗了又補出當日寧荣在世之事所謂此是末世之時也着他們帶領管理就令賈薔

總理其日用出入銀錢等事以及諸凡大小所需之物料賬目（補出女戲一段又伏一案）又有秦〔林〕之孝来回採訪聘買得十個小尼姑小道姑都有了連新作的二十分道袍也有了外有一個帶髮修行的本是蘇州人氏祖上也是讀書仕宦之家因生了這位姑娘自小多病買了許多替生兒皆不中用足〔逼〕的這位姑娘親自入了空門方纔好了所以帶髮修行今年纔十八歲法名妙玉（妙卿出現至此細數十二釵以賈家四艷再加薛林二冠有六去秦可卿有七再鳳有八李紈有几今又加妙玉僅得十人矣後有史湘雲与熙鳳之女巧姐兒者共十二人雪芹題曰金陵十二釵蓋本宗紅樓夢十二曲之義後寶琴岫烟李紋李綺皆陪客也紅樓夢中所謂副十二釵是也又有又副冊三斷詞乃晴雯襲人香菱三人而已餘未多及想為金釧玉釧夗央苗雲平兒等人無疑矣觀者不待言可知故不必多費筆墨）

如今父母俱已亡故身边只有兩個老嬷嬷一個小丫頭伏侍文墨也極通經文也不用學了模樣兒又極好因听見長安都中有觀音遺跡並貝葉遺文去歲隨了師父上来（因此方使妙卿入都）現在西門外

倖尼院住着他師父極精演先天神数于去冬圓寂了妙玉本欲扶灵回鄉的他師父臨寂遺言説他衣食起居不宜回鄉在此净居後来自然有你的結果所以他竟未回鄉王夫人不等回完便説既這様我們何不接了他来秦之孝家的回道請他、説侯門公府必以貴勢壓人我再不去的（補出妙卿身世不凡心性高深潔）王夫人笑道他既是官宦小姐自然驕傲些就下個帖子請他何妨秦之孝家的荅應了出去命書啓相公寫請帖去請妙玉次日遣人備車轎去接等後話暫且閣过此時不能表白（補尼道一段又伏一案）當下又有人回工程上等着糊東西的紗綾請鳳姐去開楼揀紗綾又有人来回請鳳姐開庫収金銀器皿連王夫人並上房丫環等衆皆一時不得閑的宝釵便説偺們别在這里碍手碍脚找探丫頭去説着同宝玉代玉往迎春等房中来閑頑無

不能表白後走

第十八回的起頭

王夫人等日〻忙乱直到十月將盡幸皆全備各處監管都清賬目各處古董文玩皆已陳設齊備採辦鳥雀的自仙鶴孔雀以及鹿兎雞鵝等類悉已買全交于園中各處像景飼養賈薔那边也演出二十齣雜戲来小尼姑道姑也都學念會了几卷経咒賈政方略心意寬暢（好極可見智者居心無一時馳怠）又請賈母等進園色〻斟酌点綴妥當再無一些遺漏不當之處了于是賈政方擇日題本（至此方完大觀園工程公案觀者則為大觀園廢尽精神余則為若許筆墨却只因一个葬花塚）本上之日奉硃批准奏次年正月十五上元之日恩准賈妃省親賈府領了此恩旨亦發晝夜不閑年也不曾好生過的（一語帶过是以歲首祭宗祀元宵開家宴一回番留在後文細寫）展眼元宵在迩自正月初八日就有太監出来先看方向何處更衣何處燕坐何處受礼何處開宴何處退息又有巡察地方揔理関防太監等帶了許多小太監出

来各處關防擋圍幙指示賈宅人員何處退何處跪何處進膳何處啓事種〻
儀注不一外面又有工部官員並五城兵備道打掃街道攆逐閑人賈赦等督率
匠人扎花灯烟火之類至十四日俱已停妥這一夜上下通不曾睡至十五日
五鼓自賈母等有爵者皆按品服大粧園内各處帳舞蟠龍簾飛彩鳳金銀焕
彩珠宝争輝（是元宵之夕不寫灯月而灯光月色滿紙矣）鼎焚百合之香瓶插長春之蕊（抵一篇大賦）
静悄無人咳嗽（有此句方足）賈赦等在西街門外賈母等在榮府大門外街頭巷口
俱係圍幙擋嚴正等的不耐煩忽一太監坐大馬而来（有是礼）賈母忙接入問
其消息太監道早多着呢未初刻用過晚膳未正二刻还到宝灵宫拜佛（暗貼王夫人細）
酉初刻進大明宮領宴看灯方請旨只怕戌初纔起身呢鳳姐听了道既
這庅着老太〻〻〻且請回房等是時候再来也不遲于是賈母等暫且自便

園中悉賴鳳姐照理又命執事人帶領太監們去（吃）酒飯一時傳人一担〻〻的
挑進蠟燭来各處點灯方照完时忽听外邊馬跑之声 净極細極故闻之 一時又十来
個太監都喘吁〻跑来拍手兒 画出内家風範石頭記最难之処别書中摸不着 這些太監會意
都知道是来了〻〻各按方向站住賈赦領合族子侄在西街门外賈母領合
族女眷在大门外迎接半日净悄〻的忽見一对紅衣太監騎馬緩〻的走来
形容畢省（肖） 至西街門下了馬将馬赶出圍幙之外便垂手面西站住 形容畢肖 半
日又是一对亦是如此少時便来了十来对方闻得隱〻細樂之声一对〻龍
旌鳳翣雉羽夔頭又有金銷提炉焚着御香然後一把曲柄七鳳黄金傘過来便
是冠袍帶履又有随事太監捧着香珠繡帕漱盂拂塵等類一隊〻過完後面
方是八個太監抬着一頂金頂金黃綉鳳版輿緩〻行来賈母等連忙路傍跪

下早飛跑過几個太監来扶起賈毋邢夫人王夫人来那版輿抬進大门入儀门往東去到一所院落門前有執拂太監跪請下輿更衣于是抬輿入門太監等散去只有照容彩嬪等引領元春下輿只見院內各色花灯爛灼皆係紗綾扎成精緻非常上面有一匾灯寫着体仁沐德四字元春入室更衣畢復出上輿進園只見園中香烟繚繞花彩繽紛處ゝ灯光相映時ゝ細樂声喧說不尽這太平氣象富貴風流此时自已回想当初在大荒山中青埂峰下那等凄凉寂寞若不亏癩僧跛道二人携来到此又安能得見這般世面本欲作一篇灯月賦省親頌以誌今日之事但又恐入了别書的俗套按此時之景即作一賦一讚也不能形容得盡其妙即不作賦讚其豪華富麗观者諸公亦可想而知矣所以到是省了這工夫紙墨且說正緊的為是自此时以下皆石頭之語真是千奇百怪之文

且說賈妃在轎內看此園內外如此豪華因默默嘆息奢華過費忽又見執拂太監跪請登舟賈妃乃下輿只見清流一帶勢如游龍兩邊石欄上皆係水晶玻璃各色風灯点的如銀光雪浪上面柳杏諸樹雖無花葉然皆用通草紬綾紙絹依勢作成粘於枝上的每一株懸灯数盞更兼池中荷荇鳧鷺之屬亦皆綠螺蚌羽毛之類作就的諸灯上下争輝真係玻璃世界珠宝乾坤船上亦係各種精緻盆景諸灯珠簾繡幙桂楫蘭橈自不必說已而入一石港港上一面匾灯明現著蓼汀花溆四字按此四字並有鳳来儀等処皆係上面賈政偶然一試宝玉之課藝才情耳何今日認真用此匾聯況賈政世代詩書来往諸客屏侍座陪者悉皆才技之流豈無一名手題撰竟用小兒一戲之辭苟且唐塞真似暴發新榮之家濫使銀錢一味抹油塗硃畢則大書前門綠柳垂金鎖

後戶青山列錦屏之類則以為大雅可觀豈石頭記中通部所表之寧榮賈府（所為哉）據此論之竟大相矛盾了　諸公不知待蠢物〔石兄自謙妙可代答云豈敢〕将原委說明大家方知當日這賈妃未入宮时自幼亦係賈母教養後来添了宝玉賈妃乃長姊宝玉為弱弟賈妃之上（心）念母年将邁始得此弟是以憐愛宝玉與諸弟待之不同且同隨祖母刻未（曾）曾離那宝玉未入孝堂之先三四歲時已得賈妃手引口傳教授了幾本書數千字在腹內了其名分雖係姊弟其情狀有如母子自入宮後時時帶信出来與父母說千万好生扶養不嚴不能成器過嚴恐生不虞且致父母之憂眷念切愛之心刻未能忘前日賈政聞塾師背後讚宝玉偏才盡有賈政未信適巧遇園已落成令其題撰聊一試其情思之清濁其所擬之匾聯雖非妙句在幼童為之亦或可取即另使名公大筆為之固不廢（費）難然想来到

不如這本家風味有趣更使賈妃見之知係其愛弟所為亦或不負其素日切望之意一駁一解跌宕揺曳之至且寫得父母兄弟体貼恋愛之情淋漓痛切真是天倫至情因有這段原委故此竟用了宝玉所題之聯額那日雖未曾題完後來亦曾補擬一句補前文之不暇啓後文之苗裔至後文凹晶館代玉口中又一補所謂一擊空谷八方皆应閑文少述且說賈妃看了四字笑道花溆二字便妥何必蓼汀侍座太監听了忙下小舟登岸飛傳与賈政ゝゝ听了即忙移換每的周到可悦一時舟臨內岸復棄舟上輿便見琳宮綽約桂殿巍峩石牌坊上明顯天仙宝鏡四大字不得不用俗賈妃忙命換省親別墅四字妙是特留此四字与彼自命于是進入行宮但見庭燎燒空庭燎最恰香屑佈地火樹琪花金窓玉檻說不尽簾捲蝦鬚毯鋪魚獺鼎飄麝腦之香屏列雉尾之扇真是金门玉戶神仙府桂殿蘭宮妃子家賈妃乃问

乃问此匾何無匾額隨侍太監跪啓曰 此係正殿外臣未敢擅擬賈妃点頭不
語礼儀太監跪請升座受礼兩陛樂起礼儀太監二人引賈赦賈政等于月台
下排班殿上照容傳諭曰免太監引賈赦等退出又有太監引榮囯太君及女
眷等自東階升月台上排班 一絲不乱精致大方有如歐陽公九九 昭容再諭曰免
于是引退茶已三獻賈妃降座樂止退入側殿更衣方備省親車駕出園至賈
母正室欲行家礼賈母等俱跪止不迭賈妃滿眼垂泪方彼此上前廝見一手
挽賈母一手挽王夫人三個人滿心里皆有許多話只是俱説不出只管嗚咽
对泣 石頭記得力擅長全是此等地方 邢夫人李紈王熙鳳迎探惜三姊妹等俱在傍圍
遶垂泪無言半日賈妃方忍悲強咲安慰賈母王夫人道當日既送我到那不
得見人的去處好容易今日回家娘兒們一会不説〻咲〻反到哭起来一會

子我去了又不知多早晚才来说到這句不禁又哽咽起来追魂攝魄石頭記傳神摸影全在此等地方他書中不得有此見識邢夫人等忙上来解劝说完不可不先说不可说之不漏不可最难说者是此時賈妃口中之语只如此一说万千貼万妥一字不可更改一字不可增減入情入神之至賈母等讓賈妃帰座又逐次一一見过又不免哭泣一番然後東西兩府掌家执事人丁在廳外行礼及兩府掌家执事媳婦領了环等行礼畢賈妃因问薛娭媽宝釵代玉因何不見王夫人啟曰外眷無職未敢擅入所谓诗書世家守礼如此偏是暴發驕妄自大賈妃听了忙命快請又謹之如此真是好界好人物一時薛娭媽等進来欲行国礼亦命免过上前各叙濶别寒温又有賈妃原带進宫去的丫环抱琴等前所谓賈家四釵之环暗以琴棋書画排行至此始全上来叩見賈母等連忙扶起命人別室欵待执事太監及彩嬪昭容各侍從人等寧国府及賈赦那宅兩處自有人欵待只留三四个小太監荅應母女姊妹深叙些离别情景深字妙及家

務私情又有賈政至簾外問安賈妃垂簾行參等事又隔簾含淚謂其父曰田
舍之家虽虀鹽布帛終能聚天倫之樂今虽富貴已極骨肉各方然終無意趣
賈政亦含淚啟道臣草莽寒门鳩群鴉屬之中豈意得徵鳳鸞之瑞今貴人上錫
大恩下昭祖德此皆山川日月之精奇祖宗之遠德鍾于一人幸及政夫婦且
今上啓天地生物之大德垂古今未有之曠恩虽肝腦塗地臣子豈能得報于
萬一惟朝乾夕惕忠于厥職外願我君万壽千秋乃天下蒼生之同幸也貴妃
窃勿以政夫婦殘年為念懣憤金怀更祈自加珍愛惟業〻競〻勤慎恭肅以
侍上殷不負上体貼眷愛如此之隆恩也賈妃亦囑只以国事為重暇時保養
切忽記念等語賈政又啟園中所有亭台軒館皆係宝玉所題如果有一二稍
可寓目者請別賜名為幸元妃听了宝玉能題便含笑説果進益了賈政退出

賈妃見宝林二人亦發比别姊妹不同真是姣花軟玉一般因问宝玉為何不進見至此方出宝玉賈母乃啓無諭外男不敢擅入元妃命快引進来小太監出去引宝玉進来先行国礼畢元妃命他進前携手攔于怀内又撫其頭頸笑道比先竟長了好些一語未終泪如雨下只此一句便補足前面許多文字尤氏鳳姐等上来啓道筵宴齊備請貴妃遊幸元妃等起身命宝玉導引遂同諸人步至園门前早見灯光火樹之中諸般羅列非常進園来先從有鳳来儀紅香緑玉杏帘在望蘅芷清芬等處登楼步閣涉水縁山百般眺覽徘徊一處處鋪陳不一一椿椿点綴新奇賈妃極加奬讚又劝以後不可太奢此皆過分之極已而至正殿諭免礼歸座大開筵宴賈母等在下相陪尤氏李紈鳳姐等親捧羹把盞元妃乃命傳筆硯伺候親搦湘管擇其几處最喜者賜名按其書云

顧恩思義 匾額

天地啓宏慈赤子蒼頭同感戴

古人垂曠典九州萬國被恩榮 此一匾 聯書于正殿 是賈妃口氣

大觀園 園之名　有鳳来儀 賜名曰瀟湘館　紅香綠玉改作紅快綠 即名曰怡紅院

蘅芷清芬 賜名曰蘅蕪苑　杏帘在望 賜名曰澣葛山庄

正楼曰大观楼東面飛楼曰綴錦閣西面斜楼曰含芳閣更有蓼風軒藕香榭

雅而新 紫菱洲荇葉渚等名又有四字的匾額十數個諸如梨花春雨桐剪秋

風荻蘆夜雪等名此时悉难全記 故意晋下秋爽斋凸碧山堂凹晶溪館暖香塢等處為後文另換眼目之地步

又命旧有匾聯俱不必摘去于是先題一絕云

啣山抱水建來精　多少工夫築始成　天上人間諸景備

芳園應錫大观名　詩却平平蓋彼不長于此也故只如此

寫畢向諸姊妹笑道我素乏捷才且不長于吟咏妹輩素所深知今夜聊以塞責不負斯景而已異日少暇必補撰大观園記並省親頌等文以記今日之事妹輩亦各題一匾一詩隨才之長短亦暫吟成不可因我微才所縛且喜宝玉竟知題咏是我意外之想此中瀟湘館蘅蕪苑二處我所極愛次之怡紅院澣葛山庄此四大處必得别有章句題咏方妙前所題之聯雖佳如今再各賦五言律一首使我當面試过方不負我自幼教授之苦心宝玉只得答應了下来自去搆思迎探惜三人之中要筭探春又出于姊妹之上然自忖亦难与薛林争衡　只一語便寫出宝代二人又寫出探卿知己知彼伏下後文多少地步　只得勉強隨衆塞責而已李紈也勉強湊成一律　不表薛林可知　賈妃先挨次看姊妹們的寫道是

曠性怡情匾額　　迎春

園成景備特精奇奉命羞題額曠怡誰信世間有此境游來寧不暢神思

萬象爭輝匾額　　探春

名園築出勢巍巍奉命何慚學淺微精妙一時言不出果然萬物生光輝

文章造化匾額　　惜春

山水橫拖千里外樓台高起五雲中園修日月光輝裏景奪文章造化功更牽強三首之中還美探卿略有作意故後文寫出許多意外妙文

文采風流匾額　　李紈

秀水明山抱復廻風流文采勝蓬萊起好綠裁歌扇迷芳草紅襯湘裙舞落梅
湊成珠玉自應傳盛世神仙何章（早）下瑶台名園一自邀遊賞未許凡人到此來
此四詩列于前正為瀟湘下韵也

凝暉鍾瑞 區額 便有含蓄

薛宝釵

芳園築向帝城西華日祥雲籠罩奇高柳喜遷鶯出谷修篁時待鳳來儀
恰極文風已著宸遊夕孝化應隆歸省時睿藻仙才盈彩筆自慚何敢再
為辭 好詩此不过頌聖應酬耳猶未見長以後漸知

世外仙源 區額 落想便不与人同

林代玉

名園築何處仙境別紅塵借得山川秀添來景物新所謂信手拈來無不是。阿顰自是一種心思香融金谷酒，花媚玉堂人。何幸邀恩寵，宮車過往頻。末二首是應制詩。余謂寶林此作未見長，何也？蓋後之別有驚人之句也。在寶卿有生不屑為此，在代卿寔不足一為。

賈妃看畢，稱賞一番，又笑道：「終是薛林二妹之作与眾不同，非愚姊妹可同列者。」原來林代玉安心今夜大展奇才，將眾人壓倒。这却何必，然尤物方如此。不想賈妃只命一匾一咏，到不好違諭多作，只胡乱作一首五言律應景罷了。請看前詩，却云是胡乱應景。

彼时宝玉尚未作完，只剛作了瀟湘館与蘅蕪苑二首，正作怡紅院一首，起草內有「綠玉春猶捲」一句。宝釵轉眼瞥見，便趁眾人不理論，急忙回身悄推他道：「他此他字指賈妃。因不喜紅香綠玉四字，改了怡紅快綠，你这會子偏用綠玉二字，豈不是有意和他爭馳了？況且蕉葉之說也頗多，再想一个字改了罷。」宝玉見宝釵如此說，便拭汗道：想見其構思之苦，方是至情。最厭近之小說中滿紙神童。

天分等語

我这會子搃想不起什庅典故出處来宝釵笑道你只把绿玉的玉字改作蠟字就是了宝玉道绿蠟可有出處宝釵見問悄悄的咂嘴点頭笑道虧你今夜不過如此将来金殿对策你大約連趙錢孫李都忘了呢有得宝卿奚落但就謂宝卿無情只是較阿顰施之特正耳唐錢翊咏芭蕉詩頭一句冷燭無烟绿蠟乾你都忘了不成此等處便用硬証實處最是大力量但不知是何心思是從何落想穿插到如此玲瓏錦繡地步宝玉听了不覺洞開心臆笑道該死該死現成眼前之物偏到想不起来了真可請一字師了從此後我只叫你師父再不叫姐姐了宝釵亦悄悄的笑道还不快作上去只管姐姐妹妹的誰是你姐姐那上頭穿黄袍纔是你姐姐你又認我这姐姐来了一面說笑曰說笑因又怕他躭延工夫遂抽身走開了一段壯中閑文已是好看之極出人意外宝玉只得續成共有了三首此時林代玉未得展其抱負自是

不快因見宝玉獨作四律太癈神思何不代他作兩首也省他些精神不到的之處（寫代卿之情思淂宝玉却又如此是與前文特犯不犯之處）想着便也走至宝玉案傍悄問可都有了宝玉道纔有了三首只少杏帘在望一首了代玉道既如此你只抄録前三首罷趕你寫完那三首我也替你作出這首了説畢低頭一想早已吟成一律（瞧他寫阿顰只如此絕妙極）便寫在紙條上搓成個團子擲在他跟前宝玉打開一看只覓此首比自已所作的三首高過十倍真是喜出望外（這等文字亦是觀書者望外之想）遂忙恭楷呈上賈妃看道

有鳳来儀　臣宝玉謹題

秀玉初成實堪宜待鳳凰（起便拿得住）竿〻青欲滴個〻緑生凉迸砌防階水穿簾礙鼎香（妙句古云竹密何妨水過今偏翻案）莫摇清碎影好夢晝初長

蘅芷清芬

蘅蕪滿淨苑蘿薜助芬芳 助字妙通部書所以皆善練字 軟襯三春艸柔拖一縷香 刻画入妙

輕烟迷曲逕冷翠滴迴廊 甜脆滿頰 誰謂池塘曲謝家幽夢長

怡紅快綠

深庭長日靜兩兩出嬋娟 双起双敲讀此有（首）始信前云有蕉無棠不可有棠無蕉更不可等批非泛泛妄批駁他人到自己身上則無能為之論也

綠蠟 本是玉字此遵宝卿改似較玉字佳 春猶捲 是蕉 紅粧夜未眠 是海棠 凭欄垂絳袖 是海棠之情

倚石護青烟 好書 是芭蕉之神何得如此工恰自然真是好詩却是 對立東風裏 双收 主人應

解憐 歸到主人方不落空○王梅隱云咏物体又难双承双落一味双拿則不免牽强此首可謂詩題兩称極工極切極流离嫵媚

杏帘在望

杏帘招客飲在望有山庄 分題作一氣呵成格調熟練自是阿顰口氣 菱荇鵝兒水桑榆燕子

探（阿顰之心臆才情原与人别亦不是從讀書中得来）一畦春韭緑十里稻花香盛世無飢餒何須耕織忙（以幻入幻順水推舟且不失應制所以称阿顰）賈妃看畢喜之不盡說果然進益了又指杏帘一首為前三首之冠遂將澣葛山庄改為稻香村（如此服善妙）又命探春另以綵箋謄録出方纔一共十数首詩出令太監傳与外廂賈政等看了都称頌不已賈政又進帰省頌元春又命以瓊酥金膾等物賜与宝玉並賈蘭（百忙中点出賈蘭一人不略）此時賈蘭極幼未達諸事只不过随母依叔行礼故無别傳賈環從年内染病未痊自有閑處調養故亦無傳（補明方不遺失）那時賈薔帶領十二個女戲在楼下正等的不耐煩只見一太監飛来說作完了詩快拿戲目来賈薔急將錦冊呈上並十二個花名单子少時太監出来只点了四齣戲

第一齣豪宴　一捧雪中伏賈家之敗

第二齣乞巧　長生殿中伏元妃之死

第三齣仙緣　邯鄲夢中伏甄宝玉送玉

第四齣離魂　伏代玉死　牡丹亭中　所点之戲劇伏四事乃通部書之大過節大関鍵

賈薔忙張羅扮演起来一個個歌欺裂石之音舞有天魔之態雖是粧演的形容却作盡悲歡情狀　二句畢　剛演完了一太監執一金盤糕点之属進来問誰是齡官賈薔便知是賜齡官之物喜的忙接了　何喜之有伏下後面許多文字只用一喜字　命齡官叩頭太監又道貴妃有諭說齡官極好再作兩齣戲不拘那兩齣就是了賈薔忙答應了因命齡官作遊園驚夢二齣齡官自為此二齣原非本角之戲執意不作定要作相約相罵二齣　釵釧記中總隱後文不盡風月等文

按近之俗語云能養千軍不養一戲蓋甚言優伶之不可養之意也大抵一班之中此一人技業稍優出

衆此一人則拿腔作勢轄衆恃能種〻可惡使主人逐之不捨責之不可雖不欲不憐而寔不能不憐雖欲不愛而寔不能不愛余歷梨園子弟廣〻矣各〻皆然亦曾与慣養梨園諸世家兄弟談議及此衆皆知其事而皆不能言今閱石頭記至原非本角之戲執意不作二語便見其恃能壓衆喬酸姣妒淋漓滿紙矣復至情悟梨香院一回更將和盤托出与余三十年前目睹身親之人現形于紙上使言石頭記之為書情之至極言之至恰然非領畧過乃事迷陷过乃情即覌此茫然嚼蠟亦不知其神妙也

賈薔扭他不過如何反扭他不過其中便隱許多文字只得依他作了賈妃甚喜命不可难為了這女孩子好生教習可知尤物了額外賞了兩疋宮緞兩個荷包並金銀錁子食物之類又伏下一個尤物一段新文然後撤筵將未到之處復又游玩忽見山環佛寺忙另盥手進去焚香拜佛又題一匾云苦海慈航寓通部人事一篇熱文却如此冷收又額外加恩與一般幽尼女道少時太監跪啓賜物俱齊請驗等例乃呈上畧節賈妃從頭看了俱甚妥協即命照此遵行太監听了下來一〻發

放原来賈母的是金玉如意各一柄沉香拐拄一根茄楠念珠一串富貴長春宮緞四疋福寿綿長宮䌷四疋紫金筆錠如意錁十錠吉慶有魚銀錁十錠邢夫人王夫人二分只減了如意拐珠四樣賈敬賈赦賈政等每分御製新書二部宝墨二匣金銀爵各二隻表礼按前宝釵代玉諸姊妹等每人新書一部宝硯一方新樣格式金銀錁二对宝玉亦同此此中忽夾上宝玉可思賈蘭則是金銀項圈二丁金銀錁二对尤氏李紈凤姐等皆金銀錁四錠表礼四端外表礼二十四端清錢一百串是賜与賈母王夫人及諸姊妹房中奶娘乘丫鬟的賈珍賈璉賈環賈蓉等皆是表礼一分金錁一双其餘彩緞百端金銀千两御酒華筵是賜東西两府凡园中管理工程陳設荅應及司戲掌灯諸人的外有清錢五百串是賜厨役優伶

百戲雜行人丁的串人謝恩已畢 執事太監啓道時已丑正三刻請駕回鑾賈妃听了不由的滿眼又滚下泪来却又免強堆笑拉住賈母王夫人的手緊緊的不忍釋放（使人鼻酸）再四叮嚀不須記掛好生自養 如今天恩浩蕩一月許進內省親一次見面是儘有的何必傷慘倘明歲天恩仍許歸省萬不可 如此奢華靡費了（妙極之讖試看別書中專能故用一不祥之語為讖今偏不然只有如此現成一語便是不再之讖只看他用一倘字便隱諱自然之至）

賈母等已哭的哽噎难言了 賈妃雖不忍別怎奈皇家規範違錯不得只得忍心上輿去了 這里諸人好容易將賈母王夫人安慰解劝攙扶出园去了正是

十九回　情切切良宵花解語　意綿綿靜日玉生香　移十九回後

十九回回家來

襲人見總無可吃之物

補明寶玉自幼何等嬌貴，以此一句留與下部後數十回寒冬噎酸虀雪夜圍破氈等處對看，可為後生過分之戒，嘆嘆！

王熙鳳正言彈妒意　此題係二十回目

林黛玉俏語謔嬌音

話説賈妃回宮次日見駕謝恩并回奏歸省之事龍顏甚悅又發內帑彩緞金銀等物以賜賈政及各椒房等員（補还一句細方見省親不獨賈家一门也）不必細説且説榮寧二府中因連日用盡心力真是人人力倦各各神疲又將園中一應陳設動用之物收拾了兩三天方完第一个鳳姐事多任重別人或可偷安躲靜獨他是不能脫得的二則本性要強不肯落人褒貶只扎掙着与無事的人一樣（伏下病源）第一个寶玉是極無事最閒暇的偏這日一早襲人的母親又親來回过賈母接襲人家去吃年茶晚間纔得回來（一回一回各生机軸總在人意想之外）因此寶玉只和眾丫頭們擲骰子趕圍棋作戲（寫出正月光景）正在房內頑的沒興頭忽見丫頭們來回説東府珍大爺來請过去看戲放花灯寶玉听了便命換衣裳纔要去时忽又有賈妃賜出糖蒸酥酪來（總是新正妙景）寶玉想上次襲人喜吃此物便命留与襲人了自已回过賈母过

去看戲誰想賈珍這边唱的是丁郎認父黄伯央大擺陰魂陣更有孫行者大鬧天宮姜子牙斬將封神等類的戲文真々熱鬧倏爾神鬼乱出忽又妖魔畢露甚至於揚播過會號佛行香鑼鼓喊叫之声遠聞巷外形容魁剌之至弋陽腔能事畢矣○閱至此則有如耳內喧嘩目中鬧乱後文至隔墻聞裊晴絲數曲則有如魂隨笛轉魄逐歌銷形容一事一事畢真石頭是第一能手矣滿街之人个々都讚好热鬧戲别人家斷不能有的必有之言宝玉見繁華热鬧到如此不堪的田地只略坐了一坐便走開各處閒耍先是進內去和尤氏和丫环姬妾説咲了一回便出二门来尤氏等仍料他出来看戲遂也不曾照管賈珍賈璉薛幡等只催猜枚行令百般作樂也不理論縱一时不見他在座只道在里边去了故也不問至於跟宝玉的小廝们那年紀大些的知宝玉這一来了必是晚间緩散回此偷空也有去會賭的也有往親友家去吃年茶的更有或賺或飲的都私散了待晚间再来那

小廝的都鑽進戲房里瞧熱鬧去了宝玉見一个人沒有回想這里素日有个小書房名　　内曾掛着一軸美人極画的得神今日這般熱鬧想那里自然

那美人也自然是寂寞的須得我去望慰他一回（極不通極胡說中寫出絕代情癡宜乎衆人謂之瘋傻）想着便往書房裡來剛到窗前聞得房内有呻吟之韵宝玉倒唬了一跳敢是美人活了不成（又帶出小兒心意一絲不落）乃乍着胆子䑛破窗紙向内一看那軸美人却不曾活却是茗烟按着一个女孩子也幹那警幻所訓之事宝玉禁不住大叫了不得一脚踹進门去將那兩个唬開了抖衣而顫茗烟見是宝玉忙跪求不迭宝玉道青天白日這是怎麼說（開口便好）珍大爺知道你是死是活一面看那丫頭雖不標緻到还白净些微亦有動人処羞的臉紅耳赤低首無言宝玉跺脚道还不快

跑（此等搜神奪魄至神至妙處只在囫圇不解中得）一語提醒了那丫頭飛也似去了宝玉又赶出去叫道你別怕我是不告訴人的（活宝玉移之他人不可）急的茗烟在後叫祖宗這是分明告訴人了宝玉因問那丫頭十几歲了茗烟道大不过十六七歲了宝玉道連他的歲屬也不問〻別的自然越發不知了可見他白認得你了可憐可憐（按此書中寫一宝玉其宝玉之為人是我輩于書中見而知有此人實未目曾親覩者又寫宝玉之發言每〻令人不解宝玉之生性件〻令人可笑不獨于世上親見這樣的人不曾即閱今古所有之小說傳奇中亦未見這樣的文字於顰兒處更為甚其囫圇不解之實可解可解之中又說不出理路合目思之却如真見一宝玉真聞此言者移之第二人萬不可亦不成文字矣余閱石頭記中至奇至妙之文合在宝玉顰兒至痴至呆囫圇不解之語中其詩詞雅謎酒令奇衣奇食奇文等類固他書中未能然在此書中評之猶為二首）又問名字叫什麼茗烟大笑道若說出名子來話長真〻新鮮奇文竟是寫不出來的（若都寫的出來何以見此書中之妙脂硯）據他說他母親養他的時節做了一个夢（又一个夢只是隨手成趣耳）夢見得了一疋錦上面是五色富貴不斷頭卍字的花樣（千奇百怪之想所謂牛溲馬勃皆至藥也魚鳥昆虫皆妙文也天地間無一物不

是妙物無一物不可不成文但在人意拾取耳此皆信手拈来随筆成趣大游戲大慧悟大解脱之妙文也所以他的名子叫作卍兒音萬宝玉听了笑道真也新奇想必他将來有些造化說着沉思一會茗烟因问二爺為何不看这様的好戲宝玉道看了半日怪煩的出来𨑨𨑨就遇見你们了这會子作什庅呢茗烟㰦㰦笑道这会子沒人知道我悄悄的引二爺往城外𨑨𨑨去一會子再往这里来他们就不知道了茗烟此時只要掩飾方才之過故設此以悦宝玉之心宝玉道不好仔細花子拐了去便是他们知道了又鬧大了不如往熟近些的地方去还可就来茗烟道熟近地方誰家可去这却难了宝玉笑道依我的主意偺们竟找你花大姐姐去瞧他在家作什庅呢妙宝玉心中早安了這着但恐茗烟不肯引去耳恰遇茗烟私行淫媾為宝玉所協故以城外引以悦其心宝玉始悦出往花家去非茗烟適有罪所協万不敢如此私引出外别家子弟尚不敢私出况宝玉哉况茗烟哉文字筍楔細極茗烟笑道好好到忘了他家又道若他们知道了說我引着二爺胡走要打我

呢（必不可少之語）宝玉道有我呢茗烟听説拉了馬二人從後門就走了幸而襲人家不遠不過一半里路程展眼已到门前茗烟先進去叫襲人之兄花自芳（隨姓成名隨手成文）彼時襲人之母接了襲人与几个外甥女兒（一樹千枝一源萬派無意隨手伏脉千里）几个侄女兒来家正吃果茶听見外面有人叫花大哥花自芳慌出去看時見是他主僕兩个唬的驚疑不止連忙抱下宝玉来在院内嚷道宝二爷来了别人听見还可襲人听了也不知為何忙跑出来迎着宝玉一把拉着问你怎庅来了宝玉笑道我怪悶的来瞧瞧你作什庅呢襲人听了才放下心来（精細週到）嗐了一声笑道（轉至笑字妙神）你也特胡鬧了（該説説得是）可作什庅来呢一面又問茗烟还有谁跟来（細）茗烟笑道别人都不知就只我們兩个襲人听了復又驚慌（是必有之神理非特故作）（頓挫）説道这还了得倘或碰見了人或是遇見了老爷街上人擠車碰馬有个

閃失也是頑得的你們的胆子比斗還大都是茗烟調唆的回去我定告訴嬤〻們打你詼說〻的更是指研茗烟撅了嘴道二爺罵着打着叫我引了来這會子推到我身上我說別来罷不然我們還去罷茗烟賊花自芳忙勸罷了已是来了也不用多說了只是茅簷草舍又窄又髒爺怎么坐呢襲人之母也早迎了出来襲人拉了宝玉進去宝玉見房中三五個女孩兒見他進来都低了頭羞慚〻的花自芳母子兩個百般怕宝玉冷又讓他上炕又忙另擺菓棹又忙倒好茶連用三又字上文一個百般神理活現脂硯襲人笑道你們不用白忙妙不寫襲卿忙正是忙之至若一寫襲人忙便是庸俗小派了我自然知道菓子也不用擺也不敢亂給東西吃如此至微至小中便帶出家常情他書寫不及此一面說一面將自己的坐褥拿了鋪在一個炕上宝玉坐了用自己的脚炉墊了脚向荷包内取出兩個梅花香餅兒来又將自己的手炉掀開焚上仍盖好

放與宝玉懷内然後将自己的茶杯斟了茶送與宝玉疊用四自己字寫得宝襲二人素日如何親洽如何尊崇此時一盤托出盖素日身居侯府綺羅錦綉之中其安富尊荣之宝玉親密浹洽勤慎委婉之襲人是分所應當不必寫者也今於此一補更見其二人平素之情義且暗透此回中所有母女兄長欲為贖身角口等未到之過文

彼時他母兄已是忙另齊齊整整擺上一桌子菓品来襲人見總無可吃之物補明宝玉自幼何等嬌貴以此一句留与下部後數十回寒冬噎酸虀雪夜圍破毡等處对看可為後生過分之戒嘆嘆因笑道既来了没有空去之礼好歹嚐一点兒也是来我家一淌得意之態是纔与母兄較争以後之神理最細説着便拈了几个松子穰惟此品稱可一拈別品便大錯了吹去細皮用手帕托着送与宝玉宝玉看見襲人兩眼微紅粉光融滑八字画出纔收泪之一女兒是好形容且是宝玉眼中意中因悄问襲人好好的哭什么襲人笑道何嘗哭纔迷了眼揉的因此便遮掩過了伏下後文所補未到多少文字當下宝玉穿着大紅金蟒狐腋箭袖外罩石青貂裘排穗褂襲人道你特為往

這里來又換新服他們等（指晴雯麝月）就不問你往那去的（必有是問。閱此則又咲尽小說中無放〔故〕家常穿紅掛綠綺繡綾羅等語自謂是富貴語究竟反竟〔是〕寒酸話）宝玉咲道珍大〔哥請〕過去看戲換的襲人点頭又道坐一坐就回去罷這个地方不是你來的宝玉咲道你就家去纔好呢我还替你留着好東西呢襲人悄咲道悄〻的叫他們听着什麼意思（想見二人素日情常〔長〕）一面又伸手從宝玉項上將通灵玉摘了下來向他姊妹們咲道你們見識〻〻時常說起來都當希罕恨不能一見今兒一儘力瞧了再瞧什麼希罕物兒也不過是這麼个東西（行文至此固好看之極且勿論按此言固是襲人得意之語蓋言你等所希罕不得一見之宝我却常守常見視為平物然余今窺其用意之旨則是作者借此正為貶玉原非大觀者也）說畢遞与他們傳看了一遍仍与宝玉掛好又命他哥〻去或僱一乘小轎或僱一輛小車送宝玉回去花自芳道有我送去騎馬也不妨了襲人道不為不妨為的是碰見人（細極）花自芳忙去僱了一頂小轎来與人也不敢相畄只得送宝玉出去襲人又抓菓子与茗烟又把些錢与他買花炮放教他不可告訴人連你也有不是一直送宝玉至门前看着上轎放下轎簾花茗二人牽馬跟随来至寧府街茗烟命住轎向花自芳道須等我同二爺还到東府里混一混纔好過去的不然人家就疑惑了花自芳听說有理忙將宝玉抱出轎来送上馬去宝玉笑說到難為你了于是仍進後门来俱不在話下却說宝玉自出了门他房中这些了环们都越性恣意的頑笑也有趕圍棋的也有擲骰抹牌的磕了一地瓜子皮偏奶母李嬷嬷拄拐進来請安瞧瞧宝玉見宝玉不在家了頭們只僱頑鬧十分看不過（人人都看不過獨宝玉看得過）自嘆道只從我出去了不大進来你們越發没个樣兒了（說得是原該說）别的媽媽們越不敢說你們了（補明好宝玉虽不吃乳豈無伴從之媼嫗哉）那宝玉是个丈八的灯台照見

人家照不見自家的（用俗語入妙）只知嫌人家臟這是他的屋子由着你們遭塌越不成体統了（所以為今古未有之一宝玉）這些了頭們明知宝玉不講究這些ゝ二則李嬷ゝ已事告老解事出去的了（諷侃入微妙妙）如今管他們不着因此只顧頑去不理他那李嬷ゝ还只管問宝玉如今一頓吃多少飯什麽時辰睡覺等語（可嘆）了頭們総胡乱荅應有的說好一个討厭的老貨李嬷ゝ又問道這盖碗里是酥酪怎不送与我去我就吃了罷說畢拿匙就吃（寫聾鐘奶姆便是聾鐘奶姆）一個了頭道快別動那是說了給襲人留着的（過下無痕）回来又惹氣了（照應茜雪楓露茶前案）你老人家自已承認別帶累我們生氣（這等話声口必是晴雯無疑）李嬷ゝ听了又氣又愧便說道我不信他這樣坏了別就我吃了一碗牛奶就是再比這個值錢的也是應該的难道待襲人比我還重难道他不想ゝ怎麽長大了我的血变的奶吃的

長这庅大如今我吃他一碗牛奶他就生氣了我偏吃了看怎庅樣你們看襲人不知怎樣那是我手里調理出来的毛了頭什庅阿物兒（負暫委曲唐突襲卿然亦怨不得李媪）一面説一面賭氣將酥酪吃盡又一个了頭咲道他們不会説話怨不得你老人家生氣宝玉还時常送東西孝敬你老去豈有為这個不自在的（听這声口必是麝月無疑）李嬷道你們也不必粧狐媚子哄我打量上次為茶攆茜雪的事我不知道呢（照應前文又用一攆屈殺宝玉然李媪心中口中畢肖）明兒有了不是我再来領説着賭氣去了（过至下回）少時宝玉回来命人去接襲人只見晴雯淌在床上不動（嬌熊已慣）宝玉因問敢是病了再不然輸了秋紋道他到是羸的誰知李老太〻来了混輸了他氣的睡去了宝玉咲道你別和他一般見識由他去就是了説着襲人已来彼此相見襲人又問宝玉何處吃飯多早晚回来又代母妹問諸同伴姊妹一时換衣卸

粧宝玉命取酥酪来丫环们回说李奶〻吃了宝玉纔要説话襲人便忙笑道原来是留的这个多谢费心前兒我吃的时候好吃〻过了好肚子疼足的吐了纔好他吃了到好擱在这里到白遭塌了与前文应失手砕鐘遥对通部襲人皆是如此一丝不錯我只想風干栗子吃你替我剥栗子我去鋪床必如此方是宝玉听了信以為真方把酥酪丢開取栗子来自向灯前檢剥一面見衆人不在房中乃笑问襲人道今兒那个穿紅的是你什庅人若是过女兒之後没有一段文字便不是宝玉亦非石頭記矣襲人道那是我兩姨妹子宝玉听了讚嘆了兩声这一讚嘆又是令人囫圇不解之语只此便抵过一大篇文字

襲人道嘆什庅只一嘆字便引出花解语一回来我知道你心里的缘故想是説他那里配紅的補出宝玉素喜紅色这是激语宝玉笑道不是〻〻那樣的不配穿紅的誰还敢穿活宝玉我因為見他實在好的狠怎庅也得他在偺们家就好了妙談妙意襲人冷笑

道我一个人是奴才命罢了難道連我的親戚都是奴才命不成定还要揀寔在

好的丫頭纔往你家来（妙答宝玉並未説奴才二字襲人連補奴才二字最是勁節怨不得作此語）宝玉听了忙

笑道你又多心了我説往偺们家来必定是奴才不成（閒）説親戚就使不

得（更強 免強如）襲人道那也搬配不上（説的是尬事）宝玉便不肯再説只是剥栗子襲人笑道

怎麽不言語了想是我纔冒撞冲犯了你明兒賭氣花几両銀子買他们進来

就是了（他 揔是故意激）宝玉笑道你説的話怎麽叫我答言呢我不過是讃他好正

配生在这深堂大院里没的我们这種濁物（妙号後文又曰鬚眉濁物之称今古未有之一人始有此今古未有之妙称妙号）

到生在这里（这皆是宝玉意中心中確寔之念非前勉強之詞所以謂今古未之一人耳听其囫圇不解之言察其幽微感觸之心審其癡妄委婉之意皆今古未見之人亦是未見之文字説不

得賢説不得愚説不得不肖説不得善説不得悪説不得正大光明説不得混賬悪頼説不得聰明才俊説不

得庸俗平説不得好色好淫説不得情痴情種恰恰只有一顰兒可对令他人徒加評論揔未摸

着他二人是何等脱胎何等心臆何等骨肉余閲此書亦愛其文字耳寔亦不能評出此

二人終是何等人物後觀情榜評曰宝玉情不情代玉情〻此二評自在評痴之上亦屬囫圇不解妙甚襲人道他雖沒這造化到也是姣生慣養的呢我姨爺姨娘的宝貝如今十七歲各樣的嫁粧都齊備了明年就出嫁宝玉听了出嫁二字不禁又嗐了两声宝玉心思另是一樣余前評可見正不自在又听襲人嘆道襲人亦嘆自有別論只從我来這几年姊妹們都不得在一處如今我要回去了他們又都去了宝玉听這話内有文章余亦如此不覺吃一驚余亦吃驚忙丢下栗子問道怎麽你如今要回去了襲人道我今兒听見我媽和哥〻商議教我再耐煩一年明年他們上来就贖我出去的呢即余今日尤難為情況當日之宝玉哉宝玉听了這話越發怔了因問為什麽要贖你襲人道這話奇了我又比不得是你這里的家生子兒一家子都在別處獨我一個人在這里怎麽是個了局說得極是宝玉道我不叫你去也難是頭一句駁故用貴公子声口無理

襲人道從來沒這道理便是朝廷宮裡也有個定例或几年一選几年一入也沒有個長遠留下人的理別説你了 一駁更有理 宝玉想一想果然有理 自然 又道老太々不放你也难 第二層仗祖母溺愛更無理 襲人道為什庅不放我果然是個最难得的或者感動了老太太々々々了 宝玉並不提王夫人襲人偏自補出週密之至 不放我出去的設或多給我們家几兩銀子留下我然或有之其寔我也不過是個平常的人比我強的多而且多自我從小兒來了跟着老太々先伏侍了史大姑娘几年 百忙中又補出湘雲來真是七穿八達得空便入 如今又伏侍了你几年如今我們家來贖正是該叫去的只怕連身價也不要就開恩叫我去呢若說為伏侍的你好不叫我去斷然沒有的事那伏侍的好是分內應當的不是什庅奇功我去了仍旧有好的了不是沒了我就不成事 再一駁更精細更有理 宝玉听了這些話竟是有去

的理無留的理（自然）心内越發急了（原當急）囙又道雖然如此說我只一心留下你不怕老太〻不和你母親說多〻給你母親些銀子他也不好〔意〕思接你了（急心腸故入于霸道無理）襲人道我媽自然不敢強且漫說和他好說又多給銀子就便不好和他說一個錢也不給安心要強留下我他也不敢不依但只是偺們家從沒幹過這倚勢仗貴霸道的事這比不得別的事〔好〕東西囙為你喜欢加十倍利弄了来給你那賣的人不得吃〔虧〕戯可以行得如今無故平空留下我於你又無益反叫我們骨肉分離這件事老太〻太〻斷不肯行的（三數不倚更有理且又補出賈府自家慈善寬厚等事）寶玉听了思忖半晌（正是思忖只有去理寔無留理）乃說道依你說你是去定了（自然）襲人道去定了寶玉听了自思道誰知這樣一個人這樣薄情無義（余亦如此見疑）乃嘆道早知道都是要去的（都是要去的妙可謂觸類傍通活是寶玉）我就不該弄了来臨了

剩我一個孤兒可謂見首知尾活是寶玉說着便賭氣上床睡去了又到無可奈何之時原来
襲人在家听見他毋兄要贖他回去補前文他就說至死也不回去的又說當
日原是你們沒飯吃就剩我还值幾兩銀子若不叫你們賣沒有個看着老子
娘餓死的理補出襲人幼時艱辛苦狀與前文之香菱後文之晴雯大同小異自是又副十二釵中之冠故不得不補傳之
如今幸而賣到這個地方可謂不幸中之幸吃穿和主子一樣又不朝打暮罵況且
如今爺雖沒了你們却又整理的家成業就復了元氣若果然还艱难把我贖
出来再多掏澄幾個錢也还罷了其寔又不难了這會子又贖我作什庅權當
我死了再不必起贖我的念頭因此哭鬧了一陣以上補在家今日之事與寶玉問哭一句針對他毋
兄見他這般堅執自然必不出来的了況且原是賣倒的死契明仗着賈宅是
慈善寬厚之家不過求一求只怕身價銀一併賞了這是有的事呢又夾帶出賈府平素施為

（来与襲人口中针对）二則賈府中從不曾作踐下人只有恩多威少的（伏下多少後文）且尼
老少房中所有親侍的女孩子们更比待家下众人不同平常寒薄人家的小
姐也不能那樣尊重的（又伏下多少後文先一句是傳中陪客此一句是傳中本旨）因此他母子两个
也就死心不贖了（既知此何得襲人又作前語以愚宝玉不知何意且看後文）次後忽然宝玉去了
他二人又是那般景況（一件閒事一句閒文皆無謦甚）他母子二人心下更明白了越發石頭
落了地而且是意外之想彼此放心再無贖念了（一段情结脂硯）如今且説襲人自幼
見宝玉性格異常（四字好所谓说不得好又说不得不好也）其淘氣憨頑自是出於众小兒之
外更有几件干奇百怪口不能言的毛病兒（只如此说更好所谓说不得聪明賢良说不得痴呆愚昧也）
近来仗着祖母溺爱父母亦不能十分嚴緊拘管更覺放蕩弛縱（四字妙評脂硯）任
性恣情（四字更好亦不涉于恶亦不涉于淫亦不涉于驕不過一味任性耳）最不喜務正（这还是小兒同病）每欲劝

时料不能听今日可巧有贖身之論故先用騙詞以探其情以壓其氣然後好下箴規（原来如此）今見他默默睡去了知其情有不忍氣已餒墮（不独解語亦且有智）自己原不想栗子吃的只因怕為酥酪又生事故亦如茜雪之茶等事（可謂賢而多智術之人）是以假以栗子為由混過宝玉不提就完了於是命小丫頭子們將栗子拿去吃了自己来推宝玉只見宝玉淚痕滿面（正是無可奈何之时）襲人便笑道这有什庅傷心的你果然留我我自然不出去了宝玉見这話有文章（宝玉不愚）便説道你到説説我还要怎庅留你我自己也难説了（二人素常情義）襲人笑道偺們素日好処再不用説但今日你安心留我不在这上頭我另説出两三件事来你果然依了我就是你真心留我了刀擱在脖子上我也是不出去的了宝玉忙笑道你説那几件我都依你好姐姐好親姐姐（叠二語活見從紙上走一宝玉下来如聞其呼見其笑）

别说两三件就是两三百件我也依〔两三百不成話都是宝玉口中〕只求你们同看着我守着

我等我有一日化成了飛灰〔脂硯齋所謂不知是何心思始得口出此等不成話之至奇至妙之話諸公請如何解得如何評論。所劝者正為此偏于劝時一犯妙〕

甚飛灰还不好灰还有形有跡还有知識〔灰还有知識奇之不可甚言矣余則謂人尚無知識者多〻〕

等我化成一股輕烟風一吹便散了的時候你们也管不得我〻也僱不得你

们了那时凴我去我也凴你们爱那里去就去了〔是聪明是愚昧是小兒淘氣余皆不知只覺悲感难言奇瑰愈妙〕

急的襲人忙握他的嘴說好〻的正為劝你這些更說的狠了宝玉忙说道再

不說這話了襲人道這是頭一件要改的宝玉道改了再要說你就撑嘴还有

什么襲人道第二件你真喜讀書也罢假喜也罢只是在老爷跟前或在别人

跟前你别只管批駁誚謗只作出個喜讀書的樣子来〔宝玉又誚謗讀書人恨此時不能一見如何誚謗〕

也教老爷少生些氣在人前也好說嘴他心里想着我家代〻讀書只從有了

你不承望你不喜讀書已経他心里有氣又愧〻而且背前背後乱説那些混話凡讀書上進的人你就起个名子叫作祿蠹（二字従古未見新奇之至难怨世人谓之可杀余都最喜）又説只除明〻徳外無書都是前人自已不能解聖人之書便另出已意混編纂出来的（宝玉目中猶有明〻徳三字心中犹有聖人二字又素日皆作如是等語宜乎人〻谓之瘋傻不肖）這些〻話怎么怨得老爺不生氣不時〻打你叫別人怎么想你宝玉笑道再不説了那原是那小時不知天高地厚信口胡説如今再不敢説了（又作是語説不得不乖覚然又是作者瞞人之処也）还有什么襲人道再不可毀僧謗道（一件是婦女心意）調脂弄粉（二件若不如此亦非宝玉）还有更要緊的一件（忽又作此一語）再不許吃人嘴上擦的胭脂了（此一句是闻所未闻之語宜乎其父母嚴責也）与那愛红的毛病兒宝玉道都改〻〻再有什么快説襲人笑道再也没有了只是百事檢点些不任意

任情的就是了（揔包括尽矣其所謂花解語者大矣不獨冗〻為兒女之分也）你若果都依了便拿八人轎也抬不出我去了宝玉笑道你这里長遠了不怕没八人轎你坐襲人冷笑道这我可不罕（希）的有那个福氣没有那个道理総坐了也没甚趣（調侃不浅然在襲人能作是語寔可愛可敬可服之至所謂花解語也）二人正說着只（見）秋紋走進来説快三更了該睡了方才老太〻打發嬷〻来問我答應睡了宝玉命取表来（照應前鳳姐之文）看時果然針已指到亥正（表則是表的寫法前形容自鳴鐘則是自鳴各盡其神妙）方從新盥漱寛衣安歇不在話下至吹（次）日清辰襲人起来便覺身休發重頭疼目脹四肢火熱先時还作挣的住次後捱不住只要睡着因而和衣淌（躺）在炕上宝玉忙回了賈母傳醫胗（診）視説道不過偶感風寒吃一两劑藥踈散〻〻就好了開方去後令人取藥来煎好剛服下去命他盖上被渥汗宝玉自去伐玉房中来看視（下為

（文由地步）彼時代玉自在床上歇午丫环們皆出去自便滿屋内靜悄ゝ的宝玉揭起綉線軟簾進入里間只見代玉睡在那里忙去上來推他道好妹ゝ（纔住了好姐ゝ又聞好妹ゝ大約宝玉一日之中一時之内此六個字未曾暫离口角妙甚）纔吃了飯又睡覺將代玉換醒（若是別部書中寫此時之宝玉一進來便生不軌之心突萌苟且之念更有許多賊形鬼狀等醜態邪言矣此却反推喚醒他毫不在意所謂說不淂淫蕩是也）黛玉見是宝玉因說道你且出去徃ゝ我前兒鬧了一夜今兒还沒有歇過来（補出嬌怯態度）渾身酸疼宝玉道酸疼事小睡出来的病大我替你解悶兒混過困去就好了（宝玉又知養身）黛玉只合着眼說道我不困只略歇ゝ兒你且別處去鬧會子再来宝玉推他道我往那[裡]去呢見了別人就怪膩的（所謂只有一顰可对亦屬怪事）黛玉听了嗤的一声笑道你既要在这里那边去老ゝ寔ゝ的坐着偺們說話兒宝玉道我也歪着代玉道你就歪着宝玉道沒有枕頭（綿纏密秘入微）偺們

在一个枕頭上更妙漸逼漸近所謂意綿綿也 黛玉道放屁外頭不是枕頭拿一个来枕

着宝玉出至外間看了一看回来笑道那个我不要也不知是那个𦡆婆子的

代玉听了睁開眼睁眼起身起身笑道笑真真你就是我命中的天魔星妙語妙之至想

見其態度 請枕這一个說着將自己枕的推与宝玉又起身將自己的再拿了一

个来自己枕了二人对面倒下黛玉回看見宝玉左边腮上有鈕扣大小的一

塊血漬便欠身湊近前来以手撫之細看想見其綿纏態度 又道这又是誰的指甲

刮破了妙極補出素日 宝玉側身一面躲一面笑道不是刮的只怕是揆剛替他

們淘漉胭脂膏子𢶍上了一点兒遥与後文平兒於怡紅院晚粧時对照 說着便找手帕子要

揩拭黛玉便用自己的帕子替他揩拭了想見情之脉脉意之綿綿 口内說道你又幹这

些事了又是劝戒語 幹也罷了一轉細極这方是顰卿不比别人一味固執死切 必定还要帶出幌子来

便是舅舅看不見別人看見了又當奇事新鮮話兒去孝舌討好兒補前文之未到伏後文
之線脉吹到舅舅耳躲又有大家不干淨惹氣大家二字何妙之至神之至細膩之至乃父責其子縱加以笞楚何能使大家不干淨哉今偏大家
不干淨則知賈母如何管孫責子遷怒于衆及自己心中多少抑鬱难堪难禁代憂代痛一齊托出宝玉總未听見
这些些話可知昨夜情切切之語亦屬行雲流水只聞得一股幽香却是從宝（黛）玉袖中發出聞之
令人醉魂酥骨却像似淫極然究意不犯一些淫意宝玉一把便將黛玉的袖拉住要瞧瞧籠着
何物黛玉笑道冬寒十月誰帶什庅香呢宝玉笑道既然如此这香是那里来
的代玉道連我也不知道正是按諺云人在氣中忘氣魚在水中忘水余今續之曰美人忘容花則忘香此則代玉不知自骨肉中之香同
想必是櫃子里頭的香氣衣服上燻染的也未可知有理宝玉搖頭道未必這
香的氣味奇怪不是那些香餅子香毬子香袋子的香自然代玉冷笑道冷笑便是
文章难道我也有什庅羅漢真人給我些些香不成便是得了奇香也沒有親哥

哥親兄弟弄了花兒朵兒霜兒雪兒替我炮製（活顰兒一然不錯）我有的是那些俗香

罷了宝玉笑道凡我说一句你就拉上这么些不给你个利害也不知道從今

兒可不饒你了说着翻身起来將兩支手呵了兩口（活画）便伸向代玉膈肢窝

内兩脇下乱撓代玉素性觸癢不禁宝玉兩手伸来乱撓便笑的喘不過氣来

口里说宝玉你再鬧我就惱了（如見 如聞）宝玉方住了手笑問道你还说这些不

說了代玉笑道再不敢了一面理鬢（画）笑道我有奇香你有暖香没有奇問宝

玉見問一時解不来（一時原难解終遜代卿一等正在此等処）因问什么暖香代玉点頭嘆笑道

（画）蠢才〻〻你有玉人家就有金来配你人家有冷香你就没有暖香去配宝

玉方听出来（的是顰兒活画然这是阿顰一生心事故每不禁自及之）宝玉笑道方纔求饒如今更说狠了

说着又去伸手代玉忙笑道好哥〻我可不敢了宝玉笑道饒便饒你只把袖

躺

子我聞一聞說着便拉了袖子籠在面上聞个不住代玉奪了手道這可該去了宝玉笑道去不能偺們斯〻文〻的淌(躺)着說話兒說着後(復)又倒下代玉也倒下用手帕子蓋上臉 画 宝玉有一搭沒一搭的說些鬼話 先一總 代玉只不理宝玉問他几歲上京路上見何景致古蹟揚州有何遺跡故事土俗民風代玉只不荅宝玉只怕他睡出病來 原來只為此故不暇傍人嘲笑所以放蕩無忌處不特此一件耳 便哄他道噯喲你們揚州衙門里有一件大故事你可知道代玉見他說的鄭重且又正言厲色只当是真事因問什麼事宝玉見問便忍着笑順口謅道揚州有一座黛山山上有个林子洞 黛玉笑道(這)就是扯謊自來也沒听見這山宝玉道天下山水多着呢你那里知道這些不成等我說完了你再批評代玉道你且說宝玉又謅(道)

林子洞里原来有群耗子精那一年臘月初七日老耗子升座議事（耗子亦能升座且議事自是耗子有賞罰有制度矣何今之耗子猶穿壁嚙物其升座者置而不問哉）曰說明日乃是臘八世上人都熬臘八粥如今我們洞中果品短少須得剩此打劫些来方妙（議的是這事宜乎為鼠矣）乃拔令箭一枝遣一能幹的小耗（原来能于此者便是小鼠）前去打听一時小耗回報各處察訪打听已畢惟有山下廟里果米最多（廟里原来最多妙々）老耗問米有几樣果有几品小耗道米豆成倉不可勝記果品有五種一紅棗二栗子三落花生四菱角五香玉老耗听了大喜即時点耗前去乃拔令箭問誰去偷米一耗便接令去偷米又拔令箭問誰去偷豆又一耗接令去偷豆然後一一的都各領令去了只剩了香玉一種因又拔令箭問誰去偷香玉只見一個極小極弱的小耗應道我願去偷香玉老耗並衆耗見他這樣恐不諳

練且怯懦無力都不准他去小耗道我虽年小身弱却是法術無边口齒伶俐机謀深遠几三句暗為代玉作評諷的妙此去管比他們偷的还巧呢衆耗忙問如何比他們巧呢小耗道我不學他們直偷我只摇身一变也变成個香玉〔芋〕滚在香玉〔芋〕堆里使人看不出听不見却暗暗的用分身法搬運漸漸的就搬運盡了豈不比直偷硬取的巧些果然巧而且最毒直偷者可妨此法不能妨矣可惜這樣才情這樣奇術却只一耗耳衆耗听了都道妙却妙只是不知怎庅個变法你先变個我們瞧瞧小耗听了笑道這個不难等我变来説畢摇身説变竟变了一個最標緻美貌的一位小姐衆耗忙笑变錯了变錯了原説变果子的如何变出小姐来余亦説变錯了小耗現形笑道我説你們沒見識〔世〕面只認得這果子是香玉〔芋〕却不知盐課林老爺的小姐纔是真正香玉呢前面有試才題对額故緊接此一篇無稽乱話前無則可此無則不可蓋前係宝玉之懶為者此係宝玉不

得不為有世人誹謗無礙獎賞不必

代玉听了番身爬起来按着宝玉笑道我把你爛了嘴的我就知道你是編我呢説着便擰的宝玉連々央告説好妹々饒我罷再不敢了我因為聞你香忽然想起這個故典来代玉笑道饒罵了人还説是故典呢一語未了只見宝釵走来妙笑問誰説故典呢我也听々代玉忙讓坐笑道你瞧々有誰他饒罵了人还説是故典宝釵笑道原来是宝兄弟怨不得他々肚子里的故典原多妙諷只是可惜一件妙轉凡該用故典之時他偏就忘了更妙有今日記得的前兒夜里的芭蕉詩就該記得眼面前的到想不起来別人冷的那樣你急的只出汗与前拭汗二字針对不知此書何妙了如此有許多妙談妙語機鋒詼諧各得其時各盡其理前梨香院代玉之諷則偏兒越此則正而趣二人真是对手兩不相犯這會子偏又有記性了代玉听了笑道阿弥陀佛到底是我的好姐々你一般

也遇見对子了可知一还一报不爽不錯的剛説到這里只听宝玉房中一片声嚷吵闹起来正是

情切切良宵花解語
意綿綿静日玉生香

十九回終

脂硯斋重評石頭記卷之

第廿回

王熙鳳正言弾妬意　林黛玉俏語謔嬌音

話説宝玉在林代玉房中説耗子精宝釵撞来諷刺宝玉元宵不知緑蠟之典三人正在房中互相訊刺取笑那宝玉正恐代玉飯后貪眠一時存了食或夜間走了困皆非保養身体之法云宝玉亦知醫理却只是在顰釵等人前方露亦如後回評多明理之語只在閨前現露三分越在雨村等經濟之前如痴如呆实令人可恨但雨村等視宝玉不是人物豈知宝玉視彼等更不是人物故不与接談也宝玉之情痴真乎假乎看官細評幸而宝玉走来大家談笑那林代玉方不欲睡自己換放了心忽听他房中嚷起来大家側耳听了一听林代玉先笑道这是你媽〻和龔人吽呢那龔人也罢了你媽〻再要認真排場他可見老背晦了襲卿能使顰卿一讃愈見彼之為人矣観者諸公以

為如何宝玉忙要赶過来宝釵忙一把拉住道你别和你媽〻吵纔是他老糊塗了到要讓他一步為是宝釵如何觀者思之宝玉道我知道了説畢走来只見李嬷〻拄肴拐棍在当地駡襲人忘了本的小娼婦我抬舉起你来这会子我来了你大模大様的倘在炕上見我来也不理一理一心只想粧狐媚子哄宝玉哄的宝玉不理我听你們的話你不過是几両臭銀子買来的毛丫頭这屋里你就作耗如何使得好不好拉出去配一個小子肴你还妖精似的哄宝王不哄襲人先只道李嬷〻不過為他倘肴生氣少不得分辨説病了纔出汗朦肴頭原沒看見你老人家等話後来只管听他説哄宝玉粧狐媚又説配小子等由不得又愧又委曲禁不住哭起来宝玉雖听了这些話也不好怎様少不得替襲人分辨病了吃藥等話又説你不信只问别的丫頭們李嬷〻听了这話益發氣起

来了說道你只護着那起狐狸那里認得我了叫我問誰去誰不帮着你呢誰不是襲人拿下馬来的我都知道那些事我只和你在老太〻太〻跟前去講了把你奶了這庅大到如今吃不着奶了把我丢在一傍逞着丫頭們要我的强一面說一面也哭起来彼時代玉宝釵等也走過来勸說媽〻你老人家担待他們一点子就完了李嬷〻見他二人来了便拉住訴委屈将當日吃茶茜雪出去与昨日酥酪等事撈〻叨〻說个不清可巧鳳姐正在上房笑完輸贏賬听得後面声嚷動便知是李嬷〻老病發了排揎宝玉的人正值他今兒輸了錢遷怒了人便連忙赶過来拉了李嬷〻笑道好媽〻别生氣大節下老太〻纔喜欢了一日你是个老人家别人高声你还要管他們呢难道你反不知道規矩在這里嚷起来叫老太〻生氣不成你只說誰不好我替你打他我家

里燒的滚熱的埜雞快来跟我吃酒去一面説一面拉着走又叫豐兒替你李奶奶拿着拐棍子擦眼泪的手帕子那李嬷嬷脚不沾地跟了鳳姐走了一面还説我也不要这老命了越性今兒没了規矩鬧一塲子討个没臉强如受那娼婦蹄子的氣後面宝釵代玉随着鳳姐兒这般都拍手笑道虧这一陣風来把个老婆子撮了去了宝玉点頭嘆道这又不知是那里的賬只揀軟的排揎昨兒又不知是那个姑娘得罪了上在他賬上一句未了晴雯在傍笑道誰又不瘋了得罪他作什麽便得罪了他就有本事承任不犯着帶累別人襲人一面哭一面拉宝玉道為我得罪了一个老奶奶你這會子又為我得罪這些人這还不𣪘我受的还只是拉別人宝玉見他這般病势又添了这些煩惱連忙忍氣吞声安慰他仍旧睡下出汗又見他湯燒火熱自已守他歪在傍边劝他

只養着病别想省些没要緊的事生氣襲人冷咲道要爲这些事生氣这屋里一刻还呫不得了但只是天長日久只管这樣可叫人怎庅樣纔好呢時常我劝你别為我們得罪人你只顧一時為我們那樣他們都記在心里遇着坎兒説的好説不好听大家什庅意思一面説一面禁不住流泪又怕宝玉煩惱只得又勉強忍着一時雜使的老婆子煎了二和藥来宝玉見他纔有汗意不肯叫他起来自己便端着就枕与他吃了即令小丫頭子們鋪炕襲人道你吃飯不吃飯到底老太〻太〻跟前坐一會子和姑娘們頑一會子再回来我就靜〻的倘一倘也好宝玉听説只得替他去了簪环看他倘下自往上房来同賈母吃畢飯賈母犹欲同那几个老管家嬷〻鬪牌解悶宝玉記着襲人便回至房中見襲人朦〻睡去自己要睡天氣尚早彼時晴雯綺霰秋紋碧痕都尋熱鬧我夗央

琥珀等要戲去了独見麝月一个人在外間房里灯下抹骨牌宝玉咲問道你
怎庅不同他們頑去麝月道沒有錢宝玉道床底下堆着那庅些还不勾你
輸的麝月这都頑去了这屋里交給誰呢那一个又病了滿屋里上頭是灯地
下是火那些老媽〻子們老天拔地伏侍一天也該叫他歇〻小丫頭子們也
是伏侍了一天这會子还不叫他們頑〻去所以讓他們都去罢我再这里看着
宝玉听了这話公然又是一个襲人因咲道我在这里坐着你放心去罢麝月
道你既在这里越發不用去了偺們兩个說話頑笑豈不好宝玉笑道兩个作
什庅呢怪沒意思的也罢了早上你說頭癢这會子沒什庅事我替你篦頭罢
麝月听見便道就是这樣說着将文具鏡匣搬来卸去釵釧打開頭髮宝
玉拿了篦子替他一一的梳篦只篦了三五下只見晴雯忙〻走進来所

錢一見了他兩個便冷笑道哦交盃盞还沒吃到上頭了宝玉咲道你来我也替你篦一篦晴雯道我沒那么大福說着拿了錢便摔簾子出去了宝玉在麝月身後麝月对鏡二人在鏡内相視宝玉便向鏡内笑道满屋里就只是他磨牙麝月听說忙也向鏡中擺手宝玉会意忽听唿一声簾子响晴雯又跑進来问道我怎么磨牙了咱們到得說々麝月笑道你去你的罷又来問人了晴雯笑道你又護着你們那瞞神弄鬼的我都知等我撈回本兒来再說話說着一経出去了閑上一段兒女口舌却寫麝月一人有襲人出嫁之後宝玉宝釵身边还有一人虽不及襲人週到亦可微嫌小敝等患方不負宝釵之為人也故襲人出嫁後云好歹留着麝月一語宝玉便依從此話可見襲人出嫁雖去實未去也寫晴雯之疑忌亦為下文跌扇角口等文伏脉却又輕々抹去正見此時却在幼時虽微露其疑忌見得人各稟天真之性善悪不一往後漸大漸生心矣但觀者凡見晴雯諸人則悪之何愚哉要知自古及今愈是尤物其猜忌妬愈甚若一味渾厚大量涵養則有何可令人怜愛護惜哉然後知宝釵襲人等行為並非一味蠢拙古版以女子自居当繡幙灯前窓月下亦頗有或調或妬輕俏艷麗等說不過一時取樂罷咲耳非切々一味妬才

娭賢也旦以髙諸人百倍不然宝玉何甘心受屈于二女夫子哉看過後文則則知矣故觀書諸君子不必悪晴雯正訣感晴雯金閨綉閣中生色方是

這里宝玉通了頭命麝月悄〻的伏侍他睡下不肯驚動襲人一宿無話至次日清晨起来襲人已是夜间發了汗覺淂輕省了些〻只吃些〻米湯静養宝玉放了心因飯後見到薛姨媽這边来閑徃彼时正月内学房中放年学閨閣中忌針却都是閑时因賈环也過来頑正遇見宝釵香菱鶯兒三個赶圍棋作耍賈环見了也要頑宝釵素習看他亦如宝玉並沒他意今兒听他要頑讓他上来坐了一處頑一磊十個錢頭一囬自己贏了心中十分欢喜後来接連輸了几盤便有些着急赶着這盤正該自己擲骰子若擲个七点便贏若擲个六点下該鶯兒擲三点就贏了因拿起骰子来恨命一擲一个作定了五那一个乱

轉鶯兒拍着手只叫么（嬌憨如此）賈环便瞪着眼六七八混叫那骰子偏生轉出么来賈环急了伸手便抓起骰子来然後就拿錢說是個六点鶯兒便說分明是個么宝釵見賈环急了便瞅鶯兒說道越大越沒規矩难道爺們还賴你还不放下錢来呢鶯兒滿心委曲見宝釵說不敢則声只得放下錢来口内嘟囔說一個作爺的还賴我們这幾個錢連我也不放在眼里前兒我和宝玉二爺頑他輸了那些也沒着急下剩的錢还是几个小丫頭子們一搶他一笑就罢了宝釵不等說完連忙断喝賈环道我拿什庅比宝玉呢你們怕他都和他好都欺負我不是太〻養的說着便哭了宝釵忙劝他好兄弟快别說这話人家笑話你又罵鶯兒正值宝玉走来見了这般形况問是怎庅了賈环不敢則声宝釵素知他家規矩凡作兄弟的都怕哥〻（大族規矩原是如此一系兒不錯）却不知

那宝玉是不要人怕他的他想着弟兄们一併都有父母教訓何必我多事反生疎了況且我是正出他是庶出饒这樣还有人背後談論还禁得轄治他了更有個欵意思存在心里你道是何欵意曰他自幼姊妹叢中長大親姊妹有元春探春伯叔的有迎春惜春親戚中又有史湘雲林代玉宝釵等諸人他便料定原来天生人為萬物之灵凡山川日月之精秀只鍾于女兒鬚眉男子不過是些渣滓濁沫而已因有這個欵念在心把一切男子都看成混囤濁物可有可無只是父親叔伯兄弟中因孔子是亘古第一人說下的不可忤慢只得要听他這句話所以弟兄之间不过尽其大槩的情理就罢了並不想自己是丈夫須要為子弟之表率是以賈环等都不怕他却怕賈母纔讓他三分如今宝釵恐怕宝玉教訓他到沒意思便連忙替賈环掩飾宝玉

道大正月里哭什庅這里不好你别処頑去你天〻念書到念糊塗了此如這件
東西不好横竪那一件好就棄了這件取那个难到你守着這个東西哭一
會子就好了不成你原是来取樂頑的既不能取樂就往别処去再尋樂頑
一會子难到筭取樂頑了不成到招自巳煩惱不如快去為是賈環听了只
得回来趙姨娘見他這般因問又是那里墊了踹窩来了一問不荅再問
時賈環便説同宝姐頑的鶯兒欺負我賴我的錢宝玉哥〻攆我来了趙姨
娘啐道誰叫你上高抬攀去了下流没臉的東西那里頑不得誰叫你跑
了去討没意思正説着可巧鳳姐在窓外过都听在耳内便隔窓説道大
正月又怎庅了環兄弟小孩子家一半点兒錯了你只教導他説這些淡话
你什庅憑他怎庅去还有太〻老爺管他呢就大口啐他〻現是主子不

好了横竪有教導他的人与你什庅相干环兄弟出来跟我頑去賈环素日怕鳳姐比怕王夫人更甚听見叫他忙唯々的出来趙姨娘也不敢則声鳳姐向賈环道你也是个没氣性的时常說給你要吃要喝要頑要笑只爱同你那个姐々妹々哥々嫂子頑就同那个頑你不听我的話反叫这些人教的歪心邪意狐媚子霸道的自己不尊重要往下流走安着坏心还只管怨人家偏心輸了几个钱就这庅个樣兒因問賈環你輸了多少錢賈环見問只得諾々的回說輸了一二百风姐道虧你还是爺們輸了一二百钱就这樣回頭叫豐兒去取一吊钱来姑娘們都在後頭頑呢把他送了頑去你明兒再这庅下流狐媚子我先打了你打發人告訴李里皮不揭了你的為你这个不尊重恨的你哥々牙癢不是我攔着窩心脚把你的腸子窩出来了喝命去罢賈环諾々的跟

了豐兒得了錢自己和迎春等頑去不在話下一段大家子奴妾吆吻如見如聞正為下文五鬼作引也余為宝玉肯效鳳姐一点餘風亦可繼榮寧之盛諸公當為如何且說宝玉正和宝釵頑㖠忽見人說史大姑娘来了妙極凡宝玉宝釵正閑相遇時非代玉来即湘雲来是恐曳漏文章之精華也若不如此則宝玉久坐忘情必被宝卿見棄杜絕後文成其夫婦時無可談旧之情有何趣味哉宝玉听了抬身就走宝釵笑道等着偺們兩個一齊走瞧瞧他去說着下了炕同宝玉一齊来至賈母這边只見史湘雲大笑大說的見他兩個来忙問好廝見寫湘雲又一筆法特犯不犯正值林代玉在傍因問宝玉在那里的宝玉便說在宝姐姐家的代玉冷笑道我說呢虧在那里伴住不然早就飛了来了宝玉笑道只許同你頑替你解悶兒不過偶然去他那里一倘就說這話林代玉道好沒意思的話去不去管我什庅事我又沒叫你替我解悶兒可許你從此不理我呢說着便賭氣回房去了宝玉忙跟了

来問道好〻的又生氣了就是我說錯了你到底也还坐在那里和别人說笑一會子又来自已納悶林代玉道你管我呢宝玉笑道我自然不敢管你只沒有個看着你自已作賤了身子呢林代玉道我作賤壞了身子我死与你何干宝玉道何苦来大正月里死了活了的林代玉道偏說死我這會子就死你怕死你長命百歲的如何宝玉笑道要像只管這樣鬧我还怕死呢到不如死了干净林代玉忙道正是了要是這樣鬧不如死了干净宝玉道我說我自已死了干净别听錯了話賴人正說着宝釵走来道史大妹〻等你呢說着便推宝玉走了此時宝釵尚未知他二人心性故来劝後文察其心性故擲之不聞矣這里林代玉越發氣悶只向窓前流泪沒兩盞茶的工夫宝玉仍来了蓋宝玉亦是心中只有代玉見宝釵難却其意故暫陋彼去以完宝釵之情故少坐仍来也林代玉見了越發抽〻噎〻的哭個不住宝玉見了這樣知

難撫回打疊起千百樣的款語温言来劝慰不料自己未張口只見代玉先説道你又来作什庅横豎如今有人和你頑比我又會念又會作又會寫又會説笑又怕你生氣拉了你去你又作什庅来死活憑我去罷了宝玉听了忙上来悄ゝ的説道你这庅个明白人难道連親不間踈先不僣後也不知道我雖糊塗却明白這兩句話頭一件偺們是姑舅姊妹宝姐ゝ是兩姨姊妹論親戚他比你踈第二件你先来偺們兩个一桌吃一床睡長的这庅大了他是纔来的豈有个為他踈你的林代玉啐道我难道為叫你踈他我成了个什庅人了呢我為是我的心宝玉道我也為的是心你的心难道你就知你的心不知我的心不成此二語不獨觀者不解料作者亦未必解不但作者未必解想石頭亦不解不过述宝林二人之語耳石頭既未必解宝林此刻更自己亦不解皆随口説出耳若觀者必欲要解須自揣自身是宝林之流則洞然可解若自料不是宝林之流則不必求解矣方不可記此二句不解錯謗宝林及

青肷

石頭作者等人

林代玉听了低頭一語不發半日悅（説）道你只怨人行動嗔怪了你丶再不知道你自己慪人难受就拿今日天氣比分明今兒冷的这樣你怎庅倒反亇青肷披風脫了呢（真丶奇絕妙文真如羚羊挂角無迹可求此等奇妙非口中筆下可形容出者）宝玉笑道何常不穿着見你一惱我一炮燥就脫了林代玉嘆道回來傷了風又該餓着吵吃的了（一語仍帰兒女本傳却又輊丶抹去也）二人正説着只見湘雲走来笑道二哥丶林姐丶你们天丶一処頑我好容易来了也不理我一理兒林代玉笑道偏是咬舌子愛說話連亇二哥丶也叫不出来只是愛哥丶愛哥丶的回来赶圍棋兒又該你鬧么愛三四五了宝玉笑道你学慣了他明兒連你还咬起来呢（可笑近之野史中滿紙羞花閉月鶯啼燕語除不知真正美人方有一陋処如太真之肥燕飛之瘦西子之病若施于别亇不美矣今見咬舌二字加以湘雲是何大法手眼敢用此二字哉不独見陋且更学輊俏嬌媚儼然一嬌憨湘雲立于紙上掩卷合目思之其愛厄嬌音如入耳内然後將滿紙鶯啼燕語之字樣填糞窖可也）

史湘雲道他再不放人一点兒專挑人的不好你自已便比世人好也不犯着見一个打趣一个指出一个人來你敢挑他我就伏你代玉忙问是誰湘雲道你敢挑宝姐〻的短処就笑你是好的我笑不如你他怎庅不及你呢林代玉听了冷笑道我当是誰原来是他我那里敢挑他呢宝玉不等說完忙用話分開湘雲笑道這一輩子我自然比不上你我只保佑着明兒得一个咬舌的林姐夫時〻刻〻你可听愛厄去阿弥陀佛那纔現在我眼里說的衆人一笑湘雲忙回身跑了要知端詳

此回文字重作輕抹得力処是鳳姐拉李嬷〻去借环哥彈壓趙姨〻 細致処宝釵為李嬷劝宝玉安慰环哥断唱鶯兒 至急為难処是宝釵論心 無可奈何処是就拿今日天氣比 湘雲冷笑道我当誰原来是他 冷眼最好看処是宝釵代玉看鳳姐拉李嬷云這一陣

風玉麝一節湘雲到宝玉就走宝釵咲説等肴湘雲大笑大説聾兒李咬舌湘雲念佛跑了數節可使看官于紙上能耳聞目覩其音其形之文

石頭記

脂硯齋凡四閱評過

第三十一回至四十回

己卯冬月定本

撕扇子作千金一笑　因麒麟伏白首雙星

訴肺腑情迷活寶玉　含恥辱情烈死金釧

手足眈眈小動唇舌　不肖種種大承笞撻

情中情因情感妹妹　錯裡錯以錯勸哥哥

白玉釧親嚐蓮葉羹　黃金鶯巧結梅花絡

繡鴛鴦夢兆絳芸軒　識分定情悟梨花院

秋爽齋偶結海棠社　蘅蕪苑夜擬菊花題

林瀟湘魁奪菊花詩　薛蘅蕪諷和螃蟹詠

村姥姥是信口開河　情哥哥偏尋根究底

史太君兩宴大觀園　金鴛鴦三宣牙牌令

脂硯齋重評石頭記

撕扇子是以不知情之物供姣嗔不知情時之人一笑所謂情不情

金玉姻缘已定又寫一金麒麟是间色法也何顰兒為其所惑故顰兒謂

情〻

脂硯齋重評石頭記巻之

第三十一回

撕扇子作千金一咲　因麒麟伏白首雙星

話說襲人見了自己吐的鮮血在地也就冷了半截想着往日常听人說少年吐血年月不保縱然命長終是廢人了想起此言不覺將素日想着後来争榮誇耀之心盡皆灰了眼中不覺滴下淚来宝玉見他哭了他不覺心酸起来因問道你心里覺的怎庅樣襲人勉強笑道好〻的覺怎庅呢宝玉的意思即刻便要叫人盪黄酒要山羊血黎洞丸来襲人拉了他的手咲道你這一鬧不大緊鬧多少人来到抱怨我輕狂分明人不知道到鬧的人知道了你也不好我也不好正経明兒你打發小子問〻王太医去弄点子藥吃〻就好了人不知鬼不覺的可不

好宝玉听了有理也只得罢了向案上斟了茶来給襲人漱（嗽）了口襲人知宝玉心内是不安穩的待要不叫他伏侍他又必不依二則定要驚動别人不如由他去罢因此只在榻上由宝玉去伏侍一交五更宝玉也顧不的梳洗忙穿衣出来将王濟仁叫来親自確問王濟仁問其原故不過是傷損便說了個丸藥的名子怎庅服怎庅敷宝玉記了回園依方調治不在話下这日正是端陽佳節蒲艾簪門虎符繫背午間王夫人治了酒席請薛家母女等賞午宝玉見宝釵淡淡的也不和他說話自知是昨兒的原故王夫人見宝玉沒精打彩也只當是（為）金釧兒昨日之事他沒好意思的越發不理他林代玉見宝玉懶懶的只當是他因為得罪了宝釵的原故心中不自在形容也就懶懶的鳳姐昨日晚間王夫人就告訴了他宝玉金釧的事知道王夫人不自在自己如何敢說笑也就随着王夫人的氣色行事更覺淡淡的貫

迎春姊妹見衆人無意思也都無意思了因此大家坐了一坐就散了林代玉天性喜散不喜聚他想的也有ケ道理他說人有聚就有散聚時欢喜到散時豈不清冷既清冷則生傷感所以不如到是不聚的好比如那花開時令人爱慕謝時剋增惆悵所以到是不開的好故此人以為喜之時他反以為悲那宝玉的情性只愿常聚生怕一時散了添悲那花只愿常開生怕一時謝了沒趣只到筵散花謝虽有萬種悲傷也就無可如何了因此今日之筵大家無興散了林代玉到不覺得倒是宝玉心中悶悶不樂回至自己房中長吁短嘆偏生晴雯上来換衣服不妨又把扇子失了手跌在地下將股子跌折宝玉因嘆道蠢才蠢才將来怎庅樣明兒你自己當家立事难道也是這庅顧前不顾後的晴雯冷笑道二爺近来氣大的狠行動就給臉子瞧瞧前兒連襲人都打了今兒又来尋我們的不是要踢要

打凴爺去就是跌了扇子也是平常的事先時連那麽樣的玻璃缸瑪瑙碗不知
弄坏了多少也沒見个大氣兒這会子一把扇子就這麽着了何苦來要嫌我們就
打發我們再挑好的使好離好散的到不好宝玉听了這些〻話氣的渾身乱战因
説道你不用忙将来有散的日子襲人在那边早已听見忙赶過来向宝玉道好
〻的又怎麽了可是我説的一時我不到就有事故兒晴雯听了冷嗘道姐〻
既會説就該早来也省了爺生氣自古一来就是你一个人伏侍爺的我們原沒
伏侍過因為你伏侍的好昨日纔挨窩心脚我們不会伏侍的明兒还不知是
个什麽罪呢襲人听了這話又是惱又是愧待要説几句話又見宝玉已经氣
的黄了臉少不得自己忍了性子推晴雯道好妹〻你出去逛〻原是我們的
不是晴雯听他説我們两个字自然是他和宝玉了不覺又添了醋意冷嗘几

声道我到不知道你们是谁别叫我替你们害臊了便是你们鬼ㄟ祟ㄟ幹的那事兒也瞒不過我去那里就称起我们来了明公正道連个姑娘还沒挣上去呢也不過和我似的那里就称上我们了襲人羞的臉紫脹起来想一想原是自己把話說錯了宝玉一面說你们氣不忿我明兒偏抬舉他襲人忙拉了宝玉的手他一个糊塗人你和他分证什麼况且你素日又是有担待的比这大的過去了多少今兒是怎麼了晴雯冷笑道我原是糊塗人那里配和我說話呢襲人听說道姑娘到底是和我辯嘴呢是和二爺辯嘴呢要是心裡惱我你只和我說不犯着当着二爺吵要是惱二爺不该这麼吵的萬人知道我终也不過是為了事進来劝開了大家保重姑娘到尋上我的晦氣又不像是惱我又不像是惱二爺夹槍帶棒終久是个什麼主意我就不多說讓你說

去说着便往外走宝玉向晴雯道你也不用生氣我也猜着你的心事了我回太〻去你也大了打發你出去可好不好晴雯听見了这话不覺又傷起心来含淚说道我為什庅出去要嫌我变着法兒打發我出去也不能彀宝玉道我何曾经过这个吵闹一定是你要出去了不如回太〻打發你去罢说着站起来就要走襲人忙回身攔住笑道往那里去宝玉道回太〻去襲人笑道好没意思認真的去回你也不怕臊了便是他認真要去也等把这氣下去了等無事中说话兒回了太〻也不遲这会子急〻的当一件正经事去回豈不叫太〻犯疑宝玉道太〻必不犯疑我只明说是他闹着要去的晴雯哭道我多早晚闹着要去了饒生了氣还拿话壓派我只管去回我一頭碰死了也不出这门兒宝玉道这又奇了你又不去你又闹些什庅我经不起这吵不如去了倒干净说着一

定要去回襲人見攔不住只得跪下了碧痕秋紋麝月等衆丫环見吵闹都鵶雀無聞的在外頭听消息这会子听見襲人跪下央求便一齊進来都跪下了宝玉忙把襲人扶起来嘆了一声在床上坐下叫衆人起去向襲人道叫我怎庅樣總好这个心使碎了也没人知道說着不覺滴下淚来襲人見宝玉流下淚来自己也就哭了晴雯在傍哭着方欲說話只見林代玉進来便出去了林代玉咲道大節下怎庅好〻的哭起来難道是為争粽子吃争惱了不成宝玉和襲人嗤的一咲代玉道二哥〻不告訴我〻問你就知道了一面說一面拍着襲人的肩咲道好嫂子你告訴我必定是你們兩个辯了嘴告訴妹〻替你們和勸〻〻襲人推他道林姑娘你闹什庅我們一个丫頭姑娘只是混說代玉笑道你說你是丫頭我只拿你当嫂子待宝玉道你何苦来替他招罵名兒

饒这庅自还有人说閑话还搁的住你来说他襲人咲道林姑娘你不知道我的心事除非一口氣不来死了到也罢了林代玉咲道你死了别人不知怎庅様我先就哭死了宝玉咲道你死了我作和尚去襲人咲道你老實些罢何苦还说这些話林代玉将两个指頭一伸抿嘴咲道作了两个和尚了我從今已後都记着你作和尚的遭数兒宝玉听了知道是他点前日的話自已一咲也就罢了一時代玉去後就有人说薛大爺請宝玉只得去了原来是吃酒不能推辞只得尽席而散晚间回来已帶了几分酒踉蹌来至自已院内只見院中早把乘凉枕榻設下榻上有个人睡自宝玉只當是襲人一面在榻沿上坐下一面推他问道疼的好些了只見那人翻身起来说何苦来又招我宝玉一看原来不是襲人却是晴雯宝玉将他一拉〻在身傍坐下笑道你的性子越発

慣嫒了早起就是跌了扇子我不過說了那兩句你就說上那些話你說我也罷了襲人好意来劝你又括上他你自己想〻该不该睛雯道性熱的拉〻扯扯作什麽呌人来看見作什麽我这身子也不配坐在这里宝玉咲道你既知道不配為什麽睡着呢睛雯沒的话唤的又咲了說你不来便使得你来了就不配了起来讓我洗澡去襲人麝月都洗了澡我呌了他們来宝玉咲道我纔〻又吃了好些酒还得洗一洗你既沒有洗拿了水来偺們兩个洗睛雯摇手咲道罷〻我不敢惹爺还記得碧痕打發你洗澡足有兩三个時辰也不知道作什麽呢我們也不好進去的後来洗完了進去瞧〻地下的水淹着床腿連蓆子上都汪着水也不知是怎麽洗了笑了几天我也沒那工夫収什也不用同我

洗去今兒也涼快那会子洗了可也不用我倒盆一盆水来你洗〻臉通〻頭

纔剛鴛鴦送了好些菓子来都湃在那水晶缸里呢叫他們打發你呢宝玉咲

道既這庅着你也不許洗去只洗〻手来拿菓子来吃罷晴雯咲道我慌

張的狠連扇子还跌折了那里还配打發吃菓子倘或再打破了盤子还更了

不得呢宝玉咲道你愛打就打這些東西原不過是借入所用你愛這樣我愛

這樣各自性情不同比如那扇子原是搧的你要撕着頑也可以使得

只是不可生氣時拿他出氣就如盃盤原是盛東西的你喜欢听那声

响就故意的碎了也可以使得只是别在生氣時拿他出氣這就是愛物了

晴雯听了咲道既这庅說你就拿了扇子来我撕我最喜欢撕的宝玉听了便咲着遞

与他晴雯果然接過来嗤的一声撕了两半接着嗤嗤又听几声宝玉在傍笑着
說响的好再撕响些正說着只見麝月走過来笑道少作些孽罢宝玉赶上
来一把将他手里的扇子也奪了递与晴雯晴雯接了也撕了几半了二人都大笑
麝月道这是怎么说拿我的東西開心兒宝玉笑道打開扇子匣子你拣去什么
好東西麝月道既这么說就把匣子搬了出来讓他儘力的撕岂不好宝玉笑道
你就搬去麝月道我可不造这孽他也没折了手叫他自己搬去晴雯笑着倚在
床上说道我也乏了明兒再撕罢宝玉笑道古人云千金难買一笑几把扇子能值
几何一面说着一面叫襲人襲人纔換了衣服走出来小丫頭佳蕙過来拾去破
扇大家乘凉不消細说至次日午间王夫人薛宝釵林代玉衆姊妹正在賈母房
内坐着就有人回史大姑娘来了一時果見史湘雲帶領衆多丫环媳婦走進

院来宝釵代玉等忙迎至堦下相見青年姊妹间径月不見一旦相逢其親密自不消説得一時進入房中請安問好都見過了賈母因説天熱把外頭的衣服脱了罷史湘雲忙起身寛衣王夫人因咲道也没見穿上这些作什庅史湘雲咲道都是二嬸〻叫穿的誰愿意穿这些宝釵一傍咲道姨娘不知道他穿衣裳还更愛穿别人的衣裳可記得旧年三四月裡他在这里住着把宝兄弟的袍子穿上靴子也穿上額子也勒上猛一瞧到像是宝兄弟就是多两个墜子他站那椅子背後哄的老太〻只是叫宝玉你過来仔细那上頭掛的灯穗子招下灰来迷了眼他只是咲也不過去後来大家掌不住咲了老太〻纔咲了説到扮上男人好看了林代玉道这筭什庅惟有前年正月裡接了他来住了没两日下起雪来老太〻和舅母那日想是纔拜了影回来老太〻的一个新〻的大紅猩〻毡斗

蓬放在那里谁知眼錯不見他就披了又大又長他就拿了个汗巾子攔腰繫
上和丫頭们在後院子撲雪人兒去一跤栽到溝跟前弄了一身泥水说着大
家想着前情都咲了宝釵咲向那周奶媽道周媽你们姑娘还那庅淘氣不淘
氣了周奶娘也咲了迎春咲道淘氣也罷了我就嫌他愛说話也没見睡在那里
还是咭咭呱呱咲一陣说一陣也不知那里来的那些謊話王夫人道只怕如今
好了前日有人家来相看眼見有婆婆家了还是那庅着賈母因问今兒还是
住着还是家去呢周奶娘咲道老太太没有看見衣服都帶了来可不住两
天史湘雲问道宝玉哥哥不在家庅宝釵咲道他再不想着别人只想宝兄
弟两个人好憨的这可見还没改了淘氣賈母道如今你们大了别提小名兒了
剛说着只見宝玉来了咲道雲妹妹来了怎庅前兒打發人接你去怎庅不来王

夫人道这里老太〻纔説这一个他又来提名道姓的了林代玉道你哥〻得了好東西等着你呢史湘雲道什麽好東西宝玉咲道你信他呢几日不見越發髙了湘雲咲道襲人姐〻好宝玉道多謝你記罣湘雲道我給他帶了好東西来了説着拿出手帕子来挽着一个疙瘩宝玉道什麽好的你倒不如把前兒送来的那種绛纹石的戒指兒帶兩个給他湘雲咲道这是什麽説着便打開衆人看時果然就是上次送来的那绛纹戒指一包四个林代玉咲道你們瞧〻他这主意前兒一般的打發人給我們送了来你就把他也就帶来豈不省事今兒巴〻的自己帶了来我当又是什麽新奇東西原来还是他真〻你是糊塗人史湘雲咲道你才糊塗呢我把这理説出来大家評一評誰糊塗給你們送東西就是使来的不用説話拿進来一看自然就知是送姑娘的们了若帶他

們的東西這得我先告訴来人這是那一个丫頭的那是那一个丫頭的那便来
的人明白還好再糊塗些了頭的名字他也不記得混闹胡說的反連你們的東
西都攪糊塗了若是打發个女人素日知道的還罷了偏生前兒又打發小子
来可怎麼說了頭們的名字呢橫豎我来給他們帶来豈不清白說着把四个戒
指放下說道襲人姐〻一个夗央姐〻一个金釧兒姐〻一个平兒姐〻一个這到是四
个人的難到小子們也記得這麼清白衆人听了都笑道果然明白宝玉笑道還
是這麼會說話不讓人林代玉听了冷笑道他不會說話他的金麒麟也會說話
一面說着便起身走了幸而諸人都不曾听見只有薛宝釵抿嘴一笑宝玉听
見了到自己後悔又說錯了話忽見宝釵一笑由不得一笑了宝釵見宝玉笑了
忙起身走開找了林代玉去說笑賈母因向湘雲道吃了茶歇一歇瞧〻你的嫂

子们去園里也凉快同你姐姐们去逛逛湘雲答應了將三个戒指兒包上歇了一歇便起身要瞧瞧鳳姐等人去衆奶娘丫頭跟着到了鳳姐那里說笑了一回出来便往大觀園来見過了李宮裁少坐片時便往怡紅院来找襲人因回頭說道你们不必跟着只管瞧瞧你们的朋友親戚去留下翠縷伏侍就是了衆人聽了自去尋姑覓嫂早剩下湘雲翠縷兩个人翠縷道這荷花怎麽還不開史湘雲道時候没到翠縷道這也和偺们家池子里的一樣也是樓子花湘雲道他们這个還不如偺们的翠縷道他们那邊有顆石榴接連四五枝真真是樓子上起樓子這也難為他長史湘雲道花草也是同人一樣氣脉充足長的就好翠縷把臉一扭說道我不信這話若說同人一樣我怎麽不見頭上又長出一个頭来的人湘雲聽了由不得一笑說道我說你不用說話你偏好說這叫人怎麽好答言天地间都

賦陰陽二氣所生或正或邪或奇或怪千変萬化都是陰陽順逆多少〔就是〕一生出来人罕見的就奇究竟理还是一樣翠縷道這庅説起来從古至今開天闢地都是陰陽了湘雲咲道糊塗東西越説越放屁什庅都是些阴阳难道还有个阴阳不成阴阳两個字还只是一〔個〕字阳尽了就成阴〻〔阴〕尽了就成阳不是阴静了又有个阳生出来阳尽了又有个阴生出来翠縷道這糊塗死了我什庅是个阴阳没影没形的我只问姑娘這阴阳是怎庅个樣兒湘雲道阴阳可有什庅樣兒不過是个氣器物賦了成形比如天是阳地就是阴水是阴火就是阳日就是阳月就是阴翠縷听了笑道是了〻〻我今兒可明白了怪道人都管着日頭叫太阳呢筭命的管着月亮叫什庅太阴星就是這个理了湘雲笑道阿弥陀仸〔佛〕刚〻的明白了翠縷道這些大東西有阴阳也罢了

难到那些蚊子虼蚤蠓虫兒花兒草兒瓦片兒磚頭兒也有阴阳不成湘雲道怎庅沒有呢比如那一个樹葉兒还分阴阳呢那边向上朝陽的就是陽这边背陰覆下的就是阴翠縷听了点頭笑道原来這樣我可明白了只是偺们這手里的扇子怎庅是陽怎庅是阴呢湘雲道这边正面就是陽那反面就為阴翠縷又点頭笑了还要拿几件東西问因想不起了什庅来猛低頭就看見湘雲宮絛上繫的金麒麟便提起来笑道姑娘這个难到也有阴阳湘雲道走獸飛禽雄為阳雌為阴牝為阴牡為阳怎庅沒有呢翠縷道這是公的到底是母的呢湘雲道這連我也不知道翠縷道这也罷了怎庅東西都有阴阳偺们人倒沒有陰陽呢湘雲照臉啐了一口道下流東西好生走罷越问越问出好的来了翠縷笑道這有什庅不告訴我的呢我也知

道了不用难我湘雲咲道你知道什么翠縷道姑娘是陽我就是陰説着湘雲拿手帕子握着嘴呵〻的咲起来翠縷道説是了就咲的这樣湘雲道狠是〻翠縷道人規矩家説主子為陽奴才為陰我連这个大道理也不懂得湘雲咲道你狠懂得一面説一面剛到薔薇架下湘雲道你瞧那是誰吊的首飾金晃〻在那里翠縷听了忙赶上拾在手里攥着咲道可分出陰陽来了説着先拿史湘雲的麒麟瞧史湘雲要他揀的瞧翠縷只管不放手咲道是件宝貝姑娘瞧不得这是從那里来的好奇怪我從来在这裡沒見有人有这个湘雲道拿来我瞧〻翠縷將手一撒咲道請看湘雲舉目一驗却是文彩輝煌的一个金麒麟比自己配的又大又有文彩湘雲伸手擎在掌上只是默〻不語正自出神忽見宝玉從那边来了笑問道你两个在这日頭低下作什么呢怎么不找襲人

去了史湘雲連忙將那麒麟藏起道正要去呢咱們一处走説着大家進入怡紅院來襲人正在階下倚檻追風忽見湘雲來了連忙迎下來携手笑説一向別情况一時進來歸坐宝玉因笑道你該早來我得了一件好東西专等你呢説着一面在身上摸掏掏半天呵呀了一声便問襲人那个東西你収起來了么襲人道什么東西宝玉道前兒得的麒麟襲人道你天天帶在身上的怎么問我宝玉听了將手一拍説道这可丢了往那里找去就要起身自己尋去史湘雲听了方知是他遺落的便笑問道你几時又有了麒麟了宝玉道前兒好容易得的呢不知多早晚丢了我也糊塗了史湘雲笑道幸而是頑的東西还是这么慌張説着將手一撒笑道你瞧瞧是这个不是宝玉一見猶不得欢喜非常因説道不知是如何且听下回分解

後數十回若蘭在射圃所佩之麒麟正此麒麟也提綱伏於此回中所謂艸蛇灰線在千里之外

脂硯齋重评石頭記

前明顯祖湯先生有怀人诗一截讀之堪合此回故録之以待知音

無情無尽却情多　情到無多得尽麽

解到多情〻尽處　月中無樹影無波

脂硯齋重評石頭記卷之

第三十二回

訴肺腑心迷活宝玉　含耻辱情烈死金釧

話說宝玉見麒麟心中甚是欢喜便伸手来拿笑道虧你揀着了你是那里揀的史湘雲笑道幸而是這个明兒倘或把印也丟了难列也就罢了不成宝玉笑道到是丟了印平常若丟了這个我就該死了襲人斟了茶来与史湘雲吃一面笑道大姑娘听見前兒你大喜了史湘雲紅了臉吃茶不答襲人道這会子又害臊了你还記得十年前偺们在西边煖閣住着晚上你同我說的話兒那会子不害臊這会子怎么又害臊了史湘雲笑道你还說呢那会子偺们那么好後来我们太太沒了我家去住了一程子怎么就把你派了跟

二哥哥我来了你就不像先待我了襲人咲道你还说呢先姐姐長姐姐短哄着我替你梳頭洗臉作这个弄那个如今大了就拿出小姐的款来你既拿小姐的款我怎么敢親近呢史湘雲道阿弥陀佛冤枉冤哉我要这樣就立刻死了你瞧瞧这么大热天我来了必定赶来先瞧瞧你不信你问问縷兒我在家時時刻刻那一回不念你几声話猶未了忙的襲人和宝玉都劝道頑話你又認真了还是这么性急史湘雲道你不说你的話噎人到说人性急一面说一面打開手帕子将戒指遞与襲人襲人感謝不盡因笑道你前兒送你姐姐們的我已得了今兒你親自又送来可見是没忘了我只这个就试出你来了戒指兒能值多少可見你的心真史湘雲道是谁給你的襲人道是宝姑娘給我的湘雲咲道我只当林姐姐給你的原来是宝釵姐姐給了你我天天在家

里想着這些姐〻们再沒一个比宝姐〻好的可惜我们不是一个娘養的我
但凡有這庅个親姐〻就是沒了父母也是沒妨碍的說着眼睛圈兒就紅了
寶玉道罷〻〻不用題這个話史湘雲道題个便怎庅我知道你的心病恐怕
你的林妹〻听見又怪嗔我讚了寶姐〻可是為這个不是襲人在傍嗤的一
咲說道雲姑娘你如今大了越發心直嘴快了宝玉咲道我說你们這几个人
難說話果然不錯史湘雲道好哥〻你不必說話叫我惡心只〻會在我们跟前
說話見了你林妹〻又不知怎庅了襲人道且別說話正有一件事还要求你
呢史湘雲便问什庅事襲人道有一隻鞋摳了墊心子我這兩日身上不好不得
做你可有工夫替我做〻史湘雲咲道這又奇了你家放着這些巧人不筭還有
什庅針線上的裁剪上的怎庅叫我做起來你的活計叫誰做誰不好意思不做

呢襲人咲道你又糊塗了 你難道不知道我們這屋里的針線是不要那些針線上的人做的史湘雲听了便知是宝玉的鞋了因咲道既這麼說我就替你做了罢只是一件你的我縂做别人的我可不能襲人咲道又来了我是个什麼兒就敢煩你做鞋了實告訴你可不是我的你别管是誰的横竪我領情就是了史湘雲道論理你的東西也不知煩我做了多少今兒我到不做了的原故你必定也知道襲人道我到也不知道史湘雲冷咲道前兒我听見把我做的扇套子拿着和人家比賭氣又鉸了我早就听見了你还瞞我這會子又叫我做我成了你們的奴才了宝玉忙咲道前兒的那事本不知是你做的襲人也咲道他本不知是你做的是我哄他的話說是新近外頭有个會做活的女孩子說扎的出奇的花我叫他們拿了一个扇套子試試看好不好他就信了拿出去給

這个瞧給那个看的不知怎広又惹惱了林姑娘鉸了兩段回来他还叫赶着做去我纔說了是你做的他後悔的什広似的史湘雲道這越發奇了林姑娘他也犯不上生氣他既會剪就叫他做襲人道他可不做呢饒这広着老太〻还怕他劳碌着了大夫又說好生靜養纔好誰还煩他做舊年好一年的工夫做了个香袋兒今年半年还沒見拿針線呢正說着有人来回說興隆街的大爺来了老爺叫二爺出去會宝玉听了便知賈雨村来了心中好不自在襲人忙去拿衣服宝玉一面登着靴子一面抱怨道有老爺和他坐着就罷了回〻定要見我史湘雲一邊搖着扇子笑道自然你能會賓接客老爺纔叫你出去呢宝玉道那里是老爺都是他自己要請我去見的湘雲笑道主雅客来勤自然你有些警他的好處他纔只要會你宝玉道罷〻我也不

腌臢

敢称雅俗中又俗的一个俗人並不愿同这些人往来湘雲笑道还是這个情
性改不了如今大了你就不愿讀書去考舉人進士的也該常會會这些為官
做宰的人們談談講講些仕途经濟的學問也好將来應酬世務日後也有个朋
友沒見你成年家只在我们隊里攪些什麼宝玉听了道姑娘請别的姊妹屋
裡坐坐我这里仔细贜了你知经濟學問的人襲人道雲姑娘快别説这話上回
也是宝姑娘也説過一回他也不管人臉上過的去過不去他就咳了一声拿起
脚来走了这里宝姑娘的話也没説完見他走了登時羞的臉通紅説又
不是不説又不是幸而是宝姑娘那要是林姑娘不知又閙的怎麼樣哭
的怎麼樣呢提起這些話来真真宝姑娘教人敬重自己赳了一會子去了我
到過不去只當他惱了誰知過後还是照舊一樣真真有涵養心地寬大

誰知這一个反到同他生分了那林姑娘見你賭氣不理他你得賠多少不是呢宝玉道林姑娘從来説過這些混賬話不曾若他也説過這些混賬話我早和他生分了襲人和湘雲都点頭笑道這原是混賬話原来林代玉知道史湘雲在這里宝玉一定又赶来説麒麟的原故因此心下忖度自近日宝玉弄来的外傳野史多半才子佳人都因小巧玩物上撮合或有鴛鴦或有鳳凰或玉環金珮或鮫帕鸞絛皆由小物而遂終身今忽見宝玉亦有麒麟便恐此生隙同史湘雲也做出那些風流佳事来因而悄悄走来見机行事以察二人之意不想剛走来正听見史湘雲説經濟事宝玉又説林妹妹不説這様混賬話若説這話我也和他生分了林代玉听了這話不覺又喜又驚又悲又嘆所喜者果然自己眼力不錯素日認他是个知己果然是

个知己所驚者他在人前一片私心称揚於我其親熱厚密竟不避嫌疑所嘆者你既為我之知己自然我亦可為尔之知己矣既你我為知己則又何必有金玉之論哉既有金玉之論亦該你我有之則又何必來一寶釵哉所悲者父母早逝雖有銘心刻骨之言無人為我主張況近日每覺神思恍惚病已漸成醫者更云氣弱血虧恐致勞怯之症你我雖為知己但恐自不能久待你縱為我知己奈我薄命何想到此間不禁滚下淚來待進去相見自覺無味便一面拭淚一面抽身回去了這里寶玉忙忙的穿了衣裳出來忽抬頭見了林代玉在前面慢慢的走着似有拭淚之狀便忙趕上來笑道妹妹往那里去怎麼又哭了又誰得罪了你林代玉回頭見是寶玉便勉強笑道好好的我何曾哭了寶玉笑道你瞧瞧眼睛上的淚珠兒未乾還撒謊呢一面說一面禁不

住抬起手来替他拭淚林代玉忙向後退了几步説道你又要死了作什庅这庅動手動脚的宝玉咲道説話忘了情不覔的動了手也就顧不的死活林代玉道你死了到不值什庅只是丢下了什么金又是甚庅麒麟可怎庅様呢一句話又把宝玉説急赶上来問道你還説這話到底是咒我還是氣我呢林代玉見問方想起前日的事来遂自悔自已又説造次了忙咲道你別着急我原説錯了這有什庅的筋都暴起来急的一臉汗一面説一面禁不住近前伸手替他拭面上的汗宝玉瞅了半天方説道你放心三個字林代玉听了怔了半天方説道我有什庅不放心的我不明白這話你到説〻怎庅放心不放心宝玉嘆了一口氣問道你果不明白這話難到我素日在你身上的心都用錯了連你的意思若体貼不着就难怪你天〻為我生氣了林代玉道果然我不明白

放心不放心的話宝玉點頭嘆道好妹〻你別哄我果然不明白這話不但我
素日之意白用了且連你素日待我之意也都辜負了你皆因揔是不放
心的原故纔弄了一身病但凡寬慰些這病也不得一日重似一日林代玉听
了這話如轟雷掣電細〻思之竟比自己肺腑中掏出来的還覺懇切
竟有萬句言語满心要說只是半個字也不能吐却怔〻的望着他此時宝
玉心中也有萬句言詞一時不知從那一句上說起却也怔〻的望着代玉兩個
人怔了半天林代玉只咳了一声兩眼不覺滚下泪来回身便要走宝玉忙
上前拉住說道好妹〻了妹且畧站住我說一句話再走林代玉一面拭泪一面将手
推開說道有什麽可說的你的話我早知道了口裡說着却頭也不回竟去
了宝玉站着只管發起獃来原来方纔出来慌忙不曾帶得扇子襲

人怕他熱忙拿了扇子赶来送与他忽抬頭見了林代玉和他站着一時代玉走了他还站着不動因而赶上来说道你也不帶了扇子去虧我看見赶了送来宝玉出了神見襲人和他说话並未看出是何人来便一把拉住说道好妹妹我的这心事從来也不敢說今兒我大胆説出来死也甘心我為你也弄了一身的病这里又不敢告訴人只好掩着只等你的病好了只怕我的病纔得好呢睡裡夢裡也忘不了你襲人听了这話唬得魄銷魂散只叫神天菩薩坑死我了便推他道这是那里的話敢是中了邪还不快去宝玉一時醒过来方知是襲人送扇子来羞的滿面紫漲奪了扇子便忙忙的抽身跑了这里襲人見他去了自思方才之言一定是因代玉而起如此看来将来难免不才之事令人可驚可畏想到此间也不覺怔怔的滴下淚来心下暗度如何處治方免此

醜禍正裁疑间忽有宝釵從那边走来笑道大毒日頭地下出什麼神呢襲人
見問忙笑道那边两个雀兒打架到也好頑我就看住了宝釵道宝兄弟这會
子穿了衣服忙忙的那去了我才看見走过去倒要叫住问他呢他如今說話越
發沒了經綸我故此沒叫他了由他过去罢襲人道老爺叫他出去宝釵听了
忙道嗳哟这麼黄天暑熱的叫他做什麼別是想起什麼来生了氣叫出去教
訓一場襲人咲道不是这个想是有客要會宝釵咲道这个客也沒意思这
麼熱天不在家里凉快还跑些什麼襲人咲道倒是你說說罢宝釵因而问道
雲丫頭在你們家做什麼呢襲人咲道纔說了一會子閑话你瞧我前兒粘的那
雙鞋明兒叫他做去宝釵听見这话便两边回頭看無人来往便咲道你这麼
个明白人怎麼一時半刻的就不會體谅人情我近来看着雲丫頭的神情再风

里言風里語的听起来那雲了頭在家裡竟一点兒作不淂主他們家嫌費用
大竟不用那些針線上的人差不多的東西多是他們娘兒們動手為什麼这
几次他来了他和我說話兒見沒人在跟前他就說家裡累的狠我再問他兩
句家常過日子的話他就連眼圈紅了口裡含含糊糊待說不說的想其形景
来自然從小兒沒爹娘的苦我看着他也不覺的傷起心来襲人見說這話將
手一拍說是了是了怪道上月我煩他打十根蝴蝶結子過了那些日子纔打
發人送来还說這是粗打的且在別處能自使罷要勻淨的等明兒来住着再好
生打罷如今听宝姑娘這話想来我們煩他煩他不好推辭不知他在家里怎麼
三更半夜的做呢可是我也糊塗了早知是這樣我也不煩他了宝釵道上次
他就告訴我在家里作活做到三更天若是替別人做一点半点他家的那些

奶〻太〻們還不受用呢襲人道偏生我們那个牛心左性的小爺憑着小的大的活計一槩不要家里這些活計上的人作我又弄不開這些宝釵咲道你理他呢只管叫人作去只説是你做的就是了襲人道那里哄的信他〻纔是認得出来呢説不得我只好慢〻的累去罷了宝釵咲道你不必忙我替你作些如何襲人咲道當真的这樣就是我的福了晚上我親自送過来一句話未了忽見一个老婆子忙〻走来说道這是那里説起金釧兒姑娘好〻的投井死了襲人唬了一跳忙問那个金釧兒那老婆子道那里还有兩个金釧兒呢就是太〻屋裡的前兒不知為什么攆他出去在家裡哭天哭地的也都不理會他誰知找他不見了纔剛打水的人在那東南角上井里打水見一个尸首赶着叫人打撈起来誰知是他〻們家還只管乱着要救活那裡中用了宝釵道这

也奇了襲人听说点頭讚嘆想素日同氣之情不覚流下淚来宝釵听見這話忙向王夫人處来道安慰這里襲人回去不提却說宝釵来至王夫人房中只見鴉雀無闻独有王夫人在裡间房内坐着垂泪宝釵便不好提這事只得一旁坐了王夫人便问你從那里来宝釵道從園里來王夫人道你從園里来可見你宝兄弟宝釵道纔倒看見了他穿了衣服出去了不知那里去王夫人点頭哭道你可知道一椿奇事金釧兒忽然投井死了宝釵見說道怎麼好好的投井这也奇了王夫人道原是前兒他把我一件東西弄坏了我一時生氣打了他几下撵了他下去我只說氣他两天还叫他上来谁知他这麼氣性大就投井死了豈不是我的罪過宝釵嘆道姨娘是慈善人故然是这麼想據我看来他並不是賭氣投井多半他下去住着或是在井跟

前憨頑失了脚吊下去的他在上頭拘束慣了这一出去自然要到各處去頑〻他〻豈有这樣大氣的理總然有这樣大氣也不過是个糊塗人也不為可惜王夫人点頭嘆道這話虽然如此說到底我心不安宝釵嘆道姨娘也不勞念〻于茲十分過不去不過多賞他几両銀子發送他也就尽主僕情了王夫人道綫刚我賞了他娘五十両艮子原要还把你妹〻们的新衣服拿两套给他粧裹誰知鳳丫頭說可巧都沒有什麽新做的衣服只有你林妹〻作生日的两套我想你林妹〻那个孩子素日是个有心的况且他原也三災八难的既說了给他過生日这会子又给人去粧裹豈不忌諱因為這麽樣我現叫裁縫赶两套给他要是别的丫頭賞他几両銀子也就完了只是金釧兒虽然是个丫頭素日在我跟前比我的女兒也差不多

口里説着不覺流下淚來宝釵忙道姨娘這会子又何用叫裁縫赶去我前兒
到做了两套拿来給他豈不省事况且他活着的時候也穿過我的旧衣服身
量又相对王夫人道虽然這樣难到你不忌諱宝釵笑道姨娘放心我從来不
計較這些一面説一面起身就走王夫人忙叫了两个人来跟宝姑娘去一時宝
釵取了衣服回来只見宝玉在王夫人旁边坐着垂淚王夫人正才説他因宝
釵来了却掩了口不説了宝釵見此景况察言観色早知覺了八分於是将衣
服交割明白王夫人将他母親叫来拿了去再看下回便知

第三十二回評

脂硯齋重評石頭記卷之

第三十三回

手足耽〻小動唇舌　不肖種〻大承笞撻

却說王夫人喚上他母親来拿几件簪环當面賞与又分付請几衆僧人念經超度他母親磕頭謝了出去原来宝玉會过雨村回来听見了便知金釧兒含羞賭氣自尽心中早又五内摧傷進来被王夫人数落教訓也無可回說見宝釵進来方得便出来茫然不知何往背着手低頭一面感嘆一面慢〻的走着信步来至廳上剛轉过屏門不想对面来了一人正往裡走可巧兒撞了个滿懷只听那人喝一声站住宝玉唬了一跳抬頭一看不是別人却是他父親早不覺倒抽了一口氣只得垂手一傍站了賈政道好端〻的你垂頭

喪氣嗐(咳)些什么方纔雨村来了要見你叫你那半天(你)纔出来既出来了全無一点慷慨揮洒談吐仍是葳〻蕤〻我看你臉上一團思欲(慾)愁悶氣色这會子又唉声嘆氣你那些还不足还不自在無故这樣却是為何寶玉素日雖然口角伶俐只是此時一心總為金釧兒感傷恨不得此時也身亡命殞跟了金釧兒去如今見了他父親說这些話究竟不曾听見只是怔〻的站着賈政見他惶悚應对不似往日原本無氣的这一来到生了三分氣方欲說話忽有回事人来回忠順親王府(衤)裡有人来要見老爷賈政听了心下疑惑暗〻思忖道素日並不和忠順府来往為什么今日打發人来一面想一面命快請急走出来看時却是忠順府長史官忙接進廳上坐了獻茶未及叙談那長史官先就說道下官此来並非擅造潭府皆因奉王命而来有一件事相求看

王爺面上敢煩老大人作主不但王爺知情且連下官輩亦感謝不尽賈政听了這話抓不住頭腦忙陪咲起身問道大人既奉王命而来不知有何見諭望大人宣明學生好遵諭承辦那長府官冷咲道也不必承辦只用大人一句話就完了我們府里有一个做小旦的琪官一向好好在府里如今竟三五日不見回去各處去找又摸不着他的道路因此各處察訪這一城內十停人倒有八停人都說他近日和啣玉的那位令郎相与甚厚下官輩听了尊府不比別家可以擅来索取因此啓明王爺王爺亦云若是別的戲子呢一百个也罢了只是這琪官隨機應答謹慎老誠甚合我老人家的心竟斷斷少不得此人故此求老大人轉令郎請將琪官放回一則可慰王爺諄諄奉懇二則下官輩也可免操勞求覓之苦說畢忙打一躬賈政听了這話

又驚又氣即命喚宝玉来宝玉也不知是何原故忙赶来時賈政便问該死的奴才你在家不讀書也罷了怎広又做出這些無法無天的事来那琪官現是忠順王爺駕前承奉的人你是何等草芥無故引逗他出来如今禍及於我宝玉听了唬了一跳忙回道実在不知此事究竟連琪官両个字不知為何物豈更又加引逗二字説着便哭了賈政未及開言只見那長史官冷咲道公子也不必掩飾或隐藏在家或知其下落早説了出来我們也少受些辛苦豈不念公子之德宝玉連説不知恐是訛傳也未見得那長府官冷咲道現有據証何必還賴必定當着老大人説了出来公子豈不吃虧既云不知此人那紅汗巾子怎広到了公子腰裡宝玉听了這話不覺轟去魂魄目瞪口呆心下自思這話他如何得知他既連這樣机密

事都知道了大約别的瞞他不過不如打發他去了免的再說出别的事来因
説道大人既知他的底細如何連他置買房舍這樣大事到不曉得了听
得說他如今在東郊离城二十里有个什広紫檀堡他在那里置了几畝田地
几间房舍想是在那里也未可知那長府官听了笑道這樣說一定是在
那里我且去找一回若有了便罢若沒有還要来請教說着便忙々的走
了賈政此時氣的目瞪口歪一面送那長府官一面回頭命宝玉不許動
回来有話问你一直送那官員去了才回身忽見賈环帶着几个小廝一
陣乱跑賈政喝命小廝快打々々賈环見了他父親唬的骨軟筋酥忙
低頭站住賈政便问你跑什広帶着你的那些人都不管你不知往那里從
去由你野馬一般喝命叫跟上学的人来賈环見他父亲盛怒便乘机

說道方才原不曾跑只因從那井边一過那井裡淹死了一个丫頭我看見人頭這樣大身子这樣粗泡的寔在可怕所以才赶着跑了过来賈政听了驚疑问道好端端誰去跳井我家從無这樣事情自祖宗以来皆来寬柔以待下人大約我近年於家務踈懶自然执事人操尅奪之权致使出这暴殄輕生的禍患若外人知道祖宗顏面何在喝命快吽賈璉賴大興来小厮們荅應了一声方欲去吽賈环忙上前拉住賈政袍襟貼膝下道父亲不用生氣此事除太太房里的人別人一点也不知道我听見我母亲說說到这里便回頭四顧一看賈政知意將眼看眾小厮小厮們明白都往兩边後面退去賈环便悄悄說道我母親告訴我說宝玉哥哥前日在太太屋里拉着太太的丫頭金釧兒強奸不遂打了一頓

那金釧兒便賭氣投井死了話未說完把个賈政氣的面如金紙大喝快拿宝玉来一面說一面便往書房去喝命今日再有人劝我〻把这冠帶家私一應就交与他与宝玉过去我免不得做个罪人把这几根煩惱鬢毛剃去尋个干淨去處自了也免得上辱先人下生逆子之罪衆门客僕從見賈政这个形景便知又是為宝玉了一个〻都是啖指咬舌連忙退出那賈政喘吁〻的直挺〻坐在椅子上滿面淚痕一疊声拿宝玉拿大棍拿索子綑上把各门都関上有人傳信在裡頭去立刻打死衆小廝們只得齊声答應有几个来找宝玉那宝玉所見賈政分付他不許動早知凶多吉少那里承望賈環又添了許多的話正在所上乾轉怎得个人来往裡頭去稍信偏生沒个人連焙茗也不知在那里正盼望時只見一个老姆〻出来

宝玉如得了珍宝便赶上来拉他説道快進去告訴老爺要打我呢快去〻要緊〻宝玉一則急了説話不明白二則老婆子偏生又聾竟不曽听見是什庅話把要緊二字只听見跳井二字便咲道跳井讓他跳去二〻爺怕什庅宝玉見是个聾子便着急道你出去叫我的小厮来罷那婆子道有什庅不了事的老早的完了太〻又賞了衣服又賞了銀子怎庅不了事的宝玉急的跺脚正没抓尋處只見賈政的小厮走来逼着他出去了賈政一見眼都紅紫了也不暇问他在外流蕩優伶表贈私物在家荒踈學業淫辱母婢等語只喝命堵起嘴来着實打死小厮们不敢違拗只得將寶玉按在凳上舉起大板打了十来下賈政犹嫌打輕了一脚踢開掌板的自己奪過来咬着牙恨命盖了三四十下衆

門客見打的不祥了忙上前奪勸賈政那里肯听說道你們問〻他幹的勾當可饒不可饒素日皆是你們這些人把他釀壞了到这步田地还来鮮勸明日釀到他弒君殺父你們纔不勸不成衆人听這話不好听知道氣急了忙又退出只得覓人進去給信王夫人不敢先回賈母只得忙穿衣出来也不顧有人沒人忙〻趕往書房中来慌的衆门客小廝等避之不及王夫人一進房来賈政更如火上澆油一般那板子越發下去的又狠又快按宝玉的兩个小廝忙鬆了手走開宝玉早已動彈不得了賈政还欲打時早被王夫人抱住板子賈政道罷了〻〻今日必定要氣死我纔罷王夫人哭道宝玉雖然該打老爺也要自重况且炎天暑日的老太〻身上也不大好打死宝玉事小倘或老太〻一時不自在了豈不事大賈政冷笑道倒休提這話我養了這不肖的孽障

我巳不孝教訓他一番又有衆人護持不如趁今日一發勒死了以絶將来之患說着便要繩索来勒死王夫人連忙抱住哭道老爺𨿽然應當管教兒子也要看夫妻分上我如今已將五十歲的人只有這个孽障必定苦苦的以他為法我也不敢深劝今日越發要他死豈不是有意絶我既要勒死他快拿繩子来先勒死我再勒死他我們娘兒們不敢含怨到底在陰司裡得个依靠未喪母者来细玩既喪母者来痛哭說畢爬在宝玉身上大哭起来賈政听了此話不覺長嘆一声向椅上坐了淚如雨下王夫人抱着宝玉只見他面白氣弱底下穿着一條綠紗小衣皆是血漬禁不住解下汗巾看田豚互脛或青或紫或整或破竟無一点好処不覺失声大哭起来苦命的兒吓因哭出苦命兒来忽又想起賈珠来便叫着賈珠哭道若有你活着便死一百个我也不管了此時裡面的

人閗得王夫人出来那李宫裁王熙鳳与迎春姊妹早已出来了王夫人哭着賈珠的名字别人还可惟有宫裁禁不住也放声哭了賈政听見那淚珠更似滚瓜一般滚了下来正没開交處忽听了丫环来説老太太来了一句话未了只听窗外頗嵬嵬的声氣説道先打死我再打死他岂不干净了賈政見他母亲来了又急又痛連忙迎出来只見賈母扶着丫頭喘氣的走来賈政上前躬身陪笑説道大暑熱天母亲有何生氣亲自走来有话只该吩咐了兒子進去吩咐賈母听説便止住步喘息一回厲声道你原来是和我説话我倒有话吩咐只是可怜我一生没養个好兒子却叫我和誰説去賈政听这话不像忙跪下含淚説道為兒的教訓兒子也為的是光宗耀祖母亲这话我做兒的如何禁得起賈母听説便啐了一口説道我説了一句話你就禁不起你那樣下死

手的板子難道寶玉就禁得起了　你說教訓兒子是光宗耀祖當初你父亲是怎麼教訓你來說着也不覺滾下淚來　賈政又陪笑道母亲也不必傷感皆是做兒的一時性起從此以後再不打他了　賈母便冷笑道　你也不必和我賭氣你的兒子我也不該管你打不打我猜着你也厭煩我娘兒們不如我們早離了你大家干淨說着便命人去看轎馬我和你太太寶玉立刻回南京去家下人只得干答應着賈母又叫王夫人道你也不必哭了如今寶玉年紀小你疼他他將來長大為官做宰的也未必想着你是他母親了　你如今倒不要疼他只怕將來還少生一口氣呢賈政聽說忙叩頭哭道母亲如此說賈政無立足之地賈母冷笑道你分明使我無立足之地你反說起你來只是我們回去了你心里干淨看有誰來許你打一面說一面只命快打點行李車轎回去賈

政呰〻叩来認罪賈母一面説話一面又記罣宝玉忙進来看時只見今日这頓
打不比往日又是心疼又是生氣也抱着哭个不了王夫人与凤姐等觧劝了一會
方漸〻的止住早有丫环媳婦等上来要攙宝玉凤姐便罵道糊塗東西
也不睁開眼瞧〻打的这広个樣兒还要攙着走还不快進去把那籐屉
子春凳抬出来呢衆人听説連忙進去果然抬出春凳来将宝玉抬
放凳上随着賈母王夫人等道去送至賈母房中彼時賈政見賈母氣
未全消不敢自便也跟了進去看〻宝玉果然打重了再看〻王夫人兒一声
肉一声你替珠兒早死了留着珠兒免你父親生氣我也不白操这半世的心了这
會子你倘或有个好歹丢下我叫我靠那一個数落一塲又哭不争氣的兒
賈政听了也就灰心自悔不該下毒手打到如此地步先劝賈母賈母含淚

説道兒子不好原是要管的不該打到這個分兒

你不出去还在这里做什庅难道扵心不足还要眼看着他死了纔去不成

賈政听説方退了出来此時薛姨媽同宝釵香菱襲人史湘雲等也都在

这里襲人满心委屈只不好十分使出来見衆人圍着灌水的灌水打扇的

打扇自己揷不下手去便越（索）性走出来到二門前命小厮們找了焙茗来細問

方纔好端端的為什庅打起来你也不早来透个信兒焙茗急的説偏生我

没在跟前打到半中間我纔听見了忙打听原故却是為琪官同金釧姐姐的

事襲人道老爷怎庅得知道的焙茗道那琪官的事多半是薛大爷素

（日）習吃醋没法兒出氣不知在外頭唆挑了誰来在老爷跟前下的火那金釧兒

的事（大約）是三爷説的我也是听見（跟）老爷的人説的襲人听了这两件事都对景

心中也就信了八九分然後回来只見衆人都替宝玉療治調停完備賈母

命好生抬到他房内去衆人一聲答應七手八脚忙把宝玉送入怡紅院内自巳床上臥好又乱了半日衆人漸〻散去襲人方進前来经心扶侍问他端的且听下回分解

脂硯齋重評石頭記卷之

第三十四回

情中情因情感妹〻　錯裡錯以錯勸哥〻

話説襲人見賈母王夫人等去後便走來寶玉身邊坐下含淚問他怎么就打到這步田地寶玉嘆氣説道不過為那些事问他做什么只是下半截疼的狠你瞧〻打壞了那里襲人听説便輕〻的伸手進去將中衣褪下寶玉略動一動便咬着牙叫噯喲襲人連忙停住手如此三四次纔褪了下來襲人看時只見腿上半段青紫都有四指濶的僵痕高了起來襲人咬着牙説道我的娘怎么下這般的這么狠手你但凡听我一句話也不得到這步地位幸而沒動筋骨倘或打出个残疾來可叫人怎么樣呢正説着只听了環們説寶姑娘

来了襲人听見知道穿不及中衣便拿了一床袷紗被替宝玉蓋了只見宝釵手里托着一丸藥走進来向襲人説道晚上把這藥用酒研開替他敷上把那淤血的熱毒散開可以就好了説畢遞與襲人又問道這會子可好些宝玉一面道謝説好了又讓坐宝釵見他睁開眼説話不像先時心中也寬慰了好些便点頭嘆道早听人一句話也不至今日别説老太〻太〻心疼就是我們看着心里也疼剛説了半句又忙嚥住自悔説的話急速了不覺紅了臉低下頭来宝玉听得這話如此親切稠密大有深意忽見他嚥住不往下説紅了臉低下頭只管弄衣帶那一種姣羞怯〻非可形容得出者不覺心中大暢将疼痛早丢在九霄雲外心中自思我不過捱了几下打他們一个〻就有這些怜惜悲感之態露出令人可玩可觀可憐可敬假若我一時竟

遭殃横死他們还不知是何等悲感呢既是他們这様我便一时死了得他們如此一生事業總然盡付東流亦無足嘆惜冥冥之中若不怡然自得亦可謂糊塗鬼祟矣想着只听宝釵向襲人道怎麽好好的動了氣就打起来了襲人便把焙茗的話説了出来宝玉原来还不知道賈环的話見襲人説出方纔知道因又拉上薛蟠惟恐宝釵沉心忙又止住襲人道薛大哥哥從来不这様的你們别混裁度宝釵听説便知宝玉是怕他多心用話攔襲人因心中暗暗想道打的这个形像疼还顧不过来还是这様細心怕得罪了人可見在我們身上也算是用心了你既这様用心何不在外頭大事上做工夫老爺也欢喜了也不能吃这様虧但你固然怕我沉心所以攔襲人的話难道我就不知我的哥哥素日恣心縱欲毫無防犯的那種心性当日

為一个秦鐘还鬧的天翻地覆自然如今比先又更利害了想畢因咲道你们也不必怨这个怨那个據我想到底宝兄弟素日不正肯和那些人来往老爺纔生氣就是我哥〻說話不防頭一時說出宝兄弟来也不是有心调唆一則也是本来的實話二則他原不理論这些防嫌小事襲姑娘從小兒只見過宝兄弟这麼樣细心的人你何嘗見过我那哥〻天不怕地不怕心里有什麼口里就說什麼的人襲人因說出薛蟠来見宝玉攔他的話早已明白自己說造次了恐宝釵没意思听宝釵如此說更覺羞愧無言 宝玉又听宝釵这番話一半是堂黄正大一半是去己的疑心更覺比先暢快了 方欲說話时只見宝釵起身說道明兒再来看你〻好生養着罷方纔我拿了藥来交給襲人晚上敷上管就好了 說着便走出门去襲人趕着

送出院外说姑娘到費心了改日宝二爺好了親自来謝宝釵回頭笑道有
什庅謝處你只劝他好生静養别胡思乱想的就好了不必驚動老太ゝ〔要想什麽吃的頑的悄悄的往我那裡去取了〕
衆人倘或吹到老爺耳朵里虽然彼时不怎庅樣将来对景終是要吃虧的
说着一面去了襲人抽身回来心内着寔感激宝釵進来見宝玉沉思默ゝ
似睡非睡的模樣因而退出房外自去梳沐宝玉默ゝ的倘〔躺〕在床上無奈豚
上作痛如針挑刀挖一般更又热如火炙略展轉时禁不住噯喲之声那
时天色将晚因見襲人去了却有三兩个丫环伺候此时並無呼喚之事
因说道你们且去梳洗等我叫时再来衆人听了也都退出这里宝玉昏ゝ
默ゝ只見蒋玉菡走了進来訴说忠順府拿他之事一时又見金釧兒進来
哭说為他投井之情宝玉半夢半醒都不在意忽又覺有人推他恍ゝ惚

惚听得有人悲戚之声宝玉從夢中鶩醒睁眼一看不是別人却是林代玉宝玉猶恐是夢忙又將身子欠起来向臉上細々一認只見他兩个眼睛腫的桃兒一般滿面淚光不是代玉却是那个宝玉还欲看时怎奈下半截疼痛难禁支持不住便噯喲一声仍就倒下嘆了一声说道你又做什庅跑来虽说太陽落下去那地上的餘热未散走兩盪又〔倘〕要受了暑我虽然捱了打並不覔疼痛我这个樣兒只粧出来哄他们好在外頭佈散与老爺听其寔是假的你不可記〔信〕真此時林代玉虽不是嚎啕大哭然越是这等無声之泣氣噎喉堵更覺利害听了宝玉这番話心中虽然有萬句言词只是不能说得半日方抽々噎々的说道你從此可都改了罢宝玉听说便長嘆一聲道你放心別说这樣話我便為这些人死了也是情愿的一

自活来了只見院外人説二奶〻来了林代玉便知是鳳姐来了連忙立起身
説道我從後院子里去罷回来再来寶玉一把拉住道這可奇了好〻的怎庅
怕起他来林代玉急的跺脚悄〻的説道你瞧〻我的眼睛又該他取笑開心呢
寶玉聽説赶忙的放了手代玉三步兩步轉過床後出後院而去鳳姐從
前頭已進来了問寶玉可好些了想什庅吃叫人往我那里取去接着薛姨
娘又来了一時賈母又打發了人来至掌灯時分寶玉只喝了兩口湯便昏〻
沉〻的睡去接着周瑞媳婦吴龍登媳婦鄭好時媳婦這几個有年紀
常往来的聽見宝玉捱了打也都進来襲人忙迎出来悄〻的咲道嬸
嬸們来遲了一步二爷纔睡着了説着一面帶他們到那邊房里坐了倒茶
與他們吃那几个媳婦子都悄〻的坐了一回向襲人説等二爷醒了你替我

們說罷襲人答應了送他們出去剛要回来只見王夫人使個婆子来口稱太〻吽一個跟二爺的人呢襲人見說想了一想便回身悄〻的告訴晴雯麝月檀雲秋紋等說太〻吽人你們好生在房裡我去了就来說畢同那婆子一逕出了園子来至上房王夫人正坐在涼榻上搖〔着〕看芭蕉扇子見他来了說道你不曾吽個誰来也罷了你又丟下他来了誰伏侍他呢襲人見說連陪咲回道二爺纔〻睡安穩了那四五個丫頭〔晚〕如今也好了會伏侍二爺了太〻請放心恐怕太〻有什麼話〔吩〕咐打發他們来一時听不明白到耽悞了〔事〕王夫人道也沒甚話白問〻他這會子疼的怎麼樣襲人道寶姑娘送去的藥我給二爺敷上了比先好些了先疼的淌〔躺〕不穩這會子都睡沉了可見好些了王夫人又問吃了什麼沒有襲人道老太〻給的一碗湯喝了兩口只嚷

乾渴要吃酸毒湯我想着酸毒是个收歛的東西纔剛捱了打又不許叫喊自然急的那熱毒熱血未免不存在心里倘或吃下這个去激在心里再弄出大病来可怎麼樣因此我勸了半天纔沒吃只拿那糖醃的玫瑰滷子和了吃〻了半碗又嫌吃絮了不香甜王夫人道噯喲你不該早来和我說前兒有人送了兩瓶子香露来原要給他點子的我怕他胡遭遢了就沒給既是他嫌那些玫瑰膏子絮煩把這个拿兩瓶子去一碗水里只用挑一茶匙兒就香的了不得呢說着就喚彩雲来把前兒的那几瓶香露拿了来襲人道只拿兩瓶来罷多了也白遭遢等不彀再要再来取也是一樣彩雲听說去了半日果然拿了兩瓶来付與襲人〻〻看時只見兩个玻璃小瓶却有三寸大小上面螺絲銀盖鵝黄箋上寫着木樨清露那一个寫

旨玫瑰清露襲人咲道好金貴東西這庅个小瓶兒能有多少王夫人道那是進上的你沒看見鵝黄箋子你好生替他收旨別遭遢了襲人荅應旨方要走時王夫人又吽站旨我想起一句話来問你襲人忙又回来王夫人見房内無人便問道我恍惚听見宝玉今兒捱打是環兒在老爺跟前說了什庅話你可听見這个了你要听見告訴我听听我也不吵出来教人知道是你說的襲人道我到沒听見這話為二爺霸占旨戲子人家来和老爺要為这个打的王夫人摇頭說道也為这个還有別的原故襲人道別的原故實在不知道了我今兒大胆在太太跟前說句不知好歹的話論理說了半截忙又嚥住王夫人道你只管說襲人笑道太太別生氣我就說了王夫人道我有什庅生氣的你只管說来襲人道論理我們二

爺也須〔得〕得老爺教訓兩頓若老爺再不管不知將來做出什麽事來呢王夫人一聞此言便合掌念聲阿彌陀佛由不得趕着襲人叫了一聲我的兒虧了你也明白這話和我的心一樣我何曾不知道管兒子先時你珠大爺在我是怎麽樣管他難道我如今到不知管兒子了只是有個原故如今我想我已經將〔快〕五十歲的人通共剩了他一個他又長的單弱況且老太太寶貝似的若管緊了他倘或再有個好歹或是老太太氣壞了那時上下不安豈不倒壞了所以就縱壞了他我常常掰着口兒勸一陣說一陣氣的罵一陣哭一陣被〔彼〕時他好過後兒還是不相干端的吃了虧纔罷了〔設〕若打壞了將來我靠誰呢說着由不得滾下淚來襲人見王夫人這般悲感自己也不覺傷了心陪着落淚又道二爺是太太養的豈不心疼便是我們做下人的伏侍一場大家落個

平安也筭是造化了要這樣起來連平安都不能了那一日那一時我不勸二爺只是再勸不醒偏生那些人又肯親近他也怨不得他這樣總是我們勸的到不好了今兒太太提起這話來我還記罣着一件事每要來回太太討太太个主意只是我怕太太疑心不但我的話白說了且連葬身之地都沒了王夫人听了這話内有因忙问道我的兒你有話只管說近來我因听見衆人背前背後都誇你我只說你不过是在宝玉身上留心或是諸人跟前和氣這些小意思好所以將你合老姨娘一體行事誰知你方纔和我說的話全是大道理正合我的心事你有什麽只管說什麽只別叫別人知道就是了襲人道我也沒甚麽別的說我只想着討太太一个示下怎麽变个法兒已後竟還叫二爺搬出園外來住就好了王夫人听了吃一大驚忙拉了襲人的手

問道宝玉難到和誰作怪了不成襲人連忙回道太〻別多心並沒有這話這不過是我的小見識如今二爺也大了裡頭姑娘們也大了況且林姑娘宝姑娘又是兩姨姑表姊妹雖說是姊妹們到底是男女之分日夜一處起坐不方便由不得叫人懸心便是外人看着也不像一家子的事俗語說的沒事常思有事世上多少無頭腦的事多半因為無心中作出有心人看見當作有心事反說壞了只是預先不防着斷然不好二爺素日性格太〻是知道的他又偏好在我們隊里鬧倘或不防前後錯了一點半点不論真假人多口雜那起小人的嘴有什麽避諱心順了說的比菩薩還好心不順就貶的連畜生不如二爺將来倘或有人說好不過大家直過沒若叫人嗚出一声不字来我們不用說粉身碎骨罪有萬重都是平常小事但後来二爺一生的声名品

行豈不完了二則太〻也難見老爺俗語又說君子防不然不如這會子防避的為是太〻事情多一時固然想不到我們想不到則可既想到了若不回明太〻罪越重了近来我為這事日夜懸心又不好說与人惟有灯知道罷了王夫人听了這話如雷轟電掣的一般正觸了金釧兒之事心内越發感愛襲人不尽忙㗒道我的兒你竟有這个心胸想的這樣週全我何曽又不想到這里只是這几次有事就忘了你今兒这一番話提醒了我难為你成全我娘兒兩个声名體面真〻我竟不知道你這樣好罷了你且去罷我自有道理只是還有一句话你今既說了這樣的話我就把他交給你了好歹留心保全了他就是保全了我〻自然不辜負你襲人連〻答應着去了回来正值宝玉睡醒襲人回明香露之事宝玉喜不自禁即

命调来嚐试果然香妙非常回心下记罣着代玉满心里要打發人去只是怕襲人便設一法先使襲人往宝釵那里去借書襲人去了宝玉便命晴雯来（前文晴雯放肆原有把柄所恃也）吩咐道你到林姑娘那里看〻他做什么呢他要问我只說我好了晴雯道白眉赤眼做什么去呢到底說句話兒也像一件事宝玉道沒有什么可說的晴雯道若不然或是送件東西或是取件東西不然我去了怎么搭赸呢宝玉想了一想便伸手拿了兩條手帕子撂与晴雯笑道也罢就說我叫你送這个給他去了晴雯道這又奇了他要這半新不舊的兩條手帕子他又要恼了說你打趣他宝玉笑道你放心他自然知道晴雯听了只得拿了帕子往瀟湘館来只見春纖正在欄杆上晾手帕子見他進来忙摆手兒說睡下了晴雯走進来滿屋魆黑並未点灯代

玉已睡在床上问是谁晴雯忙答道晴雯代玉道做什広晴雯道二爺
送手帕子来给姑娘代玉听了心中發闷暗想做什広送手帕子来给我因
问这帕子是谁送他的必定是上好的叫他留着送别人罢我这會不用
这个晴雯笑道不是新的就是家常旧的林代玉听见越發闷住着是
细心搜求思忖一時方大悟过来連忙说放下去罢晴雯听了只得放下
抽身回去一路盘算不解何意这里林代玉体貼出手帕子的意思来不
覺神魂馳蕩宝玉这番苦心能領会我这番苦意又令我可喜我这番意
不知将来如何又令我可悲忽然好好的送两塊旧帕子来若不
是領我深意单看了这帕子又令我可笑再想令人私相傳遞与我
可懼我自己每每好哭想来也無味又令我可愧如此左思右想一時五内沸然

炙起代玉由不得餘意綿纏命掌灯也想不起嫌疑避諱等事便向案上研墨蘸筆便向那两塊旧帕上走筆寫道

眼空蓄淚〻空垂　暗洒閑拋却為誰
尺幅鮫鮹勞解贈　叫人焉得不傷悲

其二

拋珠滚玉只偷潸　鎮日無心鎮日閑
枕上袖邊難拂拭　任他点〻与斑〻

其三

彩線難收面上珠　湘江旧跡已模糊
窓前亦有千竿竹　不識香痕漬也無

林代玉還要往下寫時覺得渾身火熱面上作燒走至鏡台揭起錦袱一照只見腮上通紅自羨壓倒桃花却不知病由萌一時方上床睡去由拿着那帕子思索不在話下却說襲人来見宝釵誰知宝釵不在園内往他母親那里去了襲人便空手回来等至二更宝釵方回来原来宝釵素知薛蟠情性心中已有一半疑是薛蟠調唆了人来告宝玉的誰知又听襲人説出来越發信了究竟襲人是焙茗説的那焙茗也是私心窺度一半據實竟認准是他説的那薛蟠都因素日有这个名声其實这次却不是他幹的被人生生的一口咬死是他有口难分这日正從外頭吃了酒回来見过母親只見宝釵在这里説了几句閑話因問听見宝兄弟吃了虧是為什么薛姨媽正為这个不自在見他問時便咬着牙

道不知好歹的冤家都是你鬧的你还有臉来問薛蟠見說便怔了忙問道
我何嘗鬧什麽薛姨媽道你还粧憨呢人々都知道是你說的还頼呢
薛蟠道人々說我殺了人也就信了罷薛姨媽道連你妹々都知道是你
說的难道他也頼你不成宝釵忙劝道媽和哥々且別叫喊消々停々的就有
个青紅皂白了因向薛蟠道是你說的也罷不是你說的也罷事
情也過去了不必較証到把小事兒弄大了我只劝你從此以後少在
外頭胡鬧少管別人的事天々一處大家胡逛你是个不妨頭的人过
後兒沒事就罷了倘或有事不是你幹的人々都也疑惑若是你幹的不用
說別人我先就疑惑薛蟠本是个心直口快的人一生見不得这樣藏頭露
尾的事又見宝釵劝他不要逛去他母親又說他犯舌宝玉之打是他治

的早已急的乱跳賭身發誓的分辯又罵衆人誰这樣贓〔編〕派我ゝ把那囚
攮的牙敲了纔罢分明是為打了宝玉沒的獻勤兒拿我来作幌子
难道宝玉是天王他父親打他一頓一家子定要閙几天那一回為他不好
姨爹打了他兩下子过後老太ゝ不知怎么知道了說是珍大哥ゝ治的
好ゝ的叫了去罵了一頓今兒越發拉上我了既拉上我〔我〕也不怕越〔索〕性
進去把宝玉打死了我替他償了命大家干净一面嚷一面抓起一根门闩来就
跑慌的薛姨媽一把抓住罵道作死的孽障你打誰去你先打我来薛蟠
急的眼似銅鈴一般嚷道何苦来又不叫我去又好ゝ的賴我將来宝玉
活一日我担一日的口舌不如大家死了清净宝釵忙也上前劝道你忍耐些
兒罢媽急的這个樣兒你不說来劝媽你还反閙的这樣別說是媽便

是傍人来劝你也為你好到把你的性子劝上来了薛蟠道你这會子又説这話都是你説的宝釵道你只怨我説再不怨你顧前不顧後的形景薛蟠道你只會怨我顧前不顧後你怎庅不怨宝玉外頭招風惹草的那个樣子别説多的只拿前兒琪官的事比給你們听那琪官我們見过十来次的他並未和我説一句親熱話怎庅前兒他見了連姓名还不知道就把汗巾子給他了難道這也是我説的不成薛姨媽和宝釵急的説道还提这个可不是為这个打他呢可見是你説的了薛蟠道真々的氣死人了頼我説的我不惱我只為一个宝玉鬧的这樣天翻地覆的宝釵道誰鬧了你先持刀動杖的鬧起来到説别人鬧薛蟠見宝釵説的話句々有理難以駁政比母親的話反难回荅因此便要設法拿話堵回他去就無人敢攔自已話了也因正在

氣頭上未曾想話之輕重便説道好妹〻你不用和我鬧我早知道你的心了從先媽和我説你这金要揀有玉的緫可正配你留了心見宝玉有那撈什骨子你自然如今行動護着他話未説了把個宝釵氣怔了拉着薛姨媽哭道媽〻你听哥〻説的是什庅話薛蟠見妹子哭了便知自己冒撞了便賭氣走到自己房里安歇不提这里薛姨媽氣的乱战一面又劝宝釵道你素日知那孽障説話沒道理明兒我叫他給你陪不是宝釵滿心委屈氣忿待要怎樣又怕他母親不安少不得含淚別了母親各自回來到房裡整哭了一夜次日早起來也無心梳洗胡乱整理〻〻便出來瞧母親可巧遇見林代玉獨立在花陰之下問他那裡去薛宝釵因説家去口里説着便只管走代玉見他無精打彩的去了又見眼上有哭泣之狀大非往日

可比便在後面咲道娘々也自已保重些兒就是哭出兩缸眼淚来也醫不好棒瘡　不知薛宝釵如何荅對且听下回分解

紅樓夢第三十四回終

第三十四回評

紅樓夢古抄本叢刊【己卯本】

脂硯齋重評石頭記

下

上海古籍出版社

脂硯齋重評石頭記卷之

第三十五回

白玉釧親嚐蓮葉羹　黄金鶯巧结梅花絡

話説寶釵分明听見林代玉尅薄他回記掛着母親哥〻並不回頭一逕去了這里林代玉还自立于花陰之下遠〻的却向怡红院内坐着只見李宫裁迎春探春惜春並各項人等都向怡红院内去過之後一起〻〻的散盡了只不見凤姐兒來心裡自己盤筭道如何他不來瞧宝玉便是有事纏住了他必定也是要來打个花胡哨討老太〻和太〻的好兒纔是今兒这早晚不來必有原故一面猜疑一面抬頭再看時只見花〻簇〻一羣人又向怡红院内来了定睛看時只見賈母搭着凤姐兒的手後頭邢夫人王夫人跟着周姨娘並了

姊媳婦等人都進院去了代玉看了不覺点頭想起有父母的人的好處来早又泪珠滿面少頃只見宝釵薛姨媽等也進入去了忽見紫鵑從背后走來説道姑娘吃藥去罷開水又冷了代玉道你到底要怎麼樣只是催我吃不吃管你什麼相干紫鵑笑道咳嗽的才好了些又不吃藥了如今虽然是五月里天氣热到底也該还小心些大清早起在这个潮地方站了半日也該回去歇息々々了一句話提醒了代玉方覺得有点腿酸呆了半日方慢々的扶着紫鵑回瀟湘館来一進院门只見滿地下竹影參差苔痕濃淡不覺又想起西廂記中所云幽僻處可有人行点蒼苔白露冷々二句来因暗々的嘆道双文々々誠為命薄人矣然你虽命薄尚有孀母弱弟今日林代玉之命薄一併連孀母弱弟俱無古人云佳人命薄然我又非佳人何命薄勝于双文哉一面想一面

只管走不妨廊上的鸚哥見林代玉來了嘎的一声撲了下來到嚇了一跳因說道作死的又搧了我一頭的灰那鸚哥仍飛上架去便叫雪雁快掀簾子姑娘來了代玉便止住步以手扣架道添了食水不曾那鸚哥便長嘆一声竟大似林代玉素日吁嗟音韵接着念道儂今葬花人笑痴他年葬儂知是誰試看春尽花漸落便是紅顏老死时一朝春尽紅顏老花落人亡兩不知代玉紫鵑听了都笑起來紫鵑笑道这都是素日姑娘念的难為他怎麽記了代玉便命將架摘下來另掛在月洞窗外的鈎上于是進了屋子在月洞窗内坐了吃畢藥只見窗外竹影映入紗來滿屋内陰陰翠润几簟生凉代玉無可釋悶便隔着紗窗調逗鸚哥作戲又將素日所喜的詩詞也教與他念这且不在話下且說薛宝釵來至家中只見母親正自梳頭呢一見他來了便說道你大清早起

跑来作什么宝釵道我瞧〻媽身上好不好昨兒我去了不知他可又过来鬧
了沒有一面説一面在他母親身傍坐了由不得哭將起来薛姨媽見他一哭
自己掌不住也就哭了一場一面又劝他我的兒你別委屈了你等我処分那
孽障你要有个好歹我指望那一个来薛蟠在外听見連忙跑了過来對着宝
釵左一个揖右一个揖只説好妹〻恕我这次罢原是我昨兒吃了酒回来的
晚了路上撞客着了来家未醒不知胡説了什么連自己也不知道怨不得你生
氣宝釵原是掩面哭的听如此説由不得又好笑了遂抬頭向地下啐了一口
説道你不用做这些像生兒我知道你的心里多嫌我們娘兒兩个你是变着
法兒叫我們离了你就心淨了薛蟠听説連忙笑道妹〻这話從那里説起来
的这樣我連立足之地都沒了妹〻從来不是这樣多心説歪話的人薛姨媽

忙又接着道你只會听見你妹〻的歪話難道昨兒晚上你說的那話就該的不成當真是你發昏了薛蟠道媽也不必生氣妹〻也不用煩惱從今已後我再不同他们一處吃酒閑逛如何寶釵笑道這不明白過来了薛姨媽道你要有這个横勁那龍也下蛋了薛蟠道我若再和他们一處逛妹〻听見了只管啐我再叫我畜生不是人如何何苦来為我一个人娘兒两个天〻揉心媽為我生氣還有可恕若只管叫妹〻為我揉心我更不是人了如今父親沒了我不能多孝順媽多疼妹〻反教娘生氣妹〻煩惱真連个畜生也不如了口裡說眼睛裡禁不起也滚下泪来薛姨媽本不哭了听他一說又勾起傷心来寶釵勉强笑道你閙勾了這會子又招着媽哭起来了薛蟠听說忙收了泪笑道我何曾招媽哭来罷〻〻丢下這个别提了叫香菱来到茶妹〻吃寶釵道我

也不吃茶等媽洗了手我們就道去了薛蟠道妹〻的項圈我瞧〻只怕該炸
一炸去了宝釵道黃澄〻的又炸他作什庅薛蟠又道妹〻如今也該添
補些衣裳了要什庅顏色花樣告訴我宝釵道連那些衣服我還沒
穿遍了又作什庅一時薛姨媽换了衣裳拉着宝釵進去薛蟠方出去了這里
薛姨媽和宝釵進園来瞧宝玉到了怡紅院中只見抱厦裡外迴廊上許多丫
嬛老婆站着便知賈母等都在这里母女兩个進来大家見過了只見宝玉淌
在榻上薛姨媽問他可好些宝玉忙欲欠身口里荅應着好些又說只管驚
動姨娘姐〻我禁不起薛姨娘忙扶他睡下又問他想什庅只管告訴我宝
玉笑道我想起来自然和姨娘要去的王夫人又問你想什庅吃回来好給你
送来的宝玉笑道也到不想什庅吃到是那一回做的那小荷葉兒小蓮蓬兒

的湯還好些鳳姐一傍笑道听〻口味不筭高貴只是太磨牙了巴〻的想這个吃了賈母便一叠声的吽人作去鳳姐兒笑道老祖宗别急等我想一想這模子誰收着呢回回頭吩付个婆子去问管厨房的要去那婆子去了半天来回說管厨房的說四付湯模子都交上来了鳳姐兒听說想了一想道我記得交給誰了多半在茶房裡一面又遣人去问管茶房的也不曾收次後还是管金銀器皿的送了来薛姨媽先接過来瞧時原来是个小匣子裡面装着四付銀模子都有一尺多長一寸見方上面鑿着有豆子大小也有菊花的也有梅花的也有蓮蓬的也有菱角的共有三四十樣打的十分精巧回笑向賈母王夫人道你们府上也都想絶了吃碗湯还有這些樣子若不說出来我見這个也不認得这是作什麽用的鳳姐兒也不等人說話便笑道姑媽那裡曉得这是

舊年備饍他们想的法兒不知弄些什庅麵印出来借点新荷葉的清香全仗着好湯究竟沒意思誰家常吃他了那一回呈樣的作了一回他今日怎庅想起来了說着接了過来遞与个婦人吩咐厨房裡立刻拿几支（隻）鷄另外添了東西做出十来碗来王夫人道要這些做什庅鳳姐兒笑道有个原故這一宗東西家常不大作（做）今兒宝兄弟提起来了单作（做）給他吃老太〻姑媽太〻都不吃似乎不大好不如借势兒弄些大家吃托賴着連我也上（嚐）个俊兒賈母听了笑道猴兒把你乖的拿着官中的錢你作（做）人說的大家笑了鳳姐也忙笑道這不相干這个小東道我还孝敬的起便回頭吩咐婦人說給厨房裡只管好生添補着作了在我的賬上来領銀子婦人答應着去了宝釵一傍笑道我来了這庅几年留神看起来鳳丫頭憑他怎庅巧再巧不过老太〻去賈母听說便答

道我如今老了那里还巧什么當日我像鳳哥兒这么大年紀比他还来得呢他如今雖說不如我們也就筭好了比你姨娘強遠了你姨娘可怜見的不大說話和木頭似的在公婆跟前就不大顯好鳳兒嘴乖怎么怨得人疼他宝玉咲道若这么說不大說話的就不疼了賈母道不大說話的又有不大說話的可疼之處嘴乖的也有一宗可嫌的到不如不說的好宝玉咲道这就是了我說大嫂子到不大說話呢老太〻也是和鳳姐〻的一樣看待若是单是会說話的可疼这些姊妹裡頭也只鳳姐〻和林妹〻可疼了賈母道提起姊妹不是我当着姨太〻的面奉承千真萬真從我們家四个女孩兒筭起都不如宝丫頭薛姨媽听說忙咲这話老太〻是說偏了王夫人忙又笑道老太〻時常背地里和我說宝丫頭好这到不是假話宝玉勾着賈母原為讚林代玉的不

想反讚起宝釵來到也意出望外便看着宝釵一笑宝釵早扭過頭去和襲人說話去了忽有人來請吃飯賈母方立起身來命宝玉好生養着又把丫頭們囑咐了一回方扶着鳳姐兒讓着薛姨媽大家出房去了因問湯好了不曾又问薛姨媽等想什麽吃只管告訴我〻有本事叫鳳丫頭弄了來偺們吃薛姨媽咲道老太〻也会慪他的時常他弄了東西孝敬究竟又吃不了多少鳳姐兒笑道姑媽倒别这樣說我們老祖宗只是嫌人肉酸若不嫌人肉酸早已把我还吃了呢一句話沒說了引的賈母衆人都哈〻的咲起來宝玉在房里也掌不住笑了襲人咲道真〻的二奶〻的这張嘴怕死人宝玉伸手拉着襲人咲道你站了这半日可乏了一面說一面拉他身傍坐了襲人咲道可是又忘了趁宝姑娘在院子里你和他說煩他鶯兒來打上那幾根絡子宝玉咲道虧你

提起来説着便仰頭向窓外道宝姐〻吃過飯吽鶯兒来煩他打几根縧子可渇閑見宝釵听見回頭道怎庅不得閑児一會吽他来就是了賈母等尚未听真都止步问宝釵宝釵説明〻大家方明白賈母又説道好孩子吽他来替你兄弟作几根你要人使我那里閑着的了頭多呢你喜欢誰只管吽了来使喚薛姨媽宝釵等都笑道只管吽他来作就是了有什庅使喚的去処他天〻也是閑着淘氣大家説着往前步正走忽見史湘雲平児香菱等在山石边掐鳳仙花呢見了他们走来都迎上来了少頃出至園外王夫人恐賈母乏了便欲讓至上房内坐賈母也覓腿酸便点頭依允王夫人便命了頭忙先去鋪没坐位那時趙姨娘推病只有周姨娘与衆婆娘了頭们忙着打簾子立靠背鋪褥子賈母扶着鳳姐児進来与薛姨娘分賓主坐了薛宝釵史湘雲坐在下面

王夫人親捧了茶奉与賈母李宮裁奉与薛姨媽賈母向王夫人道讓他们小妯娌伏侍你在那里坐了好説話兒王夫人方向一張小杌子上坐下便分付鳳姐兒道老太太的飯在这里放添了東西来鳳姐兒答應出去便命人去賈母那边坐訴那边的婆娘忙往外傳了丫頭们忙都赶過来王夫人便命請姑娘们去請了半天只有探春惜春兩个来了迎春身上不奈煩不吃飯林代玉自不消説平素十頓飯只好吃五頓衆人也不着意了少頃飯至衆人調放了桌子鳳姐兒用手巾裹着一把牙筯站在地下笑道老祖宗和姑媽不用讓还听我説就是了賈母笑向薛姨媽道我们就是这様薛姨媽咲着應了于是鳳姐放了四双上面兩双是賈母薛姨媽兩边是薛宝釵史湘雲的王夫人李宮裁等都站在地下看着放菜鳳姐先忙着要干淨傢伙来替宝玉揀菜少頃荷

葉湯来賈母看过了王夫人回頭見玉釧兒在那边便命玉釧與宝玉送去风姐道他一个人拿不去可巧鶯兒和喜兒都来了宝釵知道他们巳吃了飯便向鶯兒道宝兄弟正叫你去打絡子你们兩个一同去罢鶯兒答應同着玉釧兒出来鶯兒道这么遠怪熱的怎么端了去玉釧笑道你放心我自有道理說着便命一个婆子来将湯飯等類放在一个捧盒裡命他端了跟着他兩个却空着手走一直到了怡紅院门口玉釧兒方接了过来同鶯兒進入宝玉房中襲人麝月秋紋三个人正和宝玉頑笑呢見他兩个来了都忙起来笑道你兩个来的怎么碰巧一齊来了一面說一面接了下来玉釧便向一張杌子上坐了鶯兒不敢坐下襲人便忙端了个脚踏来鶯兒还不敢坐宝玉見鶯兒来了却到十分欢喜忽見了玉釧兒便想起他姐々金釧兒来了又是傷心又是慚

愧便把鶯兒丢下且和玉釧兒説話襲人見把鶯兒不理恐鶯兒沒好意思的
又見鶯兒不肯坐便拉了鶯兒出来到那边房裡去吃茶説話兒去了 这裡麝
月等預備了碗筯来伺候吃飯宝玉只是不吃問玉釧兒道你〔母〕親身子 好玉
釧兒満臉怒色正眼也不看宝玉半日方説了一个好字宝玉便覺沒趣半日
只得又陪笑問道誰叫你替我送来的玉釧兒道不过是奶々太々們宝玉見
他还是这樣哭喪便知他是為金釧兒的原故待要虚心下氣摸〔説〕轉他又見人
多不好下氣的因兒便盡方法將人却〔都〕支出去然後又賠笑問長問短那玉釧
兒先雖〔難〕不歡〔理他〕只管見宝玉一些性氣〔子〕沒有憑他怎麽喪謗还是温存和氣自己
到不好意思的了臉上方有三〔几〕分喜色宝玉便笑求他好姐々你把那湯拿了
来我嚐々玉釧兒道我從不會喂人東西等他們来了再吃宝玉笑道我不是要

你喂我〻〻因為走不動你遞給我吃了你好趕早兒回去交代了你好吃飯的我只管躭悮時候你豈不餓壞了你要懶待動我少不了忍了疼下去取來說着便要下床來扎掙起來禁不住噯喲之声玉釧兒見他這般忍不住起身說道淌下罷那世里造了業的这会子現世現報叫我那一个眼睛看的上一面說一面哧的一声又笑了端过湯來宝玉笑道好姐〻你要生氣只管在这里坐罷見了老太〻太〻可放和氣些若还这樣你就又捱罵了玉釧兒道吃罷〻〻不用和我甜嘴蜜舌的我可不信这樣話說着催宝玉喝了兩口湯宝玉故意說不好吃不吃了玉釧兒道阿彌陀佛这还不好吃什庅好吃宝玉道一点味兒也沒有你不信嚐一嚐就知道了玉釧果真賭氣嚐了一嚐宝玉笑道这可好吃了玉釧兒听說方解过意來原是宝玉哄他吃一口便說道你

既说不好吃这会子说好吃也不给你吃了宝玉只管陪咲央求要吃玉釧児
又不给他一面又叫人打發吃飯丫頭方進来时忽有人来回话傅二爺家的
两个嬷〻来请安来見二爺宝玉听说便知是通判傅试家的嬷〻来了那傅
试原是賈政的门生年来都賴賈家的名势得意賈政也着实看待故与别个
门生不同他那里常遣人来走動宝玉素習最厭勇男蠢婦的今日却如何又
命这两个婆子过来其中原来有个原故只因那宝玉闻得傅试有个妹子名
唤傅秋芳也是个瓊閨秀玉常人傳说才貌俱全虽自未親覩然遐思遥爱之
心十分诚敬不命他每進来恐薄了傅秋芳 痴想 因此連忙命讓進来那傅试
原是暴發的因傅秋芳有几分姿色聪明过人那傅试安心仗着妹〻要與豪
门貴族结姻不肯輕易许人所以躭悮到如今目今傅秋芳已二十三歳尚未

許人争奈那些豪门貴族又嫌他穷酸根基浅薄不肯求配那傅試與賈家親密也自有一段心事今日遣来的两个婆子偏生是極無知識的聞得宝玉要見道来只剛问了好说了没两句話那玉釧兒生人来也不和宝玉廝鬧了手裡端着湯只顧听話宝玉又只顧和婆子说話一面吃飯一伸手去要湯两个人的眼睛都看着人不想伸猛了手便将碗撞落将湯潑了宝玉手上玉釧兒到不曾燙着唬了一跳忙笑了這是怎麽说慌的丫頭們忙上来接碗宝玉自已燙了手到不覺的却只管问玉釧兒燙了那里了疼不疼玉釧兒和眾人都笑了玉釧兒道你自已燙了只管问我宝玉听说方覺自已燙了眾人上来連忙收拾宝玉也不吃飯了洗手吃茶又和那两个婆子说了两句話然後两个婆子告辞出去晴雯等送至橋边方回那两个婆子見没人了一行走一行談

論這一个笑道怪道有人說他們家宝玉是外像好裡頭糊塗中看不中吃的果然竟有些獃氣他自己燙了手到问人疼不疼這可不是个獃子那一个又笑道我前一回来听見他家裡許多人抱怨千真万真的有些獃氣大雨淋的水雞似的他反告訴別人下雨了快避雨去罷你說可笑不可笑時常沒人在跟前就自哭自笑的看見燕子就和燕子說話河裡看見了魚就和魚說話見了星星月亮不是長吁短嘆就是咕咕噥噥的且連一点剛性也沒有連那些毛了頭的氣都受的愛惜東西連个線頭兒都好的遭榻起来那怕值千值萬的都不管了兩个人一面說一面走出園来辞別諸人回去不在話下宝玉之為人非此一論亦描寫不尽宝玉之不肖非此一鄙亦形容不到試问作者是醜宝玉乎是讚宝玉乎試问観者是喜宝玉乎是悪宝玉乎

如今且說襲人見人去便携了鶯兒過来问宝玉打什麼絡子宝玉笑向鶯兒

道才只顧説話就忘了你煩你来不為别的也替我打幾根絡子鶯兒道裝什広的絡子宝玉見问便笑道不管裝什広的你都每樣打几个罢鶯兒拍手笑道這還了得要這様十年也打不完了宝玉笑道好姐〻你閑着也没事都替我打了罢襲人笑道那里一時都打得完如今先揀要緊的打兩个罢鶯兒道什広要緊不過是扇子香墜兒汗巾子宝玉道汗巾子就好鶯兒道汗巾子是什広顔色的宝玉道大紅的鶯兒道大紅的須是黒絡子才好看的或是石青的才壓的住顔色宝玉道松花色配什広鶯兒道松花配桃紅宝玉笑道這才姣艷再要雅淡之中帶些姣艷鶯兒道葱緑柳黄我是最爱的宝玉道也罢了也打一條桃紅再打一條葱緑鶯兒道什広花様呢宝玉道共有幾様花様鶯兒道一炷香朝天凳象眼塊方勝連環梅花柳葉宝玉道前兒你替三姑娘打的那

花樣是什庅鶯兒道那是攢心梅花宝玉道就是那樣兒好一面説一面襲人剛拿了線来窓外婆子説姑娘們的飯都有了宝玉道你們吃飯去快吃了来罢襲人笑道有客在這里我們怎好去的鶯兒一面理線一面笑道這話又打那里説起正經快吃了来罢襲人等听説方去了只留下兩ケ小丫頭听呼喚宝玉一面看鶯兒打絡子一面説閑話因問他十几歲了鶯兒手裡打着一面荅話説十六歲了宝玉道你本姓什庅鶯兒道姓黄宝玉笑道這ケ名姓到对了果然是个黄鶯兒鶯兒笑道我的名字本来是兩个字叫作金鶯姑娘嫌拗口就单叫鶯兒如今就叫開了宝玉道宝姐姐也算疼你了明兒宝姐姐出閣少不得是你跟去了鶯兒抿嘴一笑宝玉笑道我常常和襲人説明兒不知那一ケ有福的消受你們主子奴才兩ケ呢鶯兒笑道你还不知道我們姑娘有幾樣

世人都沒有的好處呢模樣兒還在次宝玉見鶯兒嬌憨婉轉語笑如痴早
不勝其情了那更提起宝釵来便問他道好處在那裡好姐姐細細告訴我听鶯
兒笑道我告訴你你可不許又告訴他去宝玉笑道這个自然的正說着只听
外頭說道怎庅這樣靜悄悄的二人回頭看時不是別人正是宝釵来了宝玉
忙讓坐宝釵坐了因問鶯兒打什庅呢一面問一面向他手裡去瞧才打了半
截宝釵笑道這有什庅趣兒倒不如打个絡子把玉絡上呢一句話提醒了宝
玉便拍手笑道倒是姐姐說得是我就忘了只是配个什庅顏色才好宝釵道
若用雜色斷然使不得大紅又犯了色黃的又不起眼黑的又過暗等我想个
法兒把那金線拿来配着黑珠兒線一根一根的拈上打成絡子這才好看宝
玉听說喜之不盡一疊聲便叫襲人来取金線正值襲人端了兩碗菜走進来告

訢寶玉道今兒奇怪才剛太〻打發人替我送了兩碗菜来寶玉笑道必定是今兒菜多送来給你們大家吃的襲人道不是指名給我送来还不叫我過去磕頭這可是奇了寶釵笑道給你的你就吃去這有什麽猜疑的襲人笑道從来沒有的事到叫我不好意思的寶釵抿嘴一笑說道這就不好意思了明兒还有比這个更教你不好意思的呢襲人听了話內有因素知寶釵不是輕嘴薄舌奚落人的自己方想起上日王夫人的意思来便不再提將菜與寶玉看了說洗了手来拿線說畢便一直出去了吃過飯洗了手進来拿金線與鶯兒打絡子此時寶釵早被薛蟠遣人来請出去了這里寶玉正看自打絡子忽見邢夫人那邊遣了兩个了环送了兩樣菓子来與他吃問他可走得了若走得動叫哥兒明兒過去散〻心太〻着實記掛着呢寶玉忙道若走得了必

請太〻的安去疼的比先好些請太〻放心罢一面叫他兩个坐下一面又叫秋紋来把才那果子拿一半送与林姑娘去秋紋荅應了剛欲去时只听代玉在院内说话宝玉忙叫快請要知端的且听下回分解

脂硯齋重評石頭記

絳芸軒夢兆是金針暗度法夾寫月錢是爲襲人漸入金屋地步梨香院是明寫大家蓄戲不免奸淫之陋可不慎哉

脂硯齋重評石頭記卷之

第三十六回

繡鴛鴦夢兆絳芸軒　識分定情語梨花院

話説賈母自王夫人処回来見宝玉一日好似一日心中自是欢喜因怕将来賈政又叫他遂命人将賈政的親随小廝頭兒喚来吩咐他已後倘有會人待客諸樣的事你老爺要叫宝玉你不用上来傳話就回他説我説了一則打重了得着寔将養几个月才走得二則他的星宿不利祭了星不見外人过了八月才許出二门那小廝頭兒听了領命而去賈母又命李嬷〻襲人等来将此話説与宝玉使他放心那宝玉本就懶与士大夫諸男人接談又最厭峩冠礼服賀弔往还等事今日得了这句話越發得了意不但将親戚朋友一概杜绝

了而且連家庭中晨昏定省亦發都隨他的便了日〻只在園中遊臥不過每日一清早到賈母王夫人処走〻就回来了却每〻甘心為諸丫妚充役竟也得十分閑消日月或如宝釵輩有时見机導劝反生起氣来只說好〻的一个清浄潔白女兒也學的弔名沽譽入了國賊禄兒之流这總是前人無故生事立言竪辭原為導後世的鬚眉濁物不想我生不幸亦且瓊閨繡閣中亦染此風真〻有負天地鍾靈毓之德囙此禍延古人除四書外竟將别的書焚了衆人見他如此瘋顛也都不向他說这些正緊話了獨有林代玉自幼不曾劝他去立身揚名等話所以深敬代玉閑言少述如今且說王凤姐自見金釧死後忽見几家僕人常来孝敬他些〻東西又不时的来请安奉承自己到生了疑惑不知何意这日又見人来孝敬他東西因晚间無人时咲向平兒道这几家人不

大管我的事為什麽忽然这麽和我貼近平兒冷笑道奶〻連这个都想不起来了我猜他们的女兒都必是太〻房裡的丫頭如今太〻房裡有四个大的一个月一两艮的分例下剩的都是一个月几百錢如今金釧兒死了必定他们要弄这两艮子的巧宗兒呢鳳姐听了咲道是了〻〻到是你提醒了我看这些人也太不識足錢也賺彀了苦事情又侵不着弄个丫頭搪塞着身子也就罷了又还想这个也罷了他们几家的錢容易也不能花到我跟前这是他们自尋的送什麽来我就收什麽横竪我有主意鳳姐兒安下这个心所以自管遷延着等那些人把東西送足了然後剩空方回王夫人这日午间薛姨媽母女两个與林黛玉等正在王夫人房裡大家吃東西呢鳳姐兒得便回王夫人道自從玉釧兒姐〻死了太〻跟前少着一个人太〻或看准了那个丫

頭好就分付下月好發放月錢的王夫人听了想了一想道依我說什么是例必定四个五个的穀使就罷了竟可以免了罷鳳姐咲道論理太〻說的也是这原是舊例別人屋裡還有兩个呢太〻到不按例了況且省下一兩艮子也有限王夫人听了又想一想道也罷这个分例只管関了來不用補人就把这一兩艮子給他妹〻玉釧兒罷他姐〻伏侍了我一塲沒个好結果剩下他妹〻跟着我吃个双分子不為過於了鳳姐答應着回頭找玉釧兒咲道大喜〻〻玉釧兒過來磕了頭王夫人問道正要問你如今趙姨娘周姨娘的月例多少鳳姐道那是定例每人二兩趙姨娘有環兄弟的二兩共是四兩另外四串錢王夫人道可都按数給他們鳳姐見問的奇忙道怎么不按数給王夫人道前兒我恍惚听見有人报怨說短了一吊錢是什么原故鳳姐忙咲道姨娘

们的丫頭月例原是人各一吊從舊年他们外頭商議的姨娘們每位的丫頭
分例減半人各五百錢每位兩个丫頭所以短了一吊錢这也報怨不着我〻
到樂得給他呢他们外頭又扣着难道我添上不成这个事我不過是接手兒
怎麼来怎麼去由不得我作主我到說了兩三回仍舊添上这兩分的他们說
只有这个項數叫我也难再說了如今我手裡每月連日子都不錯給他们呢
先時在外頭関那个月不打饑荒何曾順〻溜〻的得过一遭兒王夫人听說
也就罷了半日又问老太〻屋裡几个一兩的鳳姐道八个如今只有七个那
一个是襲人王夫人道这就是了你宝兄弟也並沒有一兩的丫頭襲人还算
是老太〻房裡的人鳳姐笑道襲人原是老太〻的人不過給了宝兄弟使他
这一兩銀子还在老太〻的丫頭分例上領如今說因為襲人是宝玉的人裁

了这一两银子断乎使不得若说再添一个人给老太ゝ这个还可已裁他的若不裁他的須得環兄弟屋里也添上一个才公道均匀了就是晴雯麝月等七个大丫頭每月人各月錢一吊佳蕙等八个小丫頭每月人各錢五百还是老太ゝ的話別人如何惱得氣得呢薛姨媽笑道只听鳳丫頭的嘴到像倒了核桃車子的只听他的賬也清楚理也公道鳳姐笑道姑媽难道我說錯了不成薛姨媽笑道說的何嘗錯只是你慢些說豈不省力鳳姐才要笑忙又忍住了听王夫人示下王夫人想了半日向鳳姐道明兒挑一个好丫頭送去老太ゝ使補襲人把襲人的一分裁了把我每月的月例二十兩銀子裡拿出二兩銀子一吊錢来給襲人已後凡事有趙姨娘周姨娘的也有襲人的只是襲人的這一分都從我的分例上勻出来不必動官中的就是了鳳姐一ゝ的答應

了咲推薛姨媽道姑媽听見了我素日說的話如何今兒果然應了我的話薛姨媽道早就該如此模樣兒自然不用說的他的那一種行事大方說話見人和氣裡頭帶有剛硬要強这个实在難淂王夫人含泪說道你們那裡知道襲人那孩子的好處孩子二字愈見親热故淩文連呼二声我的兒比我的寶玉強十倍忽加我的宝玉四字愈令人墮泪加我的二字者是明顯襲人是彼的然彼的何如此好我的何如此不好又氣又愢宝玉罪有萬重矣作者有多少眼泪寫此一句觀者又不知有多少眼泪也寶玉果然是有造化的能彀淂他長長遠遠的伏侍他一輩子也就罷了真好文字此批淂出者鳳姐道既這麽樣就開了臉明放他在屋裡豈不好王夫人道那就不好了一則都年輕二則老爺也不許三則那宝玉見襲人是个丫頭總有放縱的事到能听他的勸如今作了跟前人那襲人該勸的也不敢十分勸了如今且渾着等再過二三年再說說畢半日鳳姐見無話便轉身出来到至廊簷上

只見有幾个執事的媳婦子正等他回事呢見他出来都咲道奶〻今兒回什麼事这半天可是要热着了鳳姐把袖子挽了几挽跐着那角门的门檻子笑道这里過门風到凉快吹一吹再走又告訴衆人道你們説我回了这半日的話太〻把二百年都想起来問我難道我不説罷又冷咲道我從今已後到要幹幾樣尅毒事了報怨給太〻聽我也不怕糊塗油蒙了心爛了舌頭不得好死的下作東西别作娘的春夢明兒一裏腦子扣的日子还有呢如今裁了丫頭的錢就報怨了偺們也不想一想是奴幾也配使兩三个丫頭一面罵一面方走了自去挑人回賈母話去不在話下却説王夫人等這里吃畢西瓜又説了一回閑話各自方散去宝釵与黛玉等回至園中宝釵因約黛玉往藕香榭去黛玉回説立刻要洗澡便各自散了宝釵獨自行来順路進了怡紅院意

欲尋宝玉談講以解午倦不想一入院来鴉雀無闻一並連两隻仙寉在芭蕉
下都睡着了宝釵便順着遊廊来至房中只見外间床上横三竪四都是
丫頭們睡覔轉过十錦槅子来至宝玉的房内宝玉在床上睡着了襲人坐在
身傍手裡做針線傍边放着一柄白犀麈宝釵咲近前来悄〻的咲道你也過
於小心了这个屋裡那里还有蒼蝇蚊子还拿蝇帚子赶什么襲人不防猛抬
頭見是宝釵忙放下針線起身悄〻咲道姑娘来了我到也不防唬了一跳姑娘
不知道虽然没有蒼蝇蚊子谁知有一種小虫子從这紗眼裡鑽進来人也看
不見只睡着了咬一口就像螞蟻夾的宝釵道怨不得這屋子後頭又近小
又都是香花兒这屋子裡頭又香这種虫子都是花心裡長的闻香就撲
說着一面又瞧他手裡的針線原来是个白綾紅裏的兜肚上面扎着鴛鴦

戲蓮的花樣紅蓮綠葉五色鴛鴦宝釵道嗳喲好鮮亮活計这是誰的也值的
費这么大工夫襲人向床上擜嘴兒宝釵咲道这么大了还帶这个襲人咲道他原是
不帶所〔的〕以特々的做的好了叫他看見由不得不帶如今天氣热睡覓都不留神
哄他帶上了便是夜裡縱蓋不嚴些々見〔兒〕也就罷〔不怕〕了你說这一个就用了工夫还
沒看見他身上現帶的那一个呢宝釵咲道也虧你奈煩襲人道今兒做的工
夫大了脖子伍〔低〕的怔酸的又咲道好姑娘你略坐一坐我出去走々就来說着
便走了宝釵只顧看着活計便不留心一蹲身剛々的也坐在襲人方才〔纔〕坐的所
在因又見那活计寔在可愛不由的拿起針来替他代刺不想林代玉因遇見
史湘雲約他来与襲人道喜二人来至院中見靜悄々的湘雲便轉身先到廂
房裡去找襲人林代玉却来至窓外隔着紗窓往里一看只見宝玉穿着銀紅

紗衫子隨便睡着在床上宝釵坐在身傍作針線倚〔傍〕边放着蠅帚〔刷〕子林代玉見了这个景見連忙把身子一藏手握着嘴不敢笑出来招手兒叫湘雲湘雲一見他这般景況只当有什么新闻忙也来一看也要笑时忽然想起宝釵素日待他厚〔湛〕道便忙掩住口知道林代玉口裡不讓人怕他取笑便忙拉过他来道走罢我想起襲人来他說午间要到池子裡去洗衣裳想必去了咱们那里找他去林代玉心下明白冷笑了两声只得随他走了这里宝釵只剛做了两三个花瓣忽見宝玉在夢中喊駡說和尚道士的話如何信得什么是金玉姻緣我偏說是木石姻緣薛宝釵听了这話不覺怔了忽見襲人走过来笑道还沒有醒呢宝釵摇頭襲人又笑道我倸磞〔碰〕見林姑娘史大姑娘他们可〔曾〕有進来宝釵道沒見他们進来因向襲人笑道他们沒告訴你什么話襲人笑道左不过

是他们那些頑話有什庅正緊說的宝釵笑道他们說的可不是頑話我正要告訴你呢你又忙忙的出去了一句話未完只見鳳姐兒打發人來叫襲人宝釵咲道就是為那話了襲人只得喚起兩个丫𡛟來一同宝釵出怡紅院自往鳳姐這里來果然是告訴他這話又叫他与王夫人叩頭且不必去見賈母到把襲人不好意思的見過王夫人急忙回來宝玉已醒了問起原故襲人且含糊荅應至夜间人靜襲人方告訴宝玉喜不自禁又向他咲道我可看你回家去不去了那一回往家里走了一淌回來就說你哥哥要贖你又說在這里沒著落終久算什庅說了那庅些無情無義的生分話唬我（唬字妙你果係明決男子何得畏女子唬我）從今已後我可看誰來敢叫你去襲人听了便冷笑道你到別這庅說從此已後我是太太的人了我要走連你也不必告訴只回了太太就走宝玉笑

道就便羡我不好你回了太〻竟去了教（叫）別人听見說我不好你去了你也沒
意思襲人笑道有什庅沒意思难道作了強盜賊我也跟着（你）罷再不然还有一
个死呢人活百歲橫竪要死（的）這一口氣（沒了也）不在听不見看不見就罷了宝玉听見
這話便忙握他的嘴說道罷〻〻不用說這些話了襲人深知宝玉性情古恠
听見奉承吉利話又厭虛而不寔听了這些盡情寔話又生悲感便悔自己說
冒撞了連忙笑着用話截開只揀那宝玉素喜談者问之先问他春風秋月再
談及粉淡脂瑩然後談到女兒如何好又談到女兒死襲人忙掩住口宝玉談
至濃快時見他不說了便笑道人誰不死只要死的好那些个鬚眉濁物只知
道文死諫武死戰這二死是大丈夫死名死節（完）竟何如不死的好必定有昏君
他方諫他只顧邀名猛拚一死將來棄君於何地必定有刀兵他方戰猛拚一

死他只顧圖汗馬之名将來棄国於何地所以這皆非正死襲人道忠臣良将出於不得已他才死宝玉道那武将不過仗血氣之勇疏謀少略他自己無能送了性命這难道也是不得已那文官更不比武官了他念兩句書汙在心裡若朝廷少有疵瑕他就胡談亂勸只顧他邀忠烈之名濁氣一湧即時弃死這难道也是不得已还要知道那朝廷是受命於天他不聖不仁那天地斷不把這萬幾重任與他了可知那些死的都是沽名並不知大義比如我此時若果有造化該死于時的如今趁你們在我就死了再能彀你們哭我的眼淚流成大河把我的尸首漂起來送到那鴉雀不到的幽僻之處隨風化了自此再不要托生為人就是我死的得時了襲人忽見說出這些瘋話來忙說困了不理他那宝玉方合眼睡着至次日也就丟開了一日宝玉因各處遊的煩膩便想起

牡丹亭曲来自己看了两遍猶不愜懷因聞得梨香院的十二个女孩子中有小旦齡官最是唱的好因着意出角門来找時只見宝官玉官都在院内見宝玉来了都笑讓坐宝玉因问齡官獨在那裡衆人都告訴他説在他房里呢宝玉忙至他房内只見齡官獨自倒在枕上見他進来文風不動宝玉素習與别的女孩子頑慣了的只當齡官也同别人一樣因進前来身傍坐下又陪笑央他起来唱裊晴絲一套不想齡官見他坐下忙抬身起来躲避正色説道嗓子啞了前兒娘娘傳進我们去我还沒有唱呢宝玉見他坐正了再一細看原来就是那日薔薇花下劃薔字的那一个又見如此景况從来未經過這番被人棄厭自己便訕訕的紅了臉只得出来了宝官等不解何故因问其所以宝玉便説了遂出来宝官便説道只畧等一等薔二爺来了叫他唱是必唱的宝

玉听了心下納悶因問薔哥兒那去了寳官道才出去了一定还是齡官要什庅他去変弄去了寳玉听了已為奇特少站片時果見賈薔從外頭来了手裡提着个雀兒籠子上面扎着小戲台並一个雀兒興頭〻往里走找齡官見了宝玉只得站住宝玉問他是个什庅雀兒會啣旗串戲台賈薔笑道是个玉頂金豆宝玉道多少錢買的賈薔道一兩八錢銀子一面說一面讓宝玉坐自己往齡官房裡来宝玉此刻把听曲子的心都沒了且要看他和齡官是怎樣只見賈薔進去笑道你起来瞧這个頑意兒齡官起身問是什庅賈薔道買了雀兒你頑省得天〻悶〻的無个開心我先頑子你看說着便拿些穀子哄的那个雀兒果然在戲台上乱串啣鬼臉旗幟衆女孩子都笑道有趣獨齡官冷笑了兩聲賭氣仍睡去了賈薔還只管陪笑問他好不好齡官道你們家把好〻

的人弄了来関在這牢坑里學這个牢什子还不筭又弄个雀兒来
也偏生幹这个你分明是弄了他来打趣形容我們還問我好不好賈薔听了
不覺慌起来連忙賭身立誓又道今兒我那里的脂油蒙了心費一二两銀子買
他来原説解悶就没有想到這上頭罷〻放了生免〻你的灾病説着果然將
雀兒放了一頓把將籠子拆了齡官还説那雀兒雖不如人他也有个老雀兒
在窩裡你拿了他来弄这个劳什子也忍得今兒我咳嗽出两口血来太〻叫
大夫来〔睄不説替我〕細問〻你且弄这个来取笑〔兒〕偏生我这没人管没人理的又偏病説着
又哭起来賈薔忙道昨兒晚上我問了大夫他説不相干他説吃两劑藥後兒
再瞧誰知今兒又吐了这會子請他去説着便要請去齡官又叫站住这會子
大毒日頭地下你賭氣子去請了来我也不瞧賈薔听如此説只得又站住宝玉

見了這般景況不覺癡了这才領會了劃薔深意自已站不住他抽身走了賈薔一心都在齡官身上也不頋送到是別的女孩子送了出来那宝玉一心裁奪盤笑癡癡的回至怡紅院中正值林代玉和襲人坐着説話兒呢宝玉一進来就和襲人長嘆説道我昨晚上的話竟説錯了怪道老爺説我是管窺蠡測昨夜説你们的眼泪单葬我這就錯了我竟不能全得了從此後只是各人各得眼泪罷了襲人昨夜不過是些頑話已經忘了不想宝玉今又提起来便笑道你可真真有些瘋了宝玉默默不對自此深悟人生情缘各有分定只是每每暗傷不知將来葬我洒泪者為誰此皆宝玉心中所懷也不可十分妄擬且説林代玉當下見了宝玉如此形像便知是又從那里着了魔来也不便多問因向他説道我纔在舅母跟前的明兒是薛姑媽的生日叫我順便来問你出

去不出去你打發人前頭說一聲去宝玉道上回連大老爺的生日我也沒去这會子我又去淌或磞見了人呢我一概都不去这広怪熱的又穿衣裳我不去姨媽也未必惱襲人忙道這是什広話他比不得大老爺這里又住的近又是親戚你不去豈不叫他思量你怕熱只清早起到那里磕个頭吃鍾茶再来豈不好看宝玉未說話代玉便先笑道你看着人家赶蚊了的分上也該去走走宝玉不解忙問怎広赶蚊子襲人便將昨日睡覺無人作伴宝姑娘坐了一坐的話說了出来宝玉听了忙說不該我怎広睡着了褻瀆了他一面又說明日必去正說着忽見史湘雲穿的齊齊整整走来辭說家里打發人来接他宝玉林代玉听說忙站起来讓坐史湘雲也不坐宝林兩个只得送他至前面那史湘雲只是眼淚汪汪的見有他家人在跟前又不敢十分委曲少時薛宝釵赶

来愈覺繾綣難捨还是宝釵心内明白他家人若回去告訴了他孀娘待他家去恐受氣因此到催他走了衆人送至二门前宝玉还要往外送（每逢此時就忘却嚴父可知前云為你們死也情愿不假）到是湘雲攔住了一時回身又叫宝玉到跟前悄悄的囑道便是老太太想不起我来你時常提着打發人接我去宝玉連連答應了眼看着他上車去了大家方才進来要知端的且听下回分解正是

脂硯齋重評石頭記

美人用別號 亦新奇花樣且韻且雅 呼去覺滿口生香

起社出自探春意作者已伏下回興利除弊之文也

此回總放筆寫詩寫詞作札看他詩復詩詞復詞札又札總不相放

湘雲詩客也前回寫之其今才起社後用不穿 不離閑人數語數折仍歸社中何巧活之筆如此

脂硯齋重評石頭記卷之

第卅七回

秋爽齋偶結海棠社　蘅蕪苑夜擬菊花題

這年賈政又点了學差擇子八月二十日起身是日拜过宗祠及賈母起身諸宝玉諸子弟等送至洒淚亭却說賈政出门去後外面諸事不能多記单表宝玉每日在園中任意縱性的曠蕩真把光陰虚度歲月空添这日正無聊之際只見翠墨進来手里拿着一付花箋送與他宝玉回道可是我忘了才說要瞧々三妹々去的可好些了你偏走来翠墨道姑娘好了今兒也不吃藥了不过是凉着一点兒宝玉听說便展開花箋看時上面寫道

娣探謹奉

二兄文几前夕新霽月色如洗因惜清景难逢詎忍就卧時漏已三轉猶徘徊
于桐檻之下未妨風露所欺致獲採薪之患昨蒙親勞撫囑復又数遣侍兒問
切兼以鮮荔並真卿墨跡見賜何瘝痌惠愛之深耶今因伏几凭床處默之時
因思及歷來古人中處名攻利敵之場猶置一些山滴水之區遠招近揖投轄
攀轅務結二三同志盤桓于其中或竪詞坛或開哈社雖一時之偶興遂成千
古之佳談娣雖不才竊同叨棲處于泉石之間而兼慕薛林之技風庭月榭惜
未讌集詩人簾杏溪桃或可醉飛吟盞孰謂蓮社之雄才獨許鬚眉直以東山
之推会讓余脂粉若蒙棹雪而來娣則掃花以待此謹奉
宝玉看了不覺喜的拍手笑道到是三妹妹高雅我如今就去商議一面說一
面就走翠墨跟在後面剛到了沁芳亭只見園中後門上值日的婆子手裡

拿着一个字帖走来見了宝玉便迎上去口内说道芸哥兒請安在後门只等着叫我送来的宝玉打開看時寫道是

不肖男　芸恭請

父親大人萬福金安男思自蒙天恩認于膝下日夜思一孝順竟無可孝順之處前因買辦花草上托大人金福竟認得許多花兒匠 真欵噴飯真好新鮮文字 並認得許多名園前日忽見有白海棠一種不可多得故变盡方法只弄得兩盆大人若視男是親男一般 皆千古未有之奇文初讀令人不解思之則噴飯 便留下賞玩因天氣暑熱恐園中姑娘們不便故不敢面見奉書恭啓並叩台安男芸跪書宝玉看了笑道獨他来了还有什么人婆子道还有兩盆花兒宝玉道你出去说我知道了难為他想着你便把花兒送到我屋裡去就是了一面说一面同翠墨往秋爽齋来只見

宝釵代玉迎春惜春已都在那里了却因芸之一字工夫已將諸艷請來省却多少閑文不然必云如何請如何來則必至有犯宝玉終成重複之文矣衆人見他追來都咲説又來了一个探春咲道我不筭俗偶然起个念頭寫了几个帖兒試一試誰知一招皆到宝玉咲道可惜遲了早該起个社的代玉説道你們只管起社可別筭我〻是不敢的迎春咲道你不敢誰还敢呢必得如此方是妙文〇若也如宝玉説與頭坑則不是代玉矣宝玉道這是一件正緊大事大家鼓舞起來不要你謙我讓的各有主意自管説出來大家平章這是正緊大事已妙且曰平章更妙的是宝玉口角宝姐〻也出个主意林妹〻也説个話兒宝釵道你忙什庅人还不全呢妙宝釵自有主見真不誣也一語未了李紈也來了進門咲道雅的緊要起詩社我自薦我掌壇前兒春天我原有這个意思的我想了一想我又不會作詩瞎乱些什庅因而也忘了就沒有説得既是三妹〻高興我就帮你作興起來看他又是一篇文字

分叙单傳之法也 代玉道既然之要起詩社偺們都是詩翁了先把這些姐妹叔嫂的
字様改了才不俗 看他寫代玉真可人也 李紈道極是何不大家起个别號彼此称呼則
雅 未起詩社先起别號 我是定了稲香老農再無人占的 最妙一个花様 探春咲道我就是秋爽
居士罷宝玉道居士主人到廌(底)不恰且又瘰瘰这里梧桐芭蕉儘有或指
梧桐蕉起个到好探春笑道有了我最喜芭蕉就称蕉下客罷衆人都道别致
有趣代玉笑道你們快牵了他去頓了脯子吃酒衆人不觧代玉咲道古人曾
云蕉葉覆鹿地自称蕉下客可不是一隻鹿了快作了鹿脯来衆人听了都咲
起来探春因咲道你别忙(中)使巧話来罵人我已替你想了个極当的美号了又
向衆人道当日娥皇女英洒泪在竹上成斑故今斑竹又名湘妃竹如今他住
的是瀟湘館他又愛哭将来他想林姐夫那些竹子也是要变成斑竹的以後都

叫他作瀟湘妃子就完了大家听說都拍手叫妙林代玉低了頭方不言語妙極趣極耶謂夫人必自侮然後人侮之看因一謔便勾出一笑号来何等妙文哉 另一花樣 李紈咲道我賛替薛大妹〻也早已
想了个好的也只三个字惜春迎春都忙問是什庅妙文迎春惜春故不能荅言然不便撕之不序故撰他二人問試思近日諸豪宴集雄語偉辯之時座上或有一二愚夫不敢接談然偏好問亦真可厭之事也 李紈道我是封他為蘅蕪
君了不知你們如何探春道這个封號極好宝玉道我呢你們也替我想一个必有是問 宝釵咲道你的号早有了無事忙三字恰當的很真恰当形容的尽 李紈道你还
是你的旧号絳洞花主就好妙極又点前文通部中從頭至末前文已過者恐去之冷落使人忘怀淂便一点未来者恐来之突然或先伏一線皆行文之妙訣也 宝玉咲道小時候幹的營生还提他作什庅赧言如聞不知大時又有何營生
探春道你的号多的狠又起什庅我們愛叫你什庅你就荅應着就是了更妙若只管拱次一个一个乱起則成何文字 另一花樣
宝釵道还淂我送你个号罷有最俗的一个號却

於你寂当天下难得的是富貴又难得的是閑散这兩樣再不能兼有不想你兼有了就叫你富貴閑人也罢了宝玉笑道当不起〻〻到是随你們混叫去罢李紈道二姑娘三姑娘起个什庅迎春道我們又不大会诗白起个號作什庅（假斯文守钱虏来看这句）探春道虽如此也起个才是宝釵道他住的是紫菱洲就叫他菱洲四丫頭在藕香榭就叫他藕香榭就完了李紈道就是这樣好但序齒我大你們都要依我的主意管情說了大家合意我們七个人起社我和二姑娘四姑娘都不会作诗須得讓出我們三个人去我們三个各分一件事探春笑道已有了號还只管这樣稱呼不如不有了以後錯了也要立个罰約緩好李紈道立定了社再定罰約我那里地方大竟在我那里作社我虽不能作诗这些诗人竟不厭俗客我作个東道主人我自然也清雅起来了于是要推我

作社長我一个社長自然不彀必要再请两位副社掌就请菱洲藕榭二位学
究来一位出題限韵一位謄録監場亦不可拘定了我们三个不作若遇見容
易些的題目韵脚我们也随便作一首你们四个却是要限定的若如此便起
若不依我々也不敢附驥了迎春惜春本性懶於詩詞又有薛林在前听了这
話便深合已意二人皆説是極探春等也知此意見他二人悦服也不好强
只得依了回咲道这話也罢了只是自想好笑好々的我起了个主意反叫你
们三个来管起我来了宝玉道既这樣偺们就往稻香村去李紈道都是你忙
今日不过商議了等我再请宝釵道也要議定几日一会纔好探春道若只
管会的多又没趣了一月之中只可两三次纔好宝釵点頭道一月只要两次就彀
了擬定日期風雨無阻除两日外倘有高興的他情愿加一社的或情愿到

他那里去或附就了来亦可使得豈不活潑有趣眾人都道這个主意更好探春道只是原係我起的意我須得先作个東道主人方不負我这興李紈道既这樣說明日你就先開一社如何探春道明日不如今日就是此刻好你就去出題菱洲限韻藕榭監場迎春道依我說也不必隨一人出題限韻竟是拈鬮公道李紈道方才我来時看見他們抬進兩盆白海棠来到是好花你們何不就咏起他来【真正好題妙在未起詩社先得了題目】迎春道都还未賞先到作詩宝釵道不過是白海棠又何必定要見了才作古人的詩賦也不過都是寄興寫情耳若都是等見了作如今也沒這些詩了【真詩人語】迎春道既如此待我限韻說着走到書架前抽出一本詩来隨手一揭这首詩竟是一首七言律遞與眾人看了都該作七言律迎春掩了詩又向一个小丫頭道你隨口說一个字来那丫頭正倚

门立着便说了门字迎春笑道就是门字韵十三元了头一个韵定要这门字说着又要了韵牌匣子过来抽出十三元一屉又命那小丫头随手拿四块那丫头便拿了盆魂痕昏四块来宝玉道这盆门两个字不大好作呢待书一样预备下四分纸笔便都悄然各自思索起来独代玉或抚梧桐或看秋色或又和丫环们嘲笑（看他单写代玉）迎春又命了丫环炷了一支梦甜香原来这梦甜香只有三寸来长有灯草粗细以其易烬故以此烬为限如香烬未成便要罚（好香常能撰此新奇）字样一时探春便先有了自提笔写出又改抹了一回递与迎春因问宝钗蘅芜君你可有了宝钗道有却有了只是不好宝玉背着手在回廊上踱来踱去因向代玉说道你听他们都有了代玉道你别管我宝玉又见宝钗已誊写出来因说道了不得香只剩了一寸了我才有了四句又向代玉道香快完了只管蹲在那潮地下作什么代玉也不理宝玉道我可顾不

得你了好歹也寫出来罢説着也走在案前寫了李紈道我們要看詩了若看完了還不交卷是必罰的寶玉道稻香老農雖不善作却善看又最公道（理豈不公）你就評閲優劣我們都服的衆人都道自然於是先看探春的稿上寫道是

咏白海棠限門盆魂痕昏

斜陽寒草帶重門苔翠盈鋪雨後盆玉是精神難比潔雪為肌骨易銷魂芳心一点嬌無力倩影三更月有痕莫謂縞仙能羽化多情伴我咏黄昏次看宝釵的是

珍重芳姿晝掩門（宝釵詩全是自寫身分諷刺時事只以品行為先才技為末纖巧流蕩之詞綺靡穠艶之語一洗皆盡非不能也屑而不為也最恨近日小説中一百美人詩詞語氣只得一ケ艶稿）自携手甕灌苔盆胭脂洗出秋堦影氷雪招来露砌魂（看他清潔自厲終不肯作一輕浮語）淡極始知花更艶（好極高情巨眼能几人哉正一鳥不鳴山更幽也）愁多焉淂玉無痕（看他諷刺林宝二人省手）欲償白帝憑清潔（看他收到自己身上来是何等身分）不語婷〻日

又昏

李纨笑道到的是衡蕪君说着又看宝玉的道是

秋容浅淡映重门七节攒成雪满盆出浴太真冰作影捧心西子玉为魂晓风不散愁千点（这句直是自已一生心事）宿雨还添泪一痕（妙在终不忘代玉）独倚画栏如有意清砧怨笛送黄昏（宝玉再细心作只怕还有好的只是一心挂着代玉故手妥不警也）大家看了宝玉说探春的好李纨终要推宝钗这诗有身分因又催黛玉代玉道你们都有了李纨等看他写道是

半卷湘帘半掩门（且不说花且说看花的人起的突然别致）碾冰为土玉为盆（极妙料定他自与别人不同）看了这句宝玉先喝起彩来只说从何处想来又看下面道是

偷来梨蕊三分白借得梅花一缕魂众人看了也都不禁叫好说果然比别人

又是一様心腸又看下面道是

月窟仙人縫縞袂秋閨怨女拭啼痕（虚敲傍比真逸才也且不脱落自己）嬌羞默默同誰訴倦倚西風夜已昏（看他終結到自己一人是一人口氣逸才仙品固讓顰兒温雅沉着終是宝釵今日之作宝玉自應居末）衆人看了都道是这首為上李紈道若論風流別致自是这首若論含蓄渾厚終讓蘅稿探春道这評的有理瀟湘妃子當居第二李紈道怡紅公子是壓尾你服不服宝玉道我的那首原不好了这評的最公（話内細思則似有不服先評之意）又笑道只是蘅瀟二首还要斟的酌李紈道原是依我評論不与你們相干再有多說者必罰宝玉听說只得罷了李紈道從此後我定於每月初二十六这兩日開社出題限韵都要依我这其間你們有高興的只管另擇日子補開那怕一个月每天都開社我只不管只是到了初二十六这兩日是必往我那里去宝玉道到底要起

个社名才是探春道俗了又不好特新了刁鑽古怪也不好可巧才是海棠诗開端就叫个海棠社罢虽然俗些因真有此事也就不碍了说毕大家又商議了一回略用些酒果方各自散去也有回家的也有往賈母王夫人處去的當下别人無話一路總不大寫薛林興頭可見他二人並不自意於此不寫薛林正是大手筆獨他二人長于詩必使他二人為之則板腐矣全是錯綜法且說襲人忽然寫到襲人真令人不解看他如何終此詩社之文因見寶玉看了字帖兒便慌慌張張同翠墨去了也不知何事後来又見後门上婆子送了两盆海棠花来襲人问是那里来的婆子们便将宝玉前一番缘故说了襲人听说便命他们摆好讓他们在下房里坐了自己走到自己房内秤了六錢銀子封好又拿了三百錢走来都遞与那两个婆子道这銀子賞那抬花来的小子们这錢你们打酒吃罢那婆子们站起来眉開眼笑千恩萬谢的不肯受見襲人執意不收方領了

襲人又道後门上外頭可有該班的小子们婆子忙應道天〻有四个原預備裡面差使的姑娘有什庅差使我们〔吩〕分付去襲人咲道我有什庅差使今兒宝二爺要打發人到小侯爺家与史大姑娘送東西去可巧你们来了順便出去吗後门小子扪〔們〕僱輛車来回来你们就往这里拿錢不用吗他又往前頭混磞〔碰〕去们〔婆〕子答應着去了襲人回至房中拿碟子盛東西与史湘雲送去（線頭却牽出覌者猶不理会。不知是何碟何物令人犯思奪）却見隔子上碟槽空着（妙極細極因此處係依古董式様樞〔扌〕成槽子故無此件此槽遂空若忌却前文此句不鮮）因回頭見晴雯秋纹麝月等都在一處做針黹襲人問道这一个纏絲白瑪瑙碟子那去了衆人見問都你看我〻看你都想不起来半日晴雯笑道給二〔三〕姑娘送荔枝去的还没送来呢襲人道家常送東西的傢伙〔也〕多巴〻的拿这个去晴雯道我何常不也〔是〕这樣說他说这个碟子配上鮮荔枝才好看（自然）

（好看原該如此可恨今之有一二好花者不肯像景而用）我送去三姑娘也見了説好看叫連碟子放着就沒代来你再瞧那隔子侭上頭的一对聯珠瓶还沒収来呢秋纹咲道提起瓶来我又想起咲话我们宝二爺説声孝心一動也孝敬到二十分因那日見園里桂花折了两枝原是自己要插瓶的忽然想起来説这是自己園里的才開的新鮮花不敢自己先頑巴〻的把那一对瓶拿下来親自灌水插好了叫个人拿着親身（自）送一瓶進老太〻又進一瓶与太〻誰知他孝心一動連跟的人都得了福了可巧那日是我拿去的老太〻見了这樣喜的無可無不可見人就説到底是（我的）宝玉孝順我連一枝花兒也想的到别人还只報（抱）怨我疼他你们知道老太〻素日不大同我説话的有些不入他老人家的眼的那日竟叫人拿几百錢給我説我可怜見的生的单柔（弱）这可是再想不到的福氣几百錢事小

难得这个脸面及到了太々那里太々正和二奶々赵姨奶々周姨奶々好
些人翻箱子找太々当日年輕的顔色衣裳不知给那一个一見了連衣裳
也不找了且看花兒又有二奶々在傍边凑趣兒誇宝玉又是怎様孝敬又是
怎様知好歹有的没的説了两車話当着衆人太々自為又增了光堵了衆人
的嘴太々越發喜欢了現成的衣裳就賞了我两件衣裳也是小事年々横竪
也得却不像这个彩頭晴雯笑道呸没見識〔世〕面的小蹄子那是把好的給了人
挑剩下的纔給你々还充有臉呢秋紋道憑他給誰剩的到底是太々的恩典
晴雯道要是我々就不要若是給别人剩下的給我也罷了一樣这屋里的人
难道誰又比誰高貴些把好的給他剩的纔給我々能可不要冲撞了太々我
也不受这口軟氣秋紋忙问給这屋里誰的我因為前兒病了几天家去了不

知是给谁的好姐〻你告訴我知道〻〻晴雯道我告訴了你难到你这会退
还太〻去不成秋纹道胡说我白听了喜欢〻〻那怕给这屋里的狗剩下
的我只领太〻的恩典也不犯管别的事衆人听了都道骂的巧可不是给了
那西洋花点子哈吧兒了襲人道你们这起爛了嘴的得了空就拿我取笑
打牙兒一个〻不知怎庅死呢秋纹道原来姐〻得了我寔在不知道我
陪个不是罢襲人道少輕狂罢你们谁取了碟子来是正緊看他忽然夹写女兒喁〻一段
揔不脱落正事所谓此書一回是两段〻〻中却有無限事体或有一語透至一回
者或有反補上回者綜錯穿揷從不一氣直起直瀉至終為了
麝月道那瓶兒也该得空收来了老太〻屋裡还罢了太〻屋里人多手雜别
人还可以趙姨奶〻一夥的人見是这屋里的東西又该使黑心弄坏了才罢太
〻也不大管这些不如早些收来正緊晴雯听说便擲下針黹道这话到是等

我取去秋纹道还是我取去罢你取你的碟子去晴雯笑道我偏取一遭兒去是巧踪兒你们都得了难道不许我得一遭兒麝月笑道通共秋纹了头得了一遭兒衣裳那里今兒又巧你也遇見我衣裳不成晴雯冷笑道虽然磞不見衣裳或者太〻看見我勤謹一个月也把太〻的公費里分出二两銀子来给我也定不得說着又笑道你们別和我粧神弄鬼的什庅事我不知道一面說一面往外跑了秋纹也同他出来自去探春那里取了碟子来襲人打点齊備東西叫過本處的一个老宋媽〻来（宋送也随事生文妙）向他說道你先好生梳洗了换了出门的衣裳来如今打發你與史大姑娘送東西去那宋嬷〻道姑娘只管交给我有話說與我〻收拾了就好一順去的襲人听說便端過两个小攝丝盒子来先揭開一个里面装是红菱和雞頭妙两樣鮮果又那一个是一碟

子桂花糖蒸新栗粉糕又說道這都是今年偺們這里園里新結的菓子宝二爺送来與姑娘嚐〻再前日姑娘説這瑪瑙碟子好姑娘就留下頑罷妙隱這一件公案余想襲人必要瑪瑙碟子盛去何必驕奢輕發如是耶固有此一案則無怯矣這絹包兒里頭是姑娘上日叫我作的活计姑娘别嫌粗糙能着用罷替我們请安替二爺问好就是了宋嬷〻道宝二爺不知还有甚说的姑娘再问〻去回来又别说忘了襲人因问秋紋方才可見在三姑娘那里秋紋道他們都在那里商議起什庅诗社呢又都作诗想来没话你只去罷宋嬷〻听了便拿了東西出去另外穿带了襲人又嘱付他從後门出去有小子和車等着呢宋媽去後不在话下宝玉回来先忙着看了一回海棠至房内告诉襲人起诗社的事襲人也把打發宋媽〻與史湘雲送東西去的话告诉了宝玉〻〻听了拍手道偏忘了他我自覺心里有件事只是

想不起来虧你提起来正要請他去這詩社里若少了他还有什么意思襲人
劝道什么要緊不過頑意兒他比不得你们自在家里又作不得主兒告訴他
〻要來又由不得他不来他又牵腸掛肚的沒的叫他不受用宝玉道不妨事
我回老太〻打發人接他去正说着宋媽〻已经回來回復道生受與襲人道
乏又说问二爺作什么呢我说和姑娘们起什么詩社作詩呢史姑娘说他们
作詩也不告訴他去急的了不得宝玉听了立身便往賈母處来立逼着叫人
接去賈母回说今兒天晚了明日一早再去宝玉只得罷了回来悶〻的次日
一早便又往賈母處来催逼人接去直到午後史湘雲才来了宝玉方放了心
見面時就把始末原由告訴他又要與他詩看李紈等因说道且別給他看先
说與他韵他後來先罰他和了詩若好便請入社若不好还要罰他一个東道

再说湘雲咲道你们忘了请我〻还要罰你们呢就拿韵来我虽不能只得免
强出醜容我入社掃地焚香我也情愿众人見他這般有趣越發喜欢都埋怨
昨日怎庅忘了他遂忙告訴他韻史湘雲一心興頭等不得推敲删改一面只
管和人说着話心内早已和成即用隨便的紙筆錄出 可見趕是好文字不管怎樣就有了越用工夫
越講究筆墨終成塗雅 先笑说道我却依韵和了两首 更奇想前四律已将形容尽矣一首猶恐重犯不知二首又從何處
着筆 好歹我却不知不過應命而已说着遞与众人〻〻道我们四首也筭想绝
了再一首也不能了你到弄了两首那里有许多話说必要重了我们一面说
一面看時只見那两首诗寫道 其一
神仙昨日降都门 落想便新奇不落彼四套 種得藍田玉一盆 好盆字押得更稳穏不落彼三套 自是霜
娥偏爱冷 又不脱自已将来形景 非關倩女亦离魂秋陰捧出何方雪 拍案叫绝壓倒羣芳在此一句

雨漬添来隅宿痕却喜詩人吟不倦豈令寂寞度朝昏真好　其二　蘅芷堦

通蘿薜门也宜墻角也宜盆更好花因喜潔难尋偶人為悲秋易断䰟玉燭滴

乾風裡泪晶簾隔破月中痕幽情欲向嫦娥訴無奈虛廊夜色昏二首真可壓卷詩是好

詩文是奇、怪、之文總令人想不到忽有二首来壓卷衆人看一句驚訝一句看到了讚到了都說這

个不枉作了海棠詩真該要起海棠社了史湘雲道明日先罰我个東道就

讓我先邀一社可使得衆人道這更妙了因又將昨日的詩与他評論了一回至

晚宝釵將湘雲邀往蘅蕪苑去安歇湘雲灯下計議如何設東擬題宝釵听他說

了半日皆不妥当却于此刻方寫宝釵因向他說道既開社便要作東雖然是个頑意兒

也要瞻前顧後又要自己便宜又要不得罪了人然後方大家有趣你家里你

又作不得主一个月通共那几串錢你還不夠盤纏呢這会子又幹這沒要緊

的事你嬸嬸听見了越發报怨你了况且你就都拿出来做這个東道也不
勾難道為這个家去要去不成還是往这里要呢一夕話提醒了湘雲到踌躇起
来宝釵道这个我已経有个主意我們当鋪裡有一个夥計他家田上出的好
肥螃蠏前兒送了几斤来現在这里的人從老太太起連上園裡的人有多一
半都是愛吃螃蠏的前日姨娘还説要请老太太在園里賞桂花吃螃蠏因為
有事还没有请你如今且把诗社别提起只管普通一請等他們散了偺們有
多少诗做不得的我和我哥哥説要几簍極肥極大的螃蠏来再往舖子裡取
上几罈好酒再備上四五桌果碟豈不又省事又大家熱閙了湘雲听了心中自
是感服極讚他想的周到宝釵又咲道我是一片真心為你的話你千萬别多
心想着我小看了你偺們兩个就白好了你若不多心我就好叫他們辦去的

湘雲忙咲道好姐〻你这樣說倒多心待我了憑他怎庅糊塗連个好歹也不
知还成个人了我若不把姐〻當作親姐〻一樣看上回那些家常話煩难事
也不肯盡情告訴你了宝釵听說便咲一个婆子来出去和大爺說依前日的
大螃蟹要几簍来明日飯後請老太〻姨娘賞桂花你說大爺好歹别忘了我
今兒已請下人了必得如此叮嚀阿獃兄方記得那婆子出去說明回来無話这里宝釵又向
湘雲道詩題也不要过于新巧了你看古人詩中那些刁鑽古恠的題目和那
極險的韵了若題遇于新巧韵过于險再不得有好詩終是小家氣詩固然怕
說熟話更不可过于求生只要頭一件立意清新自然措詞就不俗了究竟这
也筭不得什庅还是紡績針黹是你我的本等一時閑了到是於身心有益的
書看几章是正緊湘雲只答應着因咲道我如今心里想着昨日作了海棠詩

我如今要作个菊花诗如何宝钗道菊花倒也合景只是前人太多了湘雲道
我也是如此想着恐怕落套宝钗想了一想说道有了如今以菊花為賔以人
為主竟擬出几个題目来都是两个字一个虚字一个实字（寔字）就用菊字虚字便（就）
用通（人事）用门（双関）的的如此又是咏菊又是賦事前人也没作过也不能落套賦景咏物
两関着又新鮮又大方湘雲咲道这却狠好只是不知用何等虚字換好你先
想一个我听、宝钗想了一想咲道菊夢就好湘雲咲道果然好我也有一个
菊影可使得宝钗道也罢了只是也有人作过若題目多这个也（搭）與的上我又
有了一个湘雲道快说出来宝钗道问菊如何湘雲拍案叫妙因接说道我也
有了訪菊如何宝钗也讚有趣因说道越性擬出十个来寫上再来说着二人
研墨蘸筆湘雲便寫宝钗便念一時湊了十个湘雲看了一遍又笑道十个还

不成幅越性凑成十二个便全了也如人家的字画册页一様宝釵听说又想了两个一共凑成十二又说道既这様越性编出他个次序先後来湘雲道如此更妙竟弄成个菊谱了宝釵道起首是憶菊憶之不得故访第二是访菊访之既得便種第三是種菊種既盛開故相對而賞第四是對菊相對而興有餘故折来供瓶為玩第五是供菊既供而不吟亦覺菊無彩色第六便是咏菊既入詞章不可不供筆墨第七便是画菊既為菊如是碌碌究竟不知菊有何妙處不禁有所问第八便是问菊菊如解語使人狂喜不禁第九便是簪菊如此人事雖盡猶有菊之可咏者菊影菊夢二首續在第十第十一末卷便以殘菊總收前題之盛這便是三秋的妙景妙事都有了湘雲依言將題録出又看了一回又问該限何韵宝釵道我平生最不喜限韵分明有好詩何苦為韵所縛咱們别学那小

家派〔子〕只〔頭〕出題不拘韻原為大家偶得了好句取樂並不為奈邦〔以此〕難人湘雲道這話狠是這樣大家的詩還進一層但只偺們五个人這十二个題目難道每人作十二首不成宝釵道那也太難人了將這題目謄好都要七言律詩明日貼在墻上他們看了誰作那一个就作那一个有力量者十二首都作也可不能的一首不成也可高才捷足者為尊若十二首已全便不許他後赶着又作罰他就完了湘雲道這到也罷了二人商議妥貼方纔息灯安寢 要知端的且听下回分解

脂硯齋重評石頭記

題曰菊花詩螃蟹咏偏自太君前阿鳳若許詼諧中不失體鴛鴦平兒寵婢中多少放肆之迎合取樂寫來似難入題却輕輕用弄水戲魚看花等遊玩事及王夫人云這裡風大一句收住入題並無纖毫牽強此重作輕抹法也妙極好看煞

第三十八回

林瀟湘魁奪菊花詩　薛蘅蕪諷和螃蟹咏

話說宝釵湘雲二人計議已妥一宿無話湘雲次日便請賈母等賞桂花賈母等都說到是他有興頭須要擾他这雅興若在世俗小家則云你是客在我們舍下怎麽反擾你的一何可笑至午果然賈母帶了王夫人鳳姐兼請薛姨媽等進園来賈母因问那一處好必如此问方好王夫人道憑老太〻爱在那一處就在那一處必是王夫人如此荅方好鳳姐道藕香榭已經擺下了那山坡下兩顆桂花開的又好阿裡水又碧清坐在河當中亭子上豈不敞亮看着水眼也清亮知者樂水豈其然乎賈母听了说这話狠是說着引了衆人往藕香榭来原来这藕香榭盖在池中四面有窓左右有曲廊可通

亦是跨水接岸後面又有曲折竹橋暗接衆人上了竹橋鳳姐忙上来挽着賈毋口里說老祖宗只管邁大步走不相干的这竹子橋規矩是咯吱咯喳的（如見其勢如臨其上飛〔非〕走過者必形容不到）一時進入榭中只見欄杆外另放着兩張竹葉〔案〕一个上面設着杯筯消〔酒〕具一个上頭設着茶筅茶盂各色茶具那边有兩三个丫頭煽風炉煮茶这一边另外几个丫頭也煽風炉燙酒呢賈毋喜〔的〕得忙问这茶想的到〔狠好〕且是地方東西都干淨湘雲咲道這是宝姐〻帮着我預備的賈毋道我說这个孩子細緻凡事想的妥當一面說一面又看見柱上掛的黑漆嵌蚌的对子命人念湘雲念道

芙蓉影破歸蘭槳　菱藕香深瀉竹橋

（妙極此処忽又補出一処不入賈政試才一回皆錯綜其勢不作一直筆也）

賈母听了又抬頭看匾因回頭向薛姨媽道我先小時家裡也有這庅一个亭子叫做什庅枕霞閣我那時也只像他們这庅大年紀同姊妹們天〻頑去那日誰知我失了脚掉下去幾乎沒淹死好容易救了上来到底被那木釘把頭磞破了如今这鬓角上那指頭頂大一塊窝兒就是那残破了衆人都怕經了水又怕冒了風都說話不淂了誰知竟好了鳳姐不等人說先咲道那時要活不淂如今這庅大福可叫誰享呢可知老祖宗從小兒的福壽就不小神差鬼使磞出那个窝兒来好盛福壽的壽星老兒頭上原是一个窝兒因為萬福萬壽盛滿了所以到凸高出些来了未及說完賈母与衆人都咲軟了看他忽用賈母數語閑〻又補出此書之前似已有一部十二釵的一般令人遥憶不能一見余則將欲補出枕霞閣中十二釵来定不又添一部新書

賈母咲道這猴兒慣的了不淂了只管拿我取笑起来恨的我撕你那油嘴鳳

姐咲道回来吃螃蠏恐積了冷在心里討老祖宗笑一笑開〻心一高興多吃兩ケ就無妨了賈母咲道明兒叫你日夜跟着我〻到常咲〻覺的開心不許回家去王夫人咲道賈老太〻因為喜歡他才慣的他這樣還這樣說他明兒越發無礼了賈母咲道我喜歡他這樣况且他又不是那不知高低的孩子家常沒人娘兒們原該這樣橫豎禮体不錯就罷沒的到叫他從神兒似的作什麽

近〻暴發專講理法竟不知礼法此似無礼而礼法井〻所謂整瓶不動半瓶搖又曰習慣成自然真不謬也

說着一齊進入亭子獻過茶鳳姐忙着搭棹子要盃筯上面一棹賈母薛姨媽宝釵黛玉宝玉東边一棹史湘雲王夫人迎探惜西边靠門一小棹李紈和鳳姐的虛設坐位二人皆不放坐只在賈母王夫人兩棹上伺候鳳姐吩咐螃蠏不可多拿来仍旧放在蒸籠里拿十ケ来吃了再拿一面又要水洗了手站在賈母跟前剝蠏肉頭次讓

薛姨媽薛姨媽道我自己掰着吃香甜不用人讓鳳姐便奉与賈母二次的便与宝玉又説把酒燙的滾熱的拿来又命小丫頭們去取菊花葉兒桂花蕋薰的菉豆面子来預備洗手史湘雲陪着吃了一个就下坐来讓人又出至外頭命人盛兩盤子与趙姨娘周姨娘送去又見鳳姐走来道你不慣張羅你吃你的去我先替你張羅等散了我再吃湘雲不肯又命人在那边廊上擺了兩棹讓鴛鴦琥珀彩霞彩雲平兒去坐鴛鴦因向鳳姐笑道二奶奶在这里伺候我們可吃去了鳳姐兒道你們只管去都交給我就是了説着史湘雲仍入了席鳳姐和李紈也胡亂應个景兒鳳姐仍是下来張羅一時出至廊上鴛鴦等正吃的高興見他来了鴛鴦等站起来道奶奶又出来作什麽讓我們也受用一會子鳳姐笑道鴛鴦小蹄子越發壞了我替你當差倒不領情还抱怨我还

不快斟一鍾酒来我喝呢鴛鴦咲着忙斟了一杯酒送至鳳姐唇边鳳姐一揚脖子吃了琥珀彩霞二人也斟上一杯送到鳳姐唇边那鳳姐也吃了平兒早剔了一売黄子送来鳳姐道多到些薑醋一面也吃了笑道你們坐着吃罢我可去了鴛鴦咲道好没臉吃我們的東西鳳姐兒咲道你和我少作怪你知道你璉二爺愛上了你要和老太々討了你作小老婆呢鴛鴦道啐这也是作奶々説出来的話我不拿腥手抹你一臉筭不得説着赶来就要抹鳳姐兒央道好姐々饒我这一遭兒罢琥珀咲道鴛了頭要去了平了頭还饒他你們看々他没有吃了两个螃蟹倒喝了一碟子醋他也筭不會攬酸了平兒手裡正掰了个満黄的螃蟹听如此奚落他便拿着螃蟹照着琥珀臉上来抹口内笑罵我把你这嚼舌根的小蹄子琥珀也笑着往傍边一躲平兒使空了往前一撞正

恰恰的抹在凤姐兒腮上凤姐正和鴛鴦嘲笑不妨唬了一跳嗳呀了一声衆人掌不住都哈哈的大笑起来凤姐也禁不住笑罵道死（瞎）娼婦吃離了眼了混抹你娘的平兒忙赶过来替他擦了親自去端水鴛鴦道阿弥陀佛这是个報應賈母那边听見一叠声问見了什庅这樣樂告訴我们也笑笑鴛鴦等忙高声笑回道二奶奶来搶螃蟹吃平兒惱了抹了他主子一臉的螃蟹黄子主子奴才打架呢賈母和王夫人等听了也笑起来賈母笑道你们看他可憐見的把那小腿子臍子給他点子吃也完了鴛鴦等笑着答應了高声又說道这滿棹子的腿子二奶奶只管吃就是了凤姐洗了臉走来又伏侍賈母等吃了一回代玉獨不敢多吃只吃了一点（兒）夾子肉就下来了賈母一時不吃了大家方散都洗了手也有看花的也有弄水看魚的遊玩了一回王夫人回回賈母

説这里風大才又吃了螃蟹老大〻还是回房去歇〻罷了若高興明日再来㑥〻賈母听了咲道正是呢我怕你们高興我走了又怕掃了你们的興既这庅説偺们就都去罷回頭又囑咐湘雲別讓你宝哥〻林姐〻多吃了湘雲荅應着又囑咐湘雲宝釵二人説你两ケ也別多吃那東西雖好吃不是什庅好的吃多了肚子疼二人忙應着送出園外仍舊回来命將残席收拾了另擺宝玉道也不用擺偺们且作詩把那大團圓棹子就放在當中酒菜都放着也不必拘定坐位有愛吃的去吃大家（不愛吃的）散坐豈不便宜宝釵道这話極是湘雲道雖如此説还有別人因又命另擺一桌揀了熱螃蟹来請襲人紫鵑司棋待書入畫鶯兒翠墨等一處共坐山坡桂樹底下鋪下两條花毡命荅應的婆子並小丫頭等也都坐了只管随意吃喝等使喚再来湘雲便取了詩題用針綰在墻

上衆人看了都說新奇固新奇只怕作不出来湘雲又把不限韵的縁故說了一番宝玉道这才是正理我也最不喜限韵林黛玉因不大吃酒又不吃螃蟹自命人掇了一个绣墩倚欄坐着拿着釣杆釣魚宝釵手裡拿着一枝桂花玩了一回俯在窗檻上掐了桂蕊擲向水面引的游魚浮上来唼喋湘雲出一回神又讓一回襲人等又招呼山坡下的衆人只管放量吃探春和李紈惜春立在垂柳陰中看鷗鷺迎春又獨在花陰下拿着花針穿茉莉花看他各人各式亦如畫家有孤聳獨出則有攢三聚五疎疎密密直是一幅百美圖宝玉又看了一回黛玉釣魚一回又俯在宝釵傍邊說笑兩句一回又看襲人等吃螃蟹自己也陪他飲兩口酒襲人又剥一殻肉給他吃黛玉放下釣竿走至座间拿起那烏銀梅花自斟壺来寫壺非寫壺正寫代玉揀了一个小小的海棠凍石蕉葉杯妙杯非寫杯正寫黛玉揀字有神理盖黛玉不善飲此任興也丫环看見

知他要飲酒忙着走上来斟黛玉道你们只管吃去讓我自己斟才（總）有趣兒説着便斟了半盞看時却是黄酒因説道我吃了一点子螃蟹覺得心口微微的疼須得热热的吃口燒酒宝玉忙道有燒酒便命將那合歡花浸的酒燙一壺来［傷哉作者猶記矮𩣑舫前以合歡花釀酒乎屈指二十年矣］代玉也只吃了一口便放下了宝釵也走過来另拿一支（隻）杯来也飲了一口放下便蘸筆至墻上把頭一个憶菊勾了底下又贅了一个蘅字［妙極韵極］宝玉忙道好姐姐第二个我已經有了四句了你讓我作罷宝釵笑道我好容易有了一首你就忙的這樣黛玉也不説話接過筆来把第八个问菊勾了接着把第十一个菊夢也勾了也贅一个瀟字［這兩个妙題料定黛卿必喜豈讓他人作去哉］宝玉也拿起筆来將第二个訪菊也勾了也贅上一个絳字探春走来看看道竟没人作簪菊讓我作這簪菊又指着宝玉笑道才宣過總不許

帶出閨閣字樣來你可要留神説着只見湘雲走來將第四第五對菊供菊一連兩个都勾了也贅上一个湘字探春道你也該起个號湘雲笑道我们家如今雖有几處軒館我又不住着借了來也沒趣近之不讀書暴發户偏愛起一别号一笑宝釵笑道方才老太〻説你們家也有這个水亭叫秋露閣难道不是你的如今雖沒了你到的是舊主人衆人都道有理宝玉不待湘雲動手便代將湘字抹了改了一个霞字又有頓飯工夫十二題已全各自謄出來都交與迎春另拿了一張雪浪箋過來一併謄録出來某人作的底下贅明某人的號李紈等從頭看到

憶菊　蘅蕪君 真用此號妙極

悵望西風抱悶思蓼紅葦白斷腸時空籬舊圃秋無跡瘦月清霜夢有知念念心隨歸雁遠寥〻坐听晚砧癡誰憐我為黄花病慰語重陽會有期

訪菊　怡紅公子

閑趁霜晴試一遊酒杯藥盞莫淹留霜前月下誰家種檻外籬邊何處秋
蠟屐遠來情淂〻冷吟不盡興悠〻黃花若解憐詩客休負今朝挂杖頭

種菊　怡紅公子

攜鋤秋圃自移來籬畔庭前故〻(處〻)栽昨夜不期經雨活今朝猶喜帶霜開冷吟(吟)
秋色詩千首醉酹寒香酒一杯泉溉泥封勤護惜好知(和)井逕絕塵埃

對菊　枕霞舊友

別圃移來貴比金一叢淺淡一叢深蕭疎籬畔科頭坐清冷(冷)香中抱膝吟數去
更無君傲世看來惟有我知音秋光荏苒休辜負相對原宜惜寸陰

供菊　枕霞舊友

彈琴酌酒喜堪儔几案婷婷点綴幽隔座香分三逕露拋書人對一秋枝霜清
低（紙）帳来新夢圃冷斜陽憶舊遊傲世也因同氣味春風桃李未淹留

咏菊　瀟湘妃子

無賴詩魔昏曉侵遶籬欹石自沉音毫端運（蘊）秀臨霜寫口齒（角）噙香對月吟滿
紙自怜題素怨片言誰解訴秋心一從陶令（令）評章後千古高風説到今

畫菊　蘅蕪君

詩餘戲筆不知狂豈是丹青費較量聚葉潑成千点墨攢花染出几痕霜淡
濃神會風前影跳脱秋生腕底香莫認東籬閑採掇粘屏聊以慰重陽

問菊　瀟湘妃子

欲訊秋情衆莫知喃喃負手叩東籬孤標傲世偕誰隱一樣開花為底遲圃露

庭宿（霜）何寂寞鴻（鴈）歸蛩病可想思休言舉世無談者解語何妨話片時

簪菊　蕉下客

瓶供籬栽日日忙折来休認鏡中粧長安公子因花癖彭彭澤先生是酒狂短鬢冷沾三徑露葛巾香染九秋霜高情不入時人眼拍手憑他笑路傍

菊影　枕霞舊友

秋光疊疊復重重潛度偷移三逕中窗隔疎灯描遠近籬篩破月鎖玲瓏寒芳留照魂應駐霜印傳神夢也空珍重暗香休踏碎憑誰醉眼認朦朧

菊夢　瀟湘妃子

籬畔秋酣一覺清和雲伴月不分明登仙非慕莊生蝶憶舊還尋陶令盟睡去依依隨鴈斷驚回故故惱蛩鳴醒時幽怨同誰訴衰草寒烟無限情

残菊　蕉下客

露凝霜重漸傾歌宴賞才過小雪時蒂有餘香金淡泊枝無全葉翠離披
半床落月蛩声病萬里寒雲雁陣遲明歲秋風知再會暫時分手莫相思

衆人看一看讚一首彼此稱揚不絶李紈咲道等我從公評来通篇看来各有各人的警句今日公評咏菊第一問菊第二菊夢第三題目新詩也詩立意更新惱不得要推瀟湘妃子為魁了然後簪菊對菊供菊画菊憶菊次之宝玉听説喜的拍手叫極是極公道黛玉道我那首也不好到底傷於纖巧些李紈道巧的却好不露堆砌生硬黛玉道據我看来頭一句好的是圃冷斜陽憶舊遊这句背面傅粉抛書人對一枝秋已經妙絶将供菊説完没處再説故翻回来想到未折未供之先意思深透李紈咲道固然如此説你的口齒噙香一句也敵的過

了探春又道到底要算蘅蕪君沉着秋無迹夢有知把个憶字竟烘染出来了宝釵笑道你的短髮冷沾葛巾香染也就把簪菊形容的一个縫兒也沒了湘雲咲道偕誰隱為底遲真个把个菊花问的無言可對李紈咲道你的科頭坐抱膝吟竟一時也捨（不能）不得别開菊花有知也必膩煩了說的大家都咲了宝玉笑道我又落第难道誰家種何處秋蠟屐遠来冷吟不盡都不是（不成）訪昨夜雨今朝霜都不是種不成但恨敵不上口齒噙香對月吟清冷香中抱膝吟短髮葛巾金淡泊翠離披秋無迹夢有知这几句罷（就是）了（総寫宝玉不及妙極）又道明兒閑了我一个人作出十二首来李紈道你的也好只是不及这几句新巧就是了大家又評了一回復又要了热蠏来就在大圓棹子上吃了一回宝玉咲道今日持螯賞桂亦不可無诗（全是他忙全是他不及妙極）我已吟成誰敢还作呢說着便忙洗了手提筆

寫出（且莫看詩只看他偏于如許一大回詩後又寫一回詩豈世人想的到的）衆人看道持螯更喜桂陰凉潑醋擂薑興欲狂饕餮王孫應有酒橫行公子却無腸臍間積冷饞忘忌指上沾腥洗尚香原為世人美口腹坡仙曾笑一生忙代玉笑道這樣的詩要一百首也有

（看他這一說）宝玉笑道你這會子才力已盡不說不能作了还貶人家代玉听了並不答言也不思索提起筆来一揮已有了一首衆人看道鉄甲長戈死未忘堆盤色相喜先嚐螯封嫩玉双〻滿殼凸紅脂塊〻香多肉更泠卿八足助情誰勸我千觴對斟佳品酹佳節桂拂清風菊帶霜宝玉看了正喝彩代玉便一把撕了命人烧去曰笑道我的不及你的我烧了他你那个狠好比方才的菊花詩还好你留着他給人看宝釵接着笑道我也勉强了一首未必好寫出取笑兒罢說着也寫了出来大家看时寫道是

桂靄桐陰坐舉觴長安涎口盼重陽眼前道路無經緯皮裡春秋空黑黃

看到這里衆人不禁叫絶寶玉道寫得痛快我的詩也該燒了又看底下道酒

未敵腥還用菊性妨積冷定須薑于今落釡成何益月浦空餘禾黍香　衆人

看畢都説這是食螃蠏絶唱這些小題目原要寓大意才筭是大才只是諷刺

世人太毒了些説着只見平兒復進園来不知作什麽且听下回分解

脂硯齋重評石頭記卷之

第三十九回

村嫽〻是信口開河　情哥〻偏尋根究底

話説衆人見平兒來了都説你們奶〻作什庅呢怎庅不來了平兒笑道他那里得空兒來因為説沒有好生吃得又不得來所以叫我來問還有沒有叫我要幾个拿了家去吃罷湘雲道有多着呢忙命人拿了十个極大的平兒道多拿幾个團臍的衆人又拉平兒坐平兒不肯李紈拉着他笑道偏要你坐拉着他身傍坐下端了一杯酒送到他嘴邊平兒忙喝了一口就要走李紈道偏不許你去顯見得只有鳳丫頭就不听我的話了説着又命嬤〻們先送了盒子去就説我留下平兒了那婆子一時拿了盒子回來説二奶〻説叫奶〻和姑娘們

别笑话要（説）嘴吃這个盒子裡是方才旧太〻那里送来的菱粉糕和鷄油捲兒給奶〻姑娘们吃的又向平兒道説使唤你来你就貪住頑不去了勸你少喝一杯兒罷平兒笑道多喝了又把我怎庅樣一面說一面只管喝又吃螃蟹李紈攬着他笑道可惜這庅个好體面模樣兒命却平常只落淂屋里使唤不知道的人誰不拿你當作奶〻太〻看平兒一面和宝釵湘雲等吃喝一面回頭笑道奶〻别只（這樣）模的我怪濟（癢）的李氏道噯哟這硬的是什庅平兒道鑰匙李氏道什庅鑰匙要緊梯己東西怕人偷了去却帶在身上我成日家和人說笑有个唐僧取經就有个白馬来駝他刘智遠打天下就有个瓜精来送盔甲有个凤丫頭就有个你〻就是你奶〻的一把總鑰匙還要这鑰匙做什庅平兒笑道奶〻吃了酒又拿了我来打趣着取笑兒了宝釵笑道這到是真话我们沒事

評論起人来你们这几个都是百个里頭挑不出一个来妙在各人有各人的好処李紈道大小都有个天理比如老太〻屋裡要没那个鴛鴦如何使得從太〻起那一个敢駁老太〻的回他現敢駁回偏老太〻只听他一个人的話老太〻的那些穿帶的别人不記得他都記得要不是他經管着不知叫人誆騙了多少去呢那孩子心也公道虽然这樣到常替人説好話兒还到不依势欺人的惜春笑道老太〻昨兒还説呢他比我们还強呢平兒道那原是个好的我们那里比的上他宝玉道太〻屋里的彩霞是个老實人探春道可不是外頭老實心里有数兒太〻是那麼佛爺似的事情上不留心他都知道凡百一應事都是他提着太〻行連老爷在家出外去一應大小事他都知道太〻忘了他背後告訴太〻李紈道那也罢了指着宝玉道这一个小爺屋里要不是襲人你们度量到个

什庅田地鳳丫頭就是楚霸王也得这兩支膀子好舉千斤鼎他不是这丫頭就得这庅周到了平兒咲道先時賠了四个丫頭死的死去的去只剩下我一个孤鬼了李紈道你到是有造化的鳳丫頭也是有造化的想當初你珠大爷在日何曾也没兩个你們看我还是那容不下人的天天只見他兩个不自在所以你珠大爷一没了趂年輕我都打發了若有一个守得住我到有个膀臂說自滴下泪来衆人都道又何必傷心不如散了到好說着便都洗了手大家約往賈母王夫人处問安衆婆子丫頭打掃亭子收拾盃盤襲人和平兒同往前去讓平兒到房里坐坐便問道这个月的月錢為什庅还不放平兒見問忙悄悄說道遲兩天就放了这个月的月錢我們奶奶早已支了放給人使呢等利錢收齊了才放呢你可不許告訴一个人去襲人咲道他難到还短錢使何苦还搡这心平兒咲道这几年拿着这一項銀子他的公費月例放出去利錢一年不到上千的銀子呢襲人咲道拿着我們的錢你們主子奴才賺利錢哄的我們獃等平兒道你又說没良心的話你難道还少錢使襲人道我虽不少只是我也没地方使去就

只預備我們那一个平兒道你倘若有要緊事用銀錢使時我那里还有几两銀子你先拿来使明兒我扣下你的就是了襲人道此時也用不着怕一時要用起来不殺了我打䕷人去取就是了平兒荅應着一逕出了園门来至家内只見鳳姐兒不在房里忽見上回来打抽豐的那刘姥〻和板兒又来了坐在那边屋里还有張材家的周瑞家的陪着又有两三个丫頭在地下倒口袋里的棗子倭瓜並些野菜衆人見他進来都忙站起来了妙文上回是先見平兒後見凤姐此則先見凤姐後見平兒也何綜錯巧妙淂情淂理之至耶刘姥〻因上次来過知道平兒的身分忙跳下地来问姑娘好又說家裡都问好早要来請姑奶〻的安看姑娘来的因為庄家忙好容易今年多打了两石粮食瓜菓菜蔬也豐盛這是頭一起摘下来的並沒敢賣呢留的尖兒孝敬姑娘奶〻姑娘們嚐〻姑娘們天〻山珍海味

的也吃膩了這个吃个野意兒也算是我們的窮心平兒忙道多謝費心又讓坐自已也坐了又讓張嬸子周大娘坐又命小丫頭子到茶去周瑞張材兩家的因笑道姑娘今兒臉上有些春色眼眼圈兒都紅了平兒笑道可不是我原是不吃的大奶奶和姑娘們只是拉着死灌不得已喝了兩鍾臉就紅了張材家的笑道我道想着要吃呢又沒人讓我明兒再有人請姑娘可待了我去罢說着大家都笑了周瑞家的道早起我就看那螃蟹了一斤只好秤了兩个三个这麽兩三大簍想是有七八十斤呢周瑞家的道若是上上下下只怕还不勾平兒道那里勾不過都是有名兒的吃兩个子那些散衆的也有摸的着的也有摸不着的刘姥姥道这樣螃蟹今年就值五分一斤十斤五錢五五二兩五三五一十五再搭上酒菜一共倒有二十多兩銀子阿弥陀佛这一頓的錢勾

我们庄家人過乙年的了平兒因問想是見過奶〻了（寫平兒伶俐如此）刘姥〻道見過了吽我们等着呢說着又往窓外看天氣（是八月中當開窓時細緻之甚）說道天好早晚了我们也去罷别出不去城才是飢荒呢周瑞家的道這話到是我替你瞧〻去說着一逕去了半日方来咲道可是你老的福来了竟投了这两个人的缘了平兒等問怎麽樣周瑞家的咲道二奶〻在老太〻跟前呢我原是悄〻的告訢二奶〻刘姥〻要家去呢怕晚了赶不出城去二奶〻說大遠的难為他扛了些沉東西来晚了就住一夜明兒再去这可不投上二奶〻的缘了這也罢了偏生老太〻又听見了問刘姥〻是誰二奶〻便回明白了老太〻說我正想个積古的老人家說话兒請了来我見一見這可不是想不倒天上缘分了說着催刘姥〻下来前去刘姥〻道我這生像兒怎好見的好嫂子你就說我

去了罢平兒忙道你快去罢不相干的我们老太〻家是惜老憐貧的比不浔那个狂三詐四的那些人想是你怯上我和周大娘送你去说肖同周瑞家的引了刘姥〻往賈母这边来二门口该班的小厮们見了平兒出来都站了起来有两个又跑上来赶肖平兒叫姑娘（想这一个姑娘非下称上之姑娘也按北俗以姑母曰姑〻南俗曰娘〻此姑娘定是姑〻娘〻之称每見大家凤俗多有小童称少主妾曰姑〻娘〻者按此書中若干人说话语氣及動用前照飲食諸賴皆東西南北互相兼用此姑娘之称亦南北相兼而用无疑矣）平兒问又说什么那小廝咲道这會子也好早晚了我媽病看等肖我去請大夫好姑娘我讨半日假可使的平兒道你们倒好都商議定了一天一个告假又不回奶〻只和我胡纏前兒住兒去了二爺偏生叫他叫不肖我應起了还说我作了情你今兒又来了（多明几回沒寫到賈璉今忽闲中一語便補浔賈璉這边天〻闹热令人却如肴見听見一般所谓不寫之寫也刘姥〻眼中耳中又一番識面奇妙之甚）周瑞家的道當真的他媽病了姑

娘也替他應肴放了他罷平兒道明兒一早来听肴我还要使你呢再睡的日頭晒肴屁股再来你这一去帶个信兒給旺兒就說奶々的話問肴他那剩的利錢明兒若不交了来奶々也不要了就越性送他使罷交代过襲人的話看他如此說真比风姐又甚一層李紈之語不謬也不知何风何福得此一人那小厮歡天喜地荅應去了平兒等来至賈母房中彼時大觀園中姊妹们都在賈母前承奉妙極連宝玉一併筭入姊妹隊中了刘姥々進去只見滿屋里珠圍翠繞花枝招展並不知都係何人只見一張榻上歪肴一位老婆々身後坐肴一个紗羅裹的美人一般的个丫嬛在那里搥腿风姐兒站肴正說笑奇、怪々文章在川姥、眼中以為阿风至尊至貴普天下人都該站肴說阿风獨坐才是如何今見阿风獨站哉真妙文字刘姥々便知是賈母了忙上来陪肴咲福了几福口裡說請老壽星安更妙賈母之號何其多耶在諸人口中則々老太々在阿风口中則曰老祖宗在僧尼口中則曰老菩薩刘姥々口中則曰老壽星者去似有数人想去則皆賈母难得如此各盡其妙刘姥〃亦善應接賈母亦忙欠身問好又命周瑞家的端过椅子来坐着那板兒仍是怯人不知問候仍字妙蓋有上文故也不知教訓者未看此句賈母道老親家你今年多大年紀了神妙之極看官至此必愁賈母以何相稱誰知公然曰老親家何等現成何等大方何等有情理若去作者心中編出余斷〃不信何也盖編得出者斷不能有这等情理刘姥〃忙立身答道我今年七十五了賈母向衆人道这么大年紀了还这么健朗比我大好几歲呢我要到这么大年紀还不知怎么動不得呢刘姥〃咲道我們生来是受苦的人老太〃生来是享福的若我們也这樣那些庄家活也沒人作了賈母道眼睛牙齒都还好刘姥〃道都还好就是今年左边的槽牙活動了賈母道我老了都不中用了眼也花耳也聾記性也沒了你們这些老親戚我都不記得了親戚們来了我怕人咲我〃都不會不过嚼的動的吃兩口睡一覺悶了時和这些孫子孫女兒頑咲一回就完了刘姥

姥咲道這正是老太〻的福了我們想这庅着不能賈母道什庅福不過是ケ老
廢物罷了說的大家都笑了賈母又笑道我才听見凤哥兒說你帶好些瓜菜
来叫他快收拾去了我正想ケ地里現擷的瓜兒菜兒吃外頭買的不像你們
田地里的好吃刘姥〻咲道这是野意兒不過吃ケ新鮮依我們想魚肉吃只
是吃不起賈母又道今兒既認着了親别空〻的就去不嫌我這里就住一
兩天再去我們也有ケ園子〻〻裡頭也有菓子你明日也嚐〻帶些家去也
算看親戚一淌凤姐兒見賈母喜欢也忙留道我們这里雖不比你〻們的塲院
大空屋子还有兩间你住兩天把你們那里的新闻故事兒說些與我們老太
太听〻賈母笑道凤丫頭别会他取咲兒他是鄉屯里的人老实那里擱的住
你打趣他說着又命人去先抓菓子與板兒吃板兒見人多了又不敢吃賈母

又命拿些錢給他叫小么兒們帶他外頭頑去刘姥ゝ吃了茶便把些鄉村中所見所聞的事情說與賈母賈母亦發得了趣味正說着鳳姐兒便命人来請刘姥ゝ吃晚飯賈母又將自己的菜揀了几樣命人送過去與刘姥ゝ吃凤姐知道合了賈母的心吃了飯便又打發過来鴛鴦忙命老婆子帶了刘姥ゝ去洗了澡自己挑了兩件隨常的衣服命[令]給刘姥ゝ換上（一段死央身分權勢心机口寫賈母也）那刘姥ゝ那里[裡]見過这般行事忙換了衣裳出来坐在賈母榻前又搜尋些話出来說彼时宝玉姊妹們也都在这[裡]裡坐着他們何曾听見過這些說[話]自覺比那些瞽目先生們說的書还好听那刘姥ゝ雖[雖]是个[個]村野人却生来的有些見識況且年紀老了世情上經歷過的見頭一个賈母高與第二見這些哥兒姐兒們都愛听便沒了話[說的]也編出些話来講因說道我們村庄上種地種菜每年

每日春夏秋冬風裡雨裡那里有个坐着的空兒天〻都是在那地頭子上作
歇馬凉亭什庅奇〻怪〻的事不見呢就像去年冬天接連下了几天雪地下
壓了三四尺深我那日起的早还沒出房门只听外頭柴艸响我想着必定是
有人偷柴艸来了我爬着窓眼兒一瞧却不是我們村庄上的人賈母道必定
是過路的客人們冷了見現成的柴抽些烤火去也是有的刘姥〻笑道也並
不是客人所以說来奇怪老壽星當个什庅人原来是一个十七八歲的極標
緻的一个小姑娘梳着溜油光的頭穿着大紅襖兒白綾裙兒刘姥〻口氣如此劉說道
這里忽听外面人吵嚷起来又說不相干的別唬着老太〻賈母等听了忙问
怎庅了丫嬛回說南院馬棚里走了水不相干已经救下去了賈母最胆小的
听了這話忙起身扶了人出至廊上来瞧〻只見東南上火光猶亮賈母唬的口內

念佛忙命人去火神跟前燒香王夫人等也忙都過来請安又回說已經下去了老太々請進房去罢賈母足〔直等〕的看着火光熄了方領眾人進来（一段為後回作引然偏于宝玉爱听時截住）宝玉且忙着問刘姥々那女孩兒大雪地里作什麼抽柴草倘或凍出病来呢賈母道都是才說抽柴草惹出火来了你还問呢別說这个了再說别的罢宝玉听說心内雖不樂也只得罢了刘姥々便又想了一篇話說道我们庄子東边庄上有个老奶々子今年九十多歲了他天々吃齋念佛誰知就感動了觀音菩薩夜里来托夢說你这樣虔心原本你該絕後的如今奏了玉皇給你个孫子原来这老奶々只有一个兒子这兒子也只一个兒子好容易养到十七八歲上死了哭的什麼似的後果然又養了一个今年才〔總〕十三四歲生的雪團兒一般聰明伶俐非常可見這些神佛是有的这一夕話時合〔暗〕了賈母

王夫人的心事連王夫人也都听住了宝玉心中只記掛着抽柴的故事因悶的心中籌畫探春因問他昨日擾了史大妹々咱們回去商議着邀一社又还了席也請老太々賞菊花何如宝玉笑道老太々說了还要擺酒还史妹々的席叫你們作陪呢等吃了老太々的咱們再請不遲探春道越往前去越冷了老太々未必高興宝玉道老太々又喜歡下雨下雪的不如咱們等下頭場雪請老太々賞雪豈不好咱們雪下吟詩也更有趣了林黛玉忙笑道咱們雪下吟詩依我說还不如弄一捆柴火雪下抽柴还更有趣兒呢說着宝釵等都笑了宝玉瞧了他一眼也不答話一時散了背地裡宝玉足的拉了刘姥々細问那女孩兒是誰刘姥々只得編了告訴他道那原是我們庄北沿地埂子上有一个小祠堂裡供的不是神佛当先有个什庅老爺說着又想名姓宝玉道不

拘什庅名姓你不必想了只说原故就是了刘姥〻道这老爺沒有兒子只有
一位小姐名叫茗玉小姐知書識字老爺太〻爱如珍宝可惜这茗玉小姐生
到十七歲一病死了宝玉听了跌足嘆息又问後来怎庅樣刘姥〻道因為老
爺太〻思念不盡便蓋了这祠堂塑了这茗玉小姐的像派了人燒香撥火如
今日久年深的人也沒了廟也爛了那像就成了精宝玉忙道不是成精規矩
这樣人是雖死不死的刘姥〻道阿弥陀佛原来如此不是哥兒说我们都当
他成精他时常变了人出来各村庄店道上闲逛我才说这抽柴火的就是他
了我们村庄上的人还商議着要打了这塑像平了廟呢宝玉忙道快别
如此若平了廟罪过不小刘姥〻道幸虧哥兒告訴我〻明兒回去攔住他们
就是了宝玉道我们老太〻太〻都是善人合家大小也都好善喜捨最爱脩廟塑

神的我明兒做一个疏頭替你化些佈施你就做香頭攢了錢把这廟脩蓋再粧潢了泥像每月給你香火錢燒香豈不好刘姥ゝ道若这樣我托那小姐福也有几个錢使了宝玉又问他地名庄名來往遠近坐落何方刘姥ゝ便順口胡謅了出來宝玉信為真回至房中盤算了一夜次日一早便出來給了茗烟几百錢按着刘姥ゝ说着方向地名着茗烟去先踏看明日回來再做主意那茗烟去後宝玉左等也不來右等也不來急的热鍋上的螞蟻一般好容易等到日落方見茗烟興ゝ頭ゝ的回來宝玉忙问可有廟了茗烟咲道爺听的不明白要我好找那地名坐落不似爺说的一樣所以我了一日我到東北上田埂子上纔有一个破廟宝玉听说喜的眉開眼笑忙说道刘姥ゝ有年紀的人一時錯記了也是有的你且说你見的茗烟道那廟门却到是朝南開也是

稀破的我我的正沒好氣一見这个我説可好了連忙進去一看泥胎唬的我
跑出来了活似真的一般宝玉喜的咲道他能变化人了自然有些生氣茗烟
拍手道那里有什麼女孩兒竟是一位青臉紅髮的瘟神爺宝玉听了啐了一
口罵道真是一个無用的殺材这点子事也幹不来茗烟道二爺又不知看了
什麼書或者听了誰的混話信真了把这件沒頭脑的事派我去磞頭怎麼説
我沒用呢宝玉見他急了忙撫慰他道你别急改日閑了你再找去若是他哄
我們呢自然沒了若竟是有的你豈不也積了陰隲我必重重的賞呢正説着
只見二门上的小廝来説老太太房里的姑娘們站在二门口找二爺呢

脂硯齋重評石頭記卷之

第四十回

史太君兩宴大觀園　金鴛鴦三宣牙牌令

話說宝玉听了忙進来看时只見琥珀站在屏風跟前說快去罢立等你說話呢宝玉来至上房只見賈母正和王夫人家姊妹商議給史湘雲还席宝玉因說道我有个主意既沒有外客吃的東西也別定了樣數誰素日爱吃的揀樣兒做几樣也不要按桌席每人跟前擺一張高几各人爱吃的東西一兩樣再一个十錦攢心盒子自斟壺豈不別致賈母听了說狠是忙命人傳与廚房明日就揀我們爱吃的東西作了按着人數再裝了盒子来早飯也擺在園里吃商議之间早又掌灯一夕無話次日清早起来可喜这日天氣清朗李紈侵晨先

起看着老婆子丫頭们掃那些落葉是八月盡並擦抹棹椅預備茶酒器皿只見
豐兒帶了刘姥姥板兒進来說大奶奶到忙的緊李紈咲道我說你昨兒去不
成只忙着要去刘姥姥笑道老太太留下我叫我也热闹一天去豐兒拿了几
把大小鑰匙說道我们奶奶說了外頭的高几恐不彀使不如開了樓把那收
的拿下来使一天罢奶奶原該親自来的因和太太說話呢請大奶奶開了帶
着人搬罢李氏便命素雲接了鑰匙又命婆子出去把二门上的小厮叫几个
来李氏站在大观樓下往上看命人上去開了綴錦閣一張張往下抬小厮
老婆子丫頭一齊動手抬了二十多張下来李纨道好生着别慌慌張張鬼赶
来似的仔细碰了牙子又回頭向刘姥姥笑道姥姥也上去瞧瞧刘姥姥听說
爬不得一声兒便拉了板兒登梯上去進里面只見烏壓壓的堆着些圍屏棹

椅大小花灯之類虽不大認得只見五彩炫耀各有奇妙念了几声佛便下来了然後鎖上门一齊繞下來李纨道恐怕老太〻高興越性把舡上划子篙槳遮陽幔子都搬了下來預備众人答應又復開了色〻的搬了下来命小廝傳駕娘们到舡塢里撐出两支船來正乱着安排只見賈母已帶了一羣人進來了李纨忙迎上去笑道老太〻高興到進來了我只當还沒梳頭呢纔擷了菊花要送去一面说一面碧月早捧過一个大荷葉式的翡翠盤子來裡面養着各色的折枝菊花賈母便揀了一朵大红的簪于鬓上因回頭看見了刘姥〻忙笑道過來帶花兒一語未完凤姐便拉過刘姥〻來笑道讓我打扮你说着将一盤子花横三竪四的插了一頭賈母和衆人笑的不住刘姥〻笑道我這頭也不知修了什麼福今兒这樣体面起來衆人笑道你还不拔下來摔到他

臉上呢把你打扮的成了个老妖精了刘姥〻笑道我虽老了年輕時也風流
爱个花兒粉兒的今兒老風流才好說笑之间已来至沁芳亭子上了婗们抱
了一个大錦褥子来鋪在欄干榻板上賈母倚柱坐下命刘姥〻也坐在旁边
因问他這園子好不好刘姥〻念佛說道我们鄉下人到了年下都上城来買
画兒貼時常閑了大家都說怎広淂也到画兒上去逛〻想着那个画兒也不
過是假的那里有这个真地方谁知我今兒進这園里一瞧竟比那画兒还強
十陪怎広得有人也照着这个園子画一張我帶了家去給他们見〻死了也淂
好處賈母听說便指着惜春笑道你瞧我这个小孫女兒他就会画等明兒叫
他画一张如何刘姥〻听了喜的忙跑過来拉着惜春說道我的姑娘你这広
大年纪兒又这広个好模樣还有這个能幹别是个神仙托生的罢賈母少歇

一回自然領着刘姥〻都見識〻〻先到了瀟湘館一進门只見两边翠竹夹
路土地下蒼苔佈滿中间羊腸一條石子墁的路刘姥〻讓出路來与賈母中
人走自己却赶走土地琥珀拉他说道姥〻你上来走仔细苔滑了刘姥〻道
不相干的我们走熟了的姑娘们只管走罢可惜你们的那綉鞋别沾臟了
他只顧上頭和人说話不妨底下果踹滑了咕咚一跤跌倒众人都拍手呵〻的
咲起來賈母咲罵道小蹄子们还不攙起來只站着咲说話时刘姥〻已爬了起来
自己也笑了说道緣说嘴就打了嘴賈母问他可扭了腰了不曾叫了頭们搥
一搥刘姥〻道那里说的我这庅妓嫩了那一天不跌两下子都要搥起来还
了得呢紫鵑早打起湘簾賈母带進來坐下林代玉親自用小茶盤捧了一盞
碗茶來奉与賈母王夫人道我们不吃茶姑娘不用倒了林代玉听说便命丫

頭把自己窓下常坐的一张椅子挪到下首請王夫人坐了刘姥〻因見窓下案上設着筆硯又見書架上磊着滿〻的書刘姥〻道這必定是那位哥兒的書房了賈母笑指代玉道这是我这外孫女兒的屋子刘姥〻留神打量了林代玉一番方笑道这那里像个小姐的繡房竟比那上等的書房还好賈母因问宝玉怎庅不見衆丫頭们荅説在池子里舡上呢賈母道誰又預備下舡了李纨忙回説纔开楼拿几我恐怕老太〻高興就預備下了賈母听了方欲説話时人回説姨太〻來了賈母等剛站起來只見薛姨媽早進来了一面歸坐笑道今兒老太〻高興这早晚就来了賈母笑道我才説來遲了的要罰他不想姨太〻就来遲了説笑一会賈母因見窓上紗顏色旧了便和王夫人説道这个紗新糊上好看過了後来就不翠了这个院子里頭又沒有个桃杏樹

這竹子已是綠的再拿這綠紗糊上反不配我記得偺們先有四五樣顏色糊
窓的紗呢明兒給他把這窓上的換了鳳姐兒忙道昨兒我開庫房看見大板
箱里还有好些疋銀紅蟬翼紗也有各樣折枝花樣的也有流雲卍福花樣的
也有百蝶穿花〻樣的顏色又鮮紗又輕軟我竟沒見過这樣的拿了兩疋去
来作兩床綿紗被想来一定是好的賈母听了笑道呸人〻都說你沒有不经
過不見過連這个紗还不認得呢明兒还說嘴薛姨媽等都笑說憑他怎庅經
過見過如何敢比老太〻呢老太〻何不教導了他我們也听〻鳳姐兒也笑
說好祖宗教給我罷賈母笑向薛姨媽衆人道那個紗比你們年紀还大呢
怪不得他認作蟬翼紗原也有些像不知道的都認作蟬翼紗正經名子叫作
軟烟羅鳳姐兒道這个名兒也好听只是我這庅大了紗羅也見過几百樣從

沒听見过這个名賈母笑道你能活了多大見過几樣沒處放的東西就說嘴來了那個軟烟羅只有四樣顏色一樣雨過天晴一樣秋香色一樣松綠的一樣就是銀紅的若是做了帳子糊了窗屜遠遠的看着就似烟霧一樣所以叫作軟烟羅那銀紅的又叫作霞影紗如今上用的府紗也沒有這樣軟厚輕密的了薛姨媽笑道別說鳳了頭沒見連我也沒听見過鳳姐兒一面說話早命人取了一疋來了賈母說可不是這个先時原不過是糊窗屜後來我們拿這个作被作帳子試試也竟好明兒就找出幾疋來拿銀紅的替他糊窗子鳳姐答應着衆人都看了稱讚不已刘姥姥也覷着眼看个不了念佛說道我們想他作衣裳也不能拿着糊窗子豈不可惜賈母道到是做衣裳不好看鳳姐忙把自己身上穿的一件大紅綿紗襖子襟兒拉了出來向賈母薛姨媽道看我的

這袄兒賈母薛姨媽都説這也是上好的了这是如今的上用内造竟比不上这个鳳姐兒道这个薄片子还説是内造上用呢竟連这个官用的也比不上了賈母道再找一找只怕还有青的若有時都拿出来送这刘親家两疋做一个帳子我掛下剩的配上裡子做些袂背心子給了頭們穿白收着殭壞了鳳姐忙答應了仍命人送去賈母起身笑道这屋裡窄再往别處逛去刘姥〻念佛道人〻都説大家子住大房昨兒見了老太〻正房配上大箱大櫃大桌子大床果然威武那櫃子比我们一间房子还大还高怪道後院子裡有个梯子我想又不上房晒東西預備个梯子作什麼後来我想起来定是為開頂櫃收放東西非离了那梯子怎麼得上去呢如今又見了这小屋子更比大的越發齊整了滿屋的東西都只好看都不知叫什麼我越看越捨不得离了这里

鳳姐道还有好的呢我都帶你去瞧〻說着一徑離了瀟湘館遠〻望見池中一群人在那裡撑船賈母道他们既預備下船偺们就坐一面說着便向紫菱洲蓼漵一帶走来未至池前只見几个婆子手裡都捧着一色捏絲戧金五彩大盒子走来鳳姐忙问王夫人早飯在那里擺王夫人道问老太〻[說]在那里就在那里罷了賈母听說便回頭說你三妹〻那里[就]好你就帶了人擺去我们從这里坐了舡去鳳姐兒听說便回身同了李紈探春夗央琥珀帶着端飯的人等抄着近路到了秋爽齋就在曉翠堂上調開棹案[椅]夗鴦笑道天〻偺们說外頭老爺们吃酒吃飯都有一个篾片相公拿他取笑兒偺们今兒也得了一个女篾片[了]李紈是个厚道人听了不觧鳳姐兒却知是說的刘姥〻了也笑說道偺们今兒就拿他取个咲兒二人便如此这般的商議李紈笑劝道你們一點

好事也不做又不是个小孩兒还这庅淘氣仔細老太〻说鴛鴦㕭道恨不与你相干有我呢正说着只見賈母等来了各自随便坐下先着丫環端过两盤茶来大家吃畢凤姐手裡拿着西洋布手巾裹着一把烏木三廂銀箸敁𢿘人位按席擺下賈母因说把那一張小楠木桌子抬过来让刘親家近我这边坐着衆人听说忙抬了过来凤姐一面遞眼色与鴛鴦〻〻便拉了刘姥〻出去悄〻的嘱咐了刘姥〻一夕话又说这是我们家的規矩若錯了我们就笑话呢调停已畢然後歸坐薛姨媽是吃过飯来的不吃只坐在一邊吃茶（妙若只管寫薛姨媽来則吃飯則成何文理）賈母帶着宝玉湘雲代玉宝釵一桌王夫人帶着迎春姊妹三个一桌刘姥〻傍着賈母一桌賈母素日吃飯皆有小丫妳在傍边拿着漱盂麈尾巾帕之物如今鴛鴦是不當这差的了今日鴛鴦偏接过麈尾来拂着丫

嬛們知道他要撮弄刘姥〻便躲開讓他鴛鴦一面侍立一面悄问刘姥〻説
道別忘了刘姥〻道姑娘放心那刘姥〻入了坐拿起箸来沉甸〻的不伏手
原是凤姐和鴛鴦商議定了單拿了一雙老年四楞象牙廂金的快子與刘姥
姥刘姥〻見了説道這叉爬子比俺那里鉄掀还沉那里强的过他説的衆人
都笑起来只見一个媳婦端了一个盒子站在當地一个丫嬛上来揭去盒蓋
裡面盛着两碗菜李紈端了一碗放在賈母桌上凤姐兒偏揀了一碗鴿子蛋
放在刘姥〻桌上賈母這边説声請刘姥〻便站起身来高声説道老刘老刘
食量大似牛吃个老母猪不抬頭自己却鼓着腮不語衆人先是發怔後来一
听上〻下〻都哈〻的大笑起来史湘雲掌不住一口飯都噴了出来林代玉
笑岔了氣伏着桌子噯喲宝玉早滚到賈母懷裡賈母笑的摟着宝玉叫心肝

王夫人笑的用手指着鳳姐兒只説不出話来薛姨媽也掌不住口里茶噴了探春一裙子探春手裡的飯碗都合在迎春身上惜春離了坐位拉着他奶姆叫揉一揉腸子地下的無一个不彎腰屈背也有躲出去蹲着笑去的也有忍着笑上来替他姊妹換衣裳的獨有鳳姐鴛鴦二人掌着还只管讓刘姥〻刘姥〻拿起箸来只覺不听使又説道這裡的鷄兒也俊下的這蛋也小巧怪俊的我且肏攮一个衆人方住了笑听見這話又笑起来賈母笑的眼泪出来琥珀在後搥着賈母笑道這定是鳳丫頭促狹鬼兒鬧的快别信他的話了那刘姥〻正誇鷄蛋小巧要肏攮一个鳳姐兒笑道一兩艮子一个呢你快嚐〻罷那冷了就不好吃了刘姥〻便伸箸子要夾那里夾的起来滿碗裡鬧了一陣好容易撮起一个来纔伸着脖子要吃偏又滑下来滚在地下忙放下箸子要親

自去揀早有地下的人揀了出去了刘姥〻嘆道一两艮子也沒听見了响声兒就沒了衆人已沒心吃飯都看着他取咲賈母又説誰这会子又把那个快子拿了出来又不请客摆大筵席都是凤丫頭支使的还不换了呢地下的人原不曾預偹这牙箸本是鳳姐和鴛鴦拿了来的听如此說忙收了過去也照樣换上一双烏木鑲艮的刘姥〻道去了金的又是艮的到底不及俺們那个伏手凤姐兒道菜里若有毒这艮子下去了就试的出来刘姥〻道这个菜裡有毒俺們那些都成了砒霜了那怕毒死了也要吃尽了賈母見他如此有趣吃的又香甜把自己的来也都端過来与他吃又命一个老嬷〻来将各樣的菜給板兒夾在碗上一時吃畢賈母等都往探春卧室中去闲話这里收拾過殘棹又放了一桌刘姥〻看着李紈与凤姐兒对坐着吃飯嘆道别的罢了我

只管你们家這行事怪道說禮出大家鳳姐兒忙笑道你可別多心纔剛不過
大家取樂兒一言未了鴛鴦也進來笑道姥姥別惱我給你老人家賠个不是
刘姥姥笑道姑娘說那里話偺們哄着老太太開个心兒可有什麽惱的你先
嘱咐我我就明白了不過大家取个笑兒我要心里惱也就不說了鴛鴦便罵
人爲什麽不倒茶給姥姥吃刘老老忙道纔剛那个嫂子倒了茶來我吃過了
姑娘也該用飯了鳳姐兒便拉鴛鴦坐下你和我們吃了罷省的回來又闹鴛
鴦便坐下了婆子們添上碗箸來三人吃畢刘姥姥笑道我看你們这些人都
只吃這一點兒就完了虧你們也不餓怪只道風兒都吹的倒鴛鴦便問今兒
剩的菜不少都那去了婆子們道都還沒散呢在這里等着一齊散与他們吃
鴛鴦道他們吃不了這些挑兩碗給二奶奶屋里平丫頭送去鳳姐兒道他早

吃了飯了不用給他鴛鴦道他不吃了喂你们的猫婆子听了忙揀了兩樣拿盒子送去鴛鴦道素雲那去了李紈道他们都在這里一処吃又找他作什麽鴛鴦道这就罷了鳳姐兒道襲人不在這里你到是叫人送兩樣給他去鴛鴦听說便命人也送兩樣去後鴛鴦又问婆子们回来吃酒的攢盒可裝上了婆子道想必還得一回子鴛鴦道催着些兒婆子答應了鳳姐兒等來至探春房中只見他娘兒们正笑探春素喜闊朗這三间屋子並不曾隔斷當地放着一張花梨大理石大案案上磊着各種名人法帖並数十方宝硯各色筆筒筆海內揷的筆如樹林一般那一边設着斗大的一个汝窑花囊揷着滿滿的一囊水晶球的白菊西墻上當中挂着一大幅米襄陽烟雨圖左右掛着一付對聯乃是顏魯公墨跡其聯云

烟霞閒骨格　泉石野生涯

案上設着大鼎左边紫檀架上放着一个大觀（官）窑的大盤々内盛着數拾個嬌黄玲瓏大佛手右边洋漆架上懸着一个白玉比目磬傍边掛着小鎚那板兒略熟了些便要摘那鎚子要擊了丫嬛們忙攔住他々又要那佛手吃探春揀了一个与他說頑罢吃不得的（東西）東边便設着卧榻拔步床上懸着葱綠双綉花卉草蟲的紗帳板兒又跑过来看說這是蟈々這是螞蚱刘姥々忙打他一巴掌罵道下作黄子没干没淨的乱鬧到叫你進来瞧々就上臉了打的板兒哭起来衆人忙劝解方罢賈母因隔着紗窓往後院内看了一回因說這後廊簷下的梧桐也好了就只細些正說话忽一陣風过隱々听得鼓樂之声賈母问是誰家娶親呢這里臨街到近王夫人等笑回道街上的那里听的見這是偺們

的那十來个女孩子们演習吹打呢賈母便笑道既他们演何不叫他们進來演習他们也逛一逛偺们可又樂了鳳姐听說忙命人出去叫來又一面分付擺下條桌鋪上紅毡子賈母道就鋪排在藕香榭的水亭子上借着水音更好听回來偺们就在綴錦閣底下吃酒又寬濶又听的近衆人都說那里賈母向薛姨媽笑道偺们走罷他们姊妹们都不大喜欢人來坐怕臟了屋子偺们別沒眼色正經坐一回子船喝酒去說着大家起身便走探春笑道这是那理的話求着老太太姨媽太太來坐坐还不能呢賈母笑道我的这三丫頭却好只有兩个玉兒可悪回來吃醉了偺们偏往他们屋里鬧去說着衆人都笑了一齊出來走不多遠已到了荇葉渚那姑蘇選來的几个駕娘早把兩支棠木舫撑來衆人扶了賈母王夫人薛姨媽刘姥姥鴛鴦玉釧兒上了这一支落

後李紈也跟上去鳳姐兒也上去立在舡頭上也要撑舡賈母在艙内道这不是頑的虽不是河里也有好深的你快不給我進来鳳姐兒𥬇道怕什么老祖宗只管放心説着便一篙點開到了池当中舡小人多鳳姐只覺乱恍忙把篙子遞与駕娘方蹲下了然後迎春姊妹等並宝玉上了那支随後跟来其餘老嬷散衆丫嬛俱沿河随行宝玉道这些破荷葉可恨怎么还不叫人来拔去宝釵笑道今年这几日何曾饒了这園子閑了天天逛那里還有叫人来收拾的工夫林代玉道我最不喜歡李義山的詩只喜他这一句留得残荷听雨声偏你们又不留着残荷了宝玉道果然好句已後咱们别叫人拔去了説着已到了花漵的蘿港之下覺得陰森透骨兩滩上衰草残菱更助秋情賈母因見岸上的清厦曠朗便问这是你薛姑娘的屋子不是衆人道是賈母忙命攏岸

順着雲步石梯上去一同進了蘅蕪苑只覺異香撲鼻那些奇草仙藤愈冷
愈蒼翠都結了實似珊瑚豆子一般纍垂可愛及進了房屋雪洞一般一色玩器全
無案上只有一个土定瓶中供着数枝菊花並两部書茶奩茶杯而已床上只
吊着青紗帳幔衾褥也十分朴素賈母嘆道这孩子太老實了你沒有陳設何
妨和你姨娘要些我也不理論也沒想到你们的東西自然在家里沒帶了来
説着命鴛鴦去取些古董来又嗔着鳳姐兒不送些玩器来與你妹妹这樣小
器王夫人鳳姐兒等都咲回説他自已不要的我们原送了来都退回去了薛
姨媽也笑説他在家里也不大弄这些東西的賈母摇頭道使不得雖然他省
事倘来一个親戚看着不像一則年輕的姑娘们房里这樣素淨也忌諱我们
这老婆子越發該住馬圈去了你们听那些書上戲上説的小姐们的繡房精

緻的还了得呢他们姊妹们雖不敢比那些小姐们也不要狠离了格兒有現成的東西為什庅不擺若狠愛素淨少几樣到使得我最会收拾屋子的如今老了沒這閑心了　他们姊妹们也还學着收拾的好只怕俗氣有好東西也擺壊了我看他们还不偺如今讓我替你收拾包管又大方又素淨我的梯已兩件收到如今沒給宝玉看見過若經了他的眼也沒了說着叫過鴛鴦来親分付道你把那石頭盆景兒和那架紗掉屏还有个墨烟凍石鼎這三樣擺在这案上就句了再把那水墨字画白綾帳子拿来把这帳子也換了鴛鴦答應着笑道这个東西都擱在東楼上的不知那个箱子裡还得漫漫找去明兒再拿去也罷了賈母道明日後日都使得只別忘了說着坐了一回方出来一逕来至綴錦閣下文官等上来請過安因问演習何曲賈母道只揀你們生的演

習几套罷文官等下来往藕香榭去不提這里鳳姐兒已代着人擺設整齊上面左右两張榻〻上都鋪着錦裀蓉簟每一榻前两張雕漆几也有海棠式的也有梅花式的也有荷葉式的也有葵花式的也有方的也有圓的其式不一〻个上面放着炉瓶一分攢盒一个上面空設着預備放人所喜食物上面二榻四几是賈母薛姨媽下面一椅两几是王夫人的餘者都是一椅一几東边是刘姥〻刘姥〻之下便是王夫人西边便是史湘雲第二便是宝釵第三便是代玉第四迎春探春惜春挨次下去宝玉在末李紈鳳姐二人之几設于三層檻内二層紗橱之外攢盒式樣亦隨几之式樣每人一把烏銀洋鏨自斟壺一个十錦琺瑯杯大家坐定賈母先笑道咱们先吃两杯今日也行一令纔有意思薛姨媽等笑说道老太〻自然有好酒令我们如何会呢安心要我们醉了

我们都多吃两杯就有了賈母笑道姨太〻今兒也过謙起来想是猒我老了薛姨媽笑道不是謙只怕行不上来倒是笑话了王夫人忙笑道便说不上来只多吃了一杯酒醉了睡覺去还有誰笑话偺们不成薛姨媽點頭笑道依令老太〻到底吃一杯令酒綫是賈母笑道这个自然说自便吃了一盃凤姐兒忙走至當地笑道既行令还叫鴛鴦姐〻来行更好衆人都知賈母所行之令必得鴛鴦提著故听了这话都说狠是凤姐兒便拉了鴛鴦过来王夫人笑道既在令内没有站着的礼回頭命小丫頭子端一張椅子放在你二位奶〻的席上鴛鴦也半推半就謝了坐便坐下也吃了一鍾酒笑道酒令大如軍令不論尊卑惟我是主違了我的话是要受罰的王夫人等都笑道一定如此快些说来鴛鴦未開口刘姥〻便下了席摆手道别这様捉弄人我家去了衆人都笑

道这却使不淂鴛鴦喝命小丫頭子们拉上席去小丫頭子们也笑肴果然拉
入席中刘姥〻只呌饒了我罢鴛鴦道再多言的罰一壺刘姥〻方住了鴛鴦
道如今我说骨牌付兒從老太〻起順領说下去至刘姥〻止比如我说一付
兒將这三張牌折開先说頭一張次说第二張再说第三張说完了合成这一
付兒的名子無論詩詞歌賦成語俗話比上一句都要叶韵錯了的罰一杯衆
人笑道这个令好就说出来鴛鴦道有了一付了左边是張天賈母道頭上有
青天衆人道好鴛鴦道當中是个五與六賈母道六槁梅花香徹骨鴛鴦道剩
得一張六與么賈母道一輪紅日出雲霄鴛鴦道湊成便是个蓬頭鬼賈母道
这鬼抱住鐘馗腿说完大家笑肴喝彩賈母飲了一杯鴛鴦又道有了一付左边
是个大長五薛姨媽道梅花朶〻風前舞鴛鴦道右边还是个大五長薛姨媽

道十月梅花嶺上香鴛鴦道当中二五是雜七薛姨媽道織女牛郎会七夕鴛鴦道湊成二郎遊五岳薛姨媽道世人不及神仙樂説完大家稱賞飲了酒鴛鴦又道有了一付左边長么兩点明湘雲道双懸日月照乾坤鴛鴦道右边長么兩边明湘雲道閑花落地听無声鴛鴦道中间还得么四来湘雲道日边紅杏倚雲栽夗央道湊成櫻桃九熟湘雲道御園却被鳥啣出説完飲了一杯夗央道有了一付了左边是長三宝釵道双〻燕子语梁间夗央道右边是三長宝釵道水荇牽風翠帯長夗央道当中三六九点在宝釵道三山半落青天外夗央道湊成鉄鎖練孤舟宝釵道処〻風波処〻愁説完飲畢夗央又道左边一个天代玉道良辰美景奈何天宝釵听了回頭看着他代玉只顧怕罰也不理論夗央道中间錦屏顏色俏代玉道紗窗也没有紅娘报夗央道剩了二六

八点齐代玉道双瞻玉座飲朝儀鸳鸯道湊成藍子好採花代玉道仙杖香挑芍藥花说完飲了一口鸳鸯道左边四五成花九迎春道桃花带雨濃衆人道该罚錯了韵而且又不像迎春咲着飲了一口原是鳳姐兒和鸳鸯都要听刘姥姥的笑话故意都命说錯都罚了至王夫人鸳鸯代说了个下便该刘姥姥刘姥姥道我们庄家人闲了也常会几个人弄这个但不如说的这么好听少不得我也试一试衆人都咲道容易说的你只管说不相干鸳鸯咲道左边四四是个人刘姥姥听了想了半日说道是个庄家人罢衆人哄堂咲了賈母咲道说的好就是这様说刘姥姥也咲道我们庄家人不过是現成的本色衆位别笑鸳鸯道中间三四綠配紅刘姥姥道大火烧了毛毛虫衆人咲道这是有的还说你的本色鸳鸯道右边么四真好看刘姥姥道一个蘿蔔一頭蒜衆人又

笑了死 央笑道凑成便是一枝花刘姥々两隻手比着説道花兒落了結个大
倭瓜衆人大咲起来只听外面乱嚷

話二則怎这里人不方便原是叫我挈着妹〻们伏侍奶〻姑娘的探春因问
宝姑娘的飯怎麽不端来一処吃了嬛们听说忙出至簷外命媳婦去说宝姑
娘如今在厛上一処吃叫他们把飯送了这里来探春听说便高声说道你别
混支使人那都是辦大事的管家娘子们你们支使他要飯要茶的連个高低
都不知道平兒这里站着你叫〻去平兒忙荅应了一声出来那些媳婦们都
忙悄〻的拉住笑道那里用姑娘去叫我们已有人叫去了一面说一面用手
帕撣石矶上说姑娘站了半天乏了这太陽影里且歇〻平兒便坐下又有茶
房里的两个婆子拿了个坐褥铺下说石头冷这是極乾净的姑娘将就坐一
坐兒罢平兒忙陪笑道多谢一个又捧了一碗精緻新茶出来也悄〻笑说这
不是我们的常用茶原是伺候姑娘们的姑娘且润一润罢平兒忙欠身接〻

回指衆媳婦悄〻説道你们太鬧的不像了他是个姑娘家不肯發威動怒这
是他尊重你们就藐視欺負他果然招他動了大氣不過説他一个粗糙就完
了你们就現不了的虧他撒姣太〻也得讓他一二分二奶〻也不敢怎樣你
们就这庅大胆子小看他可是雞蛋往石頭上碰衆人都忙道我们何嘗敢大
胆了都是趙姨奶〻鬧的平兒也悄〻的罢了好奶〻们墙倒衆人推那趙姨
奶〻原有些倒三不着两有了事都就賴他你们素日那眼里没人心術利害
我这几年難道还不知道二奶〻若是料差一点兒的早被你们这些奶〻治
倒了饒这庅着得一点空兒还要难他一难好几次没落了你们的口声衆人
都道他利害你们都怕他惟我知道他心里也就不筭不怕你们呢前兒我们
还議論到这里再不能依頭順尾必有两塲氣生那三姑娘虽是个姑娘你们

都横着了他二奶々这些大姑子小姑子里頭也就只单畏他五分你们这會子到不把他放在眼里了正说着只見秋纹走来衆媳婦忙趕着问好又说姑娘也且歇一歇里頭擺飯呢等撤下飯桌子再回話去秋纹笑道我比不得你们我那里等得说着便直腰上所去平児忙叫快回来秋纹回頭見了平児笑道你又在这里充什么外圍的防護一面回身便坐在平児褥上平児悄问回什么秋纹道问一问宝玉的月銀我们的月錢多早晚纔領平児道这什么大事你快回去告訴襲人说我的話憑有什么事今児都别回若回一件管駁一件回一百件管駁一百件秋纹听了忙问这是為什么了平児與衆媳婦等都忙告訴他原故又说正要找几处利害事與有体面的人来開例作法子鎮壓與衆人作榜樣呢何苦你们先来碰在这釘子上你这一去说了他们若拿

你们也作一二件榜樣又碍着老太〻太〻若不拿着你们作一二件人家又说偏一个向一个仗着老太〻太〻威势的就怕也不敢動只拿着軟的作鼻子頭你听〻罷〻二奶〻的事他还要駁两件纔壓的衆人口声呢秋紋听了伸舌笑道幸而平姐〻在这里沒得燥一鼻子灰我趁早知會他们去说着便起身走了接着宝釵的飯至平兒忙進来伏侍那時趙姨娘已去三人在板床上吃飯宝釵面南探春面西李纨面東衆媳婦皆在廊下静候里頭只有他们緊跟常侍的丫嬛伺候别人一概不敢擅入这些媳婦们都悄〻的議論说大家省事罷别安着沒良心的主意連吴大娘纔都討了沒意思咱们又是什庅有臉的他们一边悄議等飯完回事只覺里面鴉雀無声並不闻碗箸之声一時只見一个丫頭将簾櫳高揭又有两个将桌抬出茶房内早有三个丫頭捧着

三沭盆水見飯桌已出三人便進去了一回又捧出沭盆並漱盂来方有待書
素雲鶯兒三个每人用茶盤捧了三盖碗茶進来去一時等他三人出来待書
命小了頭子好生伺候着我们吃飯来换你们可又别偷坐着去衆媳婦们方
慢〻的一个〻〻的安分回事不敢如先前輕慢踈忽了探春氣方漸平因向
平児道我有一件大事早要和你奶〻商議如今可巧想起来你吃了飯快来
宝姑娘也在这里咱们四个人商議了再細〻的问你奶〻可行可止平児答
應回去鳳姐因问為何去这一日平児便咲着將方纔的原故細〻說與他听
了鳳姐児咲道好〻〻好个三姑娘我說他不錯只可惜他命薄没托生在太
太肚里平児笑道奶〻也說糊塗話了他便不是太〻養的难道誰敢小看他
不與别的一樣看了鳳姐児嘆道你那里知道雖然庶出一樣女児却比不得

男人将来攀親時如今有一種輕狂人先要打听姑娘是正出是庶出多有為庶出不要的除不知别說庶出便是我們的了頭比人家的小姐还強呢將来不知那个没造化的挑庶悮了事呢也不知那个有造化的不挑庶正的得了去說着又向平兒咲道你知道我这几年生了多少省儉的法子一家子大約也没个不背地里恨我的我如今也是騎上老虎了雖然看破些無奈一時也难寬放二則家里出去的多進来的少凡百大小事仍是照着老祖宗手里的規矩却一年進的産業又不及先時多省儉了外人又咲話老太〻太〻也受委屈家下人也抱怨尅薄若不趂早兒料理省儉之計再几年就都賠盡了平兒道可不是这話將来还有三四位姑娘还有兩三个小爺一位老太太这几件大事未完呢鳳姐兒咲道我也慮到这里到也勾了宝玉和林妹〻

他兩个一娶一嫁可以使不着官中的錢老太〻自有梯己拿出来二姑娘是
大老爺那边的也不筭剩了三四兩个滿破着每人花上一萬銀子环哥娶親
有現花上三千兩銀子不拘那里省抿也就勾了老太〻事出来一應都是全
了的不過零星雜項便費也滿破三五千兩如今在儉省些陸續也就勾了只
怕如今平空再生出一兩件事来可就了不得了偺們且别慮後事你且吃了
飯快听他商議什麽这正碰了我的机會我正愁沒个膀背雖有个宝玉他又
不是这里頭的貨總収伏了他也不中用大奶〻是个佛爺也不中用二姑娘
更不中用亦且不是这屋里的人四姑娘小呢蘭小子更小环兒更是个燎毛
的小凍猫子只等有熱竈火坑讓他鑽去罷真〻一个娘肚子里跑出这樣天
懸地隔的兩个人来我想到这里就不伏再者林了頭和宝姑娘他兩个到好

偏又都是親戚又不好管偺家務事况且一个是美人灯兒風吹〻就坏了一个是拿定了主意不干己事不張口一问摇頭三不知也难十分去问他到只剩了三姑娘一个心里嘴里都也来的又是偺家的正人太〻又疼他雖然面上淡〻的皆因見趙姨娘那老東西鬧的心里却是和宝玉一樣呢比不得环兒寔在令人难疼要依我的性早攆出去了如今他既有这主意正該和他協同大家作个膀背（阿鳳有才処全在擇人收納膀背羽翼並非一味倚才自恃者可知这方是大才）我也不孤不獨了按正理天理良心上論偺們有他这一个人幫着偺們也省些心于太太的事也有些益若按私心藏奸上論我也太行毒了也該抽頭退步回頭看看了再要穹追苦尅人狠極了暗地里笑里藏刀偺們兩个纔四个眼睛兩个心一時不防到弄坏了趣看緊閙之中他出頭一料理衆人就把往日偺們的

恨暫可解了还有一件我雖知你極明白恐怕你心里挽不過来如今囑咐你他雖是姑娘家他心里却事〻明白不過是言語謹慎他又比我知書識字更利害一層了如今俗語擒賊必先擒王他如今要作法開端一定是先拿我開端倘或他要駁我的事你可别分辨你只越恭敬越說駁的是纔好千万别想着怕我沒臉和他一強就不好了平兒不等說完便笑道你太把人看糊塗了我纔已經行在先這會子又反囑咐我鳳姐兒笑道我是恐怕你心里眼里只有了我一槩沒有别人之故不得不囑咐既已行在先更比我明白了你又急了滿口里你我起来平兒道偏說你〻不依這不是嘴巴子再打一頓难道這臉上還沒嘗過的不成鳳姐兒笑道你這小蹄子要掂多少過子纔罷看我病的這樣还来慪我过来坐下横豎沒人来偺們一处吃飯是正緊說着豐兒等

三四个小丫头子進来放小炕桌鳳姐只吃燕窩粥兩碟子精緻小菜每日分例菜已暫減去豐兒便將平兒的四樣分例菜端至桌上與平兒盛了飯来平兒屈一膝于炕沿之上半身猶立于炕下陪着鳳姐兒吃了飯（鳳姐之才又在能買邀人心）伏侍漱盥漱畢囑咐了豐兒些話方往探春処来只見院中寂静人已散出要知端的

脂硯齋重評石頭記卷之

第五十六回

敏探春興利除宿弊　時宝釵小惠全大體

話說平兒陪着鳳姐兒吃了飯伏侍盥漱畢方往探春處來只見院中寂靜只有丫鬟婆子諸内壼近人在窗外听候平兒進入廳中他姊妹三人正議論些家務說的便是年内賴大家請吃酒他家花園中事故見他來了探春便命他脚踏上坐了因說道我想的事不為别的因想着我們一月有二兩月銀外丫頭們又另有月錢前兒又有人回要我們一月所用的頭油脂粉每人又是二兩這又同纔剛學里的八兩一樣重重叠叠事雖小錢有限看起來也不妥當你奶奶怎麼就沒想到這个平兒笑道這有个原故姑娘們所用的這些東西

自然是該有分例每月買辦買了令女人們各房交与我們收管不過預備姑
娘們使用就罷了没有一个我們天〻各人拿着錢找人買頭油又是脂粉去
的理所以外頭買辦揔領了去按月使女人按房交与我們的姑娘們的每月
这二兩原不是為買这些的原為的是一時當家的奶〻太〻或不在或不得
閑姑娘們偶然一時可巧要几个錢使省得找人去这是恐怕姑娘們受委屈
可知这个錢並不是買这个候有的如今我冷眼看着各房里的我們的姊妹
都是現拿錢買这些東西的竟有一半我就疑惑不是買辦脱了空遲些日子
就是買的不是正緊貨弄些使不得的東西来搪塞探春李紈都咲道你也
留心看出来了脱空是没有的也不敢只是遲些日子催急了不知那里弄些
来不過是个名兒其實使不得依然得現買就用这二兩銀子另叫別人的奶媽

子的或是弟兄哥〻的兒子買了來纔使得若使了園中的人依然是那一樣的不知他們是什麽法子是鋪子里坏了不要的他們都弄了來單預備給我們平兒笑道買辦買的是那樣的他買了好的來買辦豈肯和他善開交又說他使坏心要奪這買辦了所以他們也只得如此能可得罪了里頭不肯得罪了外頭辦事的人姑娘們只能可使奶媽〻們他們也就不敢閑話了探春道因此我心中不自在錢費兩起而且東西又白丢一半通算起來反費了兩折子不如竟把買辦的每月蠲了為是此是一件事第二件年里往賴大家去你也去的你看他那小園子比偺們這个如何平兒笑道還沒有偺們這一半大樹木花草也少多了探春道我因和他們家的女兒說閑話兒誰知那麽个園子除他們带的花吃的笋菜魚蝦之外一年還有人包了去年終足有二百兩銀子

剩從那日我纔知道一个破荷葉一根枯草根子都是值錢的宝釵笑道真〻
膏粱紈綺之談雖是千金小姐原不知這事但你們都念過書識字的竟沒看
見朱夫子有一篇不自棄文不成探春笑道雖也看過不過是勉人自勵
虛比浮詞那里都真有的宝釵道朱子都有虛比浮詞那句〻都是
有的你纔辦了兩天時事就利欲薰心把朱子都看虛浮了你再出去見了那
些利弊大事越發把孔子也看虛了探春笑道你這樣一个通人竟沒
看見子書當日姬子有云登利祿之場處運籌之界者竊堯舜之
詞背孔孟之道宝釵笑道底下一句呢探春笑道如今只斷章取
意念出底下一句我自己罵我自己不成宝釵道天下沒有不可用
的東西既可用便值錢難為你是个聰敏人這些正事大節目事竟沒經歷也

可惜遲了反点題文法中又一变体也李纨笑道叫了人家来不説正事且你們對講學問

宝釵道學问中便是正事此刻于小事上用學問一提那小事越發作高一層

了不拿學問提着便都流入市俗去了三人自是取笑之談説笑了一回便仍

談正事作者又用金蟬脱壳之法探春因又接説道偺們這園子只算比他們的多一半加

一倍算一年就有四百銀子的利息若此時也出脱生發銀子自然小器不是

偺們這樣人家的事若派出兩个一定的人来既有許多值錢之物一味任人

作戲也似乎暴殄天物不如在園子里所有的老媽〻中揀出几个本分老誠

能知園圃的事凖派他們収什料理也不必要他們交租納税只問他們一年

可以孝敬些什庅一則園子有專定之人修理花木自有一年好似一年的也

不用臨時忙乱二則也不至作践白辜負了東西三則老媽〻們也可借此小

補不枉年日在園中辛苦四則亦可以省了这些花兒匠山子匠並打掃人等
的工費将此有餘以補不足未為不可宝釵正在地下看壁上的字畫听如此
说一則便点一回頭说完便笑道善哉三年之内無飢饉矣李紈笑道好主意
这果一行太太必喜觀省錢事小弟一有人打掃專司其職又許他人去賣錢
使之以權動之以利再無不尽職的了平兒道这件事須淂姑娘说出来我們
奶奶雖有此心也未必好出口此刻姑娘們在園裡住着不能多弄些頑意兒
去陪襯反叫人去監管修理圖省錢这話断不好出口宝釵忙走過来摸着他
的臉笑道你張開嘴我瞧瞧你的牙齒舌頭是什庅作的從早起来到这會子你
说了这些話一套一亇樣子也不奉承三姑娘也沒見他说奶奶才短想不到
也並沒有三姑娘说一句你就说一句是横竖三姑娘一套話出你就有一套話

進去總是三姑娘想的到的你奶〻也想到了只是必有个不可辦的原故這
會子又是因姑娘住的園子不好因省錢令人去監管你們想〻這話若果真
交與人弄錢去的那人自然是一枝花也不許掐一个菓子也不許動了姑娘
們分中自然不敢天〻與小姑娘們就吵不清他這遠愁近慮不抗不卑他奶
奶便不是和偺們好听他這一番話也必要自愧的变好了不和也便和了探
春笑道我早起一肚子氣听他來了忽然想起他主子來素日當家使出來的
好撒野的人我見了他更生了氣誰知他來了避貓鼠兒是的站了半日怪可
怜的接着又說了那麼些話不說他主子待我好到說不枉姑娘待我們奶〻
素日的情意了這一句不但没了氣我到愧了又傷起心來我細想我一个女
孩兒家自己还鬧的没人疼没人顧的我那里还有好處去待人口内說到這

里不免又流下泪来李纨等见他说的恳切又想他素日赵姨娘每生诽谤在
王夫人跟前亦为赵姨娘所累亦都不免流下泪来都忙劝道趁今日清净大
家商议两件兴利剔弊的事也不枉太太委托一场又提这没要紧的事做什
么平儿忙道我已明白了姑娘竟说谁好竟一派人就完了探春道虽如此说
也须得回你奶奶一声我们这里搜剔小遗已经不当皆因你奶奶是个明白
人我纔这样行若是糊涂多蛊多妬的我也不肯倒像抓他乖一般岂可不商
议了行平儿笑道既这样我去告诉一声说着去了半日方回来笑说我说是
白走一趟这样好事奶奶岂有不依的探春听了便和李纨命人将园中所有
婆子的名单要来大家参度大槩定了几个又将他们一齐传来李纨大槩告
诉与他们众人听了无不愿意也有说那一片竹子单交给我一年工夫明年

又是一片除了家里吃的笋一年还可交些钱粮这一个说那一片稻地交给我一年这些顽的大小雀鸟的粮食不必動官中錢粮我还可以交錢粮探春纔要说话人回大夫来了進園瞧姑娘衆婆子只得去領大夫平兒忙说单你们有一百个也不成个体统难道没有两个管事的頭腦帶進大夫来回事的那人说有吴大娘和单大娘他两个在西南角上聚錦门等着呢平兒听説方罢了衆婆子去後探春问宝钗如何宝钗咲答道幸于始者怠于終繕其辞者嗜其利探春听了點頭稱讚便向冊上指出几人来与他三人看平兒忙去取筆硯来他三人說道这一个老祝媽是个妥當的况他老頭子和他兒子代代都是管打掃竹子如今竟把这所有的竹子交与他这一个老田媽本是種庄家的稻香村一帶凡有菜蔬稻稗之類虽是頑意兒不必認真大治大

耕也須得他去再一按時加些培埴豈不更好探春又笑道可惜蘅蕪院和怡紅院这兩処大地方竟没有出利息之物李紈忙笑道蘅蕪院里更利害如今香料鋪並大市大廟賣的各処香料香草兒都不是这些東西等起来比别的利息更大怡紅院别説别的單只説春夏天一季玫瑰花共下多少花还有一帶籬笆上薔薇月季宝相金銀藤單这没要緊的草花乾了賣到茶葉鋪藥鋪去也值几个錢探春笑道原来如此只是弄香草的没有在行的人平兒忙笑道跟宝姑娘的鶯兒他媽就是會弄这个的上回他还採了些晒乾了辮成花籃葫芦給我頑的姑娘到忘了不成宝釵笑道我纔讚你〻到来捉弄我了三人都吒意都问这是為何宝釵道断〻使不得你们这里多少得用的人一个一个閑着没事辦这會子我又弄个人来叫那起人連我也看小了我到替你

們想出一个人来怡紅院有个老葉媽他就是茗烟的娘那是个誠寔老人家他又合我們鶯兒的娘極好不如把这事交与葉媽他有不知的不必偺們説他就找鶯兒的娘去商議了那怕葉媽全不管竟交与那一个那是他們私情兒有人說閑話也就怨不到偺們身上了如此一行你們辦的又至公了事又甚妥李紈平兒都道是極 宝釵此等非与鳳姐一様此是随時俯仰彼則逸才踰蹈也 探春笑道雖如此只怕他們見利忘義 这是探春敏智過人处此諷亦不可少 平兒笑道不相干前兒鶯兒还認了葉媽做乾娘請吃飯吃酒兩家和厚的好的狠呢 夹寫大觀園中多少兒女家常閑景此亦補前文之不足也 探春听了方罷了又共合斟酌出几人来俱見他四人素昔冷眼取中的用筆圈出一時婆子們来回大夫已去将藥方送上去三人看了一面遣人送出去取藥監派調服一面探春与李紈明示諸人某人管某處按四

季除家中定例用多少外餘者任憑你們採取了去取利年終筭賬探春笑
道我又想起一件事若年終筭賬歸錢時自然歸到賬房仍是上頭又添一層管
主还在他们手心里又剥一層皮这如今我们興出这事来派了你們已是跨過
他们的頭去了心里有氣只说不出来你们年終去歸賬他还不捉弄你們等
什麽再者这一年间管什麽的主子有一全分他们就得半分这是家里的舊
礼人所共知的别的偷着的在外如今这園子是我的新創竟别入他们手每
年歸賬竟歸到里頭来才好宝釵笑道依我说里頭也不用歸賬这个多了那
个少了倒多了事不如问他们誰領这一分的他就攬一宗事去不過是園里
的人的動用我替你们筭出来了有限的几宗事不過是頭油胭粉香紙每一
位姑娘几个丫頭都是有定例的再者各處笤帚撮簸撢子並大小禽鳥鹿兔

吃的粮食不過这几樣都是他们包了去不用賬房去領錢你筭〻就省下多
少来平兒笑道这几宗虽小一年通共筭了也省的下四百兩艮子宝釵笑道卻
又来一年四百二年八百兩取租的房子也能看得了几间薄地也可添几畝
虽然还有輻餘的但他们既辛苦鬧一年也要叫他们剩些粘補〻〻自家虽
是興利節用為綱然亦不可太嗇縱再省上二三百艮子失了大体統也不像
所以如此一行外頭賬房里一年少出四五百艮子也不覺得狠艱嗇了他们
里頭卻也得些小補这些沒營生的媽〻们也寬裕了园子里花木也可以每
年滋長蕃盛你们也得了可使之物这庶几不失大体若一味要省時那里不
搜尋出几个錢来凡有些餘利的一槩入了官中那時里外怨声載道豈不失
了你们这樣人家的大体如今这园里几十个老媽〻们若只給了这个那剩

的也必抱怨不公我総说的他们只供给这个几様也未免太宽裕了一年竟除这个之外他每人不論有餘無餘只叫他拿出若干貫钱来大家凑齐单散与这些园中的媽々们他们虽不料理这些却日夜也是在园中照看当差之人関门閉户起早睡晚大雨大雪姑娘们出入抬轎子撑船拉冰床一應粗糙伙计都是你们的差使一年在园里辛苦到头这园内既有出息也是分内该沾带些的还有一句至小的话越性说破了你们只管了自己宽裕不分与他们些他们虽不敢明怨心里却都不服只用假公借私的多摘你们几个菓子多掐几枝花儿你们有冤还没诉处他们也沾带了些利息你们有照顾不到他们就替你照顾了衆婆子听了这个議論又去了賬房受轄制又不与鳳姐儿去算賬一年不過多拿出若干貫钱来各々歡喜異常都齐声说愿意强

如出去被他揉搓着还得拿出錢来呢那不得管也的听了每年終又無故得分錢也都喜欢起来口内說他們辛苦收拾是該剩些錢粘補的我們怎庅好穩坐吃三注的宝釵咲道媽〻們也別推辭了这原是分内應當的你們只要日夜辛苦些別躲懶縱放人吃酒賭錢就是了不然我也不該管这事你們一般听見姨娘親口囑託我三五回說大奶〻如今又不得閒見別的姑娘又小託我照看〻〻我若不依分明是叫姨娘操心我們奶〻又多病多痛家務也忙我原是个閒人便是个街坊隣居也要帮着些何況是親姨娘托我〻免不得去小就大講不起衆人嫌我倘或我只顧了小分沽名弔譽那時酒醉賭博生出事来我怎庅見姨娘你們那時後悔也遲了就連你們素昔的老臉也却丟了这些姑娘小姐們这庅一所大花园都是你們照管皆因看得你們是三

四代的老媽々最是循規尊矩的原該大家齊心顧些体統你們反縱放別人任意吃酒賭博姨娘听見了教訓一場猶可倘若被那几个管家娘子听見了他們也不用回姨娘竟教導你們一番你們这年老的反受了年小的教訓雖是他們是管家管的着你們何如自已存些体統他們如何得来作踐所以我如今替你們想出这个額外的進益来也為大家齊心把这園里周全得謹々慎々使那些有權執事的看見这般嚴肅謹慎且不用他們操心他們心里豈不敬伏也不用替你們籌画進益既能奪他們之權生你們之利豈不能無易之治分他們之憂你們去細想々这話家人都欢声鼎沸說姑娘說的狠是從此姑娘奶々只管放心姑娘奶々这樣疼顧我們々々再要不体上情天地也不容了剛說着只見林之孝進来說江南甄府里家眷昨日到京今日進宮朝賀此刻

先遣人来送礼请安说着便将礼单送上去探春接了看道是上用的粧缎蟒缎十二疋上用雜色缎十二疋上用各色纱十二疋上用宫䌷十二疋官用各色缎纱䌷绫二十四疋李纨也看过说用上等封儿赏他回又命人去回了贾母々々便命人叫李纨探春宝钗等也都过来将礼物看了李纨収过一边分付内庫上人说等太々回来看了再収贾母因说这甄家又不与别家相同上等赏封儿赏男人只怕展眼又打发女人来请安预备下尺头一语未完果然人回甄府四个女人来请安贾母听了忙令人带进来那四个人都是四十往上年纪穿带之物皆比主子不甚差别请安问好毕贾母便命拿了四个脚踏来他四人谢了坐待宝钗等坐了方都坐下贾母便问多早晚进京的四人忙起身回说昨日进的京今日太々带了姑娘进宫请安去了故令女人们来

请安问候姑娘们贾母笑问道这些年没進京也不想到今年来四人也都笑回道正是今年是奉旨進京的贾母问道家眷都来了四人回说老太〻和哥兒两位小姐並别位太〻都没来就只太〻带了三姑娘来了贾母道有人家没有四人道尚没有贾母笑道你们大姑娘和二姑娘这两家都和我们家甚好四人笑道正是每年姑娘们有信回去说全虧府上照看贾母笑道什庅照看原是世交又是老親原應当的你们二姑娘更好更不自尊自大所以我们纔走的親密四人笑道这是老太〻过謙了贾母又问你这哥兒也跟着你们老太〻四人回说也是跟着老太〻贾母道几歲了又问上學不曾四人笑说今年十三歲因長的齐整老太〻狠疼自幼淘氣異常天〻淘學老爺太〻也不便十分管教贾母笑道也不成了我们家的了你这哥兒叫什庅名子四人

道因老太〻当做宝貝一樣他又生的白老太〻便叫作宝玉賈母笑向李紈
等道偏也叫个宝玉李紈等忙欠身咲道從古至今同時隔代重名的狠多四
人也笑道起了这小名兒之後我们上下都疑惑不知那位親友家也到似曾
有一个的只是这十来年後進京来却記不得真了賈母笑道豈敢就是
我的孫子人来衆媳婦丫頭答應了一声走近几步賈母笑道園里把偺们
的宝玉叫了来給这四个管家娘子瞧〻比他们的宝玉如何衆媳婦听了忙去了半
刻圍了宝玉進来四人一見忙起身笑道唬了我们一跳若是我们不進府来
倘若别處遇見还只当我们的宝玉後趕着也進了京了呢一面說一面都上
来拉他的手问長问短宝玉忙也笑问好賈母笑道比你们的長的如何李紈
等笑道四位媽〻纔一說可知是模樣相访了賈母咲道那有这樣巧事大家

子孩子们丹養的姣嫩除了臉上有残疾十分黑醜的大槩看去都是一樣的齊整这也沒有什么怪處四人笑道如今看來模樣是一樣據老太太說淘氣也一樣我们看來这位哥兒性情却比我们的好些賈母忙問怎見得四人笑道方纔我们拉哥兒的手說話便知我们那一个只說我们糊塗慢說拉手他的東西我们略動一動也不依所使喚的人都是女孩子们四人未說完李纨姊妹等禁不住都失声咲出來賈母也笑道我们这會子也打發人去見了你们宝玉若拉他的手他也自然免強忍耐一时可知你我这樣人家的孩子们憑他们有什么刁鑽古怪的毛病兒見了外人必是要还出正緊礼數來的若他不还正緊礼数也斷不容他刁鑽去了就是大人溺爱的是他一則生的得人意二則見人礼数竟比大人行出來的不錯使人見了可爱可怜背地

里所以纔縱他一點子若一味他只管沒里沒外不与大人爭光憑他生的怎
樣也是該打死的四人听了都笑說老太〻這話正是雖然我們寶玉淘氣古
怪有時見了人客規矩禮數更比大人有所以無人見了不愛只說為什麼還
打他除不知他在家里無法無天大人想不到的話偏會說想不到的事他偏
要行所以老爺太〻恨的無法就是弄性也是小孩子的常情胡乱花費這也
是公子哥兒的常情怕上學也是小孩子的常情都還治的過来第一天生下
来這一種刁鑽古怪的脾氣如何使得一語未了人回太〻回来了王夫人進
来問過安他四人請了安大槩說了兩句賈母便命歇〻去王夫人親捧過茶
方退出四人告辭了賈母便往王夫人処来說了一會家務打發他們回去不
必細說這里賈母喜的逢人便告訴也有一个寶玉也却一般行景眾人都為

天下之大世宦之多同名者也甚多祖母溺愛孫者也古今所有常事耳不是什庅罕事故皆不介意独寶玉是个迂濶獃公子的心性自為是那四人承悦賈母之詞後至苑去看湘雲病去史湘雲説他你放心閙罷先是单絲不成線獨樹不成林如有了个對子閙急了再打狠了你逃走到南京我那一个去寳玉道那里的謊話你也信了偏又有个寶玉了湘雲道怎庅列國有个藺相如漢朝又有个司馬相如呢寶玉笑道這也罷了偏又模樣兒也一樣这是沒有的事湘雲道怎庅匡人看見孔子只當是陽虎呢寶玉笑道孔子陽虎雖同貌却不同姓藺与司馬雖同名而又不同 貌偏我和他就兩樣俱同不成湘雲沒了話荅对因笑道你只會胡攪我也不和你分証有也罷沒也罷与我無干説着便睡下了寶玉心中便又疑惑起来若説必無然亦似必有若説必有又

並無目覩心中悶了回至房中榻上默默盤筭不覺就忽忽的睡去不覺竟到
了一座花園之内宝玉咤意道除了我們大觀園更又有這一个園子寫園可知
正疑惑間從那边来了几个女兒都是丫環宝玉又咤意道除了鴛鴦襲人平
兒之外也竟還有這一干人寫人可知妙在並不説更強二字只見那些丫環咲道宝玉怎麼跑
到這里来了宝玉當是説是他自己忙来陪咲説道因我偶步到此不知是那位
世交的花園好姐姐們帶我逛逛衆丫環都咲道原来不是偺們家的宝玉他生
的到也还干淨妙在玉卿身上只落了這兩个字亦不奇了嘴兒也到乖覺宝玉聽了忙道姐姐們這里也
更还有个宝玉丫環們忙道宝玉二字我們是奉老太太太太之命為保佑他延
壽消災的我叫他他聽見喜歡你是那里遠方来的臭小厮也乱叫起他来仔细你
的臭肉打不爛你的又一个丫環笑道偺們快走罢别叫宝玉看見又説同这臭

小厮说了话把偺你薰臭了说着一逕去了宝玉纳闷道從来没有人如此塗毒我他们如何更這樣真〻有我这樣一个人不成一面想一面順步早到了一所院内宝玉又诧意道除了怡红院也更還有这庅一个院落忽上了台磯進入屋内只見榻上那个少年嘆了一声一个丫環笑问道宝玉你不睡又嘆什庅想必為你妹〻病了你又胡愁乱恨呢宝玉听说心下也便吃驚只見榻上少年说道我听見老太〻说長安都中也有个宝玉和我一樣的性情我只〻不信我纔〻作了一个夢竟夢中到了都中一个花園子里頭遇見几个姐〻都叫我臭小厮不理我好容易我到他房里頭偏他睡覺空有皮囊真〻性不知那去了宝玉听说忙说道我因找宝玉来到这里原来你就是宝玉榻上的忙下来拉住笑道原来你就是宝玉这可不是夢里了宝玉道这如何是夢真〻切又真

了一語未了只見人来说老爷叫宝玉唬的二人皆慌了一个宝玉就走一个宝
玉便忙叫宝玉快回来〻〻襲人在傍听他夢中自喚忙推醒他笑问道宝玉
在那里此時宝玉雖醒神意尚忽因向门外措说才出去了襲人笑道那是
你夢迷了你揉眼細瞧是鏡子裡照的你影兒宝玉向前瞧了一瞧原是
那嵌的大鏡对面相照自己也笑了早有捧過漱盂茶滷来漱了口麝月
道怪道老太〻常嘱咐说小人屋里不可多有鏡子人小魂不全有鏡子照
多了睡覺驚恐作胡夢如今到在大鏡子那里安了一張床有時放下鏡
套還好往前去天熱困倦不定那里想的到放他比如方才就忘了自然是
先淌下照着影兒頑的一時合上眼自然是胡夢顛倒不然如何得看着
自己叫着自己的名字不如明兒挪進床来是正经一語未了只見王夫人遣

人来叫宝玉不知有何話説

此下緊接慧紫鵑试忙玉

脂硯齋重評石頭記卷之

第五十七回

慧紫鵑情辭試忙玉
慈姨媽愛語慰癡顰

話説寶玉听王夫人喚他忙至前边來原來是王夫人要帶他拜甄夫人去寶玉自是歡喜忙去換衣服跟了王夫人到那里見其家中形景自与榮寧不甚差别或有一二稍盛者細問果有一寶玉甄夫人留席竟日方回寶玉方信回晚間回家來王夫人又吩咐預備上等的席面定名班大戲請过甄夫人毋女後二日他毋女便不作辭回任去了無話这日宝玉因見湘雲漸愈然後去看代玉正值代玉纔歇午覺寶玉不敢驚動因紫鵑正在

廻廊上手里做針黹便上来問他昨日夜里咳嗽的可好了紫鵑道好些了寶玉笑道阿弥陀佛寧可好了罢紫鵑咲道你也念起佛来真是新聞寶玉咲道所謂病篤亂投醫了一面説一面見他穿着彈墨綾薄綿袄外面只穿着青假袂背心宝玉便伸手向他身上摸了一摸説道穿这樣单薄还在風口里坐着看天風饞時氣又不好你再病了越發难了紫鵑便説道從此咱們只可説话別動手動脚的一年大二年小的叫人看着不尊重打緊的那起混賬黄子們背地里説你〻總不留心还只管和小時一般行為如何使得姑娘常〻吩咐我們不叫和你説咲你近来瞧他遠着你还恐遠不及呢説着便起身携了針線進別房去了宝玉見了这般景况心中忽澆了一盆冷水一般只瞧着竹子

發了一回獃因祝媽正来挖笋修竿便怔〻走出来一時魂魄失守心無所知随便坐在一塊山石上出神不覺滴下淚来直獃了五六頓飯工夫千思萬想總不知如何是可偶值雪雁從王夫人房中取了人参来從此经过忽扭項看見桃花樹下石上一人手托着腮頰出神不是别人却是宝玉（画出宝玉来却又不画阿顰何等筆力）雪雁疑惑道怪冷的他一个人在这里作什么春天凡有残（偏不從鵑寫却寫一雁更奇是仍歸寫鵑）疾的人都犯病敢是他也犯了獃病了（寫妍憨女兒之心何等新巧）一边想一边便走过来蹲下笑道你在这里作什么呢宝玉忽見了雪雁便説道你又作什么来找我你難道不是女兒他既防嫌不許你們理我你又来尋我倘被人看見豈不又生口舌你快家去罷了雪雁听了只當是他又受了代玉的委屈只得回至房中代玉未醒將人参交与紫鵑〻〻因问他太〻做什么呢雪雁道也歇中覺所以等了这

半日姐〻你听咲话兒我因等太〻的工夫和玉釧兒姐〻坐在下房里说话兒谁知道姨奶〻招手兒叫我〻只當有什庅话说原来他和太〻告了假出去給他兄弟伴宿坐夜明兒送殯去跟他的小丫頭子小吉祥兒没衣裳要借我的月白緞子祅兒我想他们一般也有两件子的往贓地方兒去恐怕弄贓了自己的捨不得穿故此借别人的借我的弄贓了也是小事只是我愁他素白有些什庅好處到偺們跟前所以我说了我的衣裳簪環都是姑娘叫紫鵑姐〻収着呢如今先得去告訴他還得回姑娘呢姑娘身上又病着更費了大事誤了你老出门不如再轉借罢紫鵑咲道你这个小東西子到也巧你不借給他你往我和姑娘身上推叫人怨不着你他这會子就下去了還是等明日早饒去雪雁道这會子就去的只怕此時已去了紫鵑点點頭雪雁道姑娘還没醒呢是谁給了宝玉氣受坐在那

里哭呢紫鵑听了忙問在那里雪鴈道在沁芳亭後頭桃花底下呢紫鵑听說
忙放下針線又囑咐雪鴈好生听叫若問我荅應我就来說着便出了瀟湘館一
逕来尋宝玉走至宝玉跟前含笑說道我不過說了那兩句話為的是大家好你
就賭氣跑了这風地里来哭作出病来唬我宝玉忙笑道誰賭氣了我因為听你
說的有理我想你們既这樣說自然别人也是这樣說將来漸〻的都不理我了我
所以想自己傷心紫鵑也便挨他坐着宝玉笑道方纔對面說話你尚走開这會
子如何又来挨我坐着紫鵑道你都忘了几日前你们姨妹兩个正說話趙姨娘
一頭走了進去我纔听見他不在家所以我来问你正是前日你和他纔說了一句燕
窩就歇住了總沒提起我正想着问你宝玉道也沒什么要緊不過我想着
寶姐〻也是客中既吃燕窩又不可間断若只管和他要也太托实雖不便和

太〻要我已經在老太〻跟前略露了个風声只怕老太〻和鳳姐〻說了我告訴他的竟沒告訴完了他如今我听見一日給你們一两燕窩这也就完了紫鵑道原来是你說了这又多謝你費心我們正疑惑老太〻怎么忽然想起来叫人每一日送一两燕窩来呢这就是了寶玉咲道这要天〻吃慣了吃上三二年就好了紫鵑道在这里吃慣了明年家去那里有这閑錢吃这个宝玉听了吃了一驚忙问誰往那个家去（这句不成话细讀细嚼方有無限神清咲味）紫鵑道你妹〻回蘇州家去寶玉咲道（咲字奇甚）你又說白話蘇州雖是原籍因沒了姑父姑母無人照看纔就了来的明年回去找誰可見是扯謊（此論極是不介意）紫鵑冷咲道你太看小了人你們賈家獨是大族人口多的除了你家别人只得一父一母房族中真个再無人了不成我們姑娘来時原是老太〻心疼他年小雖有叔伯不如親父母故此接来住几年大了該出閣

時自然要送还林家的终不成林家的女兒在你賈家一世不成林家雖貧到沒
飯吃也是世代書宦之家斷不肯將他家的人丟在親戚家落人的恥咲所以早
則明年春天遲則秋天这里總不送去林家亦必有人來接的前日夜里姑娘
和我說了叫我告訴你將從前小時頑的東西有他送你的叫你都打點出來
还他々也將你送他的打疊了在那里呢寶玉聽了便如頭頂上响了一个焦雷一
般紫鵑看他怎麽回答只不作声忽見晴雯找來說老太々叫你呢誰知在这
里紫鵑咲道他这里问姑娘的病症我告訴了他半日他只不信你倒拉他去罢
說着自己便走回房去了晴雯見他獃々的一頭熱汗滿臉紫脹忙拉他的手
一直到怡紅院中襲人見了这般慌起來只說時氣所感熱汗被風撲了無
奈寶玉發熱事猶小可更覺兩个眼珠兒直々的起來口角邊津液流出皆

不知覺給他个枕頭他便睡下扶他起来他便坐着到了茶来他便吃茶衆人見他这般一時忙乱起来又不敢造次去回賈母先便差人出去請李嬷〻一時李嬷〻来了看了半日问他几句話也無回答用手向他脉门摸了摸嘴唇人中上边着力掐了两下掐的指印如許来深竟也不覺疼李嬷〻只说了一声可了不得了呀的一声便摟着放声大哭起来急的襲人忙拉他说你老人家瞧〻可怕不怕且告訴我们去回老太〻太〻去你老人家怎麽先哭起来李嬷〻搥床搗枕说这可不中用了我白操了一世心了襲人等以他年老多知所以請他来看如今見他这般一说都信以為实也都哭起来晴雯便告訴襲人方纔如此这般襲人听了便忙到瀟湘館来見紫鵑正伏侍代玉吃藥也顧不得什麽便走上来问紫鵑道你纔〻和我们宝玉说了些〻什麽你瞧〻他去你回老太〻去我也不管

了说有便坐在椅上代玉忽見襲人满面急怒又有淚痕举止大变更不免也慌了忙问怎庅了襲人定了一回哭道不知紫鹃姑奶奶说了些什庅话那个獃子眼也直了手脚也冷了话也不说了李妈妈掐着也不疼了已死了大半个了奇極之语從急怒姣憨口中描出不成话之话来方是千古奇文五字是一口氣来的連李妈妈都说不中用了那里放声大哭只怕这會子都死了代玉一听此言李嬷嬷乃是经过的老嫗说不中用了可知必不中用噎的一声將腹中之藥一槩嗆出抖肠搜肺熾胃扇肝的痛声大嗽了几陣一時面红髮乱目腫筋浮喘的抬不起頭来紫鹃忙上来搥背代玉伏枕喘息了半晌推紫鹃道你不用搥你竟拿绳子来勒死我是正经紫鹃哭道我並没说什庅不过是说了几句頑话他就認真了襲人道你还不知道他那傻子每每頑话認了真代玉道你说了什庅话趂早兒去觧说他只怕就

醒过来了紫鵑听说忙下了床同袭人到了怡红院谁知賈母王夫人等已都在那里了賈母一見了紫鵑便眼内出火罵道你这小蹄子和他说了什庅紫鵑忙道並没说什庅不过说几句顽话谁知宝玉見了紫鵑方噯呀了一声哭出来了众人一見方都放下心来賈母便拉住紫鵑只當他得罪了宝玉所以拉紫鵑命他打谁知宝玉一把拉住紫鵑死也不放说要去連我也帶了去众人不解细问起来方知紫鵑说要回蘇州去一句顽话引出来的賈母流淚道我當有什庅要緊大事原来是这句顽话又向紫鵑道你这孩子素日最是个伶俐聰敏的你又知道他有个獃根子平白的哄他作什庅薛姨媽勸道宝玉本来心實可巧林姑娘又是從小兒来的他姊妹兩个一處長了这庅大比别的姊妹更不同这會子熱剌剌的说一个去别说他是个實心的傻孩子便

是冷心腸的大人也要傷心這並不是什麼大病老太〻和姨太〻只管萬安吃一兩劑藥就好了正說着人回林之孝家的單大娘家的都來瞧哥兒來了賈母道難爲他們想着叫他們來瞧〻宝玉听了一个林字便滿床鬧起來說了不得了林字的人接他們來〻快打出去罷賈母听〻也忙說打出去罷又忙安慰說那不是林家的人林家的人都死絶了沒人來接他的你只放心罷宝玉哭道憑他是誰除〻林妹〻都不許姓林的賈母道沒姓林的來凡姓林的我都打出走了一面分付衆人已後別叫林之孝的進園來你們也別說林字好孩子們你們听我這句話罷衆人忙荅應又不敢笑一時宝玉又一眼看見了十錦槅子上陳設的一隻金西洋自行船便指着亂叫說那不是接他們來的船來了灣在那里呢賈母忙命拿下來襲人忙拿下來宝玉伸手要襲人遞过宝玉便掖

被中咲道可去不成了一面說一面死拉着紫鵑不放一時人回大夫来了賈母忙命扶
進来王夫人薛姨媽宝釵等暫避裡间賈母便端坐在寶玉身傍王太醫進来
見許多的人忙上去請了賈母的安拿了寶玉的手胗了一回那紫鵑少不得低
了頭王大夫也不解何意起身説道世兄這症乃是急痛迷心古人曽云痰
迷有别有氣血虧柔飲食不能鎔化痰迷者有怒惱中痰褁而迷者有急
痛壅塞者此亦痰迷之症係急痛所致不过一時壅蔽較諸痰迷似輕賈母
道你只説怕不怕誰同你背藥書呢王太醫忙躬身咲説不妨〻〻賈母道果
真不妨王太醫道實在不妨都在晚生身上賈母道既如此請到外面坐開
藥方若吃好了我另外預備好謝禮叫他親自捧了送去磕頭若耽悮了我
打發人去拆了太醫院的大堂 王太醫只躬身咲説不敢〻〻他原听了説另

具上等谢礼命宝玉去磕頭故滿口说不敢竟未听見賈母後来说拆太醫院之戲語猶说不敢賈母与众人反道咲了一時按方煎了藥来服下果覺比先安静無奈宝玉只不肯放紫鵑只说他去了便是要回蘇州去了賈母王夫人無法只得命紫鵑守着他另將琥珀去伏侍代玉代玉不時遣雪雁来探消息这邊事務書知自己心中暗嘆幸喜众人都知宝玉原有些獃氣自幼是他二人親密如今紫鵑之戲語亦是常情宝玉之病亦非罕事因不疑到别事去晚间宝玉稍安賈母王夫人等方回房去一夜還遣人来问訊几次李奶母带領宋嬷嬷等几个年老人用心看守紫鵑襲人晴雯等日夜相伴有時宝玉睡去必從夢中驚醒不是哭了说代玉已去便是有人来接每一驚時必得紫鵑安慰一番方罷彼時賈母又命將祛邪守灵丹及開

竅通神散各樣上方秘製諸藥按方飲服次日又服了王太醫藥漸次好起来宝玉心下明白因恐紫鵑回去故有或作佯狂之態紫鵑自那日也着實後悔如今日夜辛苦並沒有怨意襲人等皆心安神定因向紫鵑笑道都是你闹的还得你来治也沒見我们这獃子听了風就是雨往後怎庅好暫且按下因此時湘雲之病已愈天天过来瞧看見宝玉明白了便將他病中狂態形容了与他瞧到的宝玉自己伏枕而笑原来他起先那樣竟是不知的如今听人説還不信無人時紫鵑在側宝玉又拉他的手问道你為什庅唬我紫鵑道不过是哄你頑的你就認真了宝玉道你説的那樣有情有理如何是頑話紫鵑笑道那些頑話都是我編的林家實沒了人口縱有也是極遠的族中也都不在蘇州住各省流寓不定縱有人来接老太太也必不放去的宝玉

道便老太〻放去我也不依紫鵑咲道果真的你不依只怕是口里的话你如今也大了連親也定下了过二三年再娶了親你眼里還有誰了宝玉听了又驚問誰定了親定了誰紫鵑咲道年里我就听見老太〻說要定下琴姑娘呢不然那麽疼他宝玉咲道人〻只說我傻你比我更傻不过是句頑话他已经許給梅翰林家了果然定下了他我還是这个形景了先是我發誓賭咒砸这捞什子你都沒勸过说我瘋的剛〻的这几日纔好了你又来嘔我一面说一面咬牙切齒的又说道我只願这會子立刻我死了把心迸出来你們瞧見了然後連皮帶骨一槩都化成一股灰〻還有形迹不如再化一股烟〻還可凝聚人還看見須得一陣大乱風吹的四面八方都登時散了這纔好一面说一面又滚下淚来紫鵑忙上来握他的嘴替他擦眼淚又忙咲解釋道你不用着急这原是我心里

着急故来试你宝玉听了更又咤意问道你又着什庅急紫鹃咲道你知道
我並不是林家的人我也和襲人夗央是一夥的偏把我给了林姑娘使偏生他
又和我極好比他蘇州带来的還好十倍一時一刻我们两个離不開我如今心里却
愁他倘或要去了我必要跟了他去的我是合家在這里我若不去辜負了我
们素日的情常若去又棄了本家所以我疑惑故设出這謊话来问你谁知你就
傻闹起来宝玉咲道原来是你愁這了所以你是傻子從此後再别愁了我
只告訴你一句躉話活着偺们一處活着不活着偺们一處化灰化烟如何
紫鹃听了心下暗暗筹画忽有人回環爺蘭哥兒问候宝玉道就说難為
他们我纔睡了不必進来婆子答应去了紫鹃咲道你也好了該放我回去瞧
瞧我们那一个去了宝玉道正是這话我昨日就要叫你去的偏又忘了我已经

大好了你就去罢紫鹃听说方打叠铺盖妆奁之类宝玉笑道我看見你文具裡頭有两三面鏡子你把那面小菱花的給我留下罢我擱在枕頭傍边睡着好照明兒出门带着也輕巧紫鹃听说只得与他留下先命人將東西送过去然後别了衆人自回瀟湘舘来林代玉近日聞得宝玉如此形景未免又添些病症多哭几場今見紫鹃来了问其原故已知大愈仍遣琥珀去伏侍賈母夜间人定後紫鹃已寛衣卧下之時悄向代玉笑道宝玉的心到實听見咱們去就那樣起来代玉不荅紫鹃停了半晌自言自語的说道一動不如一静我們这里就算好人家别的都容易最难得的是從小兒一處長大脾氣情性都彼此知道的了代玉啐道你这几天还不乏趣这会子不歇一歇还嚼什麽蛆紫鹃笑道到不是白嚼蛆我到

是一片真心為姑娘替你愁了这几年了無父母無兄弟誰是知疼着热的人趁早兒老太〻还明白硬朗的時節作定了大事要緊俗语说老健春寒秋後熱倘或老太〻一時有个好歹那時雖也完事只怕躭悞了時光还不得趁心如意呢公子王孫雖多那一个不是三房五妾今兒朝東明兒朝西要一个天仙来也不过三夜五夕也丢在脖子後頭了甚至于為妾為丫頭反目成讐的若娘家有人有勢的还好些若是姑娘这樣的人有老太〻一日 还好一日若没了老太〻也只是憑人去欺負了所以说拿主意要緊姑娘是个明白人豈不聞俗语说的萬两黄金容易得知心一个也难求代玉听了便说道这丫頭今兒不瘋了怎庅去了几日忽然变了一个人我明兒必回老太〻退回去我不敢要你了紫鵑咲道我说的是好话不过叫你心里留神並没叫你去為非作歹何若回老太

〻叫我吃了戲又有何好處說着竟自己聽了代玉听了這話口内虽如此
説心内未常不傷感待他聽了便直泣了一夜至天明方打了一个盹兒次日
勉强盥漱了吃了些燕窩粥便有賈母等親來看視了又囑咐了許多話目
今是薛姨媽的生日自賈母起諸人皆有祝賀之礼代玉亦早備了兩色針線送去
是日也定了一班小戲請賈母王夫人等独有宝玉与代玉二人不曾去得至
晚散時賈母等順路又瞧了他二人一遍方回房去次日薛姨媽家又命薛蝌陪
諸夥計吃了一天酒連忙了三四天方完備因薛姨媽看見邢岫烟生得端雅
穩重且家道貧寒是个釵荆裙布的女兒便欲說与薛蟠為妻因薛蟠素
習行止浮奢又恐遭遢了人家的女兒正在躊躇之際忽想起薛蝌未娶看
他二人恰是一对天生地設的夫妻因谋之于鳳姐兒鳳姐兒嘆道姑媽素

知我们太〻有些左性的这事等我慢谋因賈母去瞧鳳姐兒時鳳姐兒便和賈母说薛姑媽有件事求老祖宗只是不好啟齒的賈母忙问何事鳳姐便將求親一事说了賈母笑道这有什庅不好啟齒这是極好的好事等我和你婆〻说了怕他不依因回房来即刻就命人来请了邢夫人过来硬作保山邢夫人想了一想薛家根基不錯且現今大富薛蝌生得又好且賈母硬作保山將机就计便应了賈母十分喜歡忙命人请了薛姨媽来二人見了自然有許多謙辞邢夫人即刻命人去告訴邢忠夫婦他夫婦原是此来投靠邢夫人的如何不依早極口的说妙極賈母笑道我最爱管个闲事今兒又管成了一件事不知得多少谢媒錢薛姨媽笑道这是自然的總抬了十万 艮子来只怕不希罕但只一件老太〻既是主親還得一位才好

賈母咲道別的沒有我们家折腿爛手的人还有兩个說着便命人去叫過賈珍婆媳二人來賈母告訴他原故彼此忙都道喜賈母吩咐道偺们家的規矩你是盡知的從沒有兩親家争礼爭面的如今你算替我在當中料理也不可太嗇也不可太費把他兩家的事週全了回我尤氏忙答應了薛姨媽喜之不盡回家來忙命寫了請帖補送過寧府尤氏深知邢夫人情性本不欲管無奈賈母親囑咐只得應了惟有忖度邢夫人之意行事薛姨媽是个無可無不可的人到还易說这且不在話下如今薛姨媽既定了邢岫烟為媳合宅皆知邢夫人本欲接出岫烟去住賈母因說这又何妨兩个孩子又不能見面就是姨太太和他一个大姑一个小姑又何妨況且都是女兒正好親香呢邢夫人方罷蝌岫二人前次途中皆曾有一面之遇大約二人心中也

皆如意只是邢岫烟未免比先時拘泥了些不好与寶釵姊妹共処閑语又兼湘雲是个愛取戲的更覺不好意思幸他是个知書達礼的雖有女兒身分还不是那種佯羞詐愧一味輕薄造作之輩宝釵自見他时見他家業貧寒二則别人之父母皆是年高有德之人獨他父母偏是酒糟透之人于女兒分中平常邢夫人也不过是臉面之情亦非真心疼爱且岫烟為人雅重迎春是个有氣的人連他自己尚未照管齐全如何能照管到他身上凡閨閣中家常一應需用之物或有虧乏無人照管他又不与人張口宝釵到暗中每相體貼接濟也不敢与邢夫人知道亦恐多心閑話之故且如今却世人意料之外奇緣作成这门親事岫烟心中先取中宝釵然後方取薛蝌有時岫烟仍与宝釵閑話宝釵仍以姊妹相呼这日宝釵因来瞧代玉恰值岫烟也来瞧代玉二

人在半路相遇宝釵含咲喚他到跟前二人同走至一塊石壁後宝釵咲問他这天還冷的狠你怎庅到全換了裌的了岫烟見問低頭不荅宝釵便知道又有了原故因又咲問道必定是这个月的月錢又沒得鳳丫頭如今也这樣沒心沒計了岫烟道他到想着不錯日子給因姑媽打發人和我說一个月用不了二两銀子叫我省一两給爹媽送出去要使什庅橫豎有二姐〻的東西能着些兒搭着就使了姐〻想〻二姐〻是个老寔人也不大留心我使他的東西他雖不說什庅他那些媽〻丫頭那一个是省事的那一个是嘴里不尖的我雖在那屋里却不敢狠使喚他們过三天五天我到得拿出些錢来給他們打酒買点心吃纔好因此一月二两艮子还不彀使如今又去了一两前兒我悄〻的把綿衣服叫人當了几吊錢盤纏宝釵听了愁眉嘆道偏梅家

又合家在任上後年才進来若是在这里琴兒过去了好再商議你这事離了
这里就完了如今不先定了他妹〻的事也断不敢先娶親的如今到是一件難事
再遲兩年我又怕你熬煎出病来等我和媽再商議有人欺負你〻只管耐些
煩兒千萬别自己熬煎出病来不如把那一兩艮子明兒也越性給了他們到
都歇心你已後也不用白給那些人東西吃他尖刺讓他們去尖刺狠听不过了
各人走開倘或短了什庅你别存那小家兒女氣只管我去並不是作親後
方如此你一来時偺們就好的便怕人閑话你打發小丫頭悄〻的和我说去
就是了岫烟低頭荅應了宝釵又指他裙上一个碧玉佩问道这是谁給你的
岫烟道这是三姐〻給的宝釵点頭咲道他見人〻皆有獨你一个沒有怕人
咲话故此送你一个这是他聡明细致之處但還有句你也要知道这些粧飾

原出于大官富貴之家的小姐你看我從頭至脚可有這些富麗閑粧然七八年之先我也是這樣来者如今一時比不得一時了所以我都自己該省的就省了将来你這一到了我們家這些没用的東西只怕還有一箱子偺們如今比不得他們了總要一色從實守分為主不必比他們纔是岫烟咲道姐〻既這樣說我回去摘了就是了宝釵忙咲道你也太听說了这是他好意送你不佩着他豈不疑心我不過是偶然提到這里以後知道就是了岫烟忙又荅應又問姐〻此時那里去宝釵道我到瀟湘舘去你且回去把那當票呌了頭送来我那里悄〻的取出来晚上再悄〻的送給你去早晚好穿不然風扇了事大但不知当在那里了岫烟道呌作恒舒典是鼓楼西大街的宝釵咲道這閙在一家去了夥計們倘或知道了好說人沒過来衣裳先過来了岫烟听說便知是他家的

本錢也不覺紅了臉一笑二人走開宝釵就往瀟湘館来正值他母親也来瞧代玉正說閑話呢宝釵笑道媽多早晚来的我竟不知道薛姨媽道我這几天連日忙總沒来瞧瞧宝玉和他所以今兒瞧他兩个都也好了代玉忙讓宝釵坐了因向宝釵道天下的事真是人想不到的怎么想的到姨媽和大舅母又作一門親家薛姨媽道我的兒你們女孩家那里知道自古道千里姻緣一線牽管姻緣的有一位月下老人預先註定暗里只用一根紅絲把這兩个人的脚絆住憑你兩家隔着海隔着國有世仇的也終久有机會作了夫婦這一件事都是出人意料之想憑父母本人都願意了或是年年在一處的已為是定了的親事若月下老人不用紅線拴的再不能到一處比如你姐妹兩个的婚姻此刻也不知在眼前也不知在山南海北呢宝釵道惟有媽說動話就拉上我

们一面说一面伏着他母親懷里哭说偺们走罷代玉哭道你瞧这庅大了
離了姨媽他就是个最老道的見了姨媽他就撒姣兒薛姨媽用手摩弄着宝
釵嘆向代玉道你这姐々就和鳳哥兒在老太々跟前一樣有了正経事就和
他商量沒了事幸虧他閙々我的心我見了他这樣有多少愁不散的代玉听
说流淚嘆道他偏在这里这樣分明是氣我沒娘的人故意来刺我的眼宝釵
哭道媽瞧他輕狂到说我撒姣兒薛姨媽道也怨不得他傷心可憐沒父母到
底沒个親人又摩娑代玉哭道好孩子别哭你見我疼你姐々你傷心了你不
知我心里更疼你呢你姐々雖沒了父親到底有我有親哥々这就比你強了
我每々和你姐々说心里狠疼你只是外頭不好帶出来的你这里人多口襍说
好話的人少说歹話的人多不说你無依無靠爲人作人可配人疼只说我們看

老太々疼你了我们也伏上水去了代玉咲道姨媽既这么说我明日就認姨媽做娘姨媽若是棄嫌不認便是假意疼我了薛姨媽道你不厭我就認了纔好宝釵忙道認不得的代玉道怎么認不得宝釵咲向道我且向你我哥々还没定親事為什么反将邢妹々先说与我兄弟了是什么道理代玉道他不在家或是属相生日不對所以先说与兄弟了宝釵咲道非也我哥々已竟相準了只等来家就下定了也不必提出人来我方纔说你認不得娘你细想去说着便和他母親擠眼兒發咲代玉听了便也一頭伏在薛姨媽身上说道姨媽不打他我不依薛姨媽忙也摟他咲道你别信你姐々的話他是頑你呢宝釵咲道真个的媽明兒和老太々求了他作媳婦豈不比外頭尋的好代玉便拘上来要抓他口内咲说你越發瘋了薛姨媽忙也咲劝用手分開方罷因又向宝

釵道連那女兒我还怕你哥々遭遏了他所以給你兄弟說了别說這孩子我也斷不肯給他前兒老太々因要把你妹々說給寶玉偏生又有了人家不然到是一门好親前兒我說定了那女兒老太々还取咲說我原要說他的人誰知他的人沒到手到被他說了我們的一句去了虽是頑話細想来到也有些意思我想宝琴虽有了人家我虽沒人可給难到一句話也不說我想着你宝兄弟老太々那樣疼他々又生的那樣若要外頭說去老太々斷不中意不如竟把你林妹々定与他豈不四角俱全林黛玉先還怔々的听後来見說道自己身上便啐了宝釵一口紅了臉拉着宝釵咲道我只打你々為什么招出姨媽這些老沒正経的話来宝釵咲道這可奇了媽說你為什么打我紫鵑忙也跑来咲道姨太々既有這主意為什么不和太々說去薛姨媽哈々

咲你这孩子急什庅想必催着你姑娘出了阁你也要早些寻一个小女婿去了紫鹃听了也红了脸咲道姨太〻真个倚老卖老的起来说着便转身去了代玉先骂又与你这蹄子什庅相干後来见了这様也咲起来说阿弥陀佛该〻〻也燥了一鼻子灰去了薛姨妈母女及屋内婆子了环都咲起来婆子们因也咲道姨太〻虽是顽话却到也不差呢到闲了时和老太〻一商议太〻竟做媒保成这门亲事是千妥万妥的薛姨妈道我一出这主意老太〻必喜欢的一语未了忽見湘雲走来手里拿着一张当票口内咲道这是什庅賬篇子代玉瞧了也不認得地下婆子们都咲道这可是一件奇貨这个乖可不是白教人的宝钗忙一把接了看時就是岫烟才说的當票忙摺了起来薛姨妈忙说那必定是那个妈〻的當票子失落了回来急的他们找那里得

的湘雲道什庅是當票子衆人都咲道真〻是个獃子連个當票子也不知道薛姨媽嘆道怨不得他真〻是侯门千金而且又小那里知道这个那里去有这个便是家下人有这个他如何見别咲他是獃子若給你們家的小姐們看了也都成了獃子衆婆子咲道林姑娘方才也不認得别说姑娘們此刻宝玉他到是外頭常走出去的只怕也還沒見过呢薛姨媽忙将原故講明湘雲代玉二人听了方咲道原来為此人也太會想錢了姨媽家的當鋪也有这个不成衆人咲道这又獃了天下老鴰一般黑豈有兩樣的薛姨媽因又问是那里扣的湘雲方欲说時宝釵忙说是一張死了沒用的不知那年勾了賬的香菱拿着哄他們頑的薛姨媽听了此话是真〻也就不问了一時人来回那府里大奶〻过来請姨太〻说话呢薛姨媽起身去了这里屋内

無人時宝釵方問湘雲何處扎的湘雲咲道我見你令弟媳的丫頭篆兒悄〻的逓与鶯兒〻〻便随手夾在書里只當我後看見我等他們出去了我偷看看竟不認得知道你們都在这里所以拿来大家認〻代玉忙問怎麽他也當衣裳不成既當了怎麽又給你去宝釵見問不好隱瞞他兩个遂将方纔之事都告訴了他二人代玉便說兎死狐悲物傷其類不免感嘆起来史湘雲便動了氣說等我問着二姐〻去我罵那起老婆子丫頭一頓給你們出氣何如說着便要走宝釵忙一把拉住咲道你又發瘋了還不給我坐着呢代玉咲道你要是个男人出去打一个报不平兒你又充什麽荊軻聶政真〻好咲湘雲道既不叫我問他去明兒也把他接到偺們苑里一処住去豈不好宝釵咲道明日再商量說着人報三姑娘四姑娘来了三

人听了忙掩了口不提此事要知端的且听下回分解

脂硯齋重評石頭記卷之

第五十八回

杏子陰假鳳泣虛凰　茜紗窗真情揆痴理

話說他三人因見探春等進來忙將此話掩住不提探春等問候过大家說笑了一回方散誰知上回所表的那位老太妃已薨凡誥命等皆入朝隨班按爵守制勅諭天下凡有爵之家一年內不得筵宴音樂庶民皆三日不得婚嫁賈母邢王尤許婆媳祖孫等皆每日入朝隨祭至未正已後方回在大內偏宮二十一日後方請靈入先陵地名曰孝慈縣隨事命名這陵離都來往得十來日之功如今請靈至此还要停放數日方入地宮故得一月光景（週到細膩之至真細之致不獨寫侯府得理亦且將皇宮赫赫寫得令人不敢坐閱）寧府賈珍夫妻二人也少不得是要去

的兩府無人因此大家計議家無主必不得又大家計議便報了尤氏産育將
他騰挪出來協理榮寧兩處事體因又托〻薛姨媽在園内照管他姊妹丫环
薛姨媽只得也挪進園來因宝釵處有湘雲香菱李紈處目今李嬸母女雖
去然有日不來住三五日不定賈母又將宝琴送與他去照管迎春處有岫烟探
春因家務冗襍且不時有趙姨娘與賈环來嘈聒甚不方便惜春處房屋狹
小況賈母又千叮嚀萬囑咐托他照管林代玉薛姨媽素習也最憐愛他的今既
巧遇這事便挪至瀟湘舘來和代玉同房一应藥餌飲食十分經心代玉感待
不盡已後便亦如宝釵之呼連宝釵前亦直以姐〻呼之宝琴前直以妹〻呼
之儼似同胞共出較諸人更似親切賈母見如此也十分喜悅放心薛姨媽只
不過照管他姊妹禁約得丫环輩一应家中大小事務也不肯多口尤氏雖天〻

過來也不過應名点卯亦不肯乱作威福且他家内上下也只剩他一个料理再者每日要还照管賈母王夫人的下処一應所需飲饌鋪設之物所以也是操劳當下栄寧兩処主人既如此不暇並兩処執事人等或有人跟随入朝的或有朝外照理下処事務的又有先跴蹈下処的也都各〻忙乱因此兩処下人無了正経頭緒也都偷安或乘隙结黨与權暫執事者竊弄威福栄府只留得賴大並几个管事照管外務这賴大手下常用几个人已去虽另委人都是些生的只覺不順手且他們無知或賺騙無節或呈告無據或舉薦無因種〻不善在〻生事也難備述又見各官宦家凡養優伶男女者一槩蠲免遣發尤氏

等便議定待王夫人回家回明也欲遣發十二个女孩子又説这些人原是買的如今虽不學唱儘可留着使喚只令其教習们自去也罢了王夫人因説这學戲的到比不得使喚的他们也是好人家的兒女因無能賣了做这事粧醜弄鬼的几年如今有这机會不如給他们几兩銀子盤費各自去罢當日祖宗手里都是有这例的偺们如今損陰坏德而且还小器如今虽有几个老的还在那是他们各有原故不肯回去的所以纔留下使喚大了配了偺们家的小厮们了尤氏道如今我们也去問他十二个有願意回去的就带了信兒叫上父母来親自来領回去給他们几兩銀子盤纏方妥當若不叫上他父母親人来只怕有混賬人頂名冒領出去又轉賣了豈不辜負了这恩典、若有不願意回去的就留下

王夫人咲道這話妥當尤氏等又遣人告訴了鳳姐兒看他任意鄙俚詼諧之中必有一个礼字
還清足見是大家形景一面說与總理房中每教習給銀八兩令其自便凡梨香院一應
物件查清記冊收明派人上夜將十二个女孩子叫來當面細问到有一多半
不愿意回家的也有說父母雖有他只以賣我們為事這一去還被他賣了也
有父母已亡或被叔伯兄弟所賣的也有說無人可投的也有說恋恩不捨的所
愿去者止四五人王夫人听了只得留下將去者四五人皆令其乾娘領回家去
单等他親父母來領將不愿去者分散在園中使喚賈母便留下文官自使
將正旦芳官指与宝玉將小旦蕋官送了宝釵將小生藕官指与了代玉將大
花面葵官送了湘雲將小花面荳官送了宝琴將老外艾官与了探春尤氏
便討了老旦茄官去當下各得其所就如倦鳥出籠每日園中遊戲眾人

皆知他們不能針黹不慣使用皆不大責備其中或有一二个知事的愁將來無應時之技亦將本技丟開便學起針黹紡績女工諸務一日正是朝中大祭賈母等五更便去了先到下處用些点心小食然後入朝早膳已畢方退至下処用过早飯略歇片刻復入朝侍中晚二祭方出至下処歇息用过晚飯方回家可巧这下処乃是一个大官的家廟里乃比丘尼焚修房舍極多極净東西二院榮府便賃了東院北靜王府便賃了西院太妃少妃每日宴息見賈母等在東院彼此同出同入都有照應外面諸事不消細述且說大觀園內因賈母王夫人天天不在家內又送靈去一月方回各丫環婆子皆有闲空多在园内遊玩更又將梨香院內伏侍的衆婆子一槩撤回併散在园内听使更覺园内人多了几十个因文官等一干人或心性高傲或倚勢凌下或揀衣挑食或口角鋒芒

大槩不安分守理者多因此衆婆子無不含怨只是口中不敢与他們分证如
今散了學大家称了愿也有丢開手的也有心地狭窄犹懷舊怨的因将衆人
皆分在各房名下不敢来厮侵可巧這日乃是清明之日賈璉已備下年例祭
祀帶領賈環賈宗賈蘭三人去往鉄檻寺祭柩燒紙寧府賈蓉也同族中几人
各辦祭祀前往因宝玉未大愈故不曾去得飯後發倦襲人因説天氣甚好
你且出去逛逛省得丢下粥碗就睡存在心里宝玉听説只得柱了一支杖靸着
鞋步出院外（画出病势）因近日将园中分与衆婆子料理各司各業皆在忙時
也有修竹的也有剔樹的也有栽花的也有種豆池中又有駕娘們行着船夹
泥的種藕的香菱湘雲宝琴与些丫環等都坐在山石上瞧他們取樂宝
玉也慢慢行来湘雲見了他来忙咲説快把这船打出去他們是接林妹妹的

衆人都咲起来宝玉红了臉也咲道人家的病谁是好意的你也形容着取咲兒湘雲咲道病也比人家另一樣原招咲兒反说起人来说着宝玉便也坐下看着衆人忙乱了一回湘雲因说这里有風石頭上又泠坐坐去罷宝玉便也正要去瞧林代玉便起身拄拐辞了他们從沁芳桥一带堤上走来只見柳垂金線桃吐丹霞山石之後一株大杏樹花已全落葉稠陰翠上面已结了豆子大小的许多小杏宝玉因想道能病了几天竟把杏花辜負了不覺到绿葉成陰子满枝了因此仰望杏子不捨又想起邢岫烟已擇了夫婿一事雖说是男女大事不可不行但未免又少了一个好女兒不過二年便也要绿葉成陰子满枝了再過几日这杏樹子落枝空再几年岫烟也未免烏髪如银紅顔似槁了因此不免傷心只管對杏流淚嘆息

近之淫書满紙傷春究竟不知傷春原委看他並不提傷春字樣却艷恨穠愁香流满紙矣

正悲嘆時忽有一个雀兒飛来落於枝上乱啼宝玉又發了
獃性心下想道这雀兒必定是杏花正開時他曾来過今
見無花空有子葉故也乱啼這声韵必是啼哭之声可恨公
冶長不在眼前不能问他但不知明年再發時這个雀兒可還
記得飛到這里来与杏花一会了正胡思间忽見一股火光從
山石那边發出將雀兒驚飛宝玉吃一大驚又听那邊有人喊
道藕官你要死怎弄些紙錢進来燒我回奶奶们去仔细你的
肉宝玉听了益發疑惑起来忙轉過山石看時只見藕官满
面淚痕蹲在那里手里还拿着火守着些紙錢灰作悲宝玉
忙问道你与谁燒紙錢快不要在这里燒你或是為父母兄

弟你告訴我名姓外頭去叫小厮們打了包袱寫上名姓去燒藕官見了宝玉只不作一声宝玉数问不答忽見一婆子恶恨〻走来拉藕官口内說道我已经回了奶〻們了奶〻們氣的了不得藕官听了终是孩氣怕辱没了没臉便不肯去婆子道我說你們别太興頭過餘了如今还比你們在外頭隨心乱闹呢這是天寸地方兒指宝玉道連我們的爺还守規矩呢你是什麽阿物兒跑来胡闹怕也不中用跟我快走罢（如何必是含怨之人）（又拉上宝玉画出小人得意来）宝玉忙道他並没燒紙錢原是林妹〻叫他来燒那爛字紙的你没看真反錯告了他藕官正没了主意見了宝玉也正添了畏懼忽听他反掩飾心内轉憂成喜

也便硬着口说道你狠着真是紙錢了么我烧的是林姑娘寫壞了的字紙那婆子听如此ゝ發狠起来便弯腰向紙灰中揀那不曾化尽的遺紙揀了两点在手内说道你還嘴硬有據有証在这里我只和你所上講去说着拉了袖子就拽着要走宝玉忙把藕官拉住用柱杖敲開那婆子的手说道你只管拿了那个回去實告訴你我昨夜作了一个夢ゝ見杏花神和我要一掛白紙錢不可叫本房人燒要一个生人替我燒了我的病就好的快所以我請了这白錢巴ゝ兒的和林姑娘煩了他来替我燒了祝讚原不許一个人知道的所以我今日才能起来偏你看見了我这會子又不好了都是你冲了你還要告他去藕官只管去見了他們你就照依我这话说等老太ゝ回来我就说他故意来冲神祇保佑我早死藕官听了ゝ發得了主意反到拉着婆子要走那婆子听了這

話忙丟下紙錢陪咲央告宝玉道我原不知道二爺若回了老太〻我这老婆子豈不完了我如今回奶〻们去就説是爺祭神我看錯了宝玉道你也不許再回去了我便不説婆子道我已經回了叫我来帶他我怎好不回去的也罷就説我已经叫到了他林姑娘叫了去了宝玉想了一想方点頭應允那婆子只得去了这里宝玉问他到底是為誰燒紙我想来若是為父母兄弟你們皆煩人外頭燒過了这里燒这几張必有私自的情理藕官因方纔護庇之情感激于裏便知他是自己一流的人物便含淚説道我这事除了你屋里的芳官並宝姑娘的蕊官並沒第三个人知道今日忽然被你遇見又有这段意思少不得也告訴了你只不許再对人言講又哭道我也不便和你面説你只回去背人悄问芳官就知了説畢佯常而去宝玉听

了心下納悶連觀書者亦納悶只得踱到瀟湘館瞧代玉亦發瘦的可憐問起來比往日已算大愈了好若只管病亦不好代玉見他也比先大瘦了想起往日之事不免流下淚來些微談了談便催寶玉去歇息調養寶玉只得回來因記掛着要問芳官那原委偏有湘雲香菱來了正和襲人芳官說笑不好叫他恐人又盤詰只得耐着一時芳官又跟了他乾娘去洗頭他乾娘偏又先叫了他親女兒洗過了後纔叫芳官洗芳官見了這般便說他偏心把你女兒的剩水給我洗我一个月的月錢都是你拿着沾我的光不笑反到給我剩東剩西的他干娘羞愧變成惱便罵他不識抬擧的東西怪不得人人都說戲子沒一个好纏的憑你甚麼好人入了這一行都弄壞了這一点子屄崽子也挑么挑六鹹屄淡舌咬羣的騾子似的娘兒兩个吵起來襲人忙打發人去說少亂嚷瞧着

老太〻不在家一个〻連句安静話也不说了情文因说都是芳官不省事不知狂的什么也不是会两出戲到像殺了賊王擒了反叛来的襲人道一个巴掌拍不响老的也太不公些小的也太可悪些宝玉道怨不得芳官自古说物不平則鳴（自来经语未遭如是用也）他少親失眷的在這里没人照看了賺了他的錢又作践他如何怪得因又向襲人道他一月多少錢巳後不如你収了过来照管他豈不省事襲人道我要照看他那里不照看了又要他那几个錢纔照看他沒的討人罵去了说着便起身至那屋里取了一瓶花露油並些雞卵香皀頭绳之類叫一婆子来送给芳官去叫他另要水自洗不要吵閙了他干娘益發羞愧便说芳官没良心花掰我尅扣你的錢便向他身上拍了几把芳官便哭起来宝玉便走出襲人忙勸作什么我去说他情雯忙先过来指他干娘说道

你老人家大不省事你不给他洗頭的東西我们饒给他東西你不自燥还有臉
打他〻要还在學里學藝你也敢打他不成那婆子便说一日叫娘終身是母他
排場我〻就打得襲人嗅麝月道我不會和人辯嘴晴雯性太急你快过去震
嚇他兩句麝月听了忙过来说道你且别嚷我且问你别说我们这一処你看满園
子里谁在主子屋里教道过女兒的便是你的親女兒既分了房有了主子自有
主子打得罵得再者大些〻的姑娘姐〻们打得罵得谁許老子娘又半中间管
闲事了都这樣管又要叫他们跟着我们學什麽越老越没了規矩你見前兒
墜兒的来吵你也来跟他學你们放心因連日这个病那个病老太〻又不得閒心
所以我没回等兩日间咱们痛回一回大家把威風煞一煞兒纔好宝玉纔好了
些〻連我们不敢大声说话你反打的人狼號鬼叫的上頭能出了几日门你们就

無法無天的眼睛里没了我们再两天你们就该打我们了他不要你这干娘怕
糞草埋了他不成宝玉恨的用拄杖敲着门檻子説道这些老婆子都是些鉄
心石頭腸子也是件大奇的事不能照看反到折挫天長地久如何是好画出宝玉来
晴雯道什庅如何 是好都攆了出去不要这些中看不中吃的那婆子羞
愧难當一言不發那芳官只穿着海棠紅的小綿袄底下絲紬撒花袷褲
敞着褲腿四字奇想寫得紙上跳出一个女優来 一頭烏油似的頭髮披在腦後哭的淚人一
般麝月咲道把一个鶯〻小姐反弄成拷打紅娘了这会子又不粧扮了还是
这庅鬆〻的宝玉道他这本来面目極好到別弄緊襯了晴雯过去拉了他
替他洗净了髮用手巾擰乾鬆〻的挽了一个慵粧髻命他穿了衣服过
这边来了 接着司内厨的婆子来问晚飯有了可送不送小丫頭听了進来

问襲人〻〻咲道方纔胡吵了一陣也沒留心听鐘几下了晴雯道那捞什子又不知
怎麽了又淂去收什說着便拿过表来瞧了一瞧說再畧等半鐘茶的工夫就
是了小丫頭去了麝月咲道提起淘氣芳官也該打几下昨兒是他擺弄了那
墜子半日就壞了說話之間便將食具打点現成一時小丫頭子捧了盒子進
来站住晴雯麝月揭盖看時還是只四樣小菜晴雯咲道已經好了還不給兩
樣清淡菜吃过稀飯醎菜鬧到多早晚一面擺好一面又看那盒中却有一碗火腿
鮮笋湯忙端了放在宝玉跟前宝玉便就桌上喝了一口 画出病人 說好湯襲
人咲道菩薩能几日沒見葷饞的这樣起来了一面說一面忙端起輕〻用口吹画
因見芳官在側便遞与芳官咲道你也學着些伏侍別一味獃憨獃睡口勁輕着
別吹上湮沫星兒芳官依言果吹了几口甚妥他干娘也忙端飯在门外伺候向

日芳官等一到時原從外邊認的就同往梨香院去了這干婆子原係榮府三等人物不過令其与他們漿洗皆不曾入內答應故此不知內幃規矩今亦托賴他們方入園中隨女歸房這婆子先領过麝月的排場方知了一二分生恐不令芳官認他做干娘便有許多失利之處故心中只要買轉他們今見芳官吹湯便忙跑進來笑道他不老成仔細打了碗讓我吹罷一面說一面就接晴雯忙喊快出去你讓他砸了碗也輪不到你吹你什麼空兒跑到這裡槅子來了還不出去一面又罵小丫頭們瞎了心的他不知道你們也不說給他小丫頭們都說我們攆他〻不出去說他〻又不信如今帶累我們受氣你可信了我們到的地方兒有你到的一半還有你一半到不去的呢何況又跑到我們到不去的地方還不算又去伸手動嘴的了一面說一面推他出去堦下几个等空盒家伙的婆子見他

出来都笑道嫂子也没用鏡子照一照就進去了羞的那婆子又恨又氣只得忍耐下去了芳官吹了几口宝玉笑道好了仔细傷了氣你嚐一口可好了芳官只當是頑話只是笑着看襲人等襲人道你就嚐一口何妨晴雯笑道你瞧我嚐说着就喝了一口芳官見如此自己也便嚐了一口说好了遞与宝玉々々喝了半碗吃了几片笋又吃了半碗粥就罷了衆人揀收出去了小丫頭捧了沐盆盥漱已畢襲人等出去吃飯宝玉便使眼色与芳官々々本自伶俐又学了几年戲何事不知便粧说頭疼不吃飯了襲人道既不吃你就在屋里作伴兒把这粥給你留着一時餓了再吃说着都去了这里宝玉和他只二人宝玉便将方才從火光發起如何見了藕官又如何謊言護庇又如何藕官叫我问你從頭至尾细々的告訴他一遍又问他祭的果係何人芳官听了满

向含笑又嘆一口气说道这事说来可咲又可嘆宝玉听了忙问如何芳官咲道你说他祭的是谁祭的是死了的葯官宝玉道這是友誼也應当的芳官笑道那里是友誼他竟是瘋傻的想頭说他自己是小生葯官是小旦常做夫妻虽说是假的每日那些曲文並排塲皆是真正温存体貼之事故此二人就瘋了虽不做戲尋常飲食起坐两个人竟是你恩我爱葯官一死他哭的死去活来至今不忘所以每節燒紙後来補了蕋官我们見他一般的温柔体貼也曾问他得新棄旧的他说这又有个大道比如男子喪了妻或有必當續絃者也必要續絃為是便只是不把死的丢过不提便是情深意重了若一味因死的不續孤守一世防了大節也不是理死者反不安了你说可是又瘋又獃说来可是好咲宝玉听说了这篇獃話独合了他的

獃性不覺又是歡喜又是悲嘆又称奇道絶説天既生这様人又何用我这鬚
眉濁物玷辱世界回又忙拉芳官囑道既如此説我也有一句話囑咐他我若
親对面与他講未免不便須得你告訴他芳官問何事宝玉道已後斷
不可燒紙錢这紙錢原是後人異端不是孔子的遺訓已後逢时按節
只備一个炉到日隨便焚香一心誠虔就可感格了愚人原不知無論
神佛死人必要分出等例各式各例的除不知只一誠信二字為主即
值蒼皇流离之日虽連香亦無隨便有土有草只以潔净便可
為祭不獨死者為祭便是神鬼皆是来享的你瞧瞧我那案上只設一
炉不論日期时常焚香他們皆不知原故我心里却各有所回隨便有新
茶便供一鍾茶有新水就供一盞水或有鮮花或有鮮果甚至于

葷羹腥菜只要心誠意潔便是佛也都可來享所以説只在敬
不在虛名已後快命他不可再燒紙芳官听了便答應着一时吃
过飯便有人回老太〻太〻回來了

脂硯齋重評石頭記卷之

第五十九回

柳葉渚邊嗔鶯咤燕　絳芸軒裡召將飛符

話説宝玉多添了一件衣服拄杖前邊來都見过因每日辛苦都要早些歇息一宿無話次日五鼓又往朝中去离送靈日不遠鴛鴦琥珀翡翠玻璃四人都忙忙着打點賈母之物玉釧彩雲彩霞等皆打疊王夫人之物當面查點與跟隨的管事媳婦們跟隨的一共大小六个丫嬛十个老婆子媳婦子男人不算連日收什馱轎器械鴛鴦與玉釧兒皆不隨去只看屋子一面先几日預备帳幔鋪陳之物先有四五个媳婦並几个男人領了出來坐了几輛車遶道先至下處鋪陳安插等候臨日賈母帶着蓉妻坐一乘馱轎王夫人在後亦坐一乘馱轎

賈珍騎馬率領衆家丁圍護又有几輛大車與婆子丫環等坐並放些隨換的衣包等件是日薛姨媽尤氏率領諸人直送至大門外方回賈璉恐路上不便一面打發了他父母起身赶上賈母王夫人馱轎自己也隨後帶領家丁押後跟来榮府内賴大添派人丁上夜將兩處厛院都関了一応出入人等皆走西邉小角门日落時便命関了儀门不放人出入園中前後東西角门亦皆関鎖只留王夫人大房之後常係他姊妹出入之门東邉通薛姨媽的角门這兩门因在内院不必関鎖里面鴛鴦和玉釧兒也各將上房関了自領丫環婆子下房去安歇每日林之孝之妻進来帶領十來个婆子上夜穿堂内又添了許多小厮们坐更打梆子已安插得十分妥當一日清晚寶釵春困已醒搴帷下榻微覺輕寒及啟戶視之見苑中土潤苔青原来五更時落了几點微雨于是

喚起湘雲等人来一面梳洗湘雲因說两腮作癢恐又犯了杏斑癬因问宝釵要些薔薇硝擦宝釵道前兒剩的都給了妹子因說顰兒配了許多我正要和他要些因今年竟無發癢就忘了因命鶯兒去取些来鶯兒應了才去時蕊官便說我同你去順便瞧〻藕官說着一經同鶯兒出了蘅蕪苑二人你言我語一面行走一面說咲不覺到了杏葉渚順着柳堤走来因見柳葉才吐淺碧絲若垂金鶯兒便咲道你會拿这柳條子編東西不會蕊官咲道編什庅東西鶯兒道什庅編不得頑的使的都可等我摘些〻下来帶着这葉子編一个花籃採了各色花放在里頭纔是好頑呢說着且不去取硝且伸手挽翠披金採了許多的嫩條命蕊官拿着顰兒却一行走一行編花籃隨路見花便採一二枝編出一个玲瓏過樑的籃子枝上自有本来翠葉滿佈將花放上却也別致有趣喜的

蕊官咲道姐〻給了我罷鶯兒道这一个偺們送林姑娘回来偺們再多採些〻編几个大家頑説着来至瀟湘館中代玉也正晨粧見了籃子便咲説这个新鮮花籃是誰編的鶯兒咲説我編了送姑娘頑的代玉接了咲道怪道人讚你的手巧这頑意兒却也别致一面瞧了一面便命紫鵑掛在那里鶯兒又問候了薛姨媽方和代玉要硝代玉忙命紫鵑包了一包遞与鶯兒代玉又説道我好了今日要出去逛〻你回去説与姐〻不用過来問候媽了也不敢劳他来瞧我梳了頭同媽都往你那里去連飯也端了那里去吃大家熱鬧些鶯兒答應了出来便到紫鵑房中找蕊官只見蕊官与藕官二人正説的高興不能相捨鶯兒便咲説姑娘也去呢藕官先同我們去等着豈不好紫鵑听如此説便也説道这話到是他这里淘氣的也可厭一面説一面便將代玉的匙筯用一塊洋巾包了

交与藕官道你先带了这个去也算一盏差了藕官接了笑嘻嘻同
他二人出来一径顺着柳堤走来莺儿便又採些柳條越性坐在山石上
编起来又命蕊官先送了硝去再来他二人只顾爱看他编那里捨得去
莺儿只催催说你们再不去我也不编了藕官便说我同你去了再快回来
二人方去了这里莺儿正编只见何婆的小女春燕走来笑问姐姐织什么呢正说着蕊
藕二人也到了春燕便向藕官道前儿你到底烧什么纸被我姨妈看见了要告
你没告我到被宝玉赖了他一大些不是气的他一五一十告诉我妈你们在外头这二
三年积了些什么仇恨如今还不解开藕官冷笑道有什么仇恨他们不
知足反怨我们了在外头这两年别的东西不算只算我们的米菜不知赚多
少家去合家子吃不了还有每日买东买西赚的钱在外边我们使他们一

使兒就怨天怨地的你説〻可有良心春燕咲道他是我的姨媽也不好向
着外人反説他的怨不得宝玉説女孩兒未出嫁是顆無價的宝珠出了嫁
不知怎庅就变出許多的不好的毛病来虽是顆珠子却沒有光彩宝色是
顆死珠了再老了更变的不是珠子竟是魚眼睛了分明一个人怎庅变出三
樣来这話虽是混話到也有些不差別人不知道只説我媽和姨媽他老姊妹
兩个如今越老了越把錢看的真了先是老姐兒兩个在家抱怨沒个差使沒
个進益幸虧有了这園子把我挑進来可巧把我分到怡紅院家里省了我一
个人的費用不筭外每月还有四五百錢的餘剩这也还説不勾後来老
姊妹二人都派到梨香院去照看他們藕官認了我姨媽芳官認了我媽
这几年着實寬裕了如今挪進来也筭散開手了还只無厭你説好咲不

好笑我姨媽劉和藕官吵了接着我媽為洗頭就和芳官吵芳官連要洗頭也不給他洗昨日得月錢推不去了買了東西先叫我洗我想了一想我自有錢就沒錢要洗時不管襲人晴雯麝月那一个跟前和他們說一声也都容易何必借這个光兒好沒意思所以我不洗他又叫我妹〻小鳩兒洗了纔、叫芳官果然就吵起來接着又要給寶玉吹湯你說可笑死了人我見他一進來我就告訴那些規矩他只、不信只要强做知道足〻的討个沒趣兒幸虧園里的人多沒人分記的清楚誰是誰的親故若有人記得只、我們一家人吵什庅意思呢你这會子又跑了來這个一帶地上的東西都是我姑媽管着他一得了這地方比得了永遠基業還利害每日起早睡晚自己辛苦了還不筭每日逼着我们來照、看生恐有人遭遢我又怕悞了我的差事 如今我们進來了老姑嫂兩

个照、看的謹了慎、〻一根草也不許人動你還掐這些花兒又折他的嫩樹他们
即刻就来仔細他们抱怨鶯兒道別人乱折乱掐使不得獨我使得自從分了
地基之後各房里每日皆有分例吃的不用筭单筭花草頑意兒誰曾什麽
每日誰、就、把各房里姑娘丫頭戴的必要各色送些折枝的去另外還有插瓶
的惟有我们姑娘說了一槩不用送等要什麽再和你们要究竟總沒要过一
次我今便掐些他们也不好意思说的一語未了他姑娘果然拄了拐走来鶯兒
春燕、等忙讓坐那婆子見採了許多嫩柳又見藕官等都採了許多鮮花心内
便不受用看着鶯兒編又不好说什麽便说春燕、道我叫你来照、看〻〻你就
貪住頑不去了倘或叫起你来你又说我使你了拿我做隱身符兒你来樂
春燕、道你老又使我又怕这會子反说我難到把我劈八瓣子不成鶯兒笑、

投鼠忌器寶玉情贓　判冤決獄平兒情權

憨湘雲醉眠芍藥裀　獃香菱情解石榴裙

壽怡紅群芳開夜宴　死金丹獨艷理親喪

賈二舍偷娶尤二姨　尤三姐思嫁柳二郎

情小妹恥情歸地府　冷二郎一冷入空門

苦尤娘賺入大觀園　酸鳳姐大鬧寧國府

弄小巧用借劍殺人　覺大限吞生金自逝

林黛玉重建桃花社　史湘雲偶填柳絮詞

第六十一回　至七十回　內缺六十四 六十七回

脂硯齋凡四閱評過

脂硯齋重評石頭記卷之

第六十一回

投鼠忌器宝玉情贓[瞞]　判冤决獄平兒情權[行]

那柳家的㗅道好猴兒崽子你親嬸子找野老兒去了你豈不多得一个叔〻有什庅疑的別討我把你頭上的榪子蓋似的几根屄毛撏下来还不開门讓我進去呢这小廝且不開门且拉着㗅说好嬸子你这一進去好歹偷些杏子出来賞我吃我这里老等你若忘了时日後半夜三更打酒買油的我不給你老人家開门也不荅應你隨你乾叫去柳氏啐道發了、的今年还比往年把这些東西都分給了衆奶〻了一个〻的不像抓破了臉的人打樹底下一過兩眼就像那黧鷄似的还動他的果子昨兒我從李子樹下一走偏有一个蜜蜂

儿往脸上一过我一招手儿偏你那好舅母就看见了他离的远看不真只当
我摘李子呢就屄声浪嗓喊起来说又是还[没]说供佛呢又是老太ゝ太ゝ不在家
还没进鲜呢等进了上头嫂子们都有分的到像谁害了馋痨等李子出汗呢
叫我也没好话说抢白了他一顿可是你舅母姨娘两三个亲戚都管着怎不
和他们要的到和我来要这可是仓老鼠和老鸹去借粮守着的没有飞着的
有小厮笑道嗳哟ゝゝ没有罢了说上这些闲话我着[看]你老已后就用不着我了
就便是姐ゝ有了好地方将来更呼唤着的日子多只要我们多答应他些就
有了柳氏听了笑道你这个小猴精又搗鬼吊白的你姐ゝ有什庅好地方了
那小厮笑道别哄我了早已知道了单是你们有内牵难道我们就没有内牵
不成我虽在这里听哈里头却也有两个姊妹成个体统的什庅事瞒了我们

正说着只听门内又有老婆子向外叫小猴兒们快傳你柳嬸子去罢再不来可就悮了柳家的听了不顧和小厮们说话忙推门進去笑说不必忙我来了一面来至厨房雖有几个同伴的人他们都不敢自專单等他来調停分派一面问衆人五丫頭那去了衆人都说纔往茶房里找他们姊妹去了柳家听了便將茯苓霜擱起且按着房頭分派菜饌忽見迎春房里小丫頭蓮花兒走来（總是寫春景將殘）说司棋姐姐说了要碗鷄蛋頓的嫩嫩的柳家道就是这樣尊貴不知怎的今年这雞蛋短的狠十个錢一个还找不出来昨兒上頭給親戚家送粥米去四五个買辦出去好容易纔湊了二十个来我那里找去你说給他改日吃罷蓮花兒道前兒要吃豆腐你弄了些餿的叫他说了我一頓今兒要雞蛋又沒有了什麽好東西我就不信連雞蛋都沒有了別叫我翻出来一面说

一面真个走来揭起菜箱一看只見里面果有十来個雞蛋说道这不是你就这庅利害吃的是主子的我们的分例你為什庅心疼又不是你下的蛋怕人吃了柳家的忙丢了手里的活計便上来說道你少满嘴里混唚你娘纔下蛋呢通共留下这几个預備菜上的澆頭姑娘们不要还不肯做上去呢預備接急的你们吃了倘或一声要起来没有好的連雞蛋都没了你们深宅大院水来伸手飯来張口只知雞蛋是平常物件那里知道外頭買賣的行市呢别说这个有一年連草根子还没了的日子还有呢我劝他们细米白飯每日肥雞大鴨子将就些兒也罢了吃膩了膓天〻又鬧起故事来了雞蛋豆腐又是什庅麪觔醬蘿卜炸兒敢自到換口味只是我又不是答應你们的一處要一樣就是十来樣我到别伺候頭層主子只預備你们二層主子了蓮花兒听了便

紅了臉喊道說天〻要你什庅来你說上这兩車子話叫你来不是為便宜却
為什庅前見小燕来說晴雯姐〻要吃蘆蒿你怎庅忙的还問肉炒雞炒小燕
說葷的因不好纔另叫你炒个麪觔的少擱油纔好你忙的到說自己發昏赶
着洗手炒了狗顛兒似的親捧了去今兒反到拿我作筏子說我給衆人听柳
家的忙道阿弥陀佛这些人眼見的别說前兒一次就從舊年一立廚房以来
凡各房里偶然间不論姑娘姐兒们要添一樣半樣誰不是先拿了錢来另買
另添有的沒的名声好听說我单管姑娘的廚房省事又有剩頭兒笑起賬来
惹人惡心連姑娘帶姐兒们四五十人一日也只官要兩隻雞兩隻鴨子十来斤
肉一吊錢的菜蔬你们笑〻勾作什庅的連本項兩頓飯还撑持不住还擱的
住这个點〻这樣那个點那樣買来的又不吃又買别的去既这樣不如回了太

太多添些〻分例也像大厨房里預俻老太〻的飯把天下所有的菜蔬用水牌寫了天〻轉着吃〻到一个月現筭道好連前兒三姑娘和宝姑娘偶然商議了要吃个油塩炒枸杞芽兒来現打發个姐兒拿着五百錢来給我〻到咲起来了說二位姑娘就是大肚子弥勒佛也吃不了五百錢的去这三二十个錢的事还預俻的起趕着我送回錢去到底不収說賞我打酒吃又說如今厨房在里頭保不住屋里的人不去叨登一塩一醬那不是錢買的你不給又不好給了你又沒的賠你拿着这个錢全當还了他们素日叨登的東西窩兒这就是明白体下的姑娘我们心里口〻替他念佛沒的趙姨奶〻听了又氣不忿又說太便宜了我隔不了十天也打發个小丫頭子来尋这樣尋那樣我倒好咲起来你们竟成了例不是这个就是那个我那里有这些賠的正乱時只見司棋

又打發人来催蓮花兒說他死在这里怎麼就不回去蓮花兒賭氣回来便添了一篇話告訴了司棋司棋听了不免心頭起火此刻伺候迎春飯罷代了小丫頭們走来見了許多人正吃飯見他来的势頭不好都忙起身陪笑讓坐司棋便喝命小丫頭子動手凡箱櫃所有的菜蔬只管丟出来喂狗大家賺不成小丫頭子們扒不得一声七手八脚搶上去一頓乱翻乱擲的衆人一面拉劝一面央告司棋說姑娘別悮听了小孩子的話柳嫂子有八个頭也不敢得罪姑娘說雞蛋难買是真我們纔也說他不知好歹憑是什麼東西也少不得变法兒去他已经悟过来了連忙蒸上了姑娘不信瞧那火上司棋被衆人一頓好言方將氣勸的漸平小丫頭們也没得摔完東西便拉開了司棋連說帶罵鬧了一回方被衆人劝去柳家的只好摔碗丟盤自己咕嘟了一回蒸了一碗蛋

令人送去司棋全潑了地下了那人回来也不敢說恐又生事柳家的打發他女兒喝了一回湯吃了半碗粥又將茯苓霜一節說了五兒听罢便心下要分些贈芳官遂用紙另包了一半趂黄昏人稀之時自己花遮柳隐的来找芳官且喜無人盤問一逕到了怡紅院门前不好進去只在一簇玫瑰花前站立遠遠的望着有一盞茶時可巧小燕出来忙上前叫住小燕不知是那一个至跟前方看真切因問作什麽五兒咲道你叫出芳官来我和他說話小燕悄笑道姐姐太性急了横竪等十来日就来了只管找他做什麽方才使了他往前頭去了你且等他一等不然有什麽話告訴我等我告訴他恐怕你等不得只怕関園门了五兒便將茯苓霜遞與了小燕又說这是茯苓霜如何吃如何補益我得了些些送他的轉煩你遞與他就是了說畢作辭回来正走蓼溆一帶忽見

迎頭林之孝家的帶着几个婆子走来五兒藏躲不及只得上来问好林之孝
向道我听見你病了怎広跑到这里来五兒陪笑道因這两日好些跟我媽進
来散〻悶才因我媽使我到怡红院送傢伙去林之孝家的説道這話岔了方
才我見你媽出去我才関门既是你媽使了你去他如何不告訴我説你在这
里呢竟出去讓我関门是何主意可知是你扯謊五兒听了没話回答只説原是
我媽早教我取去的我忘了挨到这時我才想起来了只怕我媽錯當我先出去
了所以没和大娘説得林之孝家的听他辞鈍色虚又因近日玉釧兒説那边
正房内失落了東西几个丫頭对賴没主兒心下便起了疑可巧小蝉蓮花兒
並几个媳婦子走来見了这事便説道林奶〻到要審〻他這两日他往這里
頭跑的不像鬼〻唧〻的不知幹些什広事小蝉又道正是昨兒玉釧姐〻説

太〻耳房里的櫃子開了少了好些零碎東西璉二奶〻打發平姑娘和玉釧姐〻要些玫瑰露誰知也少了一礶子若不是尋露還不知道呢蓮花兒笑道這話我沒聽見今兒我到看見一个露瓶子林之孝家的正因這些事沒主兒每日風姐兒使平兒催逼他一听此言忙問在那里蓮花兒便說在他們厨房里呢林之孝家的听了忙命打了灯籠帶着衆人來尋五兒急的便說那原是寶二爺屋里的芳官給我的林之孝家的便說不管你方官圓官現有了贜証我只呈報了憑你主子前辯去一面說一面進入厨房蓮花兒帶着取出露瓶恐還有偷的別物又細〻搜了一遍又得了一包茯苓霜一並拿了帶了五兒來回李紈与探春那時李紈正因蘭哥兒病了不理事務只命去見探春〻〻已歸房人回進去了姊們都在院內納涼探春在内盥沐只有待書回進去半

日出來說姑娘知道了叫你們找平兒回二奶〻去林之孝家的只得領出来到鳳姐兒那边先找着了平兒〻〻進去回了鳳姐〻〻方纔歇下听見此事便吩咐將他娘打四十板子攆出去永不許進二门把五兒打四十板子立刻交給庄子上或賣或配人平兒听了出来依言吩咐了林之孝家的五兒嚇的哭〻啼〻給平兒跪着細訴芳官之事五兒道這也不難等明日问了芳官便知真假但這茯苓霜前日人送了来还等老太〻太〻回来看了纔敢打動這不該偷了去五兒見问忙又將他舅〻送的一節說了出来平兒听了笑道這樣說你竟是个平白無辜之人拿你来頂缸此時天晚奶〻纔進了藥歇下不便為這點子小事去絮叨如今且將他交給上夜的人看守一夜等明兒我回了奶〻再做道理林之孝家的不敢違拗只得帶了出来交与上夜的媳婦們看

守自便去了这里五兒被人軟禁起来一步不敢多走又兼衆媳婦也有勸
他说不该做这沒行止的事的也有报怨说正經更还坐不上来又弄个賊
来給我们看偹或眼不見弄了死逃走了都是我们的不是于是又有素日一干
与柳家不睦的人見了这般十分趣愿都来奚落嘲戲他这五兒心内又氣又
委屈竟無処可訴且本来怯弱有病这一夜思茶無茶思水無水思睡無
衾枕嗚嗚咽咽直哭了一夜谁知和他母女不和的那些人巴不得一时攆出他们
去惟恐次日有変大家先起了个清早都悄悄的来買轉平兒一面送些東西
一面又奉承他辦事簡断一面又講述他母親素日許多不好平兒一一的都應
着打發他们去了却悄悄的来訪襲人问他可果真芳官給他露了襲人
便说露却是給芳官芳官轉給何人我却不知襲人于是又问芳官芳官听了唬天

跳地忙應是自己送他的芳官便又告訴了宝玉〻〻也慌了說露雖有了若勾起茯苓霜来他自然也寔供若听見了是他旧〻门上得的他旧〻又有了不是豈不是人家的好意反被偺们陷害了因忙和平兒計議露的事雖完然這霜也是有不是的好姐〻你只吽他說是也是芳官給他的就完了平兒笑道雖如此只是他昨晚已經同人說是他舅〻給的了如何又說你給的況且那边所丢的露也是無主兒如今有贜証的白放了又去找誰〻还肯認衆人也未必心服晴雯走来笑道太〻那边的露再無別人分明是彩雲偷了給环哥兒去了你们可瞎乱說平兒笑道誰不知是這个原故但今玉釧兒急的哭悄〻問着他〻若應了玉釧也罷了大家也就混着不問了难道我们好意攬攬這事不成可恨彩雲不但不應他还擠玉釧兒說他偷了去了两个人窩里

發炮先炒的合府皆知我们如何粧沒事人少不得要查的除不知告失盜的
就是賊又沒贓証怎広說他宝玉道也罷這件事我也應起来就說是我唬他
们頑的悄々的偷了太々的来了兩件事都完了襲人道也到是件陰騭事保
全人的賊名兒只是太々听見又說你小孩子氣不知好歹了平兒笑道這也
倒是小事如今便從趙姨娘屋里起了贓来也容易我只怕又傷着一个好人
的體面別人都別管這一个人豈不又生氣我可憐的是他不肯為打老鼠傷
了玉瓶說着把三个指頭一伸襲人等听說便知他說的是探春大家都忙說
可是這話竟是我们這里應了起来的為是平兒又笑道也須得把彩雲和
玉釧兒兩个業障叫了来问準了他方好不然他们得了益不說為這个
倒像我沒了本事问不出来煩出這理来完事他们已後越發偷的偷不管的不

管了襲人等咲道正是也要你留个地步平児便命人叫了他两个来説道不
用慌賊已有了玉釧児先问賊在那里平児道現在二奶〻屋里呢问他什庅
應什庅我心里明知不是他偷的可憐他害怕都承認這里宝二爺不過意要
替他認一半我待要説出来但只是這做賊的意思又是和我好的一个姊妹
窩主却是平常裡面又傷着一个好人的體面因此為难少不得央求宝二爺
應了大家無事如今反要问你们两个还是怎樣若從此已後大家小心存体
面这便求宝二爺應了若不然我就回了二奶〻别冤屈了好人彩雲听了不
免红了臉一時羞悪之心感發便説道姐〻放心也别冤屈了好人也别帶累
了無辜之人傷体面偷東西原是趙姨奶〻央告我再三我拿了與〻與环哥是
情真連太〻在家我们还拿過各人去送人也是常事我原説嚷過兩天就罷

了如今既冤屈了好人我心也不忍姐〻竟帶了我回奶〻去我一槩應了完
事中人听了这話一个〻都叱意他竟這樣有肝胆宝玉忙笑道彩雲姐〻果
然是个正經人如今也不用你應我只說是我悄〻的偷的嚇你们頑如今鬧
出事來我原該承認只求姐〻们以後省些事大家就好了彩雲道我幹的事
為什庅叫你應死活我該去受平兒襲人忙道不是這樣說你一應了未免又
叨登出趙姨奶〻来那時三姑娘听了豈不生氣竟不如宝二爺應了大家無
事且除這几个人皆不得知道這事何等的干净但只以後千萬大家小心些〻
就是了要拿什庅好歹等到太〻到家那怕連這房子給了人我们就沒干係
了彩雲听了低頭想了一想方依允于是大家商議妥貼平兒帶了他兩个並
芳官往前边来至上夜房中叫了五兒將茯苓霜一節也悄〻的教他說係芳

官所贈五兒感謝不盡平兒代他们来至自已這边已見林之孝家的帶領了
几个媳婦押解着柳家的等句多時林之孝家的又向平兒說今兒一早押了
他來恐園里沒人伺候姑娘们的飯我暫且將秦顯的女人派了去伺候姑娘
一併回明奶奶他倒干淨謹慎以後就派他常伺候罷平兒道秦顯的女人是
誰我不大相熟林之孝家的道他是園里南角子上夜的白日里沒什麼事所以
姑娘不大相識高高孤拐大大的眼睛最干淨爽利的玉𤥨兒道是了姐姐你
怎麼忘了他是跟二姑娘的司棋的嬸娘司棋的父母雖是大老爷那边的人
他這叔叔却是偺们这边的平兒听了方想起来笑道哦你早說是他我就明
白了又笑道也太派急了些如今這事八下里水落石出了連前兒太太屋里
丟的也有了主兒是宝玉那日過來和這兩个業障要什麼的偏這兩个業障

逼他頑説太〻不在家不敢拿宝玉便聽他兩个不隄防的時節自已進去拿了些什庅出来這兩个業障不知道就嚇慌了如今宝玉听見帯累了别人方細〻的告訴了我我拿出東西来我瞧一件不差那茯苓霜是宝玉外頭得了的也曾賞過許多人不独園内人有連媽〻子們討了出去給親戚們吃又轉送人襲人也曾給過芳官之流的人他們私情各相来往也是常事前兒那兩簍还擺在議事廳上好〻的原封沒動怎庅就混賴起人来等我回了奶〻再説〻畢抽身進了卧房将此事照前言回了凤姐兒一遍凤姐兒道雖如此説但宝玉為人不管青紅皂白愛兜攬事情别人再求〻他去他又擱不住人兩句好話給他个炭簍子帯上什庅事他不應承偺們若信了将来若大事也如此如何治人还要細〻的追求纔是依我的主意把太〻屋里的丫頭都拿来雖不

便擅加拷打只叫他们墊着磁瓦子跪在太陽地下茶飯也別給吃一日不說跪一日便是鉄打的一日也管招了又道是蒼蝇不抱没縫的(鸡)蛋虽然這柳家的没偷到底有些影兒人總說他虽不加賊刑也単出不用朝廷家原有掛悞的到也不筭委屈了他平兒道何苦來操這心得放手時須放手什麽大不了的事樂得不施恩呢依我說總在这屋里操上一百分的心終久偺们是那边屋里去的没的结些小人仇恨使人含怨况且自己又三災八难的好容易怀了一个哥兒到了六七个月还掉了焉知不是素日操劳太過氣惱傷着的如今乘早兒見一半不見一半的也到罢了一夕話說的凤姐兒(个)倒咲了說道憑你這小蹄子發放去罢我才精爽些了没的淘氣平兒咲道这不是正经說畢轉身出来一二發放要知端的且聽下回分解

脂硯齋重評石頭記卷之

第六十二回

憨湘雲醉眠芍藥裀　獃香菱情解柘榴裙

話說平兒出来分付林之孝家的道大事化為小事小事化為沒事方是興旺之家若得不了一点子小事便揚鈴打鼓的乱折騰起来不成道理如今將他母女帶回照舊去当差將秦顯家的仍舊退回再不必提此事只是每日小心巡察要緊說畢起身是（走）了柳家的母女忙向上磕頭林家的（就）帶回園中回了李紈探春二人皆說知道了能（寧）可無事狠好司棋等人空興頭了一陣那秦顯家的好容易等了这个空子攢（攢）了来只興頭了半天在廚房内正乱接收傢伙米粮煤炭等物又查出許多虧空来說粳米短了両石常用米又多支了一个月

的炭也欠着額數一面又打点送林之孝家的礼悄悄的偹了一簍炭五百斤木柴一担粳米在外边就遣了子姪送入林家去了又打点送賬房的礼又預偹几樣菜蔬請几位同事的人说我来了全仗列位扶持自今已後都是一家人了我有照顧不到的好夕大家照顧些些正乱着忽有人来说與他看过这早飯就出去罢柳嫂兒原無事如今还交与他管了秦顯家的听了轟去䰟魄垂頭喪氣登時掩旗息鼓捲包而出送人之物白丢了許多自己倒要折变了賠補虧空連司棋都氣了個倒仰無計挽回只得罢了趙姨娘正因彩雲私贈了許多東西被玉釧兒吵出生恐查詰出来每日捏一把汗打听信兒忽見彩雲来告訴说都是宝玉應了從此無事趙姨娘方把心放下来誰知賈环听如此说便起了疑心將彩雲凡私贈之物都拿了出来照着彩雲的臉摔了去说这两

面三刀的東西我不稀罕你不和宝玉好他如何肯替你應你既有担当給了
我原該不与一个人知道如今你既然告訴他如今我再要这个也没趣彩
雲見如此急的發身賭誓至於哭了百般解説費环執意不信説不看你素
日之情去告訴二嫂子就説你偷来給我々不敢要你細想去説畢摔手出去了
急的趙姨娘罵没造化的種子蛆心業障氣的彩雲哭个泪乾腸斷趙姨娘百
般的安慰他好孩子他辜負了你的心我看的真讓我収起来过兩日他自然
回轉过来了説着便要収東西彩雲賭氣一頓包起来乘人不見時来至園中
都撇在河内順水沉的沉漂的漂了自已氣的夜間在被内暗哭当下又值宝
玉々生日已到原来宝琴也是这日二人相同因王夫人不在家也不曾像往年
閙热只有張道士送了四様礼换的寄名符兒还有几处僧尼庙的和尚姑子

送了供尖児并壽星紙馬疏頭并本命星官值年太歲週年換的鎖児家中常走的男女先兒來上壽王子騰那边仍是一套衣服一双鞋襪一百壽桃一百束上用艮系掛麵薛姨娘処减一等其餘家中人尤氏仍是一双鞋襪鳳姐兒是一个宮製四面和合荷包裡面裝一个金壽星一件波斯國所製玩器各廟中遣人去放堂捨錢又另有宝琴之礼不能備述姊妹中皆隨便或有一扇的或有一字的或有一画的或有一詩的聊復應景而已这日宝玉清晨起來梳洗已畢冠帶出來至前所院中已有李貴等四五个人在那里設下天地香烛宝玉炷了香行畢礼奠茶焚紙後便至寧府中宗祀祖先堂兩処行畢礼出至月台上又朝上遥拜过賈母賈政王夫人等一順到尤氏上房行过礼坐了一回方回榮府先至薛姨媽処薛姨媽再三拉着然後又遇見薛蝌讓一回方進

園来晴雯麝月二人跟随小丫頭夾着毡子從李氏起一〻挨着所長的房中到過復出二门至李趙張王四个奶媽家讓了一回方進来雖衆人要行礼也不曾受回至房中襲人等只都来说一声就是了王夫人有言不令年輕人受礼恐折了福寿故皆不磕頭歇一時賈環賈蘭等来了襲人連忙拉住坐了一坐便去了宝玉笑说走乏了便歪在床上方吃了半盞茶只听外面咭〻呱〻一群丫頭笑了進来原来是翠墨小螺翠楼入画邢岫烟的丫頭篆兒並奶子抱着巧姐兒彩鸞綉鸞八九个人都把着紅毡笑着走来说拜寿的擠破了门了快拿面来我们吃剛進来時探春湘雲宝琴岫烟惜春也都来了宝玉忙迎出来笑说不敢起動快預備好茶進入房中不免推讓一回大家歸坐襲人等捧过茶来纔吃了一口平兒也打扮的花枝招展的来了宝玉忙迎出来笑

说我方才到鳳姐〻门上回了進去不能見我又打發人進去讓姐〻的平兒笑道我正打發你姐〻梳頭不得出来回你後来听見又说讓我〻那里禁当的起所以時敢来磕頭宝玉笑道我也經當不起襲人早在外间安了坐讓他坐平兒便福下去宝玉作揖不迭平兒便跪下去宝玉也忙还跪襲人連忙攙〻起来又下了一福宝玉又还了一揖襲人笑推宝玉你再作揖宝玉道已经完了怎庅又作揖襲人笑道这是他来给你拜寿今兒也是他的生日你也该给他拜寿宝玉听了喜的忙作下揖去说原来今兒也是姐〻的芳诞平兒还福不迭湘雲拉宝琴岫烟说你们四个人对拜寿直拜一天纔是探春忙问原来邢妹〻也是今兒我怎庅就忘了忙命丫頭去告诉二奶〻赶着補了一分礼友琴姑娘的一樣送到二姑娘屋里去丫頭答應着去了岫烟見湘雲直口说出

来少不得要到各房去讓讓探春咲道到有些意思一年十二个月月月有几个生日人多了便这等巧也有三个一日的两个一日的大年初一也不白过大姐姐占了去愿不得他福大生日比別人就占先又是太祖太爺的生日过了灯節就是老太太和宝姐姐他们娘兒两个遇的巧三月初一日是太太初九是璉二哥哥二月沒人襲人道二月十二是林姑娘怎庅沒人就只不是偺家的人探春咲道我这个記性是怎庅了宝玉咲指襲人道他和林妹妹是一日所以他記的探春咲道原来你两个到是一日每年連頭也不給我们磕一个平兒的生日我们也不知道这也是纔知道平兒咲道我们是那牌兒名上的人生日也沒拜壽的福又沒受礼職分可吵鬧什庅可不悄悄的过去今兒他又偏吵出来了等姑娘们回房我再行礼去罢探春咲道也不敢驚動只是今兒到要替你过个生日我心纔过得去

宝玉湘雲等一齊都说狠是探春便吩咐了丫頭去告訴他奶〻就说我们大家说
了今兒一日不放平兒出去我们也大家湊了分子过生日呢丫頭咲自去了半日
回来说二奶〻说了多谢姑娘们給他臉不知过生日給他些什庅吃只别忘了
二奶〻就不来絮聒他了衆人都咲了探春回说道可巧今兒裡頭厨房不預備飯一
應下麺菜都是外頭収拾偺们就湊了钱就叫柳家的来攬了去只在偺们裡頭収
拾倒好衆人都说是極探春一面遣人去问李紈宝釵代玉一面遣人去傳柳家
的進来吩咐他内厨房中快収拾兩桌酒席柳家的不知何意回说外厨房都預備了
探春咲道你原来不知道今兒是平姑娘的華誕外頭預備的是上頭的这如今我们
私下又湊了分子单為平姑娘預備兩桌請他你只管揀新巧的菜蔬預備了来開
了賬和我那里領钱柳家的咲道原来今日也是平姑娘的千秋我竟不知道

説着便向平兒磕下頭去慌的平兒拉起他來柳家的忙去預偹酒這里探春又邀了宝玉同到所上去吃麵等到李纨宝釵一齊來全又遣人去請薛姨媽与代玉因天氣和煖代玉之疾漸愈故也來了花園錦簇擠了一所的人誰知薛蝌又送了巾扇香帛四色壽礼与宝玉〻〻于是過去陪他吃麵兩家皆治了壽酒互相酬送彼此同領至午间宝玉又陪薛蝌吃了兩杯酒宝釵帶了宝琴過來与薛蝌行礼把盞畢宝釵因囑薛蝌家里的酒也不用送過那边去這虚套竟可收了你只請夥計們吃罢我們和宝兄弟進去还要待人去呢也不能陪你了薛蝌忙説姐〻兄弟只管請只怕夥計們也就好來了宝玉忙又告過罪方同他姊妹回來一進角门宝釵便命婆子將门鎖上把鑰匙要了自己拿着宝玉忙説送一道何必関又没多的人走况且姨娘姐〻妹〻都在裡頭

倘或家去取什庅豈不費事寶釵咲道小心沒过逾的你瞧你們那边这几日七事八事竟沒有我們这边的人可知是这门関的有功効了若是開着保不住那起人圖順脚超近路從这里走攔誰的是不如鎖了連媽和我也禁着些大家別走緫有了事就賴不着这边的人了寶玉笑道原来姐々也知道我們那边近日丟了東西寶釵笑道你只知道玫瑰露和茯苓霜兩件乃因人而及物若非因人你連这兩件还不知道呢除不知还有几件比这兩件大的呢若已後叨登不出来是大家的造化若叨登出来不知里頭連累多少人呢你也是不管事的人我纔告訴你平兒是個明白人我前兒也告訴了他皆因他奶々不在外頭所以使他明白了若不出来大家樂得丟開手若犯出来他心里已有稿子自有頭緒就寃屈不着平人了你只听我说已後留神小心就是

了這話也不可對第二个人講說肴来到沁芳亭边只見襲人香菱侍書素雲
晴雯麝月芳官蕊官藕官等十来个人都在那裡看魚作耍見他們来了都說
芍藥欄里預備下了快去上席罷宝釵等隨携了他們同到了藥欄中紅香圃
三間小廠所內連尤氏已請過来了諸人都在那里只沒平兒原来平兒出去
有賴林諸家送了礼来連三接四上中下三等家人来拜壽送礼的不少平兒
忙着打發賞錢道謝一面又色〻的回明鳳姐兒不過留下几樣也有不收的
也有收下即刻賞与人的忙了一回又直待鳳姐兒吃过麪方換了衣裳往園
里来剛進了園就有几个丫環来找他一同到了紅香圃中只見筵開玳瑁褥
設芙蓉眾人都笑壽星全了上面四座定要讓他四个人座四人皆不肯薛姨
媽說我老天拔地又不合你們的群兒我倒覺拘的慌不如我到所上隨便淌躺

淌去到好我又吃不下什庅去又不大吃酒這里讓他們倒便宜尤氏等執意不從宝釵道這也罷了到是讓媽在所上歪肖自如些有愛吃的送些过去倒自在了且前頭沒人在那裡又可照看了探春等笑道既這樣恭敬不如從命因大家送了他到議事所上眼肴肖命了小丫頭們鋪了一个錦褥並靠背引枕之類又嘱咐好生給姨媽搥腿要茶要水别推三扯四的回来送了東西来姨媽吃了就賞你們吃只别離了这裡出去小丫頭子們都荅應了探春等方回来終久讓宝琴岫烟二人在上平兒面西坐宝玉面東坐探春又接了鴛鴦来二人並肩對面相陪西边一桌宝釵代玉湘雲迎春惜春依序一面又拉了香菱玉釧兒二人打横三桌上尤氏李紈又拉了襲人彩雲陪坐四桌上便是紫鵑鶯兒晴雯小螺司棋等人圍坐當下探春等还要把盞宝琴等四人都说這

一闹一日都坐不成了方才罷了两个女先兒要弹词上寿衆人都说我们没人要听那些野話你所上去說給姨太〻鲜闷兒去罢一面又将各色吃食揀了命人送与薛姨媽去宝玉便说雅座無趣須要行令才好衆人有的说行这个令好那个又说行那个令好代玉道依我说拿了筆硯将各色全都寫了拈成鬮兒偺们抓出那个来就是那个衆人都道妙即命拿了一付筆硯花箋香菱近日學了诗又天〻斈寫字見了筆硯便圖不得連忙起坐说我寫大家想了一回共得了十来个念着香菱一〻的寫了搓成鬮兒擲在一个瓶中间探春便命平兒揀平兒向内攪了一攪用箸拈了一个出来打開看上寫着射覆二字宝釵笑道把个酒令的祖宗拈出来射覆從古有的如今失了傳这是後人篡的比一切的令都难这里頭倒有一半是不會的不如毀了另拈一个雅

俗共賞的探春咲道既枯了出来如何又毀如今再枯一个若是雅俗的便吽
他们行去俗们行这个说着又吽襲人枯了一个都（却）是拇战史湘雲咲着说這
个（個）简（單）断爽利合了我的脾氣我不行这个射覆没的垂頭喪氣悶人我只劃拳
去了探春道惟有他乱令宝姐〻快罚他一鍾宝釵不容分说便灌湘雲一杯
探春道我吃一杯我是令官也不用宣只听我分派命取了令骰令盆来從琴
妹（妹）擲起挨（着）下擲（下）去对了点的二人射覆宝琴一擲是个三岫烟宝玉等皆擲的
不对直到香菱方擲了个三宝琴笑道只好室内生春若说到外頭去可太没
頭绪了探春道自然三次不中者罚一杯你覆他射宝琴想了一想说了个老
字香菱原生于这令一時想不到满室满席都不見有与老字相連的成语湘
雲先听了便也乱看忽見门斗上貼着红香圃三个字便知宝琴覆的是吾不

如老圃的圃字見香菱射不着衆人擊鼓又催便悄〻的拉香菱教他說藥字
代玉偏看見了說快罰他又在那里私相傳遞呢问的衆人都知道了忙又罰
了一杯恨的湘雲拿快子敲代玉的手于是罰了香菱一杯下則宝釵和探春
对了点子探春便射了一个人字宝釵笑道这个人字泛的狠探春笑道添一
个字兩射一覆也不泛了說着便又說了一个窓字宝釵一想因見席上有雞
便覆着他是用雞窓雞人二典了因覆了一个塒字探春知他覆着用了雞栖
于塒的典二人一笑各飲一口门杯湘雲等不得早和宝玉三五乱叫刬起拳
来那边尤氏和鴛鴦隔着席也七八乱叫刬起来平兒襲人也作了一对刬拳
叮〻噹〻只听得腕上的鐲子響一時湘雲贏了宝玉襲人贏了平兒三人限
酒底酒面湘雲便說酒面要一句古文一句旧詩一句骨牌名一句曲牌名还

要一句時憲書上的話共總湊成一句話酒底要関人事的果菜名衆人听了都笑説惟有他的令也比人唠叨到也有意思便催宝玉快説宝玉笑道誰説过这个也等想一想兒代玉便道你多喝一鍾我替你説宝玉真个喝了酒听代玉説道落霞与孤鶩齊飛風急江天過雁哀却是一隻折足雁叫的人九迴腸这是鴻雁来賓説的大家笑了説这一串子倒有些意思代玉又拈了一个榛穰説酒底道

　　榛子非関隔院砧　　何来萬户擣衣声

令完鴛鴦襲人等皆説的是一句俗語都帯一个壽字的不能多贅大家輪流乱劃了一陣这上面湘雲又和宝琴对了手李紈和岫烟对了点子李紈便射了一个瓢字岫烟便覆了一个綠字二人会意各飲一口湘雲的拳却輸了請

酒面酒底宝琴笑道請君入甕大家笑起来说这个典用的当湘雲便说道

奔騰烹湃　江间波浪兼天湧須要鉄鎖纜孤舟既遇着一江風不宜出行说

的衆人都笑了说好个謅斷了腸子的怪道他出这个令故意惹人笑又听

他说酒底湘雲吃了酒揀了一塊鴨肉呷口忽見碗内有半个鴨頭遂揀了出

来吃腦子衆人催他别只顧吃到底快说了湘雲便用筯子举着说道

这鴨頭不是那丫頭　頭上那討桂花油

衆人越發笑起来引的晴雯螺兒鶯兒等一干人都走过来说雲姑娘會開

心兒拿着我们取笑兒快罰一杯纔罷怎見得我们就該擦桂花油的倒得

每人給一瓶子桂花油擦擦代玉笑道他倒有心給你们一瓶子油又怕挂誤着打

竊盗的官司衆人不理論宝玉却明白忙低了頭彩雲有心病不覺的紅了臉宝

釵忙暗暗的瞅了代玉一眼代玉自悔失言原是趣宝玉的就忘了趣着彩雲自悔不及忙一頓行令划拳岔開了底下宝玉可巧和宝釵对了点子宝釵覆了一个宝字宝玉想了一想便知是宝釵作戲指自己所佩通灵玉而有便咲道姐姐拿我作雅謔我却射着了说出来姐姐别恼就是姐姐的諱釵字就是了衆人道怎麽解宝玉道他说宝底下自然是玉了我射釵字旧诗曾有敲断玉釵红燭冷豈不射着了湘雲说道这用時事却使不得兩个人都該罰香菱忙道不止時事这也有出処湘雲道宝玉二字並無出処不過是春聮上或有之詩書纪載並無算不淂香菱道前日我讀岑嘉州五言律現有一句说此鄉多宝玉怎麽你到忘了後来又讀李義山七言绝句又有一句宝釵無日不生塵我还笑说他兩个名字都原来在唐诗上呢衆人咲说这可問住了快罰一

杯湘雲無語只得飲了大家又該对点的对点划拳的划拳这些人因賈母王
夫人不在家没了管束便任意取樂呼三喝四喊七叫八滿所中紅飛翠舞玉
動珠摇真是十分熱鬧頑了一回大家方起席散了一散倏然不見了湘雲只
當頑他外頭自便就來誰知越等越没了影響使人各處去找那我得看接
着林之孝家的同自几个老婆子來生恐有正事呼喚二者恐了妳們年青柔
王夫人不在家不服探春等約束恣意痛飲失了体統故來請問有事無事
探春見他們來了便知其意忙笑道你們又不放心來查我們來了我没有多
吃酒不過是大家頑笑將酒作个引子媽媽們別躭心李紈尤氏都也笑說你
們歇着去罷我們也不敢叫他們多吃了林之孝的等人笑說我們知道連老
太太叫姑娘吃酒姑娘們还不肯吃何況太太們不在家自然頑罷了我們怕

有事来打听〻〻二則天長了姑娘們頑一回子还该点補些小食兒素日又不大吃雜東西如今吃一两杯酒若不多吃些東西怕受傷探春笑道媽〻們説的是我們也正要吃呢因回頭命取点心来两傍丫嬛們荅應了忙去傳点心探春又笑讓你們歇着去罷或是姨媽那里説話兒去我們即刻打發人送酒你們吃去林之孝家的等人笑回不敢領了又貼了一回方退了出来平兒摸着臉笑道我的臉都熱了也不好意思見他們依我説竟收了罷别惹他們再来到没意思了探春笑道不相干横竪咱們不認真喝酒就罷了正説着只見一个小丫頭笑嘻〻的走来説姑娘們快瞧雲姑娘去吃醉了圖涼快在山子後頭一塊青板石凳上睡着了衆人听説都笑道快别吵嚷説着都走来看時果見湘雲卧于山石僻處一个石凳子上業经香夢沉酣四面芍藥花飛了一

身滿頭臉不襟上皆是紅香散亂手中的扇子在地下也半被落花埋了一群蜂蝶鬧穰穰的圍着他又用鮫帕包了一包芍藥花瓣枕着衆人看了又見愛又是笑忙上來推喚挽扶湘雲口內猶作睡語說酒令唧唧嘟嘟說泉香而酒冽玉盞盛來琥珀光直飲到梅梢月上醉扶歸却爲宜會親友衆人笑推他說道快醒醒兒吃飯去這潮凳上還睡出病來呢湘雲慢起秋波見了衆人又低頭看了一看自己方知是醉了原是來納涼避靜的不覺的因多罰了兩杯酒姣嫋不勝便睡着了心中反覺自愧連忙起身閡閉着同人來至紅香圃中用過水又吃了兩盞釅茶探春忙命將醒酒石拿來給他唧在口內一時又命他喝了一些酸湯方緩覺得好了些當下又選了几樣菓菜與凤姐送去凤姐兒也送了几樣來宝釵等吃過點心大家也有坐的也有立的也有在外觀花的也有

扶欄觀奥的各自取便說笑不一探春便和宝琴下棋宝釵岫烟觀局林代玉和宝玉在簇花下唧〻噥〻不知說些什么只見林之孝家的和一羣女人帶了一个媳婦進來那媳婦愁眉苦臉也不敢進听只到了堦下便朝上跪下了磞頭有声探春因一塊棋受了敵筭來筭去總得了两个眼便折了官着两眼只聽着棋枰一隻手却伸在盒內只管撫弄棋子作想林之孝家的站了半天因回頭要茶時纔看見問什么事林之孝家的便指那媳婦說這是四姑娘屋裡的小丫頭彩兒的娘現是园內伺候的人嘴很不好纔是我听見了問着他他說的話也不敢回姑娘竟要攆出去纔是探春道怎么不回大奶〻林之孝家的道方纔大奶〻都往廳上姨太〻處去了頂頭看見我已回明白了叫回姑娘來探春道怎么不回二奶〻平兒道不回去也罷我回去說一声就是了

既這庅肴就攆出他去等太〻来了再回定奪說畢仍又下棋這林之孝家的
代(帶)了那人(出)去不提代玉和宝玉二人站在花下遥〻知意代玉便说道你家三
丫頭到(倒)是个乖人雖然叫他管些事到(倒)也一步兒不肯多是(走)差不多的人就早
作起威福来了宝玉道你不知道呢你病肴時他幹了好几件事這園子也分
了人管如今多掐一草也不能了又蠲了几件事單拿我和鳳姐〻作伐子禁
别人最是心里(裡)有筭計的人豈只(止)乖而(呢)已代玉道要這樣縂好偺们家里(裡)也太
花費了我雖不管事心里(裡)每常閑了替你们一筭計出的多進的少如今若不
省儉必致後手不接宝玉笑道憑他怎庅後手不接也短不了偺们两个人的代
玉听了轉身就往所上尋宝釵说笑去了宝玉正欲走時只見襲人走来手内
捧肴一个小連環洋漆茶盤裡面可式放肴两鍾新茶因问他往那(裡)去了我見

你两个半日沒吃茶爬〻的倒了两鍾来他又走了宝玉道那不是他你給他送去說着自拿了一鍾襲人便送了那鍾去偏和宝釵在一處只得一鍾茶便說那位渴了那位先接了我再倒去宝釵笑道我却不渴只要一口漱一漱就勾了說着先拿起来喝了一口剩了半杯遞在代玉手內襲人笑說我再倒去代玉笑道你知道我这病大夫不許多吃茶这半鍾儘勾了难為你想的到說畢飲乾時杯放下襲人又来接宝玉的宝玉因问这半日沒見芳官他在那裡呢襲人四顧一瞧說才在这里几个人闹草的这會子不見了宝玉听說便忙回至房中果見芳官面向理睡在床上宝玉推他說道快别睡覺咱们外頭頑去一會兒好吃飯的芳官道你们吃酒不理我教我闷了半日可不来睡覺罢了宝玉拉了他起来笑道咱们晚上家里再吃回来我叫襲人姐〻帶了你掉

上吃飯何如芳官道藕官蕊官都不上去单我在那裡也不好我也不慣吃那个麪條子早纔也沒好生吃纔剛餓了我已告訴了柳嫂子先給我做一碗湯盛半碗粳米飯送来我這裡吃了就完事若是晚上吃酒不許教人管着我〻要儘力吃勾了纔罷我先在家里吃二三斤好惠泉酒呢如今學了這劳什子他們說怕坏嗓子这几年也沒聞見乘今兒我是要開齋了宝玉道這个容易說着只見柳家的果遣了人送了一个盒子来小燕接着揭開裡面是一碗蝦丸鷄皮湯又是一碗酒釀清蒸鴨子一碟醃的胭脂鵝脯还有一碟四个奶油松穰捲酥並一大碗热騰〻碧熒〻蒸的綠畦香稲粳米飯小燕放在案上走去拿了小菜並碗箸过来撥了一碗飯芳官便說油膩〻誰吃这些東西只將湯泡飯吃了一碗揀了兩塊醃鵝就不吃了宝玉聞着竟比往常之味有勝

些似的遂吃了一个捲酥又命小燕也撥了半碗飯泡湯一吃十分香甜可口小燕和芳官都咲了吃畢小燕便將剩的要交回宝玉道你吃了罢若不勾再要些来小燕道不用要这就勾了方纔麝月姐〻拿了两盘子点心给我们吃了我再吃了这个偺不用再吃了说着便站在棹傍一頓吃了又留下两个捲酥说这个留着给我媽吃晚上要吃酒给我两碗酒吃就是了宝玉咲道你也愛吃酒等着偺们晚上痛喝一陣你襲人姐〻和晴雯姐〻量也好也要喝只是每日不好意思今兒大家鬧齋还有一件事想着囑咐你我竟忘了此刻纔想起来已後芳官全要你照看他〻或有不到的去处你提他襲人照催不过這些人来小燕道我都知道都不用操心但只这五兒怎庅樣宝玉通你和柳家的说去明兒直叫他進来罢等我告訴他们一声就完了芳官听了咲道

这到是正緊（經）小燕又叫两个小了頭進来伏侍洗手到茶自己收了家伙交与
婆子也洗了手便去找柳家的不在話下宝玉便出来仍往紅香圃尋衆姊妹
芳官在後拿着巾扇剛出了院门只見襲人晴雯二人攜手回来宝玉问你們
做什麽襲人道擺下飯了等你吃飯呢宝玉便笑着将方纔吃的飯一節告訴
了他两个襲人笑道我說你是猫兒食聞見了香就好隔鍋飯兒香雖然如此
也該上去陪他們（吃）多少應个景兒晴雯用手指戳在芳官額上說道你就是个
狐媚子什麽空兒跑（跑）了去吃飯两个人怎麽就約下了也不告訴我們一声兒
襲人笑道不過是悞打悞撞的遇見了說約下可是没有的事情雯道既这麽
着要我們無用明兒我們都走了讓芳官一个人就勾（夠）使了襲人笑道我們都
去了使得你却去不得晴雯道惟有我是第一个要去又懶又笨性子又不好

又沒用襲人咲道倘或那孔雀褂子再角燒个窟窿你去了誰可會補呢你到別
和我拿三撇四的我煩你做个什庅把你懶的橫針不拈豎線不動一般也不
是我的私活煩你橫豎都是他的你就都不肯做怎庅我去了几天你病的七
死八活一夜連命也不顧給他做了出來這又是什庅原故你到底說話呀別不
佯憨和我笑也当不了什庅大家說肴來至所上薛姨媽也來了大家依序坐
下吃飯宝玉只用茶泡了半碗飯應景而已一時吃畢大家吃茶閑話又隨便
頑笑外面小螺和香菱芳官蕊官藕官荳官等四五个人都滿園中頑了一回
大家採了些花草來兜肴坐在花草堆中鬪草這一个說我有觀音柳那一个
說我有羅漢松那一个又說我有君子竹這一个又說我有美人蕉這个又說
我有星星翠那个又說我有月月紅這个又說我有牡丹亭上的牡丹花那个又說我有琵琶記

裡的枇杷菓荳官便説我有姊妹花衆人没了香菱便説我有夫妻蕙荳官説從没听見有个夫妻蕙香菱道一箭一花為蘭一箭数花為蕙凡蕙有兩枝上下结花者為兄弟蕙有並頭结花者為夫妻蕙我这枝並頭的怎麼不是荳官没的説了便起身笑道依你説若是这兩枝一大一小就是老子兒子蕙了若是兩枝背面開的就是仇人蕙了你漢子去了大半年你想着夫妻了便扯上蕙也夫妻好不害羞香菱听了紅了臉忙要起身擰他笑罵道我把你这个爛了嘴的小蹄子滿嘴里汗燉的胡説了荳官見他要勾来怎容他起来便忙連身將他壓倒回頭笑着央告蕋官等你们来帮着我擰他这謅嘴兩个人滚在草地下衆人拍手笑説了不淂了那是一窪子水可惜污了他的新裙子了荳官回頭看了一看果見傍边有一汪積雨香菱的半扇裙子都污濕了自已

不好意思忙奪了手跑了衆人笑亇不住怕香菱拿他們出氣也都哄笑一散
香菱起身低頭一瞧那裙上猶滴〻点〻流下綠水来正恨罵不絕可巧宝玉
見他們鬪草也尋了些花草来湊戲忽見衆人跑了只剩了香菱一亇低頭弄
裙因問怎麼散了香菱便說我有一枝夫妻蕙他們不知道反說我謅因此鬧
起来把我的新裙子也贜了宝玉笑道你有夫妻蕙我這里倒有一枝並蒂菱
口內說手內却真个拈着一枝並蒂菱花又拈了那枝夫妻蕙在手內香菱道
什麼夫妻不夫妻並蒂不並蒂你瞧〻這裙子宝玉方低頭一瞧便噯呀了一
声說怎麼就拖在泥里了可惜這石榴紅綾最不經染香菱道這是前兒琴姑
娘帶了来的姑娘做了一條我做了一條今兒才上身宝玉跌脚嘆道若你們
家一日遭塌這一百件也不值什麼只是頭一件既係琴姑娘帶来的你和宝

姐〻每人總〻一件他的尚好你的先臓了豈不辜負他的心二則姨媽老人家
嘴碎饒这庅樣我还听見常説你們不知過日子只會遭塌東西不知惜福
呢这叫姨媽看見了又説个不清香菱听了这話却礙心坎兒上反到喜歡起
来了因笑道就是这話了我雖有几條新裙子都不合这一樣的赶着換了也
就好了过後再説宝玉道你快休動只站着方好不然連小衣兒膝褲鞋面都
要拖臓我有个主意襲人上月做了一條和这个一模一樣的他因有孝如今
也不穿竟送了你換下这个来如何香菱笑着摇頭説不好他們倘或听見了
倒不好宝玉道这怕什庅等他們孝滿了他愛什庅难道不許你送他别的不
成你若这樣还不是你素日為人了况且不是瞞人的事只管告訴宝姐〻也可
只不过怕姨媽老人家生氣罷了香菱想了一想有理便点頭笑道就是这

樣罢了别辜負了你的心我等着你千万叫他親自送来纔好宝玉听了喜歡
非常荅應了忙々的回来一壁里低頭心下暗笑可惜這庅一个人沒父母連自
己本姓都忘了被人拐出来偏又賣与了這个霸王因又想起上日平兒也是
意外想不到的今日更是意外之意外的事了一壁胡思乱想又下此四字来至房
中拉了襲人細々告訴了他原故香菱之為人每人不憐愛的襲人又本是个
手中撒漫的况与香菱素相交好一聞此信忙就開箱取了出来摺好隨了宝
玉来尋着香菱他還站在那里等呢襲人笑道我說你太淘氣了足的淘出个
故事来纔罢香菱紅了臉笑說多謝姐々了誰知那起促狹鬼使黑心說着接
了裙子展開一看果然同自己的一樣又命宝玉背過臉去自己叉手向内觧
下来将這條繫上襲人道把這臟了的交与我拿回去收拾了再給你送来你

若拿回去看見了也是要问的香菱道好姐〻你拿去不拘給那个妹〻罢我有了这个不要他了襲人道你到大方的好香菱忙又萬福道谢襲人拿了臟裙便走香菱見宝玉蹲在地下将方纔的夫妻蕙与並蒂菱用樹枝兒摳了一个坑先抓些落花来鋪墊了将这菱蕙安放好又将些落花来掩了方撮土掩埋平服香菱拉他的手笑道这又叫做什么怪知道人〻說你慣會鬼〻祟〻使人肉麻的事你瞧〻你这手弄的泥烏苔滑的还不快洗去宝玉笑着方起身走了去洗手香菱也自走開二人已走遠了数步香菱復轉身回来叫住宝玉宝玉不知有何話扎着两隻泥手笑嘻〻的轉来问什么香菱只顧笑因那边他的小丫頭臻兒走来說二姑娘等你說話呢香菱方相宝玉道裙子的事可别和你哥〻說纔好說畢即轉身走了宝玉笑道可不我瘋了往虎口里

採頭兒去呢說省也回去洗手去了不知端詳且聽下回分解

脂硯齋重評石頭記卷之

第六十三回

壽怡紅群芳開夜宴　死金丹獨艷理親喪

話說宝玉回至房中洗手因与襲人商議晚間吃酒大家取樂不可拘泥如今吃什広好早說给他们偹辦去襲人咲道你放心我和晴雯麝月秋纹四个人每人五錢銀子共是二两芳官碧痕小燕四児四个人每人三錢艮子他们有假的不筭共是三两二錢艮子早已交给了柳嫂子預偹四十碟果子我和平児說了已經抬了一罈好绍興酒藏在那边了我们八个人单替你过生日宝玉听了喜的忙說他们是那里的錢不該叫他们出纔是晴雯道他们没錢难道我们是有錢的这原是各人的心那怕他偷的呢只管領他们的情就是宝玉听

了咲說你說的是襲人咲道你一天不挨他兩句硬話蠢你〻再过不去情雯笑道你如今也斈壞了常會駕橋撥火兒說着大家都咲了宝玉說関院门罷襲人咲道怪不得人說你是無事忙这會子関了门人到疑惑越性再等一等宝玉点頭回說我出去走〻四兒舀水去小燕一个跟我來罷說着走至外边因見無人便问五兒之事小燕道我纔告訴了柳嫂子他倒喜歡的狠只是五兒那夜受了委屈煩惱回家去又氣病了那里來得只等好了罷宝玉听了不免後悔長嘆因又问这事襲人知道不知道小燕道我沒告訴不知芳官可說了不曾宝玉道我却沒告訴过他也罷等我告訴他就是了說畢復走進來故意洗手已是掌灯时分听得院门前有一群人進來大家隔窓悄視果見林之孝家的和几个管事的女人走來前頭一个提着大灯籠晴雯悄咲看道他们查上

夜的人来了这一出去偺們好関门了只見怡紅院凡上夜的人都迊了出去林之孝家的看了不少林之孝家的分付别耍錢吃酒放倒頭睡到大天亮我听見是不依的衆人都咲説那里[這麼]有大胆子的人林之孝家的又问宝二爺睡下了没有衆人都回不知道襲人忙推宝玉〻〻靸了鞋便迊出来咲道我还没睡呢媽〻進来歇〻又叫襲人倒茶来林之孝家的忙進来咲説还没睡呢如今天長夜短了该早些睡明兒起的方早不然到了明日起遲了人咲話説不是个讀書上学的公子了到像那起挑脚漢了説畢又咲宝玉忙咲道媽〻説的是我每日都睡的早媽〻每日進来可都是我不知道的已经睡了今兒因吃了麵怕停住食所以多頑一回林之孝家的又向襲人等咲説该湛[沏]些个蒲[普]兒茶吃襲人晴雯二人忙咲説漾[沏]了一盃[吊]子女兒茶已经吃過两碗了大娘也

嚐一碗都是現成的說着晴雯便倒了一碗來林之孝家的又咲道這些時我
听見二爺嘴里都換了字眼赶着這几位大姑娘們竟呌起名字來雖然在這
屋裡到底是老太太太太的人还該嘴裡尊重些纔是若一時半刻偶然呌一
声使得若只管呌起來怕已後兄弟姪兒照樣便惹人咲話說這家子的人眼
里沒有長輩宝玉笑道媽媽說的是我原不過是一时半刻的襲人晴雯都
笑說這可別委屈了他直到如今他可姐姐沒離了口不過頑的時候呌一声
半声名字若當着人却是和先一樣林之孝家的咲道這纔好呢這纔是讀書
知礼的越自已謙越尊重別說是三五代的陳人現從老太太太太屋里撥過
來的便是老太太太太屋里的猫兒狗兒輕易也傷他不的這纔是受过調教
的公子行事說畢吃了茶便說請安歇罢我們走了宝玉还說再歇歇那林之

綽

孝家的已帶了衆人又查一別処去了这裡晴雯等忙命関了门進来笑說这位奶〻那里吃了一杯来了唠三叨四的又排塲了我们一頓去了麝月笑道他也不是好意的少不得也要常提着些兒也隄防着怕走了大褶兒的意思說着一面擺上酒菓襲人道不用為[髙]棹偺们把那張花梨园炕棹子放在炕上坐又寬綽又便宜說着大家果然抬来麝月和四兒那边去搬菓子用兩个大茶盤做四五次方搬運了来兩个老婆子蹲在外面火盆上篩酒宝玉說天熱偺们都脫了大衣裳纔好衆人笑道你要脫你脫我们还要輪流安席呢宝玉笑道这一安就安到五更天了知道我最怕这些俗套子在外人跟前不得已的这會子还慪我就不好了衆人听了都說依你于是先不上座且忙着卸粧寬衣（九吃酒從未先如此者此独怡紅風俗故王夫人云他行事總是与世人兩樣的知子莫过毋也）一時將正裝卸去頭上只隨便挽着鬢兒

身上皆是長裙短袄宝玉只穿着大紅棉紗小袄子下面緑绫弹墨袷褲子散着
褲脚倚着一个各色玫瑰芍藥花瓣裝的玉色袷紗新枕頭和芳官两个先刬
拳當時芳官滿口嚷熱（余亦此時太熱了恨不得一冷既冷時思此熱果然一夢矣）只穿着一件玉色紅青
酡绒三色假子鬪的水田小夾袄束着一條柳緑汗巾底下是水紅撒花夾褲
也散着褲腿頭上眉額编着一圈小辮總歸至頂心结一根鵞卵粗細的總辮
拖在腦後右耳眼内只塞着米粒大小的一个小玉塞子左耳上单带着一个白
菓大小的硬紅廂金大墜子越顯的面如滿月猶白眼如秋水还清引的衆人笑
説他两个到像一双生的弟兄两个襲人等一一的斟了酒来说且等等再刬拳
雖不安席在我們每人在手里吃我们一口罢了于是襲人為先端在唇上吃了
一口餘依次下去一一吃过大家方圜坐史小燕四兒因炕沿上坐不下便端了两

張椅子近炕放下那四十个碟子皆是一色白粉定窑的不過只有小茶碟大里面不過是山南海北中原外國或乾或鮮或水或陸天下所有的酒饌菓菜宝玉因說偺们也該行个令才好襲人道斯文些的才好別大呼小叫惹人听見二則我们不識字可不要那些文的麝月笑道拿骰子偺们搶紅罷宝玉道没趣不好偺们占花名兒好晴雯笑道正是早已想弄這个頑意兒襲人道这个頑意雖好人少了没趣小燕笑道依我說偺们竟悄悄的把宝姑娘林姑娘請了来頑一回子到二更天再睡不遲襲人道又開门喝戶的鬧倘或遇見巡夜的问宝玉道怕什么偺们三姑娘也吃酒再請他一声纔好还有琴姑娘衆人都道琴姑娘罷了他在大奶奶屋裡叨登的大發了宝玉道怕什么你们就快請去小燕四兒都得不了一声二人忙命開了门分頭去請晴雯麝月襲人三人又說他兩

个去请只怕宝林两个不肯来须得我们请去死活拉他来于是袭人晴雯忙又命老婆子打个灯笼二人又去果然宝钗说夜深了代玉说身上不好他二人再三央求说好歹给我们一点体面略坐坐再来探春听了却也欢喜因想不请李纨倘或被他知道了到不好便命翠墨同了小燕也再三的请了李纨和宝琴二人会齐先后都到了怡红院中袭人又死活拉了香菱来炕上又併了一张桌子方坐开了宝玉忙说林妹妹怕冷过这边靠板壁坐又拿个靠背垫着些袭人等都端了椅子在炕沿下陪代玉却离桌远远的靠着靠背因笑向宝钗李纨探春等道你们日日说人夜聚饮博今儿我们自己也如此以后怎么说人李纨笑道这有何妨一年之中不过生日节间如此并无夜夜如此这倒也不怕说着晴雯拿了一个竹雕的签筒来里面装着家

牙花名籤子摇了一摇放在当中又取过骰子来盛在盒内摇了一摇揭开一看裡面是五点数至宝釵〻〻便咲道我先抓不知抓出个什庅来说着将筒摇了一摇伸手掣出一根大家一看只見籤上画着一支牡丹題着艷貫群芳四字下面又有鐫的小字一句唐诗道是

任是無情也動人

又注着在席共賀一杯此為群芳之貫隨意命人不拘诗词雅謔道一則以侑酒衆人看了都咲说巧的狠你也原配牡丹花说着大家共賀了一杯宝釵吃过便咲说芳官唱一枝我们听罢芳官道既这様大家吃门杯好听的于是大家吃酒芳官便唱壽筵開處風光好衆人都道快打回去这會子狠不用你来上壽揀你極好的唱来芳官只得细〻的唱了一枝

〔賞花時〕翠鳳毛翎箒叉　閑為仙人掃落花　您看那一風起玉塵沙　猛
可的那一層雲霞　抵多少门外即天涯　您再休要劍斬黃龍一線兒差
再休向東老貧窮賣酒家　您与俺眼向雲霞洞賓呵　您得了人可便早些
兒回話若遲呵　錯教人唱恨碧桃花
纔罷宝玉却只管拿着那籤口内顛来倒去念任是無情也動人听〻这
曲子眼看着芳官不語湘雲忙一手奪了擲与宝釵〻〻又擲了一个十六点数
到探春咲道我还不知得个什庅呢伸手掣了一根出来自己一瞧便擲在
地下紅了臉咲道这東西不好不該行这令这原是外頭男人們行的令許
多混話在上頭衆人不解襲人等忙拾了起来衆人看上面是一枝
杏花那紅字寫着瑶池仙品四字詩云

日边红杏倚雲栽

註云得此籖者必得貴婿大家恭賀一杯共同飲一杯衆人笑道我說是什広呢这籖原是閨閣中取戲的除了这兩三根有这話的並無雜話这有何妨我们家已有了个王妃难道你也是王妃不成大喜〻〻說着大家来敬探春那里肯飲却被史湘雲香菱李纨等三四个人強死強活灌了下去探春只命蠲了这个再行别的衆人断不肯依湘雲拿着他的手強擲了个十九点出来便該李氏掣李氏摇了一摇掣出一根来一看笑道好極你们瞧〻这劳什子竟有些意思衆人瞧那籖上画着一枝老梅是寫着霜晓寒姿四字那一面旧詩是

竹籬茅舍自甘心

註云自飲一杯下家擲骰李紈笑道真有趣你們擲去罷我只自吃一杯不問你們的廢与兴說着便吃酒將骰过与代玉〻〻一擲是个十八点便該湘雲掣湘雲笑着揎拳擄袖的伸手掣了一根出来大家看時一面画着一枝海棠題着香夢沉酣四字那面詩道是

只恐夜深花睡去

代玉笑道夜深兩个字改石凉兩个字衆人便知他趣白日間湘雲醉卧的事都笑了（倒）湘雲笑指那自行船与代玉看又說快坐上那船家去罷別多話了衆人都笑了因看註云既云香夢沉酣掣此籤者不便飲酒只令上下二字（兩家）各飲一杯湘雲拍手笑道阿弥陀佛真〻好籤恰好代玉是上家宝玉是下家二（給）人斟了兩杯只得要飲宝玉先飲了半杯瞧人不見遞与芳官（芳官）端起来便

一揚脖代玉只管和人說話將酒全折在漱盂内了湘雲便綽起骰子来一擲个九点数去該麝月〻〻便掣了一根出来大家看時這面上一枝荼蘼花題着韶華勝極四字那边寫着一句旧詩道是

開到荼蘼花事了

註云在席各飲三杯送春麝月問怎么講宝玉愁着忙將籤藏了說偺們且喝酒說着大家吃了三口以充三杯之数麝月一擲个十九点該香菱〻〻便掣了一根並蒂花題着聯春繞瑞那面寫着一旧詩道是

連理枝頭花正開

註云共賀掣者三杯大家陪飲一杯香菱便又擲了个六点該代玉掣代玉默默的想道不知还有什么好的被我掣着方好一面伸手取了一根只見上面畫

着一枝芙蓉題着風露清愁四字那面一句旧诗道是

莫怨東風當自嗟

註云自飲一杯牡丹陪飲杯衆人笑説这个好極除了他别人不配作芙蓉代玉也自笑了于是飲了酒便擲了个二十点該着襲人ヽヽ便伸手内取了一支出来却是一枝桃花題着武陵别景四字那一面旧诗寫着道是

桃紅又是一年春

註云杏花陪一盞坐中同庚者陪一盞同辰者陪一盞同姓者陪一盞衆人笑道這一回热闹有趣大家笑来香菱晴雯宝釵二人皆与他同庚代玉与他同辰只無同姓者芳官忙道我也姓花我也陪他一鍾于是大家斟了酒代玉同相探春笑道命中该有指貴婿的你是杏花快喝了我们好喝探春笑道这是个

什庅大嫂子順手給他一下子李紈笑道人家不淂責婿反挨打我也不忍的說衆人都笑了襲人纔要擲只听有人叫门老婆子忙出去問時原来是薛姨媽打發人来了接代玉的衆人因问几更了人回二更已後了鐘打過十一下了宝玉猶不信要過表来瞧了一瞧已是子初初刻十分了代玉便起身說我可掌不住了回去还要吃藥呢衆人說也都該散了襲人宝玉等还要留着衆人李紈宝釵等都說夜太深了不像这已是破格了襲人道既如此每位再吃一杯再走說着晴雯等已都斟滿了酒每人吃了都命点灯襲人等直送过沁芳亭河那边方回来関了门大家後又行起令来襲人等又用大鐘斟了几鐘用盤攢了各樣菓菜与地下的老嬷嬷們吃彼此有了三分酒便猜拳贏唱小曲兒那天已四更時分老嬷嬷們一面明吃一面暗偷酒缸已罄

衆人听了納罕方収什盥漱睡覺芳官吃的兩腮胭脂一般眉稍眼角越添了
許多丰韵身子圖不得便睡在襲人身上好姐〻我心跳的狠襲人笑道誰許
儘力灌起来小燕四兒也圖不得早睡了晴雯还只管叫宝玉道不用叫了
偺们且胡乱歇一歇罷自己便枕了那紅香枕身子一歪便也睡着了襲人見
芳官醉的狠恐鬧他唾酒只得輕〻起来就將芳官扶在宝玉之側由他睡了自己
却在对面榻上倒下大家黑甜一覺不知所之及至天明襲人睜眼一看只見天
色晶明忙説可遲了向对面床上瞧了一瞧只見芳官頭枕着炕沿上睡猶未
醒連忙起来叫他宝玉已翻身醒了笑道可遲了因又推芳官起身那芳官
坐起来猶發怔揉眼睛襲人笑道不害羞你吃醉了怎么也不揀地方兒亂
挺下了芳官听了瞧了一瞧方知是和宝玉同榻忙笑的下地来説我怎么吃

的不知道了宝玉笑道我竟也不知道了若知道给你脸上抹些黑墨说着丫
頭進来伺候梳洗宝玉笑道昨兒有擾今兒晚上我还席襲人笑道罢〻〻今
兒可别闹了再闹就有人说话了宝玉道怕什庅不过纔兩次罢了咱们也筭
是会吃酒了那一罈子酒怎庅就吃光了正是有趣偏又没了襲人笑道原要
这樣纔有趣必至興尽了反無後味了昨兒都好上〔來〕了晴雯連燥〔臊〕也忘了我
記得他还唱了一个〔曲〕四兒笑道姐〻忘了連姐〻还唱了一个呢在席的谁没唱
過衆人听了俱紅了臉用兩手握着笑个不住忽見平兒笑嘻〻的走来说
親自来请昨日在席的人今兒我还東短一个也使不得衆人忙讓坐吃茶晴
雯笑道可惜昨兒夜没他平兒忙问你们夜〔裡〕裡做什庅来襲人便说告訴不得
你昨兒夜里热闹非常連往日老太〻太〻带着衆人頑也不及昨兒这一頑

一罈酒我们都鼓搗光了一个ゝ吃的把臊都丢了三ゝ不知的又都唱起来四更多天纔ゝ横三竪四的打了一个盹兒平兒笑道好白和我要了酒来也不請我还説着给我听氣我晴雯道今兒他还席必来請你的等着罷平兒咲问道他是誰ゝ是他晴雯听了赶着咲打説道偏你这耳朵尖听得真平兒笑道这會子有事不和你説我幹事去了一回再打發人来請一个不到我是打上门来的宝玉等忙留他已经去了这里宝玉梳洗了正吃茶忽然一眼看見硯台底下壓着一張紙因説道你们这隨便混壓東西也不好襲人晴雯等忙问又怎庅了誰又有了不是了宝玉指道硯台下是什庅一定又是那位的樣子忘記了収的晴雯忙啟硯拿了出来却是一張字帖兒遞与宝玉看時原来是一張粉牋子上面寫着檻外人妙玉恭肅遥叩芳辰宝玉看畢直跳

了起来帖文亦蹈俗套之卧忙问這是誰接了来的也不告訢襲人晴雯等見了这般不
知當是那个要緊的人来的帖子忙一齊问昨兒誰接下了一个帖子四兒忙飛
進来笑説昨兒妙玉並沒親手只打發个媽々送来我就擱在那裡誰知一頓
酒就忘了衆人听了道我當誰的這樣大驚小怪这也不值的宝玉忙命
快拿纸来當時拿了纸研了墨看他下肖檻外人三字自己竟不知回帖
上回个什麽字樣纔相敵只管投筆出神半天仍沒主意因又想若问宝
釵去他必又批評怪誕不如问代玉去想罢袖了帖兒逕来尋代玉剛過了
沁芳亭忽見岫烟顫々巍々的迎面走来宝玉忙问姐々那裡去岫烟笑道
我找妙玉說話宝玉听了吒意說道他為人孤癖不合時宜万人不入
他目原来他推重姐々竟知姐々不是我們一流的俗人岫烟笑道他

也未必真心重我但我和他做過十年的鄰居只一墻之隔他在蟠香寺修煉我家原寒素賃房居住就賃的是他廟裡的房子住了十年無事到他廟裡去作伴我所認的字都是承他所授我和他又是貧賤之交又有半師之分因我們投親去了聞得他因不合時宜權勢不容竟投到这裡来如今又天緣湊合我們得遇舊情竟未易承他青目更勝当日宝玉听了恍如听了焦雷一般喜的笑道怪道姐姐舉止言談超然如野鶴閑雲原来有本而来正因他的一件事我為难要請教别人去如今遇見姐姐真是天緣巧合求姐姐指教說着便將拜帖取与岫烟看岫烟笑道他這脾氣竟不能改竟是生成这等放誕詭僻了從来没見拜帖上下别號的这可是俗語說的僧不僧俗不俗女不女男不男成个什庅道理宝玉听說忙笑道姐

姐不知道他原不在這些人中笑他原是世人意外之人曰取我是个些微有知識的方給我这帖子我因不知回什庅字樣纔好竟没了主意正要去问林妹〻可巧遇見了姐〻岫烟听了宝玉这話且只顧用眼上下細〻打諒了半日方笑道怪道俗語说的闻名不如見面又怪不得妙玉竟下这帖子給你又怪不得上年竟給你那些梅花既連他这樣少不得我告訴你原故他常说古人中自漢晉五代唐宋以来皆無好詩只有两句好说道

縱有千年鉄门檻　終須一個土饅頭

所以他自称檻外之人又常讚文是莊子的好故又或称為畸人他若帖子上是自称畸 人的你就还他个世人畸 人者他自称是畸零之人你謙自己乃世中擾〻之人他便喜了如今他自 称檻外之人是自謂蹈于鉄檻之外了故你

如今只下檻内人便合了他的心了宝玉听了如醍醐灌頂嗳哟了一声方笑道怪道我们家廟说是鉄檻寺呢原来有这一说姐々就请讓我去写回帖岫烟听了便自往櫳翠庵来宝玉回房写了帖子上面只写檻内人宝玉熏沐謹拜几字親自拿了到櫳翠庵只槅门縫兒投進去便回来了因又見芳官梳了頭挽起鬢来帶了些花翠忙命他改粧又命將週圍的短髮剃了去露出碧青頭皮来當中分大頂又說冬天作大貂鼠卧兎兒帶脚上穿虎頭盤雲五彩小戰靴或散着褲腿只用淨襪厚底鑲鞋又说芳官之名不好竟改了男名纔别致因又改作雄奴芳官十分称心又说既如此你出门也帶我出去有人问只说我和茗烟一様的小厮就是了宝玉笑道到底人看的出来芳官笑道我说你是無才的 用芳官一

罵有偺家現有几家土番你就說我是个小土番兒況且人人說我打聯垂
趣好看你想这话可妙宝玉听了喜出意外忙笑道这却狠好我亦常見官員
人等多有跟從外国獻俘之種圖其不畏風霜鞍馬便捷既这等再起个
番名叫作耶律雄奴〻〻二音又与匈奴相通都是犬戎名姓況且这兩種人
自堯舜時便為中華之患晋唐諸朝深受其害幸得偺們有福生在当今
之世大舜之正裔聖虞之功德仁孝赫〻格天同天地日月億兆不朽所以凡
歷朝中跳梁猖獗之小醜到了如今竟不用一干一戈皆天使其拱手俛頭緣
遠來降我們正該作踐他們為君父生色芳官笑道既这樣着你該去操習
弓馬学些武藝挺身出去拿几个反叛來豈不進忠効力了何必借我們你
鼓唇搖舌的自已開心作戲却說是称功頌德呢宝玉笑道所以你不明

白如今四海賓服八方寧靜千載百載不用武偹偺們雖一戲一笑也該稱頌方不負坐享昇平了芳官听了有理二人自為妥貼甚宜宝玉便呌他耶律雄奴究竟賈府二宅皆有先人當年所獲之囚賜為奴隸只不過令其飼養馬匹皆不堪大用湘雲素習憨戲異常他也最喜武扮的每〻自己束鑾帶穿摺袖近見宝玉將芳官扮成男子他己將葵官也扮了个小子那葵官本是常刮剔短髮好便于面上粉墨油彩手脚又伶便打扮了又省一層手李紈探春見了也愛便將宝琴的荳官也就命他打扮了一个小童頭上兩个丫髻短襖紅鞋只差了塗臉便儼是戲上的一个琴童湘雲將葵官改了換作大英因他姓韋便呌他作韋大

英方合自己的意思暗有惟大英雄能餘本色之語何必塗硃
抹粉纔本是男子荳官身量年紀皆極小又極鬼靈故曰荳官園
中人也有喚他作阿荳的也有喚他作炒豆子的寶琴反說琴童
書童等名太熟了竟是荳字別致便換作荳童因飯後平兒还席
說紅香圃太熱便在榆蔭堂中擺了几席新酒佳餚可喜尤氏又
帶代了佩鳳偕鴛二妾過來遊玩这二妾亦是青年姣憨女子不常过
来的今既入了这園再遇見湘雲香菱芳蕋一干女子所謂方以
類聚物以羣分二語不錯只見他們說笑不了也不嘗尤氏在那里只憑
丫嬛们去伏侍且同眾人二妾遊玩一時到了怡紅院忽听宝玉叫耶律雄奴
把佩鳳偕鴛香菱三个人笑在一處问是什么話大家也学看叫这名字又叫

錯了音韻或忘了字眼甚至于叫出野驢子來引的合園中人凡听見者無不笑倒宝玉又見人人取笑恐作踐了他忙又說海西福朗思牙聞有金星玻璃宝石他本國番語以金星玻璃名為温都里納如今將你比作他就改名喚叫温都納可好芳官听了更喜說就是這樣罷因此又喚了這名衆人嫌拗口仍番漢名就喚玻璃

閑言少述且說當下衆人都在榆蔭堂中以酒為名大家頑笑命女先兒擊鼓平兒採了一枝芍藥大家約二十來人傳花為令熱鬧了一回因人回說甄家有兩个女人送東西來了探春和李紈尤氏三人出去議事廳相見這里衆人且出來散一散佩鳳偕鴛兩个去打鞦韆頑耍大家千金不令作此戲故寫不及探春等人也宝玉便說

你兩个上去讓我送慌的佩鳳説罷了别替我們鬧乱子到是叫野驢子來送〻
使得寶玉忙㗒説好姐〻們别頑了沒的叫人跟着你們學着罵他偕鸞又説
笑軟了怎麽打呢吊下來栽出你的黄子來佩鳳便赶着他打正頑笑
不絕忽見東府中几个人慌〻張〻跑來説老爺賓天了衆人听了唬了一
大跳忙都説好〻的並無疾病怎麽就沒了家下人説老爺天〻修煉定是
功行圓滿昇仙去了尤氏一聞此言又見賈珍父子並賈璉等皆不在家一
時竟沒个着已的男子來未免忙了只得忙卸了粧飾命人先到玄真
觀將所有的道士都鎖了起來等大爺來家審问一面忙〻坐車帶了賴昇
一干老人媳婦出城又請太醫看視到底係何病症大夫們見人已死何處胗脉
來素知賈敬導氣之術總屬虛誕更至參星礼斗守更申服靈砂等妄作

虚為过于勞神費力反㕥此傷了性命的如今雖死肚中堅硬似鉄面皮嘴唇燒的紫絳皺裂便向媳婦回說係玄教中吞金服砂燒脹而殁衆道士慌的回說原是老爺秘法新製的丹砂吃坏事小道们也曾劝说功行未到且服不得不承望老爺于今夜守庚申時悄悄的服了下去便昇仙了这恐是虔心淂道已出苦海脱去皮囊自了去也尤氏也不听只命鎖着等賈珍来發放且命人去飛馬報信一面看視这里窄狭不能停放横竖也不能進城的忙装裹好了用軟轎抬至鉄檻寺来停放掐指筭来至早也淂半月的工夫賈珍方能来到目今天氣炎熱實不淂相待遂自行主持命天文生擇了日期入殮壽木已係早年備下寄在此廟的甚是便宜三日後便開喪破孝一面且做起道場来等賈珍榮府中鳳姐兒出不来李纨又照顧姊妹寳玉不識事体只得外頭

之事暂托了几个家中二等管事人贾㻞贾珖贾珩贾璎贾菖贾菱等各有执事尤氏不能回家便将他继母接来在宁府看家他这继母只得将两个未出嫁的小女带来一并起居才放心（原为放心而来终是放心而去妙甚）且说贾珍闻了此信即忙告假并贾蓉是有职之品礼部见当今隆敦孝弟不敢自专具本请旨原来天子极是仁孝过天的且更隆重功臣之裔一见此本便诏问贾敬何职礼部代奏系进士出身祖职已荫其子贾珍贾敬因年近多疾常养静於都城之外玄真观今因疾殁于寺中其子珍其孙蓉现因国丧随驾在此故乞假归殓天子听了忙下额外恩旨曰贾敬虽白衣无功于国念彼祖父之功追赐五品之职令其子孙扶柩由北下之门进都入彼私第殡殓任子孙尽丧礼毕扶柩回籍外着光禄寺按上例赐祭朝中由王公以下准其祭吊钦此此旨一下

不但賈府中人謝恩連朝中所有大臣皆嵩呼稱頌不絶賈珍文子星夜馳回半路中又見賈瑞賈珖二人領家丁飛騎而来看見賈珍一斉滚鞍下馬請安賈珍忙問作什麽賈瑞回説嫂子恐哥〻和侄兒来了老太〻路上無人吽我們两个来護送老太〻的賈珍听了讚稱不絶又問家中如何料理賈瑞等便將如何拿了道士如何挪至家庿怕家内無人接了親家母和两个姨娘在上房住宿賈蓉当下也下了馬听見两个姨娘来了便和賈珍一咲賈珍忙説了几声妥当加鞭便走店也不投連夜换馬飛馳一日到了都门先奔入鉄檻寺那天已是四更天氣坐更的聞知忙喝起衆人来賈珍下了馬和賈蓉放声大哭從大门外便跪爬進来至棺前稽顙泣血直哭到天亮喉嚨都啞了方住尤氏等都一斉見過賈珍父子忙按礼换了凶服在棺前俯伏無奈自

要理事竟不能目不視物耳不聞声少不得減些悲戚好指揮衆人因将思旨
備述与衆親友听了一面先打發賈蓉家中料理停靈之事賈蓉得不得一
声兒先騎馬飛来到家忙命前厛收桌椅下槅扇掛孝幔子门前起鼓手
遂牌樓等事又忙着進来看外祖母两个姨娘原来尤老安人年高喜睡常
歪着了他二姨娘三姨娘都和丫頭们作活计他来了都道煩惱賈蓉且嘻嘻的望
他二姨娘笑說二姨娘你又来了我们父親正想你呢尤二娘便紅了臉罵道蓉
小子我过两日不罵你几句你就过不得了越發連个体統都沒了还虧你是
大家公子哥兒每日念書學礼的越發連那小家子瓢坎的也跟不上說着順手
拿起一个熨斗来摟頭就打嚇的賈蓉抱着頭滚到懷裡告饒尤三姐便上来
撕嘴又說等姐姐来家偺们告訴他賈蓉忙笑着跪在炕上求饒他两个又笑了

賈蓉又和二姨搶砂仁吃尤二姐咬了一嘴渣子吐了他一臉賈蓉用舌頭都舔着吃了衆丫頭看不過都咲説熱孝在身上老娘纔睡了覺他兩个雖小到底是姨娘家你太眼裡沒有奶奶了回来告訴爺你吃不了兜着走賈蓉撇下他姨娘便抱着丫頭們親嘴我的心肝你説的是偺們饒他兩个丫頭們忙推他恨的罵短命鬼兒你一般有老婆丫頭只和我們鬧知道的説是頑妙極之頑天下有是之頑亦有趣甚此語余亦親聞者非偏有也不知道的人再遇見那臟心爛肺的愛多管閑事咬舌頭的人吵嚷的那府裡誰不知道誰不背地里咬舌説偺們這边乱賬賈蓉笑道各门另户誰管誰的事都彀使的了從古至今連漢朝和唐朝人還説臟唐臭漢何况偺們這宗人家誰家沒風流事别討我説出来連那边大老爺這麽利害璉二叔還和那小姨娘不干浄呢鳳姑娘那様剛强瑞叔還想他的賬那一件瞞了我

賈蓉只管信口開河胡言乱道之間只見他老娘醒了請安問好又説難為老祖宗劳心又难為兩位姨娘受委屈我們爺兒們感戴不尽惟有等事完了我們合家大小登門去磕頭尤老人点頭道我的兒倒是你們會説話親戚們原是該的又問你父親好几時得了信赶到的賈蓉笑道纔剛赶到的先打發我瞧你老人家来了好歹求你老人家事完了再去説着又和他二姨剌眼那尤二姐便悄悄咬牙含笑罵狠會咬舌頭的猴兒崽子留下我們給你爹作娘不成賈蓉又戲他老娘道放心罷我父親日每為兩位姨娘操心要尋兩个又有根基又富貴又年青又俏皮的兩位姨爹好聘嫁這二位姨娘的這几年總没揀得可巧前日路上纔纔相准了一个尤老只當真話忙問是誰家的尤二姊妹丢了活計一頭笑一頭赶着打説媽别信這雷打的連丫頭們都説天老爺有眼仔细

雷要緊又值人来回話事已完了請奇児出去看了回爺的話去那賈蓉方咲嘻〻的去了不知如何且听下回分解

脂硯齋重評石頭記卷之

第六十四回

幽淑女悲題五美吟　浪蕩子情遺九龍珮

話說賈蓉見家中諸事已妥連忙赶至寺中回明賈珍於是連夜分派各項執事人役並預備一切應用旛杠等物擇於初四日卯時請靈柩進城一面使人知會諸位親友是日喪儀焜燿賓客如雲自鐵檻寺至寧府夾路看的何止數萬人内中有嗟嘆的也有羡慕的又有一等半瓶醋的讀書人說是喪禮與其奢易莫若儉戚的一路紛紛議論不一至未申時方到將靈柩停放正堂之内供奠舉哀已畢親友漸次散回只剩族中人分理迎賓送客等事近親只有邢舅太爺相伴未去賈珍賈蓉此時為禮法所拘不免在靈傍藉草枕塊恨苦居

喪人散後仍來空尋他小姨子厮混寶玉亦每日在寧府穿孝至晚人散方回園裡鳳姐身體未愈雖不能時常在此或遇開壇誦經親友上祭之日亦扎掙過來相帮尤氏料理一日供畢早飯因此時天氣尚長賈珍等連日勞倦不免在靈傍假寐寶玉見無客至遂欲回家看視黛玉因先回至怡紅院中進入門來只見園中寂靜無人有幾個老婆子與小丫頭們在迴廊下取便乘凉也有睡臥的也有坐着打盹的寶玉也不去驚動只有四兒看見連忙上前來打簾子將掀起時只見芳官自內帶笑跑出幾乎與寶玉撞個滿懷一見寶玉方含笑站着說道你怎麽來了你快與我攔住晴雯他要打我呢一語未了只聽得屋內嘻嗰嘩喇的亂响不知是何物撒了一地隨後晴雯赶來罵道我看你這小蹄子往那裡去輸了不叫打寶玉不在家我看你有誰來救你寶玉連忙帶

笑攔住道你妹子小不知怎麽得罪了你看我的分上饒他罷晴雯也不想寶
玉此時回來乍一見不覺好笑遂笑說道芳官竟是個狐狸精變的竟是會拘
神遣將的符咒也没有這麽快又笑道就是你真請了神來我也不怕遂奪手
仍要捉拿芳官芳官早已藏在寶玉身後寶玉隨一手拉了晴雯一手攜了芳
官進入屋内看時只見西邊炕上麝月秋紋碧痕春燕等正在那裡抓子兒贏
瓜子兒呢却是芳官輸與晴雯芳官不肯叫打跑了出來晴雯因赶芳官將懷
内的子兒撒了一地寶玉歡喜道如此長天我不在家正恐你們寂寞吃了飯
睡覺睡出病來大家尋見事頑笑消遣甚好因不見襲人又問道你襲人姐姐
呢晴雯道襲人麽越發道學了獨自個在屋裡面壁呢這好一會我們没進去
不知他作什麽呢一些聲氣也聽不見你快瞧瞧去罷或者此時恭悟了也未

可定寶玉聽說一面笑一面走至裡間只見襲人坐在近窗床上手中拿着一根灰色縧子正在那裡打結子呢見寶玉進來連忙站起笑道晴雯這東西編派我什麽呢我因要赶着打完了這結子没工夫和他們瞎鬧因哄他道你們頑去罷趁着二爺不在家我要在這裡静坐一坐養一養他就編派了我這些混話什麽面壁了參禪了的等一會我不撕他那嘴寶玉笑着挨近襲人坐下瞧他打結子問道這麽長天你也該歇息歇息或和他們頑笑要不瞧瞧林妹妹也好怪熱的打這個那裡使襲人道我見你帶的扇套還是那年東府裡蓉大奶奶的事情上作的那個青東西除族中或親友家夏日有喪事方帶得着一年遇着帶一兩遭平常又不犯做如今那府裡有事這是要過去天天帶的所以我赶着另作一個等打完了結子給你換下那舊的來你雖不講究這個

若叫老太太回來看見又該說我們躲懶連你的穿帶之物都不經心了寶玉笑道這真難為你想的到只是亦不可過於趕熱着了倒是大事說着芳官早托子一杯凉水内新湃的茶來因寶玉素昔秉賦柔脆雖暑月不敢用冰只以新汲井水將茶連壺浸在盆内不時更換取其凉而已寶玉就芳官手内吃了半盞遂向襲人道我來時已吩咐了焙茗若珍大哥那邊有要緊的客來時叫他即刻送信若無要緊的事我就不過去了說畢遂出了房門又回頭向碧痕等道如有事往林姑娘處找我於是一逕往瀟湘館來看黛玉將過了沁芳橋只見雪雁領着兩個老婆子手中都拿着菱藕瓜菓之類寶玉忙問雪雁道你們姑娘從來不吃這些凉東西的拿這些瓜菓何用不用要請那位姑娘奶奶麼雪雁笑道我告訴你可不許你對姑娘說去寶玉點頭應允雪雁便命兩個

婆子先將瓜菓送去交與紫鵑姐姐他要問我你就說我做什麽呢就來那婆子答應着去了雪雁方說道我們姑娘這兩日方覺身上好些了今日飯後三姑娘來會着要瞧二奶奶去姑娘也没去又不知想起甚麽來了自己哭了一回提筆寫了好些不知是詩是詞叫我傳瓜果去時又聽叫紫鵑將屋内擺着的小琴桌上的陳設搬下來將桌子挪在外間當地又叫將那龍文鼎放在桌上等瓜菓來聽用若說是請人呢不犯先忙着把個爐擺出來若說點香呢我們姑娘素日屋内除擺新鮮花果木瓜之類又不大喜熏衣服就是點香亦當點在常坐卧之處難道是老婆子們把屋子熏臭了要拿香熏熏不成究竟連我也不知何故說畢便連忙去了寶玉這裡不由的低頭心内細想道據雪雁說來必有原故若是同那一位姊妹們閑坐亦不必如此先設餚具或者是

姑爹姑媽的忌辰但我記得每年到此日期老太太都吩咐另外整理餚饌送
去林妹妹私祭此時已過大約必是七月因為瓜菓之節家家都上秋季的墳
林妹妹有感于心所以在私室自己祭奠取禮記春秋荐其時食之意也未可
定但我此刻走去見傷他感必極力勸解又怕他煩惱鬱結於心若竟不去又
恐他過於傷感無人勸止兩件皆足致疾莫若先到鳳姐姐處一看在彼稍坐
即回如若見林妹妹傷感再設法開解既不至使其過悲哀痛稍申亦不至抑
鬱致病想畢遂出了園門一逕到鳳姐處來正有許多執事婆子們回事畢紛
紛散去鳳姐兒正倚着門和平兒說話呢一見了寶玉笑道你回來了麼我纔
吩咐了林之孝家的叫他使人告訴跟你的小厮若沒什麽事趂便請你回來
歇息歇息再者那裡人多你那裡禁得住那些氣味不想恰好你倒來了寶玉

笑道多謝姐姐記掛我也因今日沒事又見姐姐這兩日沒往那府裡去不知身上可大愈否所以回來看視看視鳳姐道左右也不過是這樣三日好二日不好的老太太太太不在家這些大娘們噯那一個是安分的每日不是打架就拌嘴連賭博偷盜的事情都鬧出兩三件來了雖說有三姑娘幫着辦理他又是個沒出閣的姑娘也有叫他知道得的也有望他說不得的事也只好強扎挣着罷了總不得心淨一會兒別說想病好求其不添也就罷了寶玉道姐姐雖如此說姐姐還要保重身體少操些心纔是說畢又說了些閑話別了鳳姐一直往園中走來進了瀟湘館院門看時只見爐裊殘烟奠餘玉醴紫鵑正看着人往裡收棹子搬陳設呢寶玉便知已經祭奠完了走入屋內只見黛玉面向裡歪着病體懨懨大有不勝之態紫鵑連忙說道寶二爺來了黛玉方慢

慢的起來含笑讓坐寶玉道妹妹這兩天可大好些了氣色倒覺靜些只是為
何又傷心了黛玉道可是你沒的說了好好的我多早晚又傷心了寶玉笑道
妹妹臉上現有淚痕如何還哄我呢只是我想妹妹素日本來多病凡事當各
自寬解不可過作無益之悲若作踐壞了身子使我說到這裡覺得以下的話
有些難說連忙嚥住只因他雖說和黛玉一處長大情投意合又願同生死却
只是心中領會從來未曾當面說出況兼黛玉心多每每說話造次得罪了他
今日原為的是來勸解不想把話又說造次了接不下去心中一急又怕黛玉
惱他又想一想自己的心實在的是為好因而轉念為悲已早滾下淚來黛玉
起先原惱寶玉說話不論輕重如今見此光景心有所感本來素喜愛哭此時
亦不免無言對泣却說紫鵑端了茶來打諒二人又為何事口角因說道姑娘

身上纔好些寳二爺又來慪氣了到底是怎麽樣寳玉一面拭淚笑道誰敢慪妹妹了一面搭訕着起來閑步只見硯台底下微露一紙角不禁伸手拿起黛玉忙要起身來奪已被寳玉揣在懷内笑央道好妹妹賞我看看罷黛玉道不管什麽來了就混翻一語未了只見寳釵走來笑道寳兄弟要看什麽寳玉因未見上面是何面詞又不知黛玉心中如何未敢造次回答却望着黛玉笑黛玉一面讓寳釵坐一面笑説道我曾見古史中有才色的女子終身遭際令人可欣可羨可悲可歎甚多今日飯後無事因欲擇出數人胡亂湊幾句詩以寄感慨可巧探丫頭來會我瞧鳳姐姐去我也心上懶懶的没同他去纔將做了五首一時困倦起來撂在那裡不想二爺來了就瞧見了其實給他看也到没有什麽但只是嫌他是不是的寫給人看去寳玉忙道我多早晚給人看來呢

昨日那把扇子原是我愛那幾首白海棠的詩所以我自己用小楷寫了不過為的是拿在手中看著便易我豈不知閨閣中詩詞字跡是輕易往外傳誦不得的自從你說了我總沒拿出園子去寶釵道林妹妹這慮的也是你既寫在扇子上偶然忘記了拿在書房裡去被相公們看見了豈有不問是誰做的呢倘或傳揚開了反為不美自古道女子無才便是德總以貞靜為主女工還是第二件其餘詩詞不過是閨中遊戲原可以會可以不會咱們這樣人家的姑娘倒不要這些才華的名譽因又向黛玉道拿出來給我看看無妨只不叫寶兄弟拿出去就是了黛玉笑道既如此說連你也可以不必看了又指著寶玉笑道他早已搶了去了寶玉听了方自懷內取出湊在寶釵身傍一同細看只見寫道

西施

一代傾城逐浪花
吳宮空自憶兒家
效顰莫笑東村女
頭白溪邊尚浣沙

虞姬

腸斷烏啼夜嘯風
虞兮幽恨對重瞳
黥彭甘受他年醢
飲劍何如楚帳中

明妃

絕艷驚人出漢宮
紅顏命薄古今同
君王縱使輕顏色
予奪權何畀畫工

綠珠

瓦礫明珠一例抛　何曾石尉重嬌嬈
都緣頑福前生造　更有同歸慰寂寥

紅拂

長劍雄談態自殊　美人巨眼識窮途
屍居餘氣楊公幕　豈得羈縻女丈夫

寶玉看了讚不絕口又說道妹妹這詩恰好只做了五首何不就命曰五美吟於是不容分說便提筆寫在後面寶釵亦說道做詩不論何題只要善翻古人之意若要隨人脚踪走去縱使字句精工已落第二藝究竟算不得好詩即如前人所咏昭君之詩甚多有悲輓昭君的有怨恨延壽的又有譏漢帝不能使畫工圖貌賢臣而畫美人的紛紛不一後來王荆公復有意態由來畫不成當

時枉殺毛延壽永叔有耳目所見尚如此萬里安能制夷狄二詩俱能各出已見不與人同今日林妹妹這五首詩亦可謂命意新奇别開生面了仍欲往下說時只見有人回道璉二爺回來了適纔外間傳說往東府裡去了好一會了想必就回來的寶玉聽了連忙起身迎至大門以內等待恰好賈璉自外下馬進來於是寶玉先迎着賈璉跪下口中給賈母王夫人等請安又給賈璉請了安二人携手走了進來只見李紈鳳姐寶釵黛玉迎探惜等早在中堂等候一一相見已畢因聽賈璉說道老太太明日一早到家一路身體甚好今日先打發我來回家看視明日更五仍要出城迎接說畢衆人又問了些路途的景況因賈璉是遠歸遂大家别過讓賈璉回房歇息一宿晚景不必細述至次日飯時前後果有賈母王夫人等到來衆人接見已畢畧坐了一坐吃了一盃茶便

領了王夫人等人過寧府中來只聽見裡面哭聲震天却是賈赦賈璉送賈母到家即過這邊來了當下賈母進入裡面早有賈赦賈璉率領族中人哭着迎了出來他父子一邊一個挽了賈母走至靈前又有賈珍賈蓉跪着撲入懷內痛哭賈母暮年人見此光景亦摟了珍蓉等痛哭不已賈赦賈璉在傍苦勸方畧畧止住又轉至靈右見了尤氏婆媳不免又相持大哭一場哭畢衆人方上前一一請安問好賈珍因賈母纔回家來未得歇息坐在此間看着未免要傷心遂再三的勸賈母不得已方回來了果然年邁的人禁不住風霜傷感至夜間便覺頭悶心酸鼻塞聲重連忙請了醫生來胗脈下藥足足的忙亂了半夜一日幸而發散快未曾傳經至三更天些須發了點汗脈靜身凉大家方放了心至次日仍服藥調理又過了數日乃賈敬送殯之期賈母猶未大愈遂留寳

王在家侍奉鳳姐因未曾甚好亦未去其餘賈赦賈璉邢夫人王夫人等率領家人僕婦都送至鉄檻寺至晚方回賈珍尤氏並賈蓉仍在寺中守靈等過了百日後方扶柩回籍家中仍託尤老娘並二姐兒三姐兒照管却說賈璉素日既聞尤氏姐妹之名恨無緣得見近因賈敬停靈在家每日與二姐兒三姐兒相認已熟不禁動了垂涎之意況知與賈珍賈蓉等素有聚麀之誚因而乘機百般撩撥眉目傳情那三姐兒却只是淡淡相對只有二姐兒也十分有意但只是眼目衆多無從下手賈璉又怕賈珍吃醋不敢輕動只好二人心領神會而已此時出殯以後賈珍家下人少除尤老娘帶領二姐兒三姐兒並幾個粗使的丫環老婆子在正室居住外其餘婢妾都隨在寺中外面僕婦不過晚間巡更日間看守門户白日無事亦不進裡面去所以賈璉便欲趁此時下手遂託

相伴賈珍爲名亦在寺中住宿又時常借着替賈珍料理家務不時至寗府中

來勾搭二姐兒一日有小管家俞禄來回賈珍道前者所用棚杠孝布並請杠

人青衣共使銀一千一百十兩除給銀五百兩外仍欠六百零十兩昨日兩處

買賣人俱來催討奴才特來討爺的示下賈珍道你且向庫上領去就是了這

又何必來回我俞禄道昨日已曾上庫上去領但只是老爺殯天以後各處支

領甚多所剩還要預備百日道場及廟中用度此時竟不能發給所以奴才今

日特來回爺或者爺内庫裡暫且發給或者挪借何項吩咐了奴才好辦賈珍

笑道你還當是先呢有銀子放着不使你無論那裡借了給他罷俞禄笑回道

若說一二百奴才還可巳結這五六百奴才一時那裡辦得來賈珍想了一回

向賈蓉道你問你娘去昨日出殯以後有江南甄家送來打祭銀五百兩未曾

交到庫上去家裡再找找湊齊了給他去罷賈蓉答應了連忙過這邊來回了
尤氏復轉來回他父親道昨日那項銀子已使了二百兩下剩的三百兩令人
送至家中交與老娘收了賈珍道既然如此你就帶了他去向你老娘要了出
來交給他再也睄睄家中有事無事問你兩個姨娘好下剩的俞祿先借了添
上罷賈蓉與俞祿答應了才欲退出只見賈璉走了進來俞祿忙上前請了安
賈璉問便何事賈珍一一告訴了賈璉心中想道趁此機會正可至寧府尋二
姐兒一面遂說道這有多大事何必向人借去昨日我方得了一項銀子還沒
有使呢若莫給他添上豈不省事賈珍道如此甚好你就吩咐了蓉兒一並令
他取去賈璉道這必得我親身取去再我這幾日沒回家了還要給老太太老
爺太太們請請安去到大哥那邊查查家人們有無生事再也給親家太太請

請安賈珍笑道只是又勞動你我心裡到不安賈璉也笑道自家兄弟這有何妨呢賈珍又吩咐賈蓉道你跟了你叔叔去也到那邊給老太太老爺太太們請安說我和你娘都請安打聽打聽老太太身上可大好了還服藥呢沒有賈蓉一一答應了跟隨賈璉出來帶了幾個小廝騎上馬一同進城在路叔姪閑話賈璉有心便提到尤二姐因誇說如何標緻如何做人好舉止大方言語溫柔無一處不令人可敬可愛人人都說你嬸子好據我看那裡及你二姨兒一零兒呢賈蓉揣知其意便笑道叔叔既這麽愛他我給叔叔做媒說了做二房如何賈璉笑道你這是頑話還正是經話賈蓉道我說的是當真的話賈璉又笑道敢自好只是怕你嬸子不依再也怕你老娘不願意況且我聽見說你二姨兒已有了人家賈蓉道這都無妨我二姨兒三姨兒都不是我老爺養的原

是我老娘帶了來的聽見說我老娘在那一家時就把我二姨兒許給皇粮庄頭張家指腹為婚後來張家遭了官司敗落了我老娘又自那家嫁了出來如今這十數年兩家音信不通我娘老時常報怨要與他家退婚我父也要將姨兒轉聘只等有了好人家不過令人找着張家給他十幾兩銀子寫上一張退婚的字兒想張家窮極了的人見了銀子有什麼不依的再他也知道俗們這樣的人家也不怕他不依又是叔叔這樣人說了做二房我管保我老娘和我父親都願意倒只是嬸子那裡却難賈璉聽到這裡心花都開了那裡還有什麽話說只是一味呆笑而已賈蓉又想了一想笑道叔叔若有膽量依我的主意管保無妨不過多花幾個錢賈璉忙道好孩子你有什麽主意只管說給我聽聽賈蓉道叔叔回家一點聲色也別露等我回明了我父親向我老娘說妥

然後在咱們府後方近左右買上一所房子及應用傢伙再撥兩窩子家人過
去服侍擇了日子人不知鬼不覺娶了過去囑咐家人不許走漏風聲嬸子在
裡面住着深宅大院那裡就得知道叔叔兩下裡住着過個一年半載即或鬧
出來不過挨上老爺一頓罵叔叔只說嬸子總不生育原是為子嗣起見所以
私自在外面作成此事就是嬸子見生米做成熟飯也只得罷了再求一求老
太太沒有不完的事自古道慾令智昏賈璉只顧貪圖二姐美色聽了賈蓉一
篇話遂為計出萬全將現今身上有服並停妻再娶嚴父妒妻種種不妥之處
皆置之度外了却不知賈蓉亦非好意素日因同他姨娘有情只因賈珍在內
不能暢意如今若是賈璉娶了少不得在外居住趁賈璉不在時好去鬼混之
意賈璉那裡思想及此遂向賈蓉致謝道好姪兒你果然能彀說成了我買兩個

絕色的丫頭謝你說着已至寧府門首賈蓉說道叔叔進去向我老娘要出銀子來就交給俞祿罷我先給老太太請安去賈璉含笑點頭道老太太跟前別說我和你一同來的賈蓉道知道又附耳向賈璉道今兒要遇見二姨兒可別性急了鬧出事往後倒難辦了賈璉笑道少胡說你快去罷我在這裡等你於是賈蓉自去給賈母請安賈璉進入寧府早有家人頭兒率領家人等請安一路圍隨至廳上賈璉一一的問了些話不過塞責而已便命家人散去獨自往裡面走來原來賈璉賈珍素日親密又是兄弟本無避忌之人自來是不等通報的於是走至上房早有廊下伺候的老婆子打起簾子讓賈璉進去賈璉進入房中一看只見南邊炕上只有尤二姐帶着兩個丫鬟一處做活却不見尤老娘與三姐兒賈璉忙上前問好相見尤二姐含笑讓坐便靠東邊排插兒坐

下賈璉仍將上首讓與二姐兒說了幾句見面情兒便笑問道親家太太合三妹妹那裡去了怎麽不見尤二姐笑道緣有事往後頭去了也就來的此時伺候的丫鬟因倒茶去無人在跟前賈璉不住的拿眼瞟着二姐兒二姐兒低了頭只含笑不理賈璉又不敢造次動手動脚因見二姐兒手中拿着一條拴着荷包的絹子擺弄便搭訕着往腰裡摸了摸說道檳榔荷包也忘記了帶了來妹妹有檳榔賞我一口吃二姐道檳榔倒有就只是我的檳榔從來不給人吃賈璉便笑着欲近身來拿二姐兒怕有人來看見不雅便連忙一笑撂了過來賈璉接在手中都倒了出來揀了半塊吃剩下的撂在口中吃了又將剩下的都揣了起來剛要把荷包親身送過去只見兩個丫鬟倒了茶來賈璉一面接了茶吃茶一面暗將自己帶的一個漢玉九龍玉珮解了下來拴在手絹上趁了鬟

回頭時仍撂了過去二姐兒亦不去拿只看粧不見坐着吃茶只聽後面一陣簾子响却是尤老娘三姐兒帶着兩個小丫頭自後面來走賈璉目送與二姐兒令其拾取這尤二姐亦只是不理賈璉不知二姐兒何意甚是着急只得迎上來與尤老娘三姐兒相見一面又回頭看二姐兒時只見二姐兒笑着沒事人似的再又看一看絹子已不知那裡去了賈璉方放了心於是大家歸坐後叙了些閑話賈璉說道大嫂子說前日有一包銀子交給親家太太收起來了今日因要還人大哥令我來取再也看看家裡有事無事尤老娘聽了連忙使二姐兒拿鑰匙去取銀子這裡賈璉又說道我也要給親家太太請請安瞧瞧二位妹妹親家太太臉面倒好只是二位妹妹在我們家裡受委屈尤老娘笑道俗們都是至親骨肉說那裡的話在家裡也是住着在這裡也是住着不瞞二

爺說我們家裡自從先夫去世家計也著是艱難了全虧了這裡姑爺帮助如今姑家爺裡有了這樣大事我們不能別的出力白看一看家還有什麼委屈了的呢正說着二姐兒已取了銀子來交與尤老娘尤老娘便遞與賈璉賈璉叫一個小丫頭叫了一個老婆子來吩咐他道你把這個交給俞祿叫他那（拿）過那邊去等我老婆子答應了出去只聽得院內是賈蓉的聲音說話須臾進來給他老娘姨娘請了安又向賈璉笑道纔剛老爺還問叔叔呢說是有什麼事情要使喚原要使人到廟裡去叫我回老爺說叔叔就來老爺還吩咐我路上遇著叔叔叫快去呢賈璉聽了忙要起身又聽賈蓉和他老娘說道那一次我和老太太說的我父親要給二姨兒說的姨父就和我這叔叔的面貌身量差不多兒老太太說好不好一面說着又悄悄的用手指着賈璉和他二姨兒努

嘴二姐兒倒不好意思說什麼只見三姐兒似笑非笑似惱非惱的罵道壞透了的小猴兒崽子沒了你娘的說了多早晚我纔撕他那嘴呢賈蓉早笑著跑了出去賈璉也笑著辭了出來走至廳上又吩咐了家人們不可要錢吃酒等語又悄悄的央賈蓉回去急速和他父親說一面便帶了俞祿過來將銀子添足交給他拿去一面給賈赦請安又給賈母去請安不提却說賈蓉見俞祿跟了賈璉去取銀子自己無事便仍回至裡面和他兩個姨娘嘲戲一回方起身至晚到寺見了賈珍回道銀子已竟交給俞祿了老太太已大愈了如今已經不服藥了說畢又趁便將路上賈璉要娶尤二姐做二房之意說了又說如何在外面置房子住不使鳳姐知道此時總不過為的是子嗣艱難起見為的是二姨兒是見過的親上做親比別處不知道的人家說了來的好所以二叔再

三央我對父親說只不說是他自己的主意賈珍想了想笑道其實倒也罷了只不知你二姨兒心中願意不願意明日你先去和你老娘商量叫你老娘問准了你二姨娘再作定奪於是又教了賈蓉一篇話便走過來將此事告訴了尤氏尤氏却知此事不妥因而極力勸止無奈賈珍主意已定素日又是順從慣了的況且他與二姐兒本非一母不便深管因而也只得由他們鬧去了至次日一早果然賈蓉復進城來見老娘將他父親之意說了又添上許多話說賈璉做人如何好目今鳳姐身子有病已是不能好的了暫且買了房子在外面住着過個一年半載只等鳳姐一死便接了二姨兒進去做正室又說他父親此時如何聘賈璉那邊如何娶如何接了你老人家養老後往三姨兒也是那邊應了替聘說得天花亂墜不由得尤老娘不肯兒且素日全虧賈珍週

濟此時又是賈珍作主替聘而且粧奩不用自己置買賈璉又是青年公子強
勝張家遂忙過來與二姐兒商議二姐兒又是水性人兒在先已和姐夫不妥
又常怨恨當時錯許張華致使後來終身失所今見賈璉有情況是姐夫將他
聘嫁有何不肯也便點頭依允當下回復了賈蓉回了他父親次日命人請了
賈璉到寺中來賈珍當面告訴了他尤老娘應允之事賈璉自是喜出望外感
謝賈珍賈蓉父子不盡於是二人商量著使人看房子打首飾給二姐兒置買
粧奩及新房中應用床帳等物不過幾日早將諸事辦妥已於寧榮街後二里
遠近小花枝巷內買定一所房子共二十餘間又買了兩個小丫鬟只是府裡
家人不敢擅動外頭買人又怕不知心腹走漏了風聲忽然想起家人鮑二來
當初因和他女人偷情被鳳姐兒打鬧了一陣含羞吊死了賈璉給了二百銀

子叫他另娶一個那鮑二向來却就合廚子多渾蟲的媳婦多姑娘有一手兒後來多渾蟲酒癆死了這多姑娘兒見鮑二手裡從容了便嫁了鮑二況且這多姑娘原也合賈璉好的此時都搬出外頭住着賈璉一時想起來便叫了他兩口兒到新房子裏來預備二姐兒過來時服侍那鮑二兩口子聽見這個巧宗兒如何不來呢再說張華之祖原當皇粮莊頭後來死去至張華父親時仍充此役因與尤老娘前夫相好所以將張華與尤二姐指腹為婚後來不料遭了官司敗落了家產弄得衣食不週那裡還娶得起媳婦呢尤老娘又自那家嫁了出來兩家有十數年音信不通今被賈府家人喚至逼他與二姐兒退婚心中雖不願意無奈懼怕賈珍等勢焰不敢不依只得寫了一張退婚文約尤老娘與了二十兩銀子兩家退親不提這裡賈璉等見諸事已妥遂擇了初三

黄道吉日以便迎娶二姐兒過門下回分解

脂硯齋重評石頭記卷之

第六十五回

賈二舍偷娶尤二姨　尤三姐思嫁柳二郎

話說賈璉賈珍賈蓉等三人商議事〻妥貼至初二日先將尤老娘和三姐送入新房尤老一看雖不似賈蓉口内之言也十分齊備母女二人已稱了心鮑二夫婦見了如一盆火赶着尤老娘一口一聲喚老娘又或是老太〻赶着三姐喚三姨或是姨娘至次日五更天一乘素轎將二姐抬來各色香燭紙馬並鋪蓋以及酒飯早已备得十分妥当一時賈璉素服坐了小轎而来拜过天地焚了紙馬那老尤見二姐身上頭上煥然一新不似在家模樣十分得意攙入洞房是夜賈璉同他顛鸞倒凤百般恩愛不消细说那賈璉越看越愛越瞧越喜

不知怎生奉承这二姐乃侖鮑二等人不許提三説二的直以奶〻称之自己也称奶〻竟将凤姐一筆勾倒有时回家中只说在東府有事覊伴凤姐輩因知他和賈珍相得自然見或有事商議也不疑心再家下人雖多都不爱这些事便有那游手好闲専打听小事的人也都去奉承賈璉乘機討些便宜誰肯去露風於是賈璉深感賈珍不尽賈璉一月出五兩銀子做天〻的供給若不来时他母女三人一处吃飯若賈璉来了他夫妻二人一处吃他母女便回房自吃賈璉又将自己積年所有的梯己一併撤了与二姐收着又将凤姐素日之為人行事枕边衾内尽情告訴了他只等一死便接他進去二姐听了自是愿意当下十来個人到也过起日子来十分豐足眼見已是兩個月光景这日賈珍在鉄檻寺完佛寺晚间回家時因与他姊妹久别竟要去探望〻〻先

命小厮去打听賈璉在与不在小厮回来說不在賈珍歡喜將左右一槩先遣回去只留兩個心腹小童牽馬一時到了新房已是掌灯時分悄悄入去兩個小厮將馬拴在圈内自往下房去听候賈珍進來屋內纔点灯先看過了尤氏母女然後二姐出見賈珍仍喚二姨大家吃茶說了一回閒話賈珍曰笑說我作的這保山如何若錯过了打着灯爖還沒処尋过日你姐姐還備了禮來瞧你们呢說話之間尤二姐已命人預備下酒饌関起门來都是一個人原無避諱那鮑二來請安賈珍便說你還是個有良心的小子所以叫你來伏侍日後自有大用你之処不可在外頭吃酒生事我自然賞你倘或這里短了什庅你璉二爺事多那里人雜你只管去回我我們弟兄不比別人鮑二答應道是小的知道若小的不盡心除非不要這腦袋了賈珍点頭說要你知道當下四人一処吃

酒尤二姐知局[足]便邀他母親說我怪怕的媽同我到那边走ゝ来尤老也會意便真個同他出来只剩小丫頭們賈珍便和三姐挨肩擦臉百般輕薄起来小丫頭子們看不過也都躲了出去憑他兩個自在取樂不知作些什麼勾當跟的兩個小廝都在廚下和鮑二飲酒鮑二女[的]人上竈忽見兩個丫頭也走了来嘲笑要吃酒鮑二因說姐兒們不在上頭伏侍也偷来了一時叫起来沒人又是事他女人罵道胡塗渾嗆了的忘八你撞喪那黃湯罢撞喪醉了夾着你那膫子挺你的尸去叫不叫与你毬[屄]相干一應有我承當風雨橫竪洒不着你頭上来這鮑二原因妻子發迹的近日越發亏他自己除賺錢吃酒之外一槩不管賈璉等也不肯責備他故他視妻如母百依百随且吃勾[夠]了便去睡覺這里鮑二家的陪着這些丫嬛小廝吃酒討他們的好准備在賈珍前

上好兒四人正吃的高興忽听扣门之声鮑二家的忙出来開门看時見是賈璉下馬问有事無事鮑二女人便悄〻告他說大爺在这里西院里呢賈璉听了便回至卧房只見尤二姐和他母親都在房中見他来了二人面上便有些訕〻的賈璉反推不知只命快拿酒来偺們吃兩杯好睡覺我今日狼乏了尤二姐忙上来陪笑接衣捧茶问長问短賈璉喜的心癢难受一時鮑二家的端上酒来二人对飲他丈母不吃自回房中睡去了兩個小丫頭分了一個过来伏侍賈璉的心腹小童隆兒拴馬去見已有了一匹馬細瞧一瞧知是賈珍的心下會意也来厨下只見喜兒壽兒兩個正在那里坐着吃酒見他来了也都會意故咲道你这會子来的巧我們因赶不上爺的馬恐怕犯夜往这里来借宿一休的隆兒便笑道有的是炕只管睡我是二爺使我送

月銀的交給了奶〻我也不回去了喜兒便說我们吃多了你来吃一
鍾隆兒纔坐下端起杯来忽听馬棚内鬧將起来原来二馬同槽不能相容
互相踯踶起来隆兒等慌的忙放下酒杯出来喝馬好容易喝住另
拴好了方進来鮑二家的笑說你三人就在這里罢茶也現成
了我可去了說着帶门出去這里喜兒喝了几杯已是楞子
眼了隆兒壽兒関了门回頭見喜兒直挺〻的仰卧炕上二人便
推他說好兄弟起来好生睡只顧你一個人我们就苦了那喜兒便
說道偺们今兒可要公〻道〻的貼一炉子燒餅要有一个充正緊的人我痛把你媽一肏
隆兒壽兒見他醉了也不必多說只得吹了灯將就睡下尤二姐听見馬鬧心下便不
自安只管用言語混乱賈璉那賈璉吃了几杯春興發作便命收了酒菓掩门寬衣

尤二姐只穿着大紅小袄散挽烏雲滿臉春色比白日更增了顏色賈璉摟他笑道人〻都說我們那夜叉婆齊整如今我看來給你拾鞋也不要尤二姐道我雖標致却無品行看來到底是不標致的好賈璉忙問道這話如何說我却不解尤二姐滴淚說道你們拿我作愚人待什麼事我不知我如今和你作了兩个月夫妻日子雖淺我也知你不是愚人我生是你的人死是你的鬼如今既作了夫妻我終身靠你豈敢瞞藏一字我算是有靠將來我妹子却何如結果據我看來這個形景恐非長策要作長久之計方可賈璉听了笑道你且放心我不是招酸吃醋之輩前事我已盡知你也不必驚慌你因妹夫是作弟的自然不好意思不如我去破了這例說着走了便至西院中來只見窗內灯燭輝煌二人正吃酒取樂賈璉便推門進去笑說大爷

在这理兄弟来請安賈珍羞的無話只得起身讓坐賈璉忙笑道何必又作如此景象偺們弟兄從前是如何樣来大哥為我操心我今日粉身碎骨感激不尽大哥若多心我意何安從此以後还求大哥如昔方好不然兄弟能可绝後再不敢到此處来了說着便要跪下慌的賈珍連忙攙起只說兄弟怎庅說我無不領命賈璉忙命人看酒来我和大哥吃兩杯又拉尤三姐說你过来陪小叔子一杯賈珍咲的說老二到底是你哥哥必要吃干这鍾說着一揚脖尤三姐跕在炕上指賈璉咲道你不用和我花馬吊嘴的清水下雜麵你吃我看見提着影戲人子上塲好歹别戳破这層紙兒你别油蒙了心打諒我們不知道你府上的事这会花了几个臭錢你們哥兒倆拿着我們姐兒兩個權当粉頭来取樂兒你們就打錯了筭盘了我也知道你那老

婆太难纏如今把我姐〻拐了来做二房偷着鑼兒敲不得我也要會〻那鳳
奶〻去看他是几個肐膊几隻手若大家好取和便罢倘若有一点叫人过不去
我有本事先把你兩個的牛黄狗宝掏了出来再和那潑婦拚了这命也不算
是尤三姑奶〻喝酒怕什么咱們就喝說着自已綽起壺来斟了一杯自已
先喝了半杯摟过賈璉的脖子来就灌說我和你哥〻已经吃过了咱們来親
香親香唬的賈璉酒都醒了賈珍也不承望尤三姐这等無耻老辣弟兄兩个
本是風月塲中耍慣的不想今日反被这闺女一夕话说住尤三姐
一疊又叫将姐〻請来要樂咱們四个一處同樂俗语说便宜不过当家他們
是弟兄咱們是姊妹又不是外人只管上来尤二姐反不好意思起来賈珍得
便就要一溜尤三姐那裡肯放賈珍此時方後悔不承望他是这種為人与賈璉

反不好輕薄起来这尤三姐鬆〻挽着頭髮大紅襖子半掩半開露着葱緑抹胸一痕雪脯底下緑褲紅鞋一对金蓮或敲或並沒半刻斯文兩个墜子却似打鞦韆一般灯燭(光)之下或(越)顯得柳眉籠翠霧檀口点丹砂本是一双秋水眼再吃了酒又添了餳澀淫浪不独將他二姊壓倒據珍璉評去所見过的上下貴賤若干女子皆未有此綽約風流者二人已酥麻如醉不禁去招他一招他那淫態風情反將二人禁住那尤三姐放出手眼来略式了一式他弟兄兩个竟全然無一点別識別見連口中一句響亮話都沒了不过是酒色二字而已自已高談濶論經(任)意揮霍洒落一陣拿他弟兄二人嘲咲取樂竟真是他嫖了男人並非男人淫了他一时他的酒足興尽也不容他弟兄多坐攆了出去自已関门睡去了自此後我(或)略有了环婆娘不到之處便將賈璉賈珍賈蓉三個潑

声厲言痛罵説他爺兒三个誆騙了他寡婦孤女賈珍回去之後以後亦不敢
輕易再来有時尤三姐自已高了興悄命小厮来請方敢去一會到了这裡也
只好随他的便誰知这尤三姐天生脾氣不堪仗着自已風流標致偏要打扮
的出色另式作出許多萬人不及的淫情浪態来哄的男子們垂涎落魄欲近
不能欲遠不捨迷離顛倒他以為樂他母姊二人也十分相劝他反説姐〻糊
塗偺們金玉一般的人白叫这两个現世宝沾污了去也筭無能而且他家有
一个極利害的女人如今瞞着他不知偺們方安倘或一日他知道了豈肯干
休之理勢必有一塲大鬧不知誰生誰死趂如今我不拿他們取樂作賤准折
到那時白落个臭名後悔不及因此一説他母女見不聽劝也只得罷了那尤三
姐天〻挑揀穿吃打了良的又要金的有了珠子又要宝石吃的肥鵞又宰肥

鴨或不趁心連棹一推衣裳不如意不論綾緞新整便用剪刀剪碎撕一條罵(罵)一句究竟賈珍等何曾隨意了一日反花了許多昧心錢賈璉來了只在二姐房內心中也悔上來無奈二姐到是个多情人以為賈璉是終身之主了凡事到还知疼着癢若論起温柔和順凡事必商必議不敢恃才自專實較鳳姐高十倍若論標緻言談行事也勝五分雖然如今改过但已经失了脚有了一个淫字憑(他)有甚好处也不算了偏这賈璉又説誰人無錯知过必改就好故不提已往之淫只取現今之喜(善)便知(如)膠授漆似水如魚一心一計誓同生死那里还有鳳平二人在意了二姐在枕边衾內也常劝賈璉説你和珍大哥商議商議揀个相熟的人把三丫頭聘了罷留着他不是常法子终久要生出事來怎么处賈璉道前日我曾回过大哥的他只是捨不得我説是塊肥

羊肉只是燙的慌玫瑰花兒可愛剌太扎手偺們未必降的住正緊（經）揀個人
聘了罢他只意〻思〻就丟開手了你叫我有何法二姐道你放心偺們明日
先劝三丫頭他肯了讓他自已鬧去鬧的無法少不得聘他賈璉聽了说這話
極是至次日二姐另備了酒賈璉也不出门至午间特請他小妹过来与他母
親上生（坐）尤三姐便知其意（全用醍醐貫頂全是大翻身大觧悟法）酒过三巡不用姐〻
開口先便滴泪泣道（全用如是等語一洗孽障）姐〻今日請我自有（然）一翻大礼要說但妹
子不是那愚人也不用絮〻叨〻提那從前醜事（了）我已尽知説也無益既如
今姐〻也得了好處安身媽也有了安身之処我也要自尋（個）歸结去方是正礼
但終身大事一生至一死非同兒戲我如今改过守分只要我揀一個素日可心
如意的人方跟他去若凴你们揀擇雖是富比石崇才过子建貌比潘安的我心裡

進不去也白过了一世賈璉笑道這也容易凭你說是誰就是誰一應綵礼都有我們置辦母親也不用操心尤三姐泣道姐姐知道不用我說賈璉笑问二姐是誰二姐一時也想不起来大家想来賈璉便料定是此人無移了便拍手笑道我知道了这人原不差果然不好（不錯）眼力二姐笑问是誰賈璉笑道别人他如何進得去一定是宝玉二姐与尤老听了亦以為然尤三姐便啐了一口道奇不知何為我們有姊妹十個也嫁你弟兄十個不成有理之極难道除了你家天下就没了好男子了不成一罵反有理衆人听了都诧意除去他还有那一個余亦如此想尤三姐笑道别只在眼前想姐姐只在五年前想就是了奇甚正说着忽見賈璉的心腹小使與兒走来請賈璉说老爷那边緊等着叫爷呢小的荅應往旧老爷那边去了小的連忙来請賈璉又忙问昨日家裡没人问與兒道小

的回奶〻说爷在家廟裡同珍大爷商議作百日的事只怕不能来家賈璉忙
命拉馬隆兒跟随去了留下與兒荅應人来事務尤二姐拿了兩碟菜命拿大
杯斟了酒就命與兒在炕沿下蹲着吃一長一短伺他说話兒问他家裡奶〻
多大年紀怎個利害的樣子老太〻多大年紀太〻多大年紀姑娘几個各樣
家常等語與兒笑嘻〻的在炕沿下一頭吃一頭將榮府之事備细告訴他毋
女又说我是二门上該班的人我們共是兩班一班四个共是八个這八个人
有几个是奶〻的心腹有几个是爷的心腹奶〻的心腹我們不敢惹爷的心
腹奶〻就敢惹提起我們奶〻来心裡歹毒口裡尖快我們二爷也筭是个好
的那裡見得他倒是跟前的平姑娘為人狠好雖然和奶〻一氣他倒背有奶
奶常作些个好事小的們凡有了不是奶〻是容不过的只求〻他去就完了

如今和家大小除了老太〻太〻两个人没有不恨他的只不过面子情兒怕他皆因他一時看的人都不及他只一味哄着老太〻太〻两个人喜欢他说一是一说二是二没人敢攔他又恨不得把銀子錢省下来堆成山好叫老太〻太〻说他會过日子除不知苦了下人他討好兒估着有好事他就不等别人去说他先抓尖兒或有了不好事或他自己錯了他便一縮頭推到别人身上来他还在傍边撥火兒如今連他正緊婆〻大太〻都嫌了他说他雀兒揀着旺处飛黑母鷄一窩兒自家的事不管倒替人家去瞎張羅若不是老太〻在頭裡早叫过他去了尤二姐咲道你背着他这等说他将来你又不知怎么说我呢我又差他一層兒越發有的说了興兒忙跪下说道奶〻要这樣说小的不怕雷打但凡小的们有造化起先娶奶〻時若得了奶〻这樣的人小的们也少

挨些打罵也少提心吊胆的如今跟爺的这几个人誰不背前背後稱揚奶〻
聖德憐下我们商量着叫二爺要出来情愿来答應奶〻呢尤二姐咲道猴兒
肏的还不起来呢说句頑話就唬的那樣起来你们作什庅来我还要找了你
奶〻去呢興兒連忙搖手说奶〻千万不要去我告訴奶〻一輩子别見他才
好嘴甜心苦兩面三刀上頭一臉咲脚下使絆子明是一盆火暗是一把刀都
占全了只怕三姨的这張嘴还说他不过奶〻这樣斯文良善人那里是他的
对手尤氏咲道我只以理待他〻敢怎樣興兒道不是小的吃了酒放肆胡说
奶〻便有理讓他看見奶〻比他標緻又比他得人心他怎肯干休善罢人家
是醋罐子他是醋缸醋甕凡丫頭们二爺多看一眼他有本事当着爺打个爛
羊頭虽然平姑娘在屋裡大約一年二年之间兩个有一次到一処他还要口

裡据十个过子呢氣的平姑娘性子發了哭鬧一陣說又不是我自己尋来的你又浪着劝我〻原不依你反說我反了这会子又这樣他一般的也罢了到央告平姑娘尤二姐哄道可是扯謊这樣一个夜叉怎庅反怕屋裡的人呢興兒道这就是俗語說的天下挑不过一個礼字去了这平兒是他自幼的丫頭陪了过来一共四个嫁人的嫁人死的死了只剩了这个心腹他原為收了屋裡一則顯他贤良名兒二則又叫拴爺的心好不外頭走邪的又还有一段因果我们家的規矩凡爺们大了未娶親之先都先放兩个人伏侍的二爺原有兩个誰知他来了没半年都尋出不是来都打發出去了别人雖不好說自己臉上过不去所以強逼着平姑娘作了房裡人那平姑娘又是个正經人從不把这一件事放在心上也不会挑妻窩夫的倒一味以為忠心赤胆伏侍他纔容下了尤

二姐笑道原来如此但我听見你们家还有一位寡婦奶〻和几位姑娘他这樣利害这些人如何依得典兒拍手笑道原来奶〻不知道我们家这位寡婦奶奶他的渾名叫作大菩薩第一個善德人我们家的規矩又大寡婦奶〻们不管事只宜清浄守節妙在姑娘又多只把姑娘们交給他看書寫字学針線学道理这是他的責任除此问事不知説事不管只應这一向他病了事多这大奶〻暫管几日究竟也無可管不過是按例而行不像他多事逞才我们大姑娘不用説但凡不好也没这段大福了二姑娘的渾名是二木頭戳一針也不知噯喲一声三姑娘的渾名是玫瑰花尤氏姊妹忙笑问何意典兒笑道玫瑰花又紅又香無人不愛的只是有刺戳手也是一位神道可惜不是太〻養的老鴰窩裡出鳳凰四姑娘小他正緊是珍大爺親妹子因自幼無母老太〻命太〻

只教姑娘們

經

抱过来養这庅大也是一位不管事的奶〻不知道我们家的姑娘不筭另外有两个姑娘真是天上少有地下無双一個是我们姑太〻的女兒姓林小名兒叫什庅代玉面龐身段和三姨不錯什庅一肚子文章只是一身多病这様的天还穿夹的出来風兒一吹就倒了我们这起没王法的嘴都悄〻的叫他多病西施还有一位姨太〻的女兒姓薛叫什庅宝釵竟是雪堆出来的每常出门或上車或一時院子里瞥見一眼我们鬼使神差見了他们两個不敢出氣兒尤二姐笑道你们大家規矩雖然你们小孩子進的去然遇見小姐们原該遠〻藏開典兒摇手道不是〻〻那正緊大礼自然遠〻的藏開自不必説就藏開了自已不敢出氣是生怕这氣大了吹倒了姓林的氣煖了吹化了姓薛的説的滿屋里都笑起来了不知端詳且听下回分解

脂硯齋重評石頭記卷之

第六十六回

情小妹恥情歸地府　冷二郎一冷入空门

話說鮑二家的打他一下子笑道原有此真的叫你又編了这混話越發沒了偺兒你到不像跟二爺的又这些混話到像是宝玉那边的了好極之文將茗烟等已全寫出可謂一擊兩鳴法不寫之寫也尤二姐纔要又問忽見尤三姐笑問道可是你們家那宝玉除了上學他作些什麼拍案叫絕此處方問是何文情兴兒笑道姨娘別問他說起来姨娘也未必信他長了这麼大独他沒有上过正緊學堂我們家從祖宗直到二爺誰不是寒窗十載偏他不喜讀書老太太的宝貝老爺先還管如今也不敢管了成天家瘋瘋顛顛的說的話人也不懂幹的事人也不知外頭人

人着自好清俊模樣兒心里自然是聰明的誰知是外清而內濁見了人一句話也沒有所有的好處雖沒上过學到难為他認得几個字每日也不習文也不學武又怕見人只愛在丫頭群裡鬧再者也沒剛柔有時見了我们喜欢時沒上沒下大家乱頑一陣不喜欢各自走了他也不理人我们坐着卧着見了他也不理他也不責備因此沒人怕他只管隨便都过的去尤三姐笑道主子寬了你们又这樣嚴了又抱怨可知难纏情语情文至語尤二姐道我们看他倒好原来这樣可惜了一個好胎子尤三姐道姐〻信他胡說咱们也不是見一面兩面的行事言談吃喝原有些女兒氣那是只在裡頭慣了的若說糊塗那些兒糊塗姐〻記得穿孝時咱们同在一處那日正是和尚们進来遶棺咱们都在那里站着他只站在頭裡擋着人〻說他不知礼又沒眼色过後他沒悄

悄的告訴偺們说姐〻不知道我並不是没眼色想和尚們臟恐怕氣味薰了
姐〻們接着他吃茶姐〻又要茶那個老婆子就拿了他的碗去倒他趕忙说
或吃臟了的另洗了再拿来送两件上我冷眼看去原来他在女孩子們前不
管怎樣都过的去只不大合外人的式所以他們不知道尤二姐听说笑道依
你说你两个已是情投意合了竟把你許了他豈不好三姐見有興兒不便说話
只低了頭磕瓜子興兒咲道若論模樣兒行事為人到是一对好的只是他已
有了只未露形将来准是林姑娘定了的因林姑娘多病二則都还小故尚未
及此再过三二年老太〻便一開言那是再無不准的了大家正说話只見
隆兒又来了说老爺有事是件机密大事要遣二爺往平安州去不
过三五日就起身来回也得半月工夫今日不能来了請老奶〻早和二姨定了

那事明日爺来好作定奪說着帶了興兒也回去了这里尤二姐命掩了门早睡盤问他妹子一夜至次日午後賈璉方来了尤二姐曰劝他說既有正事何必忙忙又来千萬别為我悮事賈璉道也没甚事只是偏偏的又出来了一件遠差出了月就起身得半个月工夫纔来尤二姐道既如此你只管放心前去这里一應不用你记掛三妹子他從不会朝更暮改的他已說了改悔必是改悔的他已擇定了人你只要依他就是了賈璉忙问是誰尤二姐笑道这人此刻不在这裡不知多早纔来也难為他眼力他自己說了这人一年不来他等一年十年不来等十年若这人死了再不来了他情愿剃了頭当姑子去吃長齋念佛以了今生賈璉问到底是誰这樣動他的心二姐笑道說来話長五年前我们老娘家裡做生日媽和我们到那裡与老娘拜寿

他家請了一起串客裡頭有個作小生的吽作柳湘璉千奇百怪之文何至于此他看上了

如今要是他幾嫁舊年我們闻得柳湘蓮惹了一個禍逃走了不知可有来了

不曾賈璉听了怪道呢我說是個什庅樣人原来是他果然眼力不錯你不

知道这柳二郎那樣一個標緻人最是冷面冷心的差不多的人都無情無義

他最和宝玉合的来去年回打了薛獃子他不好意思見我們的不知那裡去了

一向後来听見有人說来了不知是真是假一問宝玉的小子們就知道了倘

或不来他萍踪浪跡知道几年幾来豈不白躭擱了尤二姐道我們这三了

頭說的出来幹的出来他怎樣說只依他便了二人正說之间只見尤三姐走

来說道姐夫你只放心我們不是那心口兩樣人說什庅是什庅若有了姓柳

的来我便嫁他從今日起我吃斋念佛只伏侍母親等他来了嫁了他去若一

百年不来我自己修行去了说着将一根玉簪擊作两段一句不真就如这簪子说着回房去了真个竟非礼不動非礼不言起来賈璉無了法只得和二姐商議了一回家務復回家与鳳姐商議起身之事一面着人问茗烟茗烟说竟不知道大约未来若来了必是我知道的一面又问他的街房也说未来賈璉只得回後了二姐至起身之日已近前两天便说起身却先往二姐這边来住两夜從这里再悄悄長行果見小妹竟又换了一個人又見二姐持家勤慎自是不消记掛是日一早出城就奔平安州大道曉行夜住渴飲飢飡方走了三日那日正走之问頂頭来了一羣馱子内中一夥主僕十来騎馬走的近来一看不是别人竟是薛蟠和柳湘蓮来了賈璉深為奇怪（余亦為怪）忙伸馬近了上来大家一齊相見说些别後寒温大家便

入一酒店歇下叙談〻〻賈璉因笑說鬧过之後我们忙着請你兩個和解誰知柳兄踪跡全無怎庅你兩個今日倒在一处了薛蟠咲道天下竟有这樣奇事我同夥計販了貨物自春天起身往回裡走一路平安誰知前日到了平安州地界遇見一夥強盜已將東西刼去不想柳二弟從那边来了方把賊人赶散奪回貨物还救了我们的性命我謝他又不受所以我们結拜了生死弟兄如今一路進京從此後我们是親弟親兄一般到前面岔口上分路他就分路往南二百里有他一個姑媽他去望候〻〻我先進京去安置了我的事然後給他尋一所宅子尋一門好親事大家过起来賈璉听了道原来如此倒教我们懸了几日心因又听道尋親便忙說道我正有一门好親事堪配二弟說着便將自己娶尤氏如今又要發嫁小姨一節說

了出来只不說尤三姐自擇之語又屬薛蟠且不可告訴家裡等生了兒子自然是知道的薛蟠听了大喜說早该如此这都是舍表妹之过湘蓮忙笑說你又忘情了还不住口薛蟠忙止住不語便說既是这等这門親事定要做的湘蓮道我本有愿定要一個绝色的女子如今既是貴昆仲高誼[誼]僱不得許多了任憑裁奪我無不從命賈璉笑道如今口說無憑等柳兄一見便知我这内娣的品貌是古今有一無二的了[呢]湘蓮听了大喜說既如此說等弟探过姑母不过月中就進京的那时再定如何賈璉笑道你我一言為定只是我信不过柳兄你乃是萍踪浪跡淌[倘]然淹滞不帰豈不悞了人家須得留一定礼湘蓮道大丈夫豈有失信之礼小弟素係寒貧况且[是]客中何能有定礼薛蟠道我这裡現成就備一分二哥代[帶]去賈璉笑道也不用金

帛之礼須是柳兄親身自有之物不論物之貴賤不过我帶去取信耳湘蓮道
既如此說弟無别物此劍防身不能解下囊中尚有一把夗央劍乃吾家傳代
之宝弟也不敢擅用只隨身收藏而已賈兄請拿去為定弟縱係水流花落
之性然亦斷不捨此劍者說畢大家又飲了几杯方各自上馬作别起程是
將軍不下馬各自奔前程且說賈璉一日到了平安州見了節度完了公事因
又囑他十月前後務要还来一次賈璉領命次日連忙取路回家先到尤
二姐處探望誰知自賈璉出门之後尤二姐操持家務十分謹肅每日関
門閤戶一点外事不聞他小妹果是個斬了截鉄之人每日侍奉母姊之餘
只安分守己隨分过活雖是夜晚间孤衾独枕不慣寂寞奈一心丢了衆人
只念柳湘蓮早〻回来完了終身大事这日賈璉進门見了这般景况喜

之不尽深念二姐之德大家叙些寒温之後賈璉便將路上相遇湘蓮一事説了出来又將鴛鴦劍取出遞与三姐〻〻看時上面龍吞夔護珠宝晶熒將靶一擊裡面却是两把合体的一把上面鏨着一鴛字一把上面鏨一鴦字冷颼〻明亮〻如两痕秋水一般三姐喜出望外連忙收了掛在自己綉房床上每日望着劍自笑終身有靠賈璉住了两天回去復了父命回家合宅相見那時鳳姐已大愈出来理事行走了賈璉又將此事告訴了賈珍賈珍因近日又遇了新友將这事丢过不在心上任凭賈璉裁奪只怕賈璉独力不加少不得又給了他三十两銀子賈璉拿来交与二姐預備粧奩誰知八月内湘蓮方進了京先来拜見薛姨媽又遇見薛蝌方知薛蟠不慣風霜不服水土一進京時便病倒在家請医調治听見湘蓮来了請入

卧室相見薛姨媽也不念旧事只感救恩母子们十分称謝又説起親事一
接風一應東西皆已妥当只等擇日柳湘蓮也感激不尽次日又来見宝玉二
人相會如魚得水湘蓮因问賈璉偷娶二房之事宝玉咲道我听見茗烟一
干人説我却未見我也不敢多管我又听見茗烟説璉二哥〻〻着実问你不
知有何话说湘蓮就將路上所有之事一槩告訴宝玉〻〻咲道大喜〻〻难
得這個標緻人果然是個古今絶色堪配你之為人湘蓮道既是这樣他那
裡少了人物如何只想到我况且我又素日不甚和他相厚也関切不至此路
工夫忙〻的就那樣再三要来定难到女家反赶着男家不成我自己疑惑
起来後悔不该留下这劍作定所以後来想起你来可以細〻问個抵歷纔好
宝玉道你原是個精細人如何既許了定礼又疑惑起来你原説只要一個绝

色便罢了何必再疑湘蓮道你既不知他娶（来歷）如何又知是绝色宝玉道他是珍大嫂子的继母带来的两位小姨我在那裡和他们混了一个月怎么不知真真一对尤物（可巧）他又姓尤湘蓮听了跌足道这事不好断乎做不得了你们東府裡除了那两个石頭獅子干净只怕連猫兒狗兒都不干净我不做这剩忘八（極奇之文極趣之文金瓶梅中有云把忘八的臉打绿了已奇之至此云剩忘八豈不更奇）宝玉听说红了臉湘蓮自慚失言連忙作揖说我该死胡说（忽用湘蓮提東府之事罵及宝玉可是人想得到的所谓一（个）人不曾放过）你好歹告诉我他品行如何宝玉笑道你既深知又来问我做甚么連我也未必干净了湘蓮笑道原是我自己一时忘情好歹别多心宝玉笑道何必再提这倒似有心了湘蓮作揖告辞出来若去找薛蟠一则他現卧病二则又浮燥（躁）不如去索回定礼主意已定便一逕来找贾

璉賈璉正在新房中聞得湘蓮來了喜之不禁忙迎了出來讓到內室与尤老相見湘蓮只作揖稱老伯母自稱晚生賈璉听了诧意吃茶之间湘蓮便说容中偶然忙促谁知家姑母于四月间訂了弟婦使弟無言可回若從了老兄背了姑母似非合理若係金帛之訂弟不敢索取但此劍係祖父所遺請仍賜回為幸賈璉听了便不自在还说定者定也原怕返悔所以為定豈有婚姻之事出入隨意的还要斟酌湘蓮笑道雖如此说弟愿領責領罰然此事斷不敢從命賈璉还要饒舌湘蓮便起身说請兄外座一叙此处不便那尤三姐在房明明听見好容易等了他來今忽見反悔便知他在賈府中得了消息自然是嫌自己淫奔無耻之流不屑為妻今若容他出去和賈璉说退親料那賈璉必無無法可处自己豈不無趣味一听賈璉要同他出去連忙摘下劍來將一股雌鋒隱

（就是了字辯起來）

在肘後出来便説你們不必出去再議还你的定礼一面淚如雨下左手將劍並鞘送与湘蓮右手回肘只往項上一横可憐揉碎桃花红滿地玉山傾倒再难扶芳灵蕙性渺〻冥〻不知那边去了当下唬的衆人急救了迭尤老一面嚎哭一面又大駡湘蓮賈璉忙揪住湘蓮命人綑了送官尤二姐忙止泪反劝賈璉你太多事人家並没威逼他死是他自尋短見你便送他到官又有何益反覺生事出醜不如放他去罷豈不省事賈璉此肘也没了主意便放了手命湘蓮快去湘蓮反不動身泣道我並不知是这等剛烈賢妻可敬〻〻湘蓮反扶尸大哭一場等買了棺木眼見入殮又俯棺大哭一場方告辞而去出門無所之昏〻默〻自想方才之事原来尤三姐这樣標緻又这等剛烈自悔不及正走之間只見薛蟠的小使尋他家去那湘蓮只管出神那小使帶他到新

房之中十分齊整忽听環珮叮噹尤三姐從外而入一手捧着鴛鴦劍一手捧着一卷册子向柳湘蓮泣道妾痴情待君五年矣不期君果冷心冷面妾以死報此痴情妾今奉警幻之命前往太虚幻境修注案中所有一干情鬼妾不忍一别故来一會從此再不能相見矣說畢便走湘蓮不捨忙欲上来拉住問時那尤三姐便說来自情天去由情地前生悮被情惑今既耻情而覺與君兩無干涉說畢一陣香風無踪無影去了湘蓮警覺竟似夢非夢睜眼看時那里薛家小童也非新室竟是一座破廟傍边坐有一個跏腿道士捕虱湘蓮便起身稽首相問此係何方師仙名法号道士笑道連我也不知道此係何方我係何人不過暫来歇足而已柳湘蓮听了不覺冷然如寒氷侵骨掣出那股雄劍将萬根煩惱絲一揮而盡便随那道

士不知性那里去了後回便見

脂硯齋重評石頭記卷之

第六十七回　見土儀顰卿思故里　聞秘事鳳姐訊家童

話說尤三姐自盡之後尤老娘合二姐兒賈珍賈璉等俱不勝悲慟自不必說忙命人盛殮送往城外埋葬柳湘蓮見三姐身亡痴情眷戀却被道人數句冷言打破迷關竟自截髮出家跟隨瘋道人飄然而去不知何往暫且不表且說薛姨媽聞知湘蓮已說定了尤三姐為妻心中甚喜正是高高興興要打算替他買房子治傢伙擇吉迎娶以報他救命之恩忽有家中小厮吵嚷三姐兒自盡了被小丫頭們聽見告知薛姨媽薛姨媽不知為何心甚嘆息正在猜疑寶釵從園裡過來薛姨媽便對寶釵說道我的兒你

聽見了沒有你珍大嫂子的妹妹三姑娘他不是已經許定給你哥哥的義弟柳湘蓮了麼不知為什麼自刎了那湘蓮也不知往那裡去了真正奇怪的事叫人意想不到的寶釵聽了並不在意便說道俗語說的好天有不測風雲人有旦夕禍福這也是他們前生命定前兒媽媽說為他救了哥哥商量着替他料理如今已經死的死了走的走了依我說也只好由他罷了媽媽也不必為他們傷感了倒是自從哥哥打江南回來了一二十日販了來的貨物想來也該發完了那同伴去的夥計們辛辛苦苦的回來幾個月了媽媽合哥哥商議商議也該請一請酬謝酬謝纔是別叫人家看着無理似的母女正說話間見薛蟠自外而入眼中尚有淚痕

一進門來便向他母親拍手說道媽媽可知道柳二哥尤三姐的事麽薛姨媽說我纔聽見說正在這裡合你妹妹說這件公案呢薛蟠道媽媽可聽見說湘蓮跟着一個道士出了家了麽薛姨媽道這越發奇了怎麽柳相公那樣一個年輕的聰明人一時糊塗了就跟着道士去了呢我想你們好了一場他又無父母兄弟单身一人在此你該各處找找他纔是靠那道士能往那裡遠去左不過是在這方近左右的廟裡寺裡罷了薛蟠說何常不是呢我一聽見這個信兒就連忙帶了小厮們在各處尋找連一個影兒也沒有又去問人都說沒看見薛姨媽說你既找尋過沒有也算把你做朋友的心盡了焉知他這一出家不是得了好處去呢只

二

是你如今也該張羅張羅買賣二則把你自己娶媳婦應辦的事情倒早些料理料理偺們家沒人俗語說的奔雀兒先飛省的臨時丟三落四的不齊全令人笑話再者你妹妹總說你也回家半個多月了想貨也物該發完了同你去的夥計們也該擺棹酒給他們道道乏總是人家陪着你走了二三千里的路程受了四五個月的辛苦而且在路上又替你擔了多少的驚怕沉重薛蟠聽說便道媽媽說的很是倒是妹妹想的週到我也這樣想着只因這些日子為各處發貨鬧的腦袋都大了又為柳二哥的事忙了這幾日反倒落了個空白張羅了會子到把正經事都悮了要不然定了明兒後兒下帖兒請罷薛姨媽道由你辦去罷話猶未了

外面小厮進來回說管總的張大爺差人送了兩箱子東西說這是爺各自買的不在貨賬裡面本要早送來因貨物箱子壓着沒得拿昨兒貨物發完了所以今日纔送來了一面說一面又見兩個小厮搬進了兩個夾板夾的大棕箱薛蟠一見說噯喲可是我怎麽就糊塗到這步田地了特特的給媽合妹妹帶來的東西都忘了沒拿了家裡來還是夥計送了來了寶釵說虧你說還是特特的帶來的纔放了一二十天要不是特特帶來大約要放到年底下纔送來呢我看你也諸事太不留心了薛蟠笑道想是在路上叫人把魂打吊了還沒歸竅呢說着大家笑了一回便向小丫頭說出去告訴小厮們東西收下叫他們回去罷薛姨媽和寶釵

三

因問到底是什麼東西這樣細着綁着的薛蟠便命叫兩個小廝
進來解了繩子去了夾板開了鎖看時這一箱都是紬緞綾錦洋
貨等家常應用之物薛蟠笑道那一箱是給妹妹帶的親自來開
母女看時却是些筆墨紙硯各色箋紙香袋香珠扇子扇墜
花粉胭脂等物外有虎邱帶來的自行人酒令兒水銀灌的打觔
斗小小子沙子燈一齣一齣的泥人兒的戲用青紗罩的匣子裝
着又有在虎邱山上泥捏的薛蟠的小像與薛蟠毫無相差寶釵
見了別的都不理論倒是薛蟠的小像拿着細細看了一看又看
看他哥哥不禁笑起來了因叫鶯兒帶着幾個老婆子將這些東
西連箱子送到園子裏去又和母親哥哥說了一回閑話兒纔回

園子裡去這裡薛姨媽將箱子裡的東西取出一分一分的打點清楚叫同喜送給賈母並王夫人等處不題且說寶釵到了自己房中將那些頑意兒一件一件的過了目除了自己留用之外一分一分配合妥當也有送筆墨紙硯的也有送香袋扇子香墜的也有送脂粉頭油的有單送頑意兒的只有黛玉的比別人不同且又加厚一倍一一打點完畢使鶯兒同着一個老婆子跟着送往各處這邊姐妹諸人都收了東西賞賜來使說見面再謝惟有林黛玉看見他家鄉之物反自觸物傷情想起父母雙亡又無兄弟寄居親戚家中那裡有人也給我帶些土物來想到這裡不覺的又傷起心來了紫鵑深知黛玉心腸但也不敢說破只在一旁

勸道姑娘的身子多病早晚服藥這兩日看着比那些日子略好些雖說精神長了一點兒還算不得十分大好今兒寶姑娘送來的這些東西可見寶姑娘素日看着姑娘狠重姑娘看着該喜歡纔是為什麽反倒傷起心來這不是寶姑娘送東西來倒叫姑娘煩惱了不成就是寶姑娘聽見反覺臉上不好看再者這裡老太太們為姑娘的病體千方百計請好大夫配藥診治也為是姑娘的病好這如今纔好些又這樣哭哭啼啼豈不是自己遭塌〔蹋〕了自己身子叫老太太看着添了愁煩了麽況且姑娘這病原是素日憂慮過度傷了血氣姑娘的千金貴體也別要自己看輕了紫鵑正在這裡勸解只聽見小丫頭子在院内說寶二爺來了紫鵑忙說請二爺

進來罷只見寶玉進房來了黛玉讓坐畢寶玉見黛玉淚痕滿面便問又是誰氣着你了黛玉勉強笑道誰生什麽氣傍邊紫鵑向床後桌上一努寶玉會意往那裡一瞧見堆着許多東西就知道是寶釵送來的便取笑說道那裡這些東西不是妹妹要開雜貨鋪阿黛玉也不答言紫鵑笑着道二爺還提東西呢因寶姑娘送了些東西來姑娘一看就傷起心來了我正在這裡勸解恰好二爺來的很巧替我們勸勸寶玉明知黛玉是這個緣故却不敢提頭兒只得笑說道你們姑娘的緣故想來不為別的必是寶姑娘送來的東西少所以生氣傷心妹妹你放心等我明年叫人往江南去給你多多的帶兩船來省得你淌眼抹淚的黛玉聽了這些話也知寶玉是為自己開心也不好推也不好任因說道我任憑

五

怎麽没見過世面也到不了這步田地因送的東西少就生氣傷
心我又不是兩三歲的孩子你也忒把人看得小氣了我有我的
緣故你那裡知道說着眼泪又流下來了寶玉忙走到床前挨着
黛玉坐下將那些東西一件一件拿起來擺弄着細瞧故意問這
是什麽叫什麽名字那是什麽做的這樣齊整這是什麽要他做
什麽使用又說這一件可以擺在面前又說那一件可以放在条
棹上當古董兒倒好呢一味的將些没要緊的話來厮混黛玉見
寶玉如此自己心裡倒過不去便說你不用在這裡混攪了咱們
到寶姐姐那邊去罷寶玉巴不得黛玉散散悶解了悲痛便道寶
姐姐送咱們東西咱們原該謝謝去黛玉道自家姊妹這倒不必
只是到他那邊薛大哥回來了必然告訴他些南邊的古蹟兒我去

聽聽只當回了家鄉一輛的說着眼圈兒又紅了寶玉便站着等他黛玉只得和他出來往寶釵那裡去了且說薛蟠聽了母親之言急下了請帖辦了酒席次日請了四位夥計俱已到齊不免說些販賣賬目發貨之事不一時上席讓坐薛蟠挨次斟了酒薛姨媽又使人出來致意大家喝着酒說閑話兒內中一個道今兒這席上短兩個好朋友衆人齊問是誰那人道還有誰就是賈府上的璉二爺和大爺的盟弟柳二爺大家果然都想起來問着薛蟠道怎麽不請璉二爺合柳二爺來薛蟠聞言把眉一皺嘆口氣道璉二爺又往平安州去了頭兩天就起了身了那柳二爺竟別提起真是天下頭一件竒事什麽是柳二爺如今不知那裡作道爺去了衆人都詫異道這是怎麽說薛蟠便把湘蓮前後事體說了一

遍衆人聽了越發駭異道怪不的前兒我們在店裡髣髣髴髴也聽見人吵嚷說有一個道士三言兩語把一個人度了去了又說一陣風刮了去了只不知是誰我們正發貨那裡有工夫打聽這個事去到如今還似信不信的誰知就是柳二爺呢早知是他我們大家也該勸勸他纔是任他怎麽着也不叫他去內中一個道別是這麽着罷衆人問怎麽樣那人道柳二爺那樣個伶俐人未必是真跟了道士去罷他原會些武藝又有力量或看破那道士的妖術邪法特意跟他去在背地裡擺佈他也未可知薛蟠道果然如此倒也罷了世上這些妖言惑衆的人怎麽沒人治他一下子衆人道那時難道你知道了也沒找尋他去薛蟠說城裡閑城外那裡沒有找到不怕你們笑話我找不着他還哭了一場呢言畢

只是長吁短歎無精打彩的不像往日高興衆夥計見他這樣光景自然不便久坐不過隨便喝了幾盃酒吃了飯大家散了且說寶玉同着黛玉到寶釵處來寶玉見了寶釵便說道大哥哥辛辛苦苦的帶了東西來姐姐留着使罷又送我們寶釵笑道原不是什麽好東西不過是遠路帶來的土物兒大家看着新鮮些就是了黛玉道這些東西我們小時候倒不理會如今看見眞是新鮮物兒了寶釵因笑道妹妹知道這就是俗語說的物離鄉貴其實可筭什麽呢寶玉聽了這話正對了黛玉方纔的心事連忙拿話岔道明年好歹大哥哥再去時替我們多帶些來黛玉瞅了他一眼便道你要你只管說不必拉扯上人姐姐你瞧寶哥哥不是給姐姐來道謝竟又要定下明年的東西來了說的寶釵寶玉都笑了

三個人又閒話了一回因提起黛玉的病來寶釵勸了一回因說道妹妹若覺着身上不爽快倒要自己勉強作掙着出來各處走走逛逛散散心比在屋裡悶坐着到底好些我那兩日不是覺着發懶渾身發熱只是要歪着也因為時氣不好怕病因此尋些事情自己混着這兩日纔覺着好些了黛玉道姐姐說的何嘗不是我也是這麼想着呢大家又坐了一會子方散寶玉仍把黛玉送至瀟湘館門首纔各自回去了且說趙姨娘因見寶釵送了賈環些東西心中甚是喜歡想道怨不得別人都說那寶丫頭好會做人狠大方如今看起來果然不錯他哥哥能帶了多少東西來他挨門兒送到並不遺漏一處也不露出誰薄誰厚連我們這樣沒時運的他都想到了要是那林丫頭他把我們娘兒們正眼也不瞧

蠍蠍

那裡還肯送我們東西一面想一面把那些東西翻來覆去的擺弄瞧看一回忽然想到寶釵和係王夫人的親戚為何不到王夫人跟前賣個好兒呢自己便蠍蠍螫螫的拿着東西走至王夫人房中站在旁邊陪笑說道這是寶姑娘纔剛給環哥兒的難為寶姑娘這麽年輕的人想的這麽周到真是大戶人家的姑娘又展樣又大方怎麽叫人不敬奉呢怪不得老太太和太太成日家都誇他疼他我也不敢自專就收起來特拿來給太太瞧瞧太太也喜歡喜歡王夫人聽了早知道來意了又見他說的不倫不類也不理他說道你只管收了去給環哥頑罷趙姨娘來時興興頭頭誰知抹了一鼻子灰滿心生氣又不敢露出來只得訕訕的出來了到了自己房中將東西丟在一邊嘴裡咕咕噥噥自言自語道這

八

個又算了什麽兒呢一面坐着各自生了一回悶氣却說鶯兒帶着老婆子們送東西回來回覆了寶釵將衆人道謝的話並賞賜銀錢都回完了那老婆子便出去了鶯兒走近前來一步挨着寶釵悄悄的說道剛纔我到璉二奶奶那邊看見二奶奶一臉的怒氣我送下東西出來時悄悄的問小紅說剛纔二奶奶從老太太屋裡回來不似往日歡天喜地的叫了平兒去咕咕唧唧的不知說了些什麽看那光景倒像有什麽大事的是的姑娘沒聽見那邊老太太有什麽事寶釵聽了也自己納悶想不出鳳姐是為什麽有氣便道各人家有各人的事咱們那裡管得你去倒茶去罷鶯兒於是出來自己去倒茶不提且說寶玉送了黛玉回來想着黛玉的孤苦不免也替他傷感起來因要將這話告訴襲人進來時却只有

麝月秋紋在屋裡因問你襲人姐姐那裡去了麝月道左不過在這幾個院裡那裡就丟了他一時不見就這樣找寶玉笑着道不是怕丟了他因我方纔到林姑娘那邊見林姑娘又正傷心呢問起來却是為寶姑娘送了他東西他看見是他家鄉的土物不免對景傷情我要告訴你襲人姐姐叫他過去勸勸正說着晴雯進來了因問寶玉道你回來了你又要叫勸誰寶玉將方纔話說了一遍晴雯道襲人姐姐纔出去聽見他說要到璉二奶奶那邊去保不住還到林姑娘那裡去呢寶玉聽了便不言語秋紋倒了茶來寶玉漱了一口遞給小丫頭子心中着實不自在就隨便歪在床上却說襲人因寶玉出門自己作了回活計忽想起鳳姐上身不好這幾天也沒有過去看看況聞賈璉出門正好大家說說話兒

九

便告訴晴雯好生在屋裡別都出去了叫二爺回來抓不着人晴
雯道噯喲這屋裡单你一個人惦記着他我們都是白閑着混飯
吃的襲人笑着也不答言就走了剛來到沁芳橋畔那時正是夏
末秋初池中蓮藕新殘相間紅綠離披襲人走着沿堤看玩了一
回猛擡頭看見那邊葡萄架底下有人拿着撣子在那裡撣什麽
呢走到跟前却是老祝媽那老婆子見了襲人便笑嘻嘻的迎上
來說道姑娘怎麽今兒得工夫出來逛逛襲人道可不是我要到
璉二奶奶那裡瞧瞧去你在這裡做什麽呢那婆子道我在這裡
赶蜜蜂兒今年三伏裡雨水少這菓子樹上都有虫子把菓子吃
的疤瘢流星的吊了好些了姑娘還不知道呢這馬蜂最可恶的
一嘟嚕上只咬破兩三個兒那破的水滴到好的上頭連這
一嘟嚕都是要爛的姑娘你瞧咱們說話的空兒沒赶就落上許

々了襲人道你就是不住手的赶也赶不了多少你倒是告訴買
辦叫他々々做些小冷布口袋兒一嘟嚕套上一個又透風又不
遭塌婆子笑道倒是姑娘說的是我今年總管上那裡知道這個
巧法兒呢因又笑着說道今年菓子雖遭塌了些味兒倒好不信
姑娘摘一個嚐々襲人正色道這那裡使得不但沒熟吃不得就
是熟了上頭還沒有供鮮偺們倒先吃了你是府裡使老了的難
道連這個規矩都不懂了老祝忙笑道姑娘說的是我見姑娘狠
喜歡我纔敢這麼說可就把規矩錯了我可是老糊塗了襲人道
這也沒有什麼只是你們有年紀的老奶々們別先領着頭兒這
麼着就好了說着遂一逕出了園門來到鳳姐這邊一到院裡只
十 聽鳳姐說道天理良心我在這屋裡熬的越發成了賊了襲人聽

這話知道有原故了又不好回來又不好進去遂把脚步放重些隔着窗子問道平姐姐在家裡呢麼平兒忙答應着迎出來襲人便問二奶奶也在家裡呢麼身上可大安了說着已走進來鳳姐粧着在床上歪着呢見襲人進來也笑着站起來說好些了叫你惦記着怎麼這幾日不過我們這邊坐坐襲人道奶奶身上欠安本該天天過來請安纔是但只怕奶奶身上不爽快倒要靜靜兒的歇歇兒我們來了倒吵的奶奶煩鳳姐笑道煩是沒的話倒是寶兄弟屋裡雖然人多也就靠着你一個照看他也實在的離不開我常聽見平兒告訴我你背地裡還惦着我常常問我這就是你盡心了一面說着叫平兒挪了張杌子放在床邊讓襲人坐下豐兒端進茶來襲人欠身道妹妹坐着罷一面說閒話兒只見一個

小丫頭子在外間屋裡悄悄的和平兒說旺兒來了在二門上伺候着呢又聽見平兒也悄悄的道知道了叫他先去回來再來別在門口兒站着襲人知他們有事又說了兩句話便起身要走鳳姐道閑來坐坐說說話兒我倒開心因命平兒送送你妹妹平兒答應着送出來只見兩三個小丫頭子都在那裡屏聲息氣齊齊的伺候着襲人不知何事便自去了却說平兒送出襲人進來回道旺兒纔來了因襲人在這裡我叫他先到外頭等等兒這會子還是立刻叫他呢還是等着請奶奶的示下鳳姐道叫他來平兒忙叫小丫頭去傳旺兒進來這裡鳳姐又問平兒你到底是怎麼聽見說的平兒道就是頭裡聽見那小丫頭子的話他說他在二門裡頭聽見外頭兩個小廝說這個新二奶奶比咱們舊二奶奶還俊呢脾

十一

氣兒也好不知是旺兒是誰吆喝了兩個一頓說什麼新奶奶舊奶奶的還不快悄悄兒的呢叫裡頭知道了把你的舌頭還割了呢平兒正說着只見一個小丫頭進來回說旺兒在外頭伺候着呢鳳姐聽了冷笑了一聲說叫他進來那小丫頭出來說奶奶叫呢旺兒連忙答應着進來旺兒請了安在外間門口垂手侍立鳳姐兒道你過來我問你話旺兒纔走到裡間門傍站着鳳姐兒道你二爺在外頭弄了人你知道不知道旺兒又打着千兒回道奴才天天在二門上聽差事如何能知道二爺外頭的事呢鳳姐冷笑道你自然不知道你要知道你怎麼攔人呢旺兒見這話知道剛纔的話已經走了風了料着瞞不過便又跪回道奴才實在不知就是頭裡興兒和喜兒兩個人在那裡混說奴才吆喝了他們兩句

内中深情底理奴才不知道不敢妄回求奶奶問興兒他是長跟
二爺出門的鳳姐兒聽了一死勁啐了一口罵道你們這一起没良心
的混賬忘八崽子都是一條藤兒打量我不知道呢先去給我把
興兒那忘八崽子叫了來你也不許走問明白了他回來再問你
好好好這纔是我使出來的好人呢那旺兒連聲答應幾個是磕
了個頭爬起來出去去叫興兒却說興兒正在賬房兒裡和小厮們
頑呢聽見說二奶奶叫先唬了一跳却也想不到是這件事發作
了連忙跟着旺兒進來旺兒先進去回說興兒來了鳳姐兒厲聲
道叫他那興兒聽見這個聲音兒早已没了主意了只得乍着胆
子進來鳳姐兒一見便說好小子啊你和你爺辦的好事啊你只寔
說罷興兒一聞此言又看着見鳳姐兒氣色及兩邊丫頭們的光景

十二

早唬軟了不覺跪下只是磕頭鳳姐兒道論起這事來我也聽見說不與你相干但只你不早來回我知道這就是你的不是了你要實說了我還饒你再有一句虛言你先摸摸你腔子上幾個腦袋瓜子與兒戰兢兢的朝上磕頭道奶奶問的是什麼事奴才和爺辦壞了鳳姐聽了一腔火都發作起來喝命打嘴巴旺兒過來纔要打時鳳姐兒罵道什麼糊塗忘八崽子叫他自己打用你打嗎會一子你再各人打你的嘴巴子還不遲呢那興兒真個自己左右開弓打了自己十幾個嘴巴鳳姐兒喝聲站住問道你二爺外頭娶了什麼新奶奶舊奶奶的事你大概不知道啊興兒見說出這件事來越發着了慌連忙把帽子抓下來在磚地上咕咚咕咚碰的頭山响口裡說道只求奶奶超生奴才再不敢撒一個字兒

的謊鳳姐道快說興兒直蹶蹶的跪起來回道這事頭裡奴才也不知道就是這一天東府裡大老爺送了殯俞祿往珍大爺廟裡去領銀子二爺同着蓉哥兒到了東府裡道兒上爺兒兩個說起珍大奶奶那邊的二位姨奶奶來二爺誇他好蓉哥兒哄着二爺說把二姨奶奶說給二爺鳳姐聽到這裡使勁啐道呸沒臉的忘八蛋他是你那一門子的姨奶奶興兒忙又磕頭說奴才該死往上瞅着不敢言語鳳姐兒道完了嗎怎麼不說了興兒方纔又回道奶奶恕奴才奴才纔敢回鳳姐啐道放你媽的屁這還什麼恕不恕了你好生給我往下說好多着呢興兒又回道二爺聽見這個話就喜歡了後來奴才也不知道怎麼就弄真了鳳姐微微冷笑道這個自然你可那裡知道呢你知道的只怕都煩了呢是了說

底下的罷與兒回道後來就是蓉哥兒給二爺找了房子鳳姐忙問道如今房子在那裡與兒道就在府後頭鳳姐兒道哦回頭瞅着平兒道偺們都是死人哪你聽聽平兒也不敢作聲與兒又回道珍大爺那邊給了張家不知多少銀子那張家就不問了鳳姐道這裡頭怎麽又拉扯上什麽張家李家咧呢與兒回道奶奶不知道這二奶奶剛說到這裡又自己打了個嘴巴把鳳姐兒嘔笑了兩邊的丫頭也都抿嘴兒笑與兒想了想說道那珍奶奶的妹子鳳姐兒接着道怎麽樣快說呀與兒道那珍大奶奶的妹子原來從小兒有人家的姓張叫什麽張華如今窮的待好討飯珍大爺許了他銀子他就退了親了鳳姐聽到這裡點了點頭兒回頭便望丫頭們說道你們都聽見了小忘八崽子頭裡他還說他不

知道呢興兒又回道後來二爺纔叫人裱糊了房子娶過來了鳳姐道打那裡娶過來的興兒回道就在他老娘家抬過來的鳳姐道好罷咧又問沒人送親麼興兒道就是蓉哥兒還有幾個了頭老婆子們沒別人鳳姐道你大奶奶沒來嗎興兒道過了兩天大奶奶纔拿了些東西來瞧的鳳姐兒笑了一笑回頭向平兒道怪道那兩天二爺稱贊大奶奶不離嘴呢掉過臉來又問興兒誰伏侍呢自然是你了興兒赶着磕頭不言語鳳姐又問前頭那些日子說給那府裡辦事想來辦的就是這個了興兒回道也有辦事的時候也有往新房子裡去的時候鳳姐又問道誰和他住着呢興兒道他母親和他妹子昨兒他妹子自己抹了脖子了鳳姐道這又為什麼興兒隨將柳湘蓮的事說了一遍鳳姐道這個人還算造

十四

化高省了當那出名兒的忘八因又問道沒了別的事了麼興兒道
別的事奴才不知道奴才剛纔說的字字是實話沒一字虛假奶
奶問出來只管打死奴才奴才也無怨的鳳姐低了一回頭便又
指着興兒說道你這個猴兒崽子就該打死這有什麼瞞着我的
你想着瞞了我就在你那糊塗爺跟前討了好兒了你新奶奶好
疼你我不看你剛纔還有點怕懼兒不敢撒謊我把你的腿不給
你砸折了呢說着喝聲起去興兒磕了個頭纔爬起來退到外間
門口不敢就走鳳姐道過來我還有話呢興兒趕忙垂手敬聽鳳
姐道你忙什麼新奶奶等着賞你什麼呢興兒也不敢抬頭鳳姐
道你從今日不許過去我什麼時候叫你你什麼時到遲一步兒
你試試出去罷興兒忙答應幾個是退出門來鳳姐又叫道興兒

興兒赶忙答應回來鳳姐道快出去告訴你二爺去是不是啊興兒回道奴才不敢鳳姐道你出去提一個字兒隄防你的皮興兒連忙答應着纔出去了鳳姐又叫旺兒呢旺兒連忙答應着過來鳳姐把眼直瞪瞪的瞅了兩三句話的工夫纔說道好旺兒很好去罷外頭有人提一個字兒全在你身上旺兒答應着也慢慢的退出去了鳳姐便叫倒茶小丫頭子們會意都出去了這裡鳳姐纔和平兒說你都聽見了這纔好呢平兒也不敢答言只好陪笑兒鳳姐越想越氣歪在枕上只是出神忽然眉頭一皺計上心來便叫平兒來平兒連忙答應過來鳳姐道我想這件事竟該這麽着纔好也不必等你二爺回來再商量了未知鳳如何辦理且聽下回分解

十五

石頭記第六十七回終按乾隆年間抄本　武裕菴補抄

脂硯齋重評石頭記卷之

第六十八回

苦尤娘賺入大觀園　　酸鳳姐大閙寧國府

话说賈璉起身去後偏值至平安節度巡边在外約一个月方回賈璉未得確信只得住在下处等候及至回来相見將事辦妥回程已是將兩个月的限了誰知鳳姐心下早已筭定只待賈璉前脚走了回来便傳各色匠役收什東廂房三間照依自已正室一樣粧飾陳設至十四日便回明賈母王夫人說十五一早要到姑子庙進香去只带了平兒豊兒周瑞媳婦旺兒媳婦四人未曾上車便將原故告訴了衆人又吩咐衆男人素衣素盖一逕前来興兒引路一直到了二姐门前扣门鲍二家的開了興兒咲说快回二奶〻去大奶〻来了鲍二家的听了

这句顶梁骨走了真魂忙飞進報与尤二姐尤二姐虽也一驚但已来了只得以
礼相見於是忙整衣来迎了出来至门前鳳姐方下車進来尤二姐一看只見
頭上皆是素白銀器身上白月緞袄青緞披風白綾素裙眉弯柳葉高吊兩
稍目横丹鳳神凝三角俏麗若三春之桃清素若九秋之菊周瑞旺兒二女人
搀入院来尤二姐陪笑忙迎上来萬福張口便叫姐姐下降不曾遠接望恕
倉促之罪說着便扶了下来风姐忙陪笑还礼不迭二人携手同入室中鳳姐上座尤二
姐命丫环拿褥子来便行礼說奴家年軽一從到了这裡之事皆係家母和家姐
商議主張今日有幸相會若姐姐不棄奴家寒微凡事求姐姐的指示教訓奴
亦傾心吐胆只伏侍姐姐說着便行下礼去风姐兒忙下座以礼相还口内忙說
皆因奴家婦人之見一味劝夫慎重不可在外眠花卧柳恐惹父母担憂此皆

是你我之癡心怨奈二爺錯會奴意眠花宿柳之事瞞奴或可令娶姐〻二房
之大事亦人家大礼亦不曾对奴说奴亦曾劝二爺早行此礼已被生育不想
二爺反以奴為那等嫉妬之婦私自行此大事並未説知使奴有冤难訴惟天
地可表前於十日之先奴已風聞恐二爺不樂遂不敢先説今可巧遠行在外
故奴家親自拜見過还求姐〻下體奴心起動大駕挪至家中你我姊妹同居
同处彼此合心諫劝二爺慎重世務保養身体方是大礼若姐〻在外奴在内
虽愚賤不堪相伴奴心又何安再者使外人聞知亦甚不雅観二爺之名也要
緊倒是談論奴家奴亦不怨所以今生今世奴之名節全在姐〻身上那起下
人小人之言未免見我素習持家太嚴背後加減些言語自是常情姐〻乃何
等樣人物豈可信真若我実有不好之处上頭三層公婆中有無數姊妹妯娌况賈

府世代名家豈容我到今日今日二爺私娶姐〻在外若別人則怒我則以爲幸
正是天地神佛不忍我被小人们誹謗故生此事我今來求姐〻進去和我一樣
同居同処同分同例同侍公婆同諫丈夫喜則同喜悲則同悲情似親妹和比
骨肉不但那起小人見了自悔從前錯認了我就是二爺來家一見他作丈夫
之人心中也未免暗悔所以姐〻竟是我的大恩人使我從前之名一洗無餘
了若姐〻不隨奴去奴亦情愿在此相陪奴愿作妹子每日伏侍姐〻梳頭洗臉
只求姐〻在二爺跟前替我好言方便〻〻容我一席之地安身奴死也愿意說
着便嗚〻咽〻哭將起來尤二姐見了这般也不免滴下淚來二人对見了礼
分序座下平兒忙也上來要見礼尤二姐見他打扮不凡舉止品貌不俗料定
是平兒連忙親身攙住只叫妹子快休如此你我是一樣的人鳳姐忙也起身笑

説折死他了妹子只管受禮他原是偺们的了頭巳後快别如此説着又命周家的從包袱裡取出四疋上色尺頭四對金珠簪環為拜禮尤二姐忙拜受了二人吃茶対訴已往之事凤姐口内全是自怨自錯怨不得别人如今只求姐姐疼我等語尤二姐見了这般便認他作是个極好的人小人不遂心誹謗主子亦是常理故傾心吐胆叙了一回竟把凤姐認為知已又見周瑞等媳妇在傍边稱揚凤姐素日許多善政只是吃虧心太癡了惹人怨又説已經預備了房屋奶奶進去一看便知尤氏心中早已要進去同住方好今又見如此豈有不允之理便説原該跟了姐姐去只是這里怎樣凤姐兒道这有何难姐姐的箱籠細軟只管着小厮搬了進去這些粗笨貨要他無用还叫人看着姐姐説誰妥當就叫誰在这裡尤二姐忙説今日既遇見姐姐这一進去凡事只凴姐姐料理我也

来的日子浅也不曾當过家世事不明白如何敢作主这几件箱籠拿進去罢我也没有什么東西那也不过是二爷的凤姐听了便命周瑞家的記清好生看管着抬到東廂房去于是催着尤二姐穿带了二人携手上車又同坐一處又悄悄的告訴他我们家的規矩大这事老太太一盖不知倘或知二爷孝中娶你管把他打死了如今且别見老太太太太我们有一个花園子極大姊妹们住着容易没人去的你这一去且在园里住两天等我設个法子回明白了那時再見方妥尤二姐道任凴姐姐裁處那些跟車的小厮们皆是預先说明的如今不去大门只奔後门而来下了車赶散衆人凤姐便带尤氏進了大觀园的後门来到李紈處相見了彼時大觀園中十停人已有九停人知道了今忽見凤姐带了進来引動多人来看问尤二姐一一見过衆人

見他標緻和悦無不称揚风姐一〻的分付了衆人都不許在外走了風声若老太〻太〻知道我先叫你们死園中婆子丫嬛都素懼风姐的又係賈璉國孝家孝中所行之事知道関係非常都不管这事风姐悄〻的求李纨收養幾日等回明了我们自然过去的李纨見风姐那邊已收拾房屋况在服中不好倡揚自是正理只得収下權住风姐又变法将他的丫頭一槩退出又将自己的一个丫頭送他使喚暗〻分付園中媳婦们好生照看着他若有走失逃亡一槩和你们筭賬自己又去暗中行事合家之人都暗〻的吶罕說看他如何這等賢惠起来了那尤二姐得了這个所在又見園中姊妹各〻相好倒也安心樂業的自為得其所矣誰知三日之後丫頭善姐便有些不服使喚起来尤二姐因說没了頭油了你去回声大奶〻拿些来善姐便道二奶〻你怎庅不

知好歹沒眼色我們奶〻天〻承應了老太〻又要承應這邊太〻那邊太〻
這些妯娌姊妹上下幾万男女天〻起来都等他的話一日少說大事也有一
二十件小事還有三五十件外頭的從娘〻筭起以及王公侯伯家多少人情
客禮家裡又有這些親友的調度銀子上千錢上萬一日都從他一个手一个
心一个口裡調度那里為這點子小事去煩瑣他我劝你能省些兒罷偺們又不
是明媒正娶来的這是他亘古少有一个賢良人纔這樣待你若差些兒的人
听見了這話吵嚷起来把你丟在外死不死生不生你又敢怎樣呢一夕話說
的尤氏垂了頭自為有這一說少不得將就些罷了那善姐漸〻的連飯他怕
端来與他吃或早一頓或晚一頓所拿来之物皆是剩的尤二姐說过兩次他
反先乱叫起来尤二姐又怕人笑他不安分少不得忍着隔上五日八日見凤

姐一面那鳳姐却是和容悅色滿嘴裡姐姐不离口又説倘有下人不到之処
你降不住他們只管告訴我我打他們又罵丫頭媳婦説我深知你們軟的欺
硬的怕背開我的眼還怕誰倘或二奶奶告訴我一个不字我要你們的命尤
氏見他這般的好心既有他何必我又多事下人不知好歹也是常情我若告
了他們受了委屈反叫人説我不賢良因此反替他們遮掩鳳姐一面使旺兒
在外打听細事這尤二姐之事皆已深知原來已有了婆家的女婿現在才十
九歲成日在外嫖賭不理生業家私花尽父親攆他出來現在賭錢廠存身父
親得了尤婆十兩銀子退了親的這女婿尚不知道原來這小夥子名叫張華
鳳姐都一一尽知原委便封了二十兩銀子与旺兒悄命他將張華勾來養活
着他寫一紙狀子只管往有司衙門中告去就告璉二爺國孝家孝之中背旨瞞親

仗財依勢強逼退親停妻再娶等语这張華也深知利害先不敢造次旺兒回了鳳姐鳳姐氣的罵癩狗扶不上墻的種子你細〻的说給他便告我們家謀反也沒事的不過是借他一闹大家沒臉若告大了我这理自然能勾平息的旺兒領命只得細说與張華鳳姐又分付旺兒他若告了你〻就和他对詞去如此〻〻这般〻〻我自有道理旺兒听了有他做主便又命張華狀子上添上自己说你只告我來往过付一应調唆二爷做的張華便得了主意和旺兒商議定了寫了一纸狀子次日便往都察院処喊了冤察院坐堂看狀見是告賈璉的事上面有家人旺兒一人只得遣人去賈府傳旺兒來对詞青衣不敢擅入只命人代信那旺兒正等着此事不用人代信早在这條街上等候見了青衣反迎上去笑道起動衆位兄弟必是兄弟的事犯了说不得快來套上衆青衣不敢只说你老去罷别闹了于是來

至堂前跪了察院命將狀子与他有旺兒故意看了一遍磞頭說道這是小的尽知小的主人寔有此事但這張華素与小的有仇故意攀折小的在內其中還有別人求老爺再問張華 磞頭雖還有人小的不敢告他所以只告他下人旺兒故意急的說糊塗東西還不快說出來這是朝廷公堂之上憑是主子也要說出來張華 便說出賈蓉來察院听了無法只得去傳賈蓉鳳姐 又差了慶兒暗中打聽告了起來便忙將王信喚來告訴他此事命 他托察院只虛張声勢驚唬而已又拿了三百銀子與他去打點是夜王信到了察院私第安了根子那察院深知原委收了賍良次日回堂只說張華無賴因拖欠了賈府銀兩枉捏虛词誣賴良人都察院又素與王子騰相好王信也只到家說了一声況是賈府之人巴不得了事便也不提此事且都收下只得賈蓉對詞且說賈蓉等正忙着賈珍之事忽有人來報信

說有人告你们如此〻〻這般〻〻快作道理賈蓉慌了忙来回賈珍〻〻說我防了這一着只虧他大胆子即刻封了二百銀子着人去打点察院又命家人去对辞正商議之間人報西府二奶〻来了賈珍听了這个到吃了一驚忙要同賈蓉藏躲不想风姐進来了說好大哥〻帶着兄弟们幹的好事賈蓉忙清安风姐拉了他就進来賈珍還咲說好生侯候你姑娘分付他们殺牲口備飯說了忙命備馬躲往别處去了這裡鳳姐兒帶着賈蓉走来上房尤氏正迎了出来見风姐氣色不善忙咲說什庅事情這等忙风姐照臉一口汢沫啐道你尤家的丫頭沒人要了偷着只往賈家送難道賈家的人都是好的普天下死绝了男人了你就愿意給也要三媒六証大家說明成个体统才是你痰迷了心脂油蒙了竅國孝家孝两重在身就把个人送了来這會子被人家告我们我又是个沒脚蟹連官場

中都知道我利害吃醋 如今指名提我要休我〻来了你家幹錯了什庅 不是你這等害我或是老太〻太〻有了話在你心里使你們做這圈套要擠我出去 如今偺們兩个一同去見官分証明白回来偺們公同請了合族中人大家覿面說个明白給我休書我就走路 一面說一面大哭拉着尤氏只要去見官急的賈蓉跪在地下碰頭只求姑娘嬸〻息怒鳳姐兒一面又罵賈蓉天雷劈腦子五鬼分尸的沒良心的種子不知天有多高地有多厚成日家調三窩四幹出这些〻沒臉面沒王法敗家破業的營生你死了的娘陰灵也不容你祖宗也不容你还敢来勸我哭罵着揚手就打賈蓉忙磕頭有声說嬸〻別動氣仔細手讓我自己打嬸〻別生氣說着自己舉手左右開弓自己打了一頓嘴巴子又自己问着自己說已後可再顧三不顧四的混管閑事了已後还单听叔〻的話不听嬸〻

的話了衆人又是劝又要咲又不敢咲鳳姐兒滚列尤氏懷裡嚎天動地大放悲声只説給你兄弟娶親我不惱為什庅使他違旨背親將混賬名兒給我背着偺們只去見官省得捕快皂隷拿來再者偺們只过去見了老太〻太〻和衆族人大家公議了我既不賢良又不容丈夫娶親買妾只給我一紙你書我即刻就是你妹〻我也親身接了來家生怕老太〻太〻生氣也不敢回現在三茶三飯金奴銀婢的住在園裡我这里赶着收拾房子一樣和我的道理只等老太〻知道了原説接过來大家安分守已的我也不提旧事了誰知又是有了人家的不知你們幹的什庅事我一槩又不知道如今告我〻昨日急了縱然我出去見官也丟的是你賈家的臉少不得偷把太〻的五百两銀子去打点如今把我的人还鎖在那裡説了又哭〻了又駡後来放声又哭的祖宗爹

媽來又要尋死撞頭把个尤氏揉搓成一个麵團衣服上全是眼淚鼻宎並無
别語只罵賈蓉孽障種子和你老子作的好事我就說不好的鳳姐兒听說哭
着兩手搬着尤氏的臉緊对相问道你發昏了你的嘴里难到有茄子擥着不
然他們給你嚼子啣上了為什麽你不告訴我去你若告訴了我还会子平安
不了怎得經官動府鬧到这步田地你这会子还怨他們自古說妻賢夫禍少
表壯不如裡壯你但凡是个好的他們怎得闹出这些事来你又沒才幹又沒
口齒鋸了嘴子的葫芦就只會一味瞎小心圖賢良的名兒總是他們也不
怕你也不听你說着啐了幾口尤氏也哭道何曾不是这樣你不信问问跟的人
我何曾不劝的也得他們听叫我怎麽樣呢怨不得妹妹生氣我只好听着罵
了衆姬妾丫嬛媳婦已是烏鴉跪了一地陪笑求說二奶奶最聖明的雖是我

們奶〻的不是奶〻也作賤的句了当着奴才們奶〻們素日何等的好来如
今還求奶〻給晋臉說着捧上茶来鳳姐也摔了一面止了哭挽頭髮又喝罵
賈蓉出去請大哥〻来我对面問他親大爺的孝纔五七侄兒娶親這个礼我
竟不知道我問〻也好斈着日後教道子侄的賈蓉只跪着磕頭說道這事原不
與父母相干都是兒子一時吃了屎調唆着叔〻作的我父親也並不知道如
今我父親正要出殯嬸〻若鬧了起来兒子也是个死只求嬸〻責罸兒子兒
子謹領這官司還求嬸〻料理兒子竟不然幹這大事嬸〻是何等樣人豈不
知俗語說的胳膊只折在袖子裡兒子糊塗死了既作了不肖的事就同那貓
兒狗兒一般嬸〻既教訓就不和兒子一般見識的少不得還要嬸〻費心費
力將外頭的事壓住了纔好原是嬸〻有這个不肖的兒子既惹了禍少不得

委屈還要疼兒子說着又磕頭不絕鳳姐兒見他母子這般也再难往前施展了只得又轉過一副形容言談来与尤氏反陪礼說我是年輕不知事的人一听見有人告訴了把我赫昏了不知方纔怎樣得罪了嫂子可是蓉兒說的胞膊折了往袖子裡藏少不得嫂子要体量我还要嫂子轉替哥々說了先把这官司按下去纔好尤氏賈蓉一齊都說嬸々放心横竪一点兒連累不着叔々嬸々方纔說用过了五百兩銀子少不得我娘兒們打点五百兩銀子與嬸々送過去好補上的不然豈有反教嬸々又添上虧空之名越發我們該死了但還有一件老太々太々們跟前嬸々还要週全方便別提这些話方好鳳姐兒又冷笑道你們饒壓着我的頭幹了事這会子反哄着我替你們週全我雖然是个獃子也獃不到如此嫂子的兄弟是我的丈夫嫂子既怕他絕後我豈不更

比嫂子更怕絶後嫂子的令妹就是我的妹子一樣我一听見這話連夜喜欢
的連覺也睡不成赶着傳人収拾了屋子就要接進来同住倒是奴才小人的
見識他們到説奶〻太好性了若是我們的主意先回了老太〻太〻看是怎
様再収拾房子去接也不遅我听了這話教我要打要罵的纔不言語誰知偏不
称我的意偏打我的嘴半空裡又跑出个張華来告了一状我听見了嚇的兩夜
沒合眼兒又不敢声張只得求人去打听這張華是什庅人這樣大胆打听了
兩日誰知是个無賴的花子我年輕不知事反咲了説他告什庅到是小子們
説原是二奶〻許了他的他如今正是急了凍死餓死也是个死現在有這个
理他抓着揔然死了死的到比凍死餓死还值些怎庅怨的他告呢這事原是
爺作的太急了國孝一層罪家孝一層罪背着父母私娶一層罪停妻再娶一

層罪俗語说拚着一身剐敢把皇帝拉下馬他窮瘋了的人什庅事作不出来
況且他又拿着这滿礼不告等请不成嫂子说我便是个韓信張良听了这話
也把智謀嚇回去了你兄弟又不在家又沒个商議少不得拿錢去墊補誰
知越使錢越被人拿住了刀靶越發来訛我是耗子尾上長瘡多少膿血
兒所以又急又氣少不得来找嫂子尤氏賈蓉不等说完都说不必操心
自然要料理的賈蓉又道那張華不过是窮急故捨了命纔告咱们如今
想了一个法兒竟許他些銀子只叫他應了妄告不實之罪咱们替他打
点完了官司他出来時再給他些个銀子就完了鳳姐兒咲道好孩子怨不得
你顧一不顧二的作这些事出来原来你竟糊塗若你说得这話他暫且依
了且打出官司来又得了銀子眼前自然了事这些人既是無賴之徒銀子到手

一旦光了他又尋事故訛詐倘又叨登起来这事咱们雖不怕也終担心擱不住他説既沒毛病為什麼反給他銀子終久不了之局賈蓉原是个明白人听如此一説便笑道我还有个主意来是了非人去是了非者这事还得我了纔好如今我竟去問張華个主意或是他定要人或是他愿意了事得錢再娶他若説一定要人少不得我去劝我二姨叫他出来仍嫁他去若説要錢我们这裡少不得給他鳳姐兒忙道雖如此説我斷捨不得你姨娘出去我也斷不肯使他去好侄兒你若疼我只能可多給他錢為是賈蓉深知鳳姐口雖如此心却是巴不得只要本人出来他却做賢良人如今怎説怎依鳳姐兒欢喜了又説外頭好处了家裡終久怎麼樣你也同我过去回明纔是尤氏又慌了拉鳳姐討主意如何撒謊纔好鳳姐冷笑道既沒这本事誰叫你幹这事了这会子这个腔兒我又看不上待要不

出个主意我又是个心慈面軟的人憑人撮弄我〻还是一片癡心说不淂讓我應起来如今你們只別露面我只領了你妹〻去与老太〻太〻們磕頭只说原係你妹〻我看上了狠好正因我不大生長原说買兩个人放在屋里的今既見你妹〻狠好而又是親上做親的我愿意娶来做二房皆因家中父母姊妹新近一槩死了日子又艱难不能度日若等一日之後無奈無家無業寔难等淂我的主意接了進来已经廂房收拾了出来暫且住着等滿了服每圓房仗着我不怕燥的臉死活賴去有了不是也尋不着你們了你們母子想〻可使淂尤氏賈蓉一齊咲说到底是嬸〻寬洪大量足智多謀等事妥了少不得我們娘兒們過去拜謝尤氏忙命丫环們伏侍鳳姐梳粧洗臉又擺酒飯親自遞酒揀菜鳳姐也不多坐執意回去了進園中將此事告訴与尤二姐又说我怎

庅操心　打听又怎庅設法子須得如此〻〻方救下众人無罪少不得我去折閙

这15魚頭大家才好　不知端詳且听下囬分解

脂硯齋重評石頭記卷之

第六十九回

弄小巧用借劍殺人　覺大限吞生金自逝

話說尤二姐聽了又感謝不盡只得跟了他來尤氏那邊怎好不過來的少不得也過来跟着鳳姐去回方是大禮鳳姐笑說你只別說話等我去說尤氏道這个自然但一有了不是往你身上推的說着大家先来至賈母房中正值賈母和園中姊妹們說笑解悶忽見鳳姐帶了一个標緻小媳婦進来忙覷着眼看說這是誰家的孩子好可憐見的鳳姐上来笑道老祖宗倒細細的看看好不好說着忙拉二姐說這是太婆婆快磕頭二姐忙行了大禮展拜起来又指着衆姊妹說這是某人某人你先認了太太瞧過了再見禮二姐聽了一一

又從新故意的问過要頭跕在傍邊賈母上下瞧了一遍因又咲问你姓什広今年十幾了鳳姐忙又咲説老祖宗且别问只説比我俊不俊賈母又帶上了眼鏡命死央琥珀把那孩子拉過来我瞧々肉皮兒衆人都抿嘴兒咲自只淂推他上去賈母細瞧了一遍又命琥珀拿出手来我瞧々死央又揭起裙子来賈母瞧畢摘下眼鏡来咲説道更是个齊全孩子我看比你俊些鳳姐听説咲着忙跪下将尤氏那邊所編之話一五一十細々的説了一遍少不淂老祖宗發慈心先許他進来住一年後再圓房賈母听了道這有什広不是既你這樣賢良狠好只是一年後方可圓淂房鳳姐听了叩頭起来又求賈母着兩个女人一同帶去見太々們説是老祖宗的主意賈母依允遂使二人帶去見了邢夫人等王夫人正因他風聲不雅深為憂慮見他今行此事豈有不樂之理於

是尤二姐自此見了天日挪到廂房住居鳳姐一面使人暗〻調唆張華只叫他要原妻這裡還有許多賠送外还給他銀子安家過活張華原無胆無心告賈家的後来又見賈蓉打發了人来對詞那人原說的張華先退了親我们皆是親戚接到家裡住着是真並無娶之說皆因張華拖欠了我们的債務追索不與方誣賴小的主人那些个察院都和賈王兩處有瓜葛况又受了賄只說張華無賴以窮訛詐狀子也不収打了一頓赶出来慶兒在外替張華打点也没打重又調唆張華親原是你家定的你只要親事官必還斷給你于是又告王信那邊又透了消息與察院〻〻便批張華所欠賈宅之銀令其限内按數交還其所定之親仍令其有力時娶回又傳了他父親来當堂批准他父親亦係慶兒說明樂得人財兩進便去賈家領人鳳姐兒一面嚇的来回賈母說如此這

般都是珍大嫂子幹事不明並沒和那家退准惹人告了如此官斷賈母聽了忙
喚了尤氏過来説他作事不妥既是你妹子従小曾與人指腹為婚又沒退斷
使人混告了尤氏聽了只得説他連銀子都収了怎広沒准鳳姐在傍又説張
華的口供上現説不曾見銀子也沒見人去他老子又説原是母親家説過一
次並沒應准母親家死了你们就接進去作二房如此沒有對証只説好由他
去混説幸而璉二爺不在家沒曾圓房這還無妨只是人已来了怎好送回去
豈不傷臉賈母道又沒圓房沒的強占人家有夫之人名声也不好不如送給
他去那里尋不出好人来尤二姐聽了又回賈母説我母親寔于某年月日給了他
十兩銀子退准的他因窮急了告又翻了口我姐〻原沒錯辦賈母聽了便説可
見刁民難惹既這様鳳丫頭去料理〻
〻鳳姐聽了無法只得應自回来只命

人去找賈蓉〻〻深知鳳姐之意若要使張華領回成何体統便回了賈珍暗〻遣人去説張華你如今既有許多銀子何必定要原人若只〻管執定主意豈不怕爺們一怒尋出个由頭你死無葬身之地你有了銀子回家去什么好人尋不出来你若走時還賞你些路費張華听了心中想了一想这倒是好主意和父親商議已定約共也得了有百金父子次日起个五更便回原籍去了賈蓉打听得真了来回了賈母鳳姐説張華父子妄告不実懼罪逃走官府亦知此情也不追究大事完畢鳳姐听了心中一想若必定自張華帶回二姐去未免賈璉回来再花几个钱包占住不怕張華不依还是二姐不去自己相伴自还妥當且再作道理只〻是張華此去不知何往倘或他再将此事告訴了别人或日後再尋出这由頭来翻案豈不是自己害了自己原先不該如此将刀靶付與与外

人去的因此悔之不迭復又想了一條主意出来悄命旺兒遣人尋着了他或説他作賊和他打官司將他治死或暗中使人筭記務將張華治死方剪草除根保住自己的名譽昨兒領命出来回家細想人已走了完事何必如此大作人命関天非同兒戲我且哄過他去再作道理因此在外躲了几日回来告訴鳳姐只説張華因有了几兩銀子在身上逃去第三日在京口地界五更天已被截路打悶棍打死了他老子唬死在店房在那里騐尸掩埋鳳姐听了不信説你要扯謊我再使人打听出来敲你的牙自此方丟過不完鳳姐和尤二姐和美非常更比親姊親妹还勝十倍那賈璉一日事畢回来先到了新房中已竟悄悄的封瑣只有一个看房子的老頭兒賈璉问起原故老頭子細説原委賈璉只在鐙中跌足少不得来見賈赦與邢夫人將所完之事回明賈赦十分歡喜

説他中用賞了他一百両銀子又將房中一个十七歲的丫鬟名喚秋桐賞
他為妾賈璉叩頭領去喜之不盡見了賈母合家中人回來見鳳姐未免臉上
有些愧色誰知鳳姐見他反不似往日容顔同尤二姐一同出迎叙了寒温賈
璉將秋桐之事説了未免臉上有些得意之色驕矜之容鳳姐听了忙命兩个
媳婦坐車在（到）那边接了來心中一刺未除又平空添了一刺説不得且吞声忍
氣將好顔面換出來遮飾一面又命擺酒接風一面帶了秋桐來見賈母与王夫
人等賈璉心中也暗暗的納罕那日已是臘月十二日賈珍起身先拜了宗祀
然後过來辭拜賈母等人和族中人直送到洒淚亭方回獨賈璉賈蓉二人送
出三日三夜方回一路上賈珍命他好生収心治家等語二人口内答應也説些
大理套話不必煩叙且説鳳姐在家外面待尤二姐自不必説得只是心中又

懷别意無人処只和尤二姐説妹々的声名狠不好听連老太々太々們都知
道了説妹々在家做女孩兒就不干凈又和姐夫有些首尾没人要的了你揀
了来还不休了再尋好的我听見这話氣个倒仰查是誰説的又查不出来这
日久天長这些个奴才們跟前怎么説嘴我反弄了个魚頭来拆説了兩遍自
已又氣病了茶飯也不吃除了平兒衆丫頭媳婦無不言三語四指桑説槐暗
相譏刺秋桐自為係賈赦之賜無人僭他的連鳳姐平兒皆不放在眼裡豈肯
容他張口是先姦後娶没漢子要的娼婦也来要我的強鳳姐听了暗樂尤二
姐听了暗愧暗怒暗氣鳳姐既粧病便不和尤二姐吃飯了每日只命人端了
菜飯到他房中去吃那茶飯都係不堪之物平兒看不过自拿了錢出来弄菜
与他吃或是有時只説和他園中去頑在園中厨内另做了湯水与他吃也無

人敢回风姐只有秋桐一時撞見了便去說舌告訴风姐說奶〻的名声主是
平兒弄壞了的這樣好菜好飯浪自不吃却往園裡去偷吃风姐听了罵平兒
說人家養猫拿耗子我的猫只到咬雞平兒不敢多說自此也要遠着了又暗
恨秋桐难以出口園中姊妹如李纨迎春惜春等人皆為风姐是好意然宝黛
一干人暗為二姐担心雖都不便多事惟見二姐可憐常来了到还都悯恤他
每日常無人處說起話来尤二姐便淌眼抹泪又不敢抱怨风姐兒又並無露
出一點壞形来賈璉来家時見了风姐賢良也便不留心況素習已来日賈赦
姬妾丫嬛最多賈璉每懐不軌之心只未敢下手如這秋桐輩等人皆是恨老
爺平邁昏憒貪多嚼不爛没的留下這些人作什庅因此除了幾個知礼有耻
的餘者或有與二門上小么兒們嘲戲的甚至於與賈璉眉来眼去相偷期的

只懼賈赦之威未曾到手這秋桐便和賈璉有舊從未来过一次今日天缘凑巧竟賞了他真是一對烈火乾柴如膠投漆燕尔新婚連日那里拆的開那賈璉在二姐身上之心也漸〻淡了只有秋桐一人是命凤姐雖恨秋桐且喜借他先可發脱二姐自己且抽頭用借劍殺人之法坐山觀虎鬥等秋桐殺了尤二姐自己再殺秋桐主意已定沒人處常又私勸秋桐說你年輕不知事他現是二房奶〻你爺心坎兒上的人我还讓他三分你去硬碰他豈不是自尋其死那秋桐听了这話越發惱了天〻大口亂罵說奶〻是軟弱人那等賢惠我却做不来奶〻把素日的威風怎都沒了奶〻寬洪大量我却眼裡揉不下沙子去讓我和他这淫婦做一回他纔知道凤姐兒在屋裡只粧不敢出声兒氣的尤二姐在房裡哭泣飯也不吃又不敢告訴賈璉次日賈母見他眼紅〻的

腫了問他又不敢說秋桐正是抓乖賣俏之時他便悄悄的告訴賈母王夫人等說耑會作死好好的成天家號喪背地里咒二奶奶和我早死了他好和二爺一心一計的过賈母听了便說人太生嬌俏了可知心就嫉妬鳳丫頭到好意待他他到这樣争鋒吃醋的可是个賤骨頭因此漸次便不大歡喜衆人見賈母不喜不免又往下踹踐起来弄得这尤二姐要死不能要生不得还是虧了平兒時常背自风姐看他这般與他排解排解那尤二姐原是个花為腸肚雪作肌膚的人如何經得这般磨折不過受了一个月的暗氣便懨懨得了一病四肢懶動茶飯不進漸次黄瘦下去夜来合上眼只見他小妹子手捧鴛鴦宝劍前来說姐姐你一生為人心痴意軟終吃了这虧休信那妬婦花言巧語外作賢良内藏奸狡他発恨定要弄你一死方罢若妹子在世斷不肯令你進来即進

来时亦不容他这樣此亦係理数應然你我生前淫奔不才使人家喪倫敗行故有此報你依我將此劍斬了那妬婦一同歸至警幻案下听其發落不然你則白〻的喪命且無人憐惜尤二姐泣道妹〻我一生品行既虧今日之報既係当然何必又生殺戮之寃隨我去忍耐若天見憐使我好了生豈不兩全小妹咲道姐〻你終是个癡人自古天網恢〻疎而不漏天道好还你雖悔过自新然已將人父子兄弟致于麀聚之乱天怎容你安生尤二姐泣道既不得安生亦是理之当然奴亦無怨小妹听了長嘆而去尤二姐驚醒却是一夢等賈璉来看时因無人在側便泣說我这病便不能好了我来了半年腹中也有身孕但不能預知男女倘天見憐生了下来还可若不然我这命就不保何况於他賈璉亦泣說你只放心我请明

人来醫治於你〔是〕出去即刻請醫生誰知王太醫亦謀幹了軍前去効力回来好討蔭封的小厮們走去便請了个姓胡的太醫號叫君榮進来胗脉看了説是經水不調全要大補賈璉便説已是三月庚信不行又常作嘔酸恐是胎氣胡君榮听了復又命老婆子們請出手来再看看尤二姐少不得又從帳内伸出手来胡君榮又胗了半日説若論胎氣肝脉自應洪大然木盛則生火經水不調亦皆因由肝水〔木〕所致醫生要大胆須得請奶奶將金面略露露醫生觀觀氣色方敢下藥賈璉無法只得命將帳子撳起一縫尤二姐露出臉来胡君榮一見魂魄如飛上九天通身麻木一無所知一时掩了帳子賈璉陪他出来問是如何胡太醫道不是胎氣只是迂血凝结如今只以下迂血通經脉要緊于是寫了一方作辭而去賈璉命人送了藥禮抓了藥来調服下去只

半夜尤二姐腹痛不止誰知竟将一个已成形的男胎打了下来于是血行不止二姐就昏迷过去賈璉聞知大罵胡君榮一面再遣人去請醫调治一面命人去打告胡君榮胡君榮听了早已捲包逃走这里太醫便说本来氣血生成虧弱受胎以来想是着了些氣惱鬱结于中這位先生擅用虎狼之剂如今大人元氣十分傷其八九一時难保就愈煎丸二藥並行还要一些閑言閑事不聞庶可望好说畢而去急的賈璉查是誰請了姓胡的来一时查了出来便打了半死鳳姐比賈璉更急十倍只说偺们命中無子好容易有了一个又遇見这樣沒本事的大夫於是天地前燒香礼拜自已通陳禱告说我或有病只求尤氏妹子身体大愈再得懷胎生一男子我愿吃長齋念佛賈璉衆人見了無不稱讚賈璉与秋桐在一処時鳳姐又做湯做水的着人送与二姐又罵平兒不

是个有福的也和我一樣我因多病了你却無病也不見怀胎如今二奶〻这
樣都因偺们無福或犯了什庅冲的他这樣因又呼人出去筭命打卦偏筭命
的回来又说係屬兎的陰人冲犯大家筭將起来只有秋桐一人屬兎说他冲
的秋桐近見賈璉請醫治藥打人罵狗為尤二姐十分盡心他心中早浸了一
缸醋在内了今又听見如此说他冲了鳳姐兒又劝他说你暫且別處去躲几
個月再来秋桐便氣的哭罵道理那起瞎肏的混咬舌根我和他井水不犯河
水怎庅就冲了他好个愛八哥兒在外頭什庅人不見偏来了就有人冲了白
眉赤臉那里来的孩子他不过指着哄我们那个绵花耳朵的爺罷了總有孩
子也不知姓張姓王奶〻希罕那襍種羔子我不喜欢老了誰不成誰不會養
一年半載養一个到还是一点摻襍沒有的呢罵的衆人又要咲又不敢咲

可巧邢夫人過来請安秋桐便哭告邢夫人說二爺二奶〻要攆我回去我沒
了安身之処太〻好歹開恩邢夫人听説慌的数落鳳姐兒一陣又罵賈璉不
知好歹的種子憑他怎麼不好是你父親給的為个外頭来的攆他連老子都沒
了你要攆他你、不如還你父親去到好説着賭氣去了秋桐更又淂意越性走到
他窓户根底下大哭大罵起来尤二姐听了不免更添煩惱晚間賈璉在
秋桐房中歇了鳳姐已睡平兒过来瞧他又悄〻劝他好生養病不要理那畜生
尤二姐拉他哭道姐〻我、從到了这里多虧姐〻照應為我姐〻也不知受了多
少閑氣我若逃的出命来我必答报姐〻的恩德只怕我逃不出命来也只
好等来生罢平兒也不禁滴泪説道想来都是我坑了你、我原是一片痴心從沒
瞞他的話既听見你在外頭豈有不告訴他的誰知生出这些〻个事来尤二姐忙

道姐〻这話錯了若姐〻便不告訴他〻豈有打听不出来的不过是姐〻說的在先况且我也要一心進来方成个体統与姐〻何干二人哭了一回平兒又囑咐了几句夜已深了方去安息这里尤二姐心下自思病已成勢日無所養反有所傷料定必不能好况胎已打下無可懸心何必受这些零碎氣不如一死到还干凈常听見人說生金子可以墜死豈不比上吊自刎又干凈想畢拃掙起来打開箱子找出一塊生金子也不知多重恨命含泪便吞入口中几次恨命直脖子方嚥了下去於是赶忙將衣服首飾穿帶齊整上炕躺下了当下人不知鬼不覺到第二日早辰丫妚媳婦们見他不叫人樂得且自去梳洗鳳姐和秋桐都上去了平兒看不过說了頭们你们就只配沒人心的打着罵着使也罷了一个病人也不知可憐〻他虽好性兒你们也該拿出个樣兒来別太

过迁了墙倒衆人推丫嬛听了急推房门進来看时却穿带的齊齊整整死在炕上

于是方嚇慌了喊叫起来平兒進来看了不禁大哭衆人虽素習懼怕鳳姐

然想尤二姐實在温和憐下比鳳姐原強如今死去谁不傷心落淚只不敢与

鳳姐看見当下合宅皆知賈璉進来摟尸大哭不止鳳姐也假意哭狠心的

妹妹你怎么丢下我去了辜負了我的心尤氏賈蓉等也来哭了一塲劝住賈璉賈璉

便回了王夫人討了梨香院停放五日挪到鉄檻寺去王夫人依允賈璉忙命人去開

了梨香院的门收拾出正房来停靈賈璉嫌後门出靈不像便对着梨香院

的正墙上通街現開了一个大门两边搭棚安壇塲做佛事用軟榻鋪了

錦緞衾褥将二姐抬上榻去用衾单盖了八个小厮和九个媳婦圍随

從内子墙一带抬往梨香院来那里已請下天文生預備揭起衾单一看只見这尤

二姐面色如生比活着还美貌賈璉又摟着大哭只叫奶〻你死的不明都是我坑了你賈蓉忙上来勸叔〻嘆着些児我这个姨娘自己没福説着又向南指大觀園的界墻賈璉會意只悄〻跌脚説我忽略了終久對出来我替你报仇天文生回説奶〻卒于今日正卯時五日出不得或是三日或是七日方可明日寅時入殮大吉賈璉道三日断乎使不得竟是七日因家叔家兄皆在外小丧不敢多停等到外頭还放五七做大道場纔掩靈明年往南去下㘸天文生應諾寫了殃榜而去宝玉已早过来陪哭一塲衆族中人也都来了賈璉忙道去我鳳姐要銀子治辦棺槨喪礼鳳姐見抬了出去推有病回老太〻太〻説我病着忌三房不許我去因此也不出来穿孝且往大觀園中来逩過群山至北界墻根下往外听隐〻綽〻听了一半言語回来又回賈母説如此这般賈母通

信他胡说谁家痨病死的孩子不烧了一撒也認真了閙喪破土起来既是二房一場也是夫妻之分停五七日抬出来或一燒或乱莚地上埋了完事鳳姐咲道可是這話我又不敢劝他正説着丫鬟来請鳳姐説二爺等着奶奶拿銀子呢鳳姐只得来了便問他什庅銀子家里近来艱難你还不知道偺们的月例一月赶不上一月雞兒吃了过年粮昨兒我把两个金項圈當了三百銀子你還做夢呢這里还有二三十两銀子你要就拿去説着命平兒拿了出来遆与賈璉指着賈母有話又去了恨的賈璉没話可説只得開了尤氏箱櫃去拿自己的梯己及開了箱櫃一滴無存只有些折簪爛花並几件半新不舊的紬絹衣裳都是尤二姐素習所穿的不禁又傷心哭了起来自己用个包袱一齊包了也不命小廝丫鬟来拿便自己提着来燒平兒又是傷心又是好咲忙将二

百兩一包的碎銀子偷了出來到廂房拉住賈璉悄遞與他說你只、別作声纔好你要哭外頭多少哭不得又跑了這裡來點眼賈璉听說便說你說的是接了銀子又將一條裙子遞與平兒說這是他家常穿的你好生替我収着作个念心兒平兒只得掩了自己収去賈璉拿了銀子與眾人走來命人先去買板好的又貴中的又不要賈璉騎馬自去要瞧至晚間果抬了一幅好板進來價銀五百兩賒着連夜赶造一面分派了人日穿孝守靈晚來也不進去只在這里伴宿正是

要知端的下回分解

脂硯齋重評石頭記卷之

第七十回

林代玉重建桃花社　史湘雲偶填柳絮詞

話說賈璉自在梨香院伴宿七日夜天々僧道不斷做佛事賈母喚了他去分付不許送往家廟中賈璉無法只得又和時覺說了就在尤三二姐之上點了一個穴破土埋葬那日送殯只不過族中人與王信夫婦尤氏婆媳而已鳳姐一應不曾出憑他自去辦理因又年近歲過逼諸物蝟集不算外又有林之孝開了一个人名单子来共有八个二十五歲的单身小廝應該娶妻成房等裡面有該放的丫頭們好求指配鳳姐看了先来问賈母和王夫人大家商議雖有几个應該發配的奈各人皆有原故第一个夗央發誓不去自那日之後一

向未和宝玉说话也不盛粧濃飾衆人見他志堅也不好相強第二个琥珀又有病這次不能了彩雲因近日和賈環分崩也染了無醫之症只有鳳姐兒和李纨房中粗使的大丫嬛出去了其餘年紀未足令他们外頭自娶去了原来這一向因鳳姐病了李纨探春料理家務不得閑暇接着過年過節出来許多雜事竟將诗社擱起如今仲春天氣雖得了工夫爭奈宝玉因冷遁了柳湘蓮劍刎了尤小妹金逝了尤二姐氣病了柳五兒連連接接閙愁胡恨一重不了一重添弄得情色若痴語言常乱似染怔忡之疾慌的襲人等又不敢回賈母只百般逗他頑笑這日清晨方醒只聽外間房内咭咭呱呱之笑声不斷襲人因笑说你快出去解救晴雯和麝月兩个人按住温都里那隔肢呢宝玉聽了忙披上灰鼠襖子出来一瞧只見他三人被褥尚未疊起大衣也未穿

那晴雯只穿着葱綠苑紬小袄紅小衣紅睡鞋披着頭髮騎在雄奴身上麝月
是紅綾抹胸披着一身舊衣在那里抓雄奴的肋肢雄奴却仰在炕上穿着撒
花緊身兒紅褲綠韈兩脚乱蹬咲的喘不過氣來宝玉忙上咲說兩个大的欺負
一个小的等我助力說着也上床來膈肢晴雯〻〻觸癢咲的忙丢下雄奴和宝
玉對抓雄奴趁势又將晴雯按倒向他肋下抓動襲人咲說仔細凍着了看他
四人裹在一處到好咲忽有李紈打發了碧月來說昨兒晚上奶〻在這里把塊
手帕子忘了不知可在这里小燕說有〻〻我在地下拾了起來不知是那一位
的才洗了出來晾着還未乾呢碧月見他四人乱滾因咲道到是这里熱鬧大
清早起就咭〻呱〻的頑到一處宝玉咲道你们那里人也不少怎庅不頑碧月
道我们奶〻不頑把兩个姨娘和琴姑娘也賓住了如今琴姑娘又跟了老太

〻前頭去了更寂寞了两个姨娘今年過了到明年冬天都去了又更寂寞呢你瞧宝姑娘那里出去了一个香菱就冷清了多少把个雲姑娘落了单正说着只見湘雲又打發了翠縷来说请二爺快出去瞧好诗宝玉聽了忙问那里的好詩翠縷咲道姑娘們都在沁芳亭上你去了便知宝玉听了忙梳洗了出来果見黛玉宝釵湘雲宝琴探春都在那里手裡拿着一篇诗看見他来時都咲说这會子還不起来咱们的诗社散了一年也沒有人作興如今正是初春時節萬物更新正該鼓舞另立起来纔好湘雲咲道一起诗社時是秋天就不應發達如今恰好萬物逢春皆主生盛况这首桃花诗又好就把海棠社改作桃花社 起時是沒有名 此是先有名 宝玉听着点頭说狠好且忙着要诗看衆人都又说咱们此時就訪稻香老農去大家議定好起的说着一齊起来都往

稻香村来宝玉一壁走一壁看那紙上寫着桃花行一篇曰

桃花簾外東風軟
桃花簾内晨粧懶
簾外桃花簾内人
人與桃花隔不遠
東風有意揭簾櫳
花欲窺人簾不捲
桃花簾外開仍舊
簾中人比桃花瘦
花解憐人花也愁
隔簾消息風吹透
風透湘簾花滿庭
庭前春色倍傷情
閑苔院落門空掩
斜日欄杆人自凭
凭欄人向東風泣
茜裙偷傍桃花立
桃花桃葉亂紛紛
花綻新紅葉凝碧
霧裹烟封一萬株
烘樓照壁紅模糊
天機燒破夗央錦
春酣欲醒移珊枕
侍女金盆進水来
香泉影蘸胭脂冷
胭脂鮮艷何相類
花之顏色人之淚
若將人淚比桃花

淚自長流花自媚　淚眼觀花淚易乾　淚乾春盡花憔悴
憔悴花遮憔悴人　花飛人倦易黃昏　一聲杜宇春歸盡
寂寞簾櫳空月痕

宝玉看了並不稱讚却滾下淚来便知出自黛玉因此落下淚来又怕衆人看見又忙自己擦了因問你们怎么得来宝琴咲道你猜是谁作的宝玉咲道自然是瀟湘子稿宝琴咲道現是我作的呢宝玉咲道我不信這声調口氣迥乎不像蘅蕪之體所以不信宝釵咲道所以你不通難道杜工部首〻都作叢菊兩開他日淚之句不成一般的也有紅綻雨肥梅水荇牽風翠帶長之媚語宝玉咲道固然如此說但我知道姐〻斷不許妹〻有此傷悼語句妹〻雖有此才是斷不肯作的比不得林妹〻曾經離喪作此哀音衆人听說都咲了已至稻香村

中將詩與李紈看了自不必說稱賞不已說起詩社大家議定明日乃三月初二日就起社便改海棠社為桃花社林代玉就為社主明日飯後齊集瀟湘館因又大家擬題代玉便說大家就要桃花詩一百韻宝釵道使不得從來桃花詩最多總作了必落套比不得你這一首古風須得再擬正說着人回舅太太来了姑娘們出去請安罷因此大家都往前頭来見王子騰的夫人陪着說話吃飯畢又陪入園中来各處遊玩一遍至晚飯後掌灯方去次日乃是探春的壽日元春早打發了兩个小太監送了几件玩器合家皆有壽儀自不必說飯後探春換了禮服各處去行礼代玉笑向衆人道我這一社開的又不巧了偏忘了這兩日是他的生日雖不擺酒唱戲的少不得都要陪他在老太太太太跟前頑笑一日如何能得閑空兒因此改至初五這日衆姊妹皆在房中侍早膳畢便有

賈政書信到了宝玉請安將請賈母的安禀拆開念與賈母听上面不过是請安的話説六月中准進京等語其餘家信事務之帖自有賈璉和王夫人開讀衆人听説六七月回京都喜之不盡偏生近日王子騰之女許與保寧之子為妻擇日於五月初十日过门凤姐兒又忙自張羅常三五日不在家这日王子騰的夫人又来接凤姐兒一並請衆甥男甥生閒樂一日賈母和王夫人命宝玉探春林代玉宝釵四人同凤姐去衆人不敢違拗只得回房去另粧飾了起来五人作辭去了一日掌灯方回宝玉進入怡紅院歇了半刻襲人便乘机見景勸他収一収心閒時把書理一理預備自宝玉屈指筭一筭说还早呢襲人道書是第一件字是第二件到那時你總有了書你的字寫的在那里呢宝玉咲道我時常也有寫了的好些难道都沒収着襲人道何曾沒収着你昨兒不在家

我就拿出来共筭数了一数緫有五六十篇这三四年的工夫雖道只有这几
張字不成依我說從明日起把别的心全収了起来天天快臨几張字補
上雖不能按日都有也要大槩看得过去宝玉听了忙的自已又親檢了一遍寔
在搪塞不去便說明日為始一天寫一百緫好說話時大家安下至次日起来
梳洗了便在窓下研墨恭楷臨帖賈母因不見他只當病了忙使人来問宝玉
方去請問便說寫字之故先将早起清晨的工夫儘了出来再作别的因此出
来遅了賈母听了便十分歡喜就分付他已後只管寫字念書不用出来也
使得你去回你太太知道宝玉听説便往王夫人房中来説明王夫人便說臨陣
磨鎗也中用有这會子着急天天寫寫念念有多少禎不了的这一赶又赶出病来
纔罢宝玉回說不妨事这裡賈母也說怕急出病来探春宝釵等都笑說老

太〻不用急書雖替他不得字却替得的我们每人每日臨一篇給他塘塞过这一步就完了 一則老爷到家不生氣二則他也急不出病来賈母听说喜之不盡原来林黛玉闻得賈政回家必问宝玉的工課宝玉肯分心恐臨期吃了虧因此自己只粧作不耐煩把诗社便不起也不以外事去勾引他探春宝釵二人每日也臨一篇楷書字与宝玉〻〻自己每日也加工或寫二百三百不拘至三月下旬便將字又集湊出許多来这日正䒭再得五十篇也就混的过了誰知紫鵑走来送了一卷東西與宝玉拆開看時却是一色老油竹紙上臨的鍾王蠅頭小楷字跡且與自己十分相似喜的宝玉和紫鵑作了一個揖又親自来道謝有史湘雲宝琴二人皆亦臨了几篇相送湊成雖不足工課亦足塘塞了宝玉放了心於是將所應讀之書又温理

過几遍正是天〻用功可巧近海一帶海嘯又遭遢了几處生民地方官題本奏聞奉旨就命賈政順路查看賑濟回来如此算去至冬〻底方回宝玉听了便把書字又擱过一边乃是照旧游蕩時值暮春之際史湘雲無聊因見柳花飄舞便偶成一小令調寄如夢令其詞曰

豈是繡絨殘吐　捲起半簾香霧　纖手自拈来　空使鵑啼燕妒　且住　且住　莫使春光別去

自己作了心中得意便用一條紙兒寫好与宝釵看了又来找黛玉〻〻看畢咲道好也新鮮有趣我却不能湘雲咲道偺們这几社総没有填詞你明日何不起社填詞改个樣兒豈不新鮮些黛玉听了偶然興動便說这話說的極是我如今便請他們去說命一面分付預偹了几色菓点之類一面就打發

人分頭去請衆人这里他二人便擬了柳絮之題又限出几个調来寫了綰在壁上衆人来看時以柳絮為題限各色小調又都看了史湘雲的称賞了一回宝玉咲道这詞上我們平常少不得也要胡謅起来于是大家拈阄宝釵便拈得了臨江仙宝琴拈得了西江月探春拈得了南柯子黛玉拈得了唐多令宝玉拈得了蝶恋花紫鵑炷了一支夢甜香（重建故又寫香）大家思索起来一時黛玉有了寫完接着宝琴宝釵都有了他三人寫完互相看時宝釵便咲道我先瞧完了你們的再看我的探春咲道嗳呀今兒这香怎庅这様快已剩了三分了我纔有了半首因又問宝玉可有了宝玉雖作了些只是自已嫌不好又都抹了要另作回頭看香已將燼了李紈等咲道这筭輸了蕉丫頭的半首且寫出来探春听说忙寫了出来衆人看時（却是先看没作完的総是又变）

一格　也

上面却只半首　南柯子　寫道是

空掛纖纖縷　徒垂絡絡絲　也难綰繫也难羈　一任東西南北

各分离

李紈笑道这也却好作何不續上宝玉見香沒了情愿認負〔輸〕不肯勉強塞責將

筆擱下来瞧这半首見沒完時反到〔倒〕動了與開了机乃提筆續道是

落去君你〔休〕惜　飛来我自知　鶯愁蝶倦晚芳時　從〔總〕是明春再見

隔年期

眾人笑道正緊〔經〕你分内的又不能这却偏有了縱然好也不算得說自看黛玉

的　唐多令

粉墮百花洲　香殘燕子樓　一團團逐对〔隊〕成毬　飄泊亦如人命

薄　空纏綣　説風流　草木也知愁　韶華竟白頭　嘆今生
誰拾誰收　嫁与東風春不管憑尔去　忍淹留
眾人看了俱點頭感嘆説太作悲了好是固然好的因又看宝琴的是
西江月　漢苑零星有限　隋堤点綴無窮　三春事業付東風
明月梅花一夢　几處落紅庭院　誰家香雪簾櫳　江南
江北一般同　偏是離人恨重
眾人都笑説到底是他的声調壮几處誰家兩句最妙宝釵笑道終不免过于
喪敗我想柳絮原是一件輕薄無根無絆的東西然依我的主意偏要把他説
好了纔不落套所以我謅了一首来未必合你們的意思眾人笑道不要太謙
我們且賞鑒自然是好的因看这一首　臨江仙　道是

白玉堂前春解舞　東風捲得均匀
湘雲先笑道好一个東風捲得均匀这一句就出人之上了又看底下道
蜂團蝶陣乱纷纷　几曾随逝水　豈必委芳塵　萬缕千絲终不
改　任他随聚随分　韶華你〔休〕笑本無根　好風頻借力
送我上青雲
众人拍案叫绝都说果然翻得好气力自然是这首為尊纏綿悲戚讓瀟湘
妃子情致嫵媚却是枕霞小薛与蕉客今日落第要受罰的宝琴笑道我們自
然受罰但不知付白卷子的又怎麽罰李纨道不要忙这定要重重罰他下次
為例一语未了只听窗外竹子上一声响恰似窗屜子倒了一般众人唬了一
跳丫环們出去瞧時簾外丫环嚷道一个大蝴蝶風箏掛在竹梢上了众丫环

笑道好一个齐整風箏不知是谁家放的断了绳拿下他来宝玉等听了也都出来看時宝玉笑道我認得这風箏这是大老爷那院里嫣红姑娘放的拿下来给他送过去罢紫鹃笑道难道天下没有一樣的風箏单他有这个不成我不管我且拿起来探春道紫鹃也学小氣了你们一般的也有这会子拾人走了的也不怕忌諱代玉笑道可是呢知道是谁放晦氣的快掉出去罢把偺们的拿出来偺们也放晦氣紫鹃听了敢命小丫頭们将这風箏送出与園门上值日的婆子去了倘有人来找好与他们去的这里小丫頭们听見放風箏爬不得一声儿七手八脚都忙着拿出个美人風箏来也有搬高凳去的也有綑剪子股的也有撥籰子的宝釵等都立在院门前命丫頭们在院外敞地下放去宝琴笑道你这个不大好看不如三姐姐的那一个軟翅子大鳳凰

好宝釵笑道果然因回頭向翠墨咲道你去把你們的拿来也放〻翠墨嘻

〻的果然他取去了宝玉又興頭起来也打發个小〻頭子家去说把昨兒頼

大娘送我的那个大魚取来小〻頭子去了半天空手回来笑道晴姑娘昨兒

放走了寶玉道我还沒放一遭兒呢探春咲道横竪是給你放晦氣罢了宝玉

道也罢再把那个大螃蠏拿来罢〻頭去了同了几个人扛了一個美人並籰

子来说道襲姑娘说昨兒把螃蠏給了三爷了这一个是林大娘才送来的放

这一个罢宝玉細看了一回只見这美人做的十分精致心中欢喜便命叫放

起来此時探春的也成了来翠墨帶着几个小〻頭子們在那边山坡上已放了

起来宝琴也命人将自己的一个大紅蝙蝠也取来宝釵也高興也取了一个来却

是一連七个大鴈的都放起来了独有宝玉的美人放不起去宝玉说丫頭們不会

起房高便落下来了急的宝玉頭上出汗衆人又笑宝玉
〻箏道若不是个美人我一頓脚跺个稀爛代玉笑道那
叫人打了頂線就好了宝玉一面使人拿
个来放大家都仰面而看天上这几个風箏
小们又都拿了許多各式各樣的送飯的来頑了
姑娘来放罢代玉听说用手帕墊着手頓了
子来随着風箏的勢將籰子一鬆只听一陣豁剌
環衆人来放衆人都笑道各人都有你先請罷代
〻是不忍李紈道放風箏圖的是这一樂所以又说放
放兴〻把你这病根兒都带了去就好了紫鵑笑道我们姑娘越

不放几个子今忽然又心疼了姑娘不放等我放
尸接过一把西洋小艮剪子来齐籰子根下寸
了那風

附録

爲了使讀者了解己卯本上陶洙鈔補上去的文字（正文及批語）的情況，特選開頭陶洙鈔補上去的四頁以及現存己卯本之第一頁，己卯本第三回之第一頁，第五回之第一頁作爲附録，照原色影印，以供參考。

脂硯齋重評石頭記

凡例

紅樓夢旨義　是書題名極多□□紅樓夢是總其全部之名也又曰風月寶鑑是戒妄動風月之情又曰石頭記是自譬石頭所記之事也此三名皆書中曾已點睛矣如寶玉作夢〻中有曲名曰紅樓夢十二支此則紅樓之點睛又如賈瑞病跛道人持一鏡來上面即鏨風月寶鑑四字此則風月寶鑑之點睛也又如道人親眼見石上大書一篇故事則係石頭所記之往来此則石頭記之點睛處然此書又名曰金陵十二釵審其名則必係金陵十二女子也然通部細搜檢去上中下女子豈止十二人哉若云其中自有十二個則又未嘗指明白係某〻及至紅樓夢一回中亦

這石凡心已熾那裡聽得進這話去乃復苦求再四二仙知不可強制乃嘆道此亦靜極思動無中生有之數也既如此我們便攜你去受享、、只是到不得意時切莫後悔石道自然、、那僧又道若說你性靈卻又如此質蠢並更無奇貴之處如此也只好踮腳而已也罷（煅煉過尚與人踮腳不學者又當如何）我如今大施佛法（妙）助你一助（佛法亦須償還况世人之償乎）待劫終之日復還本質以了此案（近之賴債來看此句所謂游戲筆墨也）你道好否石頭聽了感謝不盡那僧便念書符大展幻術（明點幻字好）將一塊大石登時變成一塊鮮明瑩潔的美玉且又縮成扇墜大小的可

以上五（三頁）甲戌鈔錄 本補過到下 多四百餘字鈔筆 即是
庚辰本与此本 原来均有凡例 特鈔手未鈔耳 因正文注中即知矣

空谷傳聲一擊兩鳴明修棧道暗度陳倉雲龍霧雨兩山對峙烘雲托月背面傅粉千皴萬染諸奇書中之秘法亦復不少予亦於逐回中搜剔刳剖明白注釋以待高明再批示謬誤

開卷一篇立意真打破歷來小說窠臼閱其筆則是莊子離騷之亞

斯亦太過

今之人貧者日為衣食所累富者又懷不足之心縱然一時稍閒又有貪淫戀色好貨尋愁之事那里有工夫去看那理治之書所以我這一段故事也不願世人稱奇道妙也不要世人（轉得更好。）喜悅檢讀只願你們當那醉淫（餘）飽卧之時或避事去愁之際把此一玩豈不省了些壽命筋力就比那謀虛逐妄却（去）也省了口舌是非之害腿脚奔忙之苦再者亦令世人換新眼目不比那些胡牽乱扯忽離忽遇滿紙才人淑女子建文君紅娘小玉等通共熟套之舊稿我師以為何如空空道人聽如此（說）話思忖半晌將石頭記再檢閱一遍因見上面雖有些指奸責佞貶惡誅邪之語亦非傷時罵世之旨及至君仁臣良父慈子孝凡倫常所關之處皆是稱功頌德眷眷無窮實非別書之可比雖其中大旨談情亦不過實錄其事又非假擬妄稱一味淫邀艷約私討偷盟之可比因毫不干涉時世方

（余代空空道人答曰：不獨破愁醒目，且有大益。）
（本名。）
（這空空道人也太小心了，想亦世之一腐儒耳。）
（亦斷不可少。）
（可笑。）
（要緊句。）
（要緊句。）
（要緊句。）

雪芹舊有風月寶鑑之書乃其弟棠村序也今棠村已逝余覩新懷舊故仍因之

能解者方有辛酸之淚哭成此書壬午除夕書未成芹為淚盡而逝余嘗哭芹淚亦待盡每意覓青埂峯再問石兄余不遇癩頭和尚何悵悵

今而後惟願造化主再出一芹一脂是書何幸余二人亦大快遂心於九泉矣

甲午八月淚筆

甄真〇假之甄寶玉亦借此音後不註　名費　廢

字士隱　託言將真事隱去也

嫡妻封氏　風因風俗來

從頭至尾鈔錄回來問世傳奇因空見色由色生情傳情入色自色悟空遂易
名為情僧改石頭記為情僧錄東魯孔梅溪則題曰風月寶鑑後因曹雪芹於
悼紅軒中披閱十載增刪五次纂成目錄分出章回則題曰金陵十二釵並題
一絕云（若云雪芹披閱增刪然後開卷至此這一篇楔子又係誰撰足見作者之筆狡猾之甚後文如此者不少這正是作者用畫家烟雲模糊處觀者萬不可被作者瞞弊了去方是巨眼）

滿紙荒唐言　一把辛酸淚　都云作者痴　誰解其中味（此是第一首標題詩）

出則既明（至脂硯齋甲戌抄閱再評仍用石頭記）且看石上是何故事按那石上書云（以石上所記之文）當日地陷東南這東南一隅有
處曰姑蘇（是金陵）有城曰閶門者最是紅塵中一二等富貴風流之地（妙極是石頭口氣惜米顛不遇此石）這閶門外有個
十里街（開口先云勢利是伏甄封二姓之事）街內有個仁清巷（又言人情總為士隱火後伏筆）巷內有個古廟因地方窄狹（世路寬平者甚少亦鑿）人皆呼作葫蘆廟（糊塗也故假語從此具焉）廟傍
住着一家鄉宦（不出榮國大族先寫鄉宦小家從小至大是此書章法）姓甄名費字士隱嫡妻封氏性情賢淑深明禮義（八字正是寫日後之香菱見其根源不凡）家中雖不甚
富貴然本地便也推他為望族了（本地推為望族寧榮則天下推為望族敘事有層落）因這甄士隱稟性恬淡（自是羲皇上人便可作是書之朝代年紀矣總）不以功名為念每日

作者還不閒

全用幻情之至莫如此
今採來壓卷其後可知
按瑛字愈注玉亦也又
玉有病也以此命名恰極
以頑石草木為偶實歷
盡風月波瀾嘗遍情
緣滋味至無可如何始

只以觀花修竹酌酒吟詩為樂（寫香菱根基原與正十二釵無異）到是神仙一流人品只是一件不足如今年已
半百膝下無兒（所謂美中不足也）只有一女乳名英菊（設云應憐也）年方三歲一日炎夏永晝（熱日無多）士隱于書房閒
坐至倦時攏書伏几少憩不覺朦朧睡去夢至一處不辨是何地方忽見那廂
來了一僧一道（是方從青埂峰袖石而來也 接得無痕）且行且談只聽道人問道你攜了這蠢物意欲何往那僧笑道
你放心如今現有一段風流公案正該了結這一干風流冤家尚未投入（胎 入）人世
趁此機會就將此蠢物夾帶於中使他去經歷經歷那道人道原來近日風流冤
孽又將造劫歷世去不成但不知落於何方何處那僧笑道此事說來好笑竟
是千古未聞的罕事只因西方靈河岸上三生石畔（妙所謂三生石上舊精魂也）有絳珠草一株（點紅字。細思絳珠二字豈非血淚乎）時有赤瑕
宮（點紅字 點玉字二）神瑛侍者日以甘露灌溉這絳珠草始得久延歲月後來既受天地精華復
得雨露滋養遂得脫却草胎木質得換人形僅修成個女体終日遊於離恨天

脂硯齋重評石頭記卷之

第三回

賈雨村夤緣復舊職　林代玉抛父進京都

却說雨村忙回頭看時不是别人乃是當日同僚一案參革的號張如圭者他本係此地人革職後家居今打聽得都中奏准起復舊員之信便四下尋情找門路忽遇見雨村故忙道喜二人見了禮張如圭便將此信告訴雨村雨村自是歡喜忙忙的叙了兩句遂作别各自回家冷子興聽得此言便忙獻計令雨村央煩林如海轉向都中去央煩賈政雨村領其意作别回至館中尋邸報看真確了次日面謀之如海如海道天緣湊巧因賤荆去世都中家岳母念及小女無人依傍教育前已遣了男女船支來接因小女未曾大痊故未及行此刻正思向蒙訓教之恩未曾酬報遇此機會豈有不盡

脂硯齋重評石頭記卷之

第五回

游幻境指迷十二釵　開生面夢演紅樓夢
飲仙醪曲演紅樓夢　立新場情傳幻境情

不叙寶釵，仍叙黛玉。蓋前回只不過欲出寶釵，非實寫之文耳。此回若仍續寫，則將二玉高擱矣。故急轉筆仍歸至黛玉，使榮府正文方不至於冷落也。今寫黛玉神妙之至，何也？因寫黛玉實是寫寶釵，非真有意去寫黛玉，幾乎又被作者瞞過。○此處如此寫寶釵，前回中略不一寫，可知前回迥非十二釵之正文也。○欲出寶釵便不肯從

卸就　第四回中既將薛家母子在榮府內寄居等事略已表明，此回則暫不能寫矣

如今且說林黛玉自在榮府一來，賈母萬般憐愛，寢食起居一如寶玉，迎春探（此等處實又非別部小說之俗套起法）春惜春三個親孫女倒且靠後，（妙極，所謂一擊兩鳴法，寶玉身分可知。此句寫賈母）就是寶玉和代玉二人之親密友愛處亦自較（此句妙細寬）（有多少文章　備）別個不同，日則同行同坐，夜則同息同止，真是言和意順，略無參商。不想如今（總是奇峻之筆）忽然來了個薛寶釵，（寫來健跂，似新出之人耳）歲（奉）數雖大不多，然品格端方，容貌豐美，人多謂代玉之所（此句定評，想世人目中各有所取也。按黛玉寶釵二人一如姣花，一如纖柳，各極其妙者，然世人性分甘苦不同之故耳。○將兩個行止攝總一寫，實是難寫，亦實係千部小說中未敢說寫者）不及。而且寶釵行為豁達，隨分從時，不比代玉孤高自許，目無下塵，故比代玉（此一句是今古才人同病，如人人皆）大得下人之心，便是那些小丫頭們亦多喜與寶釵去頑。因此代玉心中便（如我黛玉之為人方許他妒。○此是黛玉缺處）（這還是天性，後文中則是又加學力了）有些悒鬱不忿之意，寶釵卻渾然不覺。那寶玉亦在孩提之間，況自天性所禀

後記

此書歸陶洙收藏時，卷首寫有三則題記，詳記此書殘存情況及他用庚辰、甲戌兩本校録情況、校録時所用的顔色、以及他對殘缺部分補鈔的情況等等，這些題記，對我們了解己卯本的歷史面貌，很有用處，爲此把它附録在這裏，以供讀者和研究者的參考。

又現在這個影印本所保存下來的朱筆文字，尚有以下三種情況：一，怡親王府在抄録此本後的若干年内，又據庚辰秋定本校改此本時留下來的朱筆文字，此類朱筆旁改文字，在原本上朱色暗淡，筆迹亦與其他兩種朱筆文字迥異；二、此鈔本在流傳過程中，另一藏者又用朱筆進行校改，其中可以查核的一部分文字是據程本校改的，此人的筆迹粗拙，易於辨識。尚有與此筆迹相類的文字，如十七、十八回第三十面第七行上端的兩行眉批：『不能表白是十八回的起頭』這幾個字，筆迹也很稚拙，但看來不像是屬於以上這個人的筆迹；三、殘存下來的陶洙據現存庚辰本校改上去的文字。陶洙校改的文字，一般易於辨認的，我們都加剔除了，少量難於確斷的，仍予保留，爲的是避免錯把早期的校字誤作陶校删除，留下來有利於大家分析研究。

以上三類朱筆改字，在原本上朱色有深有淺，很不一樣，比較明顯、較早期的朱色一般都較暗淡陳舊，但這種區别在這個影印本上，却不易表現出來，基本上只是一種鮮艷的朱紅顏色，這很容易使人錯以爲原本就是用同一種朱色寫下來的，爲此特提醒讀者加以注意。

以下附録陶洙的三則題記，原文無標點，無序次，現在的標點和序次是我加的。

一

此己卯本闕第三册（二十一回至三十回），第五册（四十一回至五十回），第六册（五十一回至六十回），第八册（七十一回至八十回）。又第一回首殘（三頁半），第十回殘（一頁半）均用庚辰本鈔補。因庚本每頁字數款式均相同也。

凡庚本所有之評批注語，悉用朱筆依樣過録。甲戌殘本祇十六回，計（一至八）十三至十六）（廿五至廿八），胡適之君藏，周汝昌君鈔有副本，曾假互校，所有異同處及眉評旁批夾注，皆用藍筆校録，其在某句下之夾注，祇得寫於旁而於某句下作乀式符號記之，與庚本同者以○爲别，遇有字數過多，無隙可寫者則另紙照録，附裝於前，以清眉目。

己丑人日燈下記於安平里憶園

二

己卯本殘存

存一回至二十回：

第一回首殘三頁半，已據庚辰本補全，尚未釘入。
第二回末後有評批，第四回有注無多，各本無。
第十回有行間批語，亦各本無。末殘一頁半，已據庚辰本鈔補，尚未釘入。
第十二至二十回均有注，十七、八回未分卷，與庚本同。
第十六回本有題語，十九回無回目有鈔補，與庚本同。
第二十回有後評，與戚本同。
二十一回至三十回：
缺。此十回現據庚本已鈔補齊全，并以甲戌本、庚辰本互校，所有評批均依式過録，尚未裁釘。
存三十一回至四十回：
三十一回無注，有前後評批，庚本無。
三十二回有前評，三十四回有注，無多。
三十五回有後評，三十六回有注有後評。
三十七至三十九回均有注，四十回有注，只一處。
四十一回至六十回，缺。未鈔補（擬照庚辰鈔以戚本校）。
存六十一回至七十回：
六十三回有注，無多。
六十四回有。係同時從别本鈔補，但非一手所鈔，與戚本雖有異同，大致無差，庚本無。

六十五回有注。

六十七回有。此回亦庚本所無，此亦同時從別本鈔補，但非同時所寫，與戚本相校大不相同，竟另一結構（無從校起，只得另寫一篇附後）。

七十一回至八十回，缺。未鈔補（亦擬照庚本鈔補以戚本校）。

以上己卯鈔本殘存回數及與庚本異同大概情形也。

凡八十回之本只見四種：

一、甲戌本，胡適之氏藏，只有十六回（一至八）（十三至十六）（二十五至二十八）。

二、己卯本，即敝藏，缺四十回，存（一至二十回）（三十一回至四十回）（六十一至七十回）。

三、庚辰本，今在燕大，内缺六十四、六十七兩回，十七、八回未分卷，有眉批，行間評語，但至二十八回即止，以下無。

四、戚蓼生本，即有正書（局）印行者，最完全，惟無眉批、行間評批耳。

三

庚辰本八十回，内缺六十四、六十七兩回，此己卯本封面亦書（内缺六十四、六十七回）而卷中有此兩回，并不缺。細審非一手所寫，但可確定同時在别本鈔補者，與通行本相近，可知即高鶚所據之本也。嘗以戚本對校，則六十四一回異同雖多，大體無差。六十七一回則大不相同，直是另一結構，無法可校，祇得鈔附於後，以存初稿時面目。

丁亥春記於滬上憶園，時年七十

以上是陶洙在己卯本卷首所書的全部題記，其中第一條署『己丑人日』，『己丑』是一九四九年，『人日』是舊曆正月初七，這正是全國解放的前夕。第三條題記署年爲『丁亥春』，『丁亥』是一九四七年，此前一條題記要早二年。看來，寫在最前面的一條倒是最後寫上去的。

一九八〇年九月二十八日晨馮其庸記於京華寬堂